Laksmi Pamuntjak
Herbstkind

Laksmi Pamuntjak

Herbstkind

Roman

Aus dem Englischen
von Corinna Rodewald

Ullstein

Der Titel der englischen Originalausgabe lautet
The Fall Baby.

ISBN 978-3-550-08165-1

Gesetzt aus der Aldus
Satz: Pinkuin Satz und Datentechnik, Berlin
Druck und Bindearbeiten: GGP Media GmbH, Pößneck
Printed in Germany

Für mein Herbstkind – und Winter, Frühling, Sommer,

für Viki, meine Weggefährtin, die Liebste der Lieben,

und für Nadia, meine Tochter, meine beste Freundin,
meine ganze Welt

»Des Lebens ungemischte Freude / ward keinem Irdischen zuteil.«

Friedrich Schiller

»Wundert euch nicht, daß wir die Welt nicht beschreiben können / wir nennen die Dinge nur zärtlich bei ihrem Namen.«

Zbigniew Herbert

Wie hat er ausgesehen, sein Tod? Welche Farbe hatte er? Konnte er seinem Mörder in die Augen schauen und darin seinen Tod gespiegelt sehen, oder hatte er sein Recht vollständig abgegeben? Oder fand er es etwa so amüsant, dass sein Mörder ihn für den Sohn Gottes hielt, dass er dachte, er könne eine Weile sterben, um ihm den Gefallen zu tun?

Es hieß doch immer, die Sehkraft der Augen sei begrenzt: Der eigentliche Vorgang des Sehens werde vom Gehirn ausgeführt und nicht vom Auge. Das Auge überträgt lediglich das Licht, seine hunderttausend tanzenden Teile, die sprießen wie eine Blume, den Bruchteil einer Sekunde, bevor sie zerfranst. Wie alles, was sich der Sonne für eine zweite Chance zuwendet.

Am selben Tag, Regenbögen entfernt auf dem gleichen Archipel, deckte sie den Tisch, es sah aus wie ein Skelett. Oder wie ein Kreuz. Die Schüssel war der weiße Kopf, Gabel und Löffel darunter die Oberschenkelknochen. Sie hätte sich nie als Hellseherin bezeichnet, aber in dem Augenblick war sie Witwe von Kopf bis Fuß. Ihre Hände zitterten über dem Porzellan, und in den Augen eines Malers oder einer Malerin sah so womöglich Liebe aus.

Was er sah, als er ermordet wurde, hängt davon ab, wie er starb, sagte sie zu einem jungen Mädchen. Wäre er nicht von der einzelnen Kugel in seinem Hinterkopf gestorben, sondern vorher schon mehrmals auf ihn geschossen worden, wie sein Mörder behauptete, dann hätte es eine Rolle gespielt, welche Farbe sein Mörder trug. Er war farbenblind, weißt du. Vielleicht hat er gesehen, wie das Rot seines Lebens versickerte, doch verspritzt auf der Kleidung seines Mörders mochte es für ihn wie etwas völlig anderes ausgesehen haben.

Siri

1.

Ich hatte zwei Väter: einen, der mich gezeugt, und einen anderen, der mich großgezogen hatte, und beide waren eines pflichtschuldigen und einsamen Todes gestorben. Das erfuhr ich, als ich bereits vierzig war, im Herbst 2006. Mein leiblicher Vater war zu dem Zeitpunkt allerdings bereits seit sechs Jahren tot, zumindest sagte das meine Mutter, auf einer Insel gestorben, die für ihn sowohl Gefängnis als auch Erlösung gewesen war, sowohl Vergangenheit als auch Zukunft. Meine Mutter erzählte mir im Herbst davon, vier Monate nachdem mein Stiefvater, der einzige Vater, den ich je gekannt und geliebt hatte, an einem Herzinfarkt gestorben und sie in der Lage gewesen war, auf die besagte Insel zu reisen, um herauszufinden, wann und wie mein anderer Vater gestorben war.

In der Sprache meiner Mutter ist das Wort »Herbst« mit dem Wort »fallen« verwandt, und es gibt mindestens zwei Begriffe für »fallen«, und noch mehr Bedeutungen. Ein Wort für fallen ist *jatuh*. Das Gleichgewicht verlieren, stürzen, hinfallen. Zusammenbrechen, krank werden – *jatuh sakit*. Umgeworfen, gekappt werden, zerbrechen. *Jatuh cintah* – sich verlieben, jemandem verfallen, ohne dass es einen allgemeingültigen Begriff dafür gäbe, sich zu entlieben, sich wiederaufzurichten.

Ein anderes Wort für fallen ist *gugur*, und Herbst heißt *musim gugur* – die Zeit des Fallens. Fallen bedeutet sterben, einen heldenhaften Tod sterben, um genau zu sein: Krieger und Soldaten fallen, sie sind nicht einfach *mati*, also tot. Wer gefallen ist, wird unsterblich, während jene, die sterben, einfach nicht mehr sind.

Als Schulkinder sangen wir immer ein Heldenlied, das *Gugur Bunga* heißt: die gefallene Blüte, ein Blumentod. Dabei handelt es sich um rote Rosen und Jasmin – rot und weiß, Feuer und Glaube, Blut und Heiligkeit. Wir sahen zu, wie die Ältesten Abertausende Blütenblätter auf den Gräbern unserer Nationalhelden verstreuten, bis sie vollkommen unter den Farben unserer Flagge verborgen lagen. Dann hörten wir mit halbem Ohr der wiederverwendeten Predigt des Ustad zu, ohne dass wir den berauschenden Duft des Jenseits hätten ignorieren können, der zum Himmel aufstieg. Nachdem die Trauernden gegangen waren und man bei niemandem mehr betteln konnte, versammelten sich die Straßenkinder um das Grab und stopften die Blütenblätter in Plastiktüten, um sie aufs Neue zu verkaufen. Vielleicht war es ihnen bewusst, vielleicht auch nicht, aber das ist ebenfalls eine Art und Weise, die menschliche Seele am Leben zu erhalten, nachdem sie in Stücke zerbrochen wurde: sie aufheben und einsammeln, um sie im Dienste der Lebenden wiederzuverwenden.

Ich wurde im Spätsommer geboren und wuchs auf, ohne mir des überirdischen Zaubers bewusst zu sein, der dem Herbst innewohnt. Wo ich geboren wurde, in Jakarta, der Hauptstadt von Java, kennt man viele Jahreszeiten. Es gibt die Paarungszeit, die Scheidungszeit, die Typhus- und die Denguefieberzeit. Es gibt die Bestechungszeit, die rassistische Zeit, die fromme Zeit. Und dann ist da noch die dumme Zeit – die oftmals alle drei letztgenannten einschließt. Die meiste Zeit über wechselt es allerdings zwischen Trocken- und Regenzeit – wobei letztere meist mit einer Luftfeuchtigkeit ausgelegt ist, die uns bisweilen mit bleierner, dumpfer Betrübnis erfüllt. Den Herbst aber kennen wir nicht, es sei denn, mit

Herbst ist eine Jahreszeit gemeint, in der außergewöhnlich viele Helden auf dem Schlachtfeld fallen. An offizielle Helden glaube ich nicht einmal – Helden findet man im Alltäglichen, in jenen, die Opfer bringen, und jenen, die erdulden.

Meine beiden Väter waren sowohl Helden gewesen als auch Nicht-Helden.

* * *

Mein leiblicher Vater war auf Buru gestorben, einer Insel im Osten des indonesischen Archipels, nachdem er über zwanzig Jahre lang sein Leben den dortigen Bewohnern gewidmet hatte. Er hieß Bhisma Rashad. Obwohl er selbst kein Kommunist war, kam er 1971 als politischer Gefangener unter dem antikommunistischen Regime Suhartos auf die Insel. Als das Gefangenenlager 1979 aufgelöst wurde, hätte er Buru verlassen und in die Zivilisation zurückkehren, etwas aus seinem Leben machen können. Aber er kehrte nicht zurück. Er war Arzt, und das taten Ärzte eben: Sie blieben.

Bhismas Tod war nicht nur pflichtschuldig und einsam gewesen, sondern auch gewaltsam. Ortsansässige hatten ihn am Rande eines abgelegenen Fußwegs mit dem Gesicht zur Erde vor einem Baum liegend gefunden, eine einzige Kugel hinten in seinem Schädel. Doch so sei es nicht passiert, erzählte sein Mörder der Polizei. »Ich habe so viele Kugeln in den Irren gejagt, wie kann es sein, dass er keine Einschusslöcher hat?« Später nahm der Täter widerstrebend hin, dass er sich das alles entweder nur eingebildet hatte oder dass sein Opfer ein Prophet oder Heiliger oder »irgend so ein Scheiß« gewesen sein musste. »Verdammt«, sagte er, »der Typ sah aus wie Jesus.« Und anscheinend redete Bhisma viel, selbst noch, als sein Mörder mehrmals auf ihn geschossen hatte.

Zuerst ließ der Täter Bhisma auch reden. Bis Bhisma

anfing, darüber zu predigen, was der Mensch aus Religion machte und wie Religion den Hass der Menschen schürte und wie traurig er als Muslim darüber war, dass der Islam zum Schlachtruf für Wahrheit und Sieg und nicht für Demut und Brüderlichkeit unter den Menschen geworden war. »Da dachte ich«, hatte der Mörder gesagt, »dieses Arschloch muss ich einfach erledigen. Also habe ich ihm eine Kugel hinten in den Kopf gejagt.«

Mein leiblicher Vater war also für das gestorben, woran er glaubte. Er war ein pflichtschuldiger Mensch gewesen. Und da meine Mutter so krank vor Liebe zu ihm war, war es ihre geringste Sorge, dass man ihn beschuldigte, nicht von dieser Welt zu sein. Genauer gesagt, wollte jede einzelne Faser in ihr genau das bestätigt sehen: Dein Vater war wirklich ein Heiliger, sagte sie; er konnte erst sterben, als er selbst den Zeitpunkt seines Todes bestimmt hatte. Meine Mutter heißt Amba, und offensichtlich war es ihr bestimmt, ein Leben voller Liebeskummer zu führen.

Woran ich glaube, ist dagegen viel simpler. Im Tod war mein leiblicher Vater mir lange bevor ich wusste, wer er war, begegnet, und womöglich war das gar kein Wunder: Es war vielleicht einfach das, was Blutsbande ausrichteten. Sie suchten einen und bahnten sich ihren Weg hinein. Denn dort, in einem wiederkehrenden Traum, lag er, ein Mann in Weiß, das Gesicht zum Boden in einer roten Lache, und wie sauber die Abgrenzung zwischen den Farben war: Rot und Weiß, rein, nichts verschwamm, nichts vermischte sich. Ein Mann, der, wenn ich ihn umdrehte, mein Gesicht trug.

* * *

Der Tod meines Adoptivvaters war ebenfalls eine Art Mord gewesen. Er war Deutscher und hieß Adalhard Eilers. So wie er gestorben war, das berichtete zumindest die Hausangestellte, hatte er den Zeitpunkt seines Todes nicht selbst bestimmt (er war eindeutig nicht heilig, so wie mein Erzeuger), aber anscheinend um das Recht gekämpft, seine letzte Ruhestätte aussuchen zu dürfen. Es sah so aus, als wäre er von seinem Arbeitszimmer in mein altes Schlafzimmer gekrochen, und zwar in der unverschämt kurzen Zeit, die er gehabt haben musste, nachdem sein Herz aufgegeben hatte, um sich dort auf mein Bett zu legen und sich an einem warmen und vertrauten Ort einzurollen und zu sterben. Meine Mutter war nicht zu Hause, ich war im Ausland, er muss also schmerzhaft einsam gewesen sein. Ich war der Meinung, meine Mutter habe ihn umgebracht, weil es ihr nicht gelungen war, ihn so zu lieben, wie er es verdient hatte.

* * *

Der Herbst nahm nicht nur, er gab auch. Nachdem mir 2006 alles offenbart worden war, schickte er sich plötzlich an, zu meinem Schutzengel zu werden. Alles, was in meinem Leben gut war, geschah im Oktober oder November – eine erfolgreiche Auktion, ein Angebot für eine Einzelausstellung in einer bedeutenden Galerie, eine positive Kritik eines wichtigen Kunstkritikers, der Beginn einer neuen Liebe –, und oft stellten sich diese Ereignisse als wirkmächtiges Heilmittel für zuvor Erlittenes dar. Es war ziemlich leicht, sich daran zu gewöhnen. *Ach, bis zum Herbst ist das vorbei … Ich warte einfach bis zum Herbst …*

Es war also eine Überraschung, als der Herbst im Jahr 2015 aufhörte, mich vor dem Fall zu bewahren. Zu der Zeit hatte ich meine Basis in London, aber als es geschah, als ich die Nachricht meiner Mutter erhielt, befand ich mich gerade in meinem heiß geliebten Madrid, wo ich zuvor drei Jahre lang mit meiner großen Liebe gelebt hatte. Inzwischen war ich neun Jahre älter; man hätte meinen können, ich könne die Beziehung zu meiner Mutter, die mich wie eine gewaltige Welle überflutete, besser meistern. Man hätte meinen können, ich wäre weniger selbstbezogen, weniger reizbar – oder würde zumindest so wirken –, denn niemandem bleibt irgendetwas erspart in dem Alter, man muss sich mit seiner Familie auseinandersetzen, ob man will oder nicht. Aber der Herbst versäumte es nicht nur, mich vor dem Fall zu bewahren; er beschloss, mir mit der Faust ins Gesicht zu schlagen, und zwar kräftig.

* * *

Genau wie 2006 waren eine E-Mail meiner Mutter, ein Todesfall und Manipulation im Spiel. Der Tod betraf meinen Exmann, von dem ich seit Jahren geschieden war. Die Manipulation betraf den Wunsch meiner Mutter, meine Stieftochter zu retten und zu besitzen, die mit achtundzwanzig nicht nur skandalöserweise partner-, sondern nun auch vaterlos war. Aber diesmal gab es noch eine unvermittelte und grausame Wendung, nämlich dass meine Stieftochter Zuflucht bei meiner ehemals besten Freundin fand, die inzwischen meine ärgste Feindin war.

Ich tat, was ich tun musste.

* * *

Als ich schließlich im März 2016 auf dem Weg nach Berlin war, hatte ich keine Vorarbeit geleistet, hatte niemanden, der mich dort vertrat. Innerhalb von sechs Monaten hatte ich es geschafft, meine Stieftochter an meine schlimmste Feindin zu verlieren, Unmengen von Tränen über dem Grab meines Vaters zu vergießen, die Zwietracht zwischen meiner Mutter und mir zu verfestigen, nach London zu fliegen, um dort alles zu Ende zu bringen und mich von Anthony und seinem süßen Nelkenduft zu verabschieden. Zweimal war ich nach Jakarta geflogen, einmal, um den Schwierigkeiten zu Hause zu begegnen, und das zweite Mal, um mich darauf vorzubereiten, mich endgültig von der Stadt loszusagen. Ich trennte mich von meinem indonesischen Kunsthändler, der mich fünf Jahre lang vertreten hatte, ignorierte die Kunstsammler, die über ihn Werke von mir gekauft hatten, und wich den Galerien aus, die mich in London vertraten, als hätten auch sie mir Unrecht getan, indem sie in der falschen Stadt waren, und ich müsste sie bestrafen.

Ich hatte nichts mehr zu verlieren, brauchte sonst nichts zu wissen.

Nur dass Berlin die Stadt meiner beiden Väter war. Meiner beiden toten Väter: der Geist des Bayern, der durch den Grunewald wandelt, der minang-javanische Held, der seine Séancen am Wannsee abhält. Das schien mir ein Neubeginn, der mich zusammenhalten würde.

2.

BERLIN, MÄRZ 2016

Vor meinem Wohnhaus liegen fünf Stolpersteine wie ein Diamant angeordnet. Ganz still liegen sie auf dem Bürgersteig, denn genau das ist ihre Aufgabe, dass man sie zufällig entdeckt, dass sie nur für einen Augenblick, wenn überhaupt, unter den nichts sehenden Lebenden ein Licht auf ein Leben werfen. Jeden Tag laufen wir auf dem Weg irgendwohin über sie, ohne uns dessen bewusst zu sein, so wie wir eben oft unser Leben führen, ohne daran zu denken, dass wir immer wieder die gleichen Fehler begehen.

Als ich einmal abends nach Hause ging, lief vor mir ein Pärchen, das sich küsste. Sie waren laut und ungestüm dabei, und ich war sicher, dass sie weitermachen würden, bis sie in etwas hineinliefen oder bis etwas in sie hineinlief, ein Bus in sie hineinfuhr, ein plötzliches Gewitter sie traf oder – Gott bewahre! – ein Ehepartner, als ich sah, wie sie sich für den Bruchteil einer Sekunde voneinander lösten, kurz bevor sie die Stelle erreichten, nur um sich anschließend sofort wieder einander zu widmen. Hin und wieder scheren auch ein paar der Anwohner, die ich kennengelernt habe, genau hier absichtlich aus, wann immer irgendetwas sie daran erinnert – ihr motorisches Gedächtnis, ein lichter Augenblick.

Etwas an diesem Instinkt berührt mich. In meiner Heimat wurde uns beigebracht, niemals etwas Wertvolles auf den

Boden zu legen, aus Angst, es könne beschmutzt werden oder weil es Unheil bringt. Wann immer jemand etwas so Unbedeutendes wie eine Handtasche auf dem Boden abstellt, eilt jemand herbei und bemüht sich anzubieten, den entweihten Gegenstand auf einem Stuhl oder auf irgendeiner Abdeckung abzulegen, damit die Achtbarkeit wiederhergestellt sei. Das gilt umso mehr für Lebensmittel. Wie ungehobelt all jene, die ihre Tüten mit Essen zum Mitnehmen unbedacht zusammen mit anderen Einkaufstüten auf dem Boden abstellen, vor allem, wenn sich eine frisch zubereitete Mahlzeit darin befindet. *Hörst du nicht, wie das Essen weint?* Und was das Gedenken der Toten betrifft, gilt selbstverständlich, dass man niemals ein Grab betreten darf, selbst wenn das auf einem überfüllten öffentlichen Friedhof oft unmöglich ist. Einmal sah ich, wie ein Vater seinen Sohn heftig dafür ohrfeigte, dass er im Gedränge der Familien, die vor Beginn der Fastenzeit die Gräber ihrer Verwandtschaft besuchten, mit seinen Füßen auf einer Grabplatte gelandet war.

Da ich weiß, wo sie liegen, habe ich gelernt, nicht auf die Stolpersteine vor meinem Haus zu treten. Dass aber genau das ihr Anliegen ist, vergesse ich natürlich immer wieder. Die Messingtafeln ihrerseits funkeln sich an den traurigsten, kältesten oder berauschtesten Abenden in mein Blickfeld, und wenn das geschieht, frage ich mich jedes Mal, ob ich je dazu in der Lage wäre, eine Straße in Jakarta oder auf Buru entlangzugehen, wenn ich wüsste, dass ich den Namen meines Vaters hier oder dort entdecken könnte, sei es auf einer geschäftigen Straße oder in einem versteckten Winkel, oder ob ich ihn überhaupt jemals auf einem zukünftigen Denkmal auf einer riesigen Tafel unter den Namen all der anderen Gefallenen sehen würde. Ob es mich verändern würde, und wenn ja, wie.

Die Leute zu Hause reden schon seit einer Weile über die Errichtung eines Denkmals für die Opfer der antikommunistischen Massaker von 1965. Die Akteure wechseln natürlich ständig, auch wenn das nicht von Bedeutung ist. Tatsächlich von Bedeutung ist, dass wir wissen, die Akteure sind Teil unserer kleinen Gemeinschaft. Außerdem wissen wir, dass niemals etwas errichtet wird, solange das, woran erinnert werden soll, nicht offiziell anerkannt ist und in den Geschichtsbüchern steht, die unsere Kinder in der Schule lesen. Wie gewöhnlich hält man also am guten Willen fest. Mitunter kann etwas mündlich Überliefertes so verbindlich wie etwas schriftlich Festgehaltenes sein. Mitunter wird es sogar in die Tat umgesetzt.

Als ich einmal am Denkmal für die ermordeten Juden Europas auf einer der feierlichen bankhohen grauen Stelen dort saß, bekam ich mit, wie ein Mann herausfand, dass seine Frau ihn schon länger betrog als er sie. Er weinte in sein Handy, und ein kleiner Junge, nicht älter als fünf, der zuvor mit den anderen Kindern umhergerannt und geklettert war, blieb neben ihm stehen und fragte, ob alles in Ordnung sei, ob er irgendwie helfen könne. Etwas an der Geste des Jungen, der Sorge in seinem Gesicht, ließ den Mann vollends zusammenbrechen. Im Handumdrehen sah ich eine Frau, sonnenverbrannt und verängstigt, auf den Jungen zulaufen, ihn am Arm fassen und wegreißen. Weg und außer Sichtweite. Überall um uns herum waren die Leute mit etwas beschäftigt: plaudern, Nachrichten checken, essen.

Zehn Minuten vergingen. Die Sonne brannte; ich spürte, wie die Luft stillstand. Auf einmal fühlte ich mich schwach, ungeschützt dort draußen. Als ich aufstand, hörte ich eine Stimme hinter mir. »Es ist so … karg, nicht wahr?«

Ich drehte mich um. Hinter mir stand eine mittelalte Frau mit dichten blonden Haaren, Schildpattbrille, Amerikanerin, dem Akzent nach zu urteilen. Sie musste am Buch, das ich dabeihatte, erkannt haben, dass ich Englisch sprach. Oder auch nicht.

»Ja«, sagte ich.

»Wissen Sie, die Namen … Wenn Sie nach denen suchen, die sind unten im Informationszentrum. Direkt unter uns.«

Ich brauchte einen Moment, um zu verstehen, was sie mir da erzählte. Aber natürlich sprach sie von den Namen der Holocaust-Opfer. Weniger wohlwollend würde man deren auffällige visuelle Abwesenheit natürlich überstürzt als moralisch untragbar einordnen. Sich vor dieser ganzen subtilen Ästhetik derart zu verbeugen! Doch etwas an der Zurückhaltung und ruhigen Selbstsicherheit der Frau berührte mich. Oder hatte ich etwas anderes gehört? Eine Art verinnerlichter Unsichtbarkeit?

Plötzlich stiegen mir Tränen in die Augen.

»Bhisma Rashad«, hörte ich mich unvermittelt sagen. »So hieß mein Vater. Er ist 2000 auf Buru gestorben.«

* * *

Erst viel später, nachdem wir im Anschluss an einen Spaziergang – den wir einfach so aufnahmen, weil ich in Tränen aufgelöst und sie so freundlich war – ein Bier in einem Café tranken, stellten wir uns namentlich vor. Sie war Literaturprofessorin am Bryn Mawr. Sie begann gerade ihr Sabbatjahr und war nach Berlin gekommen, um ihre in Potsdam lebenden Eltern zu besuchen. Ihre Großeltern mütterlicherseits waren beide in Auschwitz umgekommen. Wir tauschten Visitenkarten aus und versprachen, uns zu schreiben.

Das war eine Zeit lang meine Art, in dieser Stadt Freundschaften zu schließen. Als hätte ich alles über Bord geworfen, um zu sehen, wohin mich das trüge.

* * *

In den ersten zwei Wochen war alles verschwommen. Ich weinte und blieb oft im Bett.

Meine Tränen flossen in der Regel aus gutem Grund. Ich vermisste meinen Vater Adalhard, unsere ausgiebigen Gespräche, sein Gesicht. Ich vermisste auch meinen Exmann Riaz, und ich hatte ihn nie so sehr geliebt, wie ich es jetzt tat, wo jedes ergreifende Detail an ihm – jedes ergreifende Detail, das mich nicht ausreichend berührt hatte, als ich noch mit ihm zusammenlebte – an die Oberfläche kam. Aber manches kam überraschend. Warum zum Beispiel machte ich mir Sorgen um Amalia? Amalia, meine Stieftochter, das Licht meines Lebens, als sie noch klein war, aber von der ich mich später entfernt hatte, aus Gründen, die mir größtenteils selbst nicht klar waren. Amalia, deren plötzliche Verbundenheit mit Dara Adjie, dieser hinterlistigen Schlange, mich auf eine schwer zu greifende Weise störte. Warum diese plötzlichen, beunruhigenden Schuldgefühle, weil ich das Gesicht meines Vaters Bhisma nicht erneut in meinen Träumen heraufbeschwören konnte?

Warum überhaupt schlafen, wenn ich nur davon träumte, dass man mich verfolgte oder gefangen nahm oder beides? Und immer für etwas, das ich nicht getan oder versäumt hatte.

Einmal wurde ich durch eine nicht enden wollende apokalyptische Landschaft gejagt, von Wald zu Wald, von Reisfeld zu Reisfeld, und schließlich zu Tode zerstückelt – zumindest fühlte es sich so an –, und zwar von einem faschistischen Serienmörder, der Linguist war und der Meinung, ich hätte absichtlich die nicht binäre Gemeinschaft beleidigt, indem ich den Genus ihrer Pronomen falsch verwendet hatte. Ein anderes Mal wurde ich von der Scharia-Polizei in Aceh in den Knast geworfen, weil ich in meiner letzten Ausstellung ein islamisches Symbol verwendet, aber vergessen hatte, es aufzuspießen, zu verunstalten oder darauf zu urinieren. Noch ein anderes Mal stand ich wegen Gotteslästerung vor Gericht, weil ich während einer Performance die Gäste aus dem Publikum dazu aufgefordert hatte, mich zu vögeln, und wurde zu einer fünfmal härteren Strafe verurteilt, als der Staatsanwalt verlangt hatte, nicht wegen meiner Aufforderung, sondern weil ich währenddessen nicht mein Kopftuch getragen hatte. In den meisten Nächten fand ich jedoch gar keinen Schlaf. Ich meldete mich bei niemandem, verließ kaum mein Viertel, unternahm keinen einzigen Schritt, um mir ein eigenes Leben aufzubauen, bis auf dass ich ein Dach über dem Kopf hatte.

* * *

Zuerst war ich noch unsicher, was ich von meiner Atelierwohnung in Charlottenburg halten sollte, ich wusste nur, dass ich sie bekommen hatte. Die meisten Künstler und Künstlerinnen, die auf der Suche nach einem neuen Leben nach Berlin kommen, würden nach Moabit ziehen oder in den Wedding, wo es ein Leichtes wäre, eine alte Fabriketage günstig in ein Atelier umzuwandeln. Auf diesem Teil der Stadt zwischen Kantstraße und Ku'damm lag jedoch eine Patina, deren Anziehungskraft ich mir nicht erklären konnte. Was die Wohnung selbst mit der schlechten Kunst an den Wänden und ihrem nachlässigen Asketismus betrifft, so konnte ich mich nicht entscheiden, ob sie reduzierter Glam war oder nur eine bessere Schrotthalde, Fundstück oder Finte. Die ersten Wochen wusste ich nicht, wie ich sie bewohnen, geschweige denn darin leben sollte. Erst im April bat ich schließlich Putri, meine Assistentin in Jakarta, mir die Gussformen meiner besten Skulpturen nach Berlin zu schicken, damit ich etwas in der Hand, einen Ausgangspunkt hatte. Sie tat es, ohne D. J. gegenüber einen Mucks von sich zu geben – mein ehemaliger Galerist und gleichzeitig Kunsthändler, bei dem Putri so lange angestellt gewesen war, bis es zwischen ihm und mir gewaltig krachte und sie mich gewissermaßen anflehte, sie ihm wegzuschnappen.

Nicht dass ich jemals seine Erlaubnis gebraucht hätte. Selbst bevor ich ihn gefeuert hatte, war er reichlich nutzlos gewesen. Das letzte Mal, als wir uns unterhielten, auf einer Party am Pool eines angesehenen Kunstsammlers, war er sturzbetrunken. Er erzählte mir mit drogig-rauchigem Atem, wenn ich doch bloß zwanzig Bilder in zwei Jahren produzieren könnte, wie jeder Künstler, der etwas auf sich hielt, wenn ich doch bloß nicht so eine gequälte Einzelgängerin wäre und seinem anderen, viel angenehmeren indonesischen Künstler mehr ähnelte, der gerade alle seine Arbeiten auf einer Einzelausstellung in New York losgeworden war, dann würde er mich möglicherweise vernünftig repräsentieren können. Ich entgegnete, er solle nie wieder so mit mir reden, doch anstatt dass er den Mund hielt, sagte er, du glaubst, du hättest alles Bob zu verdanken, dabei war er derjenige, der dich ruiniert hat. Er hat dich bequem gemacht.

Bob war mein erster Händler, damals, als der Begriff Kunsthändler noch etwas Niederes, Schäbiges, rein Geldgieriges bedeutete, und er war es, der die ersten wenigen festen Sammler während des ersten Kunstbooms Anfang der 2000er für mich auftrieb. Er hatte seine Fehler, aber er kümmerte sich stets um mich. Beispielsweise ließ er es nie zu, dass meine Arbeiten auf einer Auktion nicht verkauft wurden oder dass ich drei Monate lang keine Ausstellung hatte. Als er 2009 nach einem Abendessen im Anschluss an eine Vernissage vor meinen Augen zusammenbrach und starb, starb auch etwas in mir mit ihm. Keine zehn Minuten nachdem er unsere letzte Restaurantrechnung beglichen hatte, sagte er wieder einmal sein Lieblingszitat aus einem Buch auf, das *Die Leben einer Zelle* hieß: »Wenn ein Elefant einen Fehltritt begeht und an einem ungeschützten Platz stirbt, lässt seine Herde ihn nicht allein dort liegen …«

Deswegen. Was D.J. gesagt hatte, war einfach unverzeihlich. Ich hätte ihn in den Pool schubsen und den Pool anschließend in Flammen setzen sollen; dieses Live-Kunstwerk allein hätte meinen Wert augenblicklich verdreifacht. Stattdessen nahm ich mir noch ein Glas Wein und schnipste die Asche meiner Zigarette auf seine Füße, wo ich sie auf seinen schwarzgoldenen Nikes verglühen sah. Ab sofort vertrete ich mich selbst, sagte ich. Such dir jemand anderen, dessen Karriere du ruinieren kannst.

Nicht dass ich gewusst hätte, wie um alles in der Welt ich mich selbst vertreten sollte. Ich hoffe, du weißt, was du mit den Gussformen machen sollst, sagte Putri, nachdem sie sie mir geschickt hatte. Natürlich wusste ich das nicht, auch wenn ich ihr das nicht auf die Nase band. Ich hatte keine Ahnung von nichts. Ich meine, wenn sie mich jetzt nur sehen könnte. Wenn mich D.J. jetzt sehen könnte. Oder mein *geliebter Bob*, wie ich bei dem kleinsten Geräusch und der kleinsten Bewegung zusammenzucke, Stillschweigen darüber bewahre, wo ich wohne, angesichts der Bezeichnungen für Wein und Essen auf Französisch, Deutsch oder Italienisch zittere, als hätte ich gerade erst von diesem Kontinent namens Europa erfahren.

Ich weiß nicht, warum ich mich damals wie eine Irre aufführte, und noch weniger, warum ich mich jetzt wie eine Irre aufführe. Es hat keinen Sinn, irgendetwas neu zu gießen, wenn ich es dann nicht auch ausstelle. Nichts hat einen Sinn, wenn ich nur weine und Trübsal blase und meine Ersparnisse aufbrauche wie eine dumme Göre. Der Sinn und Zweck besteht jetzt darin, zu leben oder wieder zu leben, wie es die Liebe so gern anpreist. Die erste Regel lautet: keine Beschwerden. Am allerwenigsten darüber, wo ich wohne. Denn keine schlechte Kunst kann übertreffen, wo ich wohne. Umgeben von Buchhandlungen, familiengeführten Restaurants, und einer Menge Menschen mit weißen Haaren.

Eine Eckwohnung im ersten Stock, der Grundriss ein perfektes L, von breiten Fenstern dominiert, die auf zwei blätterreiche Straßen zeigen, die nicht nur in der Sonne glitzern, sondern auch Farbwellen in meine Zimmer spülen, die meine Leinwände niemals nachbilden könnten. Ich mag aus den Tropen stammen, aber ich habe noch nie einen Innenraum mit so viel Sonnenlicht gesehen. Ich ziehe nie den Vorhang zu, wenn ich zu Bett gehe, aus Angst, ich könnte die erste warme Berührung des Morgens verpassen. Verflucht seien die, die solch ein Geschenk verschmähen.

Außerdem ist der Frühling in Berlin ungewöhnlich früh dran in diesem Jahr, und er bringt das strahlendste Sonnenlicht aller europäischen Frühlinge, die ich bisher erlebt habe. Es gibt viel, wofür ich dankbar sein kann.

Und so verrichtet die Zeit ihre Arbeit. Die Traurigkeit nimmt ab. Der Körper, das Herz, passen sich an.

Ich beginne, dem Lärm um mich herum zu lauschen. Manchmal lenkt er mich ab. Manchmal unterbricht er meine Einsamkeit.

Manchmal heiße ich ihn willkommen.

* * *

Unten in meinem Wohnhaus befinden sich zwei Restaurants, ein Grieche und ein Italiener. Abends, vor allem am Wochenende, erfüllen von beiden Seiten des Gebäudes aus unterschiedliche Musikstile die Luft, allesamt fröhlich mariniert in heimischen Gewürzen. Manchmal, wenn ich genauer hinhöre, kann ich die Olive, die Zitrone, den Senf heraushören. Das Rostrot von Chili, das gelbliche Weiß von Ingwer und Knoblauch, zerstampft zu einer Paste.

Die Seele dieses Ortes, sein wahrer Ton, ist der Sonntag, wenn die Küchen unten zusammen mit den Villen, den Bäumen und den sanften Kopfsteinpflasterstraßen im Kiez ruhen. Tatsächlich scheint es so, als wäre der Ort für einen immerwährenden Sonntag erschaffen, und in den ersten Wochen trug ich mein Sonntagsgefühl mit mir herum, als wäre es die einzige passende Geste für ein Viertel, in dem nur ein paar Straßen weiter ein Mann in den Kellerräumen zweier Häuser unzählige jüdische Anwohner versteckt und versorgt hatte, die vor der Deportation flohen. (Letztendlich konnte er nicht alle vor ihrem vorherbestimmten Schicksal bewahren.) Es sollte keine besondere Mühe erfordern, sich diese gewaltige schmerzliche Anteilnahme nutzbar zu machen, vor allem, wenn man schon früh begriffen hat, was für ein großes Privileg es ist, dort zu leben und arbeiten zu können, wo man ist – auch wenn man dabei, zumindest in den ersten paar Wochen, nichts vorzuweisen hat.

* * *

Mein erster echter Freund in Berlin ist Herr Kourakis. Er ist der Betreiber des griechischen Restaurants unten, und er liegt im Wettstreit mit Gianluca Sparacino von Sparacino's, der sizilianischen Trattoria zwei Türen weiter, um den Titel meines Haupternährers.

Luca ist auch ein Freund aus der Anfangszeit, und sein Essen ist unvergleichlich. Anders als bei Herrn Kourakis fühle ich mich bei ihm jedoch nicht immer wohl. Seine Gäste sind vor allem untätige, gut gekleidete Russen, die nicht viel zu tun zu haben scheinen, als schon vor zwölf zum Mittagessen zu kommen und bis lange nach dem Abendessen zu bleiben, wie eine bezahlte Werbung für das vornehme Berlin zu trinken und allen vorbeikommenden hübschen Mädchen mit ihren oft nicht so hübschen Hündchen nachzurufen. Aus irgendeinem Grund kommen sie nie zu Herrn Kourakis in die Gaststätte.

Herr Kourakis ist auch der Onkel meines Vermieters. Das denke ich mir nicht aus. Sein Neffe Giorgiou – der kleine Yorgy – *ist* mein Vermieter. Die Atelierwohnung, in der ich wohne, war das erste Zuhause von Herrn Kourakis, als er ursprünglich nach Berlin kam vor all diesen Jahren, 1971, als ich in Jakarta gerade erst schwimmen und zeichnen und seilspringen lernte. Als Herr Kourakis dann Anfang der Neunziger nach Kreuzberg zog, übernahm seine Schwester, eine alleinerziehende und berufstätige Mutter, seine erste Wohnung und zog Giorgiou und dessen Schwester dort groß. Inzwischen lebt der kleine Yorgy in Hamburg. Er wohnt immer noch bei seiner Mutter. Ich bin ihm nicht begegnet, und das werde ich vielleicht auch nie.

Doch an dem Tag, als ich hereinkam und mich Herrn Kourakis vorstellte, versuchte er nicht, die neue Mieterin seines Neffen mit Geschichten über sein eigenes ursprüngliches Bemühen, sich einzufügen, zu beeindrucken, und auch nicht mit den unzähligen Verlockungen eines perfekten Moussaka. Das kam erst später.

Stattdessen bekam ich einen Crashkurs in Russisch-Berlin: die Tolstoi-Gräfinnen in ihren Wohnungen am Bayerischen Platz, die die ganze Nacht lang redeten und rauchten; Nabokovs Wut auf die Deutschen, weil sie den Mord an seinem Vater ermöglicht hatten, das dachte er jedenfalls, kurz nachdem seine aristokratische Familie 1921 in der Stadt eintraf; die schiere Fülle an Emotionen, die an den Freitagabenden jenes Jahrzehnts bei den russischen literarischen Zusammenkünften in Charlottenburg geschürt worden waren: das zwanzigste Jahrhundert, wie es im Buche steht.

Später, nachdem wir ein paarmal zusammengesessen und eine Flasche hiervon oder davon getrunken hatten, erzählte er mir, dass er diese Geschichten von Leuten kannte, die einst dort gesessen hatten, wo wir jetzt saßen, von solchen, die wiederkamen, und solchen, die es nicht taten; er hatte nie eine Zeile von Nabokov gelesen. Dennoch wollte etwas in ihm, dass ich etwas Grundlegendes über ihn wusste, und dafür musste er mir die Geschichten anderer erzählen. Genauso erzählte ich ihm nie, was mir widerfahren war, warum ausgerechnet Berlin, und warum jetzt. Manchmal erzählte ich ihm jedoch von der Musik und dem Essen, mit dem ich aufgewachsen war, von Dingen, die nicht ausschließlich mir gehörten und doch von einem Ort erzählten, der untrennbar Teil von mir war, sodass Herr Kourakis eines Tages auch meine Geschichte weitererzählen konnte.

* * *

Heute, auf dem Weg nach Hause vom Supermarkt, gehe ich um die Ecke meines Wohnhauses und stoße beinahe mit Herrn Kourakis zusammen. Ein Blick in sein herzliches, rotwangiges Gesicht genügt, und es ist sonnenklar, dass er ein bisschen reden will.

Wir setzen uns an den Tresen. Er schenkt mir einen Ouzo ein. Wir stoßen an. Er fragt mich, woran ich gearbeitet habe. Ich erzähle ihm, dass ich ein paar Einzelteile hier und da habe, aber immer noch nicht in die Puschen gekommen bin. Und weil er der Onkel meines Vermieters ist, erzähle ich ihm, dass sich zwischen mir und meinem Atelier eine seltsame Verbundenheit entwickelt; anstatt dass es sich wie ein Gefängnis anfühlt, das es zu Anfang war, ist es zu dem Beinahe-Zuhause geworden, das man vermisst, wenn man zu lange fort ist.

»Dann sind Sie also zufrieden mit der Wohnung. Keine Klagen.« Er fasst es fröhlich für mich zusammen. Natürlich gab es auch komplexere Stimmungen. Unerwünschte Neuigkeiten. Geister der Vergangenheit. Der Mangel an Grundlagen: kein neuer Kunsthändler. Keine deutsche Galerie. Keine

Administration vor Ort. Keine Freunde in der Kunstszene, denen ich vertraue. Meine Malblockade. Mein Versiegen. Doch davon erzähle ich ihm nichts.

Außerdem war der Frühling hart, und jetzt, wo der Sommer schon fast da ist, verlangen die Museen und Kunstgalerien von mir, dass ich den Rücken durchdrücke und das Kinn hebe. Irgendwo haben sie recht. Ich erzähle Herrn Kourakis also, wo ich gewesen bin, welchen Kunsttempeln ich einen Besuch abgestattet habe, dass es genau eine Woche her ist, dass ich die Büste der Nofretete im Neuen Museum gesehen habe und wie wundervoll sie war, und dass es auf der zweiten Etage im Bode-Museum eine Kopie von Weydens *Kreuzabnahme* gibt, was mir beinahe einen Herzinfarkt einbrachte, weil ich dachte, sie hätten das Original aus dem Prado geholt. Nichts davon sagt ihm etwas, aber er hört mir trotzdem zu.

Draußen wird es dunkler, bald wird es regnen, und weil es Montag ist, lassen sich die üblichen Verdächtigen schön Zeit. Gegen halb sechs sehe ich Nikos, Herrn Kourakis' rechte Hand, aus der Küche kommen. Wie gewöhnlich steht er geduckt wie ein uralter Geist da und nickt mir zur Begrüßung geduckt und uralt zu. Ich sehe zu, wie er Zaziki-Schmutz auf dem uralten Fliesenboden zusammenfegt. Einst war er, so erzählte es mir Herr Kourakis, ein aufgeweckter Junge, der traumhaft zeichnen konnte. Die Lage änderte sich 1971, als er in seinem Dorf versehentlich jemanden umbrachte und seinem Cousin Costas folgte, um ein neues Leben in Berlin zu beginnen. Jetzt, fünfundvierzig Jahre später, füllt er nicht mehr fünf Tage die Woche Weinblätter und nimmt Fische aus. Aber auf seinem Gesicht liegt stets ein Schatten wie ein Sargtuch, in Trauer erstarrt.

Draußen ergießt sich endlich der sich lange zusammenbrauende Regen und lässt die Autos auf den Straßen zischen. Es ist eine Erleichterung nach der schwülen Hitze, genau wie in den Tropen, auch wenn Berlin keinen Wolkenbruch wie unsere kennt, die Art, die von weit oben auf einen niederprasselt.

Während Herr Kourakis mich sanft und unverfänglich am Handgelenk tätschelt, sehe ich mich um. Er scheint seine großväterlichen Zuneigungen auf den ganzen Raum verteilt zu haben. Auch Orte, an denen man sich sicher fühlt, bergen natürlich immer eine Gefahr. Schließlich hat dieses Restaurant seine eigene Schar einsamer, anzüglich grinsender Männer angefüttert, und die Wachsamkeit schleifen zu lassen kommt nicht infrage. Aber Herrn Kourakis biete ich nicht wie Luca das kultivierte Gesicht meines öffentlichen Ichs an. Bei ihm bin ich eher wie ein offenes Buch. Möglicherweise hat er mich sogar in einem dieser unvorhersehbaren, wenn auch leicht bipolaren Augenblicke plötzlichen Entzückens ertappt, Augenblicke völligen Vertrauens in meine Bestimmung, die dann prompt von Anfällen dunkler Verzweiflung abgelöst werden, die so wechselhaft sind wie das Wetter heute. Er weiß vielleicht nicht, worum es in diesen Augenblicken geht, aber ich bin sicher, dass er mich trotzdem intuitiv erfasst, denn wir zeigen anderen immer ein kleines bisschen von uns selbst, egal, wie viel wir vor ihnen verbergen.

Ich bin sicher, dass Luca mich auf seine Weise ebenfalls intuitiv erfasst. Aber wenn jemand wie er – jemand, auf den ich mich bereitwillig und oft allzu arglos verlasse, weil er mir Trost in Form von Pasta und anständigem Wein spendet, mich mit Ruhe für Erwachsene in Form von ernsthaftem Jazz versorgt, mir die Geschichten seiner beschwerlichen Übersiedelung von Taormina nach Berlin vor dreiunddreißig Jahren erzählt – sagt, er kann mich in den letzten paar Wochen besser leiden, immer, wenn er mich lachen sieht, wenn ich nicht in ein Buch vertieft dahocke, als trüge ich einen unerträglichen Schmerz in meiner Brust, dann meint er damit nicht nur, du bist zu ernst, du solltest lernen, dich zu entspannen, arbeite nicht die ganze Zeit. Er meint auch, einsame Menschen sind unattraktiv, und manchmal bist du eine von ihnen.

Unterdessen.

»Wie geht es Ihrer Tochter?«, fragt Herr Kourakis. Nicht, weil er besonders freundlich sein will, sondern weil er freundlich *ist.* »Ist sie noch in Jakarta?«

Der Luxus daran, Ausländerin zu sein, besteht natürlich darin, dass wir etwas so oft wiederholen können, wie wir wollen. Das eingeschlossen, was wir bewusst ausgelassen haben.

Ja, ja, das ist sie. Aber ich erzähle ihm nicht, dass sie mich wahrscheinlich gerade nicht sehen will, nicht nach all den Jahren der Distanz zwischen uns. Ich sage ihm nicht, dass sie mich möglicherweise nicht sehen will, genau wie ich meine Mutter nicht sehen will, weil wir vielleicht nichts mehr füreinander übrighaben.

»Sie sollten sie dazu bringen, Sie zu besuchen«, sagt er. »Dann kann der große Onkel Costas sie auch kennenlernen.«

Ich lächle. Er lächelt. Wir stoßen an und trinken.

Ein plötzlicher Lichtstrahl hat den Regen durchbrochen, doch es bleibt düster. Ich bleibe auch, mit dem Wunsch, diesem lieben Mann etwas zu erzählen. Etwas Passendes über das Wunder seiner unverlangten Zärtlichkeit. Vielleicht etwas über die Lyra und wie sie zwar nicht zur gleichen Familie wie die Sitar gehört, deren Klänge oft in der Musik meines Volkes zu hören sind, mich aber trotzdem an den gleichen Ort versetzt. Etwas über Orpheus, der den Tod auf den Saiten des Lebens spielt, wie es in der unsterblichen Zeile Bachmanns heißt, irgendetwas darüber, nicht zueinander zu gehören und doch gemeinsam zu klagen.

Doch bevor ich so weit bin, dass ich es erzählen kann, legt er mir beide Hände auf den Arm und hilft mir aus.

»Sie weinen schnell«, sagt er freundlich. »Wissen Sie, dass

es im Deutschen eine ziemlich hübsche Wendung dafür gibt? Sie haben nah am Wasser gebaut.«

* * *

Heute Morgen schießt das Licht in meine Wohnung wie eine Tigermutter auf neuer Mission. Ich stolpere aus dem Bett, um gebührend Haltung anzunehmen, und wanke an die Fenster; eins nach dem anderen öffne ich sie und spüre die frische Brise im Gesicht. Was über die sagenumwobene Berliner Luft gesagt wird, wie berauschend sie sei, vielleicht ist es doch nicht nur Unfug. Seit beinahe einem Monat befinde ich mich nun in diesem neuen Leben, und an keinem einzigen Tag, selbst als ich im Bett blieb oder weinte oder ein Bad zu viel nahm, fühlte ich mich bei dieser ersten Kontaktaufnahme betrogen.

Mit all den anderen Mythen, die die Stadt emporhalten, habe ich allerdings ein Problem. Und ein noch größeres, wenn es darum geht, auf die Heilmittel unserer Vorfahren zurückzugreifen. Irgendetwas an der Mythologie berührt mich unangenehm, als hätten die modernen Zeiten ihre Aufgabe, modern zu sein, nicht erfüllt. Dass ausgerechnet die Mythologie der einzige Klimbim an meiner Mutter ist, hat schon etwas Poetisches. Obwohl sie so praktisch veranlagt ist, hält sie nicht nur am hinduistischen Epos Mahabarata, sondern noch hartnäckiger am Mythos ihres eigenen Namens fest, Amba, die gefallene Frau schlechthin, und auch an meinem, Srikandi, die kriegerische Prinzessin, als die Amba wiedergeboren worden sein soll. Als wäre sie diesem Mythos etwas schuldig. Als wäre auch ich ihm etwas schuldig, denn wie sich herausstellt, sind Mutter und Tochter eben nicht in alle Ewigkeit eins.

Das Gute daran ist, dass sie mir meinen völligen Mangel an Begeisterung für dieses Thema nicht übel nimmt, geschweige denn meine Weigerung, mich dementsprechend verpflichtet zu fühlen. Ich meine, warum Zeit darauf verschwenden, über böses Blut nachzugrübeln? Da berausche ich mich doch lieber. Zum Beispiel an dieser herrlichen Luft.

* * *

Irgendwann Ende April wird es in meiner Wohnung so heiß, dass ich keine andere Wahl habe, als draußen zu bleiben. Und genau das habe ich die letzten zwei Wochen getan. Ich bin rausgegangen und draußen geblieben. Ich war sogar beim Gallery Weekend, obwohl ich mir geschworen hatte, nicht hinzugehen, weil es zu sehr um den Hype geht, ums Geld, darum, was angesagt ist und was nicht. Kurz gesagt um das, wovon ich in London und New York schon zu viel hatte und wonach ich in Berlin weniger suche, aber wem mache ich etwas vor? Es ist überall das Gleiche. Doch ich ging trotzdem hin, wer weiß, wahrscheinlich war es ein Akt der Auflehnung, und es lag ein perverses Vergnügen darin zu entdecken, wohin die Komplizenschaft am Selbstbetrug mich führen mochte.

Und so versuchte ich, das zu tun, was Menschen in meiner Lage taten, die nicht den Verstand verloren hatten, und mischte mich unter ein paar Schlüsselfiguren, die ich bereits von vorherigen Begegnungen kannte. Ich warf mit Städtenamen um mich wie eine selbstzerstörerische Maschine, Kassel, Venedig, Singapur, Basel, Hongkong … wir kennen uns von … wir kennen uns aus … wissen Sie nicht mehr? Und dazwischen erzählte ich völlig Fremden mit flotten Frisuren und ausgesuchten Turnschuhen, wie wichtig es sei, sich Zeit für diese Zusammenkünfte zu nehmen, neue Türen würden sich öffnen, neue Erfahrungen gemacht werden, wir seien nicht allein, niemals allein. Die meisten davon neu im Spiel, die meisten Mitte zwanzig.

Hin und wieder gab es ein paar hypersensible Seelen, die nichts dagegen hatten, nach dem x-ten Galeriebesuch noch auf einen Drink zu bleiben. Sie benutzten keine Verben wie privilegieren, pushen und pampern, sie nahmen sich Zeit, alles eingehend zu betrachten, sie waren sich einig, dass dieses Jahr alles in der Regel derber und draufgängerischer war, was gut sei, denn der ganze Post-Internet- und ›Ästhetik der Liquidität‹-Scheiß sei ohnehin viel zu prätentiös. Sie runzelten die Stirn, wenn jemand von der ›Relationalität‹ der Dinge sprach und der Besessenheit von ›Materialität‹, aber nicht, wenn ich ihnen plötzlich offenbarte, ich müsse mir oft sagen, etwas sei mit mir nicht in Ordnung, mein Herz sei einfach nicht dabei, das passiere den Besten von uns. Sie kannten das noch nicht, wussten nicht genau, was das beinhaltete, aber eines Tages würden sie das vielleicht, und was spielte es überhaupt für eine Rolle, *dein Zeug ist gut, du bist sogar nett, wir verbringen gern Zeit mit dir.*

Freitagabend zog ich ein Kleid an und zwang mich dazu, auf ein Dinner an einer langen Tafel zu gehen. Ich rechnete nicht damit, auf dieser Veranstaltung hypersensiblen Seelen zu begegnen.

Die erste Stunde über lief alles in etwa so wie erwartet. Gäste mit Jetlag aus New York trudelten einer nach dem anderen ein, etwas wackelig auf den Beinen von zu viel Prosecco. Der Raum fing an zu glühen, der Wein tat seine Wirkung. Der Tisch war reich gedeckt mit Speis und Trank, Superlativen, Reiseroutenaustausch. Tillmans' pro-EU-Plakate waren in aller Munde, und wenn man nicht die geniale neue Serie des polnischen Duos über das Reiseverbot gesehen hatte, das sie vor achtunddreißig Jahren miterlebt hatten, was zum Teufel trieb man dann hier?

Ein Chinese oder Japaner Anfang fünfzig fragte mich, was für eine Art Künstlerin ich sei. Als ich nicht gleich antwortete, hakte er nach: Bandung oder Yogyakarta? Ich wollte wissen, ob das die einzigen Optionen seien, ob er darunter verschiedene Schulen oder verschiedene Szenen verstehe, und er fragte zurück, ob ich denn ein Atelier in Berlin hätte. Auf meine recht abwehrend ausfallende Entgegnung, ob es mich verraten würde, wenn dem der Fall sei, lachte er, als hätten wir plötzlich ein gemeinsames Geheimnis.

Dann erzählte er mir, er sei ein Sammler mit Basis in Singapur, und ich erwiderte, wie schön es doch für ihn sein müsse, auf der Hauptader unserer nationalen Schätze zu sitzen, ohne sich überhaupt darum zu bemühen. Als ich das Thema nicht fallen ließ und ihn dazu brachte zuzugeben, dass eins der bedeutendsten Museen von Singapur vor etwa acht Jahren die Werke indonesischer Meister für eine groß angelegte Ausstellung gebunkert hatte, sagte er mir, ich sei ungerecht. Kunst sei nicht dazu da, dass man sie horte, erwiderte ich. Je mehr Menschen sie sähen, umso besser, erklärte ich unausstehlicherweise, ich hielte mich da an Goethe. Hätte er nicht gesagt, erst wenn ein Kunstwerk Allgemeingut geworden sei, könne man seinen wahren Wert erfassen? Außerdem, fragte ich meine neue Bekanntschaft aus Singapur, wenn Sie so demokratisch gesinnt sind, warum sammeln Sie dann Kunst?

Endlich kam die Bouillabaisse. Eine berühmte deutsche Filmregisseurin war gerade in Begleitung einer Brigitte Nielsen-Doppelgängerin hereinspaziert und wurde angemessen ignoriert. Die Unterhaltung hatte sich dem gegenwärtigen Misstrauen von Kunstsammlern gegenüber Aquarellmalerei zugewandt. Ich hörte nur mit einem Ohr zu.

Plötzlich vernahm ich eine andere Stimme. »Das teilen wir uns.«

Sie gehörte zu der Frau, die mir direkt gegenübersaß. Bisher hatte sie sich mit dem Pärchen neben ihr unterhalten, und wir hatten uns noch nicht vorgestellt. Jetzt deutete sie auf die Schüssel Bouillabaisse zwischen uns. »Die ist für zwei. Schon vergessen? Sie sind die Eins, ich bin die Zwei.«

Ganz nach Drehbuch teilten wir uns die Fischsuppe. Wir kamen ins Gespräch, und schon bald sprachen wir nur noch miteinander. Die Frau hieß Nina Kaiser, und sie arbeitete für eine der Galerien in den Mercator-Höfen. Sie war Ende dreißig, zurückhaltend, auf stille Weise bewandert. Wie sich herausstellte, hatte sie eine Schwäche für Aquarell. Sie empfahl mir, bei ihr in der Galerie vorbeizukommen und mir die fantastischen Arbeiten eines Italieners anzusehen, der Fotos von Innenräumen in Aquarell nachgebildet hatte. Stellen Sie sich nur vor, sagte sie, wie schwierig es ist, den richtigen Effekt hinzubekommen. Weder sie noch ich erwähnten, dass sie meiner Unterhaltung mit Herrn Singapur gelauscht hatte.

Beim Dessert erzählte ich ihr, dass ich gerade nicht mit beiden Beinen auf dem Boden stand, und sie entgegnete, ich solle vielleicht wieder anfangen zu malen. Egal was. Irgendetwas Neues. Was Ihnen fehlt, dieses Klanggefühl, das wird wiederkommen.

Als ich nach Hause kam, hatte ich eine fürchterliche Lebensmittelvergiftung (es muss die Bouillabaisse gewesen sein), die mich so ziemlich umgehend außer Gefecht setzte. Ich ließ es kampflos über mich ergehen. Ich war sogar dankbar dafür, denn ich begriff, dass tatsächlich etwas mit mir nicht stimmte: wie ich redete, wie ich zuhörte, wie ich aussah.

Nach Mitternacht erhielt ich eine E-Mail von Nina, in der sie fragte, ob ich demnächst Lust auf einen Kaffee oder Mittagessen hätte, und geradewegs, aber ohne ihr vom Zustand meines Verdauungsapparats zu erzählen, schrieb ich zurück: Ja!

Etwas später bekam ich noch eine E-Mail, diesmal von Mark, dem Singapurer, der schrieb, es habe ihn gefreut, mich kennenzulernen, und ich solle bei ihm vorbeischauen, wenn ich in der Gegend war (was ich in der Regel zu Leuten sage, wenn ich es nicht darauf anlege, dass sie bei mir vorbeischauen). Erst da bemerkte ich, dass er tatsächlich nicht uninteressiert war. Unter »Alles Gute, Mark« hatte er noch geschrieben: »Ein paar von Ihren früheren Reproduktionen – die gefallen mir. Vor allem die mit dem umfunktionierten Harz. Sie vertrauen Ihrer Grundlagenpalette. Das sieht man nicht oft. M.«

* * *

Sonntagabend, nach dem obligatorischen Last-Minute-Blick auf das Brandaktuellste, was die Welt in Sachen Kunst an einem Wochenende zu bieten hatte, fand ich mich vor dem Haus wieder, in dem Walter Benjamin einst gelebt hatte, auf der Carmerstraße gleich um die Ecke vom Savignyplatz, und fragte mich, was es wohl für ihn, als er nach Berlin zurückgekehrt war, bedeutet hatte, sich nach einer verloren gegangenen Welt zu sehnen. Ninas Worte kamen mir wieder in den Sinn: Vielleicht sollte ich wieder malen, das neu malen, was in meiner Welt verloren gegangen war. Nur war es nicht so einfach zu wissen, wo ich anfangen sollte, mit welcher Palette, mit welchem Bild.

* * *

In der Gemäldegalerie hängt ein kleines Mädchen, das ich mir gern anschaue. Auch heute gehe ich hin und sehe es mir an. Obwohl man sein Gesicht nicht sehen kann, wollte es mir von dem ersten Augenblick an, in dem ich es sah, nicht mehr aus dem Kopf. Es ist ein etwas stämmiges kleines Ding in seiner weißen flämischen Schürze und Haube, und es steht im Vorzimmer gerade hinter der Grenze zwischen Drinnen und Draußen, die durch das aus einer halb geöffneten Tür strömende Licht erschaffen wird. Man kann nicht ausmachen, ob es auf das Licht zugeht oder darüber nachdenkt, es zu tun, ob etwas, das es sieht oder hört und das von draußen kommt, nach ihm ruft, ob es sich langweilt und sich lediglich die Zeit vertreibt, oder ob es einfach dort steht, an nichts denkt, einfach das Licht wahrnimmt.

Währenddessen befindet sich im Vordergrund, im Hauptzimmer, eine Frau, vermutlich die Mutter, die zärtlich einen Säugling in seiner Wiege betrachtet, den sie womöglich eben gestillt hat oder stillen will. Sie schnürt gerade ihr Oberteil auf oder zu, während der Hund zuschaut. Ihr wird mehr Raum zugeschrieben, mehr Details, doch das kleine Mädchen hält unseren Blick gefangen.

Es trat gerade dann in mein Leben, als ich erfuhr, dass sie die *Junge Dame mit Perlenhalsband* aus der Gemäldegalerie geschafft hatten und dieses ruhige, manchmal vergessene Museum mit nur einem Vermeer, dem *Herr und Dame beim Wein*, zurückblieb, dessen Pracht sich mir erst später erschloss. Trotzdem ein herber Verlust, auch wenn man hin und wieder eine neue Liebe findet.

* * *

Ein paar Blocks von meiner Wohnung entfernt, auf dem Abschnitt der Straße, der mir am besten gefällt, hängen die Gemälde und Zeichnungen von Käthe Kollwitz. Anders als das kleine Mädchen in der Gemäldegalerie sind das alte Lieben, deren Stimmen mich oft rufen und auffordern, in ihrer Nähe zu bleiben, im Garten am Museum, im Literaturhaus nebenan, wo auch immer ich mich aufhalten möchte.

Hier bin ich auch jetzt wieder, auf meinem Heimweg.

Im Käthe-Kollwitz-Museum gibt es viele Mütter und Kinder, und viele dieser Kinder sind tot. Es gibt eine Fassung von *Frau mit totem Kind*, bei der ich, auch nachdem ich es mehrmals gesehen hatte, immer unkontrolliert in Tränen ausgebrochen war. Die Frau auf der Radierung ist so schmerzverzerrt, ihr Gesicht, ihr ganzer Körper sehen aus wie der eines Höhlenmenschen, nahezu wie der eines Menschenaffen, und im Arm hält sie ihr lebloses, engelsgleiches Baby mit dem glatten Gesicht. Manchmal weiche ich diesem Ort auch aus, denn Weinen in der Öffentlichkeit ist ein Luxus, und nicht alle Museumsbesucher sind so großzügig und gewillt, Fremde in ihrer Trauer mitzuerleben.

Diesmal merke ich jedoch, dass ich vermehrt ein fröhlicheres Bild betrachte. Eine stehende Frau hält ihr Kleinkind im Arm, und allein die Tatsache, dass es kein Säugling mehr ist, gibt Hoffnung auf Leben, und es besteht die Möglichkeit, dass sie beide zufrieden sind. Stumme Glückseligkeit umgibt ihr rundliches, dankbares Lächeln, und in den Augen des Jungen liegt ein Kichern, während er seine Mutter umschlingt, die Arme gierig, die Beine dicht an ihren Busen gedrängt.

* * *

Einen letzten Stopp am Walter-Benjamin-Platz mache ich noch, bevor ich zu meiner Wohnung zurückkehre. Der Nachmittag ist wolkenlos, grell, dreißig Grad, eher Madrid als Berlin, und auf dem Platz spielen ungewöhnlich viele kleine Kinder. Später wird genau dieser Augenblick mich verfolgen, egal, wo ich gerade bin.

Es ist Sonntag, und eben weil es ein Sonntag ist und man seine Sonntage eigentlich vergessen soll, weiß ich noch genau, wie auf einmal das Wasser aus mehreren Stellen im Boden emporschießt, hoch in die Luft. Weil das Auge nicht darin geübt ist, nach Formen Ausschau zu halten, brauche ich eine Weile, bis ich begreife, dass die einzelnen Wasserstrahlen eine Kurve beschreiben, sodass sie eine Art Kuppel bilden.

Schönheit nimmt viele Formen an, und das hier ist eine davon, das erste dreier schöner Dinge, die mir an diesem Nachmittag begegnen. Ein Moment des Wassers, seiner schieren Körperlichkeit. Da folgt es ganz natürlich, dass das zweite Schöne daraus entspringt, dort an einer der Düsen auf dem Boden: eine schlichtere Schönheit, ein kleines, etwa vierjähriges Mädchen in einem pfirsichfarbenen Badeanzug und mit langen dunklen Haaren, das mit seinen nackten Füßchen in den Wasserspielen herumtrippelt. Es sieht so fröhlich und ausgelassen aus, und ich hätte ihm einfach weiter zuschauen und meinen Blick nicht über die Umrisse der Gestalt wandern lassen können, die sich nun auf das Mädchen zubewegt, ein vollständig bekleideter Mann, bis zu den Schuhen, die sich sofort mit Wasser vollsaugen – Schuhe, die nicht für den Sommer gemacht sind.

Er muss der Vater sein, denn das erkennt man immer. Und das macht ihn das dritte, notwendigerweise Schöne. Ich kann sein Gesicht nicht mal richtig sehen; ich kann lediglich seine Augen ausmachen, und dass er recht groß ist, schlank, und noch schmaler durch seine Bartstoppeln, und golden unter der Sonne. Seine Augen sind so klar, dass sie in zu grellem Licht rötlich wirken würden. Mir kommt ein Gedanke: Womöglich sind mir diese Augen bereits im Traum begegnet.

Nachdem es ihm gelungen ist, das Mädchen vom Wasser wegzulocken, sehe ich, wie die beiden auf den Säulengang zugehen, nur ein paar Schritte von dort entfernt, wo ich mit meinem Buch und meinem Bitter Lemon sitze, und ins Café gehen. Er trägt eine ausgefranste Umhängetasche, trotz des teuren weißen Hemds und der teuren italienischen Schuhe, und darin hat er vermutlich die Sachen seiner Tochter verstaut.

Als sie drinnen verschwunden sind, stelle ich ihn mir vor, wie er vor der Damentoilette wartet, bis sie sich abgetrocknet und angezogen hat, denn sie ist ja schon ein großes Mädchen, Papa muss nicht mit reinkommen und ihr helfen. Ich stelle mir vor, wie sie durch die geschlossene Tür miteinander sprechen und er sich an jedem einzelnen ihrer Quietscher erfreut. Vielleicht wartet zu Hause eine Mutter, vielleicht auch nicht. Vielleicht ist er geschieden, vielleicht hat er auch eine heimliche Geliebte, die in irgendeinem Liebesnest um die Ecke auf ihn wartet. Vielleicht hat er auch mehrere oder gar keine, ich weiß es nicht. Und was ich zu diesem Zeitpunkt ebenfalls noch nicht weiß, ist, dass ich die nächsten vier Monate durch ganz Berlin laufen werde in der Hoffnung, ihn wiederzusehen. Ich weiß auch, warum. Es ist nämlich möglich, dass ich ihn dafür liebe, wie er mit seiner Tochter umgeht, so ruhig, so unbelastet, und ich wünschte, wir könnten zusammen sein und Kinder bekommen, von denen wir von Anfang an wüssten, dass sie unsere sind. Es besteht auch die Möglichkeit, dass ich mir wünsche, er wäre mein Vater und ich das kleine Mädchen, das schon seit jeher weiß, dass es so ist. Und dass es schon immer eine Tatsache war, nicht einfach nur ein unaufgefordertes Geschenk.

* * *

Die zwei Bilder und die Szene auf dem Platz haben mich in eine seltsame Stimmung versetzt, sodass ich den restlichen Abend lang nachgrübele. Ich denke darüber nach, was mich an kleinen Kindern so fasziniert, dass Amalia mir so früh mein Herz stahl. Ich frage mich, was mir an Kindern solche Angst macht, als würden sie durch ihr Heranwachsen auch mich in meiner Angst vor dem Verlassenwerden und meinem Drang zu fliehen bloßstellen. Ich denke an meine Mutter und wie es für mich war, mit ihr und ihrem verlässlichen, aber meist nüchternen Interesse für meine alltäglichen Angelegenheiten aufzuwachsen, eine Gleichgültigkeit, die, wie mir erst später klar wurde, von Trauer und Liebeskummer angetrieben war – und vielleicht auch einer Spur Wut auf den Mann, der mich ihr geschenkt und sie dann mit mir alleingelassen hatte.

* * *

Ich sende die Nachricht beinahe so überstürzt ab, wie ich sie verfasst habe.

Amalia,
ich weiß, dass Dir momentan vieles Kummer bereitet und Dich gleichzeitig wütend macht. Ich wünschte, ich hätte Dir eine bessere Freundin sein können. Ich weiß, dass ich nicht besonders begabt bin, wenn es darum geht, Dinge zu formulieren, und dass ich oft keinen Ton herausbringe, wenn ich eigentlich etwas sagen sollte.
Ich vermute, ich hätte all das sagen können, als wir uns letztes Jahr gesehen haben. Aber als ich die Nachricht über den Tod Deines Vaters erhielt, kam ich Deinetwegen zurück und ließ mein Leben in London hinter mir. Das wollte ich Dir nur sagen. Ich hatte mir solche Sorgen gemacht, dass Deine Großmutter Deinen Verlust womöglich noch verstärkte, ihn irgendwie schlimmer machte. Niemand von uns hätte vorhersehen können, was sie tun würde, was ich als Reaktion darauf tun würde, oder ob wir nicht letztendlich zwei Seiten derselben Medaille waren. Aber wir wissen, was dabei herauskam. Du bist geflohen, vor uns beiden, und Du hast Zuflucht bei jemandem gefunden, die einst eine Freundin war, bis sie es schließlich nicht mehr war.
Ich will jetzt aber nicht über Dara schreiben. Deswegen melde ich mich heute Abend nicht bei Dir.
Du hast mich gefragt, ob ich Deinen Vater geliebt habe. Und

da bin ich also und sage Dir, ja, das habe ich. Ich habe ihn sehr geliebt. Er war so elegant und so nachsichtig. Manchmal kann ich nicht anders, als zu glauben, dass sein früher Tod womöglich etwas damit zu tun hatte, wie er war, dass er immer zu gut war für diese Zeit.
Jedenfalls wollte ich nur hören, ob alles in Ordnung ist, ob es Dir gut geht. Du weißt, wie Du mich erreichen kannst.

Alles Gute,
Ibu

Ich schließe mit meiner Signatur, die anzeigt, wo ich wohne, bis hin zur Postleitzahl, so wie es viele Deutsche mit einem glücklichen, selbstsicheren, beruflich soliden Leben tun.

* * *

Natürlich erwarte ich nicht, dass sie mir antwortet. Ich weiß nicht, warum wir immer so korrekt und freundlich miteinander umgehen, als wären wir Kolleginnen oder eine Professorin und ihre Studentin. Warum wir immer so gemäßigt und kuratiert ausdrücken, was uns aneinander stört. Warum wir füreinander wie Minenfelder sind.

Amalia war zwei, als sie mir vorgestellt wurde, zu klein, um mein Gesicht wirklich wahrzunehmen, aber auch wenn ich kaum etwas gesagt hatte, wusste ich doch, dass sie ein Geschenk war. Es ist absurd, das zuzugeben, aber ich hatte vor all diesen Jahren – 1989 war es, glaube ich; so lange her und so weit weg von meinem jetzigen Leben – zum Teil deswegen Riaz' Antrag angenommen, weil er bereits eine Tochter hatte. Eine Tochter, die ich nicht in mir empfangen, beherbergen und ernähren und aus meinen dunklen Tiefen in die Welt bringen musste. Eine fertige Tochter. Eine Tochter, die ich nicht mit meiner Milch aufziehen musste, mit der Essenz meiner selbst. Eine mutterlose Tochter noch dazu; Riaz' erste Frau war auf die traurigste Weise gestorben, die man sich vorstellen konnte: ein tödlicher Unfall, als Amalia gerade eins geworden war. Wenn diese Geschichte eines bei mir bewirkte, dann dass ich entschlossen war, keine eigenen Kinder zu bekommen, denn Kinder zu haben bedeutet noch eine Quelle großen Schmerzes. Der Schmerz des Verlusts.

Es half natürlich, dass ich immer mit Sicherheit wusste, dass Riaz mich heiraten wollte, weil er mich liebte, und nicht, weil er mich als Ersatzmutter sah. Trotzdem. Nichts davon kann erklären, warum unsere Kommunikation – die zwischen Amalia und mir – später so verkümmert ist, ebenso wie es nicht erklärt, weshalb ich genau wie meine Mutter so gut darin bin, mich zu distanzieren. Wenn es das Werk der Zeit ist, wie kann sie dann so verheerenden Schaden anrichten?

Javier glaubt, dass meine Beziehung zu Amalia die Beziehung zu meiner Mutter widerspiegelt. Meine Mutter, die, anders als Amalia und ich, mit mir blutsverwandt ist, die aber dennoch meine andere Hälfte fast mein ganzes Leben vor mir geheim gehalten hat. Es hat nichts mit Blutsbanden zu tun, sagte er. Es geht darum, womit man die Vergangenheit seines Kindes erfüllt. Wie viel seiner selbst, seiner Wahrheit man dazugibt, ob man es von der Straße aufgelesen hat oder es von einem umherziehenden Mann bekam, der einem selbst verwehrt geblieben war.

Javier war meine große Liebe.

Ich versuche, mich daran zu erinnern, wann er das gesagt hatte und unter welchen Umständen. Wie nackt wir dabei waren und in welcher Stellung. An welchem Punkt in unserer Beziehung befanden wir uns, war es, als er sich von mir entfernte, oder erst als ich bemerkte, dass er das tat. War es, als ihm allmählich klar wurde, dass ich ihn sicherlich verlassen würde, wenn er mich nicht als Erstes verließ, trotz meiner ausgeprägten Angst davor, ihn zu verlieren? Aber was spielt das inzwischen für eine Rolle? Ob er ernst meinte, was er sagte, oder nicht, es reichte ihm offensichtlich nicht, um zu bleiben. Er hatte mich geliebt, er hatte mich betrogen, er hatte an mir gezweifelt und mich verlassen. Es gibt nichts, was noch zu prüfen oder zu klären wäre.

Aber meine Mutter und ich: Was für eine Beziehung haben wir eigentlich? Hat es jemals die Art Liebe zwischen uns gegeben, die es rechtfertigen würde, dass ich ständig hilflos andere Kinder und ihre Eltern anstarre?

Als ich meiner Mutter vor so vielen Jahren erzählte, für welches Studium ich mich entschieden hatte – Kunst, sagte ich, mit nur einem Hauch von Schuldgefühlen –, sagte sie nichts, sie lächelte nur. Ich habe schon immer gewusst, dass du diese Richtung einschlagen würdest, besagte dieses Lächeln, und das war alles. Und obwohl sie dem Gärtner oder einer Kollegin nach einer gut geleisteten Arbeit wohl das gleiche Lächeln schenken würde, das unausgesprochen von einem guten Verhältnis und Tüchtigkeit zeugte, war ich nicht gekränkt. Ich erwartete nichts anderes von ihr.

Sie hat, was die Eltern meiner deutschen und englischen Freunde einen sehr klaren Verstand nennen würden, ein Selbstvertrauen, das kein Selbstmitleid duldet. Sie hat eine Schwäche für Akkuratesse, für alles, was klar und deutlich ist. Ärzte und Lehrer lassen sich immer besonders von ihrer kompetenten Aura verunsichern, von ihrem unerschütterlichen Glauben in das, was sie weiß. Ihre Schwestern sind ihr nicht gewachsen. Eine von ihnen, meine Tante Ambika, die ihr am nächsten steht, hat vor allem »vor der Selbstbeherrschung deiner Mutter« Angst.

So war sie auch immer mit mir: selbstbeherrscht. Selbstbeherrscht und vielleicht ein wenig neidisch, dass ich ihr die Stirn bieten konnte. Oder kann ich einfach genauso kalt sein wie sie? Was auch immer es ist, ich weiß nicht, ob es auf irgendeine Art und Weise Zärtlichkeit zwischen zwei Menschen zulässt.

* * *

Nina und ich haben uns ziemlich regelmäßig getroffen. Wir unterhalten uns viel über die indonesische Kunstszene, über die Leute, die in meiner Heimat Kunst kaufen. Heutzutage sei das eine eklektische Mischung, erklärte ich ihr, junge Leute mit Treuhandfonds, die sich in der Lebensmittel- und Getränkeindustrie langweilen, Prominente, die Lust auf Sammeln haben, Investmentfirmen, Gastronomietempel und Großkonzerne, die auf ihre Kunden gemünzte Privatausstellungen veranstalten. Einige darunter hatten schon eher damit angefangen, in den Neunzigern. Der Mann, der inzwischen eine von Jakartas beeindruckendsten Kunstmessen veranstaltet, ist einer von ihnen. Elvis Presley zum Leben erwacht, eine surrealistische Vision seiner selbst, wie wir ihn uns vorstellen, wie er jeden Tag aufwacht und seinen Sudjojonos und Affandis Gutenmorgenküsse zuwirft, während sein Hemd wie in Discolichter getaucht schillert. Warum muss es eigentlich überall so verdammt gleich ungerecht zugehen, seufzte Nina.

Ich kann mich nicht erinnern, je mit irgendjemandem so gelacht zu haben wie mit Nina. Wir sprechen über Filme, Essen, Musik, Kunst, alte Welt, neue Welt, Abgehobenes, Schund; wir tratschen so intelligent und reißend, wie es Frauen eben tun.

Es ist jetzt unser drittes Treffen, und es ist beinahe elf. Doch morgen ist Samstag, wir können alle ausschlafen. Ich habe noch was zu trinken oben, sage ich. Ich will deine Arbeiten sehen, sagt sie.

Ich habe ihr gerade erklärt, dass die Beziehung zwischen

Künstler und Kunsthändler in Indonesien meist unerfreulich und unbeständig ist. Der Begriff Händler wird nicht mit dem des Galeristen gleichgesetzt: jemand, der die Werke eines Künstlers oder einer Künstlerin vertritt, ausstellt und manchmal auch in Auftrag gibt und sie kauft; jemand, der selbst ein Interesse daran hat, die Karriere eines Künstlers mit aufzubauen und zu erhalten. Mir gefällt nicht nur, dass Nina einige Eigenschaften einer Glucke aufweist – ich brauche das sogar. Geschichten über die Nachlässigkeit in Indonesien versetzen noch selbst die Hartgesottensten der Kunstszene in Erstaunen. Entweder ergreifen sie die Flucht, oder sie wollen einen verhätscheln und beschützen. Bei Nina habe ich jedoch das Gefühl, dass mir genau das zum Vorteil gereichen könnte.

Ich nehme sie mit nach oben und schalte das Licht ein. Ich beobachte sie dabei, wie sie den Raum scannt und die Gegenstände, die ich aufgestellt habe: zwei Staffeleien, zwei Glo-Ball-Leuchten in jeder Fensterecke und die wenigen Möbelstücke – eine Tischplatte auf Böcken, ein grüner Sessel vom Trödel und ein Hocker aus Weinkorken. Insgesamt ein bisschen zu offensichtlich Bauhaus, aber Nina versteht, was ich damit sagen will.

Aber jetzt zu meinen Arbeiten, was soll ich ihr zuerst zeigen? Die alten, die neuen oder die unfertigen? Plötzlich überkommt mich Schüchternheit. Ich entscheide mich dafür, ihr zu Anfang das Werk einer anderen zu zeigen. Es ist nicht irgendein Werk. Es ist mein wertvollster Besitz, eine abstrakte Landschaft auf vierzig mal fünfzig von Umi Dahlan, in atemberaubenden Rot- und Grüntönen, die ich absichtlich ganz in meiner Nähe habe, neben meinem Klappbett, wo sie etwas schief zur Welt hängt.

Ich erkläre Nina, dass Umi Dahlan eine Schülerin von Ahmad Sadali war. In meiner Heimat nennt man Sadali den Vater des sogenannten abstrakten Expressionismus der Bandungschule, aber manchmal glaube ich, Umi Dahlan war die

Talentiertere der beiden. Es umgibt sie etwas Rätselhaftes, eine Introvertiertheit, die ich nicht genau erfassen kann. Nina sieht sich die Landschaft lange an. Ich weiß, warum du sie so dort versteckt hast, sagt sie anschließend. Du willst sie für dich behalten und ihre Kräfte bewahren.

Mir gefällt Ninas Energie, sie sieht, was ich sehe. Schon bald fällt mir auf, dass ihr Blick auf meine eigenen Arbeiten fällt: eine nicht aufgezogene Serie, sechs Stücke insgesamt, geometrische Formen in Acryl und Öl. Ich habe sie absichtlich wie beiläufig an die Wand unter dem Umi gelehnt. Nina ist angetan von ihnen, das sehe ich. Darauf habe ich gebaut. Ich beobachte sie dabei, wie sie still die Farben betrachtet, die Komposition. »Die sind umwerfend«, sagt sie. »Hast du noch mehr davon?«

Ja. Habe ich. Zwei Büsten, ein Mann und eine Frau, deren Arme sich in eine Frucht, einen Baum verwandeln; ein paar neue feministische Arbeiten – Stiche auf Papier, Skulpturen, die Anfänge von ein paar Skizzen, von fotografischen Erkundungen des weiblichen Körpers à la Angela Carter bis zu anzüglichen Augen-Knebeln, nennen wir es eine Nachwirkung meiner Louise-Bourgeois-Phase. Ein paar surrealistische Triptychon-Serien in Aquarell. Ein paar Nachempfindungen von Sudjojonos weniger bekannten Gemälden. Bald auch eine neue Serie in Öl auf Papier.

Wir veranstalten den erforderlichen Tanz, ich zeige, sie guckt, sie beurteilt, ich lasse mich beurteilen. Nina lässt sich Zeit, das gefällt mir. Sie nimmt auch das an mir wahr, das nicht selbstbewusst ist – momentan, sagt sie, neigst du ja sehr zu Miniaturen, das finde ich spannend. Sie erwähnt auch meine früheren Arbeiten, die bekannten und die weniger bekannten, die Publikumslieblinge und die stillen Rätsel. Sie erzählt mir, dass sie ziemlich angetan von *Moonlight and Metal* war, meiner alten Installation beleuchteter Objekte mit Flügeln. Der silberne Computer und die Katze, betont Nina, und das in Platin beleuchtete Fahrrad. Und sie erwähnt, dass sie womöglich ihre Chefin, Elisabeth, dazu bringen kann, die Installation in Berlin zu zeigen. Sie erklärt mir, Elisabeth habe irrsinnig hohe Maßstäbe, ich solle mir nicht allzu große Hoffnungen machen. Aber sie hatten noch nie jemanden aus Indonesien, man kann also nie wissen.

Mir gefällt auch, dass Nina nicht übertrieben schwärmt, nicht untertreibt. Und dass sie mir demonstrieren will, dass sie ihre Hausaufgaben gemacht hat. »Eine Serie gibt es da allerdings noch«, sagt sie und hält inne. »Diese beeindruckenden großen Skulpturen.«

Darauf habe ich schon gewartet. »Die, ja.«

»Von Männern mit Vagina …«

Ich unterdrücke ein Aufseufzen. »… und Frauen mit Schwänzen.« Sie sieht mich erwartungsvoll an.

»Die in Indonesien auszustellen, habe ich mich nie getraut«, sage ich und versuche, beiläufig zu klingen. »Mein Land ist schon ein seltsamer Ort. Manchmal kommt man mit Nacktheit in der Kunst davon, aber die hier … na ja, die sind anders.«

»Eben, genau. Kann ich mir vorstellen.« Obwohl sie es sich natürlich nicht vorstellen kann. »Sie sind sehr stark. Die Figuren an sich. Sie erinnern mich an *Saturn verschlingt seinen Sohn* von Goya – der Gesichtsausdruck, meine ich. So makaber.«

Natürlich, genau das hat Javier auch gesagt, als er sie zum ersten Mal gesehen hat.

»Ich bin sicher, die können für eine neue Ausstellung noch mal neu gegossen werden.«

Ich versuche ruhig zu bleiben, obwohl mir schwindelig ist. Ich gehe in die Küche und schenke uns zwei Gläser Wein ein. Ich halte ihr eins hin. Wir stoßen an.

»Nach allem, was ich hier sehe, hast du genug Stoff für ein neues Portfolio«, sagt sie. »Was du wirklich brauchst, ist ein neuer Kunsthändler, idealerweise hier in Berlin, mit ordentlich Mumm.« Beim Abendessen hatte ich ihr bereits von der Sache mit D.J. erzählt, und auch von der nicht so einvernehmlichen Trennung von meiner einstigen Kunsthändlerin in London, als sie mich bei der letzten Gruppenausstellung in Whitechapel dabeihatte.

»Was du dringend brauchst«, sagt sie, »ist jemand, der sich um deine PR und um die Administration kümmert. Wenn du willst, kann ich das sein.«

Wir besprechen ein paar technische Einzelheiten, wie es mit der Galerie funktionieren würde, bei der sie angestellt ist. Sie sagt mir, das solle ich ihre Sorge sein lassen. Genau wie ihr Gehalt, was Geld bedeutet, über das ich nicht verfüge. Du bezahlst mich, sobald Elisabeth dich unter Vertrag nimmt, sagt Nina. Fang du erst mal mit neuen Arbeiten an, während ich dir ein hübsches neues Profil erstelle. Wir machen das drei Monate lang so, und dann gucken wir, wo wir stehen.

Ich bekomme kaum noch Luft.

»Du lässt mich dich promoten, du machst dich an die Arbeit, und wir versuchen, dir einen tollen Kunsthändler zu angeln. Einverstanden?«

* * *

Ich bin wieder beim Denkmal. Zwei Geschichtsstudentinnen, ernsthaft, hübsch und noch keine zwanzig, sitzen auf einer grauen Stele neben mir. Sie diskutieren.

»Welche ermordeten Juden? Wann? Wo? Von wem?«

»Du bist so logozentrisch.«

»Glaubst du denn wirklich, dass Titel keine Rolle spielen?«

»Na ja, jeder weiß doch ...«

»Eben. Genau diese Annahme ist gefährlich und unehrlich. Weil es ja jeder weiß, was bringt es dann zu sagen, wer sie ermordet hat? Ist doch gar nicht nötig.«

»Aber jeder trauert doch auf seine Weise. Jeder erinnert sich auf seine Weise.«

»Das tun sie sowieso jeden Tag. Denkmäler haben eine Aufgabe. Es sind öffentliche Monumente. Sie sollen das kollektive Gedächtnis ehren.«

»Gibt es so etwas überhaupt – ein kollektives Gedächtnis?«

So streng ist die Jugend. Sie diskutieren weiter, und ich blende sie aus, doch als sie aufstehen, um woanders ihre Diskussion fortzuführen, wird mir klar, dass sie genau die Fragen gestellt haben, die ich mir selbst stellen sollte, über meine Vergangenheit, mein Volk.

3.

Wie bist du zur Kunst gekommen? Stand es einfach irgendwann als unverrückbare Tatsache vor dir?

Künstler weichen dieser Frage oft aus; sie finden sie entweder faul oder sind selbst zu faul, um sie zu beantworten. Nicht so ich – denn für mich war der Augenblick immer ganz eindeutig. Genau wie die beiden mich lenkenden Kräfte.

Der eine war berühmt, der andere praktisch unbekannt.

* * *

Eines Tages in den späten Siebzigern, ich war damals dreizehn, kam ein Mann, dem ich nie wieder begegnen sollte, zu uns in unser Haus in Jakarta mit einem Gemälde von einer Frau, die aussah wie meine Mutter, und meine Mutter errötete so tief, dass ich zunächst dachte, sie hätten eine Affäre. Sie wechselten nur wenige Worte, während meine Mutter ihn ins Wohnzimmer bat.

Sie legte mir eine Hand auf den Arm, wie sie es sonst fast nie tat.

»Hol deinen Vater.«

»Wieso?«

»Sag ihm, ein alter Freund von mir aus Yogyakarta ist zu Besuch gekommen.«

Ich warf einen Blick auf die Leinwand, die der Mann dabeihatte und die abzudecken er sich keine besondere Mühe gab. Ebenso wenig gab er sich besondere Mühe, mich nicht anzustarren, als müsste er irgendetwas überprüfen. Er roch nach Nelkenzigarette und Verwesung, und etwas in seinen Augen war wie nicht von dieser Welt.

»Srikandi«, sagte meine Mutter, wie sie es immer tat, wenn sie etwas durchsetzen wollte.

Ich seufzte, stand auf und tat, wie mir geheißen.

Nachdem ich meinen Vater, oder *Bapak*, wie ich ihn nannte, geholt hatte, damit er unseren Gast begrüßte, verschwanden alle drei in *Bapaks* Arbeitszimmer und schlossen die Tür hinter sich. Ich konnte sehen, wie zugewandt *Bapak* dem Mann gegenübertrat – denn das war er stets, zugewandt – und wie angespannt meine Mutter war.

Als ich am nächsten Morgen in *Bapaks* Arbeitszimmer kam, meine Mutter mir auf den Fersen, blickte mir ein Gesicht von der Wand entgegen, das unverkennbar das meiner Mutter war. Mein Vater musste es irgendwann nachts, während ich schlief, aufgehängt haben.

Und weil ich einfach dort stand, ganz regungslos, sah *Bapak* von dem Buch auf, in dem er gerade las, und sagte: »Der Mann, der gestern hier war – er ist Maler, und er heißt Isa. Er hat deine Mutter irgendwann in den Sechzigern gemalt, als sie ihn mit … einem Freund in Yogyakarta besucht hat.«

Ich fragte meinen Vater, ob er berühmt sei, dieser Maler namens Isa, ob das Gemälde einen Titel habe.

Genau wie er gezögert hatte, bevor er das Wort ›Freund‹ aussprach, fing er auch jetzt zögerlich an und sah immer wieder zu meiner Mutter hinüber. Vage bekam ich noch etwas von *»die blaue Witwe«* mit, und »nach allem, was passiert war, hat deine Mutter auf den Titel bestanden …«, doch ich hörte nicht richtig zu, und der Schulbus war schon da, und ich musste los, also sagte ich tschüs, *Pak*, bis später.

Ich weiß allerdings noch, dass ich ein letztes Mal das Gesicht meiner Mutter an der Wand ansah, das haargenau meinem Bild von ihr entsprach, nur dass es mir bisher nicht bewusst gewesen war: ein Grün, das in kupferfarbenes, sich entflammendes Rot überging; das Blau so versteckt, es war kaum auszumachen.

Ich weiß auch noch, wie meine Mutter mich ansah, als ihr bewusst wurde, was ich sah, und wie ich, als ich zur Tür hinauslief und sie auf die Wange küsste, dachte: Warum musst du so traurig sein, *Ibu*, wenn du doch ganz eindeutig rot bist, ganz eindeutig leuchtest?

Aber Geheimnisse sind wie Farben: Sieh genau hin, und sie erzählen dir tausend Geschichten.

* * *

Ein Wendepunkt kündigt sich nie an, man erlebt ihn einfach als solchen. Aber von dem Augenblick im Arbeitszimmer meines Vaters an bildete sich die Angewohnheit – ich bin sicher, es war eine –, zweimal hinzusehen, vor einem Bild stehen zu bleiben, etwas hineinzuinterpretieren – manchmal auch zu viel. Und als Fehlinterpretation oftmals beabsichtigt. Wie sollen wir auch sonst wissen, was wir nicht wissen können?

Ich bin nicht sicher, welchen Einfluss die Veränderung meiner Mutter auf diese neue Angewohnheit hatte. Woher kam ihre plötzliche Wahrnehmung meines Blicks? Was war Ursache, was Wirkung? Veränderte meine Mutter sich aufgrund meines neu entdeckten Interesses, oder interessierte mich dieses Neue aufgrund der Veränderung in ihr? Jedenfalls geschah es, und zwar mit voller Kraft. So wie unvermitteltes Glück es einem oft abverlangt.

Es geschah Folgendes: Wir klapperten die Stadt ab und

sahen uns Unmengen von Kunst an. Meine Mutter hatte dabei etwas verhalten Eindringliches an sich, so als hätte sie es zwar eigentlich nicht geplant, doch jetzt, wo sie auf einer Mission war, war sie entschlossen nachzuholen, was sie zunächst so schändlich versäumt hatte. Sie verfrachtete mich in den Dienstwagen meines Vaters, meistens am Samstag- oder Sonntagnachmittag, und fuhr mit mir zu Leuten nach Hause, die ich noch nie gesehen hatte. Menschen, die nie bei uns zu Hause gewesen waren, Menschen, die offensichtlich die Freunde meiner Mutter waren – nicht die meines Vaters. Künstler, erklärte sie mir, denn Künstler unterschieden sich ein wenig von Menschen.

Selbst damals schon war mir klar, dass diese Künstler, diese Menschen, die eben nicht wie Menschen waren, uns mochten. Oder vielleicht konnten sie auch einfach nur gut mit uns fertigwerden, weil sie so eben waren – sie machten sich keine Gedanken um andere. Manche darunter waren großzügig. Sie boten uns zu essen an und schenkten mir Tonförmchen, die ich mit nach Hause nehmen durfte. Das hieß jedoch nicht, dass ich irgendetwas über die Hintergründe des jeweiligen Künstlers erfuhr. Wo hatten sie meine Mutter kennengelernt, woher kannte sie überhaupt so viele Künstler? Sie schienen dem Urteil meiner Mutter jedoch zu vertrauen, obwohl sie selbst weder Expertin noch Künstlerin war. »Deine Mutter hat den Blick einer Künstlerin«, sagte einer von ihnen zu mir. »Einen freien Blick.«

Zu mir waren sie ebenfalls freundlich, soweit das Anhängsel eines Elternteils denn toleriert werden konnte. Ich war das Mädchen mit Potenzial, auch wenn ich noch nicht das Auge und noch keine eigene Stimme hatte. Mir machte es nichts aus, dass ich so wahrgenommen wurde. Wie ich später herausfinden sollte, ist es schwieriger, viel zu wissen und zu schweigen.

Letztendlich gab es nur ein Werk, das mich wirklich berührte: eine Sammlung von Zeichnungen, nicht mehr als zwei Dutzend, wie Schnappschüsse aus einem Familienalbum. Sie lagen einfach da auf dem Schreibtisch des Künstlers, uneigennützig, unaufdringlich.

»Das gefällt dir also?«, hörte ich eine Stimme hinter mir.

Ich drehte mich um und sah einen schlanken, recht großen Mann irgendwo in den Sechzigern auf mich zukommen.

»Das gefällt dir also«, wiederholte er, »und das hier«, und dabei zeigte er auf die Zeichnungen, die ich ausgewählt hatte. Ein schlafender Gärtner, eine Szene von einem Fernsehbildschirm, eine schlafende Frau und ihr kleines Kind. Warum gefällt dir das und nicht das hier? Oder das? Währenddessen blies er mir unablässig Rauch ins Gesicht, wie man es mit den Kindern anderer Leute zu jener Zeit tat, denn genau das machte man auch mit seinen eigenen Kindern. Irgendwann stand er auf und holte einen alten Kalender von einem Stapel auf seinem Schreibtisch. Er hielt mir die Rückseite hin, die voller Notizen in seiner gedrungenen, sauberen Handschrift war, wie Tagebucheinträge. Darauf stand auch ein Gedicht, das er geschrieben hatte und das ihm am Herzen zu liegen schien. Er bat mich nicht, es zu lesen, aber natürlich tat ich es. Es handelte von leidenschaftlicher Liebe, und ich errötete.

Über sechzig und immer noch ein Charmeur.

Meine Mutter dagegen schenkte uns kaum Beachtung, sondern richtete ihre Aufmerksamkeit auf die großen Leinwände, die das Atelier füllten. Ich sah ihr zu, wie sie eine nach der anderen betrachtete, den Schwung darin und die Einzelheiten, nicht nur das Werk von Hand, Gliedmaßen und Augen, sondern auch von kollektivem Gedächtnis und Reflexion. Meine Mutter schien wahrhaftig überwältigt von einigen dieser Arbeiten, dass es beinahe Ehrerbietung gleichkam, während sie anderen absichtlich auswich. Vor allem den Akten, was seltsam war. Es war, als fände sie, der Künstler habe eine Grenze überschritten, als wäre sie persönlich entehrt worden. Doch mir gefiel er. Mir gefiel sein langes, schmales Gesicht, seine beunruhigende Ruhe, die Art, wie seine Augen und sein Mund sich gegenseitig hochschaukelten. Die Art, wie seine Pfeife scheinbar aus eigener Kraft in seinem Mundwinkel baumelte. Wie er mir immer wieder den Rauch ins Gesicht blies.

Später erzählte mir meine Mutter, dass er Sindudarsono Sudjojono hieß und womöglich der großartigste Künstler war, den unser Land je hervorgebracht hatte. Er war auch der mit dem meisten Pech und dem meisten Glück, er war von Politik, Ideologie, Familie, von schier glücklichem Timing und all den Kräften im Leben, die einen ins Grab brachten oder am Leben hielten, sowohl verfolgt worden als auch verschont geblieben. Ich erwiderte, okay, aber was hat das damit zu tun, wie er zeichnet und malt? Spielt es überhaupt eine Rolle, was er weiß oder gesehen hat?

Da hast du nicht unrecht, sagte sie. Aber irgendwann wirst du verstehen, dass es oft nicht darum geht, ob ein Künstler eine von zwei Frauen, die er auf die eine oder auf die andere Art geliebt und dann gemalt hat, noch dazu als Akt, mehr liebte als die andere. Liebe liebt nie wieder gleich.

Und weil ich nichts dagegen sagte, fuhr sie damit fort, dass eines Tages auch ich verstehen würde, warum die Liebe uns dazu bringt, nach Bildern zu suchen und sie dann abzulehnen.

»Dann sprichst du also aus Erfahrung«, sagte ich.

»Warum gibt es überhaupt so etwas wie Glück?«, fragte sie.

»Warum gibt es so etwas wie Talent?«, fragte ich.

Ich hätte mit dem Schlagabtausch weitermachen können, denn etwas in ihr flehte mich geradezu darum an. Aber was weiß ich denn schon, sagte ich stattdessen. Ich bin schließlich erst dreizehn.

Ein paar Tage später erzählte sie mir: »Es gibt da ein Gemälde von ihm von seiner ersten Frau, das mich immer wieder irritiert. Auf den ersten Blick sieht es so abgeklärt aus, wie sie schwanger im Schaukelstuhl sitzt in ihrer hellrosa *Kebaya* und näht – als hätte sie sich bewusst in der Häuslichkeit ihres Lebens eingerichtet. Mich irritiert aber, dass ich sie nur als alte Frau sehen kann, wenn ich mir ihr Gesicht näher anschaue. Und das macht mich jedes Mal traurig. Ich weiß nicht, weshalb. Weißt du noch, was ich zu dir gesagt habe, als wir bei Sudjojono zu Hause waren? Darüber, wie man zwei geliebte Frauen malt? Nun ja, Sudjojono hat zweimal geheiratet; beide Frauen, die erste und die zweite, hat er auf intime Weise gemalt. Man würde annehmen, dass er beide geliebt hat – ob nun auf gleiche oder auf unterschiedliche Weise. Aber seltsamerweise habe ich seine zweite Frau in keinem seiner Gemälde als alt wahrgenommen, nicht einmal, als ich eins ansah, auf dem sie eine ältere Frau war. Ist das nicht merkwürdig?«

Die positive Veränderung meiner Mutter hielt nicht lange an; sie verschwand so schnell, wie sie gekommen war. Ich hatte schon beinahe damit gerechnet, mit dieser Rückverwandlung in ihr dunkelblaues Selbst. Das änderte für mich jedoch nichts an den Tatsachen. Von dem Tag an, an dem ein Maler namens Isa mit einem Gemälde meiner Mutter zu uns nach Hause kam, wusste ich, dass ich das Leben einer Künstlerin führen würde.

Und wo meine Mutter den Berührungspunkt geboten hatte, lieferte mein Vater die Philosophie. Er sprach so über Kunst, wie er über Musik und Lyrik sprach, und zwar indem er sich voll und ganz darauf einließ. Denn so war er. Und ich war seine Tochter.

Erst als ich Künstlerin wurde, als Isa und Sudjojono zu einem Bestandteil meines Lebens geworden waren, war ich manchmal verwirrt. Manchmal sagte mir ein Porträt, eine Skizze, das Gesicht eines Fremden in der Menge, dass ein wesentlicher Teil von mir, so etwas wie ein Vater, woanders war.

Manchmal sagten mir die Leute: *Man weiß immer, wenn irgendetwas nicht richtig passt, wenn man selber nicht richtig passt. Es ist etwas in einem selbst. Das Ich, das es weiß, und das Ich, das nicht richtig reinpasst.* Was mir aber auffiel, war, dass sie es immer erst nach genauerem Nachdenken sagten. Man musste gesagt bekommen, wer man war, das Ich, das man nicht eigens erschaffen hatte, bevor man wissen konnte, wie und warum man nicht reinpasste.

Nur so konnte man es sicher wissen.

* * *

Ich habe bereits erzählt, was passierte, doch im Herbst 2015, in der Zeit, nachdem ich die E-Mail meiner Mutter über Riaz' Tod erhielt und bevor ich im Jahr darauf nach Berlin zog, hatte ich ein paar Schlüsselerlebnisse, und die will ich hier anführen.

Zum einen schien es passend, dass meine Mutter, als sie mir schrieb, falschlag in der Annahme meines Aufenthaltsorts. Das bedeutete, dass sie so schlau gar nicht war und dass ich sie noch täuschen konnte.

Es schien ebenfalls passend, dass ich nicht nur in Madrid, sondern genauer gesagt im Thyssen-Bornemisza war, nicht der naheliegendste Ort. Ich war wegen der Munch-Ausstellung dort, und als mich die E-Mail meiner Mutter erreichte, ging ich gerade langsam auf *Das kranke Kind* zu, das von seinem Zuhause in der Tate Modern hierhergereist war und mit dem ich eine ganze Weile zu verbringen beabsichtigte. Die Ausstellung war wunderbar: Sie besaß die Anmut und Ernsthaftigkeit einer echten Retrospektive, und dazu eine Intimität, die man nicht willentlich herstellen konnte. Ein paar Monate zuvor hatte ich eine Munch-Ausstellung im Rijksmuseum in Amsterdam besucht, doch es war eine gemeinsame Ausstellung mit van Gogh gewesen, und alles an meinem Besuch dort kam mir verkehrt vor – der Raum, das Licht, die Luft um mich herum, der Regen draußen, der Versuch eines Vergleichs an sich. Vielleicht hatte ich die Rückkehr nach Madrid gebraucht, um mir sowohl mein Wetter als auch meinen Sinn für Humor zurückzugeben.

Es gibt mehrere Fassungen von Edvard Munchs *Das kranke Kind.* Ich habe mir selbst verziehen, dass ich in der Anfangszeit meiner Besessenheit mit Munch nur ein Auge für die lithografischste von ihnen hatte. Heute schwimme ich lieber in den Rot- und Grüntönen des Gemäldes, so wie der Maler Isa meine Mutter in den turbulenten Sechzigern sah.

Ich weiß noch, dass ich lange dastand, wie angewurzelt am Fuße seines Totenbetts. Mein vernichteter und ans Bett gefesselter Engel mit seinen blutunterlaufenen Augen, die durch Schimmelschichten starrten: so besiegt, so *alt.* Es waren doch sicherlich seine eigenen Tränen, nicht meine, sagte ich mir. Ich hatte doch sicherlich nichts mit seinem Schmerz zu tun.

Und da hörte ich sie, die Stimme in meinem Ohr, die einer Wärme in mir entsprang, die ich nicht verorten konnte.

»Nimm mehr Grün, wenn du die Farben eines Grabs für sie willst. Wenn du ihre Haut traurig einfärben willst, mit diesem seltsamen fauligen gelblichen Braun, dann brauchst du mehr Grün vermischt mit Rouge.« Es spielte beinahe keine Rolle, wessen Stimme es war; es mag Isa gewesen sein, der aus dem Grab zu mir sprach, es mag Munchs Geist gewesen sein, wie er das kranke Kind betrachtet, gealtert vor seiner Zeit. Auf jeden Fall ist es stets diese Stimme, die meinen Pinsel führt, wann immer sich mir der Gedanke an den Tod aufdrängt und ich ihn malen muss. Diese Stimme und Munchs Gemälde, oder ist es Munchs Stimme und Isas Gemälde, vielleicht sind sie auch ein und dasselbe. Komisch, dass sie sich nie begegnet sind, und doch sind sie es – in Jakarta, in London, in Madrid, bald womöglich in Berlin. Was sie einander bloß erzählt hätten, wären sie es.

Nachdem ich mich von meiner unsterblichen Liebe verabschiedet hatte, lief ich eine Weile durch die Ausstellung.

Draußen schließlich, im Garten in der Nähe des Eingangs zum Museum, setzte ich mich hin und las die E-Mail meiner Mutter. Es war ein seltsam ruhiger Augenblick.

* * *

Das nächste Mal, dass ich etwas von dieser Ruhe spürte, war ein paar Wochen später in Jakarta. Es schien passend, dass es in der Nationalgalerie passierte, vor *Mutter, nähend*, Sudjojonos Gemälde von seiner ersten Frau Mia Bustam von 1944.

Es hatte nicht so ruhig begonnen. Zwei Minuten nachdem ich das Bild gefunden hatte, ganz hinten links an einer blauen Wand, strömte plötzlich eine Schülergruppe herein, und allein schon die Temperatur im Raum änderte sich. Natürlich wussten sie das nicht, sie waren Kinder. Die Gemälde welkten und verloren ihre Farbe; dessen waren sich die Jugendlichen auch nicht bewusst, blind folgten sie ihrer Kunstlehrerin, einer etwa dreißig Jahre alten Frau mit schriller Stimme. Überraschenderweise wusste sie Dinge, die man nicht an der Kunstschule oder bei offenen Ateliers lernte oder weil man ein paar Künstler kannte. Aber sie hätte lernen sollen, leiser zu sprechen: Ihre Stimme prallte von den Wänden ab und tat mir in den Ohren weh.

Kurz darauf tauchten ein paar Gesichter aus der Gruppe auf, lösten sich allmählich von ihr. Zwei der Kinder stellten sich neben mich vor die nähende Mutter. Ein Junge und ein Mädchen, kaum vorstellbar. Sie blieben eine ganze Weile dort stehen und sahen die Frau an – ebenfalls kaum vorstellbar.

Ich betrachtete sie, wie sie die Frau betrachteten. Vielleicht sahen sie ihr auf die Füße und fragten sich, weshalb einer golden und unförmig war, während der andere blass und ausgemergelt aussah, beide aber nicht ganz den Boden berührten. Vielleicht bewunderten sie auch die schwerelos geschwungene Kurve, die ihr Schaukelstuhl beschrieb, vor, zurück. Vielleicht sahen sie sich den Punkt an, wo ihre Brustwarze war, fest und doch dezent auf dem Rosa ihrer *Kebaya;* vielleicht erkannten sie sofort, dass es dieselbe Frau war, die elf Jahre später unbekleidet von ihrem Ehemann gemalt wurde, der gleiche Körper, die gleiche geschmeidige Grazie, der gleiche ausladende Busen, der für viel zu viele Babys gemacht war, die gleiche geschmeidige Grazie, der gleiche ausladende Busen, den ihr Mann womöglich vergessen hatte, als er seine neue Geliebte kennenlernte. Vielleicht sollte ich der Nationalgalerie schreiben, gut gemacht, dass Sie die Zukunft unserer Nation herholen. Sie früh mit Kunst bekannt machen und ihnen beibringen zu ›sehen‹.

Wer weiß, womöglich sahen diese beiden, was ich sah – oder auch nicht. Womöglich kämen sie eines Tages mit ihren Kindern wieder her. Womöglich kämen sie genau wie ich wieder her, allein, tragisch, und gäben ihren Müttern die Schuld dafür, dass sie ihnen nicht mehr ähnelten. Gäben ihren Müttern die Schuld dafür, dass sie sie ihr nicht ähnlicher gemacht hatten. Womöglich kauften sie sie, die ganze Sammlung, das ganze verdammte Museum.

»Sie ist schwanger«, sagte das Mädchen.

»Sie sieht aus wie meine Großmutter, als sie jung war«, sagte der Junge.

»Also, was meinst du? Junge oder Mädchen?«

»Sie schwebt. Sie, der Stuhl, alles.«

Sie verstummten beide, und dann brachen sie in Lachen aus.

Nachdem sie alle gegangen waren, überkam mich eine seltsame Ruhe. Wenn meine Mutter eine Frau gesehen hatte, die sich des sicheren Todes nicht bewusst war, der auf sie zukam, die frühzeitig alterte, so sah ich lediglich eine Frau, die sich in der Einsamkeit der Mutterschaft ausruhte: eine Frau, für die die Hoffnungen der Jugend immerwährend waren.

4.

Nina findet zweierlei. Erstens, dass ich mir einen Liebhaber zulegen sollte. Zweitens, dass es absurd ist, dass ein Kind wie ich in den Siebzigern zur Schule ging, ohne zu wissen, was das Wort Geschichte bedeutete, außer lange, poetische Namen in Sanskrit sowie einen Haufen uralter Daten auswendig zu lernen (»Die Herrschaft Hayam Wuruks, vierter König des Majapahit-Reichs, dauerte von 1350 bis 1389«; »Mahendradatta war die Mutter König Airlanggas von Bali, und sie war eine wunderschöne Königin.«). Ich habe die starke Vermutung, dass sie noch eine dritte Sache findet – nämlich, dass mir zu viel Freizeit zur Verfügung steht und dass ich nicht hart genug arbeite. Aber sie ist viel zu nett, um das zu sagen.

»Wann hattest du das letzte Mal einen Mann – oder Männer?«, fragt sie wie jemand, der immer so etwas gehabt hat (und zwar nicht einen davon, sondern mehrere).

Inzwischen kennt sie natürlich meine Geschichte, ich muss also gar nicht erst wiederholen, dass London letztes Jahr zu verlassen auch bedeutete, Anthony zu verlassen, meinen anglolibanesischen festen / losen / allenfalls semi-festen Freund, den ich zweimal betrogen habe, beide Male mit betrunkenen One-Night-Stands, einmal mit einem Finnen und einmal mit einem Katalanen, was ihn wütend machen würde, fände er es heraus, doch tief drinnen würde er es mir nicht missgönnen, nicht wirklich, denn was sollte ich schließlich machen, ich war keine Nonne, und er war noch immer verheiratet (auch wenn sie sich vor über zehn Jahren einvernehmlich getrennt hatten, sie in Beirut bleiben wollte, er aber einen Neustart in London brauchte). Dass ich immer noch Javier hinterhertrauere, wiederhole ich allerdings schon.

»Du glaubst also, indem du Anthony betrogen hast, warst du Javier gegenüber treu?«

»Na ja.« Wir sitzen in einem Irish Pub bei mir in der Gegend und trinken Guinness. Der Zeitpunkt ist gut – gerade beschwipst genug.

»Javier ist mein Leib und meine Seele«, sage ich, leise, mutig, und schäme mich nicht angesichts meines Geschwätzes.

»Klar«, sagt Nina. »Auf Javier.«

Lautstark stoßen wir an. »Und wie viele Frauen und Männer hat er seitdem gevögelt?«

Das ist ein bisschen gemein. Anthony, oder? Wir reden über Anthony.

»Er vögelt nicht«, sage ich und denke an ihn. »Aber er verliebt sich jeden Tag. Er verliebt sich so, wie er sich in ein Sufigedicht verliebt, in eine Zeile in einem Aufsatz, in die faszinierende Ausdrucksweise einer Kollegin. In eine sittsame japanische Touristin neben ihm bei einem Konzert oder in eine prächtige russische Schönheit in einem Café mit ihrem Hund, ihrem Pelzmantel, ihrer Blondheit. In eine weltgewandte Intellektuelle, deren Verstand und Stil ihn inspirieren, oder in eine eifrige Schülerin des Lebens, deren jugendliches, aber leicht besorgtes Gesicht ihn berührt. Im Grunde ist es ganz egal. Es geht um das, was er in ihr sieht oder meint, in ihr zu erkennen, oder der Teil von ihm selbst, den er in ihr sieht und der helfen könnte, den Teufelskreis zu durchbrechen, bevor es zu spät ist, bevor sie nicht mehr gerettet werden muss. Wo soll man überhaupt damit anfangen, so etwas zu durchbrechen?«

»Und dir hat das nie wehgetan?«

Ich sage, eigentlich nicht, und das soll heißen, nicht so, wie es mir bei Javier wehgetan hat. Bei Javier hat es mich in den Wahnsinn getrieben, darüber nachzudenken, wie er sämtliche Frauen auf der Welt vögelt, auch wenn er es nicht tat, auch wenn er es gar nicht musste, weil wir uns auf eine Weise liebten, die wir nur zwischen uns für möglich hielten, warum also überhaupt versuchen, das mit anderen zu haben?

Irgendetwas verrät mir, dass Nina weiß, ich lüge und sage gleichzeitig die Wahrheit. Ich erzähle ihr also, wie es zwischen Anthony und mir war, wie vorhersehbar, unsere Begegnung, das Setting, die Themen, das Figurenensemble und am Ende der aufgestaute Drang, miteinander ins Bett zu gehen.

Es war der letzte Abend einer hochtrabenden New York-London-Fachkonferenz zu einem dieser ehrenwerten, knallharten und dringenden Themen, so etwas wie *Der Islam und der Westen: Was nun?*, und wir waren zum Abschiedsessen beim Tagungsleiter zu Hause in Westchester County. Alle waren besoffen und verletzlich und insgeheim besorgt um die eigene Zukunft, und alle schienen sie eine verschlüsselte Sprache zu sprechen. Wir hingegen – wir waren bescheidener in unseren Belanglosigkeiten, denn belangloser als wir es waren, ging es nicht: er der Akademiker und ich die Künstlerin, er der Mann und ich die Frau, er ein hohes Tier mit Geschichte und ich die kultivierte braune Andere. Er, der wirklich zu NY-LON gehörte und sich täglich damit abplagte, seiner transatlantischen Wirklichkeit Bedeutung zu verleihen, während ich NY-LON anstrebte und auf ewig daran hängen blieb, meine transatlantischen Pläne zu verwirklichen. Er, der über seinen Bizentrismus als etwas sprechen konnte, das er erlitt und in Würde überstehen musste, während es für mich etwas war, das ich abwägen und einfordern und mir den Rest meines Lebens herbeiwünschen würde.

Er hatte diese ruhigen Augen mit Schlafzimmerblick, und ich wollte einen Mann.

Zwei Nächte verbrachten wir zusammen. Wir liebten uns. Zwischendurch tranken und redeten wir und rauchten die eine oder andere Zigarette. Immer, wenn ich Nelken und Tabak rieche, denke ich an ihn, obwohl ich mit dem Geruch aufgewachsen bin.

Mit ihm ging es zärtlich und fachkundig zu; wir fummelten nicht aneinander herum, ohne zu wissen, was wir tun sollten. Er war nicht der Typ, der lange verweilte, schien nicht einmal küssen so zu genießen, wie es manche Männer tun – küssen und lecken und schlürfen, denn das gehört zu den schönsten Dingen im Leben –, außer als Auftakt zum Sex. Allerdings kannte er sich mit dem weiblichen Körper aus, und das muss erwähnt werden, denn es ist nicht selbstverständlich, und manchmal reicht das schon.

Ein- oder zweimal leckte er mich auch – auch das keine Selbstverständlichkeit –, aber auf eine Weise, die mir verriet, dass er eine Neugier stillen oder sogar früh den Beweis seines guten Willens und Verlangens liefern wollte, sollten wir je im Streit zu diesem Augenblick zurückkehren oder mitzählen, und nicht, weil es für ihn von wesentlicher Bedeutung war, um mich zu lieben oder mich und ihn zusammen zu lieben, sondern lediglich für den Akt selbst.

Aber ich nahm ihm seine Art nicht übel.

Zeitweise kam er zum Essen oder übers Wochenende zu mir nach Hause, und dann packte ihn jäh ein unkontrollierbares Verlangen. Er zog seinen Reißverschluss auf, schob meinen Rock hoch und stieß seinen harten Schwanz in mich, während ich gerade versuchte, das Spülbecken zu schrubben. Manchmal im Restaurant oder bei einer Lesung wurde ein Schalter umgelegt, und ich konnte es in seinem Blick sehen, ein Auflodern, eine plötzliche Hitze, und ich spürte, wie ich feucht wurde, und dann standen wir auf und gingen.

Es ging bei ihm jedoch nicht nur darum, miteinander zu schlafen, nicht nur um ein einmaliges Vergnügen, auf das man sich freute. Es gab viele lange Abende mit langen Gesprächen bei unserem Wein, unserem Brandy, bei Buchseiten, die laut vorgelesen wurden, bei Filmen, die wir zusammen auf meinem Sofa anschauten, während er mir die nackten Füße massierte. Abende, an denen wir einschliefen und wieder aufwachten, egal wo, nur nicht im Bett, dort war kein Sex zu erwarten, das wusste ich. Obwohl es nicht mal Vertrauen zu missbrauchen gab, niemanden, zu dem man nach Hause eilte, kein Herz, um das es sich zu kümmern galt außer meins und seins. Irgendwann nach fünf Monaten, Anthony hatte mittlerweile einen Schlüssel zu meiner Wohnung und passte auf sie auf, wenn ich nicht da war, sah ich daran, wie er morgens Kaffee zubereitete und den Ofen anheizte, wie er zufrieden in meinem Sessel saß und las, dass auch er es in Ordnung fand, wie die Dinge lagen; auch er wollte nicht überwältigt werden. Genau wie mir mochte ihm das in seinem anderen Leben passiert gewesen sein.

Ich erzähle Nina, mein Problem sei, dass ich, bis ich Anthony kennenlernte, immer dachte, es sei eine Belohnung, eine anhaltende Überraschung und kein Anrecht darauf, wenn jemand mit mir schlief und mich dabei befriedigte und erfüllte. Javier war ein Geschenk, wohingegen Anthony eine Unvermeidlichkeit war.

Nina nickt. Sie scheint zu verstehen, dass Sex für mich nie wieder die Größenordnung haben würde, die er mit Javier hatte.

»Aber heißt das jetzt, dass es gut ist oder nicht?«

»Es ist gut, doch.«

»Meinst du, du hast deine Ansprüche gesenkt?«

»Nein.« Habe ich das? »Das ist es nicht, da bin ich sicher. Aber man kann ja nicht sein ganzes Leben lang solchen Sex haben. Bestimmt wäre es nicht einmal mit dem gleichen Menschen auf Dauer so. Weißt du, was ich meine?«

Ich bin nicht sicher, ob sie das weiß. Oder ob ich selbst das überhaupt weiß; hätte ich lieber das, was ich mit Javier verloren habe, hätte ich lieber das, was ich mit Anthony hatte, wäre ich lieber allein beziehungsweise auf keinen Fall mit einem von den beiden zusammen? Aber sie wiederholt es jetzt noch einmal, genau so, wie sie es beim ersten Mal formulierte: Ich habe mir nur Sorgen gemacht, dass du vielleicht einsam bist ohne Mann. Vielleicht solltest du nach einem Ausschau halten, einfach nur für die Gesellschaft. Weißt du?

Und ich wiederhole es auch: Darüber mache ich mir keine Gedanken. Ich brauche nicht unbedingt einen Mann.

»Ich glaube, du bist die Art Frau, die ganz eifersüchtig und besitzergreifend wird, wenn sie sexuell und intellektuell an einen Mann gebunden ist.«

Ich reagiere nicht sofort.

»Du bist selbstbewusst, wenn ein Mann sich in deinen Verstand verliebt«, fährt sie fort. »Aber wenn es um deinen Körper geht, bist du nicht so selbstsicher. In dem Moment, wo ein kluger, attraktiver Mann dir sein Herz schenkt und dich dann auch noch im Bett erobert, ist es um dich geschehen.«

Etwas an der Art, wie sie das sagt, gibt mir das Gefühl, sie spreche von jemand anderem und nicht von mir. Genauso ungläubig war ich, als meine Mutter in ihrer Verzweiflung in diesem elenden Herbst etwas davon brabbelte, wie sie einmal eifersüchtig gewesen war – was sie als ihren »fatalen Fehler« bezeichnete. Dieser Augenblick habe sie womöglich – nein, ganz sicher – meinen Vater gekostet.

Du warst eifersüchtig, sagte ich, als hätte ich mich verhört.

Ja, das war ich, sagte sie, auf eine andere Frau. Eine äußerst sinnliche, äußerst weltgewandte Frau.

Doch ich ließ sie nicht weiter erklären. Später sollte ich immer wieder daran denken, weshalb sie sich von all den Eigenschaften, die sie an dieser Frau sah, ausgerechnet am meisten von ihrer Sinnlichkeit bedroht gefühlt hatte. Aber ich wollte nichts davon hören.

»Es tut mir leid«, sagt Nina. »Ich will nicht anmaßend sein.«

Ich zucke mit den Achseln. Schon in Ordnung, Nina.

»Ich wollte nur sagen, dass daher natürlich auch deine ganze künstlerische Spannung kommt. Und, na ja, das bist eben du.«

Ein Hund kommt an unseren Tisch, und Nina, die Hunde liebt, ist abgelenkt. Ich sehe den beiden zu, wie sie herumtollen wie Kinder, während ich in Gedanken ins Jahr 2011 reise und in unser Bett in meiner Wohnung in Madrid, wo Javier, nachdem er mich überall und auf jede erdenkliche Weise geküsst, geleckt und penetriert hatte, auf dem Rücken lag, wir uns forschend anstarrten und er mir erzählte, was er mit mir vorhatte, was er mit mir anstellen würde. Wie er sich mir hingab, wenn mein Gesicht halb zwischen seinen Beinen verschwand, behaglich und suchend und ausgehungert, oder wenn ich meine Stirn auf seinen Beckenknochen legte, die Wangen innen an seinen festen Oberschenkeln, denn jetzt war ich an der Reihe, zwischen uns war es immer ein Geben und Nehmen gewesen. Wenn er, nachdem ich mit der Zunge die straffe, vernachlässigte, babyrosafarbene Region zwischen den Hügeln seiner Pobacken entlanggeglitten war und er verzweifelt versuchte, mich irgendwo zu berühren, an einem Nippel oder meiner Klitoris, mich fragte, wie ich das schönste Mädchen auf der Welt und dazu auch noch seins sein konnte. Dann ließ ich seine Frage absichtlich unbeantwortet in der Luft hängen, denn es gab mir ein Gefühl, das ich so selten hatte: dass ich die Macht besaß. Nachdem ich ihn zum Höhepunkt gebracht hatte und sein Blick ganz lieb und sanft und schläfrig wurde, sagte er mir, er liebe vor allem meinen Verstand, schätze vor allem unsere Gespräche; diese intellektuelle Verbindung bewirke, dass die Intimität und Nähe und das Zusammensein mit mir das Natürlichste von der Welt war. Ich ließ ihm dieses Gefasel, denn auch wenn er in diesen Augenblicken voller Inbrunst glaubte, dass er noch nie eine so prächtige und erschütternde Wahrheit geäußert hatte, gab es doch einen fundamentalen Teil an ihm, der kalt und unerreichbar war und der ohne mich leben konnte.

Später, als ich herausfand, dass er sich seit fünf Monaten heimlich mit Esmeralda traf, war ein Teil von mir froh, dass ich Misstrauen gelernt hatte, weil es sich einsam anfühlte, wenn ich bemerkte, wie der Blick meines Geliebten in die Ferne schweifte, irgendwohin, wo es mich nicht gab, während ich ihm unter der Dusche die Eier einschäumte und um seinen Schwanz einen Schaumberg errichtete, bevor ich mich vorbeugte und ihn in mir aufnahm.

Es half, dass ich ebenfalls geübt darin war, still zu leiden. Es war, als wäre der zweifache Triumph, das Schicksal hinzunehmen, ohne es anzuerkennen, der einzige Weg, ihn zu behalten und mich selbst von der Schande freizusprechen. Also schlief ich weiter mit ihm, als wäre ich die Einzige, bis ich eines Tages etwas sagte und er es nicht einmal leugnete, und dann hörte ich auf und sagte, du musst gehen. Ich kann nicht mehr mit dir zusammen sein.

Ich zog nie in Erwägung, es mir noch einmal zu überlegen, ein paar Wochen, einen Monat verstreichen zu lassen in der Hoffnung, dass sich meine Gefühle ändern würden. Die Zeit bewirkte keine Wunder. Es war noch zu ertragen, als ich es nicht sicher wusste, als es nur ein Flüstern war, etwas, das ich instinktiv spürte. Es verlieh meiner Hingabe sogar noch mehr Energie, einen Hauch von Konkurrenz; dich berührt doch sicher niemand *so, hier, hier.* Doch sein Anfall von Ehrlichkeit half nicht. Selbst wenn er mich angefleht hätte, ihn zurückzunehmen, er habe einen Fehler gemacht, es hätte meine Meinung nicht geändert. Ich würde nie wieder mit ihm schlafen, mich nie wieder so von ihm berühren lassen, weil er eine andere Frau in mein Territorium gelassen hatte, *invadir el terreno.*

Wie so oft der Fall bei solchen Angelegenheiten, beendete er es mit Esmeralda am selben Tag, an dem ich es mit uns beendete. Als er die Wohnung verließ, zog er nicht zu ihr. Aber sie war schließlich eine wahrhaftige Tochter Frida Kahlos, und zu der Zeit spuckte sie ein Selbstporträt nach dem anderen aus: Esmeralda mit einem Blumenkranz auf dem Kopf, Esmeralda als schiffbrüchige Piratin, Esmeralda als lebendige Leiche. Er hätte sie nicht überlebt. Und trotzdem hielt ich ihn von mir fern.

Und das tat ich auch noch, als meine Freunde mir sagten, stell dich doch nicht so an. Sieh dir doch mal an, was für Verwüstungen die Welt im Namen des Stolzes schon erlitten hat.

Aber darum ging es nicht. Er konnte den Rest seines Lebens als Mönch verbringen, um zu büßen, was er getan hatte, und trotzdem würde nichts an der Tatsache rütteln können, dass er zwei von mir brauchte. Das sagte ich ihm, woraufhin er mich beschuldigte, gemein zu sein. Ich sagte ihm, dass ich lediglich, ausnahmsweise mal, klar und deutlich sein wollte.

Später, nachdem ich mich zu meinem schieren Entsetzen in eine Esmeralda verwandelt hatte – das heißt in einen üblen Geruch aus Whisky, Tabak und zwei Tage altem Parfüm, und ausdrücklich unfähig, Kunst zu produzieren, die nicht ein psycho-obsessiver Lobgesang auf mich selbst war –, stahl ich mich für eine zweiwöchige Ayurvedakur nach Indonesien in die Berge auf Bali. Hatte es je einen Moment gegeben, der meine Meinung hätte ändern können, dann dort.

Die potenziellen Augenblicke sind mir noch ins Gedächtnis eingeprägt. Einer davon ist ein Nachmittag, den ich am Tjampuhan-Fluss im ehemaligen Haus des deutschen Malers Walter Spies verbrachte. Es geschah, als ich seine Libellen betrachtete, die er mit der gleichen liebevollen anatomischen Präzision gezeichnet hatte wie seine Zweige und Blätter. Draußen war nur noch wenig Licht am Himmel; die Luft war beißend. Wasser tröpfelte, schwach erklangen die Töne eines

Gamelan, es roch nach nasser Erde. Die Dinge des Erdbodens, sagte ich mir, mein Kindheitsgefühl. Ich spürte, wie sich hinter mir ein Schatten bewegte, und dann konnte ich es fühlen, seine Berührung an meinem Handgelenk. »Ich vergebe dir«, flüsterte ich.

Natürlich war er nicht da. Doch einen Augenblick lang hielt ich es für möglich, an einem Ort wie diesem, wo Musik, Gärten und jegliche Art der Illumination sich nicht besonders bemühen mussten, um sich zusammenzufügen, erneut lernen zu können, einander in uns aufzunehmen. Beinahe schickte ich ihm eine Nachricht, um ihm das mitzuteilen.

Am nächsten Tag aber überlegte ich es mir anders, als ich zwei junge Frauen im Hof eines Tempels tanzen sah. Ich konnte sehen, wie geschmeidig sie waren und wie unbeeindruckt angesichts dessen, was außerhalb ihres unmittelbaren Horizonts und des Zaubers lag, den sie im Zwischenraum ihrer Hände heraufbeschwören konnten. Eine der Frauen hatte Augen wie ich und die andere wie Esmeralda, und obwohl sie so unterschiedlich waren in ihren Bewegungen, wie sie die Hände zucken ließen und die Augen aufrissen, schienen sie doch aus demselben Holz geschnitzt zu sein. Als ein junger Mann, er war wohl um die sechzehn, den Hof betrat, um selbst seine Abfolge zu üben, sein nackter Oberkörper schimmernd wie Perlmutt, sah ich, wie etwas in ihrer Konzentration, obwohl sie so stark war, sich regte, sich ganz kurz auf eine andere Ebene bewegte, bevor sie sich wieder sammelten. In dem Moment wurde mir klar, dass ich eine andere Frau mit meinen Eigenschaften immer als eine Esmeralda wahrnehmen würde, als die Frau, die ich nicht war, deren Existenz aber nottat, weil ich allein für niemanden je genug wäre – nicht zuletzt für mich selbst.

»Ich hatte aber nicht unrecht«, sagt Nina. »So oder so hast du Angst.«

Beide nehmen wir einen Schluck Bier, während die Sonne

hell in unsere Gläser scheint. Ich sage Nina, dass ich bewundere, wie selbstsicher sie den menschlichen Körper begreift, und dass sie ganz bestimmt nicht unrecht hat. Ja, ich bin eine eifersüchtige Geliebte. Ich bin eifersüchtig, wenn es körperlich zu gut ist und wir zu gut sind. Wenn jemand mich in meinem Kern berührt, dann besteht durchaus die Möglichkeit, dass es mich daran erinnert, wie ich entstanden bin.

»Das kann passieren, wenn man Sex hat, nehme ich an«, seufzt Nina.

Müde stoßen wir an. Dann bestellen wir noch zwei Gläser, an denen wir lange nuckeln, und sitzen blinzelnd in der Sonne.

* * *

Die Gemäldegalerie hat einen seltsamen Schatten. Und sie beobachtet mich gern. Die Jahreszeiten scheinen ihr nichts auszumachen. Jedes Mal, wenn ich den langen und trostlosen Weg von der Potsdamer Straße Richtung Museum gehe, sehe ich, wie sie mich beobachtet. Sie beobachtet mich so lange, bis ich schließlich die Stufen zum Kulturforum erreiche, was immer eine Weile dauert. Manchmal kann ich hören, wie ihr leicht der Atem stockt. Aber sie bleibt immer auf Abstand. Es spielt keine Rolle, ob es regnet und stürmt oder die Sonne freundlich scheint. Sie bietet mir keine Hilfe, wenn ich einen Unterschlupf brauche, und auch nicht, wenn sich meine Schritte beschleunigen sollen. Sie würde mich nicht in den Arm nehmen. Sie ist ein schüchternes Mädchen, unsicher und sich ihrer eigenen Schätze nicht bewusst. Jedes Mal sind wir beide überrascht, wenn ich sie schließlich erreicht habe.

Wenn ich wieder gehe und mich vom Gebäude entferne,

folgt sie mir. Manchmal bleibe ich abrupt in dem einsamen Streifen toten Raums am Parkplatz stehen. Ich setze mich auf eine Steinbank und frage mich, was sie tun würde. Ob sie sich vor Beschämung davonstehlen oder ob sie bleiben würde mit diesem nervösen kleinen Lächeln im Gesicht. In letzter Zeit scheint sie mehr Vertrauen gefasst zu haben. Vielleicht hat es etwas mit den neuen Lieben zu tun, die ich in ihr gefunden habe: das kleine Mädchen, das das Licht betrachtet; die junge Frau, deren Gesicht wir nicht sehen können, die Nase ins Weinglas gesteckt; die erstaunlichen Blau- und Rot- und Weißtöne auf Bruegels *Die niederländischen Sprichwörter.*

Ich bin jetzt wieder in ihrem Schatten. Es trifft mich unvorbereitet, dass ich so stark um Mrs Kenny trauere. Doch der Drang, hier zu sein, obwohl ich keine Verabredung mit irgendeinem bestimmten Gesicht oder Gesichtern habe, erdrückt mich beinahe.

Ich schlendere. Ich habe keinen Plan. Möglicherweise habe ich kleine Kreise gezogen, denn ich komme mehrmals in den Rembrandtsaal und in einen Saal, in dem ich später dieses Jahr sehr viel Zeit mit einer außergewöhnlich schönen und außergewöhnlich weinerlichen Maria in der Ausstellung zum Goldenen Zeitalter der spanischen Malerei verbringen werde.

Lange mache ich so blind weiter. Irgendwann, ganz unvermittelt, zieht mich eine Bewegung an der Wand zu sich, als wäre es Schicksal. Ich bin erstaunt, dass es *Malle Babbe* ist, Frans Hals' halb bäuerliche Melkerin, halb mythenhafte Hexe, diese seltsame Gestalt mit dem verzerrten Gesicht und der Eule auf der Schulter. Normalerweise bleibe ich vor ihr nicht stehen, obwohl Frans Hals' Gesichter mich oft aufheitern, alles weniger schwer machen, indem sie einfach nur da sind. Was mich noch mehr erstaunt: Mir wird klar, dass ich Mrs Kenny ansehe. Oder sieht Mrs Kenny mich an, obwohl sie auf dem Porträt niemanden anschaut?

Ein Teil von mir will Reißaus nehmen, doch ein anderer ist wie verhext.

Es kann sogar sein, dass ich sie schön finde.

* * *

Nach meinem Treffen mit Nina denke ich immer wieder an meine Mutter und an das, was sie mir an jenem Abend damals im Herbst 2006, als sie die Wahrheit sagte, zu erzählen versuchte. Damals sah ich sie zum ersten Mal weinen, ohne dass es mit Musik zu tun hatte. Sie hatte etwas von der Farbenblindheit meines Vaters Bhisma erzählt, wie sie im Geschrei und Gezeter an jenem Tag getrennt worden waren und er dem falschen Rot gefolgt war, weil er dachte, es sei meine Mutter. Wie es vierzig Jahre gedauert hatte, bis sie das erfuhr, als sie endlich die Briefe lesen konnte, die er unter einem Baum in der Strafkolonie vergraben musste.

Soll ich Nina erzählen, wie ich entstand? Als Frucht des Liebeskummers meiner Mutter? Soll ich ihr erzählen, wie die Geschichte sich in meine persönliche Geschichte eingemischt und sie nicht einmal den Mut besessen hatte, es mir zu sagen, als ich aufwuchs? Soll ich ihr sagen, dass ich jeden großen Asiaten mit europäischem Auftreten eingehend mustere, um herauszufinden, ob er womöglich Bhisma ist?

Soll ich zulassen, dass sie mich für so von mir selbst eingenommen hält, genau wie meine Mutter es mir vorgeworfen hat, und sogar noch mehr, je älter ich werde?

In der Woche darauf treffen wir uns wieder am gleichen Ort, um etwas zusammen zu trinken.

»War es wirklich so schlimm?«, fragt Nina. »Damals in der Schule?«

Ich sage ihr, dass es nicht schlimm war, weil wir nicht wussten, dass es schlimm war. Es war schlimm, weil wir es nicht wussten. Wir hatten keine Ahnung, was Geschichte bedeutete, hatten keinen Begriff von ihren Dimensionen. Wir lernten lediglich die Kunst des Auswendiglernens. (Nina runzelt die Stirn.) Wir lernten die richtigen, vorgeschriebenen Antworten auf jede Frage und prägten sie uns ein. Gezanke mit unserem Nachbarn war ein größerer Verstoß gegen das vierte Prinzip unserer staatlichen Ideologie Pancasila – die Erklärung von Frieden und Einigkeit – als gegen das dritte, das Beharren auf nationaler Einheit. Vor einer fastenden Person zu essen war respektlos sowohl dem zweiten Prinzip gegenüber, bei dem der Schwerpunkt auf der Menschlichkeit liegt, als auch dem dritten.

Später dann, als unsere erste Geschichtsstunde in den Lehrplan eingeführt wurde, lernten wir, dass ein Kommunist und ein Atheist ein und dasselbe waren. Beide gehörten sie in die Hölle. Es war ein ödes Schulfach, das sich nicht groß von Bürgerschaftskunde unterschied. Es hieß nicht einmal offiziell Geschichte, sondern hatte eine lange, aus vier Wörtern zusammengesetzte Bezeichnung, irgendetwas über das Ringen der Nation. Das Geistreichste daran war, dass wir es mit seinem Akronym bezeichneten. Denn wir sind eine Nation der Akronyme, das sage ich durchaus bewegt. Diese Gabe schleppen wir mit uns herum wie einen Fluch.

Irgendwann gab es dann auch einen Film. (Den gibt es immer, sagt Nina mitfühlend.) Einen guten alten antikommunistischen Propagandafilm. Gut im Sinne von, er zeigte Wirkung. Er brachte die Leute nicht nur dazu, an das Böse zu glauben, sondern auch daran, wie das Böse aussah. Seine Muster und sein Schicksal. Alle Guten wurden umgebracht, alle Bösen brachten sie um; alle Guten waren siegreich, alle Bösen wurden besiegt. Und dann erst die Musik! Musik, die sich im Kopf einnistete und einem unter die Haut kroch.

Nina scheint angestrengt nachzudenken. Nina, die zuhören kann, die sich Zeit lässt.

Etwas daran berührt mich, und ich will ihr mehr von mir erzählen.

* * *

Kurz bevor ich nach Berlin ging, sah ich in der Facebook-Chronik einer alten Freundin einen Post über meine Grundschullehrerin Mrs Kenny. Sie war im Alter von achtzig Jahren in einem Krankenhaus in Semarang, Zentraljava, an den Folgen einer langen, nicht näher genannten Krankheit gestorben. Kein Ehemann, keine Kinder.

Sie hatte Kunst und Indonesisch unterrichtet, und in der fünften Klasse war sie meine Klassenlehrerin. Sie war eine merkwürdig aussehende Person. Ihr Gesicht war glatt, aber alt und hatte den Ausdruck, den man manchmal an Neugeborenen sieht, bei denen man schon nach einem kurzen Blick ausruft, wie erwachsen sie doch aussähen, und gleichzeitig erkannte man schon, dass sie Humor hatten. Manchmal, wenn man sie ansah, dachte man, sie könnte ebenso gut ein Mann sein, auch wenn man im selben Augenblick wusste, sie war eine Frau.

Ihre Haare waren aschbraun, nicht, weil es ihr in den Genen lag oder sie sie gefärbt hatte, sondern aufgrund von Vitaminmangel, und ihre Brille war so dick, dass man ihre Augen nicht richtig dahinter erkennen konnte, was es einem erschwerte, ihr Alter zu schätzen. In Anbetracht ihres Alters, als sie starb, musste sie etwa zweiundvierzig gewesen sein, als sie 1977 an die Schule kam.

Auf eine seltsame Art und Weise fiel sie auf und blieb gleichzeitig unbemerkt. Sie trug die Art prüder, altjüngferlicher Kleider, die man in US-amerikanischen Filmen der Fünfziger sah, mit einem dünnen Gürtel um die Taille geschnallt, als würde sie auf einen respektablen Verehrer warten. Die anderen Lehrerinnen, vorwiegend Javanerinnen und katholisch wie sie selbst, trugen langärmelige Blusen und schlichte Röcke. An ihr haftete etwas Fremdes, das schwer einzuordnen war, vielleicht der Hauch einer Weißen. Sie sprach das schönste und formellste Indonesisch, das ich je gehört hatte.

Anders als die anderen Lehrerinnen, die entweder autoritär und schulmeisterlich oder duldsam und leidenschaftslos waren, sprach sie mit mir wie mit einer Freundin. Und auch ihr ungewöhnlicher Name machte sie interessant. Es mochte natürlich ein Nachname gewesen sein, entweder der ihres Vaters oder ihres Mannes, denn es war in Indonesien üblich, dass ein Mann den Vornamen seines Vaters als Nachnamen verwendete und an seine Frau und Kinder weitergab. Oder es konnte ihr eigener Name gewesen sein, ein Versehen, das nicht korrigiert wurde, nachdem ihre Eltern begriffen hatten, dass sie ein Mädchen zur Welt gebracht hatten.

Sie war außerdem die erste Person, in die ich mich verliebte. Diese eine erste Schwärmerei, die man braucht, um sich anschließend sein Leben lang tatsächlich verlieben zu können, sowohl in Männer als auch in Frauen – die Art von Schwärmerei, die es mir beispielsweise ermöglichte, mich in meinen frühen Teenagerjahren in Dara Adjie zu verlieben.

Meine Erinnerungen sind mittlerweile verschwommen; ich weiß nicht, was Mrs Kenny getan hatte, dass ich beschloss, verliebt in sie zu sein. War es die Art, wie sie sich mit einem kaum wahrnehmbaren Hüftschwung umdrehte, nachdem sie eine Frauenhand an die Tafel gezeichnet hatte? War es das Medaillon, das sie an einer Kette trug und das sich genau in dem Moment öffnete, als sie sich über mich beugte, um eine meiner Zeichnungen anzuschauen, und in dem ich das Gesicht eines Mannes auszumachen meinte? War es der Augenblick, als sie zum ersten Mal ihre Brille abnahm und ich sah, wie sanft, wachsam und kastanienbraun ihre Augen waren?

Wie sie begann, unsere eingebildete, platonische Liebesaffäre (wenn man es denn so nennen konnte), werde ich jedoch nie vergessen. Es war zu Anfang der fünften Klasse irgendwann im Februar (zu der Zeit begann das indonesische Schuljahr noch im Januar und nicht am Ende des europäischen Sommers wie nur kurze Zeit später), und sie dauerte beinahe zwei Jahre.

Es fing damit an, dass sie in der Pause auf dem hinteren Schulhof herumging, während ich in einer ruhigen Ecke in der Nähe des Marmorspringbrunnens mit der Johannes-der-Täufer-Statue saß und zeichnete. Der Hinterhof gehörte zum Wohnheim der St John Church, in der wir jede Woche zur Messe gingen. Der dazugehörige Garten war zwar klein, aber einer der hübschesten Gärten meiner Kindheit mit sämtlichen Blumen darin, die ich gern für unseren eigenen Garten gehabt hätte, aber nie bekam: Cattleya, Bromelien, Dschungelglocken.

Sie kam zu mir und sagte Hallo, ich sagte ebenfalls Hallo, und die nächste Viertelstunde saß sie neben mir und betrachtete mit benommenem Gesichtsausdruck die Zeichnungen auf meinem Skizzenblock. Auf angenehme Weise, weder überschwänglich noch abstrakt, gab sie mir zu verstehen, dass ich Talent hatte. Ihre Sätze waren üppig, herrlich und rund, Sätze, wie man sie zuweilen in der Bibel las, die natürlich vor Poesie strotzte. Und das war nur logisch, schließlich war Mrs Kenny nicht nur meine Kunst-, sondern auch meine Indonesischlehrerin.

Zu jener Zeit wurden Englisch und andere Fremdsprachen noch nicht unterrichtet, weder an öffentlichen noch an privaten Schulen, und ein Indonesischlehrer war jemand, der uns indonesische Sprichwörter und Synonyme beibringen sollte, nicht aber zwangsläufig die Kunst des Schreibens und Lesens. Mrs Kennedy aber brachte uns beides bei, und zwar genauso, wie sie sich meinem Zeichnen näherte – indem sie mich lehrte, wie ich die Farben und die Beschaffenheit erkannte, indem sie mir half, ein Gefühl für Rhythmus, Struktur und Zwischenräume zu entwickeln.

Wir trafen uns regelmäßig in der Pause an unserem üblichen Ort, und manchmal, wenn ich zusah, wie sie eingehend meine neueste Zeichnung betrachtete oder eine Geschichte las, die ich geschrieben hatte, verspürte ich den Drang, sie am Mund zu berühren, der wohl das größte Wunder an ihr war. Erst wenn ihr etwas begegnete, das sie mit Freude erfüllte, und sie lächelte, konnte man sehen, welche Form ihr Mund hatte und wie groß er eigentlich war: Ihr Lächeln war so breit, dass es beinahe wie eine glückliche Grimasse aussah; es verschlang fast all ihre Gesichtszüge, selbst die Zähne, und man konnte es noch besser sehen, wenn sie ihre Brille abgenommen hatte. Es war das Lächeln einer alten Frau: einer Frau, die nicht aus diesem Jahrhundert stammte, nicht ihrem Alter entsprach.

Mrs Kenny erzählte mir nur sehr wenig von sich, und als ich sie fragte, ob sie verheiratet sei, ob sie Kinder habe, wurde ihr Gesicht fahl und angespannt. Mein Mann ist tot, sagte sie. Schon seit Langem. Ich konnte sehen, wie die Gedanken auf sie einstürmten und in ihrem Kopf stecken blieben, als säßen sie vor einer Mauer aus altem störrischen Knochen fest. Ich betrachtete sie, wie sie auf ihr Medaillon hinabsah. Nach kurzem Zögern klappte sie es auf.

Darin kamen zwei Gesichter zum Vorschein: sie selbst und ihr toter Ehemann. Sie war interessant: weicher, rosiger. Sie musste Anfang zwanzig gewesen sein. Er hingegen hatte ein vergnügtes, unscheinbares, wenn nicht sogar ein wenig albernes Gesicht: eine Stupsnase und einen Haarschopf wie bei Tim und Struppi oben auf dem Kopf. Sein Lächeln war allerdings sehr angenehm, und ich konnte mir vorstellen, dass sie ihn vermisste, wann immer sie ihren Ärger und ihren Unglauben darüber, dass er sie so früh schon so allein gelassen hatte, beiseiteschob. Bald bemerkte ich, dass ihre Augen nicht ganz kastanienbraun waren, sie waren lehmfarben. Dass sie zwei erbsengroße Windpockennarben hatte, eine auf dem Schlüsselbein, die andere unten am Hals. Dass ihre Stimme flacher und ihr Gebaren energischer wurden, wenn ein anderer Lehrer an uns vorbeikam und uns einen Blick zuwarf.

Über die Wochen fiel mir auf, dass sie oft bei der Schulleiterin im Büro war. Unsere Schulleiterin, Schwester Annunciata, war eine Nonne der eisernen Sorte: streng, aber gerecht, in erster Linie dem gesunden Menschenverstand folgend, nicht der Typ Mensch, der irgendeine Form von Ausschweifung tolerierte. Die beiden Frauen schienen nicht besonders viel füreinander übrigzuhaben, allerdings war ich auch nicht in das eingeweiht, was hinter verschlossener Tür vor sich ging. Später sollte die Schulleiterin nur Gutes über sie zu sagen haben. Dass sie eine außergewöhnliche Lehrerin gewesen sei, möglicherweise sogar eine großartige.

Ich bemerkte es erst kaum, als es anfing. Dass Mrs Kenny nicht zur Schule kam, meine ich. Zuerst zweimal im Monat, dann fast jede Woche einmal. In der letzten Woche im September 1978, als ich schon in der sechsten Klasse war, kam sie die ganze Woche über nicht in die Schule. Zu dem Zeitpunkt verbrachte ich schon mehr Zeit mit Dara, einem Mädchen, zu dem ich mich auf seltsame Weise hingezogen fühlte, auch wenn ich ihm nie meine Zeichnungen zeigte. Doch Mrs Kennys Abwesenheit nicht zu bemerken war unmöglich.

Ich weiß noch, dass ich an dem Tag etwas schlechte Laune hatte. Es war der 30. September, laut unserem Lehrer in Bürgerschaftskunde – Geschichte stand noch nicht auf dem Lehrplan – der Tag, an dem die Kommunistische Partei bei einem Putsch, der am folgenden Tag umgehend und meisterhaft niedergeschlagen wurde, sechs Generäle und einen Leutnant des Militärs auf barbarische Weise umgebracht hatte. (Man beachte die dramatische Umschreibung.)

Doch das war nicht der Grund für meine melancholische Stimmung. Vor allem wünschte ich mir, dass Mrs Kenny am darauffolgenden Tag zur offiziellen Feier des Heiligen Pancasila-Tags in Lubang Buaya käme, um mich spielen zu hören. Pancasila ist unsere nationale Ideologie. Sie umfasst fünf sogenannte Grundsätze – wunderbare Abstraktionen –, um die sich unser Ethos von Eintracht dreht. Genau wie unsere kulinarischen Reichtümer, bietet sie allerlei Nutzungsmöglichkeiten: Geschenk, Drohung, Gift, Entschädigung, Handel, Verführung, Solidarität, Erstickung. In den späten Siebzigern hielt sie unwissentlich als Symbol für den Antikommunismus her. Sie wusste nicht, dass die Diktatur sie in ein Instrument verwandelte. Im Rückblick jedoch waren wir ihr alle verfallen, weil ihr Ursprung auf dem Versprechen von Menschen wie uns gründete, einem Publikum, das bereits genau für diesen Zweck geformt war.

Mir war es egal gewesen. Und damit war ich nicht allein. Ich dachte an Mrs Kenny; wenn sie in diesem Jahr wieder nicht käme, würde sie verpassen, wie ich ein besonders bewegendes Solo im patriotischen *Gugur Bunga* – die gefallene Blüte – interpretierte. Wäre ich mir ihrer bedingungslosen Liebe zu mir noch sicher gewesen, hätte ich ihr womöglich sogar erzählt, dass im letzten Jahr ein Junge dabei gewesen war, dem ich mich am liebsten zu Füßen geworfen hätte. Er spielte Trompete im Orchester der Militärakademie und war so etwas wie der Star; jedes Mal, wenn sie ein feuriges Stück wie *Maju Tak Gentar*, »Furchtlos schreiten wir voran«, spielten, musste er sich hinstellen und sein Ding machen. Ich wollte ihn wiedersehen, und ich wollte sehen, wie er aufstand, und dann mein Ding machen. Ich wollte, dass Mrs Kenny ihn sah, wenn er mich sah, wenn ich mein Ding machte.

Der 1. Oktober 1978 war ein unnötig heißer Tag an der heiligen Stätte. Zusammen mit meinen vierzehn Schulkameraden und unseren jeweiligen Instrumenten saß ich wie ein Schluck Wasser in der Kurve in der sengenden Sonne und wartete darauf, dass wir dran waren. Mein Instrument war die geniale Erfindung namens Melodica, eine Art tragbares, drei Oktaven umfassendes Keyboard, in das man durch ein Mundstück hineinbläst, um ihm Töne zu entlocken. Aus irgendeinem Grund fand meine Schule, ich sei ein Genie auf der Melodica. Doch was brachte mir das? Mein schöner Trompeterjunge war nicht da. Und es gab auch keine Mrs Kenny, was mir noch weniger vertretbar schien. Sie saß nicht mit uns im Bus, als wir eine Stunde nach Sonnenaufgang Richtung Lubang Buaya losfuhren. Doch ich war nicht die Einzige, die an sie dachte.

Wir waren zwei Drittel des Wegs gefahren, als ich meinen Lehrer für Bürgerschaftskunde und meinen Musiklehrer hörte, die sich unterhielten. Sie saßen zwei Reihen hinter mir ganz hinten im Bus. Sie unterhielten sich über eine Kollegin, die angeschwärzt worden war. Wie ich später begriff, handelte es sich um Mrs Kenny. Beide Lehrer gingen davon aus, dass sie nicht bis zum Ende des Jahres bleiben würde. Was sie nicht verstehen konnten, war, wie jemandem gekündigt werden konnte, weil er mit einem Toten verheiratet war, ob nun *tapol* oder nicht.

Die Reden waren lang und einschläfernd, nicht für die Lebenden gemacht. In jeder Hinsicht hatte sich nichts geändert. Das Gefühl, gleich zweimal die Hölle zu betreten, die Stunden des Wartens über sich ergehen zu lassen, nur um sich das Recht zu verdienen, die Stunden der Reden zu ertragen. Wie langsam sie alle waren: der Bürgermeister, der Gouverneur, der Innenminister, der Verteidigungsminister, die Generäle, der Befehlshaber der Streitkräfte, der Präsident und der Vizepräsident. Wie beschämend es war, das hinzunehmen und dabei auf die Uhr zu sehen und zu wissen, dass es noch zwei Stunden dauern würde, bevor man endlich sein Solo spielen konnte, gerade mal ein zweiminütiges Piepsen vor einer Versammlung von Schwerhörigen.

Als der nächste Alte vor sich hin leierte, fiel mir ein, dass ich den Brunnen nie gesehen hatte, in den die Leichen der sechs Generäle und des Leutnants vor zwölf Jahren geworfen worden waren. Wo das eigentliche Denkmal stand.

Meine Musikerkollegen hatten aufgehört, mit mir oder untereinander zu kommunizieren. Ein Anflug von Schläfrigkeit überkam mich; ich spürte, wie ich in mich zusammensackte.

Auf einmal horchte ich auf – ein Begriff. *PKI*. Die indonesische kommunistische Partei. Dann noch einer: *Setan*. Der Teufel. Und noch einer: *Tapol* – das Wort, das die beiden Männer morgens im Bus benutzt hatten und dessen Bedeutung ich erst später erfuhr, als mein Lehrer in Bürgerschaftskunde es erklärte: *Tahanan Politik* – politische Gefangene.

»Wer sind die?«, fragte ich.

»Sie sind der Teufel.«

»Wie meinen Sie das?«

»Diese Ungläubigen waren diejenigen, die unsere Helden dort in den Brunnen geworfen und versucht haben, unsere geliebte Pancasila zu zerstören«, sagte er und zeigte in Richtung des Brunnens. »Mögen sie alle in der Hölle schmoren.«

* * *

Die Frau in der Ecke kam mir irgendwie bekannt vor. Sie trug ein weißes Kleid, weiße Schuhe und die Haare mit einem weißen Band aus der Stirn gebunden. Sie hatte sich einen Stapel

Bücher unter den Arm geklemmt, so als hätte sie nicht mitbekommen, dass man Bücher heutzutage auch anders transportieren konnte, und wir befanden uns schließlich auf einer Buchmesse.

Es war fünf Jahre her, dass ich sie zuletzt gesehen hatte. Doch selbst durch meine neuerdings ungehetzten, ländlichen Augen, die nicht an das verrückte Treiben in Jakarta gewöhnt waren, war ich zu hundert Prozent sicher, dass sie es war. Eine Weile lang sah ich ihr einfach nur zu, wie sie von ihrer Abgesondertheit Bestand aufnahm; eine einsame Gestalt, die vom Stillstand gealtert und verletzt worden war, während die Welt an ihr in großen, zielstrebigen Schritten vorbeieilte, Dinge erledigte, an Orte reiste, weiterkam. Sollte ich auf sie zugehen? Sollte ich sie rufen? Während ich noch zögerte, bückte sie sich, um ihren linken Schuh zuzubinden; den Anblick der gelösten Schleife konnte sie nicht ertragen. Zumindest war das hier etwas in ihrem Leben, das sie in Ordnung bringen konnte.

Ich stieß den Atem aus.

Dann ging ich auf sie zu, sagte ihren Namen. Sie sah auf, und beinahe umgehend traten ihr die Tränen in die Augen. Ich wartete darauf, dass sie ihr unschuldiges, freigebiges Lächeln zeigte, doch da umarmte sie mich schon, und ihre Stimme zitterte.

Wir gingen in eine nahe gelegene Cafeteria. Während wir uns einen Weg durch die Menge bahnten, hielt sie mich die ganze Zeit über am linken Arm fest. Sie erzählte mir, sie habe eigentlich nicht herkommen wollen, heutzutage werde sie so schnell müde, aber Buchmessen seien eben Buchmessen – man fand immer etwas. Ich erzählte ihr, dass man mich nicht großartig davon überzeugen musste, mich von Menschenansammlungen fernzuhalten, doch ja, Buchmessen waren Buchmessen – man wusste einfach nie. Nachdem wir uns gesetzt hatten – sie hielt immer noch ungläubig meine Hände in ihren –, sah ich, wie tief liegend ihre Augen waren und wie hellbeige ihre Haut.

Ich erzählte ihr, dass ich die Tirtamarta vor drei Jahren verlassen hatte, um für die Oberstufe nach London zu gehen. Dass ich gerade meinen Abschluss gemacht hatte, für die Sommerferien zu Hause war und im August erneut die Flucht ergreifen würde – diesmal sogar noch weiter, an eine Kunsthochschule in den USA. Sie drückte mir die Hände. Das überrascht mich nicht, sagte sie. Genau so sollte es auch sein.

Sie wollte wissen, ob ich jemals ihren Brief erhalten hatte, den, den ihre Kollegin mir hatte geben sollen, nachdem sie die Schule verlassen hatte.

Nein, sagte ich, ich habe nie einen Brief von Ihnen bekommen.

»Es war natürlich alles eine Lüge. Ein hauchdünner Faden«, sagte sie, während ich stumm zuließ, dass mein Eistee eine schmutzige Pfütze auf dem Tisch hinterließ. »Aber es blieb haften. Ich wusste, dass sie keine andere Wahl hatte.«

Sie sprach natürlich von Schwester Annunciata.

Mrs Kennys Geschichte reichte zurück bis ins Jahr 1967, zwei Jahre nachdem unser Land in zwei geteilt worden war. Es wurde immer härter durchgegriffen, noch mehr Leute wurden verhaftet. Es ging das Gerücht um, es gebe eine Todesliste. Ihr Mann war Ingenieur, ein stiller, bescheidener Mensch. Er hatte keine politischen Verbindungen. Eines Nachts, nur wenige Wochen nachdem er durch Freunde, die mit der Nationalpartei in Verbindung standen, einen Auftrag bekommen hatte, wurde er mitgenommen. Zuerst dachten sie noch, es handele sich um einen Irrtum. Er war Katholik – das sah man eindeutig an seinem Namen. Sie waren sicher, sobald den Verantwortlichen klar wurde, wer seine Freunde waren, könne er nach Hause zurückkehren und alles wäre wieder wie zuvor. Er kam nie wieder zurück.

Eines Tages im Dezember 1971 schließlich erhielt Mrs

Kenny die Aufforderung, nach Salemba zu kommen, wo ihr Mann seit mehreren Jahren ohne Verhandlung im Gefängnis festgehalten wurde. Als sie dort eintraf, sagten sie ihr, sie hätte weniger als drei Stunden, um sich von ihm zu verabschieden, bevor sie ihn nach Buru verfrachteten.

Etwas an dem letzten Namen versetzte mir einen Stoß. Sie musste es mir angesehen haben. Doch wenn sie darüber erstaunt war, dass ich den Namen erkannte, was nahelegte, dass ich aus von der Schule unabhängigen Quellen davon erfahren haben musste, verbarg sie es gekonnt.

Sie fuhr mit ihrer Geschichte fort.

Als sieben Jahre später die erste Gruppe Gefangener auf Buru freigelassen wurde, nahm Mrs Kenny den Bus nach Surabaya und wartete am Hafen. Das tat sie unzählige Tage lang, stundenlang wartete sie. Aber von keinem der anlegenden Schiffe kam ihr Mann herunter. Nach Salemba gab es keine Aufzeichnungen mehr über ihn. Er hatte zu existieren aufgehört.

»Ich nahm also mein altes Leben wieder auf und fragte nicht mehr. Ich konnte nicht nochmals heiraten, denn vor dem Gesetz bin ich noch verheiratet, und es ist nirgendwo verzeichnet, dass er gestorben ist. Ich bin für immer mit meinem toten Ehemann verheiratet.«

»Aber was ist dann an der Schule passiert?«, fragte ich. »Was hatte das alles mit Ihnen zu tun?«

»Ach, 1978 müssen alte Ängste wieder hochgekommen sein. Das war überall so, weißt du. Die Luft stank geradezu danach. Der Hass auf die Kommunisten und jeden, der auch nur irgendwie in Verbindung zu ihnen stand. Schon bevor Schwester Annunciata mich zu sich ins Büro zitierte, wusste ich, dass sie mich irgendwann holen würden.«

Sie hielt inne. Mit ausgestreckten Armen legte sie mir ihre Hände an die Wangen. Diese langen schmalen Finger, die ich einst verehrt und gezeichnet hatte, ihre Anmut und ihr

Geschick. Ich sagte ihr, ich würde sie niemals vergessen, sie überall wiedererkennen.

* * *

Ich bin wieder an der Gemäldegalerie, und ich sehe, dass ihr Schatten gefangen wurde. Er gehört dem Museum genauso wenig, wie er mir gehört. Vielleicht hat er das nie getan.

Dieses Mal lasse ich mich davon aber nicht ablenken. Nicht einmal von meinem Lieblingsmädchen lasse ich mich ablenken. Ich gehe direkt in den Rembrandtsaal, und dort bleibe ich eine gute Stunde lang. Ich schenke ihm die Art Konzentration, die ich ihm bei meinen letzten beiden Besuchen verwehrt habe. Ich bin hier, um mir den *Christuskopf* anzusehen, das Gemälde, das der Meister als ›nach dem Leben‹ bezeichnete. Ich will sehen, wie es ist, sich eine Person vorzustellen, der man nie begegnet ist, ein Gesicht, das man nie gesehen hat. Wie man das Licht hinein-, hinaus- und herumzeichnet.

* * *

Es ist ein sanftes, demütiges Gesicht. Nach innen gerichtet, beinahe ergeben. Der Kopf leicht geneigt und zu drei Vierteln nach links gewandt. Das rechte Auge leicht nach außen erhöht, weg vom Winkel des linken Auges. Die Haare dunkelbraun, der Bart voll und gestutzt. Die Lippen sind ernsthaft und zart; beinahe sieht man die Verbindung zu den schmerzerfüllten Augen. Egal, aus welcher Entfernung man es betrachtet, dieses fesselnde Dreieck aus goldenem Licht auf seinen Wangen, seiner Nase und seinen Augen bleibt unveränderlich und forschend, heilig und menschlich.

Genau wie Rembrandts jüdischer Nachbar, das mutmaßliche Modell für seinen Jesus ›nach dem Leben‹, war mein Vater Bhisma ganz gewiss aus dem Leben. Das heißt, dass er sehr präsent in seinem eigenen Leben war. Er war ein verwöhnter Junge aus Menteng mit einer strengen, aber liebevollen Mutter, ein von Europa adoptiertes Kind, ein verdammter Glückspilz mit einem Treuhandfonds, der als Pseudo-Kommunist starb. Trotzdem hatte meine Mutter sein Licht hervorgehoben. »In dem Moment, als ich ihn zum ersten Mal sah, war er von weißem Licht umgeben, das schwöre ich«, sagte sie an dem Abend, als sie mir von meiner wahren Herkunft erzählte. Natürlich sprach sie von etwas anderem; sie sprach von dem Mythos Bhisma, dem Kriegergott, dem weißen Licht, das bis tief in ihr Innerstes vorgedrungen war. Göttlichkeit ist tatsächlich persönlich.

Doch er hatte dieselben hohen Wangenknochen wie der Mann auf der Leinwand, dieselbe flache Stirn, die gleichen tief und weit auseinanderliegenden Augen mit den schweren Lidern.

* * *

Ich arbeite jetzt schon seit Stunden an einem Porträt meines Vaters Bhisma. Die Nacht ist währenddessen in Hochstimmung. Hinter meiner Staffelei sind die Fenster, hinter den Fenstern die von Musik erfüllte Straße. Herr Kourakis erstattet mir per WhatsApp-Nachrichten Bericht von unten, wie sich die private Feier bei ihm entwickelt. *Wir haben fast keinen Ouzo mehr, Maria liegt unterm Tisch. Sogar Nikos ist sturzbesoffen. Kommen Sie runter!*

Seine Umrisse, seinen Kopf und seine seltsam gekrümmten Schultern, sein feines Haar habe ich. Mit Bildmaterial kann ich nicht arbeiten, ich habe kein Foto von ihm. Ich habe meine Mutter nie danach gefragt, und sie hat mir auch keins gegeben. Was ich habe und was immer stärker wird, ist die Erinnerung an eine Aufnahme, die sie mir an jenem Abend zeigte, als sie all ihre Trauer und Nostalgie hinausließ.

Es war ein Porträt aus einem Fotostudio, eine professionelle Aufnahme, zu der seine Mutter ihn wohl aufgefordert haben mochte, als er noch jünger war. Darauf trägt er einen schicken Anzug, elegant auf düstere Art, und er ist Mitte zwanzig, was bedeutet, dass es in Europa aufgenommen wurde. Er sieht etwas reizbar aus, empfindsam, und ein bisschen einsam. Auch wenn seine Züge stärker und kantiger sind als die auf dem Gesicht von Rembrandt, haben sie doch ähnliche Augen: überschattet, leicht melancholisch. Und auch der Schwung seines Mundes ist ähnlich, so geruhsam, die matte Weichheit der Färbung. Ich erkenne noch etwas in seinem kritischen Ausdruck, hinter dem mehr steckt als die Unruhe der Jugend. Es scheint, als hätte er womöglich seine eigene Feinheit erkannt und verschmähte sie aus Angst, als schwach wahrgenommen zu werden.

Ich sehe ihn nicht in Rot, obwohl ich in Rot und Weiß von ihm träume. Das Weiß sehe ich. Es ist aber auch viel Graues an ihm, ein lebendiges Grau, und so etwas kann eine Kamera niemals einfangen.

Irgendwann gegen halb fünf Uhr morgens, als die Party unten schon lange vorbei ist und die Vögel angefangen haben zu zwitschern, sitze ich meinem Vater Bhisma gegenüber. Oder besser gesagt seinem Kopf. Nur das Licht ist mir noch nicht ganz gelungen; ich will, dass es von ihm ausgeht. Dafür brauche ich mehr Fiktionen. Die Fakten reichen nicht, sie werden mir nie mehr Informationen geben: das markante Kinn der Minangkabau, die spitze javanische Nase, die Perlmuttaugen und der fragende Mund aus dem Göttlichen.

Ich weiß aber, was ich nicht will. Ich will keine starren Striche und Kanten, keine starken Kontraste in der Farbgebung. Ich will seine Komponenten aufeinander aufbauen, sie nach und nach ins Blickfeld bringen. Ich möchte sie vibrieren, Gestalt annehmen lassen, eine gedeckte Farbe auf der anderen, bis sie eine Geschichte erzählen.

Nina stimmt mir zu. Gegen Viertel vor neun bestelle ich sie zu mir, damit sie sich das Bild auf dem Weg zur Arbeit ansehen kann. Ich hätte ihr auch ein paar Schnappschüsse davon senden können, aber das ist nicht das Gleiche.

Sie findet auch, dass etwas fehlt. Allerdings ist sie nicht so hart wie ich, als ich über die Leere im Porträt stöhne.

»Es ist nicht leer«, sagt sie. »Es ist bloß noch nicht voll genug.«

»Aber nichts würde einen beiläufigen Blick festhalten. Er ist einfach nur ein verdammt gut aussehender Mann mit indoeuropäischen Zügen. Na toll.«

»Kanntest du ihn gut?«, will sie wissen.

»Nein. Aber er hat meiner Mutter viel bedeutet.«

Sie nickt, als wären das all die Informationen, die sie benötigt.

»Es wirkt aber so«, sagt sie. »Irgendwie scheinst du ihn zu kennen. Aber vielleicht weißt du noch nicht, was du von ihm halten sollst.«

»Manchmal meine ich, ein Stück von ihm durchschimmern zu sehen. Sein schwer fassbares Ich, oder wie man es nennen soll«, sage ich, »aber ich weiß nicht, wie ich diese … diese Hinweise rüberbringen soll. Weißt du, was ich meine?«

»Vielleicht blockst du noch ab«, sagt sie. »Wenn du findest, dass es leer ist, dann hast du ihn noch nicht wahrhaftig gesehen. Oder du hast dich selbst noch nicht in ihm gesehen. Du weißt doch, dass viel in der Kunst nicht vor deinen Augen entsteht. Oft entsteht es *hinter* deinen Augen, in der Spiegelung deiner eigenen Gedanken.«

Ich nicke, natürlich hast du recht, und ich sage ihr, dass ich Kaffee aufsetze. Ich habe kein Auge zugetan, füge ich noch hinzu.

Als ich aus der Küche zurückkomme, starrt Nina noch immer meine Leinwand an. Das Sonnenlicht bleicht die Gesichtszüge fast aus, bis eine Wolke kommt und etwas anderes passiert, und sie sagt Ach, fast ein wenig zu laut, und verschüttet dabei beinahe ihren Kaffee. Sie sieht, was ich sehe, sie muss es nicht aussprechen.

Grau in seinem Blick, Grau in seinem angedeuteten Lächeln, Grau in seinem gebeugten Rücken, Zweifel in all seinen Merkmalen.

* * *

Mitte Juli habe ich neun Gesichter von ihm. Sechs in Schwarz und Weiß und Grau: eins in Bleistift und Gouache, eins in Tempera und schwarzer Kreide, eins in Gouache, Aquarell und Kohle, eins in Öl und Metalllack, eins in Gouache, Farbstift, goldener und silberner Farbe auf Papier und eins – das gefällt mir am besten – in Rötel, Kohle und weißer Kreide mit einem Kind auf dem Schoß. Drei in Farbe, vor allem Variationen aus Terrakotta, gerösteter Lichtnuss, Aubergine und gedecktem Lindgrün in Gouache, Aquarell und schwarzem Farbstift. Sie sind nicht alle fertig. Ich habe nicht vor, die komplette Serie jemand anderem außer Nina zu zeigen, und ich habe vor, noch ein paar mehr davon anzufertigen.

Ich probiere auch andere Dinge aus; etwa ein halbes Dutzend *Paragone* – eine Kunstform aus der Renaissance, die darauf basiert, Kunstwerke im Original mit der eigenen zeitgenössischen Umsetzung dessen zu vergleichen –, auf denen ich meinen Vater Bhisma neben ein Porträt Che Guevaras setze, neben einen aufgedunsenen und leicht verkommenen Sukarno, den ersten Präsidenten unseres Landes, den Bhisma einst zum Idol erhoben hatte, neben eine Pop-Art-Version des Engels auf der Kirche in *Der Himmel über Berlin*, wie er auf die Stadt hinabschaut.

Die Übung Picasso-ähnlicher Metamorphosen war ein Kinderspiel, zu dem mir in den frühen Morgenstunden die Idee kam. Es war ein Vergnügen, ihn als Knochen als Schädel als Cantaloupe-Melone als Ananas als Saxofon zu sehen.

Nina freut sich. Sie meint, sie kann ihn als Jazzmusiker, als Wein- und Cocktail-Typ, als Dichter, als Gelehrten, als Heiler sehen. Vielleicht auch als sehr guten Liebhaber.

Ich freue mich. Ich erzähle ihr, dass er Arzt war, und zwar ein sehr guter, und es steht außer Frage, dass er nicht auch alles andere war.

5.

Vor einer halben Stunde hätte die indonesische Botschafterin ihre Rede halten sollen, damit die Künstlerin etwas sagen, die Musik spielen, das Essen serviert werden kann. Seit ich hier bin, hatte ich zwei Gläser Wein, und zwei vorher, bevor ich die S-Bahn hierher nahm. Sie schenken nicht immer Wein aus, in der Tat fast nie, also muss man die Gelegenheit ergreifen, wenn sie es tun.

Ich betrete zum ersten Mal meine Botschaft, seitdem ich nach Berlin gezogen bin. Ich war davon ausgegangen, dass das nie passieren würde. Normalerweise meide ich Veranstaltungen hier wie die Pest.

Als ich den Raum betrete, höre ich das vertraute Gequassel, ein winziges Detail meines Heimatlands – das leise Tuscheln, das auf die feierliche Stimmlage für offizielle Anlässe eingestellt wurde, vermischt mit Deutsch. Verstohlen bewege ich mich durch den Trubel wie ein soeben freigelassener Häftling und tue so, als wäre ich blind, wenn mich eine erhobene Hand herüberwinkt, und taub, wenn mein Name gerufen wird. Zielstrebig steuere ich auf die Mitte des Raums zu, wo ich den Kulturattaché entdecke, unbekümmert, hilfsbereit und angenehm fürs Auge. Er trägt kein Batik, sondern ein weißes Hemd ohne Krawatte. Als sich unsere Blicke begegnen, kommt er sofort auf mich zu und schüttelt mir energisch die Hand.

»Es freut mich sehr, dass Sie kommen konnten.«

Er wirft einen Blick auf die beiden indonesischen Gäste neben sich und stellt sie mir vor. Einer ist Komponist für Neue Musik, die andere eine Autorin, die irgendwo ein Aufenthaltsstipendium hat. Wir kennen uns alle drei nicht. Wir geben uns die Hand.

Der Small Talk ist entsetzlich. Anstatt uns nach unserer Arbeit zu fragen, stehen wir unbeholfen in einem losen Kreis herum.

»Sind Sie alleine hier?«, fragt der Komponist für Neue Musik.

Der Gedanke, dass ich hierbleiben muss, deprimiert mich.

»In welchem Viertel wohnen Sie?«, fragt die Autorin. »Machen Sie auch Graffiti? Was halten Sie von Basquiat?«

Mir wird schlecht. Ich liebe Graffitikunst, aber nicht Basquiat, und jetzt habe ich Kopfschmerzen. Ich habe nicht die Absicht, sofort zu gehen, doch der Kulturattaché, der Gute, kommt zu meiner Rettung. »Unser stellvertretender Missionschef möchte Sie kennenlernen, kommen Sie, ich mache Sie bekannt.« Er nimmt mich am Arm. Der stellvertretende Missionschef ist Mitte fünfzig, hat listige Augen und ist eine kleine Rampensau. Während er sich in einem Monolog ergeht, stehen in einer Art Halbkreis Diplomaten und Mitarbeiter um ihn herum, die aussehen, als würden sie das alles schon auswendig kennen. Trotzdem macht es ihnen nichts aus, als Requisiten herzuhalten.

»Lassen Sie sich das gesagt sein – Jakarta wird niemanden wiederwählen, der die Slum-Bewohner wie Dreck behandelt«, höre ich ihn mit seiner lauten, dröhnenden Stimme verkünden, »wenn wir nicht für soziale Ungerechtigkeit und Korporatismus stehen.« Als der Kulturattaché mich ihm vorstellt, macht der Stellvertreter, der in etwa so echt ist wie eine Schlange, eine große Show davon, wie sehr er mich verehrt. Das war's, ich muss wirklich gehen. Wo steckt die Botschafterin? Wo bleibt die Künstlerin? Wie komme ich am einfachsten zum Ausgang? Noch dazu fällt mir unter anwachsender Panik auf, dass ein Stück weiter eine formelle Tafel für ein formelles Abendessen gedeckt wurde. Ich muss fliehen, bevor sie mich hinsetzen (und ich weiß, dass sie mich hinsetzen werden). Nächstes Mal muss ich wirklich die Einladung genauer lesen.

Ich halte nach ersten Anzeichen Ausschau, aber ich entdecke noch immer keine Spur von Panik aufseiten der Botschaftsmitarbeiter. Schließlich ist es auch ein herrlicher Abend, dreißig Grad, beinahe tropisch, und vielleicht ist es die Art von Abend, an dem man es uns nachsieht, wenn wir das tun, was wir sonst immer zu Hause tun, ohne dass sich jemand beschwert. Ich weiß, was sie denken. Zuspätkommen ist keine kulturelle Eigenheit. Es ist nicht einmal immer ein Zeichen von böser Absicht. Manchmal lässt es sich nicht vermeiden (auch wenn das in deutschen Ohren hohl klingen mag). Manchmal ist es reine Taktik.

Aber rücksichtslos ist es fast immer.

Genau das denke ich jedes Mal, wenn ich eine Einladung zu einer Veranstaltung erhalte, zu der ich eigentlich nicht gehen möchte, bei der es mich allerdings in ein schlechtes Licht rücken würde, ginge ich nicht hin. So eine Veranstaltung ist das heute Abend. Es gelingt mir kaum, die sich in mir aufbauende Kritik in Schach zu halten, damit sie mich nicht überwältigt. Schon seltsam, weshalb allein der Gedanke, in einem Raum mit lauter Landsleuten zu sein, in meinem Alter noch diese Wirkung auf mich hat.

Das hier ist allerdings kein gewöhnlicher Auftritt. Die Botschaft ehrt eine in Deutschland geborene und in Großbritannien lebende Künstlerin, die ich zufällig verehre, und meine Anwesenheit ist kein Privileg, sondern Pflicht. Und zwar nicht, weil internationale Solidarität mit deutschen Künstlern zu unserem nationalen Wesen gehört, sondern weil gerade diese Künstlerin, Luisa Dahl, ihr jüngstes Werk eine Hommage an Indonesien genannt hat. Einiges von ihr wurde von einem bedeutenden Museum für dessen Sammlung eingekauft. Wir können uns also zumindest blicken lassen, einerlei, wie wir persönlich es finden, dass wir es wieder mal einer Ausländerin überlassen, uns weltweit zu repräsentieren.

Auf der Einladung und in den diversen Exemplaren des Ausstellungskatalogs, die sie für die Veranstaltung hergebracht haben, wird beschrieben, dass die Künstlerin in fünf über den Archipel verteilten Regionen am Wasser gelebt hat, zwei Wochen in der Nähe eines ausgetrockneten und von Müll verstopften Kanals im alten Teil von Jakarta eingeschlossen. Es ist so beeindruckend, dass ich heulen könnte. Es ist auch genau das, was man in seinem eigenen Portfolio nicht herausstellen kann, denn was ist schon Besonderes daran, in seinem natürlichen Lebensraum zu wohnen und zu arbeiten?

Aber ihre Arbeiten – vor allem ihre Oberflächen – sind unbeschreiblich schön. Sie verwendet Plastik, Glas, Papier, Aluminium, jedes wässrige Metall auf eine Art und Weise, an die ich selbst noch nie gedacht und wie ich es auch noch nie gesehen habe. Sie hat ganz eindeutig etwas aus ihrem fünfmonatigen Aufenthalt in meinem Land gemacht, mehr als ich aus meinen fünf Monaten in ihrem.

Ich weiß nicht, warum ich mich so bitter und geschwächt fühle, aber so ist es, und jetzt kommt die Botschafterin und legt ihren Auftritt hin, eine Frau mit solch äußerster Selbstsicherheit und natürlicher Anmut, dass man denken mochte, sie sei die Norm und nicht die Ausnahme.

Jetzt steht sie auf dem Podium, bereit, mit ihrer Rede zu beginnen. Die Künstlerin steht neben ihr. Sie trägt eine moderne *Kebaya* über ihrer schmalen Jeans und trifft genau den richtigen Ton landestypischer Hipness. Auf einmal sehe ich, wie die Botschafterin mir zunickt. Einen Augenblick lang sieht es so aus, als würde sie mich zu sich herwinken, vielleicht, damit ich in offizieller Solidarität ein paar Worte sage. Ich brauche ein paar Sekunden, bis ich das Nicken erwidere. Ich rühre mich jedoch nicht von der Stelle. Glücklicherweise komme ich noch mal davon.

Allerdings ist es gut, dass sie mich gesehen hat. Jetzt kann niemand von mir behaupten, ich sei nicht patriotisch. Ich habe mein Gesicht hinterlegt, wie man auf Indonesisch sagt, *setor muka*, und ich bin seit fast einer Stunde hier. Zeit für einen Abgang.

Ich gebe mir noch zehn Minuten. Jetzt redet die Künstlerin, und ihr Englisch ist so gut, und in diesem Sinne …

»*Mbak* Srikandi, Sie gehen doch nicht etwa schon?«

Ich drehe mich um. Es ist der Kulturattaché. Ich stehe so dicht an der Tür, er muss gewusst haben, dass ich mich davonmachen wollte.

»Sie wollen doch sicher nicht das Dinner verpassen«, sagt er und ignoriert freundlicherweise mein Erröten. »Die Botschafterin kann es kaum erwarten, Ihnen Luisa vorzustellen.«

Den ganzen Abend über versuchen wir, nicht auf Politik zu sprechen zu kommen. Plötzlich beugt sich Luisa Dahl verschwörerisch zu mir vor, ihre Augen blitzen, und sagt: »Was hat es damit auf sich, was ich über die Verfolgung von Frauen und Minderheiten in Ihrem Land höre?«

Bevor ich irgendetwas erwidern kann, führt sie kürzliche Angriffe auf den Kommunismus und auf LGBT-Gruppen an und stellt die Zukunft künstlerischer Freiheit infrage.

Ich erkläre ihr, dass in Indonesien alles ständig im Wandel ist; während man noch über eines nachdenkt, passiert schon etwas anderes, in der Hinsicht treibt einen das Land in den Wahnsinn. Und wir verstehen es auch nicht immer. Das gilt nicht nur für Außenstehende, sondern auch für uns selbst.

Sie ist eine sonderbare junge Frau. Ich kann sie nicht einordnen. Ihre Sorge um Indonesien und worauf das Land zusteuert ist ebenso unerträglich wie berührend. Dass sie mit mir flirtet, ist schon weniger nachvollziehbar.

Währenddessen ist die Botschafterin weiterhin ein Musterbeispiel an Gastfreundlichkeit. *Kann ich Ihnen noch mehr Sambal anbieten? Wie finden Sie das Rendang? Haben Sie die Gedichte von Chairil Amwar gelesen?*

Eine Stunde ist vergangen. Bald ist es zehn. Aber Luisa Dahl lässt mich nicht gehen. Sie verspürt eine tiefe Zuneigung für alles, was indonesisch ist. Vielleicht sogar Liebe. Sie erzählt von der Kunstszene in Yogyakarta und dass sie sich dort mehr zu Hause fühlt als in Bandung oder Jakarta. Ihre Begeisterung lässt mich ganz klein werden, und ich erzähle ihr nicht, dass ich nur dort Kunst erschaffen kann, wo es keine Szene gibt. Natürlich stimmt das auch gar nicht. Natürlich kann man nicht glänzen, wenn es keine Szene gibt, und ich denke das nur, weil ich meine Glanzzeit hinter mir habe und Komplexe noch dazu. Und weil Luisa zurzeit Erfolg hat und ich nicht, und ich neidisch bin, dass sie mir die Show stiehlt.

Plötzlich spricht sie über einen roten Fluss in Yogyakarta, es muss der Brantas sein, in den man angeblich die Leichen mutmaßlicher Kommunisten geworfen hatte.

Da sehe ich Luisa Dahl und ihren roten Fluss vor mir, in den Formen, die Flüssen gleichen, und den konzentrischen Kreisen aus roten Pigmenten, die ich beim Blättern in ihrem Ausstellungskatalog gesehen habe. Alle auf Papier, manche davon mit Lack versehen, unfassbar schön.

Ich erzähle ihr, dass ich ihre Arbeiten kenne und dass mir die Strudel am besten gefallen, die Vorstellung, dass man von oben auf das Wasser blickt. Dass man auf die Oberfläche hinunterschaut und hineingesogen wird. Der Treibsandeffekt, ergänzt sie eifrig. Diese magnetische Anziehungskraft, entgegne ich, weil ich nicht will, dass sie es für mich definiert. Aber sie wird immer aufgeregter. Sie spricht von einem Teufelskreis, von der Vorstellung recycelter Geschichte, aus der es keinen Ausweg gebe. Ich versuche, das Gespräch auf umfassendere, aber einfachere Abstraktionen zu lenken: die Schönheit von Wasser, wie es sich bewegt. Doch Luisa kehrt immer wieder zu den großen Themen zurück, wie der Blick von oben einen panoptischen Blick auf die Geschichte erschaffe. Luisa fasziniert mich, aber ich will mich nicht von ihr ködern lassen. Ich will beim Wasser bleiben, wie es alles wegspült, die Vergangenheit eingeschlossen. Doch mir wird klar, dass ich das nicht kann, denn Luisas andere Wasserarbeiten unterscheiden sich nicht sehr von ihrem Strudel, der Strudel, der zweifelsohne auch sie selbst ist, gefrorenes Wasser, trockenes Wasser, im Glas gefangenes Wasser, Wasser, das darauf wartet, zur fließenden Welt zurückzukehren.

Nicht tot, nein, abwartend.

* * *

Das nächste Mal begegne ich der Botschafterin auf dem Ku'damm, was nicht überraschend ist, denn die Botschaft liegt nicht allzu weit von dort entfernt. Ich komme an einem großen Café an einer Straßenecke vorbei, wo sie gerade zufällig mit zwei ihrer Mitarbeiter zu Mittag isst. Sie springt auf, um mich zu begrüßen, und bittet mich, ihnen Gesellschaft zu leisten.

Ich setze mich eine Weile zu ihnen und höre ihnen hauptsächlich beim Tratschen zu. Es erstaunt mich immer noch, wie oft sie dabei richtigliegen und wie detailliert sie dabei sind. Dann, als ich mich gerade verabschieden will, beugt sich die Botschafterin zu mir und bedankt sich. Wofür, will ich wissen. Dass wir zusammenhalten können, sagt sie. Neulich Abend, als Sie sich vom PKI-Gerede ferngehalten haben. Und weil ich sie verständnislos anblicke, fügt sie hinzu: Kommunistengerede, wissen Sie? Gerede, das den Gästen den Appetit verdirbt und ihnen einen falschen Eindruck von unserem Land vermittelt.

Sie müssen mir nicht danken, sage ich höflich, denn ich habe das nicht gemacht, um Ihnen einen Gefallen zu tun. Ich hatte lediglich keine Lust darauf, diese Diskussion an diesem Abend zu führen. An einem anderen Abend vielleicht schon.

Ich warte auf ihre Antwort, aber sie scheint bereits in Gedanken woanders zu sein.

»Sie mochte Sie übrigens«, sagt sie.

Ich erzähle ihr, dass ich Luisa Dahl seit dem Abend nicht mehr getroffen habe.

»Oh, sie hat Sie aber schon immer bewundert.«

»Sie weiß nicht einmal, wer ich bin«, wende ich ein.

Die Botschafterin lacht, während sie in ihrer Handtasche kramt. Sie holt etwas hervor, einen schmalen bebilderten Gedichtband. Es ist ein Buch von Luisa. Da ist der Rote Fluss zusammen mit Reproduktionen ihrer Fotoarbeiten. Die Botschafterin will mir die Seite mit den Danksagungen zeigen. *Dank an die mutigen und großartigen indonesischen Künstlerinnen und Künstler, die mich inspirierten*, steht da, *indem sie mich daran erinnerten, dass Geschichte nicht schwarzweiß ist.*

Unter den Namen auf der Liste finde ich auch meinen: Srikandi Eilers.

* * *

Ursprünglich brauchte ich Blau, und im Museum Berggruen ist ihr Blau das melancholischste von allen. Sie liegt im Bett unter der Decke, still eingerollt wie eine Katze, deren Welt eingestürzt ist. Die weiße Bettdecke und die weißen Türen fangen das Azurblau der Schlafzimmerwände ein und werfen dieses Licht auf sie zurück. Ein bemerkenswerter Farbton: so klanglich und stark wie der mediterrane Himmel.

Eine ganze Weile hält sie mich in diesem Blau gefangen. Es ist eindeutig, dass es ihr nicht gut geht, dass sie allein ist und äußerst jung. Nichts am Titel des Gemäldes, *Interieur in Étretat*, oder an den Einzelheiten im Zimmer weist auf ihr Alter hin. Das wenige, das von ihrem Gesicht zwischen Decke und Kissen hervorlugt, erinnert einen an den Ausdruck, den viele Kinder im Gesicht haben, wenn sie Geräusche ausblenden wollen, die ihnen Angst machen, streitende Eltern oder Sirenen in der Nacht. Ein Instinkt, der nicht verschwindet, wenn sie erwachsen werden. Von den Eltern verstoßen, vom Geliebten verlassen, von Freunden zurückgewiesen, verwandeln sie sich in Katzen. Sie verstecken sich an einem warmen und sicheren Ort, damit sie sich besser um sich kümmern können. Matisse malte sie 1920; er muss mich gesehen haben, beinahe ein Jahrhundert später, in den ersten Wochen meines ersten Frühlings in Berlin.

Der Name Berggruen, nach dem illustren Museumsgründer, hat etwas Hartes und etwas Zartes an sich, das mich fasziniert; ich finde es wunderbar, wie er sich auf meiner Zunge anfühlt, wenn ich ihn flüstere. Das Museum ist ein Ort, an dem man nicht mit unstillbarem Hunger oder verhaltener Hysterie oder selbst mit vertrautem Respekt die Bilder anschaut oder in einem Saal sitzt, sondern mit einem Gefühl der eigenen wunderbaren Fehlbarkeit und Unbeständigkeit, dem Gefühl, sich in einer fließenden Welt zu bewegen, und zwar dem Universum. Man selbst als Flüstern unter Geflüster, demütig und offen in einer Verwandtschaft der Untertöne.

Es geschieht, als ich meinen Blick auf das Glanzstück der Sammlung richte: Matisse' *Seilspringerin*. Die Ansicht, sie schlage die blauste Note an, ist weit verbreitet. Doch die Erinnerung spielt einem ständig Streiche. Ich sehe kein Blau, sondern einen schwarzen Farbton, genauso wie das Schwarz von Matisse an sich ein Farbton ist, nicht das Fehlen von Farbe.

Meine Interpretation scheint mir schlüssig und unabänderlich, denn wenn ich vor ein paar Minuten mein Blau ausgewählt habe, habe ich nun auch meine Vergangenheit ausgewählt.

Eine Stunde später, als ich unter dem Blick von Schloss Charlottenburg, einem Reich augenloser Götter und Göttinnen, das Museum verlasse, denke ich an Luisa Dahl und daran, dass sie ihre Ablehnung von Schwarz und Weiß mir zuschreibt – mir, die ich mit einer eigenen Vergangenheit in Schwarz und Weiß aufgewachsen bin. Ich denke an ihre roten Locken, das Zinnober ihrer Lippen im Kontrast zu ihrem blassen, scheuen Gesicht. Vielleicht sollte ich ihr eine E-Mail schreiben, sie fragen, was sie so treibt. *Ich war noch nicht im Barberini, vielleicht haben Sie Lust, mich zu begleiten?*

* * *

Als ich nach Hause komme, habe ich das Gefühl, die falsche Wohnung betreten zu haben. Wer ist das – dieses Gesicht, das mich anstarrt? Seit wann wohnt er hier, und warum wurde mir nicht Bescheid gegeben? Und warum gibt es so viele von ihm?

Ich gehe wieder hinaus, die Treppe hinunter, meine Standardeinstellung. Herr Kourakis räumt den letzten Tisch ab und macht Feierabend, doch eine Stunde später ist er immer noch da. Er sieht mir zu, wie ich mit einem Stück warmem Brot Olivenöl von einem gemeinsamen Teller wische. Mit dem Wein ist er vorsichtig, aber er schenkt nach. Ich erzähle ihm die schlimmsten Geschichten, wie ich auf meinem Zeugnis die Unterschrift meiner Mutter fälschte, wie ich in den ersten beiden Semestern an der Uni durch die Aquarellkurse fiel, wie ich mich zum ersten Mal von einem griechischen Jungen küssen ließ (auf dem Campus, bei den Schließfächern, die Belohnung dafür, dass er mir sieben Wochen lang hinterhergelaufen war).

Ernsthaft, sage ich. Glauben Sie, dass ich bald sterbe? Glauben Sie auch, dass ich vom Schicksal verfolgt werde? Er lächelt. Nein, sagt er, ich glaube nicht, dass Sie bald sterben.

Aber ist der Tod nicht das Schicksal aller undankbaren Kinder, Kinder, die nur einen Vater lieben können anstatt zwei?

Wenn er überrascht ist, lässt er es sich nicht anmerken.

* * *

Heute Morgen wache ich in meiner lichtdurchfluteten Wohnung auf, ohne dass ich mich erinnern kann, wie ich nach Hause gekommen bin. Ich bin noch vollständig bekleidet, nichts sitzt schief, nur mein Make-up hat blaue, schwarze und rote Flecken auf den Kissen hinterlassen. Herr Kourakis muss mich gestern Nacht nach oben gebracht und seinen Schlüssel benutzt, mich auf der richtigen Seite der Tür in Sicherheit gebracht haben, oder zumindest glaubte er das. Ich glaube, ich habe vielleicht auch angefangen zu träumen, etwas über eine Tür, und zwar fast augenblicklich, vielleicht direkt dort auf dem Boden, wo Herr Kourakis mich womöglich einfach liegen ließ, damit es nicht zu kompliziert würde. Irgendwann in der Nacht oder am frühen Morgen muss ich dann zu meinem Bett, das ich wohl nicht zusammengeklappt hatte, gekrochen sein, genau wie mein Vater Adalhard, als er spürte, dass das Leben aus ihm entwich. Eine Tür. Was hatte diese Tür zu bedeuten?

Einzelheiten fallen mir wieder ein. Ein Knistern, verräterisch in der Nacht, gefolgt von einem dumpfen Knall. Etwas, das hochgehievt wird. Leute, die Javanisch sprechen, der Betrieb auf einem Marktplatz, eine gebotene Summe, die wiederholt wird, siebzigtausend Rupiah, verkauft, abgemacht, ist eine hübsche Tür, warum so billig.

Dann fällt es mir ein: Das ist die Geschichte von Nasirun, dem Maler aus einer Kleinstadt in Zentraljava, der nach Yogyakarta fahren wollte, um zu sehen, wie es in der Kunsthauptstadt des Landes aussah, es sich jedoch nicht leisten konnte. Eines Nachts brach er bei seiner Mutter ein, verkaufte die Haustür für siebzigtausend Rupiah und zog los. Er hatte sehr viel Erfolg und wurde reich wie ein König. Seine Tür steht immer offen, Tag und Nacht. An ihn denke ich, wenn ich die Worte »Maler aus Yogyakarta« höre: ein sympathischer Mann auf der Terrasse seines offenen Ateliers, eine Tasse ultrastarker Kaffee in der einen Hand, ein Pinsel in der anderen. Das Land hinter ihm, während des zweiten Kunstmarktbooms 2008 erstanden, wird bald ein weiterer öffentlicher Kunstraum sein.

Irgendwann habe ich Nina diese Geschichte erzählt, und vielleicht hat Herr Kourakis sie gestern Abend in meinem betrunkenen Geschwafel ebenfalls zu hören bekommen. Vielleicht hat auch Luisa Dahl sie in ihrer Ode an Yogyakarta erwähnt. Ich schaue auf mein Handy und sehe, dass Herr Kourakis mir eine Nachricht geschickt hat. *Hoffe, es geht Ihnen gut. Schreiben Sie mir, sobald es geht.* Ich schreibe, alles sei bestens. Und als ich sehe, dass er meine Nachricht erhalten hat, aber keine Anstalten macht, mir zu antworten, frage ich noch: *Habe ich Ihnen von dem indonesischen Maler und der Tür erzählt?* Er schreibt zurück: *Ja. Aber das war ein Mann, und es ist dreiunddreißig Jahre her.* Und bevor mir irgendetwas dazu einfällt, schreibt er: *Sie wissen ja, dass man nicht immer die Tür aufmachen muss, um Kontakt aufzunehmen.*

Ich kann nicht fassen, dass es so weit gekommen ist, diese kleine väterliche Unterstützung eines Fremden mitten ins Herz meiner langwierigen und ausschweifenden interkontinentalen Bemühungen, zwei Geister zu exorzieren.

* * *

Und zwar nicht irgendwelche Geister.

Einer von ihnen war Adalhard Eilers, der einzige Vater, den ich den Großteil meines Lebens gekannt hatte, und den meine Mutter meiner Überzeugung nach umgebracht hatte. Sicher war es nicht ihre Absicht gewesen, aber man kann jemanden, der einem nahesteht, eben auf unzählige Arten umbringen. Es kann sein, dass er einen zu sehr liebt; man erträgt es nicht, also muss er sterben. Es kann auch vorkommen, dass man selbst denjenigen zu sehr liebt; man erträgt es nicht, also muss er sterben.

Trotzdem gebe ich meiner Mutter die Schuld. Wäre mein Vater nicht an der übermäßigen Liebe zu ihr gestorben, sondern, mal angenommen, an ihrer übermäßigen Liebe zu ihm, wäre er in München gestorben, von wo er stammte. Wäre er nicht im Totenhemd mitten in sein eigenes Wohnzimmer gelegt worden, der weiße Mann in muslimischem Leinen, der letzte Tafelaufsatz in seinem eigenen Zuhause, mit totem Blick angestarrt von tausend Fremden, sondern in einem Sarg in einem Zimmer seiner Wahl aufgebahrt, in seinen feinsten Schuhen und Kleidern, das Gesicht geschrubbt und die Haare frisch gewaschen, sein schmallippiges Lächeln so hergerichtet, dass es Seelenfrieden vorgab, hätten wir ein wenig mehr Zeit zusammen gehabt, er und ich.

Wäre mein Vater Adalhard Eilers in der Lage gewesen, in seinem Testament deutlich festzulegen, wie man sich seiner entledigen sollte, nachdem er anständig betrauert worden war, wie der gute Christ, der er stets im Innersten gewesen war, wäre er in der Lage gewesen, meiner Mutter einzuschärfen, dass er es vorzog, seinen Leichnam den raschen und gnädigen Flammen des Krematoriums zu überlassen, bevor man ihn wieder nach Hause brachte, damit er besser über seine Liebsten wachen konnte, dann hätte ich in der Nacht vorher bei ihm sitzen können.

Ich hätte Kerzen anzünden, ihm Gedichte vorlesen, auf

sein Wohl im Leben nach dem Tod trinken können. Ich hätte seine Hand massieren können, seine Finger mit meinen umschließen, ihn die warme, zärtliche Berührung von Familie spüren lassen. Ich hätte ihm sagen können, du willst gar nicht so lange hierbleiben, *Bapak*, es ist so öde, alt zu sein.

Das Zimmer wäre von seinen Lieblingsinterpretationen der *Winterreise* erfüllt gewesen, von Kathleen Battles Stimme, die Händel-Arien singt, vom Geiste Celans. Es hätte weiße oder gelbe Rosen gegeben und nicht diese monströsen Kränze von Menschen, die er nicht einmal gekannt hatte und die scheinbar Tag und Nacht das Haus überfluteten.

Es hätte keine Eile gegeben, in einer lärmenden Autokolonne durch dichten Verkehr zum überfüllten Friedhof zur verschandelten Grabgrube zu fahren, damit man vor Sonnenuntergang fertig war, sodass die Überreste des Toten ungehindert in den Himmel aufsteigen und die Lebenden versichert sein konnten. Es wäre nicht nötig gewesen, dem entnervten, abgekämpft aussehenden Ustad zuzuhören, der meinen Vater nie kennengelernt hatte und der erklärte, was für ein großzügiger und guter Mensch er gewesen sei, wie sehr er allen fehlen werde.

Doch ich konnte sehen, dass mein Vater es selbst im Tode nicht schaffte, seinen eigenen Augen zu vertrauen. Auch wenn er bis zuletzt auf sein Herz vertraut hatte, indem er meine Mutter freiließ.

* * *

Jemanden des Mordes zu beschuldigen ist beschämend, denn es sagt auch etwas über uns selbst aus, über unsere Würde als Menschen. Es wird von einem Verlustgefühl begleitet, wenn man so wenig Vertrauen in die Menschheit hat.

Aber als meine Mutter die Anklage ohne jeglichen Versuch, sich zu verteidigen, hinnahm, war ich zugegebenermaßen doch etwas überrascht. Etwas in ihr schien nicht nur die Möglichkeit in Betracht zu ziehen, dass ihr Mangel an Liebe ihn schließlich niedergestreckt hatte, sondern auch die Verantwortung dafür zu übernehmen.

Mein Vater hatte meine Mutter wie eine frische Blüte geliebt, ein auf ewig junges Geschöpf. Das meine ich nicht in sexueller Hinsicht; sie war für ihn eher wie ein Wunder, etwas Einmaliges mit der Bedingung, dass es sich unmöglich wiederholen ließ.

Auf diese Weise hatte er sie geliebt, seitdem ich ihn kannte, wovon ich vierzig Jahre lang ganz selbstverständlich angenommen hatte, dass das bedeutete, seit dem Tag meiner Geburt. Derselbe Tag, an dem er sich laut Überlieferungen unserer Familie auch in mich verliebt hatte. Ohne dass ich es wollte, berührte mich diese sanfte Verbindung von Mutter und Tochter unheimlich: für immer eins. Und etwas an der Beschreibung, wie er seinen Finger um meinen taufrischen winzigen Daumen hakte und meine Mutter zum ersten Mal seit einer Ewigkeit wieder richtig lachte, ließ vermuten, dass es auch ihr etwas bedeutete.

Ich kann nicht mit Sicherheit sagen, wann genau mein Vater Adalhard das zu bekämpfen aufgab, was er schon so lange gewusst hatte. Ich weiß nicht einmal, ob dieses Aufgeben seinen Abgang von der Welt beschleunigt hatte, um seinem Nachwuchs Platz zu machen, sich selbst in Ordnung zu bringen. Seitdem meine Mutter mir erzählt hat, was sie mir vierzig Jahre lang vorenthalten hatte, weiß ich lediglich, dass *Bapak* es mein ganzes Leben lang gewusst hatte. Dass er eine aktive Rolle in dieser gewaltigen traurigen Farce gespielt hatte. Mittlerweile ist es jedoch im Grunde hinfällig, sich über die Einzelheiten seiner Beweggründe – hat er es gutgeheißen, wurde er dazu gezwungen, hatte er das Gefühl, keine andere Wahl zu haben – Gedanken zu machen.

Die meisten Sorgen bereitete mir auch etwas anderes. Bei *Bapak* war schon jedes Lebenszeichen ein Hinweis darauf, dass er sich geradezu besorgniserregend stark aufopferte. Hinzu kam, dass er sich selbst keine Atempause gönnen wollte. Es war, als hätte er schon seit Langem akzeptiert, dass das Leben eben so sein sollte: Erwarte bloß nichts davon.

Das soll nicht heißen, dass er nicht auch seine Momente hatte. Einmal, als die Tuhatus nach einem spät in den Abend gehenden Tennismatch im Sportclub nebenan zum Abendessen bei uns waren, hatte er Schönbergs *Verklärte Nacht* aufgelegt, und anstatt dass Rose und George Tuhatu anerkennend lauschten, aßen und unterhielten sie sich weiter wie die Banausen, die sie eben waren. Als das noch so weiterging, als die Musik zu einer ihrer ersten atemberaubenden Passagen anhob, stand mein Vater tatsächlich auf, das Gesicht schmerzverzerrt, und sagte, *hört auf zu reden, hört verdammt noch mal zu.* Ich weiß noch, dass ich regelrecht zitterte, halb beleidigt, genau wie er, dass jemand einfach unberührt von der Schönheit einer solchen Tonfolge blieb, und gleichzeitig aufgeregt, welche Demütigung unsere gut betuchten Gäste so unerwartet durch meinen sanftmütigen Vater erfuhren, der doch dafür bekannt war, dass er gegen niemanden die Stimme erheben konnte.

Es ist natürlich leichter, sich an überraschende Momente zu erinnern als an die langwierigen Mechanismen des Familienlebens, wie als er meine jugendlichen Gefühle mit Lektionen belagerte, die subtiler vermittelt wurden, wenngleich sie von ähnlich bedeutender Tragweite waren. *Stell dir vor*, sagte er, *plötzlich wird es dunkel auf der Welt, und dein Leben ist in Gefahr. Dann musst du im Dunkeln deinen Weg finden.*

Dieses Spiel spielten wir mehrere Monate lang, als ich etwa zehn oder elf und seit Kurzem berauscht von Agatha Christie war: Hier ist das Wohnzimmer, sauber, luftig, ordentlich, denn wir brauchen keine Flure und Gänge wie in

Europa, wir müssen keine Mäntel und Mützen wegräumen, uns nicht nach welchen Katastrophen auch immer, die es dort draußen in der Welt gibt, wieder herrichten: Katastrophen gehören zu unserem Alltag, mit ihnen zu leben ist wie das Zusammenleben in einer Familie.

Nun denn: Hier links ist die Küche, noch ein freundlicher, offener Raum, der auf den Hof führt und wo es immer zu viel zu essen gibt, die Speisekammer neben dem Kühlschrank gleich rechts, wenn man reinkommt, gegenüber der Herd und der überquellende Vorratsschrank; dann acht, neun Schritte in die andere Richtung, und da ist die Tür, die in die Garage führt. Zurück in der Mitte des Wohnzimmers, etwa wo das Sofa rechts an das Beistelltischchen stößt, sieben kleine Schritte nach rechts, und man kommt ins Gästezimmer. Dann sofort nach rechts drehen, anderthalb Schritte, und dort befindet sich die Tür zum Gästebad.

Mit zehn Schritten gelangt man auf das Zwischengeschoss, auf dessen Flur jeder Schritt nur von der Breite von zweieinhalb Personen abgeschirmt wird. *Bapaks* Arbeitszimmer direkt links neben der Treppe, die Bibliothek daran angrenzend, und ein Teil dessen, was einst mein Zimmer war und inzwischen das meiner Eltern, belegt ein ganzes L des rechten Flügels. Die meisten Zimmer nicht breiter als fünfunddreißig Schritte, die Fenster allesamt groß und vertrauensselig, so als gäbe es nichts zu verheimlichen.

Lerne, ganz still zu bleiben. Das wird dich retten.

Doch ich blieb nicht still. Ich konnte nicht. Nicht in diesem Haus. Nicht, seitdem ich es wusste. Wie konnte ich auch, nachdem ich die ganze Geschichte dessen erfahren hatte, was meine Mutter mir vier Monate nach *Bapaks* Tod in einer E-Mail mitgeteilt hatte: dass ich nicht seine Tochter war, dass ich die Tochter eines anderen war, die in einem Haus wohnte, das nicht ihm gehörte. Wie konnte ich auch, nachdem *Bapaks* Zellen sich gerade erst damit abgefunden hatten, dass sie langsam, aber systematisch umgebracht wurden, als der Glaskörper in seinen Augen gerade erst aufgehört hatte, sich zu verflüssigen, seine Innereien es satt hatten, sich aufzublähen, sein Gesicht in die sich neu gebildeten Höhlen eingefallen und sein Leichnam endlich nicht mehr starr war.

Wie konnte ich auch, wenn *Bapak* mir mit seiner rauen, von Goethe getränkten und von Liebe erfüllten Stimme in diesem Haus beigebracht hatte, wie man sieht, wenn man blind ist. Mir beigebracht hatte, wie demütig es einen machte, wenn man jemanden liebte. Er war ein Lehrer, als er vor all den Jahren meine Mutter in Yogyakarta kennenlernte und sich in sie verliebte. Er hatte die Demut eines Lehrers, die Demut, nie im Mittelpunkt der Geschehnisse zu stehen, sondern lediglich ein Kanal für Botschaften zu sein, die so mächtig waren, dass sie die wahrhaftigen Leben, die sich um sie herum entfalteten, zu verschlingen drohten. Die Demut eines Menschen, der fest daran glaubte, er habe das Leben eines anderen nur geborgt, und jetzt, wo seine Zeit um war, würde er sich verbeugen und abgehen.

Natürlich war es die größte Eitelkeit anzunehmen, man könne einfach verschwinden und werde niemandem fehlen.

* * *

Es ist mittlerweile zehn Jahre her, zehn Jahre abzüglich weniger Monate, dass ich die E-Mail meiner Mutter erhielt. *Was ich gleich sagen werde*, schrieb sie in diesem gereizten Tonfall, der einer Katastrophe vorausgeht und den sie oft annimmt, wenn sie auf förmlicherer Ebene mit mir agiert, *wollte ich eigentlich sagen, nachdem wir Deinen Vater beerdigt haben, bevor Du wieder abheben würdest, wohin auch immer. Doch das erschien mir der unpassendste Augenblick. Und mir fehlte die Kraft.*

Ich war gerade auf einer Party, einer Party in New York, um genau zu sein, und zwar auf einer dieser feuchtfröhlichen Feiern nach einer Vernissage auf der Bowery, die irgendwelche Kunstsammlergrößen so gern in ihren glänzenden neuen Wohnungen irgendwo auf der Lower East Side schmissen. Als ihre E-Mail einging, flirtete ich gerade mit einem niederländischen Fotografen, der nach ein paar Gläsern Wein beschlossen hatte, mich auf ein bestimmtes Gemälde eines flämischen alten Meisters anzusprechen, das ich in meiner Präsentation am Nachmittag in einer der Galerien downtown erwähnt hatte. Er hatte mich gefragt, welcher Aspekt an dem Gemälde mich dazu veranlasst habe, von einem »hellen Himmel« zu sprechen, der sich »schräg zur Wand« stelle, und wie es einem »Gebet zur Leere« gleiche. Ich erklärte ihm, dass es zu einer seltsamen Zeile aus einem Gedicht von Tomas Tranströmer gehörte, das mir ständig im Kopf herumspukte: »Und die Leere kehrt uns ihr Gesicht zu / und flüstert: / ›Ich bin nicht leer, ich bin offen.‹« Ich konnte ihm nicht mehr zeigen, wie offen ich denn war, indem ich an dem Abend mit ihm schlief; sobald ich die Nachricht meiner Mutter gelesen hatte, verlor ich jegliches Interesse.

Trotzdem war es erstaunlich, dass ich so vollkommen ruhig blieb, als ich ihre Zeilen las. Es fühlte sich an, als hätte ich gerade erfahren, dass es ein Paar Schuhe nicht mehr in meiner Größe gab oder dass in einem bestimmten Restaurant das Gericht, auf das ich so große Lust hatte, von der Karte gestrichen worden war. Natürlich heißt es immer, einer bestimmten Art von Ruhe solle man nicht trauen. Es könnte das Gefühl sein, dass einem heftigen Wutausbruch vorausgeht, eine Form von Verteidigung gegen einen Angriff, der noch nicht stattgefunden hatte, oder es war an sich schon eine Art Angriff.

* * *

Aber die Ruhe, die ich verspürte, fühlte sich an, als wäre sie schon lange da gewesen. Und sie dauerte an.

Es war die gleiche Ruhe, die ich letzten Herbst in Madrid verspürte, als mich die zweite E-Mail meiner Mutter zu einer bevorstehenden Katastrophe erreichte. Ich flog umgehend nach Jakarta, und das war allein meine Entscheidung. Dass es mit Riaz' Tod und mit Amalia zu tun hatte, reichte aus; ich musste nicht herbestellt werden.

Es war die Ruhe, mit der ich mich am Tag vor meiner Abreise aus Madrid vom Fenster unserer letzten gemeinsamen Wohnung, von Javier und mir verabschiedete, in Centro, keine drei Minuten zu Fuß zur Gran Via. Von unserem Tisch in einer Ecke bei Del Diego, wo wir uns unzählige Male bei mildem spanischen Bier und Mojitos geküsst hatten. Die Ruhe, mit der ich mich fragte, was es bringen sollte, den Geist meiner Beziehung mit der Liebe meines Lebens zu bannen, die zu dem Zeitpunkt noch quicklebendig war und es auch jetzt noch ist, wenn ich einen Toten wie *Bapak* beerdigen und ihn trotzdem noch leben lassen konnte?

Die Ruhe, mit der ich Maura, meine künstlerische Assistentin in London, einige Jahre später bat, mein neuestes Werk, eine Quelle bislang unbestimmten Stolzes aus Holz, Gips und Kunstharz, im Atelier einzuschließen, das ich mit meiner Freundin Kate teilte. Die Ruhe, mit der ich am Schluss eines alkoholgetränkten Dinners in irgendeiner angesagten Tapas-Bar in Soho, der Art Dinner, zu dem man nach einer Katastrophe oder in Erwartung einer länger anhaltenden Katastrophe ging, dem Mann, mit dem ich vor Anthony mal zusammen war, mal nicht ohne jegliche Ironie sagte, *uns bleibt immer noch Paris*, als wäre *ich* der Mann, als wäre ich derart gefragt, und dann meine Wohnungstür vor seinem verblüfften nordischen Gesicht zuschlug.

Vielleicht war es die Ruhe von jemandem, der es schon immer gewusst hatte, dessen Wissen aber abgemildert werden musste, und zwar einzig und allein von allumfassender fürsorglicher Liebe. Liebe, die nicht vom Schmerz des Verlusts begleitet wurde, nicht von Schuldgefühlen und Heimlichtuerei, so wie meine Mutter mich liebte. So wie sie einen anderen Mann in unserem Leben verheimlicht hatte, eine andere Liebe, und unsere Geschichte umgeschrieben hatte. *Bapak* war vollkommen frei, zumindest darin, mich zu lieben. Er war so liebevoll wie ein Engel. Wer brachte mir schließlich vor all den Jahren bei, im Dunkeln zu sehen, und wer wies mich später auf den Film von Greenaway hin, den wir beide für den allergrößten Hinweis verehrten? »Die Malerei erfordert eine gewisse Blindheit – die teilweise Weigerung, sich aller Möglichkeiten bewusst zu sein«, erklärt die durchgeknallte Mrs Talman in *Der Kontrakt des Zeichners*. Wessen Hände führten mich zu dem, was ich erst entdecken konnte, nachdem ich meine Vorstellung ausgelöscht hatte, bevor ich malte oder formte: »die mörderischen Hiebe, die verbrannten Zeichnungen, die treibende Leiche ...« Auch *Bapak* gab mir die Hinweise, durch die ich in meinen Träumen zu sehen begann: der Leichnam meines anderen Vaters, rot, weiß, mit einem Loch im Schädel.

* * *

Es war die Ruhe, die sich zumindest in den zwei Wochen in Jakarta nicht verflüchtigen wollte. Und zwei Wochen sind eine lange Zeit.

* * *

Möglicherweise hat diese Ruhe etwas mit Amalia zu tun, mein Verhältnis zu ihr war schon immer seltsam gewesen.

Als ich sie kennenlernte, etwa im Jahr nachdem ihre Mutter bei einem Autounfall ums Leben gekommen war, war sie etwas über zwei Jahre alt.

Das Mädchen hatte etwas an sich. Die Augen zu groß für ihr Gesicht, und scheinbar ständig feucht, als läge ein Milchschleier auf ihren Pupillen, die mir im Gedächtnis blieben, obwohl ich sie erst zwei Wochen später wiedersehen sollte.

Erst bei unserer zweiten Begegnung, es war abends, begriff ich, was mich an ihren Augen so fesselte. Sie waren nicht nur feucht, sondern auch seltsam schimmernd, etwas bahnte sich seinen Weg hindurch. Etwas, das darauf bestand, dass ich genau hinsah.

Und das tat ich.

Während unserer ersten Jahre als Familie war ich vollkommen vernarrt in Amalia. Sie hatte etwas so Unkompliziertes und Herzerwärmendes an sich, das mich erfüllte. Ich liebte es, in ihrem Zimmer zu schlafen und mich morgens um sie zu kümmern, auch wenn das bedeutete, dass ich mich auch nachts um sie kümmern musste. Wir hatten kein Kindermädchen, das war nicht nötig. Als Amalia älter wurde und sie besser schlief, ging ich trotzdem noch jede Nacht mehrmals in ihr Zimmer, um ihr beim Schlafen zuzuschauen. Nie verspürte ich auch nur den leisesten Hauch von Neid ihrer Mutter gegenüber, doch etwas in mir wusste, wo mein Platz war. Ich weiß nicht, ob Stiefkinder diese Art Zurückhaltung spüren und respektieren, aber als Amalia etwa sieben oder acht war und Riaz und ich unsere Differenzen nicht mehr verbergen konnten, entwickelte sich plötzlich eine herzliche Förmlichkeit zwischen uns, genau wie zwischen meiner Mutter und mir. Vielleicht sagte sie mir damit, so nah war ich dir ohnehin nicht. Du warst von vornherein nicht meine Mutter. Rückblickend könnte man auch vermuten, dass es eine Art Protest gegen Riaz und mich war, weil es uns nicht gelang, uns zusammenzureißen. Doch Mitleid wollte sie nicht. Sie war stolz, erwachsen. Schon als kleines Kind besaß sie eine Würde, die genau wie ihre Schlichtheit zu wachsen schien: Sie war still, eigenständig, nicht aufdringlich, ganz sicher nicht leicht herumzukriegen. Je älter sie wurde, umso mehr schien sie sich nach innen zu richten und innerlich zu wachsen. Sie brauchte die Außenwelt nicht, um die Dinge zu regeln, und schon gar nicht ihre Eltern. Es war kein Zufall, dass sie gerade dann am meisten Unabhängigkeit demonstrierte, als ich mich immer öfter von zu Hause fernhielt. Sie versuchte, mir damit etwas zu vermitteln, aber sie würde sich nicht mit Kleinkram aufhalten. Zu meiner Schande verletzte mich ihre Verschlossenheit. Ich wurde ihr gegenüber misstrauisch, reizbar. Ich hielt sie für kleinlich. Ich dachte, sie wäre wie ich, die ihre Mutter erst für ihre Unnahbarkeit bestrafte und später für ihre Lügen.

Im Laufe der Zeit bemerkte ich jedoch, dass meine Stieftochter mir nichts vorspielte. Sie forderte sehr wenig. Keinen Rat, keine Erklärung, keine Rechenschaft. Sie hatte nicht das Gefühl, Anspruch darauf zu haben. Weil niemand aus ihrem Umfeld es tat, brachte sie sich selbst bei, wie man erwachsen wurde. Trotzdem tat es mir weh, dass ich mich so nutzlos fühlte. Oft half es aber auch – nicht gebraucht zu werden. Es minderte die Schuldgefühle, gab einem Raum zum Atmen.

Ihr Vater und ich ließen uns 1999 endgültig scheiden, nach zehn Jahren ruhelosen Zusammenlebens.

Ich zog in mein Atelier im zentralen Geschäftsviertel, und Amalia blieb bei Riaz.

Es waren sonderbare Zeiten, berauschend und frei und kaum zu glauben, denn erst seit einem Jahr war der Diktator Suharto abgetreten, das Militär so gut wie entmannt, und auf einmal konnte man alles schreiben, zeichnen, ausstellen und veröffentlichen, was man wollte, ohne sich über Genehmigungen, entzogene Lizenzen, Zensur oder die Polizei Sorgen machen zu müssen, die bei einem an die Bürotür klopfte, ohne auch nur einen Durchsuchungsbeschluss zu haben. Doch etwas daran, einen gemeinsamen Feind zu verlieren, brachte mich aus dem Konzept, und gegen meinen Willen vermisste ich die einzige echte Freundin, die ich in Jakarta hatte, Dara Adjie. Wir kannten uns seit dem Ende der Grundschule und waren zusammen in der Untergrundbewegung gewesen. Sie war die einzige Freundin, die ich jemals zu mir und Riaz nach Hause einlud, die einzige Freundin, die Amalia kannte. Doch Anfang der Neunziger, gerade als es zwischen mir und Riaz den Bach herunterging, zerstritten wir uns so heftig, dass ich statt einer Freundin und Kameradin plötzlich mit einer Erzfeindin dastand. Bisweilen wünschte ich, wir hätten uns nicht zerstritten, denn nun, wo wir all diese Freiheiten hatten, wäre es schöner gewesen, sie mit ihr zusammen zu erleben. Ich weiß nicht, warum ich mich so gegen sie stellte, obwohl sie mir fehlte; vielleicht wusste ich nicht, wie ich die Frauen in meinem Leben sonst lieben sollte. Dazu sehnte sich ein anderer Teil von mir nach der Welt. Ich wollte selbst die manischen Mechanismen der internationalen Kunstszene erleben, all das Gezänk und Gekratze, das Verschlingen und wieder Auskotzen, das schizophrene Erschaffen von Stars. Ich war ganz versessen darauf zu fliegen.

Und das tat ich.

Ich flog, und schon bald flog ich so viel, dass es zu meinem Normalzustand gehörte. Oft sahen Amalia und ich uns monatelang nicht. Ich vermisste sie genau wie Dara, und dann auch wieder nicht. Doch schon bevor ich ging, entdeckte ich eine erstaunliche Kraft in Amalia. Es war etwas Beachtliches an ihr, das bereit für die zerdrückende und zerstörerische Wirkung des neuen Jahrtausends schien, und zwar auf eine Weise, zu der nicht einmal ich in der Lage gewesen war, war ich doch ein zerbrechliches Kind der Siebziger und Achtziger.

Jedes Mal, wenn ich von einer meiner Reisen wiederkam, versuchte ich, mich mit ihr zu treffen. Zugegeben, das konnte man kaum als Qual bezeichnen. Damals bedeutete es Zoohandlung und ein Eis. Später ein neues Restaurant und Kino. Manchmal gingen wir auch in eine Ausstellung oder in Antiquitätenläden. Natürlich sprachen da meine Schuldgefühle aus mir, aber ich versuchte, es entspannt zwischen uns zu halten. Zu meiner Erleichterung begegnete auch sie mir so. Nicht besonders enthusiastisch, aber mit einer Besorgtheit, die über ihr Alter hinausging. Die Geschichte wiederholt sich, aber nicht komplett ohne Weisheit.

* * *

Einmal, gegen Jahresende 2001, aßen wir zusammen zu Abend. Amalia war vierzehn, und ich war kurz davor, zu einem Kunstfestival nach Europa zu fliegen.

»Warum fährst du immer weg?«, fragte sie. »Hat das was mit meinem Vater zu tun, selbst wenn ihr längst geschieden seid?«

»Ich habe dir doch erzählt, wie ich arbeite.« Ich bemühte mich, die Kanten in meiner Stimme abzuschmirgeln. »Das verlangt eine bestimmte Art von Konzentration. Ich weiß nicht, wie ich es erklären soll.«

»Du kannst es nicht ertragen, hier zu sein, wenn du weißt, dass er auch da ist.« Ihre Stimme klang angespannt, ein verletztes Kind.

Es war zwecklos, es zu erklären.

»Hör zu«, sagte ich. »Morgen ist mein letzter Tag, bevor ich abfliege. Aber es ist Sonntag, und ich habe den ganzen Tag Zeit. Warum verbringen wir nicht ein bisschen Zeit zusammen?«

Sie zögerte kurz und zuckte die Achseln. »Okay. Ich würde dich gern mal bei dir zu Hause besuchen.«

Als ich am nächsten Tag in meinem Apartment auf sie wartete, war ich unheimlich aufgeregt. Ich wusste nicht, was

Amalia tief drinnen wirklich davon hielt, dass ich sie und ihren Vater verlassen hatte – und zwar für das hier. Wie sie darauf reagieren, was sie ihren Freunden erzählen würde. *Ja, meine Stiefmutter, die ist Künstlerin. Sie wohnt nicht mehr bei uns, sie fühlt sich eben immer woanders mehr zu Hause.*

Amalia kam unerwartet früh. Vielleicht dachte sie, sie würde mich in einem anstößigen, unbedachten Augenblick ertappen.

Ich sah zu, wie sie sich mit einer Mischung aus Verwunderung und Zurückhaltung in meiner Wohnung umschaute. Im ersten Zimmer, wie ein Verschlag hergerichtet, stand mein großes kubistisches Experiment, eine Anhäufung aus Kegeln, Zylindern und ein paar äußerst anmaßenden Farben. Das zweite Zimmer war von einem Gelage aus Rechtecken und Rauten aus meiner Post-Matisse-Phase belegt. Davon und von mehr als einem Dutzend Skizzen – Skizzen verformter Vögel, grotesker Männer, in Räumen eingesperrter Mädchen im Geiste Louise Bourgeois'.

»Warum hast du keine deiner späteren Gemälde und Skizzen bei uns gelassen?«, fragte Amalia. »Abgesehen von den Sachen von Papa, meine ich.«

Ich dachte an das Haus – Riaz' Haus, nicht einmal meins, so untadelig und sauber, mit Rasen davor und dahinter, ein förmliches Wohnzimmer, in dem Fremde empfangen wurden, ein Lebensgefühl in Marmor und Wenge-Holz und alles nach Schema F.

»Du würdest nicht wollen, dass meine kranken Ketzereien den Raum hier verseuchen«, hatte ich zu Riaz gesagt, als er mich vor fünf Jahren das Gleiche gefragt hatte. »Ich meine, du hast doch die ganzen Reproduktionen von, was noch gleich, Renoir, Cassat, Degas aus dem Haus deiner Eltern herbringen lassen. Dann noch die zwei Sadalis und diesen großartigen frühen Sudjojono! Da muss ich dir doch nicht den Raum verunstalten.«

Wenn ich ehrlich bin, habe ich stets versucht, Riaz dazu zu bringen, mir einen der wertvollen frühen Sadalis zu schenken, das melancholische Rot und Braun oben an der Treppe vor unserem Schlafzimmer, das mich in unterschiedlichen Stadien der Baufälligkeit erlebt hatte und immer Trost spendend die Hände auszustrecken schien. Den Sudjojono begehrte ich ebenfalls, aber ihn darum zu bitten wäre zu viel gewesen, denn es konnte einem kein Sudjojono anvertraut werden, wenn man noch das Bedürfnis hatte, vor seinem Leben zu fliehen. Man konnte nicht mit einem Sudjojono leben und trotzdem nicht glücklich und zufrieden sein.

»Ich finde, sie passen da nicht hin«, sagte ich stattdessen zu Amalia.

»Also, die hier schon.« Meine Stieftochter zeigte auf ein paar frühe Gemälde. Ich war ein wenig überrascht über ihre Auswahl, denn sie waren vollkommen unbedeutend für mich.

»Findest du?«

»Ja«, sagte sie. »Ich könnte sie zum Beispiel bei mir im Zimmer aufhängen. Das hier auch, und das hier.«

In null Komma nichts hatte sie etwa ein halbes Dutzend Skizzen und zwei 61 mal 52 Zentimeter-Darstellungen mit meinem in alle Richtungen verzerrten Gesicht darin, aufgenommen und gerahmt wie in verschiedenen Fotoautomaten zusammengesammelt. Ich konnte sehen, was sie daran so augenblicklich ansprach. Auf einmal lenkte etwas sie ab, und ich folgte ihrem Blick. Es war die eher klein geratene, scheue Leinwand im dritten Zimmer, das auch als mein Schlafzimmer herhielt. Sie ging darauf zu und lächelte.

Ein ihr nicht unähnliches Mädchen, schlaksig und mit glänzenden Augen, jedoch leuchtend rotem Haar, blickte sie an. *Oh, sieh mal,* rief sie. *Was für ein schöner Gedanke.*

* * *

Seitdem traf ich mich immer, wenn ich nach Jakarta zurückkam, zwei-, manchmal auch dreimal die Woche zum Essen mit Amalia. Dann fragte ich sie, ob ihr Vater mit jemandem zusammen war, und wenn ja, mit wem, welche Haarfarbe, welcher Kleidungsstil, als würde es die Person weniger menschlich für mich machen, wenn ich solche hohlen Fragen über sie stellte.

Später, als Amalia zu studieren begann, fragte ich sie, ob sie selbst mit jemandem zusammen war, und wenn ja, ob er gern Krawatten trug, was für Schuhe, an welchem Handgelenk trug er seine Uhr. Dann lag bei jeder Antwort Begeisterung in ihrer Stimme, auch wenn sie die meisten Einzelheiten für sich behielt.

6.

Dann bist Du also wirklich da«, steht da. *»In Berlin.«* Und das ist sie auch schon, Javiers E-Mail. Seine erste in etwas über sieben Monaten. Ich zähle mit, weil wir uns jeden Tag geschrieben haben, bevor wir vor all den Jahren in Madrid zusammengezogen sind.

Ich mache immer, was ich mir vorgenommen habe, tippe ich. Das ist ebenfalls Teil der Angewohnheit. Oder ist das die Neurose? Sich direkt hineinzustürzen. So unüberlegt mit den Fingern zu sein.

Löschen.

Javier war immer skeptisch, ob Berlin mich heilen würde. Ob es überhaupt der richtige Ort für mich wäre. Aber er glaubt nicht an Zufälle. Er glaubt so fest an Struktur und Planung, dass er genauso gut Deutscher hätte sein können. Wenn ich also drei Jahre nach unserer Trennung in Berlin gelandet bin, dann weiß er, dass ich es unbedingt gewollt haben muss. Mit seinem Bastler-Verstand, der dennoch klarsieht, muss er alles gesehen haben: wie nach dem Zusammenbruch, meinem geisterhaften Dasein, dem Schlafwandeln durch die Tage etwas in mir geklingelt hat. Wie ich wollte, dass sich die Dinge änderten, dass ich neu anfing, und wie es kam, dass ich die Angelegenheit, in eine neue Stadt zu ziehen, auf hartnäckige und systematische Weise anging: alles geplant und nichts dem Zufall überlassen, an alles gedacht.

Einmal, während der ersten berauschenden Tage unserer Beziehung, erzählte ich ihm mädchenhaft von einem verpassten Anruf auf meinem Handy von einer unbekannten spanischen Nummer und fragte ihn, ob er das gewesen sei. Nein, ich bin nicht deine spanische Nummer, schrieb er zurück, das war ein Zufall – *un azar* – und bedeutet nur etwas, wenn du an ein höheres Wesen glaubst oder an einen göttlichen Geist oder Inspiration, die dir sagt, dass von nun an alles, was spanisch ist, in deinem Leben von Bedeutung sein wird. Von da an hielt ich Aussagen oft zurück, die meine Andersartigkeit hervorheben konnten. Aber das lag daran, dass ich so verliebt in ihn war, ich wollte, dass er mich stets im besten Licht sah. Je länger wir uns kannten, umso besser lernte er mich kennen. Dazu gehörte auch, dass er wusste, ich bin nicht abergläubisch.

Der Sieg von Planung und Beharrlichkeit, beginne ich zu tippen. *Gerade Du solltest das zu schätzen wissen.*

Zu defensiv. Zu kindisch. Das muss ich anders formulieren. Lass ihn warten.

Hör auf, dich hineinzusteigern. Schreib erst mal andere E-Mails.

Hi Ben. Entschuldige die späte Antwort, ich war unterwegs. Was das Interview betrifft, passt es Dir Anfang nächster Woche? Zum Beispiel Montag oder Dienstag um 16 Uhr? Wir können uns im Hamburger Bahnhof treffen. Ich weiß nicht, wo Du untergekommen bist, aber das liegt ja ziemlich zentral. Da gibt es auch ein nettes Café, wir können draußen sitzen. Wenn Du auf Beuys stehst, ist das genau der richtige Ort für Dich. Sag mir Bescheid.

Nina, meine Liebe. Wie geht's? Bin wieder da. Übrigens bin ich bereit, ein paar Arbeiten zu verkaufen, glaube ich. Meinst Du, Du kannst ein Treffen mit SOM vereinbaren? Danke Dir.

Meine Posteingangszeile blinkt auf. Mein Herz macht einen Hüpfer. Er ist auf die Suche gegangen. Er will mich zurück. Ihm fehlt, was ich, und zwar nur ich ihm geben kann.

Es ist Nina.

Du wirst es nicht glauben. SOM hat sofort zugesagt, hat sogar heute Nachmittag Zeit, wenn es bei Dir passt.

Scheiße. Ruf mich an.

Zwei Sekunden später habe ich sie am Apparat. »Du bist die Beste«, sage ich.

»Also«, setzt sie ganz geschäftsmäßig an. »Was soll ich ihr sagen? Sie will vielleicht Genaueres wissen.«

Nina ist so geschäftsmäßig, weil sie auf der Arbeit ist, und auch wenn die Leute dort wissen, dass sie auch für mich arbeitet, kommt Flapsigkeit nicht infrage.

»Wie viel weiß sie über meine letzten Arbeiten?«

»Na ja.« Zögern schwingt in Ninas Stimme mit. »Du bist ja in den letzten fünfzehn Monaten nicht so … produktiv gewesen«, sagt sie, und ihr fällt es offensichtlich ein wenig schwer, »abgesehen von der *Untold*-Serie natürlich. Aber du weißt ja, dass die noch nicht fertig ist. Ach, die sechs geometrischen Formen gibt es ja noch, die könnten wohl funktionieren. Die Büsten – ich weiß nicht. Die sind ein bisschen zu persönlich für meinen Geschmack. Nichts, worauf sie sich sofort stürzen würde. Also nein, ich habe keine Ahnung.«

Mir sinkt der Mut. Allerdings ist Ninas Vorsicht berechtigt. Wir sprechen hier nämlich nicht von irgendeiner Kunsthändlerin. Wir sprechen von SOM. Mein Produktivitätslevel reicht bei Weitem nicht an ihr Niveau heran. Und die *Untold*-Serie, wie ich die neun Gesichter von Bhisma genannt habe, ist Sperrgebiet. In ihrem momentanen Zustand kann ich sie einfach nicht zeigen. Nicht, solange ich mich nicht selbst in sie verliebt habe.

»Wen hat sie denn in letzter Zeit so verkauft, weißt du das?«

Nina antwortet nicht – betretenes Schweigen schwebt im Äther, als hätte eine von uns plötzlich gefurzt und die andere würde so tun, als hätte sie es nicht bemerkt. Ist das etwa der Augenblick, in dem selbst die Person, auf die ich am meisten baue, dass sie mich weiterbringt, sagt, es war großartig, Schätzchen, *du* warst großartig. Ich habe jede … Sekunde genossen. Aber ich glaube, es ist an der Zeit, mich nach etwas Neuem umzusehen …

Keine Panik. Ja, sie ist eine gute Freundin. Die auch meine Saufkumpanin ist, mein zusätzliches Paar Augen und Ohren, meine persönliche Psychoanalytikerin. Aber letzten Endes ist sie auch meine Angestellte. Obwohl sie Teilzeit für eine der besseren Galerien der Stadt arbeitet und einen Abschluss in Kunstgeschichte und Philosophie von der Humboldt-Universität und einen Master in Kunstgeschichte in Durham gemacht hat, braucht sie diesen zweiten Job. Es geht das Gerücht um, dass sie vielleicht, vielleicht auch nicht mit jemandem zusammen war, der vielleicht, vielleicht auch nicht mit einer von Lucian Freuds Töchtern zusammen war. Aber hat ihr das irgendwas gebracht? Ich glaube nicht. Ich habe ein Druckmittel.

»Ich habe gehört, dass sie sich ziemlich viel mit Hans Dieter Becker trifft«, werfe ich ein. Und mit Tatiana Garcia-Almandrez, dem aktuellen Liebling der *Artforum*- und *Documenta*-Szene. Und mit Yang Fudong, der wie kein anderer moderne urbane Idyllen beherrscht und dem nachgesagt wird, er sei von Daria vom Whitney gepriesen worden – und überhäuft mit Speis und Trank und Gott weiß was sonst noch. Und einmal mit dem verdammten Zeng Fanzhi, ein wahrhaftiger Coup. Aber ich erwähne sie alle nicht. Ebenso wenig, wie ich die andere angesagte indonesische Künstlerin erwähne, die international überall erfolgreich ist, denn genau das macht man eben nicht: diese Geier an den eigenen nationalen Erzfeind erinnern, wenn an der Spitze nur Platz für einen von beiden ist. Außerdem kenne ich Nina – etwas in ihr reagiert heftig auf Leute wie Hans Dieter Becker.

Hans Dieter ist ein neuer Günter Brus, eine Art anachronistischer Künstler des Wiener Aktionismus, der in erster Linie mit seinen intimsten Körperteilen arbeitet. Aber er ist ein Frauenhasser und ein Rohling, und das war's dann.

Ich warte ab. Ein Geräusch dringt zu mir durch, das sich anhört, als würde Nina der Atem stocken, und husch – die Schleusen öffnen sich.

Und was für eine Wasserflut da hinauskommt.

Und – ich warte schon darauf: »Dieser Mistkerl hat SOM nicht verdient. Du dagegen schon.«

Ich sage nichts, lasse diesen Moment anschwellen und sich vertiefen.

»Und sie hat ihn auch nur zweimal gezeigt, glaube ich«, sagt Nina in gelangweiltem Tonfall. Ich sehe sie vor mir, wie sie die Achseln zuckt und Gleichgültigkeit vortäuscht. »Kleine Ausstellungen. Nichts von Bedeutung. Ich schaue es mir aber mal an.«

Ich beschließe, das Thema fallen zu lassen.

»Na ja, weil sie sich für Zeng Fanzhi interessiert, könntest du ja vielleicht meine *Remasked*-Serie erwähnen …«

»Nicht gerade deine subtilsten Arbeiten.«

Ein Gefühl steigt in mir auf. Ein mir allmählich vertrautes Gefühl: Es beginnt mit einem Ruck, einem Angriff auf mein Innerstes. Dann, je nachdem, wer den Angriff startet und in welchem verfallenen Zustand sich mein Selbstbewusstsein zu dem Zeitpunkt befindet, überflutet es mich vollkommen. Zieht mich tagelang runter. Es heißt das »Du bist die Letzte, die weiß, weshalb deine Arbeiten nicht gerade weggehen wie warme Semmeln«-Gefühl. Und es ist ein furchtbares Gefühl. Jetzt erzählt mir meine Angestellte, die nicht einmal als meine Agentin fungiert, geschweige denn als meine Händlerin, was bei mir beruflich läuft und was nicht.

»Ich meine …« Nina scheint meine Niedergeschlagenheit zu spüren. »Alle machen deutschen Expressionismus.«

Nein, tun sie nicht. Nicht wie Zeng Fanzhi. Er erfasst Max Beckmann so intuitiv wie kein anderer, veranstaltet eine Art innerlichen Tanz mit ihm, als wären sie Zwillinge. Man kann nicht …

»Ich meine, es wurde einfach schon total ausgelutscht.« Ungeduld hat sich in ihre Stimme geschlichen. »Das wird sie nicht mehr flashen. Sie hat eine kleine … Ich weiß auch nicht.« Nina hat sehr gute Kontakte, und es irritiert mich ungemein, dass sich das anscheinend nicht in ihren persönlichen Ambitionen widerspiegelt.

»Wieder eine Affäre?« Ich muss es einfach aussprechen.

Ein Schweigen entsteht.

Mein Posteingang leuchtet auf. Das vertraute prophetische Zucken. Meine Hand will schon auf die Taste drücken. Er ist es. Ich weiß es einfach.

»Ich mache es folgendermaßen«, höre ich Nina sagen. »Ich maile ihr deine … äh, Louise-B.-Sachen.«

»Die Stiche? Aber die sind so *alt.*« Um nicht zu sagen so still. Es war ja klar, dass ich mich unsterblich in Louise Bourgeois verlieben und dann die am wenigsten blutrünstige ihrer Arbeiten als Inspiration für meine eigene Arbeit verwenden musste.

»Und wenn du mich ein paar Aufnahmen von deinen neuen Sachen, den … äh … neun Gesichtern machen lässt, der *Untold*-Serie, dann verschicke ich vielleicht ein oder zwei davon per Mail«, sagt sie, ohne meinen Einwand zu beachten.

Ich zucke leicht verlegen zusammen, weil sie anscheinend auch findet, dass die neun Gesichter von Bhisma noch nicht bereit sind, SOM gezeigt zu werden. Aber vielleicht stimmt ihr Bauchgefühl. Ich habe länger nicht gezeichnet, bin ein bisschen eingerostet in diesem Medium. Meine Striche sind nicht so beherrscht wie einst, sie vermitteln noch keine Erschütterung, kein tragendes Gefühl, nicht einmal mir selbst.

Aber ich bin abgelenkt von Javier. Es gab mal eine Zeit, als ich zu neunzig Prozent richtiglag, was den Eingang seiner E-Mails betraf, fast immer konnte ich spüren, wenn eine unterwegs war. Eine nicht zu verachtende Fähigkeit, wenn man bedenkt, was für reger E-Mail-Verkehr zu jener Zeit herrschte. Soll ich sie anklicken – oder sie mir für später aufbewahren? Erst mal nur das Wissen auskosten?

»Es wäre vielleicht, wie soll ich sagen, sicherer, wenn wir ihr erst einmal ältere, spartanischere Arbeiten zukommen lassen«, sagt Nina. »Das sagt mir zumindest mein Bauch. Du solltest dich von deiner beständigsten, deiner stimmigsten Seite zeigen. Und vor allem willst du sie nicht gerade dann erwischen, wenn sie sich nicht von ihrer beständigsten, stimmigsten Seite zeigt.«

»Aber geht es bei mir momentan nicht vor allem darum?«, frage ich. »Spartanischere Sachen? Selbst die Gesichter haben etwas Ruhiges an sich, das …«

»Hör zu. Alles, was ich gerade über SOM weiß, ist dass sie in einer … Phase ist. Gott weiß, wie lange die andauert, ich kann nämlich eben in diesem Moment sehen …« – ich kann hören, wie sie wild die Webseiten durchscrollt –, »dass … okay, nennen wir es ihre schizophrene Phase. Ohne Sinn und Verstand. Heute total subtil, morgen völlig durchgeknallt. Aber das heißt, dass sie offen ist. Vielleicht ist das ein guter Zeitpunkt, um sich ein neues Image zu verpassen. Zeig ihr deine stillen, beschaulichen Arbeiten. Dann bist du im Handumdrehen die neue Königin der Stille von Berlin, und nichts kann dich mehr aufhalten.«

Jetzt bin ich an der Reihe, das Schweigen zu liefern. Ich schaue mir Sally O'Malleys Webseite an. Ihr aktuelles Portfolio sieht wirklich wahnsinnig aus. Sie verkauft jeden und niemanden, hier der Superstar und dort der Super-Niemand,

Arbeiten, die im Gagosian oder in der Gallery Wrong landen – was zumindest das richtige Gleichgewicht schafft –, aber seltsamerweise auch in irgendwelchen sehr zweifelhaften Galerien in Havanna, Saigon und Bogotá, von denen noch nie jemand gehört hat. Ich sehe Unmengen roher, ungeschliffener Dokumentationen, hirnlose, sich drehende Skulpturen, prätentiöse psychedelische Videoclips, unnötig ernste geometrische abstrakte Werke, geistlose, einsame Werke ungewisser Abstammung, kühne Gemälde mit einem zu gehemmten Anklang von Op-Art darin, UND den grässlichen Hans Dieter Becker in jeglichem nur vorstellbaren Nacktheitsgrad. Dann gibt es da aber auch noch die Chinesen – das ist eine Tatsache! – und darunter ein paar Werke von Wang Guazhong, die so atemberaubend sind, dass ich beinahe anfange zu weinen. Und dann ist da mittendrin noch die nicht zu kleine Angelegenheit eines jungen Manns, der womöglich zu einem Riesen wird, ein Mann, der mich einst geliebt hatte. Wenn man doch nur so viel weinen dürfte …

»Siri?«

»Okay, wir machen es folgendermaßen«, sage ich. »Schick ihr einfach das Louise-B.-Zeug und die sechs geometrischen Arbeiten, aber um Himmels willen, gib ihr bitte auch ein bisschen Kontext dazu. Und sag ihr, dass ich an etwas … Reduzierterem arbeite.« Wie schnell ich das verrückte Vokabular draufhabe. »Sag ihr, es sei eine, äh … Erkundung … nein … eine *Weiterführung* der absichtlich langsam gegarten Fiktionen, die ich in Berlin zu vertiefen versuche, eine Art … Weißt du was, egal. Sag ihr einfach, ich freue mich, sie zu sehen. Sagen wir um fünf bei Sparacino?«

»Siri?« Wieder dieser leicht besorgte Tonfall.

»Ja.«

»Bist du sicher, dass du so nah an deinem Atelier sein willst?«

Guter Punkt. Es ist quasi eine unverhohlene Einladung

in mein Reich, was sich eigentlich nach einer nicht allzu schlechten Idee anhört, denn zurzeit zeugt es dort wirklich von ideologischer Kargheit. Was möglicherweise früher als Sally O'Malley Zeit hat ein paar Punkte erzielt. Nicht einen Deut zu viel oder zu wenig. Und, als wäre es leicht versteckt zugunsten der wahrhaft Scharfsichtigen, ist da natürlich die abstrakte Landschaft von Umi Dahlan, die irgendwie für mich sprechen soll und die ich mit meinem Leben verteidigen würde.

Ich sehe sie schon vor mir, Sally O'Malley, Kunsthändlerin der Sonderklasse, ihre silber melierten Haare in einem Knoten streng aus dem Gesicht geschlungen, einem Braque würdige Ecken und Kanten und Wangenknochen, wie sie mit Laseraugen das Zimmer nach genau dieser Art stillem Staunen abscannt, dann, wie sie unvermeidlich meine sechs nicht aufgehängten geometrischen Arbeiten entdeckt, die lässig an der Wand unter dem Umi lehnen, das halb theatralische Innehalten, der entscheidende zweite Blick, und dann das gedehnte *Aaaah*.

Alles wird innerhalb der zwei auf das Aaaah folgenden Sekunden geschehen müssen, die Karriere an Ort und Stelle gesichert oder zerstört, und falls Letzteres eintreten sollte, wird es keinen Platz für solchen Firlefanz wie Selbstmitleid oder neurotisches Grübeln über jedes »was, wenn« geben. So wie was, wenn ich sie nicht hierhergeschleift hätte, was, wenn ich mich einfach von ihr in einen der schicken Kunstszenetempel in Mitte hätte ausführen lassen, was, wenn ich nicht nach Berlin gegangen wäre, was, wenn ich einfach verheiratet geblieben wäre und meine Tage in Jakarta im getreuen Geiste der Nächstenliebe in einer Art Besessenheit verbracht hätte. Die Welt ist unbarmherzig, man muss aufs Ganze gehen …

»Warte«, sage ich. »Wenn ich drüber nachdenke, schick ihr noch nicht die Bilder von den sechs Arbeiten. Das muss sie vor Ort sehen. Schick ihr erst mal nur die Louise-B.-Sachen.«

»Das …« Am anderen Ende der Leitung kann ich deutlich hören, dass Nina dieses Gespräch noch immer schwerfällt. »Ich glaube … Hör mal, du solltest nichts überstürzen. Bei SOM bekommt man nur diese eine Chance.«

Und wieder hat sie nicht ganz unrecht. Bei jemandem wie SOM trägt es nichts zu der Entscheidung bei, ob sie sich mit der persönlichen Ästhetik eines Künstlers identifizieren kann, vor allem, wenn dieser Künstler ein Junges und noch nicht flügge ist. Man muss ihr etwas bieten, das sich in ihren Augen ganz automatisch in Dollarscheine verwandelt, oder es muss sie auf einer tiefen spirituellen Ebene so sehr berühren, als würde sie auf einmal etwas Wahres erkennen, wie die Nordlichter, auf die man am anderen Ende eines morastigen weit entfernten Landstrichs einen Blick erhascht – wie etwas, das die Zeiten definiert. Beides ein extrem riskantes Unterfangen, wenn einem die Zellen im Körper noch nicht das eine oder das andere sagen.

In Berlin zu sein bringt mich oft dazu, die fundamentalen Fakten meines Berufs aus den Augen zu verlieren. Die Stadt ist hervorragend darin, etwas zu entschärfen, und oft lügt sie. An der Oberfläche fühlen sich all die Mythen, die man über die Stadt bildet und über sie ablässt, ihre betörende Uneitelkeit, ihre Ungeschliffenheit, ihre unbekümmerte »Mach, was du willst«-Nachlässigkeit, so an, als wäre es genau das, was man am nötigsten braucht, vor allem, wenn man gerade aus den gigantischen Schmelzöfen solcher Städte wie New York, London oder Madrid aufgestiegen ist und die Dinge etwas ruhiger angehen muss.

Außerdem ist Berlin ein routinierter, geduldiger Gastgeber: Es umgarnt dich, ohne sich überhaupt darum zu bemühen, gewinnt dein Vertrauen wie ein gutmütiger Arzt, baut sich nie drohend vor dir auf wie ein anmaßender Lehrer oder schreitet vor dir her wie ein herrischer Vater, sondern es hält dir immer den Rücken frei und bemächtigt sich deiner wie eine niedrig dosierte, sich allmählich ausbreitende Droge.

Berlin ist eigenwillig und gewieft: heute eine Verbündete, morgen ein Zuschauer, Gift und Heilmittel zugleich. Man geht aus dem Haus, läuft baufällige Straßenzüge entlang, Steine über Steine um einen herum, entblößt sich der Offenheit, den breiten, schäbigen, ungeschminkten Alleen. Man zwingt sich, sich als Teil dieses unausgesprochenen Stolzes zu fühlen, dieses offengelegten Stolzes einer Welt jenseits der Geschichte, und jedes Mal, wenn man eine kleine Verzauberung entdeckt, kleine Kinder, die eines Sommernachmittags in Wasserspielen herumtoben, einen Köter, der mitten im Café zu einem gelaufen kommt und sich ans Bein schmiegt und Hallo sagt, sagt man sich, dass da etwas an Berlin ist, das einem bestimmt ist, und deswegen bleibe ich.

Man redet viel mit sich selbst. Ununterbrochen nimmt man in sich auf. Jeder Tag ist eine Lektion in etwas oder über jemanden, und oft sind diese Lektionen derart reichhaltig, dass sie sich nicht länger für den ursprünglichen Akt des Malens oder Formens eignen: für den ersten Pinselstrich, für das erste Drücken des Tons. Alle ersten Impulse sind fort. Also schreibt man wie ein unglückseliger Schriftsteller mit der Hand. Man lehnt sich zurück und saugt alles in sich auf. Und eines Tages wacht man dann auf und begreift, dass man seit drei Monaten in der Stadt ist und nichts Neues vorzuweisen hat.

Nichts Neues vorzuweisen hat.

»Weißt du was, ich ruf dich gleich noch mal an«, sage ich zu der armen Nina.

Ich klicke auf die rote Zeile, in der Posteingang (1) steht. Mein Herz rast. Die Wörter erscheinen vor mir. Er ist es. *PS: Hast Du irgendwelche neuen Sachen? Ich kann nicht anders, ich* muss *einfach fragen.*

Mein Brustkorb schnürt sich zusammen. Diesen Satz

produziert er schon seit Jahren; wenn er mich bisher nur geärgert hat, sticht er jetzt zu wie ein Dolch. Erst vor zwei Wochen, glaube ich, sagte mir irgendein Typ, den ich im Zug von Berlin nach Köln traf, dass ich aus Berlin wegmüsse, wenn ich wirklich Kunst machen wolle.

Wie bitte, sagte ich. *Du hast mich schon verstanden,* bedeutete mir sein seltsam sturer Blick. Er konnte nicht älter als fünfundzwanzig gewesen sein: zottelig und klein, völlig unbestimmt, und was für Kunst auch immer er womöglich produziert haben mochte, trug mit Sicherheit einen Hauch Bacon an sich, wenn nicht was das Genie betraf, dann doch die Integrität – vielleicht eine gewisse eigensinnige Unsentimentalität, die älter war als er selbst. Schließlich konnte niemand Bacon nachahmen, ohne dabei dumm auszusehen.

Trotzdem faszinierte er mich. Nicht nur, weil er nach einem einzigen Blick auf meine Ausgabe von *Rennboot* beschlossen hatte, dass ich bildende Künstlerin war und keine Autorin oder Journalistin, sondern weil er einen schlafenden Riesen geweckt hatte. Weil genau das auch schon immer Javiers Einstellung zu Berlin gewesen war, und er war sich dessen sicherer gewesen als vielleicht angemessen, selbst bevor diese Ansicht sich weiterverbreitet hatte. Der Stadt fehlt es an Ambitionen, hatte er gesagt. Ohne Ambitionen keine Konkurrenz. Ohne Konkurrenz kein Druck. Ohne Druck keine Kunst.

Derlei Schwierigkeiten hatte Javier natürlich nicht. Er war kein Romantiker. Als wir uns zum ersten Mal begegneten, standen wir vor einem Gemälde im Prado. Nicht vor Goyas *Hund*. Nicht vor seiner *nackten Maja*, das wäre abgedroschen gewesen. Nicht vor irgendeinem seiner Schwarzen Bilder, zu denen ich auf dem Weg gewesen war, bevor das betreffende Bild mich aufgehalten hatte.

Es war ein Bild des Bürgermeisters von Madrid. Oder vielleicht war es auch Javier, der das Bild des Bürgermeisters von Madrid betrachtete.

Mir fiel auf, dass er immer wieder zu einem anderen Bild in der Nähe hinübersah, das eines jungen Schauspielers mit bedeutenden Familienverbindungen. (Die Bildunterschrift sorgte dafür, dass wir dessen Tragweite begriffen.) Auch wenn keine unmittelbare Ähnlichkeit zwischen den beiden Bildern bestand, waren sie doch durch etwas Eigentümliches verbunden. Wir bewegten uns gleichzeitig, als teilten wir einen Augenblick des Erkennens. Und, was denken Sie, fragte er mich unvermittelt. Ohne ihn überhaupt anzusehen, sagte ich: »Hm. Wahre Lämmer. Privilegiert, zu Tode gelangweilt, ja. Aber trotzdem Lämmer.« Ich sagte das auf Englisch, als wäre das in diesem Moment die natürlichste Sprache auf der Welt.

Er lachte, und einfach so lag seine Hand sanft auf meiner Taille. »Sie sind Romantikerin«, flüsterte er, ebenfalls auf Englisch, sauber und akzentfrei, die Stimme leicht rau. »Aber Sie sind eben auch ein Diamant. Geformt unter starkem Druck und der starken Hitze von Entbehrungen. Sie können nicht anders.« An dem Abend liebten wir uns auf eine Weise, die mein Herz in die Höhe hob und die in mir vergrabene Musik hervorlockte.

Und der Rest: Wer kennt die Geschichte nicht? Fünf Jahre lang florierten der Diamant und dessen angebeteter Collagist in Madrid, dieser Stadt aus Geschrei und Gezeter und Feuer und *alegría,* und die meiste Zeit über waren es hervorragende Jahre; Jahre voller leidenschaftlichem Sex, zärtlicher Gemeinschaft und lieblichen Zusammenlebens. Auch die Geräusche um uns herum waren intensiv, nicht immer schön, aber lebhaft und brennend und bedeutend; und dank ihm und seinem Händler, der mich ins Herz geschlossen hatte, war ich auf dem besten Wege, ein Star zu werden.

Mein Selbstbewusstsein schien auch das Beste in ihm zum Vorschein zu bringen. Es war ein Selbstbewusstsein, das er bewunderte und brauchte, denn irgendwie half es ihm, sich besser in seiner Haut zu fühlen. Der Junge mit den Eltern, die auf der ganzen Welt zu Hause waren, der in New York geboren worden und überall aufgewachsen war, der nirgends dazugehörte, weil er durch eine Reihe von Städten auf drei Kontinenten geschleift worden war – zu viele erste Schultage, zu viele abgekürzte Freundschaften, zu oft aufgeschobener Kummer. Selbst was uns antrieb, war aufeinander eingestellt, und zwar nicht nur Grundlegendes wie unser Desinteresse an idealer Schönheit oder unsere kühle Gleichgültigkeit gegenüber monumentalen Skulpturen im öffentlichen Raum.

Das war, bis die Geister im Substrat meiner Seele mich einholten, ihr Zugegensein schonungsloser als Kunst, die schon auf weite Entfernung hin heiß auf den Augapfel pocht. Das Auftreten der Geister passiv-aggressiv, ihr Misstrauen gegenüber der Gegenwart, wenn es galt, die Vergangenheit zu bewältigen, peinlich, wenn nicht bemitleidenswert. Bis selbst er – mein Liebster, meine große Liebe – es nicht länger aushielt und eine andere vögeln und sich vielleicht sogar in sie verlieben musste, er, der so in mich verliebt war und mir vertraute, der mich aufgrund seiner generellen Vortrefflichkeit fast nie getadelt hatte, nicht einmal für einen schwachen Gedanken. Aber diese Worte waren brutal: *Ist das alles, was du hast? Ist das schon alles, was dich ausmacht? Bist du nichts als eine Schachfigur in der Geschichte deiner Mutter?* Und die ganze Zeit über wusste ich nicht, ob er das sagte, weil er bereits mit Esmeralda geschlafen und deswegen eine neue Zukunft in Aussicht hatte, oder weil er einfach nach drei Jahren entschieden hatte, dass ich eine Langweilerin war, dass ich ihm nicht genügte. *Was bist du denn, ein Kind?* Es hätte keinen Sinn gehabt zurückzufeuern: Warum zur Hölle redest du von dir selbst? Du, der Meistercollagist Spaniens, der vollendete Verheizer, Weltmeister darin, dich vom abgelegten Leben anderer zu ernähren? Was gibt dir das …?

Nein, es hätte keinen Sinn gehabt, weder die scharfe Entgegnung noch die klischeehafte Reaktion – denn etwas an meiner unvermittelten Machtlosigkeit angesichts der späten Tyrannei meiner Mutter hatte ihn entscheidend abgeschreckt, und weil er sich dazu entschlossen hatte, unversöhnlich zu sein, hatte er sich gerissen das Recht verschafft, einen Abgang zu machen, ohne sich den Luxus der Absolution zu gewähren. Deserteur des Glaubens und selbst ernannter Heiliger auf einen genialen Streich. Und das ließ ihn glauben, er sei bis zuletzt ein anständiger Mensch gewesen.

Ich weiß noch, wie ich den jungen Mann im Zug ansah, das Herz schwer von dieser neuerlichen krank machenden Erinnerung, und dachte: *Was würde ich wohl dafür geben, um mit so einem jungen, ängstlichen, reinen Antichrist ins Bett zu gehen?* Jemand, der nicht erst das mittlere Alter erreichen muss, bevor er sein romantisches Gewissen vor die Tür setzt. Jemand, der nicht heimlich mit einer anderen Frau ins Bett gehen muss – noch so eine abgefuckte Künstlerin, verdammt –, während er seiner Freundin das Gehirn rausvögelt, um seine Wiederauferstehung als Judas zu vervollkommnen.

Und jetzt etwas noch Schlimmeres: dieses vertraute Kribbeln in meinen Augenwinkeln, das fast nie eine Hilfe ist. Ich schließe Javiers Haiku-Beleidigung und sende stattdessen Nina eine E-Mail. *Um 5 bei Sparacino. Weise sie doch bitte auf meine* Man / Woman: Reconfigured-*Serie hin.*

Ich warte auf ihre feurige Antwort. Ihre Kündigung. Oder noch einen Anruf.

Als nach zehn Minuten noch nichts gekommen ist, tippe ich: *Ich übernehme die volle Verantwortung.* Und warte.

Aber sie schreibt nicht zurück. Vielleicht beschließt sie nach all der Panik, nicht zu schnell auf Senden zu klicken, falls sie etwas schreiben sollte, das sie nicht mehr zurücknehmen kann. Oder vielleicht entdeckt sie den Geniestreich hinter meiner manischen Verzweiflung, gerade diese Arbeiten meines Œuvre anzubieten und darauf zu hoffen, dass das Universum sich um den Rest kümmert.

Gute Entscheidung. Ich klappe den Laptop zu, stehe vom Tisch auf, ziehe mir die Schuhe an.

7.

Sally O'Malley hat nichts mit dem Meteoriten gemein, der auf den Stufen des Palazzo Ducale nach einem kurzen Stopp an mir vorbeigerauscht war. Sie hat eine bemerkenswerte Haltung. Außerdem umgibt sie eine intelligente Intensität; intelligent, nicht oberschlau oder großspurig, und selbst wenn es stimmt, dass sie in den letzten fünf Jahren noch mehr abgenommen hat, steht ihr die schlanke Statur. Es richtet sie auf, macht sie beweglich. Sie fällt auf, wie auch jetzt: feingliedrig, flink und attraktiv in ihrem schlichten Schwarzen, an dem die gefältelten Manschetten die einzigen Rüschen sind (wenn man sie denn überhaupt so nennen kann). Es passt, dass sie den Ruf hat, schlichte Ästhetik vorzuziehen. #SOMFFF ist ihr Alias. Form folgt Funktion.

Die ersten fünf Minuten sehe ich ihr dabei zu, wie sie die Karte studiert. Sie beherrscht den Augenblick so vollkommen, vom Aufgeben der Bestellung bis hin zur Begutachtung der Umgebung, sodass ich währenddessen die Luft anhalte und keinen Ton sage. Die Neurose ist natürlich da, so wie Sally von einem Gedanken zum nächsten springt, von einem Vortrag zum nächsten, wie der Verkehr in New York. So eine Wucht kann man nicht haben, wenn man nicht über ausreichend Testosteron verfügt. Doch während der Nachmittag verstreicht, entdecke ich eine sanfte Neugier an ihr, wie eine Mutter, die nach einem Kind sucht, das sie adoptieren kann.

Und weil sie Menschen zu Stars macht, sucht sie nach einem rohen, weichen, hellen Stern unter den Sensen und Sicheln am Himmel.

Sie ist auch direkt. Mit hohlem Geplauder hält sie sich nicht auf. Sie sagt nicht eine Sache und meint dabei eine andere. Sie tut nicht so, als hätte sie mehr zu tun, als es tatsächlich der Fall ist. Mit ihrem Essen und ihrem Wein geht sie genauso um, überlegt, aber entschieden, ausgesprochen undemokratisch. Eine erfahrene Begutachterin. Eine Kritikerin.

»Ich habe mir heute Abend für Sie freigeschaufelt«, sagt sie. »Ich wollte sichergehen, dass ich genug Zeit habe, um Sie kennenzulernen.«

»Ich bin Ihnen so dankbar«, sage ich, wohl wissend, dass man so etwas nicht sagt, wenn man erfolgreich ist oder auf dem besten Wege dorthin. Mein wochenlanges selbst auferlegtes Exil hat mich jedoch gestutzt, und damit meine ich nicht nur meine Sprache. Ich kann einfach nicht anders. Selbst wie ich sitze, fühlt sich verkehrt an.

Sie scheint dem jedoch keinerlei Beachtung zu schenken. Und ich bin wirklich dankbar. Nicht nur, weil sie nett und normal ist. Oder weil ich mich in ihrer Gegenwart wohlfühle. Natürlich weiß ich, dass so etwas täuschen kann, diese augenblickliche Vertrautheit, die man mit einer Gleichgesinnten aufgebaut zu haben glaubt, einer Gleichgesinnten, die aber trotzdem mit einem Geld verdienen will. Ich bin ja nicht vollkommen ahnungslos. Und trotzdem. Etwas an ihr ist aufrichtig und bodenständig, wie eine arglose Seele.

»Also. Verdienen Sie Geld?«, fragt sie einfach so, nachdem sie mir zugesehen hat, wie ich einen Schluck von meinem solidarischen Weißwein trinke, der von der durchsickernden Hitze allmählich bitter wird. Sie muss mein Stirnrunzeln gesehen haben.

Gerade will ich den Mund aufmachen.

Sie hält eine spindeldürre Hand hoch. »Sie müssen nicht

antworten, wenn Sie nicht wollen«, sagt sie, und ihre mit blassrosa Shellac versehenen Fingernägel tänzeln kurz glitzernd in der Luft, »aber ich glaube, deshalb sitzen wir hier, stimmt's? Wir wollen gucken, ob wir das Ganze voranbringen können.«

Ist das der Punkt, an dem ich die Herausforderung annehme?

»Nein«, beschließe ich zu entgegen. »Das tue ich nicht. Und bald muss ich nach Hause zurück, aber das will ich nicht. Ich …«

»Sie müssen irgendwo sein, wo es ständige Fremdbestäubung gibt«, führt sie den Satz für mich zu Ende. Es ist lustig, wie gern sie Entscheidungen für andere trifft, aber mich stört es nicht. Ich nicke.

»Und Sie glauben, Berlin ist der Ort dafür. Der Ort für *Sie.*«

Wieder denke ich zu lange nach, brauche ich zu lange, um mir eine Antwort zu überlegen. »Das tun Sie«, sagt sie bestimmt, »ich kann es spüren. Sie glauben es noch nicht, oder Sie wissen noch nicht, weshalb, aber etwas in Ihnen hat es schon für Sie entschieden.«

Vielleicht warte ich genau darauf. Auch in ihr hat sich etwas schon entschieden. Oder steht kurz davor. Sie wird mich nicht fragen, wie es kommt, dass etwas in mir es schon vor mir wusste. Ist es wegen Ihrer Eltern, haben sie sich hier kennengelernt und verliebt, wurden Sie hier gezeugt, gab es einmal einen Geliebten, gibt es jetzt einen, oder zwei oder drei? Doch nichts an dem, was sie bisher gesagt hat, kränkt mich. Nicht einmal, als sie mich auffordert, ihr einen kurzen Abriss meiner beruflichen Vergangenheit zu geben: Wo, wann und wie ich ausgestellt habe, wer mich vertreten hat und wie lange, wer meine Arbeiten gekauft und verkauft hat, was für Affären ich hatte und wie sie sich auswirkten. Es geht ihr nicht darum, die richtigen Antworten von mir zu bekommen.

Ich muss auch nicht genau wissen, was ich ihr sagen soll. Ich soll wissen, wie ich mich fühlen soll und was ich dafür aussieben muss.

»Ich hatte eine schwere Zeit«, sage ich vorsichtig. Es schadet nicht, ein wenig von sich zu erzählen, das Richtige zu erzählen. »Aber ich glaube, es geht mir jetzt besser.«

»Warum sind Sie nicht in London geblieben?«

»Warum bin ich nicht …?« Ja, warum eigentlich nicht? Ich versuche, nicht an das losgelöste, überschwängliche Gefühl zu denken, das mich stets überkommt, wenn ich auf den Straßen von Soho herumlaufe, eine Art wild zusammengewürfelte Kraft, matt und doch scharf umrissen, oder daran, wie sich mir jedes Mal die Brust zuschnürt, wenn ich in Saal 16 der National Gallery stehe und mir *Der Hof eines Hauses in Delft* ansehe, an den Geruch in meiner winzigen Wohnung in Bermondsey mit ihren sich beißend bourgeoisen Spuren von Lilien, Magnolien, englischen Blumen, die sich am Tag öffnen und nachts schließen, das Gänseblümchenhafte von allem. An Anthony und seinen wunderbaren Nelkenduft, und wie er einfach immer redete und nie etwas über seine Lippen kam, das trivial oder langweilig war. Daran, wie schwierig es war, wahrhaft gut in dem zu sein, was man in London macht, sich abzuheben, genau wie mit der Art, wie man redet, mit Wortwahl und Witz. Manchmal damit, wie man sich kleidet.

»Ich weiß es nicht genau.« Ich höre mich lachen, ein fatalistisches Lachen. »Es ist zu …«

»… teuer?«

Wenn ich überhaupt eine Beziehung zu ihr aufbauen will, dann wird es eine sein, in der sie meine Sätze, meine Gedanken vervollständigt, das begreife ich jetzt. Bei ihr kann ich so viel von mir abbrechen, wie mir beliebt. Sie wird sogar den Titel für meine nächste Ausstellung vorschlagen. Einfach ein Substantiv im Plural draus gemacht – Abbrüche –, und schon wird es zu einem unanfechtbaren Teil des Menschseins gesalbt.

»… unmöglich?«

»… chauvinistisch?«

»Nein, nein, nichts davon, oder vielleicht alles zusammen. Ich weiß es nicht. Ich kann es nicht benennen. Wahrscheinlich … kann ich einfach nicht mehr dort leben. Es gibt noch Größeres, oder auch nicht. Ich weiß es nicht.«

Sie zögert. »Jetzt sind Sie jedenfalls hier«, sagt sie dann, als wäre ich ein entlaufener Hund, der gerade zurück nach Hause gefunden hat. »Es ist ein guter Ort. Besser als die meisten anderen. Auf jeden Fall besser für die Seele als London. Wenn ich Sie so ansehe, meine ich. Sie wissen nichts, aber irgendetwas …«

Und sie sieht mich tatsächlich wirklich an, als versuchte sie zu entscheiden, wie sie weiter vorgehen soll, was auslassen und was hervorheben.

»Erzählen Sie mal. Was gefällt Ihnen, wenn Sie sich mein Portfolio ansehen? Was spricht Sie an? Wer?«

»Also, mir gefällt der chinesische Teil sehr. Die stillen Arbeiten. Das gilt sogar für Zeng Fanzhi, obwohl er wundervoll ist, egal, was er macht. Trotzdem. Mir gefallen seine ruhigeren Sachen. Ein paar der Arbeiten, die Sie von Tatiana gezeigt haben, finde ich auch großartig.«

»Oh ja, Tatiana ist atemberaubend«, sagt Sally. »So zugänglich, so erstklassig. Aber natürlich stößt man auf so ein Talent nur alle Jubeljahre.« Einen Augenblick lang scheint sie außer Atem, als hätte etwas sie an einen alten Familienschatz erinnert; ich muss einen Nerv getroffen haben. Etwas an dieser unterschwelligen Intimität versetzt mir einen Stich – werde ich ihr jemals so sehr am Herzen liegen, frage ich mich, oder Auslöser für diese beinahe mädchenhafte, unbedachte Schüchternheit gegenüber einer Fremden sein?

Was für eine Beziehung hat sie wohl zu SOM? Etwas Mutter-Tochter-Mäßiges? Eine Art Therapeutin-Patientin-Geschichte? Ruft sie Sally mitten in der Nacht untröstlich weinend an, sodass SOM alles stehen und liegen lässt, zu ihrem Atelier eilt und sie davon abhält, sich aus dem zehnten Stock ihres Wohnhauses zu stürzen, indem sie ihr sagt, dass sie nicht sterben darf, weil das der Welt, dieser kranken verkorksten Welt, ein wahres Genie vorenthalten würde, und wer will das schon?

Machen sie gemeinsame Wochenendausflüge nach Luzern oder Ravenna oder Malta, um dort ihr Geld in Wellness-Hotels und Luxusrestaurants zu verprassen, wenn sie einen Burn-out hat? Verlässt sie sich darauf, dass SOM für den Unterhalt ihres Ateliers aufkommt, für ihre Assistenten, die PR-Person, all die anderen Künstler, die ihr dabei helfen, ihre großen Ausstellungen vorzubereiten?

Wie viele Farben gesteht SOM ihr für jede Ausgabe ihrer erfolgreichsten Arbeit durchschnittlich zu? Fünfhundert? Siebenhundertfünfzig? Tausend?

Stopp. Als ich das letzte Mal in einem Nagelstudio war, um mir eine Pediküre machen zu lassen, wurde mir ganz anders, als mir klar wurde, dass ich länger als eine halbe Stunde dafür gebraucht hatte, nur um die Farbe für meinen Nagellack auszuwählen.

Schläft sie mit den gleichen Männern wie SOM? Stopp. Stopp. Neid bringt einen nicht weiter. Konzentrier dich.

»Ein Künstler, den Sie vertreten, hat es mir tatsächlich besonders angetan. Mehr als das. Er berührt mich.«

»Gegenständlich oder vergänglich?«

»Oh, definitiv vergänglich. Sogar entropisch.«

»Dann ist es Adam. Ja. Der Junge ist was Besonderes«, sagt sie. Plötzlich bekommt sie glasige Augen. Ihr Blick wird ganz verträumt, und ich bin sicher, dass ich etwas in ihrem Augenwinkel glitzern sehe. Gott. Ist sie immer und bei all ihren Schützlingen so?

Adam Resnik. Arbeitet mit empfindlichen Materialien: Schilf, Wolle, Seide. Wunderschöne Arbeiten. Und auch ein wunderschöner Junge, wie von einem Sorolla-Gemälde, milchig-blaue Augen, strenge Wangenknochen, nicht für Eitelkeit, sondern für respektvolle Vergötterung geschaffen. Wir haben miteinander geschlafen, einmal in Kassel und dann in Amsterdam, denn wir wurden vom Veranstalter der dortigen Kunstmesse eine Woche lang im selben Hotel untergebracht.

Und jetzt sitzt Sally hier bei mir, die mächtige unerschütterliche SOM, die, wie sich herausstellt, zu dem gleichen ungebetenen Schnulz fähig ist, und plötzlich verspüre ich das Bedürfnis, ihr mein Herz auszuschütten. Einfach weil Künstler das können. Weil *ich* es kann. Ich höre, wie ich einen Satz anfange.

Doch dann. Nur eine winzige Bewegung aus dem Augenwinkel, Luca, der das Zeichen für Grappa gibt, und ich komme wieder zur Vernunft. Wenn Sally mich nicht bei sich aufnimmt, dann bleibt ihr nur mein Herz, und all der Schmerz darin – und sonst nichts. Dann lande ich wieder genau dort, wo ich war, bevor ich zum ersten Mal entdeckt wurde, schleppe mich die nächsten zehn, zwanzig Jahre durchs Leben, bis ich sterbe und irgendjemand in einem Restaurant, das diesem hier nicht unähnlich sein wird, zwischen *secondi* und *dolci* unvermittelt sagt, Moment mal, Siri Eilers, war die nicht ein heißer Feger? Was ist aus der eigentlich geworden?

»Ich weiß, was Sie denken«, sagt Sally. »Sie denken, wie kann sie an jemanden wie Adam Resnik glauben und trotzdem Hans Dieter Becker annehmen. Sie denken, wie kann jemand so gepolt sein.«

»Nein, das denke ich nicht. Überhaupt nicht«, sage ich. »Ich glaube, ich kann es sehr gut nachvollziehen. Irgendwann im Laufe seiner Karriere, auch als Kunsthändlerin, kommt man an den Punkt, an dem man es in Ordnung findet zu … variieren. Das sollte man sogar. Man muss kein Image der Beständigkeit aufrechterhalten. Man kann … ich weiß nicht … machen, was man will.«

Sie wirkt beeindruckt; ein neuer Ausdruck erscheint auf ihrem Gesicht. Halb erfreut, halb geschmeichelt greift sie nach einer Knabberstange, bricht etwas davon ab und schluckt das Stück mit den letzten Tropfen aus ihrem Weinglas herunter.

»Wissen Sie«, sagt sie mit leicht ausgelassener Stimme, »es ist nicht bloß etwas für Emporkömmlinge, sich treu zu bleiben. Es ist eine Entscheidung, und das hat nichts damit zu tun, an welchem Punkt seiner Laufbahn man ist. Es ist, als würde man entscheiden, welche Art Dichter man sein möchte, lyrisch oder episch. Selbst wenn es das Ziel ist, wieder in den Markt aufgenommen zu werden, muss diese Neuerfindung ehrlich sein. Bei Autoren und Künstlern verstehen das die Leute. Warum können sie dann nicht genauso großzügig gegenüber Kunsthändlern sein? Wir sind nicht nur darauf aus, das große Geld zu scheffeln. In erster Linie machen wir es, weil wir an jemanden glauben, an das, was sie und keine andere Künstlerin zu bieten hat.«

Ihre letzten Worte sind ein bisschen übertrieben, aber ich weiß ihr »Künstlerin« zu schätzen. Es ist ein gutes Zeichen. Sally flirtet mit mir.

»Aber wissen Sie, Liebes«, – unvermittelt streckt sie die Hand nach mir aus –, »das ist mir alles egal. Es ist langweilig, nur eines zu sein. Bei einer Sache zu bleiben, weil man nichts anderes kann, ist das eine, aber es zu tun, nur weil man Angst davor hat, den Absprung zu wagen, das ist einfach feige, das ist einfach verkehrt, und … jedenfalls bin ich nicht so. Manche finden Hans Dieter vielleicht eklig, abschreckend, widerwärtig. Das höre ich ständig. Neulich erst bekam ich eine E-Mail, die mit ›Liebe Ms O'Malley, sind Sie eigentlich verdammt noch mal krank?‹ begann. Ich weiß ja, dass es daher kommt, weil ich Hans Dieter wegen etwas in Schutz genommen habe, das er in einem offenen Brief an die *ZEIT* geschickt hatte, oder war es die *NZZ*, jedenfalls, ach, egal, Sie verstehen es. Manchmal treibt er es zu weit. Aber jemanden wie ihn bittet man nicht darum, einen Gang runterzufahren, wissen Sie. Das wäre, als würde man Bacon bitten … ach, ich weiß nicht. Seinen Schwanz abzuschneiden oder so etwas. Aber ich finde seinen, also Hans Dieters Mut wunderschön.«

Was braucht es, um in Sally O'Malleys Augen nicht wunderschön zu sein? Ich spüre, wie mir rechts am Hals der Zweifel hochkriecht, dieses sichere Warnsignal, aber ich töte ihn ab. Man kann nicht wählerisch sein, wenn die Optionen so begrenzt sind. Etwas muss jetzt geschehen.

»Wissen Sie, mein Atelier ist direkt ein Stockwerk höher, hier im Gebäude. Glauben Sie … Möchten Sie ein paar meiner Arbeiten sehen, Sally?«

Einen Augenblick lang herrscht Stille, die Art geräuschvolle Stille, die man in einem Theater hört, unmittelbar, nachdem die Lichter ausgegangen sind, und Sallys funkelnder malvenfarbener Lippenstift und Nagellack sehen kränklich grau aus. Mir rutscht das Herz in die Hose. Bis zu diesem Augenblick hatte ich noch nicht die Möglichkeit in Erwägung gezogen, dass sie ablehnen könnte, aber natürlich konnte sie einfach Nein sagen. Wie meine Mutter, wie ihre Mutter davor, wie alle Frauen, die lernen mussten, Nein zu sagen, nicht nur, um sich selbst zu retten, sondern für das übergeordnete Wohl. Ich halte die Luft an.

Sie sagt nicht Nein. Und sie verschwendet keine Zeit. Sie ist, wer sie ist, und sie entscheidet. Übernimmt die Führung. Sie holt ihr Portemonnaie hervor, legt auf den Tisch, was wir Luca schulden, und obwohl wir in Berlin sind und nicht in New York, gibt sie fünfzehn Prozent Trinkgeld dazu, so amerikanisch ist sie.

Im Rausch gemischter Gefühle will ich sie beinahe fragen, weshalb in den Staaten arbeitende Künstler sich so viel Überspitztes erlauben dürfen – ich meine, muss denn alles extragroß sein, muss alles entweder Inferno, Nirwana oder der Antichrist sein? Kann jemand nicht einfach nicht so gut sein, nicht so schlecht, gut oder sehr gut, und dabei nicht entweder die Größte Katastrophe Aller Zeiten oder Das Neuste Intergalaktische Ultrakrasse Kometenhafte In Ding? Warum so leichtfertig mit der Sprache? Bringt das nicht das Urteilsvermögen durcheinander? Den Sinn für Relationen? Sowohl bei den Künstlern als auch bei den Händlern?

Aber dies ist nicht der richtige Zeitpunkt, um Weltanschauungen infrage zu stellen. Oder überhaupt Fragen zu stellen. Die nächste Stunde über sollte nur Sally hier die Fragen stellen.

* * *

Egal, wie groß oder klein unser Leben ist, es ist immer ein Drahtseilakt; man spürt, wie es despotisch an einem zerrt, das eigene Schicksal in der Schwebe. Es heißt, das Atelier eines Künstlers sei auch seine Realität, aber kann es das jemals sein?

Natürlich ist es inszeniert, eine inszenierte Leere, wenn nicht sogar Trostlosigkeit: Wenn SOM hereinkommt, nimmt sie als Erstes den süßlich rauchigen Geruch irgendwelcher Räucherstäbchen wahr oder einer Ölessenz, die sie nicht wird einordnen können. Dann wird sie das Bett nicht finden können, was immer einen guten ersten Eindruck macht, als wäre man von der Arbeit besessen, würde Normalität vermeiden wollen, denn ich habe es zusammengeklappt, bevor ich hinausging, das klapprige ockerfarbene Sofa, das meiner Wirbelsäule nicht den Halt gibt, den sie braucht. Das Bücherregal wird sie jedoch sofort entdecken; während sie durch den Raum schreitet, kann sie sich rasch ein angemessenes Bild davon machen, wie es um meinen Verstand bestellt ist. Und natürlich der Tisch und der Sessel, genau im Blickfeld platziert, gerade genug Funktion auf der sparsamen Form des Fußbodens.

Unsicher stehe ich neben meinem Umi Dahlan, ich will ihre Aufmerksamkeit nicht zu offensichtlich auf das einzige fertiggestellte Kunstwerk im Haus lenken. Ich fühle mich, als würde ich auf dem Wasser treiben, wie ein Gespenst, während ich Sally dabei zusehe, wie sie meinen Raum inspiziert, umsichtig wie eine Diebin, nicht mehr so schnell, so forsch, wie sie bisher aufgetreten ist.

»Ein guter Raum«, sagt sie schließlich. Mir bleibt das Herz stehen. *Gut.* Was meint sie damit? Ich warte ab. In meinem Kopf knistert und zischt es plötzlich wie eine Glühbirne, die kurz vorm Durchbrennen ist. Gern würde ich die Lampe neben dem Sofa ausschalten, die ein bewegliches elfenbeinfarbenes Licht verströmt, aber nichts nach irgendetwas aussehen lässt. Aber es würde mich zu nervös wirken lassen. Sally versucht auch zu erspüren, zu wie viel Ruhe ich fähig bin. Authentischer Ruhe. Denn dieser Raum, in den ich sie geführt habe, ist der Kosmos, zu dem sie Ja sagen soll. Ein lichter Augenblick muss her.

Ich sehe zu, wie sie sich über die Büsten am Fenster beugt, über die Triptycha, die bedeutungslosen Schnörkel, die ich an meinem Arbeitsplatz hinterlasse. Ich höre Louise B. in ihrem Atem, als sie meine halb fertigen Stiche auf Papier ansieht, die sie offenbar ausgezeichnet findet, ihr aber nicht ins Auge springen. Auf Ninas Drängen hin habe ich die neun Gesichter weggeschlossen, weil ich es nicht drauf ankommen lassen will. Die sechs Paragone habe ich jedoch dagelassen, und sie bringen sie zum Lächeln. »Igitt«, sagt sie und zeigt auf den Pop-Art-Engel aus *Der Himmel über Berlin.*

Dann, als würde eine Blende geöffnet, kommt der Augenblick: Sie entdeckt ihn, meine große Liebe, meinen Umi Dahlan, und sie geht auf ihn zu, jetzt mit größeren Schritten, so unsubtil ist der Umschwung. »Wer ist das?«, schießt es aus ihr heraus. Schwarz auf Weiß. Kein Herumschleichen, kein vorsichtiges Herantasten mehr.

Ich erkläre. Währenddessen, unvorstellbar, unausweichlich, fällt ihr Blick auf meine unvollendeten Schätze, und vorübergehend vergisst sie Umi, und ich stehe da und sehe zu, wie ihre Augen größer werden, als sie sich hinunterbeugt, sich auf die Knie fallen lässt, langsam meine Leinwände durchsieht, eine nach der anderen, und mustert, als würde sie eruieren wollen, ob sie in Ordnung sind. Sie fängt an, leise mit sich selbst zu sprechen, und so geht es eine Ewigkeit, während sich draußen die ärmeren Viertel von Berlin an Neonlicht betrinken, Straßen aufsteigen und zusammenbrechen, neue Musicals aufgeführt werden, hungrig aussehende Männer die Richtung ihrer Laufbahn schneller wechseln, als man einen Döner bestellt und bekommen hat, und das Schicksal der Geflüchteten im Begriff ist, sich über Nacht zu verwandeln.

Die Nacht scheint sich immer mehr hochzuschaukeln. Welcher Takt, welcher Ethos gehört zur Stunde? Sally inspiziert noch immer meine Bilder, es führt kein Weg an ihrer Disziplin vorbei. Etwas zu trinken vielleicht? »Sally, möchten Sie ein Glas Wein?«

Wäre Javier hier, hätte er nicht gefragt, er hätte einfach eingeschenkt. In ebendiesem Augenblick hätte er seine spanische Herkunft mit Stolz und Machismo zur Schau gestellt, keine Drittkulturangst bei ihm, wenn es um Essen und Wein geht.

Der Himmel steht voller Sterne. Der Mond ist prall. Irgendwo darunter weiter östlich glänzt der Dorotheenstädtische Friedhof mit zum Leben erwachten Geistern. Selbst deren Zukunft sieht rosig aus.

Wäre Javier hier … Ich gestikuliere Richtung Küchenschrank.

»Sehen Sie.« Sallys Stimme erfüllt plötzlich die dunkle Stille. »Ich hatte also recht. Sie sind tatsächlich wie ich.«

Wie um alles in der Welt könnte ich sein wie sie?

Endlich steht sie vom Boden auf. Aufgerichtet sieht sie plötzlich größer aus als vorher, überragt sie mich.

»Ich meine, die Person, die die *Man/Woman*-Skulpturen gemacht hat, ist dieselbe Person, die diese Wunder der Subtilität gemacht hat« – sie zeigt auf die ungeschliffenen Früchte meiner Arbeit –, »und das kompromittiert Sie kein Stück. Verstehen Sie?«

Will sie damit sagen, dass sie ihr gefallen? Dass sie ihr zwar gefallen, ABER? Was will sie bloß sagen?

»Damit meine ich einfach nur, dass wir flexibel bleiben müssen. Ob wir uns verändern oder uns weiter in die gleiche Richtung bewegen, wir können es nicht jetzt entscheiden. Es zählt nur, dass wir unser Publikum nicht vor den Kopf stoßen. Wir müssen uns auf das aktuelle Gefühl einstellen.«

Klingt gut. Aber was genau will sie damit sagen?

»Warum schenken Sie mir nicht etwas von dem Rotwein ein?«, sagt sie fröhlich. »Stoßen wir auf Sie und mich an. Ich würde gern eine Stange Geld für Sie verdienen mit diesen Schönheiten da – ich finde sie ganz außerordentlich. Sind sie eine Hommage an Umi? Aber natürlich sind sie das, was sollten sie sonst sein?«

Sie hat also aufgepasst. Natürlich hat sie das. Und bevor mir eine Entgegnung einfällt, rauscht sie vor mir in die Küche, schnappt sich den bereits geöffneten Emilio Moro vom Tresen, findet zwei Gläser und fängt an einzuschenken.

»Und daran werden Sie sich gewöhnen müssen«, sagt sie, während sie mir in meiner eigenen Bleibe ein Glas Wein reicht, und ihr Gesichtsausdruck wird ernst. »Ich werde anfangen, mich um Sie zu kümmern. Das, zwischen uns gesagt, kann aber nur funktionieren, wenn Sie mich auch lassen. Und damit meine ich, dass Sie aufhören, sich Sorgen zu machen, und anfangen zu arbeiten.

Den Auftakt machen vier aus der Serie hier. Dafür suche ich eine schöne Gruppenausstellung aus. Vielleicht auch für das Triptychon. Alle älteren Sachen schicke ich zu Christie's. Vielleicht die Stiche? Schauen wir mal, wie sie laufen.«

Wir stoßen an. Mir schwirrt der Kopf.

»Hören Sie«, sagt sie. »Eins möchte ich klarstellen. Sie wissen, wie es ist: Alles läuft darauf hinaus, ob etwas zu haben ist. Wenn ein Sammler nicht die alten Schätze in die Finger bekommt, dann verlangt er nach Frischfleisch. Und weil es in der Welt der Kunsthändler mehr Blutsauger gibt als Perlen wie mich, sehen viele neue Werke nie eine Galerie von innen. So arbeite ich nicht. Ich verkaufe nie die neuen Arbeiten eines Klienten, nur um ihren Marktwert zu steigern.«

»Gut«, entgegne ich. »Denn ich wäre nicht hier, wenn Sie das täten.« Ich hätte abwarten und sie selbst aussprechen lassen können, was ich von ihr erwarte. Aber es ist wichtig, dass sie weiß, ich habe das schon mal durchgemacht: das Grauen, dabei zuzusehen, wie alle meine Sachen eingekauft werden und mein Händler keinen einzigen Finger krümmt, um sie zu retten.

»In Ordnung«, sagt sie, als hätte sie halb damit gerechnet. »Deswegen müssen Sie neue Arbeiten für mich anfertigen, dann sorge ich dafür, dass sie ausgestellt werden. Ich verkaufe nur Arbeiten, die älter als drei Jahre sind. Und selbst dann arbeite ich nur mit Auktionshäusern zusammen, die ich kenne, die meine Käufer persönlich kennen. Ich werde sogar sichergehen, dass ich schon vorab weiß, wer bieten wird. Ansonsten läuft da nichts. Einverstanden?«

Ich nicke.

»Dann Ihre *Man/Woman*-Serie. Ich besorge Ihnen demnächst ein Glasfaserunternehmen, mit dem Sie arbeiten können. Ich nehme mal an, Sie werden Modelle in verschiedenen Größen benötigen, oder? Da können wir auch gleich ein paar mehr machen. Die Skulpturen sind jetzt nicht gerade der letzte Schrei, aber sie haben … eine gewisse Kraft. Eine Schlagkraft, die nicht überholt wirkt. Wir geben also unser Bestes.

Ich kümmere mich auch um eine Gießerei. Sie werden eine brauchen, wo Sie die Einzelteile gießen und zusammensetzen können. Ich kenne einen Italiener, der ausgezeichnete Arbeit macht. Aber er sitzt in Köln.«

Sie lässt mich zu Atem kommen.

»Werden Sie heimgesucht?«, fragt sie.

»Die Skulpturen, meinen Sie?«

»Ja, Ihre fotzigen Männer und Ihre schwanzigen Frauen.«

Wenn man es so ausdrückt … »Heimgesucht im Sinne von, hat es Zwischenfälle gegeben? Eine Reihe …« – ich kann nicht anders – »… unglücklicher Vorkommnisse?«

»Sie können mir die Geschichte später erzählen«, sagt Sally, ganz die Pragmatische. »Ich meine nur, dass es nicht immer schlecht sein muss, so eine Art dunkle Energie. Das ist wie verwurzelter Schmerz. Ein ewiger Brunnen. Eine Geschichte, die nie zu Ende geht.«

Es gefällt mir, dass sie bei all ihrer Selbstsicherheit weiß, wann ein Klischee peinlich wird, selbst wenn es nicht ihre Sache ist, sich über derlei Dinge Gedanken zu machen. Nur was ist eigentlich der Hintergrund zu *Man / Woman: Reconfigured*? Gibt es überhaupt einen? Bin ich einfach eines Tages mit dem Gedanken aufgewacht, dass ich meinen Frauen gern einen Schwanz verpassen würde und meinen Männern eine Vagina? Die Vergangenheit scheint mir auf einmal im Nebel zu liegen. Was ist geschehen, was ist nicht geschehen, was hätte geschehen sollen?

Erst eine halbe Stunde später, nachdem Sally O'Malley mein Atelier verlassen hat, begreife ich die größere Bedeutung dessen, was sich gerade abgespielt hat. Und zwar, dass ich mir gerade, wie Nina es ausdrücken würde, eine tolle Kunsthändlerin geangelt habe.

* * *

Zwischen dem Savignyplatz und der Ecke Leibnizstraße und Kantstraße gibt es einen Straßenzug, dem ich besonders treu ergeben bin. Dort gehe ich auf und ab, in den sanftesten Morgenstunden und den tiefsten dunkelsten Nächten, in goldenem und silbernem, dunklem und fahlem Licht, und immer merke ich, wie meine Füße fest mit dem Asphalt vermählt sind, mit seiner Abnutzung. Nicht, weil ich dezentere Strecken nicht bevorzugen würde, oder weil es mir ein besseres Gefühl gibt zu sagen, ich komme gerade von da und nicht aus der anderen Richtung, von der protzigeren Straße, die parallel dazu verläuft, sondern weil dieses Stück Straße mich bei jedem Wetter kennt.

Wenn ich jemandem erkläre, dass mir in Berlin nie kalt ist, dann meine ich eigentlich, dass mir auf der Kantstraße nie kalt ist. Und ich wünschte, ich wüsste, weshalb: Nichts an der Straße würde sie der Fantasie hingeben. Was eine Durchgangsstraße in einer Innenstadt betrifft, mit ihrer Verschmelzung von Alt und Neu, Schmutz und Schick, Ost und West, folgt sie den Regeln der Gentrifizierung beinahe ein wenig zu pflichtschuldig, wenn nicht sogar einfallslos. Die Front aus asiatischen Restaurants ist eine wahrhafte Freude, die meisten darunter lecker und bezahlbar. Alles andere ist reiner Zufall.

Aber ich finde es wunderbar, dass die Straße meine Gefühle nie herunterspielt, weder meine Freude noch meinen Kummer oder meinen Zorn, nicht einmal mein Unvermögen, die Kälte zu spüren, selbst wenn sie weiß, dass keins dieser Gefühle jemals andauert. Sie macht sich nicht lustig, verurteilt nicht, versucht nicht einmal zu trösten. Sie stellt sich zur Verfügung, und ich laufe ihre stille Freigebigkeit entlang, als würde ich meiner eigenen Logik folgen, ohne dabei undankbar zu sein, und ich laufe immer weiter, den Blick zu Boden gerichtet oder den Kopf hoch erhoben, es spielt keine Rolle, denn nur ein paar Hundert Meter weiter kommt der Park in Sicht und dahinter die erhöht liegende S-Bahn-Station und darunter die braunen modernistischen Bögen des Bücherbogens, der uns an sehr viel gelehrtere Erfüllung erinnert als die erdige Kost im beliebten AndaLucia. Und auch der Genuss versteckter Tempel, und damit meine ich nicht nur die, in denen eine Gruppe von Schriftstellern die Luft mit Strebertum und Spötteleien dicker werden ließ, dort, wo später die Autorenbuchhandlung entstand, sondern auch das Doppelleben der Bleibtreustraße westlich davon, vornehm und sexy, Schmerz und Freude gleichermaßen, wo elegante ältere Paare bei einem Glas Wein an ihrem besonderen Tisch in überteuerten Restaurants sitzen und sich nach einer Zigarette sehnen, während die jüngere Generation sich verabredet und trifft oder fieberhaft ihre Hunde spazieren führt, bis sie beneidenswert fit ist. Und sofort fasse ich wieder Mut.

Was der Abschnitt zwischen Savignyplatz und der Ecke Leibnizstraße und Kantstraße für mich bedeutet, muss ein Rätsel bleiben. Vielleicht ist es gerade die Unscheinbarkeit, der beinahe farblose Teint, den wir uns nochmals anschauen müssen; schließlich ist der Großteil der Geschichten unserer Eltern, die Geschichten von Bestrebungen und Tapferkeit, aus dem gleichen Garn gestrickt; aus Fadheit entsteht auch eine gewisse Gelassenheit. Die Abwesenheit unerfüllbarer Bedürfnisse. Die Entschlossenheit, treu den gleichen Weg zu gehen und zu lernen, den Weg zu lieben, nicht irgendetwas, was dahinter liegt.

Und jetzt laufe ich zu diesem Straßenzug in dem Versuch, mich an eine verlorene Welt zu erinnern, deren Spuren ich im Begriff bin, wieder zum Leben zu erwecken.

* * *

Wenn ich so darüber nachdenke, muss ich verrückt gewesen sein, dass ich Riaz heiratete. Ich war noch nicht einmal dreiundzwanzig, und meine Mutter hatte mir immer eingebläut, mich niemals auf den bestaussehenden Mann im Raum einzulassen. Doch Riaz war nicht nur der bestaussehende Mann im Raum, er war der bestaussehende Mann in einem Raum voller schöner Menschen. Und weil wir uns im Zeitalter der Hysterie befanden, in dem Menschen, die den Großteil ihres Lebens eine Sache gelernt hatten, es plötzlich eilig hatten, genau das wieder zu verlernen – weltliche Krieger, die sich in laute wiedergeborene Muslime verwandelten, ernst zu nehmende Autoren in Selbsthilfegurus, schillernde Schwerenöter in inbrünstige Ehemänner –, war es eine Angelegenheit von nicht geringem Interesse, dass diese Schönheitsüberlastung sich im Hause einer der Familien mit altem Geld abspielen sollte, dessen Einrichtung man beinahe wortgetreu folgendermaßen beschreiben konnte: mit ungelesenen Büchern aufgeblähte Regale, imposante Familienporträts, gerahmte Stammbäume, schwere Teppiche, die penetrant nach Schimmel und eingetrockneter Hundepisse rochen. Merkmale, die hin und wieder ein Lächeln auf die Lippen meiner Großmutter zauberten, als sie versuchte, eine Liste der Dinge aufzustellen, die sie in ihrem Leben richtig gemacht hatte, während sie der Reise in den Tod auf dem unabänderlichen Kurs von Krebs stur in die Augen sah. Das lag natürlich nicht allein in meiner Verantwortung; meine Mutter hatte auch einiges davon zu verantworten. Ihre Geschichte ist jedoch nicht meine.

Die Jugend hat sicherlich ihren Reiz, einer davon Optimismus, die Zurückweisung jeglicher zukünftiger Konflikte. Mir war damals jedoch nicht bewusst, dass es mich ebenfalls erwischt hatte. Ich hatte mich mit dem angesteckt, was alle hatten. Und mich nicht dagegen gewehrt.

Meine Ausrede war so gut wie jede andere, oder vielleicht

war es auch die einzige. Es waren schließlich die neurotischen späten Achtziger, in denen Einladungen zu einem Abend an eindeutig getrennte Gästelisten verschickt wurden und wo die pseudofeierliche Predigt eines jungen gut aussehenden Ustad lärmenderen und flüssigeren Aktivitäten wich. Es war eine köstliche Situation, so köstlich, wie es nur ging für privilegierte Uniabsolventen, die gerade aus Übersee zurückkehrten und begierig darauf waren, an einem Hauch gegen das Establishment gerichteter Ansichten festzuhalten: die Gelegenheit, etwas auszuleben, die Rebellion aber nicht zu verkünden. Und genau wie ich war Riaz aufgrund unserer Eltern, die mit den Gastgebern befreundet waren, und deren Kindern, von denen einige unsere sogenannten gemeinsamen Freunde waren, zu beiden Teilen des Abends eingeladen worden.

Wie meine Mutter hegte auch ich ein tiefes Misstrauen gegenüber Schönheit. Aber er war so schüchtern, so höflich, so anders als all die anderen Jungen mit ihrem von Slang gewürzten Gerede und ihrem cliquenhaften Gegluckse. Er hatte genug Schneid, um sich aus der Menge zu lösen und Hallo zu sagen. Und mich ein paar Monate später zu fragen, ob ich ihn heiraten wolle.

* * *

Riaz brauchte eine Weile, bis er mir von Amalias Mutter Rani erzählte. Sie hatten aus naheliegenden Gründen geheiratet: Er war zweiundzwanzig, sie einundzwanzig, sie lernten sich in England kennen, und sie wurde schwanger. Sie war Studentin, er war Student, keiner von ihnen verdiente Geld, und so lag ihr Schicksal, und das ihres ungeborenen Kindes, nicht in ihren eigenen Händen. Sie wurde angewiesen, das Baby zu behalten, ihre Eltern – und seine – leiteten kurzfristig eine

Hochzeit in die Wege, sie blieben in England, damit sie ihr Studium abschließen konnten (sie ihren Bachelor, er seinen Master), und dann kehrten sie nach Jakarta zurück, wo Amalia zur Welt kam.

Als Amalia dreizehn Monate alt war und gerade ihre ersten Gehversuche hinter sich hatte, fuhr ihre Mutter mit dem Auto zu einer Verabredung zum Kaffee mit einer Freundin. Sie sagte zur Haushaltshilfe, dass sie auch kurz beim Supermarkt anhalten würde, um etwas für Amalia einzukaufen. Sie kehrte nie zurück. Sie hatte einen Unfall und war auf der Stelle tot. Ein Jahr später, nachdem Riaz einen Zusammenbruch erlitten hatte, befanden seine Eltern, die ihm mit Amalia halfen, es für das Beste, wenn er wieder ins Ausland ging, um weiter zu studieren. Etwas, das ihn wieder zum Leben erwecken würde und das seinen Begabungen entsprach. Die Privilegien der Männer.

Als Riaz und ich uns zu verabreden begannen, wollte ich jedes Mal Amalia sehen. Ich war als Einzelkind aufgewachsen und nicht viel von anderen Kindern umgeben gewesen, deswegen fiel es mir nicht leicht, mit ihnen umzugehen. Aber ich erkundigte mich stets nach ihr, und ich begrüßte es, wenn ich die Gelegenheit bekam, sie zu Anfang oder am Ende unserer Verabredungen zu sehen. Ich übertrat allerdings keine Grenzen. Ich war nie allein mit ihr unterwegs oder besuchte sie, wenn Riaz nicht da war, wie ich es bei vielen Frauen erlebte, die mit einem Witwer zusammen waren. Ich respektierte Riaz' Recht auf das Leben seiner Tochter. Meine Mutter war stets streng darauf bedacht gewesen, derlei zu beachten, und bestand darauf, dass ich es ihr gleichtat. Das lag an ihrem javanischen Stolz, begriff ich bald, es ging ihr nicht so sehr darum, Grenzen einzuhalten. *Bemüh dich nicht zu eifrig darum, einem Mann zu gefallen, bis er dich geheiratet hat. Und setze niemals sein Kind als Sicherheit ein.* Ich fragte mich oft, was für ein Verbrechen sie begangen hatte, dass sie davon ausging, die Welt würde so schlecht von ihr denken.

* * *

Riaz und ich heirateten nicht nur, weil etwas in mir Amalia nicht widerstehen konnte. Es gab auch andere Gründe.

* * *

Riaz und ich heirateten, weil ich meine Mutter ärgern wollte. Abgesehen von der Sache mit der Schönheit war sie nicht allzu begeistert davon, dass ich mich für den erstbesten Mann entschied, der mir einen Antrag machte.

Willst du wirklich Ehefrau und Hausfrau spielen?, fragte sie mich. *In deinem Alter? Wo du doch …* Es war richtig von ihr, den Satz unbeendet zu lassen. Natürlich wusste ich, was mir entgehen würde. Aber ich ließ mich nicht einschüchtern. Ich sagte ihr, dass sich meine Hirnrinde mit dreiundzwanzig bereits vollständig ausgebildet habe und es deswegen höchst unwahrscheinlich sei, dass ich eine falsche Entscheidung traf. Und außerdem, wie sollte ich denn einen besseren Fang machen, wenn ich schon mit diesem Menschen nichts anstellen durfte? Da konnte ich ebenso gut Nonne werden. Zumindest kannten Riaz und ich uns gut genug und mochten uns ausreichend, um den Bund der Ehe zu schließen, damit wir noch anderes aneinander entdecken konnten, was uns gefiel oder auch nicht. Also ja, *Ibu*, ich werde Riaz heiraten. Ich habe alles gemacht, was du gesagt hast. Das hier kann ja wohl kaum ein enttäuschendes Resultat dessen sein.

Und, ja, sie hatte recht, als sie sagte, *du machst das nur, um mich zu ärgern.* Denn trotz all der Jahre, die sie mit meinem

Vater zusammen war, schien sie ihn nicht stärker zu lieben; die Jahre, die es angeblich braucht, um die Liebe zu hegen, eine Liebe, die in Gewohnheiten und Erinnerungen wurzelt, eine Liebe, die immer *die* Liebe sein wird, trotz aufbrausender Leidenschaften und dem düsteren Sog der Langeweile. Und ich wollte ihr demonstrieren, dass es machbar war.

Das Einzige, was sie unkommentiert ließ, war die Tatsache, dass ich einen Witwer heiratete. In jener Zeit sagte sie nie etwas über Amalia, auch wenn ich nie vergessen werde, wie Riaz und ich zum ersten Mal mit der Kleinen im Schlepptau bei meinen Eltern zu Besuch waren. Anders als *Bapak*, der sich augenblicklich auf allen vieren auf den Boden hockte, um es dem neuen Gegenstand der Freude und des Staunens gleichzutun, stand meine Mutter mit undurchdringlicher Miene da und brachte kein Wort hervor. Und jetzt dämmert es mir, warum ihr Stummbleiben mir beinahe das Blut in den Adern gefrieren ließ.

Es war das Stummbleiben einer Person, deren Verletzlichkeit wieder hochkam und die nichts dagegen unternehmen würde.

* * *

Riaz und ich heirateten, weil Riaz nach nur zwei Jahren bei einer Blue-Chip-Firma beschlossen hatte, Landschaftsarchitekt zu werden. Ein Ehemann, der zu Hause blieb, anstatt ein Anzugträger, der um die Welt flog und Hände schüttelte. Unter all den Liebesgeschichten, die ich hätte auswählen können, suchte ich mir diese hier aus, denn ich hatte Angst davor, es allein durchzuziehen, die ganze Sache mit der Häuslichkeit, und weil mein Daumen alles andere als grün war. Das war durchaus nachvollziehbar. Ein vernachlässigter Garten, das sollte ich später lernen, ist das erste Anzeichen für häusliche Unzufriedenheit. Grün verschwindet fast immer als Erstes.

Als es mit uns schließlich den Bach runterging und unser Garten zu etwas verkam, für das Edward mit den Scherenhänden verantwortlich gewesen sein könnte, war ich dankbar für den Garten meiner Seele, der wendige und unabhängige Garten, zu dem Riaz und seine Familie keinen Zugang hatten und der dazu in der Lage war, die Farben des Verfalls in etwas Erstaunliches und Hoffnungsvolles zu verwandeln. Schon bald lernte ich, den Garten zu bewirtschaften und alles andere zu vergessen. In diesem Garten eignete ich mir die Fähigkeit an, mich in der Einsamkeit meiner eigenen Farben auszuruhen, in meiner eigenen Empfindung von Maßstab, meinem eigenen Gespür für Komposition.

Wenn er mir vom Universum geschenkt wurde, um mich für all das zu entschädigen, was meine Ehe mir nicht geben konnte, dann sei es eben so. Ich bereue meine Ehe nicht. Ich hatte uns lediglich überwuchert.

* * *

Nicht dass ich mich nicht verkalkuliert hätte. Das muss auch erwähnt werden.

Es war nicht so sehr, dass ich nicht bemerkt hatte – oder es nicht bemerken wollte –, dass wir nicht die gleichen Bücher oder Zeitschriften lasen. Oder die gleichen Serien guckten. Oder dieselbe Musik hörten. Oder über die gleichen Dinge lachten. Oder *auf gleiche Weise* über etwas lachten.

Keine dieser Nichtübereinstimmungen wäre an sich so verhängnisvoll gewesen, hätten wir beispielsweise gemeinsame Freunde gehabt. Die Art gemeinsame Freunde, auf die verheiratete Paare oft zurückgreifen, wenn sie beim Abendessen nicht mehr miteinander reden, die Art, die einem im

Restaurant gegenübersitzen und einen mit so etwas wie unterdrücktem Neid anschauen, denn sieh sie dir nur an, so wie sie wollen wir nicht sein. Doch Riaz und ich hatten keine gemeinsamen Freunde. Nicht bevor und auch nicht nachdem wir heirateten.

Nein, es war nicht, weil ich nichts von dem bemerkte, was ich zunächst nur als lästig empfand, was sich allmählich aber falsch anfühlte und schließlich unerträglich wurde. Im Rückblick war es, weil ich etwas *anderes* wollte. Doch das wusste ich damals nicht. Ich wusste nicht, dass dieses andere tatsächlich genau das war, was ich schon immer gewollt hatte.

* * *

So hielten wir weiterhin die Begeisterung für gemeinsame Interessen für den Schlüssel zu Harmonie in unserer Beziehung. Aber dass ich ihn malte, war ganz natürlich.

Zuerst war es zum Spaß, eine Art unvermeidliches Rollenspiel. Ich die Malerin, er der Geliebte, umso aufregender, weil es so offensichtlich die Geschlechterrollen vertauschte. Die ursprüngliche Schönheit des Ganzen lag darin, dass es ihm nichts auszumachen schien; es führte kein Weg an seiner Ernsthaftigkeit und seinem endlosen guten Willen vorbei. Er beklagte sich nicht darüber, zum Objekt gemacht zu werden; dafür hatte er gar nicht die Worte. Sowohl sein Mangel an Ironie als auch sein unverfälschtes Vertrauen öffneten mir das Fenster zu dem, was ich brauchte: eine Art Innenleben, eine emotionale Palette, wenn man so will. So stellte sich eine Symmetrie ein. Und auf einmal begann dieses Leben – *unser* Leben –, Sinn zu ergeben. Bisweilen schien es sogar ein Erfolg zu sein. So wie Liebe es einem manchmal vermittelte.

Natürlich war unsere größte Fehleinschätzung, dass die

Ehe uns ihren besten Bonus überreichen würde: Sex. Nur setzte der Sex sich nie durch; er war uns einfach nicht bestimmt. Es war, als hätte unsere Sehnsucht danach uns bereits zu sehr ausgelaugt, als dass wir es uns hätten nehmen können, als es schließlich so weit war. Bevor wir heirateten, sprachen uns die Leute ständig darauf an, wie ähnlich wir uns sähen. Wie sollten wir dann mit dem eigenen Bruder oder der eigenen Schwester schlafen? Wir brauchten nicht lange, um unsere Lage zu verstehen: dass es in unserer Ehe nie um Sex gehen würde, nicht einmal um dessen Sublimierung. Es war nie ein Thema zwischen uns, selbst als es das noch hätte sein können oder hätte sein sollen. Ich war zwar neugierig auf Sex, aber weil ich nie in den Genuss seiner Freuden gekommen war, wurde seine Abwesenheit für mich zu einem Teil meines Lebens. Und weil Riaz auch nicht darüber sprach, vermutete ich, dass es auch ihn nicht allzu sehr störte.

Zugegeben, es war nicht so, dass wir keine Zärtlichkeit füreinander empfanden. Es gab Nächte, in denen wir nebeneinanderlagen und in heterosexueller Bewunderung über unsere Gesichter strichen, es gab Morgen, an denen ich mit seinem Gesicht in tiefem, vertrauensvollen Schlaf an meine Brust gedrückt aufwachte. Und es fühlte sich echt und friedvoll an, so echt und friedvoll, wie wenn ich ihn malte und froh war, dass ich ihn nicht umgestalten oder neu erschaffen musste. Oder eine Ureigenschaft an ihm entdecken oder erfinden musste, die er nicht aus sich selbst hervorbrachte. (Denn selbst wenn ich es versucht hätte, ich hätte ihn nicht sexy machen können.)

Ich hatte natürlich von anderen Künstlern gehört, die ihre Partner gemalt hatten, und wie dieser Vorgang die wahren oder die verborgenen Eigenschaften ihrer Beziehung zum Vorschein brachte. Oder etwas ganz Neues – ein neues Kraftfeld zwischen ihnen. Aber das wollte ich nicht für uns. Uns ging es gut, so wie es war.

Also lernte ich auch weiterhin nichts über Sex, nichts über meinen Körper. Ich versuchte, mir Geschichten auszudenken, mir das Sexleben anderer vorzustellen. Als ob das womöglich etwas daran änderte, wie ich meinen Mann wahrnahm, mir womöglich half, etwas an ihm zu entdecken, das ich mit bloßem Auge übersah. Ein- oder zweimal brachte ich ihn dazu, diese abgeschmackten, sexy Dinge auszuprobieren, die angeblich funktionieren, wenn alles andere nicht mehr klappt: so tun, als würde man einander nicht kennen, und mich von ihm in einer Bar ansprechen lassen; für einen Tapetenwechsel ein Liebeswochenende in einem abgelegenen Hotel buchen. Doch es klappte nie; jeglicher Versuch dieser Art endete tatsächlich fast immer in einer Katastrophe, denn zwischen uns gab es nie auch nur ein Fünkchen Fiktion, zumindest nicht derart, wie es bei Mangel an radikaleren Lösungen angeblich helfen soll. Mir fehlte ein ganzer Satz Gefühle – die feineren, das Entzücken, die Qual –, den ich aus eigener Erfahrung hätte kennenlernen müssen, um das, was ich aus den Büchern lernte, auf mein eigenes Leben zu übertragen.

Die größte Wahrheit jedoch ist, dass es fast immer zu aufwendig war. Zu aufwendig, sich anzuziehen, das Haus zu verlassen und schon wieder dem sich dahinschleppenden Verkehr die Stirn zu bieten, wenn wir einmal zu Hause waren in unserer heimeligen Kleidung in unserer heimeligen Umgebung mit unseren heimeligen Gegenständen.

Es war zu aufwendig, wieder jung zu sein.

* * *

Wir heirateten, weil er mein Herz zu einer Zeit eroberte, als es darauf ankam. Und wo es darauf ankam.

Meine *Man / Woman: Reconfigured*-Serie, die alles Candi Sukuh verdankte, wäre ohne Riaz nie entstanden. Mit ihm besuchte ich den Tempel zum ersten Mal als Erwachsene, als wir noch miteinander ausgingen.

Fünfzehntes Jahrhundert?, hatte er an jenem ersten Tag gefragt, als wir mit sanften Schritten über ein Bett aus Blättern gingen und so den Ort raschelnd zum Leben erweckten. Mein junger Ehemann, nicht so bewandert in Geschichte. Ja, nickte ich, fünfzehntes Jahrhundert, und es ist offensichtlich, dass es bei den Maya in der Schuld steht.

Es war ein wolkenverhangener Tag, ungewöhnlich für Mitte des Jahres, und das Licht um uns war grau. Ich weiß noch, dass ich Riaz für sein anschließendes Schweigen dankbar war, denn es gab viel zu lesen, zu viel, zwischen dem sich nur selten aufreißenden Himmel, unter den mit Staub bedeckten Reliefs. Gab es etwas an den Bedürfnissen von Stein, das nur die unterwürfigen Bäume verstanden hatten? Warum musste dieser flache Schildpatt nach Westen zeigen: War es reiner Zufall, oder war es als Spott dem Westen gegenüber gemeint, dem es nicht gelungen war, vom Osten die Kunst des Lebens zu erlernen? Vor allem Ganesha war natürlich putzig: das Tanzen, die nackten Genitalien, dieses *Lachen.* Nur was an seiner Veranlagung war so modern, dass er ohne Weiteres aus den Seiten von *Babar* hätte herausspazieren können, direkt dem Zeichenstift von Jean de Brunhoff entsprungen?

Allem voran berührten mich die Statuen, ihre stolzen, verstümmelten Gesichter, ihre Ureigenständigkeit. Von diesem Moment an bis zu dem Augenblick, in dem ich begann, an *Man / Woman: Reconfigured* zu arbeiten, war ich Riaz dankbar für seinen Anteil daran. Es ging nicht so sehr darum, was er sah und fühlte, ob es in irgendeiner Weise dem entsprach, was ich sah und fühlte, sondern darum, dass mein Herz sich öffnete und ich die Möglichkeit eines gemeinsamen Lebens vor mir sah. Es hatte auch nichts mit Verlangen zu tun, denn darum ging es zwischen uns nicht. Aber er und ich hatten uns an den Händen gehalten, waren jedes Relief mit ausgelassenen Fingern nachgefahren, hatten bei jeder Orgie gequietscht. So viel Sex um uns herum, und wir konnten nichts tun als kichern, wie Kinder. Dieselben Kinder, die ein paar Wochen später ihre Eltern fragten, ob sie heiraten könnten, jetzt sofort.

»Frau mit Penis«, die zweite Skulptur, die ich in dieser Rubrik fertigte und die zu einem der berüchtigtsten indonesischen Kunstwerke werden sollte, hatte es sicher nicht gebraucht, dass ich Sex hatte. Sie brauchte nicht einmal einen Mann. Sie war im Gegenteil so gütig, was den allgemeinen Mangel um sie herum betraf, dass sie sich kurzerhand selbst einen Penis wachsen ließ.

Vier Jahre später reisten Riaz und ich nochmals zum Sukuh Tempel. Wir waren mittlerweile vollkommen erstarrt, und wir liefen zusammen und doch getrennt. Ich in Gedanken darüber verloren, wie ich meine Kopien vorbereiten sollte, er versessen darauf, etwas von sich zurückzufordern, das er nicht einmal selbst erschaffen hatte. Es war, als würde ich mich mit der Zeit weiterbewegen, er aber zurück in die Zukunft, in der wir uns nie wiedersehen würden außer hier, in diesem Hindutempel, wo alles, was dem Boden zurückgegeben wurde, wachsen und sich vermehren und zärtlich zueinander sein sollte.

Mit diesem Bild vor Augen blicke ich nun auf die schläfrigen, länglichen Lichter von Charlottenburg den Weg zurück zur Leibnizstraße, von der ich kam und von der ich morgen wieder aufbrechen werde, und wieder und wieder.

8.

Es ist Mitte August, und in der Jahreszeit liegt ein Irrwitz, dem wir folgen, selbst nachdem sie längst vorüber ist. Der Wunsch nach Spargel vorm bevorstehenden Herbstanbruch, das Bedürfnis, im Museum zu verweilen, wenn nichts Neues ausgestellt wird. Berliner haben um diese Zeit im Jahr eher schlechte Laune, denn plötzlich werden sie allem beraubt, worüber sie schwärmen könnten. Selbst ihre Lieblingsärgernisse – Geld, Steuern, die Gefahren von Scheidungen, dass alles zu teuer ist – klingen hohl in ihren eigenen Ohren.

In dieser Stimmung begegnen Matthias Lenze und ich uns zum ersten Mal, und zwar im menschenleeren Café des Bode-Museum, in der letzten Stunde vor Schließung. Es ist unvermeidlich, wenn man bedenkt, wie sehr er und ich uns nach Vergänglichem sehnen.

Er wendet sich an mich, als ich gerade sauge, an einer Stange Spargel, um genau zu sein. Auch das ist unvermeidlich, denn er ist in dieses Café gekommen, um ebendiesem Geräusch zu entkommen. Es ist eine Art Protestgeste. Er gesteht, er sei sehr genau mit seinen Geräuschen, wie ich es wohl mehr mit dem sein sollte, was ich anschaue, und er kann kein Geräusch wieder loslassen, das ihn entweder erfreut oder irritiert. Dennoch finde ich es bezaubernd, dass zwei so grundverschiedene Seelen Zuflucht in der barocken Umgebung des Bode-Museum finden.

Irgendwann werde ich verstehen, dass, was die Menschen zu verabscheuen glauben, in Wirklichkeit das ist, was sie gemeinsam haben, und genau diese Erkenntnis saugen wir voneinander auf.

»Saugen Sie immer so an Ihrem Spargel?«, fragt er. Eine bemerkenswerte Frage. Und eine bemerkenswerte Stimme. Eine dunkle Stimme, weich wie Sahne, wie gemacht für Poesie und das Radio. Ich blicke auf, um die Quelle dieses Wunders zu sehen, und da ist er. Dunkle Augen hinter einer gerahmten Brille, markante Züge, ein Lächeln, aber streng. Deutsch. Er sitzt in der gleichen Nische wie ich, zwei Tische links von mir, ich von meiner besten Seite.

»Nur, wenn es nicht mehr die Saison ist«, sage ich. Stimmt es, dass ich zu viele Geräusche mache? Genau genommen sauge ich nicht am Spargel, sondern die Sauce hollandaise oben an der Stange, und zwar vorsichtig, denn so wurde ich erzogen. Es ist die Art saugendes Geräusch, die der Ozean verursacht, der Klang von Wasser, das sich zurückzieht und dabei an etwas zerrt, das sanfte Saugen der See am Sand.

Sein Lächeln überrascht mich nicht so sehr, weil es ungeübt und von Natur aus würdevoll wirkt, sondern weil es mich auf sein Bedürfnis zu reden aufmerksam macht.

Er rückt näher, und einfach so erzählt er mir, dass er Konzertpianist und Klavierdozent an der Hanns Eisler Hochschule für Musik ist. Ein Musiker.

»Unten in einer der Galerien«, erzählt er mir jetzt, »findet gerade eine Ausstellung zu experimenteller Klangkunst statt. Etwas daran ärgert mich …«

Wie er spricht hat etwas Ausgleichendes an sich, das ich ziemlich schön finde. Nein, nichts Gesetztes oder Metronomisches. Einfach eine Stetigkeit, eine Verlässlichkeit, vielleicht wie es gewisse Gedichte herzustellen vermögen.

»… aber ich kann es nicht genau benennen.«

»Das muss an der Aufmachung liegen. Ich bin daran vorbeigekommen und habe den Untertitel gesehen. Irgendwas Geschmackloses wie ›was anfangen mit dem Geld‹, oder?«

Er nickt, doch etwas an dem, was ich gesagt habe, muss etwas verändert oder ihn zum Nachdenken veranlasst haben. Aus irgendeinem Grund wird er unkonkreter.

Es ist offensichtlich, dass er das Ganze mit seiner Unterteilung des Themas in ›Ersinnen‹, ›Verschlingen‹, ›Begießen‹ ein bisschen verweichlicht findet. Und da, das erfahre ich jetzt, kommt offenbar das saugende Geräusch ins Spiel. Aber ist es nicht schön, frage ich, all das Schlürfen, das Gleiten, das gelegentliche Knacken? Ich finde, das Saugen ist einer der schöneren Aspekte des Verschlingens, es ist etwas Genussvolles, könnte man sagen. Er denkt eine Weile darüber nach, stimmt mir weder zu, noch ist er anderer Meinung. Mir fällt allerdings auf, dass er bei meiner sexuellen Freimütigkeit nicht zusammenzuckt, wie es deutsche Männer oft tun, egal, für wie fortschrittlich sie sich halten. Das überrascht mich.

Ich erzähle ihm, dass ich auch etwas über Geräuschbelästigung weiß und dass man manchmal eben einfach gehen muss.

Er hat ein schönes Lächeln. Es lenkt den Blick auf die Konturen seines Mundes, der geschwungen ist und wunderschön.

Unter all den Dingen, die ich ihm hätte erzählen können, entscheide ich mich, ihm von meinem unersättlichen Appetit zu erzählen. Und von einigen meiner früheren Experimente am eigenen Körper, sowohl von den gescheiterten als auch von den geglückten. Davon, wie ich mir selbst Blut abnahm und es verschüttete, davon, wie ich angezündet und versengt wurde und mich das Feuer furchtbar verletzte, davon, wie ich eines kalten Winterabends in Paris halb nackt draußen stand und spürte, wie sich meine Sinne einer nach dem anderen abschalteten, oder gleichzeitig, es war schwer einzuschätzen.

Ich erzähle ihm von meinen eigenen jämmerlich unzulänglichen Experimenten mit Klängen, eine Geste der Kameradschaft. Vielleicht wird mir aber schließlich auch klar, nachdem ich meine Geschichte absichtlich so nüchtern erzählt und mich dabei in ein leicht unschmeichelhaftes Licht gerückt habe, dass ich ein wenig Eigenwerbung betreiben muss, wenn ich ihn dazu bringen will, mich zu mögen.

Er geht sehr nett damit um, mit meiner kurzen Begegnung mit Musik, auch wenn ich im Rückblick eine ziemliche Anfängerin war in dem, was ich in Jakarta mit aufgenommenen Haushaltsgeräuschen veranstaltet habe. Das Schaben eines Besens über Schotter, das Krähen des hiesigen Hahns, das weiße Rauschen einer betriebsamen Küche. Mir gefällt, dass er nicht versucht, es zu analysieren, seinen künstlerischen Wert zu beurteilen.

Ich bestelle eine zweite Tasse Tee. Er ebenfalls. »Dieses Gefühl, das Sie bei einer Performance überkommt«, sagt er und beugt sich leicht vor, »das kenne ich vielleicht auch. Wenn ich ein Konzert gebe und gut vorbereitet bin in dem Sinne, dass es nicht mehr darum geht, mir über diese oder jene Passage Sorgen zu machen oder darüber, ob ich die Fingertechnik beherrsche, ob ich alle Akkorde hinbekomme, dann geht es nur noch um die Verbindung, die ich zur Musik habe. Und an dem Punkt entsteht meiner Meinung nach der Zauber – der Augenblick, in dem man spürt, dass das Publikum bei einem ist und man selbst eins mit den Zuschauern wird.«

»Oh ja«, sage ich.

»Obwohl wir auch verschieden sind, weil ich ja die Musik eines anderen interpretiere.«

»Schon, aber indem Sie sie interpretieren, machen Sie sich die Musik doch auch zu eigen.«

»Na ja, nicht ganz. Ich bin sicher, Sie wissen, dass es nicht ganz das Gleiche ist«, sagt er. »Es ist so, als würde man gebeten, etwas für eine Gruppenausstellung vorzubereiten. Etwas zu entwerfen, das sich einem verbindlichen Thema anpasst. Möglicherweise entspricht es Ihrer eigenen Kunst, vielleicht ist es sogar eine Herausforderung, und auch das Timing mag ideal sein. Ja, womöglich *mögen* Sie die Gruppe sogar. Und trotzdem ist es nicht Ihr eigenes Projekt …«

Er seufzt, als wäre er zugleich skeptisch und erleichtert, dass er ein störrisches Ärgernis losgeworden ist. Seine Wangen sind leicht gerötet, aber natürlich hat er recht, was ich tue, ermöglicht es mir immer, meine eigene Geschichte zu erzählen.

»Ich vermute, genau darin unterscheiden wir uns, und dann auch wieder nicht.«

Er lächelt wieder. »Damit kann ich leben«, sagt er. »Ich bin übrigens Matthias.«

»Ich bin Siri. Srikandi.«

Wir geben uns die Hand. Er trägt keinen Ring, auch wenn das heutzutage oftmals nicht sagt: Ich bin verfügbar. Es sagt: Ich bin nicht für Längeres verfügbar, aber in diesem Moment schon. Aber ich werde mein Glück versuchen.

Er hat sanfte haselnussbraune, wachsame Augen. Er wirkt auf mich, als wäre er zwischen fünfzig und fünfundfünfzig. Ich kann nicht einschätzen, wie groß er ist, aber er sieht schlank aus, schlicht. Von Adern durchzogene Arme, dünner werdendes, aber ansonsten gutes, eher dunkles Haar.

»Eigentlich bin ich nur zum Vortrag gegangen, weil ich Zeit hier im Bode verbringen wollte. Ich habe gestern den ganzen Abend Bach gespielt und heute Morgen auch noch. Und dann hat Glenn Gould übernommen …« Er macht eine Pause. Ich nicke begeistert, und er fährt erleichtert fort: »Dann verstehen Sie vermutlich, wie es dazu kommen konnte. Wie es einem einfach die Haut abzieht. Wie man in dieses entscheidende, belebende Tief rutscht. Und dann überkam mich die Sehnsucht, und ich musste einfach in dieser Welt bleiben, in seiner Welt. Also dachte ich: Bode. Ich muss ins Bode. Und hier bin ich also. Inmitten von all diesem … na ja. Sie wissen schon.«

Er gestikuliert ausladend in dem Versuch, die Pracht um

uns zu umfassen. Es ist ein seltsamer, aber lichter Augenblick, man fällt sein Urteil über jemand anderen so ziemlich innerhalb der ersten zehn Minuten. Man kennt den anderen, oder nicht.

Er fragt mich also, woher ich komme, und ich erläutere. Ich erläutere ebenfalls, dass mein Vater, der gute Deutsche, mich mit den Geistern Bachs, Beethovens und Schuberts aufwachsen ließ und dass er, wenn er besonders glücklich oder besonders traurig war, das Haus mit Glenn Goulds Version der *Goldberg-Variationen* erfüllte. Vor allem mit der späteren, wo es einen Tick langsamer zuging. Und dass er, wenn ihn eine gewisse Stimmung überkam, den ersten Teil der *Matthäus-Passion* auflegte, woraufhin unser Haus in vollkommene Trance verfiel. Ich erzähle ihm, dass meine Mutter und ich dann unterbrachen, was auch immer wir gerade taten, und lauschten.

Matthias spricht sehr besonnen und selbstsicher. Er hat einen Akzent, aber sein Englisch ist fließend, idiomatisch. Er ist auch ein guter Zuhörer, was nicht überrascht, wo er doch das Leben so angeht: Ungehörtes erhören, die Töne aushorchen, über den Lärm hinweg lauschen.

Die anschließenden Stunden fühlen sich an wie ein langer, ungestörter Traum. Wir verweilen noch ein wenig auf den Stufen zum Museum, gefolgt von einem Spaziergang weg von der Spree Richtung Hamburger Bahnhof, wo wir wieder auf den Fluss stoßen, eine Art notwendiges Auseinandergehen, bis wir in einem kleinen italienischen Restaurant in der Nähe des Alexanderplatzes landen.

Das Restaurant gefällt ihm. Er genießt alles von unserem geteilten Vorspeisenteller bis hin zum Hauptgericht und Dessert. Verteilt Lob für jeden einzelnen Gang mit genau dem richtigen Maß an Freude und Anerkennung. Er erzählt mir, je älter er werde – er ist fünfundfünfzig, ich lag nicht daneben –, umso weniger Erwartungen habe er an die Gewogenheit eines Tages. Und wenn er Erwartungen habe, dann seien sie jungenhaft und arglos, so durchschaubar wie die eines Kindes.

Während ich ihn beobachte, wie er mit dem Gehör auf die Musik im Hintergrund gerichtet spricht, kann ich es sehen: eine Verzauberung, die über Gelehrsamkeit hinausgeht, eine Freude, die älter ist als alle anderen Verbindungen zur Welt.

Ich frage mich, wie methodisch er wohl ist, ob er ständig Aufmerksamkeit und Bestätigung braucht, was für ihn eine Errungenschaft ist. Wie viel von seinem echten Leben er preisgeben möchte und wie viel er davon im Dunkeln lassen will. Wie viel von dem hier, dieser Angelegenheit mit mir an einem beliebigen Nachmittag im Bode-Museum, es in seinen Augen wert ist, eingehender erforscht zu werden.

Etwas an der Art, wie er die Musik im Hintergrund still in sich aufnimmt, es ihm die Sprache verschlägt, berührt mich. Den Bruchteil einer Sekunde des Wahnsinns, und ich nehme seine Hand. Er lässt mich. Es fühlt sich gut an. Eine Weile verharren wir so, als hätten wir lange für diesen Augenblick geprobt und wären nun angenehm überrascht über das Ergebnis.

Ich habe keine Ahnung, wie sich dieses sanfte und verstohlene Vergnügen mit der Zeit anfühlen wird; ich weiß nur, dass die Musik sein wahres Ressort ist. Und etwas daran ist gut genug für mich. Es bedeutet, dass er das eine oder andere darüber weiß, wie es ist, ihm beim Zuhören zuzuhören.

Dass er etwas über die Paradoxe der Sehnsucht weiß.

Über Feuer und Tränen, über Rot- und Blautöne, über glühendes Werben und gewissenhaftes Wegräumen, über das Erinnern und das Vergessen, darüber, was das Herz macht, wenn man sagt, es zerbreche.

* * *

Wir warten, wenn warten das richtige Wort dafür ist, etwa zwei Wochen, bis wir uns küssen, und noch eine, bis wir miteinander schlafen. Nichts daran fühlt sich richtig oder falsch an, hart oder weich. Es ist einfach so. Und wenn ich ihn küsse, muss ich nicht weinen, und es entflammt auch nicht meine Lenden. Es ist einfach schön, wie es anhaltend glüht, denn er bleibt dabei, er ist jemand, der küsst, das ist wichtig, und er riecht herrlich, irgendwie sauber, aber erwachsen, mit einem Hauch von Blaubeere, Rum, Schokolade. Es ist die Art Kuss, auf die ich zurückkommen kann, etwas, auf das ich zählen kann. Weil es so schön ist, und weil Können, aber keine Dringlichkeit dahintersteckt, fühlt es sich wie ein Geschenk an. Und als es vollbracht ist, als ich an all den richtigen Stellen auf die richtige Weise geküsst worden bin und er einfach bleibt, das Gesicht mal markant, mal unscheinbar, mal vertrauensvoll, mal vorsichtig, frage ich ihn, ob er wiederkommen und wieder bleiben will.

* * *

Er kommt wieder und bleibt, kommt noch mal wieder und bleibt. Nie muss ein aufschreckender Wecker zum Verstummen gebracht werden, nie in ein anderes Bett geeilt, nie eine reinigende Dusche genommen werden, die so dringend ist, dass sie nicht bis zum nächsten Morgen warten kann. Mir gefällt auch, wie er sich in meine diversen Bemühungen, meine Vergangenheit zu präsentieren, gewissermaßen hineingleiten lässt, als gehörte auch das dazu, dass er es sich heimisch macht, nachdem er ungeplant von einem Ort zum anderen herübergesetzt hat.

Ich mag, wie er zuhört – ja, schon wieder dieses Wort –, ohne dass es den Anschein hat, als würde ich ihn seines Rechts berauben, ebenfalls gehört zu werden. Ohne dass ich das Gefühl bekomme, es wäre irgendetwas falsch daran, oder illusorisch oder destruktiv, wie ich mein Leben angehe. Und auch ohne dass ich das Gefühl habe, er hätte einen Fehler an mir entdeckt und würde sich dazu berechtigt fühlen, mich darauf hinzuweisen.

Ich weiß noch, wie ich mit Mitte dreißig einen Freund abservierte, nach dem ich eigentlich verrückt war, weil er mir bei einem Streit sagte, ich solle ihm nicht diese ›einstudierte Selbstverleugnung‹ präsentieren. Es tat weh, dass er nicht erkannte, dass etwas Verinnerlichtes etwas anderes ist als etwas absichtlich Konstruiertes. Es tat weh, dass er eine Grenze überschritt.

Mit Matthias ist alles erstaunlich einfach. Ich sage erstaunlich, weil vieles, was zwischen Partnern gut läuft, nicht immer leicht zu erreichen ist, aber mit ihm schon. Und diesmal passe ich auf, viel besser als in meinen vorherigen Beziehungen. Ich achte auf jegliches Anzeichen von Förmlichkeit in unseren Unterhaltungen, auf jegliches unangenehmes Schweigen, auf alles, was sich gezwungen oder unnatürlich anfühlt. Auf jegliches Zeichen von Übertretungen, Respektlosigkeit oder selbst nur die Ahnung von Gereiztheit. Auf jegliches Zeichen von Oberflächlichkeit, derer sich Paare nicht immer bewusst sind, weil sie es nicht besser wissen, oder weil sie wissen, dass das Leben eben nicht dazu gemacht ist, perfekt zu sein.

Matthias ist so anständig, wie es nur geht, so angenehm, wie es nur geht, und nach einem Monat, in dem es mir nicht gelingt, einen Grund zu finden, weswegen ich meine Meinung ändern sollte, fange ich an, auch bei ihm zu übernachten. Eine Entscheidung, zu der ich vollkommen ohne Gefühlsduselei komme, ohne quälende Selbstzweifel, ohne die Vorahnung einer unmittelbar bevorstehenden Katastrophe.

* * *

Der Prenzlauer Berg ist ganz anders als Charlottenburg, und ich frage mich oft, wie Matthias dort gelandet ist. Ob es eine bewusste Entscheidung war, ein Geschenk aus der Vergangenheit, ob ich sein Vermögen und seine politische Einstellung vielleicht missverstanden habe.

Erst einmal ist es ein Ort, über den mehr geredet wird, als dass man dort leben würde. Die Leute hören den Namen und denken etwas Bestimmtes. Sie denken an hippe Bars, die vollmundige Cocktails feilbieten, an waschechte deutsche Bäckereien. Sie denken an Boutiquen, die das neueste Retro-Vintagedesign verkaufen. Sie denken an sonnige, entspannte Szeneleute mit Treuhandfonds, die an faulen Nachmittagen Premiumbier hinunterkippen, während sie sich in Erinnerungen an ihre letzte Bude in London oder Kopenhagen ergehen. Sie denken an all die scharfen Mütter mit Babys in Designerkinderwagen, die mal eben in einem stylishen Café haltmachen, um etwas sortenreinen Hochleistungskaffee zu tanken. Und der Grund, weshalb dieser Haufen immer noch die angesagtesten Bücher braucht, die angesagtesten Bars, die angesagtesten Restaurants, ist, dass kaum einer von ihnen überhaupt schon die vierzig erreicht hat.

Ich stelle ihm mehrmals diese Frage. Und zwar im gleichen Tonfall, wie ich ihn frage, weshalb er nie verheiratet war. Hast du keine Angst, die Leute könnten denken, du seist schwul?

Doch diesmal zischen wir gerade durch den U-Bahnhof Nollendorfplatz, und anstatt dass ich über meine Frage wache, bin ich abgelenkt. Eine Gedenktafel starrt uns an, und ich kann nicht anders, als zurückzustarren; sie fordert uns auf, die Homosexuellen nicht zu vergessen, die von den Nazis umgebracht wurden. Sie fordert uns auf, ihrer bis zum Tode verstümmelten Körper zu gedenken, *totgeschlagen*, ihrer zum Verstummen gebrachten Geschichte, *totgeschwiegen*. Und da steht er, mein neuer deutscher Freund, so standhaft wie ein Laternenpfahl, und sieht mich schief an, als läge die Antwort auf meine Frage auf der Hand: Wir setzen allem ein Denkmal, bitte mich nicht, das zu bestätigen oder abzustreiten, was man nicht einmal fragen muss. Doch weil ich mich einen Moment lang für mein unbekümmert stereotypes Abstempeln zu schämen scheine, wird er wieder sanfter, schraubt den lapidaren deutschen Zynismus zurück, der einen oft unerwartet trifft wie ein prompter Kinnhaken. »Warum machst du dir immer so viele Gedanken?«, fragt er, und sein Tonfall ist spielerisch, geduldig. »Ich bin nur ein einfacher Mann. Aber selbst ein einfacher Mann will nicht in eine Schublade gesteckt werden.«

Natürlich behaupten das alle. Ich war noch mit keinem einzigen Mann zusammen, der sich nicht gewünscht hätte, als unkompliziert durchzugehen. Unkompliziert im Sinne von nicht bedürftig, nicht anfällig für Stimmungsschwankungen, nicht materialistisch, nicht eifersüchtig, ohne Zwangsneurose, nicht pingelig, was seinen Geschmack hierfür oder dafür anbelangt. Nur wie kann er unkompliziert sein, wenn er seine Möbel und seine Bettwäsche und seine Körperpflegeprodukte auf die gleiche Weise auswählt wie seine CDs, eine bestimmte Interpretation eines bestimmten Werks eines bestimmten Komponisten, das er zu einem bestimmten Zeitpunkt an einem bestimmten Tag hört, und sie auf eine bestimmte Weise in Bezug zu anderen bestimmten Gegenständen in einem bestimmten Zimmer arrangiert? Wie kann er unkompliziert sein, wenn er so lange braucht, um die richtige Frau zu finden?

Aber wir brauchen nichts, um das Eis wieder zu brechen. Mit Matthias braucht man das nie. Als ich noch jünger war, hätte ich diesem Fehlen von Anspannung, von Konflikt misstraut. Doch das hier ist mein neues Ich in meinem neuen Leben. Ich werde zu der Person, die ich sein will: frei fließend, großzügig, gelassen in meiner Aufgeschlossenheit. Dazu in der Lage, mich hin und wieder selbst zu überraschen. Kein Stress wegen Nichtigkeiten.

Dieser neue Mensch also lebt durch dieses neue Gefühl und den ersten eisigen Windstoß bis zum Winter, als die Stadt sich schließlich der Tyrannei von Grautönen und Graupel beugt. Inzwischen habe ich mich bereitwillig auf eine Routine eingelassen. Drei Abende die Woche gemeinsam, zwei davon bei mir, einen bei ihm, und die restlichen, die nicht geplant sind, mit Leichtigkeit angegangen. Wie es eben sein soll.

* * *

Wir laufen viel durch die Stadt.

»Das ist gut«, sagt Sally ermutigend. Sie wohnt in Mitte an der Grenze zum Prenzlauer Berg. Ihr Teil von Mitte ist in etwa so gentrifiziert wie Matthias' Teil von Prenzlauer Berg, wo aus dem Leid Wohlstand erwächst.

Sallys Wohlstand überragt allerdings die meisten. Sie betont gern, dass sie mal in der Boddinstraße in Neukölln gewohnt hat, aber jetzt wohnt sie, ziemlich unausstehlich, in einer Straße, die gleichbedeutend mit den nobelsten Galerien der Stadt geworden ist, und zwar in einer dieser teuren Wohnungen über gerade der noblen Galerie, in der ich schon immer gezeigt werden wollte. Andauernd sagt sie mir, das sei der eigentliche Grund, weshalb ich in der Nähe wohnen sollte. Du willst doch dort sein, wo alles passiert, sagt sie. Und außerdem, was ist dir lieber? Dass ich mit irgendeinem wichtigen Sammler über dich spreche, oder dass du diesem Sammler selbst begegnest, als hätte das Universum es so vorgesehen?

Vor allem hat sie mich aber gern um sich. Und das wiederum aus vorrangig egoistischen Gründen. Spontane Mittagessen. Eine Dosis Wein um vier Uhr nachmittags. Der schnelle Zugriff auf Frauengespräche.

Heute sind wir in einem der Ausstellungsräume im Erdgeschoss des Martin-Gropius-Baus. Sie bauen gerade eine Ausstellung zu ›unglücklichen Ready-Mades‹ im Geiste Duchamps ab, und bald wird totale Leere herrschen. Losgelöstheit. Freiheit.

Wir spazieren über eine weite Betonfläche aus Beinahenichts. Sally ist im Arbeitsmodus, im Wechsel ernsthaft und witzig. Sie will entscheiden, wohin sie mein Ungetüm stellen will, die eine Skulptur aus der *Man / Woman: Reconfigured*-Serie, die sich im November nicht ihren Kumpanen auf der Ausstellung in Jakarta anschließen wird, sondern ein anständiges Debüt in Berlin in einer Ausstellung zu Körpern geben wird, die Sally kuratiert.

»Du und dein neuer Verehrer«, sagt sie plötzlich. »Was macht ihr, wenn du nicht bei einer seiner Proben bist?«

»Wir gehen auf Konzerte«, sage ich, ohne ihrem leicht herablassenden Ton Beachtung zu schenken, »auf viele. Das habe ich dir doch erzählt. Er hat mich daran erinnert, dass Berlin ja ebenso sehr eine Stadt für Musik ist wie für Kunst.«

»Warum hast du ihn noch nicht zum Abendessen mitgebracht? Schämst du dich für mich?«

Sie hat noch nicht gefragt.

»Wir besuchen die Gräber«, sage ich. »Er spricht mit den Toten.«

»Bist du sicher, dass er nicht schwul ist?«

Damit meint sie: Strengst du dich auch an, oder amüsierst du dich nur? Meine Geduld überrascht mich selbst. Aber Sally ist inzwischen mit den Gedanken woanders, zurück in der Gegenwart. Sie hält inne und hält an der Stille fest, an dieser nicht in Worte zu fassenden Stille, die in einem leeren Ausstellungsraum entsteht, nachdem die letzte Ausstellung gerade abgebaut wurde. Sie hält an der Grenze zwischen Vergangenheit und Zukunft fest. Beinahe kann ich sehen, wie es sich in ihrem Kopf bewegt. Wie viele Zentimeter nach links? Wie viele nach rechts? Wie viel Hintergrundbeleuchtung?

»Da«, ertönt ihre Stimme. Sie betrachtet einen leeren Raum vor sich. »Da stelle ich dein penisloses Ungetüm hin.«

Wir lassen den Augenblick köcheln.

Tief drinnen fühle ich mich geschmeichelt, dass Sally sich so für mich einsetzt. Sie hat sogar etwas, das sie ihr Siri-Eilers-Tagebuch nennt und worin sie alles sammelt, was sie mit meiner Kunst unternimmt, um meinen Wert zu steigern. Und natürlich hat sie ihn gesteigert. Nicht um einen großen Sprung, aber was ist schon ein Sprung? Dann bleiben die Leute eben bei Vernissagen nicht stehen und glotzen mich an. Sie sind nicht vor Aufregung ganz aus dem Häuschen und nehmen ihre Tasche von der Schulter, um ihr Handy hervorzukramen, damit sie in Echtzeit ein Bild von mir bei Instagram hochladen können. Sie fangen nicht an zu zittern und fallen auch nicht in Ohnmacht, wenn ich vorbeigehe. Und doch kann ich sicher sein, dass ich mehr als fünf einflussreiche Leute kenne, wann immer ich einen öffentlichen Kunstraum betrete. Das ist nicht schlecht. Das ist mehr als genug. Es könnte schlimmer sein.

Zum einen ist da die Ausstellung hier. Dann veranstalten wir nächste Woche etwas, das Sally die Küchenausstellung nennt und worauf sie besonders setzt, eine Art lockere, angesagte Ausstellung in meinem Atelier, bei der ein Haufen kleine und große Künstler auf meine ungenutzte Küche losgelassen werden und sie in eine einsatzbereite Küche verwandeln. Sally betont den strategischen Wert einer solchen Veranstaltung, insbesondere vor einer Auktion sowie der Teilnahme an einer Ausstellung in einem bedeutenden Museum.

Einige der Künstler spielten ganz oben mit, versichert Sally mir. So weit oben, dass es ihnen nichts ausmache, mal die zweite Geige für die neue Exotin in der Gegend zu spielen, damit sie auch mal im Rampenlicht stehen konnte. Für sie sei es ein wenig wie eine Wohltätigkeitsveranstaltung, etwas, das wahre Künstler tun. Erzähl es weiter, sei kein Arschloch, unterstütze die Emporkömmlinge und unbedeutenden Künstler. Sorg dafür, dass sie das Boot nicht verpassen. Außerdem ist da die bevorstehende Auktion von vier Ölgemälden, in die Sally sich an dem ersten Abend verguckt hat, und die Auktion meines Triptychons und zweier meiner früheren von Louise Bourgeois' Stichen inspirierten Arbeiten. Und schließlich die große Ausstellung im November in Jakarta – *Man / Woman: Reconfigured* endlich, unvorstellbar, auf dem Weg nach Hause.

Offen gestanden, habe ich keine Ahnung, was Sally Verrücktes ausgeheckt hat. Als ich vor ein paar Wochen in ihr Büro kam, sagte sie mir, sie habe einen reichen indonesischen Investmentbanker mit eigener Galerie aufgetrieben, der sich einverstanden erklärt habe, die komplette Serie zu zeigen. »Einfach so«, sagte Sally. »Und seine Galerie erst – hochmodern. Unglaublich, was für einen Reichtum es bei euch in Indonesien gibt.«

Zuerst war ich skeptisch. »Und dieser Typ hat kein Problem mit dem Thema?«

Pff, machte sie abwehrend. »Wir holen Nora ins Boot. Sie kuratiert. Der Kurator vor Ort wird keinen Finger krümmen müssen. Sie sind jetzt seit über zwei Monaten in Kontakt. Außerdem kennst du doch den Kurator, oder?«

Das tue ich – und klar, er ist ein zuverlässiger Kurator, weiß das eine oder andere über das Leben in gefährlichen Zeiten. Aber er ist zu nett, er gehört zu denjenigen, die etwas nie offen ansprechen würden, und aus irgendeinem Grund habe ich es vor mir hergeschoben, direkt mit ihm Kontakt aufzunehmen, als hätte ich Angst vor dem, was ich erfahren könnte, hätte ich nur die tatsächliche Möglichkeit dazu. Ich habe diese Ausstellung wohl so unbedingt gewollt, als hätte ich schon lange Anspruch darauf, und gleichzeitig musste mir so viel wie möglich davon abgenommen werden.

Außerdem ist Sally äußerst hartnäckig gewesen. Ich habe den Galeristen auf Herz und Nieren überprüft, sagte sie, genau wie die Leute hinter ihm. Seine Berater, seine Kuratoren. Laut ihnen sollte es keine Probleme geben. Es findet in einer Galerie statt, nicht im öffentlichen Rahmen. Es wird Zeit, dass wir die Grenzen neu austesten.

»Der entscheidende Unterschied ist«, sagte sie, »dass du nicht wie dieser Typ bist, der seine nackten Tonleichen vor dieser einflussreichen katholischen Tageszeitung ausgestellt hat und über den plötzlich ein Shitstorm von den konservativen Muslimen hereinbrach, nachdem er jahrelang ohne Kontroversen im Ausland ausgestellt hat. Ich meine, das ist dreizehn Jahre her! Das hatte eine politische Dimension und eine religiöse. Es ging um den Islam.

Aber deine Arbeiten sind vom Hinduismus inspiriert, und sie sind kein Statement gegen den Islam, weder direkt noch indirekt, die Figuren sind keine verkleideten Kommunisten, sie sind nicht einmal repräsentativ, es sind nicht einmal *Menschen*, um Gottes willen. Auf keinen Fall kann das jemand gegen dich verwenden. Und die Quelle der Inspiration steht sogar noch da draußen, nackt und stolz darauf.«

Ihre Inbrunst berührte mich, auch wenn Sally nichts über Indonesien gewusst hatte, bevor sie mich kennenlernte. Im Rückblick hätte ich selbst mehr Nachforschungen anstellen sollen. Hätte mich mit meinen alten Freunden in Verbindung setzen sollen, mit dem Kurator, hätte ein besseres Gefühl für das Schlimmste, was eintreten konnte, bekommen sollen. Hätte sie dazu bringen sollen, mir das zu sagen, was sie meiner amerikanischen Kunsthändlerin in Berlin nicht sagen konnten, sondern nur mir, denn selbst wenn ich ein verlorenes Kind war, das weggelaufen war, war ich doch immer noch eine Landsfrau, und deswegen hätten sie mir erzählen können, wie reich und mächtig dieser Galerist eigentlich war und wie viel er zu zahlen bereit war, damit die Polizei der

Ausstellung fernblieb, wenn es so weit kam. Ob er zu zeigen bereit war, dass Religion käuflich war. Hätte auf Putri hören sollen, die auf ihre anmutige, gewundene Weise immer zu ihrer Meinung gestanden hatte: Ein Schwanz bleibt immer ein Schwanz, eine Vagina immer eine Vagina. Und sie sind an der verkehrten Stelle.

Eine Gestalt eilt auf uns zu. Geschmeidig, nervös und schmerzhaft jung. Eine Mitarbeiterin des Museums, vermutlich für die Ausstellung beordert. Sie bleibt in respektvollem Abstand und doch nah genug stehen, um Sally wissen zu lassen, dass sie da ist. Ich sehe zu, wie sie leicht taumelt in ihrer steifen maßgeschneiderten Bluse und ihrem Bleistiftrock, eine lebendig gewordene Venus von Botticelli. Wie sich herausstellt, muss Sally sofort mitkommen: Die Direktion will den Pavillon der Erinnerung besprechen. Den Garten. Vor allem den Garten.

Ich bin für einen Moment abgelenkt. Ich denke an all die neuen jungen Stars, mit denen ich jetzt konkurriere, ganz flattrig und nervös wie dieses Mädchen hier, junge Stars, auf die ich herabgeblickt habe, als ich selbst dreißig war und dachte, ich stünde an der Schwelle. Was wird aus ihnen, wenn sie nicht mehr aktuell sind? Steigen sie einfach aus der Szene aus, heiraten, bekommen vier Kinder, werden dick, versauern in ihrer sexlosen Ehe und fragen sich, warum sie so unerfüllt sind? Geht ihre Neuerfindung unmittelbar vonstatten? Wechseln sie den Beruf und werden Händler, Kuratoren, Agenten, Kunstlehrer am Gymnasium? Verlassen sie die Stadt, fangen von vorne an, lassen ihre Kunst an unbedeutenden Orten ausstellen, egal wo, solange sie da draußen ist? Hören sie ganz mit der Kunst auf und eröffnen ein Restaurant, damit sie an ihrer eigenen Bar herumhängen und über die Kunstwelt lästern können, von der sie ausgespuckt worden sind?

Sally sagt etwas zu der jungen Frau, und ich kehre in die

Gegenwart zurück. Jetzt stehen wir genau vor dem Bereich. Vor *meinem* Bereich. Ich starre ihn an, er starrt zurück, Gefühle überfluten mich. Es ist ein beeindruckender Bereich, und dazu noch ein privilegierter Bereich, wenn er, sobald Sally alles auf die Beine gestellt hat, auch noch die umwerfende Hintergrundbeleuchtung bekommt. Etwa zwei Quadratmeter, die meinem Mist gewidmet sind, und zwar nur meinem. Mir wird bewusst, wie sehr es mich bewegt.

Ich bin fünfzig, und endlich passiert etwas bei mir. Ich sollte in Hochstimmung sein. Bitte, Gott, mach, dass ich in Hochstimmung bin. Mach, dass ich nicht so empfindlich auf das reagiere, was ich nicht erreicht habe, und schon gar nicht auf das, was ich nicht ändern kann. Mach, dass ich mir nicht solche Gedanken darüber mache, was ich alles durchmachen musste, um hier anzukommen, und mach, dass ich mich nicht ärgere, wenn andere darüber nicht mit gebührender Wortgewandtheit sprechen können. Mach, dass ich über meinen Schwächen stehen kann.

In den frisch ausgenommenen, leeren Ausstellungsräumen des Martin-Gropius-Bau finde ich auf einen Schlag meine Stimme wieder.

»Es ist unglaublich, Sally, wirklich«, sage ich, genau in dem Moment, als sie mit dem kleinen blonden Biest ins Büro der Direktion gehen will. Es fällt mir erstaunlich leicht. »Danke.«

* * *

Es ist eine Woche später, und in meinem Atelier läuft die Küchenausstellung. Im Raum herrscht allgemeine Aufregung. Die rudimentäre Ordnung der Ausstellung franst langsam aus. Gesichter, Körper, die ineinander verschwimmen. In der östlichen Ecke, wo Regina Petrovic eine riesige rote Rundumleuchte wie an einem Einsatzwagen installiert hat, zerlaufen sie ineinander wie schmelzende Erdbeerherzen. In der westlichen Ecke, wo Pedro Aguilar das grüne Gegenstück angebracht hat, die Farbe für Notfälle in seiner Heimat Argentinien, blühen die Leiber wie Artischockenherzen. Zu viele Herzen. Von allem zu viel.

Ich muss Luft holen. Offenbar habe ich nur wenig zu tun. Alle kümmern sich um sich selbst. Ich gehe also in meine kleine Ecke, meine kleine versteckte Ecke, wo ich wie schon der legendäre Boltanski vor mir die Projektion einer Kerze installiert habe, die man nur durch einen nadelöhrgroßen Spalt zwischen dem Bücherregal und meinem Klappbett entdeckt, und setze mich dort auf den Boden. Mit einem zitternden Glas in der einen Hand und meinem Handy in der anderen. Meine Tränen laufen in Strömen, wieso, weiß ich nicht. Was hatte Herr Kourakis doch gleich gesagt? *Sie weinen schnell.* Ein Ruck. Ich beginne, ihm eine SMS zu schreiben, *Herr K., kommen Sie nach oben und sehen Sie sich an, dass ich doch eine Künstlerin bin, nicht nur Die Einsame Frau aus Asien.* Doch ich gebe es auf, als die nächste Welle der Emotionen gegen meinen Kopf schlägt und ich versuche, sie mit einem großen Schluck Wein herunterzuspülen.

Dann, weil es ein herrlicher Rioja ist, ein Geschenk einer der Beteiligten, lande ich geradewegs in einem Zustand, den ich die Javier-Trübsal nenne. Der Zustand, in dem ich ihn nicht aus meinen Gedanken auslöschen kann. In dem ich die Erinnerungen an unseren Sex nicht auslöschen kann. Wie er mich erfüllte. Wie er mich verschlang. Der Zustand, in dem ich die unzähligen atemberaubenden Höhepunkte nicht auslöschen kann, die ich in seinen Armen erlebt hatte, jeder davon ein eigenständiges Universum. Javier will einfach nicht verschwinden. Er ist wie ein Zombie, der immer wieder zum Leben erwacht, bis man ihm einen Spieß ins Auge rammt.

Ein erneuter Tränenstrom, die Ecken und Ellenbogen von Unterhaltungen, die um mich herum taumeln und tauchen.

Du weißt schon, dass dieser Kram von wegen Ausstellung in einer Ausstellung total out ist, oder? … Indonesierin? Ich habe gehört, sie sei Indonesierin. Ich habe gehört, dass bei Sotheby's vor ein paar Monaten etwas von einer indonesischen Malerin für knapp eine Million Dollar verkauft wurde, auf jeden Fall etwas über achthunderttausend … Die Frau, von der du sprichst, die hat bei der gleichen Auktion etwas für eine halbe Million verkauft. Trotzdem, weißt du. Untere Liga. Und jetzt diese Frau hier … Sie wird doch nicht einen auf Rirkrit machen, oder hat Sally das etwa WIRKLICH mit ihr vor? Ist es etwa möglich, dass unser tadelloses Schätzchen SOM schon so verzweifelt ist, dass es ihr dermaßen an Ideen fehlt?

Nicht hassen. Nicht der Finsternis nachgeben. Eine Kerze anzünden.

Eine Gestalt, die sich bückt und neben mich setzt. Eine Hand auf meiner Schulter, die tiefe karamellige Stimme, eine vertraute Wärme.

»Was machst du hier, Liebling?«, fragt mich die Stimme. Die Hand zieht mich an sich. Ich lasse ihn, Matthias. Er gehört schließlich zu mir. Nicht Javier. Nicht Anthony. Ich schmiege mich fester an ihn, atme ihn ein. Matthias.

»Du bist wegen der Kerze hier.«

Wir stecken die Köpfe zusammen, um wie ein altes voyeuristisches Pärchen das Flackern und die Flamme meiner versteckten Miniaturkunst zu genießen.

»Ich liebe dich«, flüstert er.

»Ich liebe dich auch«, sage ich, ohne zu zögern.

* * *

Jetzt ist es Ende Oktober, und schon sind die Farben verschwunden. Berlin ist Eis: die Wolken, der See, glatte Straßen.

Nebel sammelt sich wie Quellwolken, die Menschen bekommen einen Buckel unter ihren schweren Wintermänteln.

Morgens ist es schneidend frisch, doch manchmal ist die Dämmerung fest entschlossen, aus dem Grau hervorzubrechen. Wenn es ihr gelingt, dann schimmert sie. Weswegen es mir manchmal fehlt, dass ich nicht mehr Zeit in meinem Kiez verbringe, wo die Welt keine Kälte kennt. Eine Ansicht, die ich noch immer vertrete, selbst wenn erst neulich jemand beschrieb, wie er an der Ecke von meinem Savignyplatz stand und sich wie der Protagonist aus Cees Nootebooms *Allerseelen* fühlte, der in einem plötzlich aufkommenden Schneegestöber beinahe umgeweht worden war, und wie dieses Erlebnis ihn daran erinnerte, weshalb er Berlin so mochte. (»Weil es mir das Gefühl gab, auf einer weiten Ebene zu stehen, die sich bis tief ins Herz Russlands erstreckte.«)

Und dennoch. Wenn ich zurück in meinem Kiez bin, spüre ich immer deutlicher, dass es in meiner Wohnung kein Klavier gibt. Jeder Tag, an dem ich keine Klavierklänge höre, fühlt sich allmählich an wie ein verlorener Tag.

Schon bald pendele ich zwischen zwei Wohnungen hin und her wie eine richtige kosmopolitische Geliebte.

* * *

Ganz still und geschickt hat das Klavier sich zu meinem neuen Seelenverwandten auserkoren. Matthias' Stutzflügel ist definitiv männlich, sowohl im Klang als auch in seinem Wesen, und oft kommt es mir vor, als hätte er mir etwas zu sagen, und zwar ausschließlich mir. Wenn das an einer von Matthias' alle vierzehn Tage stattfindenden Soireen geschieht, vergesse ich, dass ich mich in einem Raum voller Menschen befinde. Es scheint, als hätten wir eine geheime Sprache, die nur das Klavier und ich hören können, als würde eine andere

Welt aus Klängen entstehen, wie Verse eines uralten Textes innerhalb eines Gedichts. Und es ist unglaublich traurig, unglaublich melancholisch. Allerdings hält es nie lange an: Es steigt an, leuchtet auf, verschwindet wieder. Es stirbt. So wie wir alle eines Tages sterben.

Anscheinend bin ich nicht die Einzige, die die Wirkung dieses kuriosen Wunders auf mich bemerkt. Matthias scheint es auch aufgefallen zu sein, und zwar nicht, weil er sich selbst als Urheber der Klänge sieht, sondern weil auch er ganz unerwartet von der Wirklichkeit dieses magischen Substrats ergriffen wird, das unabhängig von ihm existiert und von selbst fließt. Als würde er das Klavier lediglich *spielen*, alle seine Töne an der Oberfläche, während das Klavier selbst seine innere Stimme zurückhält und sie nur herauslässt, wenn ihm danach ist.

Matthias glaubt nicht daran, dass man irgendetwas erobern sollte, schon gar nicht das Klavier. Ein Klavier ist kein wildes Tier. Ich spüre aber oft, dass er Kämpfe in sich austrägt, einen leicht angeschlagenen Stolz, so wie heute Morgen, als Matthias aus dem Schlafzimmer kommt und sich geradewegs ans Klavier setzt. Etwas veränderte sich.

»Bach?«, fragte er.

Ich nickte. Er begann zu spielen. Es war die Fuge in E-Dur aus dem zweiten Teil von *Das Wohltemperierte Klavier.* Mir schien, als würde er es absichtlich langsam spielen, langsamer, als die Noten es eigentlich von ihm verlangten. Es hatte etwas wunderbar Liturgisches an sich und fesselte mich vollkommen, während es sich bedächtig aufbaute, und ich spürte, wie sich mir die Brust zusammenschnürte. Dann brachen die Tränen regelrecht aus mir hervor, wie ein zu stark aufgepumpter Ballon, irgendwo im letzten Drittel des Stücks. Aber es war so leise, dieses Hervorbrechen, als würde selbst mein Unterbewusstsein mich gern vor dem Rest der Welt beschützen, genau wie es sein eigenes letztendliches

Hinübergleiten in die Erinnerung und die Traumlandschaft beschützen wollte.

Als die Musik endete und ich ihn anblickte, sah ich wieder sein Lächeln. Es überraschte mich, wie leicht es mir immer noch fiel, mich zu verlieben.

»Weißt du«, sagte er, »diese dummen Soireen. Ich höre damit auf. Zumindest eine Zeit lang. An Weihnachten sehen wir dann weiter.«

»Aber wieso denn?«

Er zuckte die Achseln.

»Ich vermute, ich will es gern etwas ruhiger, jetzt, wo ich dich habe«, sagte er. »Du hast etwas darüber gesagt, dass du immer so einen neuen Klang hörst, wenn ich bestimmte Stücke spiele. Das finde ich schön.«

Er hatte so eine liebenswerte Art, sogar in seinem eigenen Zuhause, sich sittsam hinzusetzen, sicherzugehen, dass er so wenig Raum wie möglich einnahm, das Bein über dem Knie überschlagen und der Rücken gerade. Ich ging auf ihn zu und bedeutete ihm mit einem Blick, dass ich mich auf seinen Schoß setzen wollte. Er stellte das überschlagene Bein ab, und ich tauchte in seine Arme.

»Weißt du, als ich mit Javier zusammen war«, setzte ich an.

»Mit deinem sexy Latin Lover«, ergänzte er, jedoch ohne Schärfe in seiner Stimme.

»Ja, als ich mit Javier zusammen war« – ich brachte es immer noch nicht über mich, abwertend von Javier zu sprechen oder eine Charakterisierung zu bestätigen, die entweder nicht schmeichelhaft oder nicht von mir war –, »habe ich immer alles nach seinen Maßstäben bewertet. Das hat beeinflusst, wie ich etwas beurteilte oder auf etwas reagierte. Wie ich entschied, welchen Künstler ich gut oder schlecht fand, welchen Film großartig, welche Zeilen aus einem Film ich mir einprägen und aus dem Stegreif zitieren können sollte, welches Kunstwerk ich verteidigte, welches Buch ich als meine Bibel ansah, welche Stadt ich besuchen wollte, welcher Kunstrichtung oder welchem politischen Anliegen ich mich anschloss. Mein Gehirn hatte sich vorher natürlich nie so lebendig angefühlt, aber ich musste auch immer das Gefühl haben, dass ich würdig war, mit ihm zusammen zu sein. Ich bin nicht sicher, weshalb das so war. Er hat mich nicht bevormundet oder mich als nicht Ebenbürtige behandelt. So war er ganz und gar nicht.«

Nur was war es dann? Natürlich wusste ich es. Ich war bis über beide Ohren in Javier verliebt gewesen, von ihm besessen gewesen, er hatte mich auf allen Ebenen erobert, intellektuell, emotional, körperlich, und immer, wenn er in meiner Nähe war oder auch nicht, wollte ich ihn spüren.

Jedes Mal, wenn wir uns liebten, war es zugleich ein Ankommen und eine neue Dämmerung, noch ein Detail, das sich einprägte, noch ein höherer Gipfel, den wir erklommen, noch eine Sprache, die wir lernten, und während unsere Körper sich eigenständig bewegten, ständig nach etwas Neuem und Unerforschtem suchten, auf unsere Unendlichkeit vertrauten, waren wir niemals nicht zusammen, waren wir stets miteinander. Es gab keine Worte, die beschreiben konnten, wie wir einander überraschten und immer zusammenpassten.

Ich liebte mich selbst mit ihm am meisten, wenn ich nackt und vertrauensvoll war. Wenn ich bekleidet war, bekam ich keinen Ton heraus und war schüchtern, unsicher, als hätte man mich ertappt, wie ich versteckte, was er kannte, und zwar nur er: welche Geheimnisse ich in meinem Herzen verbarg und wie warm ich war. Ich übte, was ich sagen würde, prägte mir kluge Gedanken ein, wählte sorgfältig meine Worte, nur damit er keinen Grund hätte, auch nur eine Sekunde lang anzunehmen, ich sei seiner nicht würdig. Und weil nichts dem Gefühl gleichkam, der Grund für seine Erregung zu sein, wann immer er mich mit seinen Blicken auszog, gab es immer einen Teil von mir, der trotz meiner Haltung, trotz meiner harten Schulung in Förmlichkeit dahinschmolz.

Er hatte mich für sich beansprucht, mit Leib und Seele, und ich habe mir stets eingeredet, selbst in der Leere, die noch Jahre anhielt, nachdem er mich betrogen hatte, sein einziger Wunsch sei es, zu mir zurückzukommen. Auch wenn ich ihm sagte, er solle es nicht tun, auch wenn ich die Betrogene war. Manchmal, wenn ich träumte, sah ich, wie er mich in ein Totengewand hüllte, mich zu meinem Grab trug und mich schlafen legte.

Nichts davon konnte ich jedoch Matthias erzählen. Es war zu früh in unserer Beziehung, als dass er so viel wissen durfte und als dass ich meine wahren Gefühle über meine Vergangenheit kennen durfte. Ich hätte nicht sagen können, wie das restliche Jahr aussah, nachdem Javier und ich uns getrennt hatten, als ich wie ein Schatten in ewiger Benommenheit durch die Zimmer wandelte, in denen wir einst gelebt und uns geliebt hatten. Als ich die erlesenen Weine hinunterkippte, die wir immer tranken, als ich Schritt für Schritt rekonstruierte, wie er an diesen beschwipsten Sonntagmorgen unsere extrascharfen Bloody Marys zubereitete, als könnte ich ihn durch diese Rituale zurück in mein Leben locken.

»Was war es dann? Hat er dich im Bett so entwaffnet?«

Weiser Mann. Und ein Mann, der mich jetzt mit beinahe väterlichem Mitgefühl anblickte, das leibhaftige Gegenteil zu sinnlicher Leidenschaft.

»Es war eine Phase, es muss eine gewesen sein. Ich und mein Selbstbewusstsein, oder mein Mangel daran«, sagte ich. *Nimm das so hin, Liebling, mach das zu einem meiner Geheimnisse und verzeih mir.* »Was ich eigentlich sagen wollte, mit dir fühle ich mich selig.«

Ich meine es ernst, Matthias. Ich bin selig.

Ich dachte an all die Leute, die fast immer zu den Soireen kamen, der Komponist für Neue Musik, der immer noch von Boulez berauscht war, selbst nachdem er gestorben war; die übergeschnappte, aber ausgesprochen liebenswerte japanisch-finnische Schmuckdesignerin, die mir die Hälfte ihrer Designs zeigte, damit ich »vielleicht einen Murikami daraus mache?« (was ich höflich ablehnte); das Power-Paar – sie im Vorstand der Nationalgalerie und zuständig für sechs große deutsche Museen, er ein berühmter Autor –, die sich immer wieder, wenn sie zu viel getrunken hatten, wünschten, Matthias würde sich mit Ausnahme von Toru Takemitsu doch ans Ende des zwanzigsten Jahrhunderts halten. Sie alle waren auf die Art und Weise wunderbar, wie eine brillante Besetzung in einem Film einen erfreuen konnte, und ich sah und hörte ihnen mit dem gleichen spitzbübischen Entzücken zu, als würde ich einen Woody Allen oder Peter Greenaway anschauen.

Das Großartige daran, fünfzig zu werden, ist, dass man lernt, nicht gierig zu sein. Man strebt es nicht mehr an, sowohl eine gute Künstlerin als *auch* eine gute Rednerin zu sein. Und das ist auch besser so. Ich bin froh, dass ich in Berlin eine Rätselhaftigkeit kultiviert habe, selbst in den Kreisen, wo es mir gute Dienste leisten würde, redete ich nur mehr. Ich habe gelernt, dass es keinerlei Rolle spielt, ob man nicht so redegewandt ist, wenn die Leute finden, man sei gut in dem, was man tut. Weil man dazu tendiert, andere zu überschätzen, vergisst man, dass es ihre Unsicherheit ist, wenn sie so viel reden, nicht die eigene. Wenn man sich unzulänglich fühlt, weil man nicht genauso viel redet, dann gehört diese Dummheit einem ganz allein.

Ich habe schnell bemerkt, dass sie mein Schweigen respektieren. Sie nehmen es als eine Art Selbstvertrauen wahr, einen Beweis für innere Tiefe, die sich beinahe weigert, artikuliert zu werden. Mir entgehen auch die eher unterbewusst wirkenden rassistischen Kräfte nicht: Ach ja, natürlich, sie ist aus Asien, da rechnen wir mal nicht damit, dass es nur so aus ihr hervorsprudelt ... Doch ich habe angefangen, mich auf

Matthias' Soireen zu freuen, denn allmählich gefällt mir, wie ich mich unter Menschen fühle, die mir vielleicht ans Herz wachsen könnten, deren Meinung aber nicht maßgeblich für mich ist.

Matthias sprach mit der Ruhe weiter, die ich mittlerweile unter all dem Neuen hier ebenfalls schätzen gelernt habe, seine Gabe, im Moment zu verweilen, eine Unanfälligkeit zur Panik. Wohlweislich ließ er das Thema Javier fallen, das er auch gar nicht angefangen hatte, und ich spürte ein Drücken an meiner Taille. Wie er seine Arme fester um mich schlang.

Wir küssten uns. Es war wieder so ein süßer, sicherer, beruhigender Kuss, der ewig andauern konnte, ein achtsames Eingehen auf die Behaglichkeit des anderen. Wir küssten uns auch dann noch, als er mir die Tränen von den Augen wischte, mich auf die Augen und dann wieder auf den Mund küsste, und ich brachte ihn dazu, damit weiterzumachen, mit dem Küssen. Bitte, Gott, mach, dass es nicht aufhört. Bitte, Matthias, bitte hör nicht auf.

Und das muss man ihm zugutehalten, er hörte nicht auf, und wir saßen einfach da, ich in meinem eng anliegenden schwarzen Wolloberteil und Jeans, er in seinem kamelhaarfarbenen Kaschmirpullover, und küssten und küssten uns. Ich wollte ihn nicht einmal woanders berühren, um nachzusehen, ob es einen Beleg für Erregung gab, denn allein der Gedanke schien unangebracht. Es wäre mir vorgekommen, als würde man Beethoven spielen, wie man zum Beispiel Ravel spielte. Oder Bach, als würde man Rachmaninow spielen.

Zugegeben, es war etwas seltsam für mich, nicht davon auszugehen, dass er mich auszog, mich ins Schlafzimmer trug, mich gleich hier im Wohnzimmer liebte. Ich sah sehr wohl Warnsignale: Frau Anfang fünfzig hat schließlich einen Partner, der sie liebt und verehrt. Der Sex ist in Ordnung, nicht großartig, aber in Ordnung, und bald ist es damit vorbei, und dann ist auch ihr Sexleben gelaufen.

Aber daran wollte ich nicht denken. Ich habe gelernt, dass man manches nicht erzwingen kann, und hier in diesem Augenblick liebte ich alles an Matthias. Seine gentlemanhafte, anspruchsvolle, aber nicht einschüchternde Art, seine wundervolle tiefe Stimme. Wie rosa seine Haut aussah, nachdem er sich rasiert und geschrubbt hatte, dass seine Haarfarbe je nach Licht zwischen Umbra und Zinn changierte, dass sein Gesicht weder gut aussehend war noch gewöhnlich. Wie er sich darüber lustig machte, was sich der junge Jewgeni Kissin mit seinem *rubato* im zweiten Satz von Rachmaninows 2. Klavierkonzert herausnahm, und gleichzeitig einräumte, dass er ein großartiger Künstler war. Ich liebte sogar, wie er mich küsste.

Als wir mit Küssen fertig waren, drehte er sich wieder zu seinem Flügel um. Und anders als bei meinen vorherigen Liebhabern, die mich gern überall gevögelt hatten, im Bett oder auch nicht im Bett, und bei denen eine ähnliche Geste mir wie eine Zurückweisung vorgekommen wäre, machte ich ihm vergnügt Platz und ließ ihn unsere Räume aufs Neue mit seinen magischen Klängen erfüllen, in einer Beschaulichkeit, die ich immer als die unsere erkennen würde, vielleicht sogar bis zu meinem Sterbebett.

Und so kam es, dass wir zu dieser gegenwärtigen Harmonie gelangten.

* * *

Ich versuche, früh schlafen zu gehen, aber zu meinem Missfallen gleite ich immer nur kurz in den Schlaf und wache wieder auf. Meine Träume sind zerstückelt: Jemand wirft Steine an mein Fenster, er ist wütend, er schreit, und als ich rausgehe, um nachzuschauen, was das ganze Theater soll, drückt mir jemand ein Baby in einem Bündel in die Arme und sagt, hier, das ist Ihre Tochter, kümmern Sie sich um sie. Unter dem Kopf des Säuglings liegt ein Zettel, er ist von meinem Zahnarzt, auf den ich heimlich stehe. (Seine Praxis ist nicht weit von meinem Atelier entfernt, auf der Lietzenburger Straße.) Darauf steht: »Sie ist definitiv von Ihnen, aber basierend auf ihrem Kiefer kann ich die Vaterschaft nicht bestimmen. Ich empfehle einen umgehenden Besuch beim Hexendoktor. Viel Glück.« Dann bin ich wieder in meinem Zimmer auf meiner wirbelbrechenden nicht orthopädischen Matratze und schwitze wie ein Schwein, obwohl draußen nur knapp über null Grad sind. Ich taste neben mich. Kein Matthias.

Und jetzt bin ich dummerweise hoffnungslos wach. Ein eisiger Luftzug trifft mich genau am Kopf, und als ich aufstehe, um das Fenster zu schließen, wird mir klar, dass es erst zehn vor elf ist.

Zeit, pinkeln zu gehen und vielleicht für eine Schlaftablette.

Als ich ins Bad gehe, höre ich Schritte vor meiner Wohnungstür. Schritte und etwas, das sich nach einer schweren Tasche anhört, die auf den Boden gestellt wird. Dann klingelt es. Das kann nur Matthias sein.

Ich mache auf, ohne nachzudenken.

Es ist nicht Matthias. Es ist ein Mädchen, Ende zwanzig, aber trotzdem noch ein Mädchen, für mich für immer ein Mädchen, das in seinem nicht besonders warmen Herbstmantel zittert und dessen müde, aber scharfe feuchte Augen unter seinen nassen strähnigen Haaren blitzen.

»Hallo, *Ibu*«, sagt es.

9.

Meine Stieftochter hat etwas Hübsches, das mir nie aufgefallen ist, an sich, während ich ihr zusehe, wie sie sich in meiner Küche zu schaffen macht, und zwar mehr in drei Tagen als ich in sechs Monaten.

Es ist merkwürdig, dieses Hübsche. Es kommt nicht nur plötzlich, wo ihre Schlichtheit doch bescheinigt ist, es ist auch eine Eigenschaft, die nicht immer ins Auge sticht, und die nur allmählich und beinahe vorsichtig verliehen wird, wie ein Treuhandfonds, der einbehalten wird, weil noch Belege für die Verdienste des Begünstigten ausstehen. Anders als andere Frauen, die an ihre Schönheit gewöhnt sind, muss Amalia sie sich verdienen. Man kann sie weder aus ihr herauskitzeln, noch kann sie selbst sie aus sich hervorbringen.

Sie ist gerade dabei, etwas Scharfes für uns zum Mittagessen zu kochen. Manchmal muss ich mich daran erinnern, dass sie schließlich in Jakarta lebt. Ein echtes indonesisches Mädchen. Es ist keine Mahlzeit, wenn sie nicht scharf ist.

Ich sehe ihr zu, wie sie am Herd werkelt, abwechselnd in Gedanken versunken und gehemmt. Sie trägt etwas Beiges, Weites, das nicht zu den kalten Temperaturen passt, das sie aber offenbar vorzieht. Ihr Stil hat etwas fröhlich Durchdachtes, wirkt sowohl nüchtern als auch modern. Und doch versteckt sie ihren Körper, als wäre es ihr ein Bedürfnis.

Das Licht versteht das. Irgendwann scheint die Sonne silberweiß in die Küche wie ein breites Schwert, breit und doch scharf, und verkündet, dass es draußen eiskalt ist. Doch es findet Amalia und legt sich auf sie. Es lenkt den Blick darauf, wie ihr langer, schwanenhafter Hals sich mit ihrem stolzen Kopf verbindet, wie sich ihre purpurnen Adern auf ihrer hohen Stirn berauschend anspannen, wenn sie in Gedanken vertieft ist.

Ich habe sie nie wirklich in diesem Licht gesehen – und ja, da ist wieder dieser Begriff. Licht. Erstaunlich, wie viel Licht sie in sich aufnimmt und zurückwirft, und wie sehr es sie zu mögen scheint, so wie es mit ihr beisammensitzt durch das blasse Erröten am Morgen bis hin zum tiefen satten Gold der Abenddämmerung. Sie scheint die sich verändernden Farbtöne des Lichts an sich zu tragen wie das Motiv eines Malers, das sich seiner eigenen Kräfte nicht recht bewusst ist. Doch in ihrer hageren Gestalt steckt auch eine dunkle, vertrautere Seele, die sie immer wieder vollkommen verschlingt, aber dazu habe ich momentan keinen Zugang.

Wie lange bin ich fort gewesen, dass sie beschließt, von sich aus ihren Panzer abzustreifen, allein, souverän, unbemerkt? Wessen Zauber ist sie verfallen, bevor sie alles Mainstreamige für ihre sowjetisch anmutenden Mond- und Sichel-Poster abnahm und ihren Buschaufzug für alternativen Schick ablegte, als würde das zu jemandem auf der Durchreise gehören, dessen Namen sie nicht richtig verstanden hatte? Wer hat ihr geraten, ihre eigene Chance auf Glück nicht abzutöten, wie wir alle es irgendwann im Laufe unseres Lebens taten, und wer hat sie gebeten, kochen zu lernen und Lipgloss aufzutragen?

Dara. Diese Schlange.

Aber jetzt ist Amalia hier, in Berlin, und etwas ist vorgefallen. Etwas Größeres als die Stichpunkte, die sie mir gegeben hat: dass sie selbst, die Verräterin Dara und eine Handvoll anderer Aktivisten erst eine Woche zuvor für eingehende Befragungen aufs Polizeirevier gebracht wurden. Dass das sowohl absurd als auch vollkommen zu erwarten gewesen war, denn sie protestierten gegen ein größeres Vergehen: den Plan eines Haufens Schlägertypen, die sich die Volksfront für Islamische Gerechtigkeit nennen, in die Galerie einzufallen, in der *Man / Woman: Reconfigured* aufgebaut werden soll. Dass die inoffizielle Anklage unklar ist, Verstoß gegen das Anti-Pornografie-Gesetz oder das Blasphemie-Gesetz. (Die Ankläger, die Gesetzgeber sowie die Medienberichte blieben wie gewohnt vage.) Dass sie jetzt auf der Abschussliste des Muslimischen Kommunikationsforums FKMI stehen und unendlich schikaniert werden. *Natürlich ist es genau wie bei Pinkswing Park,* sagt sie. *Aber diesmal steht die Polizei voll dahinter. Und auch wenn ich nicht sollte, habe ich Angst. Ich rede hier nicht von Trollen im Internet. Auch nicht von den Hunderten von Telefonstreichen und höhnischen E-Mails. Ich rede von Stalking. Davon, dass Männer in weißen Gewändern vor Daras Haus über mich herfallen, sowohl am helllichten Tag als auch mitten in der Nacht, dass sich selbst in einem belebten Viertel niemand darum kümmert, ob ich lebe oder sterbe. Mir wurde gesagt, wenn du die Ausstellung nicht absagen willst und sie durchziehst, dann wollen sie nicht nur deinen Kopf, sondern auch meinen.*

Aber es ist noch etwas anderes passiert. Sie hätte mir eine Mail schicken können, wir hätten uns auf Skype verabreden können, ich hätte ihr ein Flugticket anbieten können, falls sie es darauf angelegt hätte, aber zu stolz gewesen wäre, um mich darum zu bitten. Stattdessen hat sie einen Hin- und Rückflug ganz bis hierher gebucht mit so wenig Kleidung wie möglich, als hätte sie keine Zeit zu packen gehabt, als hätte sie umgehend die Stadt verlassen und so weit weg, wie es nur ging, fliegen müssen. Es steht ihr ins Gesicht, in den Blick, in ihr Benehmen geschrieben.

»Amalia«, sage ich, »du bist hier, weil etwas vorgefallen ist. Etwas, von dem ich nichts weiß und was du mir offenbar nicht erzählen willst. Ich weiß es zu schätzen, dass du mir bei der Sache mit der Ausstellung zu Hilfe kommst. Wenn ich Dara jetzt sehen würde, würde ich diesem Biest sogar dafür danken, dass sie auf meiner Seite ist.«

»Bitte sprich nicht so von Dara.« Amalia nennt sie *mbak* Dara, die für eine ältere Schwesternfigur gebräuchliche Anrede.

Fahr einen Gang herunter. Sie hat gerade ihren Vater verloren, und das einzige Unverantwortliche, das Riaz ihr als Vater und als Mensch angetan hatte, war zu sterben. Es spielt keine Rolle, wie alt man ist, wenn ein Elternteil, das einem so ergeben war, plötzlich von der Welt scheidet. Die Trauer arbeitet in ihren Feinheiten nach ihrem eigenen Tempo; sie kommt und geht, ohne Sinn und Verstand. Man muss beinahe damit rechnen, dass jedes Tief, das man anschließend verspürt, eine Form von verzögerter Trauer ist.

»Bist du noch sauer auf mich?«

Sie ist am Herd beschäftigt und weigert sich, mich anzusehen.

»Ich finde, du nimmst die Sache nicht ernst genug«, sagt sie und dreht sich immer noch nicht um.

Tue ich das nicht? Würde ich das jemals? Nein. Das denkt sie sich aus. Bestimmt weiß sie, dass Ausstellungen nur selten hochgehen, wenn sie nicht einen größeren Konflikt symbolisieren oder hoch gehandelte Künstler involvieren. Sie weiß doch sicherlich, dass das Problem bei Pinkswing Park war, dass ein Superstar wie Anjasmara beteiligt war, jemand, dessen beliebteste Filmrolle die eines vorbildlichen Muslims gewesen war und der nun in schmutzigem Licht dastand. Ich bin praktisch ein Niemand, alles, was wir tun müssen, ist standhaft bleiben und ganz ruhig das Gesetz durchgehen. Aber jetzt ist Vorsicht geboten, sie ist aufgewühlt.

»Doch, das tue ich. Es ist nur, diese Fanatiker … Hunde, die bellen, beißen nicht«, sage ich.

»Sie wollen dich drankriegen«, sagt sie. »Du bist zu lange weg gewesen. Du weißt nicht, was los ist.«

»Natürlich weiß ich, was los ist. Sie werden eine Weile Lärm machen. Erklärungen abgeben, vielleicht sogar von der Ulama eine Fatwa aussprechen lassen. Sie werden die Vernissage stürmen, vielleicht auch ein oder zwei Arbeiten zerstören. Wahrscheinlich bringen sie auch gleich die Polizei mit, und keiner wird was davon mitbekommen. Aber es wird ihnen nichts bringen. Weil wir dann nämlich sagen können, seht euch nur an, was diese Mistkerle der wunderbaren Vielfalt antun, die unser Wesen ausmacht.«

»Du lebst in einer Blase«, sagt sie. »Du glaubst, nur weil diese andere Künstlerin mit ihren Akten davongekommen ist, nur weil wie heißt er doch gleich sich ausziehen, mit seiner Frau beim Sex auf der Leinwand herumrollen und es dann Kunst nennen durfte, wird man auch auf dich Rücksicht nehmen. Du glaubst, nur weil du so lange weg warst, wird man dich verschonen.«

»Aber es stimmt doch – ich bin nicht Anjasmara. Egal, was ich tue oder lasse, es wird die Gefühle der Muslime nicht noch mehr verletzen, als sie schon verletzt worden sind.«

Sie zuckt die Achseln, als würde sie aufgeben.

»Wir dürfen ihren Drohungen nicht nachgeben. Wenn wir ihnen zeigen, dass wir Angst haben, indem wir die Ausstellung absagen, haben sie gewonnen. Das kann ich nicht zulassen.«

»Aber wer sagt denn, dass wir uns nicht wehren wollen? Warum glaubst du, bin ich hier?«

Ja, warum eigentlich? Als Erstes ist dein Vater gestorben und du hattest den fürchterlichen Streit mit deiner Großmutter. Ich habe alles stehen und liegen lassen, mein Leben in London eingeschlossen, um sicherzugehen, dass es dir gut ging. Kaum wieder zurück, teilte mir deine Großmutter mit, sie wolle dich hinter Schloss und Riegel setzen, weil du mit achtundzwanzig unverheiratet seist und jetzt auch noch vaterlos. *Ich bin nicht du,* hatte deine Großmutter gesagt, *ich verschwinde nicht einfach, wenn es zu kompliziert wird.* Ich habe das alles geschluckt und mich für dich weit aus dem Fenster gelehnt. Aber statt mir zu danken, bist du von der Bildfläche verschwunden und hast damit deine Großmutter beinahe in den Selbstmord getrieben. Später bist du dann in einer E-Mail wiederaufgetaucht, als hätte die große Mühe, mit der du dein Verschwinden inszeniert hast, im Grunde nicht viel zu bedeuten gehabt, und hast verkündet, dass du nicht nur gesund und munter warst, sondern dass du auch noch fröhlich mit dem Feind ins Bett gestiegen bist. Du hast alle meine Versuche ignoriert, mit dir in Kontakt zu treten. Und jetzt, gerade als ich dachte, ich hätte dich endgültig verloren, tauchst du auf einmal vor meiner Tür auf, zu Tode erschrocken über das, was ich getan habe.

Ich versuche es erneut. »Ich weiß wirklich zu schätzen, was du getan hast, dass du Unterstützung für mich mobilisierst. Vor allem, nachdem du dich mir entgegengestellt hast, also …«

»Politik bleibt Politik«, sagt sie überheblich, und auf einmal klingt sie wie meine Mutter. »Wir hassen vielleicht deine Kunst, aber wenn deine Kunst bedroht wird und du Opfer von Ungerechtigkeit wirst, dann tun wir das eben. Wir verteidigen dich.«

»Ich bin deine Mutter, Amalia. Nicht irgendjemand, den du verteidigen willst.«

»Nein, bist du nicht«, sagt sie trotzig. »Du bist meine Stiefmutter. Ich bin nicht dazu verpflichtet, dir gegenüber loyal zu sein oder dich überhaupt zu mögen.«

»Du musst mich nicht mögen, Amalia. Ich weiß, dass ich Fehler gemacht habe. Aber ich habe dir beigebracht, komplex zu denken, dir etwas von beiden Seiten anzuschauen, die Welt nicht in Schwarz und Weiß zu unterteilen.«

»Du meinst, so wie deine Mutter es dir beigebracht hat?«

Ignoriere es. Mädchen in diesem Alter sind alle gemein, reizbar, verletzt. »Ich bin froh, dass du immerhin nicht deiner Großmutter nachgegeben hast.«

»Siehst du.« Mit erstaunlicher Schnelligkeit dreht sie sich von ihrer Pfanne zu mir um. »Genau das ist dein Problem. Du hasst deine Mutter so sehr, dass es dich von innen zerfrisst. Das sieht man dir schon von Weitem an. Als wäre es ein Leitmotiv.«

Woher hat sie diese Sätze? Aus irgendeinem zweitklassigen Film?

Sie lässt nicht zu, dass ich reagiere. »Bu, bitte. Du musst deine Ausstellung abblasen. Bitte.«

Wenn sie sich bedroht fühlt, erkenne ich noch die Gesten der alten Amalia. Doch die Angst, die ich jetzt in ihr sehe, ist akuter, liegt dichter unter der Haut. Diese Panik kenne ich, sie ist mir so vertraut wie ein ehemaliger Geliebter. Es ist nicht die Panik eines Menschen, der um sein Leben bangt, weil er von Fanatikern und käuflichen Schlägern verfolgt wird. Es ist auch nicht die Angst einer Frau, die davon ausgeht, dass man sie vergewaltigt, die um ihr Leben bangt. Es ist die Panik der gefallenen Frau.

Ich bin nicht sicher, was in diesem Augenblick angebracht wäre – eine Mutter oder eine Freundin. Aber ich habe vergessen, wie man beides ist. Es war einmal einfacher, sie war einmal einfacher. Ich schaue sie mit leichter Verzweiflung an, aber ihre Schönheit ist verschwunden.

Wo ist die Amalia von vor dreizehn Jahren mit ihrer süßen weltlichen Verwunderung, ihrer gelegentlichen Pietätlosigkeit, die Riaz' Eltern besorgte, so sonderbar für eine bestimmte Art muslimisches Mädchen. Wo ist ihr Sinn für Humor unter ihrer Zurückhaltung, die natürliche Zuneigung, die sie selbst zu den Hochzeiten ihrer Enttäuschung nicht vor mir verbergen konnte? Wie kommt es, dass die sich verschlechternde Beziehung zu meiner Mutter andere Menschen von mir abbringt, sie sich deswegen von mir fernhalten?

Warum ist da so viel Trotz in ihren großen feuchten Augen, einst ein liebenswürdiger und wachsamer Spiegel, der jede noch so kleine Bewegung von mir registrierte, als könnte sie etwas daraus lernen? Dieselben Augen, die mir vertraut haben, als ich sie für eine rasche Mahlzeit in Chinatown, die nicht *halal* war, von Riaz abholte, als sie zwölf war. In ihrer unkomplizierten Einwilligung auf meine Bitte hin, ob sie in meinem alten Atelier in Kuningan im Zentrum von Jakarta Modell für mich stehen würde, als sie noch nicht schnippisch und zynisch in Bezug auf meine Kunst war. In den Tränen, die sie über einen pickligen Jungen aus der Schule vergoss, der ihre beste Freundin, eine gefeierte Schönheit, ihr vorgezogen hatte, und darin, dass sie die Umarmung, die ich ihr anbot, gelegentlich annahm.

Sie zittert, aber natürlich tut sie das, denn auch wenn es beheizt ist bei mir, trägt sie diese dürftigen Stretchhosen und ein langärmeliges Baumwollshirt, wohl kaum das Richtige für den Herbst.

Das hier ist keine Stadt für dich, siehst du das denn nicht? Du bist nicht für die Kälte geschaffen, du musst umkehren und nach Hause fahren. Was auch immer dort ist, du musst ihm entgegentreten. Besser, du kämpfst in vertrauter Hitze, als dass du dich in der Eiseskälte versteckst.

Ich sehe, wie auf einmal Wolkentürmchen vorbeisegeln, wie ein Schwarm Fische auf dem Weg nach Osten. Ein paar Sekunden lang verbirgt sich die Sonne. Dann, ganz plötzlich, trifft es mich. Ich weiß, was es ist.

* * *

Für heute lasse ich den Augenblick verstreichen. Außerdem, sage ich mir, hatte ich auch ein Leben, bevor all das hier passiert ist.

Ein flüchtiger Blick auf das, was ich vernachlässigt habe, zeigt mir, dass Matthias leicht gekränkt ist, Sally besorgt, Nina in Panik und somit auch Putri, Tausende von Meilen entfernt.

Und jetzt, wo das vereinte Europa immer tiefer sinkt und ein Wahnsinniger auf der anderen Seite des Atlantiks immer höher steigt, was soll man da von der Welt halten? Ich bringe es nicht über mich, die Nachrichten zu sehen. Ich sehe Amalia zu, wie sie unruhig in meiner Wohnung auf und ab läuft, und ich fürchte, dass sie womöglich den Fernseher einschaltet.

»Gehen wir raus«, sage ich.

* * *

Mit dem Blick nach Westen gehen wir die Mauer entlang, im Rücken das Hauptgebäude der Topographie des Terrors. Bald betreten wir den überdachten Teil des Grabens entlang der freigelegten Kellermauerreste, wo die Infotafeln uns die Geschichte von der Unterdrückung durch die Nazis erzählen. Es dämmert schon, obwohl es noch nicht einmal drei Uhr ist; überall steigt es grau auf, die sechs Meter Mauer empor und darüber hinaus, wo einst die obere Kante säumende, grausame Glasscherben herausragten und das Blut der Eingesperrten und Verzweifelten fließen ließen.

Bevor wir unter der Überdachung ankommen, zuckelt ein mit einem Ball spielender Junge mit seinen Eltern und einem Hund hinter uns her. Vor sechsundfünfzig Jahren hätte er womöglich absichtlich den Ball über die Mauer geworfen, um zu sehen, was passieren würde, und dann hätte ein ostdeutscher Wächter ihn vielleicht zurückgeworfen. Der Junge hätte *Danke!* gerufen, und der Mann von der Vopo hätte *Mach das nicht noch mal!* gebellt.

Der Kaffee, den wir uns an einem Stand in der Nähe geholt haben, wärmt unsere Hände, aber nicht lange. Wieder hüllt uns die Kälte ein, und Amalias Jacke ist dünn. Beinahe mache ich eine Bemerkung dazu, dass sie Kaffee trinkt; ist das in Ordnung, Kaffee in deinem Zustand? Doch ich muss mich zurückhalten, ich habe die wichtige Frage noch nicht einmal gestellt. Unterdessen lässt Amalia sich nichts anmerken. Sie scheint dankbar für meine Entscheidung, nach draußen in die schneidende ernüchternde Kälte zu gehen, doch ihr Blick ist schwer zu deuten; er ist voll und dann wieder leer. Ich wickele meinen Schal ab und lege ihn ihr um den Hals. Sie wehrt sich nicht.

Ein gebückter Mann überfliegt die Bilder auf der Infotafel von rechts nach links und dann von links nach rechts, als müsste er sich versichern, dass alles genau so geschah, wie es geschah, wenn man es rückwärts zurückverfolgt. Er mag der Geist des libanesischen Geschäftsmanns sein, der 1961 bekanntermaßen ein fünfundachtzig Pfund schweres Kreuz im Protest gegen die Mauer trug; vielleicht überprüft er, ob sein Name, Edmond Khayat, es auf die Seiten der Geschichte geschafft hat.

»Zumindest hatten wir nie so eine Mauer wie die hier«, sage ich ziemlich dümmlich.

»Schon, aber es gab andere Arten von Mauern«, sagt sie. »Unsichtbare Mauern, die man unmöglich abreißen kann.«

»Mauern fallen«, sage ich. »Man muss sie nicht immer gewaltsam abreißen. Manchmal fallen sie mit der Zeit.«

»Mauern sind immer Mauern, auch wenn die Leute einem erzählen, sie seien gefallen. Mauern fallen, wenn man selbst sagt, sie seien gefallen.«

Ich denke an die Menschen, die gefallen sind, als sie versuchten, die Mauer zu überqueren. Ich denke an jene, die die

Mauer noch in sich tragen, auch wenn der Himmel über den Trümmern sich aufhellt und es nichts mehr gibt, durch das man hindurchgucken kann, weil es keine zwei Seiten mehr gibt. Ich bekomme etwas ins Auge. Ich blicke auf, und tatsächlich, der Himmel reißt auf und bringt derart strahlendes Sonnenlicht mit sich, man kann sich leicht vorstellen, dass man es einst ebenso wunderschön gefunden hätte, als es auf die Mauer schien, selbst als sie oben noch mit zerbrochenem Glas und Stacheldraht gespickt war.

Ich sehe meine Stieftochter an, das seltsam flüssige Glas ihrer Augen. Ein Gefühl wallt in mir auf. Ich rücke ein wenig näher heran an diesen einzigen Raum, den wir teilen. Soll ich ihr die Frage jetzt stellen? Die Wahrheit jetzt erfahren?

Doch sie weicht nicht von der Stelle, weicht nicht von ihrer Haltung ab und lässt sich nicht besänftigen.

»Es tut mir leid«, sage ich.

In ihren Augen, das wird mir klar, hat sich ein See aus echten Tränen gebildet, es hat nichts damit zu tun, dass ihre Augen schon von Geburt an so feucht waren.

»Mir tut auch leid, was ich gleich sagen werde«, sagt sie mit plötzlichem Nachdruck. »Weißt du, was du bist, Bu? Du bist eine Hedonistin. Du kannst es nicht ertragen, ein Leben zu leben, von dem du nicht glaubst, dass du es verdient hast.«

»Wir sind alle Schöpfer unseres eigenen Lebens.«

»Das stimmt nicht.« Sie hält inne. »Du weißt, dass das nicht stimmt.«

Die ganze Zeit über versucht sie, ihre Tränen wegzublinzeln, weigert sie sich, jegliches Anzeichen von Schwäche zu zeigen. Aber natürlich hat sie recht. Manche Menschen geben sich selbst keine Chance, weil sie nicht danach suchen, weil sie sich von vornherein für die verantwortungsvollen Varianten entscheiden, und um an den Wert ihrer Opfer zu glauben, entsagen sie aktiv ihren eigenen Wünschen. Andere wiederum haben gar nicht die Möglichkeit; sie wollen etwas anderes, streben danach, scheitern. Und wieder anderen passieren Dinge, schreckliche, unvorstellbare Dinge, für die die menschliche Seele nicht geschaffen ist, und sie sind machtlos, können es nicht aufhalten. Genau wie wenn man nicht ein Elternteil, sondern gleich drei verliert, obwohl man noch nicht einmal das halbe Leben hinter sich hat.

Mir stehen auf einmal Tränen in den Augen. Wie entschuldigt man sich für den Rest seines Lebens? Aber sie lässt mich nicht. Ihr Blick sagt, ich solle mich fernhalten, und auf diese ausdruckslose amerikanische Art, die sie hat: Das darfst du nicht. Sie kehrt es um; jetzt ist sie die Mutter, sie teilt die liebevolle Strenge aus. Und ich begreife, dass wir an diesem Punkt angelangt sind: wenn ein Kind erkennt, wie unreif ein Elternteil ist, und es ausspricht.

Schweigend gehen wir die Wilhelmstraße entlang Richtung Zietenplatz, von einer Zentripetalkraft des Todes, der Mauer, der ehemaligen SS, der ehemaligen Gestapo, zu einer anderen, am Gebäude vorbei, das einst das Reichsfinanzministerium beherbergte, diesen Plünderer jüdischen Vermögens, und den Vorhof zur Hölle, das Reichspropagandaministerium, in dem Sprache und Kultur zu einem gemacht wurden; für alle entschieden. Mich überflutet eine Welle der Niedergeschlagenheit. Ich versuche, mich auf das zu konzentrieren, was ich zu wissen glaube, die Sache, die Amalia plagt, und schlage vor, in eine der Seitenstraßen an der Torstraße zu gehen, wo ich sie mit einem Happen zu essen und vielleicht sogar Bier versorgen kann, bevor es zur Sprache kommt. Einen Moment lang entspannt sie sich, sagt, sie sei dabei. Aber ich spüre, dass da noch mehr kommen wird. Wir sind in der Bar 3. Die meisten Barhocker sind noch frei, der Nachmittag hat gerade erst begonnen. Aus einer Laune heraus bestelle ich zwei Kölsch. Amalia leistet keinen Widerstand. Als es in den üblichen kleinen Gläsern vor uns steht, zögert sie. Ich erzähle ihr, dass man das Glas immer wieder auffüllen lässt, bis man dem Barkeeper ein Zeichen gibt, dass man genug hatte. Dass du das weißt, bemerkt Amalia etwas schnippisch. Ich dachte, mit dem Proletariat gibst du dich nicht ab und du trinkst nur Wein. Ich tue so, als hätte ich sie nicht gehört. Ihr eigener Aufruhr nimmt sie zu sehr in Anspruch, als dass sie bemerkt, dass die Bar sich allmählich füllt, und zwar mit geschniegelten Medienleuten und der einen oder anderen Berühmtheit.

Ich weiß jedoch, wovon sie spricht, wenn sie mich eine Hedonistin nennt. Vor zwanzig Jahren wäre ich genauso argwöhnisch gegenüber einer Künstlerin gewesen, die in Charlottenburg lebt, wo alles cremefarben und charmant ist, deren Kleidungsstil einen leichten Hang zum Klassischen hat, die klaglos die Wiederkehr der Schönheit in der Kunst akzeptiert und die zu viel Zeit mit weltgewandten Erläuterern von Ironie verbringt. »Ich war jung.« Ein Angebot. Keine Ahnung, warum ich das sage.

Aber es funktioniert. Sie legt los.

»Du bist ein heimlicher Snob. Was noch schlimmer ist als einfach ein Snob. Du versteckst dich hinter deiner rührseligen Lebensgeschichte, du spinnst ein mythisches Netz aus Täuschung und Vertreibung um deine Person, das du als strukturelle Ausrede dafür benutzt, dass du nirgendwo hingehörst.«

Ich kann nicht glauben, was ich da höre.

»Sind das Daras Worte?«

»Du machst, dass du angelogen wurdest, was deine wahren Ursprünge betrifft, verantwortlich dafür, dass du deine Familie, dein Land exkommunizierst. Dabei bist du einfach nur ein Snob.«

Wie kann ich das Gespräch auf das lenken, was ich besprechen möchte?

»Und wenn diese Leute überhaupt mal über Kunst sprechen, dann verspottest du sie heimlich. Du siehst dir die Renoir- und Monet-Drucke an, die bei ihnen zu Hause an der Wand hängen, und hinter ihrem Rücken lachst du sie aus, weil sie so banal sind.«

Sie spricht vom Haus ihres Vaters, unserem einstigen ehelichen Domizil. Sie spricht von einer Zeit, in der ich aussprach, was ich dachte, noch nicht das langsam köchelnde Taktgefühl gelernt hatte, das notwendig ist, wenn man sein Leben lang entkommen will. In der Hinsicht hat sie recht. Dara hatte recht. Mir schnürt sich die Brust zu. »Du bist genauso versnobt, wenn es um die indonesischen oder asiatischen Neureichen geht, die die gleichen Drucke zu Hause hängen haben, zusammen mit ihrer wahnsinnig teuren, wenn auch nicht immer anspruchsvollen Kunstsammlung. Klar, die Leute lachst du ebenfalls aus. Aber deine Abneigung gegen diese zwei Sorten Mensch unterscheidet sich. Bei den indonesischen oder asiatischen Neureichen spielt Neid mit hinein und ein bisschen Frustration, weil sie so viel Geld haben, aber nicht immer den nötigen Geschmack, um das zu rechtfertigen. Für die unkultivierten Westler hast du nur Geringschätzung übrig.«

»Als ich sagte, ich sei jung gewesen, lag darin die volle Anerkennung all der Dummheiten, zu denen die Jugend einen befähigt, das ist alles. Ich habe dir alles gesagt. Ich nehme alle Schuld auf mich. Aber bitte beschuldige mich nicht, deinen Vater nie geliebt zu haben.«

Sie reagiert nicht.

»Warum geht es hier eigentlich plötzlich um mich? Ich will über dich reden. Du steckst in Schwierigkeiten, und ich will dir helfen. Aber wie soll ich dir helfen, wenn du mir nicht sagst, wo das Problem liegt?«

Anscheinend habe ich noch einen Nerv getroffen.

»Ich verstehe die ganze Sache mit deiner Mutter«, sagt sie, ohne auf das einzugehen, was ich gerade gesagt habe. »Deine Mutter kann schrecklich sein. Ein Fall für sich. Wenn ich niemand sonst hätte, der mich liebt, würde ich auch weglaufen und wegbleiben. Aber mein Vater –«

»Amalia –«

»Papa hat dich geliebt, aber er war nicht gut genug für dich.«

»Ich habe mich bei dir entschuldigt, in meiner E-Mail vor drei Monaten. Die du hoffentlich gelesen hast«, sage ich. »Ich entschuldige mich nochmals. Ich habe dir gesagt, dass ich ihn geliebt habe. Er – ich habe dir gesagt, dass er zu gut für diese Welt war.«

»Das darfst du auch nicht sagen.«

»In Ordnung, dann lasse ich das. Ich sage nichts mehr darüber.«

Und das meine ich auch so. Wir werden jetzt nicht über Riaz diskutieren, denn es würde ihn nicht zurückholen. Unsere Bestellung kommt, wir fangen an zu essen, Waffenstillstand. Amalia scheint ebenfalls zu bereuen, es zur Sprache gebracht zu haben. An diesem Punkt des Erkennens sehe ich die Mauer nicht; ich sehe Amalia, wie sie fällt, immer weiter fällt.

Ein paar Minuten später sehe ich sie an, als sie aufsteht, um zur Toilette zu gehen. Plötzlich sagt sie: »Vielleicht erzähle ich es dir, wenn wir wieder zu Hause sind.«

Mir stockt der Atem. Dort ist noch eine Spur der alten Amalia, die sanfter ist, als sie vorgibt. Ich will ihr eine mütterliche Geste anbieten. Dann aber beschließe ich, zu warten und zu tun, worum sie mich gebeten hat. Ich sehe ihr nach, als sie hinter der Tür verschwindet.

Es gefällt mir, dass sie die Würde und Stärke ihres Vaters hat.

Und seine Vernunft. Denn die habe ich bitter nötig. Als Putri mir und Nina die Nachricht überbrachte, dass die FKMI meine Ausstellung belagerte, ein paar Tage bevor Amalia vor meiner Tür stand, war mir nicht klar, wie ernst die Lage war. Putri spielte alles wie immer herunter, die Tatsache eingeschlossen, dass die Schlägertypen zusammen mit dem Polizeichef von Südjakarta aufgekreuzt waren und dass ein Mitarbeiter der Sura-Galerie sich ein paar Schläge einfing, weil er Widerworte gab. Als ich fragte, wie die offizielle Anklage laute, spiegelte ihre Antwort die allgemeine Verworrenheit. Der Polizeichef sage, es sei abweichende Sexualität, was im Grunde einen Verstoß gegen das Anti-Pornografie-Gesetz bedeute. Die FKMI beharre darauf, dass es deswegen auch Blasphemie und eine Beleidigung indonesischer Kultur sei. Es ist demnach viel ernster als angenommen. Selbst Nina, so verblüfft sie auch sein mag, verheddert sich nicht so sehr.

Rechtlich gesehen, ist Nacktheit in der Kunst in Indonesien nicht verboten, vor allem nicht in Galerien, versuchte ich zu erklären. Aber die Frage, ob eine Galerie ein öffentlicher oder privater Raum ist, wurde noch nicht geklärt. Dann ist da natürlich noch die Sache mit den Hindu-Statuen. Es ist eine unwiderlegbare Tatsache, dass diese jahrhundertealten Hindu-Statuen das richtige Geschlecht haben. Meine Skulpturen nicht. Der Geschlechtstausch war Absicht, genau darum ging es mir. In jedem von uns stecken ein Mann und eine Frau. Ich bin wohl kaum die Erste in der Geschichte der Menschheit, die diesen Gedanken hatte. Aber genau an dem Punkt habe ich die Wirksamkeit meiner künstlerischen Subversion falsch eingeschätzt. Als ich mit der ersten Skulptur aus der Reihe begann, gab es den Begriff LGBT im Zusammenhang mit Blasphemie noch gar nicht.

»Letztendlich geht es also darum, dass du einen schlafenden Löwen geweckt hast?«, fragte Nina.

»Nein«, antwortete ich. »Das habe ich nicht. Diese Mistkerle schlafen nie, ihr Fell ist zu dünn.«

Ich schleppe die Angelegenheit ein paar Tage mit mir herum, unsicher, ob ich Nina erzählen soll, dass Amalia in Berlin ist. Es wäre nur richtig, Amalia mit einzubeziehen, insbesondere, wenn wir eine Strategie entwickeln müssen. Aber etwas hindert mich daran, und mir ist ein wenig weinerlich zumute, weil Amalia und ich noch nicht unser ausschlaggebendes Gespräch hatten. Ich will ihr Nina noch nicht vorstellen, die Lage nicht noch komplizierter machen. Aber Nina ist in Panik, wie ich es noch nicht erlebt habe. Kannst du mir bitte nicht solche Angst einjagen?, bittet sie mich. Ich habe keine Ahnung, wie es bei euch in Indonesien aussieht. Wie ernst kann es werden, wenn man der Blasphemie angeklagt wird?

Sie hat gerade nachgelesen, dass das Blasphemiegesetz von 1965 nicht außer Kraft gesetzt wurde und dass es allein unter der letzten Regierung über hundert Blasphemie-Fälle gab – von denen die meisten, wenn nicht alle, mit einer Verurteilung endeten. Und seltsamerweise ist Blasphemie im Entwurf zum überarbeiteten Strafgesetzbuch verblieben.

Ich weiß nicht, was ich ihr sagen soll. Diese Typen, setze ich an, die sind manchmal überall und manchmal nirgends. Sicher, sie sind nicht gerade bekannt dafür, dass sie Ausstellungen besuchen oder Treffen von Intellektuellen. Da stürmen sie doch eher ein Café oder eine Bar. Das Willkürliche liegt ihnen. Irgendwer gibt ihnen einen Tipp, und los geht's. Das kann alles sein, ein weltlicher Dichter, ein schwules Pärchen, das man beim Sex erwischt, postmoderne Philosophen, die es übertreiben. Solange man es als »anti-islamisch« auslegen kann, sind sie zur Stelle. Es gab sogar mal eine Zeit, da haben sie Paketbomben verschickt und damit gedroht, vermeintliche Abtrünnige und sonstige Gegner des Islam ins Jenseits zu befördern. Nicht, dass irgendjemand dabei draufgegangen wäre. Aber ehe man es sich versieht, holen sie die Ulama dazu, und dann bricht die Hölle aus. Schwer zu sagen, wann etwas ernst wird und wann es einfach vorübergeht.

Nina erzählt, sie habe dem Kurator von der Sura Galerie mehrere E-Mails geschickt und gefragt, was er vorhabe, aber er habe sich noch nicht wieder bei ihr gemeldet. Hat er Angst?

Ist er aufsässig? Ich tappe nicht gern im Dunkeln, erklärt sie. Ich verfolge die Nachrichten, aber ich habe keine Ahnung, was das alles bedeuten soll. Das meiste ist auf Bahasa Indonesia.

Ich beschließe, dass es an der Zeit ist. Amalia, meine Stieftochter, ist hier, erkläre ich. Sie war unter den Aktivisten, die von der Polizei zusammengetrieben wurden, weil sie gegen die FKMI protestiert haben. Sagst du die Ausstellung ab?, will Nina wissen. Lass mich mit Amalia reden, und dann entscheide ich, sage ich, und mich überkommt das Gefühl, als wäre ich an nur einem Tag unglaublich gealtert.

* * *

Amalia besteht darauf, mir ihre Geschichte ohne Unterbrechung zu erzählen. Das kann aber nicht ohne eine gewisse Vorbereitung meinerseits passieren. Zuerst teile ich Matthias mit, dass ich ihn schon wieder nicht zum Abendessen treffen kann, dass er jedoch morgen mit mir rechnen soll. Dann bestelle ich etwas zu essen vom handfesten Chinesen um die Ecke – ungeheuer überteuert, ja, aber manchmal braucht man genau das. Ich habe sogar eine DVD parat, *Leoparden küsst man nicht,* die wir zusammen ansehen können, falls uns die Worte fehlen sollten.

Es ist schlimmer, als ich angenommen hatte.

Sie ist nicht nur schwanger, was ich ja schon längst erraten hatte, sondern auch noch von der schlimmsten Person und damit in der schlimmsten Lage, die man sich vorstellen kann. Als Amalia mit ihrer Geschichte fertig ist, habe ich das Gefühl, man hätte mich bei lebendigem Leib gehäutet und dann in einer zu Eis erstarrten Welt erfrieren lassen.

Es bringt nichts, nach dem Wie, dem Warum, dem Weshalb der Anziehungskraft zu fragen, obwohl alles an ihm so offensichtlich falsch ist. An ihm und ihr. Ihm und ihr und dem Rest der Welt. Es ist ein nie versiegender Quell der Rätsel und Wunder, weshalb man sich in jemanden verliebt. Man kann nicht einmal entschlüsseln, was ausschlaggebend ist, geschweige denn, es in Worte fassen. Wir ›wissen‹ es nicht, im klassischen Sinne des Wortes. Das tun wir ganz einfach nicht. Manchmal sind wir für uns selbst nicht zu enträtseln.

»Ganz ehrlich, ich weiß nicht, wie wir aus dieser … Lage herauskommen«, sage ich, nachdem ich eine Bestandsaufnahme dessen aufgestellt habe, was ich für die Lage halte. »Und du sagst, sie weiß nichts davon? Hat nicht einmal eine leise Ahnung?«

Sie schüttelt den Kopf. Ich betrachte ihr Gesicht, blicke in ihre feuchten Augen und die Tiefen dahinter; ich sehe ihre zarte kleine Seele, die Seele meines ersten Manns und seiner ersten Frau, und ich *weiß* es. Ich weiß, dass sie keine Regeln brechen, nicht unverantwortlich handeln, andere nicht verletzen und aufrühren will, schon gar nicht sich selbst. Sie ist nicht auf irgendwelchen übermütigen Wahnsinn aus, der sie dieses eine Mal schwelgen lässt, bevor die wahren Aufgaben des Lebens sie wieder auf den Erdboden zurückholen. Sie hat kein Talent für Drama, weiß nicht einmal, wo oder wie sie es anlocken sollte, sie muss nicht in Schwierigkeiten stecken, um zu wissen, was Schwierigkeiten sind. Ihr eigenes Leben war eine Reihe grausamer Verrate, und deswegen sind ihre Bedürfnisse bescheiden: mutig und aufrichtig zu leben, zu lieben und zu altern.

Aber die Prognose lautet mittlerweile anders. Es ist ihr gelungen, ihr Leben und meins gleich dazu auf einen Schlag zu ruinieren. Es lässt sich nicht anders ausdrücken: Dieses neue Glück, meine neue Zufriedenheit, steht kurz vor dem Aus.

* * *

Wir reden, meine Stieftochter und ich, auf eine vollkommen neue Art und Weise zu reden, im Hintergrund läuft abwechselnd Poulenc und Skrjabin. Es ließen sich natürlich einige Überlegungen anstellen, weshalb Musik nicht nur eine Quelle der Freude geworden ist, sondern auch eine Zuflucht: Sind wir so zerbrechlich, dass wir unseren Balsam auch als Ballast brauchen?

Amalia ist erstaunlich klar. Wie eisig authentisch es alles klingt: Die Veranstaltung war gerade vorbei, irgendeine Hochzeit des Jahres, sie saßen in seinem Auto, seine Frau war mit den Kindern und seiner Schwester schon losgefahren, es gab sonst keinen Platz mehr, *würde es dir etwas ausmachen, Amalia nach Hause zu bringen?*

Und warum sollte es ihm etwas ausmachen?

Es war ein Abend der Zufälle: unmöglicher Verkehr, keine Chance, von einem gesetzmäßigen Ort zum nächsten zu eilen, um die Treue zu bewahren. Stattdessen waren da die Neunziger, die unbedingt einen langen Gastauftritt hinlegen und zeigen wollten, wie die Liebe sein sollte (denn wer sollte das denn wissen, wenn nicht die Neunziger?); und die Liebe ist tatsächlich süß, denn sie schwebten, so beschreibt sie es, himmelwärts wie zwei Sterne, die sich verirrt hatten, körperlich jedoch an die Erde gebunden, in dieser dunklen, zusammengeschrumpften Kapsel, in der Amalia in der immer weiter ansteigenden Hitze seinen geschniegelten Duft und Arif ihre gezierte Aufregung riechen konnte, da war sie ganz sicher.

Man kann endlos darüber spekulieren, wer wen zuerst küsste, aber als ihre Zungen sich erst einmal ineinander verschlungen hatten, gab es kein Zurück mehr; sie vergaß, dass er Daras Bruder war, verheiratet und Vater zweier Kinder, er vergaß, dass sie der Schützling seiner Schwester war – und ein heiß geliebter noch dazu.

Als er ihr in dieser Nacht eine E-Mail schickte, schrieb er Folgendes:

Ich vermute, wir sollten ein schlechtes Gewissen haben. Oder zumindest ich sollte das. Aber das habe ich nicht. Ich bin glücklich. Ich fühle mich verstanden. Es hat sich so natürlich angefühlt. Du weißt doch, was sie über Menschen in derselben Umlaufbahn sagen, wie sie sich ineinander verlieben. Ich finde, es stimmt, und es ergibt Sinn. Es ergibt für mich Sinn, dass ich mich in jemanden verliebe, den meine eigene Schwester abgöttisch liebt. Genau wie es für Dich Sinn ergibt, mich ein bisschen zu mögen, oder vielleicht sogar mehr als nur ein bisschen – hoffe ich –, weil Du meine Schwester liebst.

Und natürlich bricht sie zusammen. So fühlt es sich also an, wenn man seinem Schicksal begegnet. Ihr gefällt auch, dass er ein Forscher ist, der schon seit Längerem bei einem angesehen Thinktank arbeitet; in anderen Worten: ein Mann, der es gewohnt ist, nachzudenken und seine Gedanken zu Papier zu bringen. Mit einem ungebildeten Mann kann sie nichts anfangen, zu viele solcher Männer, schon viel zu viele.

Und er ist *hier*, in Jakarta, nicht wie die interessanten Männer, die sie auf irgendeiner Veranstaltung oder über die Arbeit kennenlernte, die einen überwältigten und dann sofort wieder verschwanden. Ein Mann, der mit ihren Büchern in der Luft herumfuchtelte und nicht mit geistlosen Argumenten, und der ihr inspirierende Artikel und Links zu interessanten politischen Webseiten schickte. Jemand, der auf gar keinen Fall verschwinden konnte, denn wohnte er an einem guten Tag nicht nur eine halbe Stunde mit dem Auto entfernt?

Dass sie und ihr neuer Geliebter es so einrichteten, dass sie sich nach dem Kuss wieder verabreden konnten, dass jedes Treffen an Verzweiflung und Intensität zunahm, ist natürlich die älteste Geschichte der Welt. Sie war überrascht, wie leicht es ihr fiel, sich darauf einzulassen.

Und das war nicht einmal das Schlimmste daran. Wenn überhaupt, dann war es das Beste daran, das, worauf sogar der hartgesottenste Zyniker sich einlassen würde, sollte er oder sie es je selbst erleben.

Natürlich hatte es auch eine Zeit gegeben, als sie über allem Zynismus stand. Keine zwei Wochen bevor sich das Schicksal einmischen sollte, hatte sie noch geglaubt, gerade die klügsten, unabhängigsten, einzigartigsten Frauen würden sich am heftigsten in verheiratete Männer verlieben. Sie wusste nicht einmal, woher sie das wusste. In ihrem Umfeld gab es zwei bekannte Aktivistinnen, beide mit verheirateten Männern liiert, doch sie entdeckte nur wenig Freude an ihnen, vielmehr blanke Nerven und verärgerte Worte. Und doch klammerten sie sich an ihre Ehemänner, als wären sie kostbarer als das Leben selbst, als könnten sie sich kein anderes Leben vorstellen. Amalia hatte nie Verständnis für solche Frauen gehabt, fand sie schwach. Aber als sie sich in Arif verliebte, machte es ihr nichts aus, dass sie so wurde wie sie. Sie fragte sich sogar, ob die Frauen sich genauso fühlten wie sie: erfüllt und ungezügelt, so cremig wie Kokosmilch.

Sicher, die Treffen waren nicht das Schlimmste daran. Mit jedem unbekannten Wunder, das sie im Bett erlebte, mit jedem neuen Kosewort, das sie bei Zimmerservice austauschten (denn sie mussten vorsichtig sein, darauf beharrte er immer wieder, sie konnten gar nicht vorsichtig genug sein), mit jedem neuen Versprechen, erreichten sie den nächsten Meilenstein.

Die Tatsache, dass Dara nicht da war, als sich der Großteil dieser Geschichte zutrug, war eine Erleichterung, die Amalias Vorstellungskraft weit überstieg, was das Ausmaß des Schadens anging, den sie und er angerichtet hatten. Doch Daras Rückkehr, die die Rückkehr zu ihrem täglichen Beisammensein bedeutete – gehetzte Morgen in der Küche, Mittagessen im Büro, Gespräche beim Abendessen –, war nicht einmal das Schlimmste daran. Es war, als gäbe es eine gutmütige Kraft, einen Schutzengel, einen Mechanismus von Ursache und Wirkung, der weniger hart war als das, was die Zeit bewirken konnte, und Amalia verließ sich darauf, dass es sie beschützte und sie in einem seltsamen Gefühl von Sicherheit wiegte. Manchmal erlöste es sie sogar von ihren Schuldgefühlen, verwandelte es sie in ihn. (»Ich vermute, wir sollten ein schlechtes Gewissen haben. Oder zumindest ich sollte das. Aber das habe ich nicht.«)

Nein. Das Schlimmste daran war viel schrecklicher, als was sie sich in ihren furchtbarsten Albträumen ausmalen mochten. Und wie es so oft passiert bei derartigen Unglücken, kam es in Wellen.

Die erste Offenbarung erreichte sie in Form einer E-Mail. Nicht eine dieser anonymen Spam-Mails, die darauf angelegt waren, einen *einfach so* zu terrorisieren, solange sie einen nur Gottesfürchtigkeit lehrte.

Sie kam von einem eingefleischten muslimischen Aktivisten, ein ziemlich bekannter mit einer recht großen Anhängerschaft in den nationalistischen Mainstream-Kreisen, ein Veteran der konservativen Agenda, ein leicht schrulliger Mann Anfang sechzig mit einem furchtbar angekratzten Ego und einem Hang zu Verschwörungstheorien. Amalia und ihre Freunde in der Graswurzel-Bewegung, die meisten von ihnen Daras Helfer, hatten ihn in vielen politischen Angelegenheiten zum Gegner, aber verfeindet waren sie nicht. Generell standen sie in einem kollegialen Verhältnis zueinander, zurückhaltend, aber respektvoll.

Die Feindseligkeit zwischen ihm und Arif war ausgeprägter, weil sie beide zu den religiösen Aktivisten gehörten. Ein paar Mal in der Vergangenheit waren sie wegen Lokalwahlen oder einem umstrittenen Gesetzesentwurf aneinandergeraten. Ein oder zwei Mal hatten sie einander in der Öffentlichkeit an den Pranger gestellt und wurden entsprechend in den Medien zitiert. Doch ihre Auseinandersetzungen waren nie hässlich geworden. Sie hatten durch jahrelanges, beständiges politisches Gerangel verfestigte und verdiente ideologische Differenzen. Sie verband politische Praxis, wie sie im Buche steht.

Was Amalia demzufolge nicht auf seinen verurteilenden Ton vorbereitete:

Ich weiß eine Menge über Sie. Ich weiß, dass Ihr Großvater, der Vater Ihrer Stiefmutter, ein Kommunist war. Ich weiß, dass Ihre Stiefmutter ein uneheliches Kind war. Was aber am wichtigsten ist, ich weiß über Sie und Arif Bescheid. Wenn Sie Ihre Hure von einer Stiefmutter nicht dazu bringen, ihre schamlose, gottlose Ausstellung abzusagen, werde ich belastende Aufnahmen, über die ich von Ihnen und Arif verfüge, an die Medien schicken, und auch an das andere Flittchen, Dara. Und mögt Ihr alle vier bluten und zur Hölle fahren.

Es hat keinen Zweck zu unterschätzen, in welchem Ausmaß die Bedrohung durch die Rote Gefahr, vom Militär Kommunismus im neuen Stil getauft (als würde es die Gefahren vervielfachen, wenn es neu war), erneut angestachelt wurde. Der Hass auf den Kommunismus ist gesund und munter, und ich bin nicht sicher, was beschämender ist, Amalias Zustand oder dass es die Aufnahmen gibt – wobei letzteres beinahe eine logische Folge des ersteren ist.

Als es ihr gelang, sich am vorgesehenen Tag zum Gynäkologen zu schleppen, wusste sie bereits, was man ihr dort sagen würde. Und zwar nicht nur, weil ihr Zyklus durcheinandergeraten oder weil sie unruhig geworden war oder ungewöhnliche Gelüste hatte oder sich neben der Spur fühlte. Sie wusste es, wie es eine Frau eben weiß, wenn ein Leben in ihr heranwächst, etwas Neues langsam erblüht, eine neue Resonanz, etwas Neues, das einen erfüllt und aushöhlt. Und diese Frau, meine Stieftochter, eine Schwangere, sitzt hier neben mir auf der Matte an diesem trostlosen Abend in Berlin, und Amalias ganze Hoffnung auf entschlossenes Handeln, das sie selbst für sich nicht aufbringen kann, steht ihr deutlich in die Augen geschrieben, die spiegeln wie ein See.

Mein Verstand ist natürlich nicht völlig zum Erliegen gekommen. Dringende Angelegenheiten zuerst, immer der Reihe nach. Als Erstes eine Klinik, nachdem die entscheidende Frage angesprochen und geklärt wurde, was mit dem Kind geschehen soll, ob Amalia es behalten will oder nicht; dann Nina sagen, sie solle Putri anweisen, die Ausstellung abzusagen; mich mit Sally zusammensetzen und alles erklären (denn Sally wird keinen Anruf akzeptieren, keine E-Mail, sie wird nicht weniger akzeptieren, als dass ich zu Kreuze krieche und sie um Verzeihung anflehe und dabei meine Würde zerschmettere); mit Matthias die Möglichkeit besprechen, ob ich Amalia eine Weile bei mir wohnen lassen und so lange bei ihm unterkommen sollte. Mir anschließend eine Einnahmequelle für sie überlegen, oder eine zusätzliche Einnahmequelle für mich, damit ich ihr fürs Erste aushelfen kann. Bis dieser ganze Graus ein Ende findet. Wenn es denn je so weit kommt.

Unterdessen muss ich auch darüber nachdenken, was mit der Situation zu Hause zu unternehmen ist. Mit Dara. Mit ihrem Bruder, diesem dummen Mistkerl. Mit meiner durchgedrehten Mutter, die durchdrehen wird. Sollten sie in Kenntnis gesetzt werden? Sollte Amalia ihnen allen einfach schreiben? An Dara: »Ich bin für Dich gestorben. Ich bin jetzt bei meiner Mutter«, an Arif: »Stirb einen qualvollen Tod«, an meine Mutter: »Ich war nie Deine Enkelin …« –, oder sollte lieber ich ihnen schreiben?

Was soll ich tun? Der Fernseher ist aus, und einen grausigen Augenblick lang meine ich das Gesicht des derzeitigen neuen Volksverhetzers gegen das Recht zur Abtreibung auf dem dunklen Fernsehbildschirm aufflackern zu sehen, und noch nie zuvor habe ich mir so verzweifelt gewünscht, eine Frau würde die freie Welt anführen. Nie zuvor wurde ich dazu aufgefordert, mich selbst zurückzulassen und mich voll und ganz jemand anderem hinzugeben, so wie man es oft über diese Verpflichtung sagt, die sich Mutterschaft nennt. Die Verpflichtung, die ich nie wirklich erlebt habe.

* * *

Doch oft werden die wohldurchdachtesten Pläne durchkreuzt.

Es war am nächsten Morgen. Wir haben noch etwas weitergeredet, Amalia und ich, und als wir gestern Abend ins Bett gingen, schien sie die Lage ganz klar zu erfassen. Ja, es wäre ein ständiger Kampf, für sie, für das Kind, für alle Beteiligten; ja, es wäre eine schwerwiegende Ungerechtigkeit gegenüber seiner Frau und den gemeinsamen Kindern; ja, es wäre das Ende ihrer Karriere und ihres gesellschaftlichen Lebens; und ja, es wäre ein fürchterlicher Verrat an Dara, die sie wie eine Familienangehörige behandelt hat. Und aufgrund all dieser Überlegungen muss es gemacht werden, es gibt keinen anderen Weg.

Amalia schien nicht überredet werden zu müssen, brauchte keine weiteren Argumente, denn schließlich war Liebe zweitrangig zu einem lebenswerten Leben. Und so beschlossen wir, dass es in zwei Tagen vorgenommen werden sollte, nachdem die Ärztin einige Untersuchungen durchgeführt und Amalia für bereit erklärt hätte und alle nötigen Papiere unterzeichnet wären.

Nina und Putri musste ich anrechnen, dass sie anscheinend

intuitiv erfasst hatten, wie schwerwiegend die Lage war, und darauf verzichteten, Fragen zu stellen. Besonders die nicht, was ich mit Sally, die noch von gar nichts weiß, anstellen will.

Beim nächsten Mittagessen mit Nina hielt ich es für das Beste, ihr reinen Wein einzuschenken. Zum wiederholten Male erklärte ich ihr, die indonesische Politik sei das Letzte, und es stimme, dass die muslimische Gesellschaft immer konservativer werde und sie die schweigende Mehrheit ausmachten. Bis etwas passiere und der Islam angegriffen werde. Wenn etwas gleich bleibe, dann, dass Moral fast immer mit Sex zu tun habe. Was ist mit Korruption? Ha, sagte ich. Wenn du reich bist, kannst du dir alles erlauben, dann wird dir sogar Respekt dafür gezollt.

Und was machen wir jetzt?, fragte sie. Wir warten ab, antwortete ich. Sie schien immer noch nicht überzeugt. Was ist denn genau mit Amalia passiert, hakte sie nach. Also erzählte ich es ihr, und als ich am Ende war, sah ich, wie ihr leicht geöffneter Mund sich wieder in einen gerade Strich verwandelte, wie bei einem Schulmädchen, das zu seiner Lehrerin ins Büro kommt und sich einen Einblick in die Klausuraufgaben erhofft, stattdessen aber gebeten wird, durch die Hintertür hinauszugehen, als wäre es aus Versehen unbefugt eingetreten.

* * *

Nach dem Mittagessen landete ich in der Akademie der Künste, wo ich einen kleinen Revolver, einen Pass, einen Taschenkalender, eine Puppe und ein Stück roten Stoff anstarrte. Ihnen haften natürlich Geschichten an; Geschichten von Flucht, Exil, zerstörten Leben, vereitelten Wünschen.

Wüsste man nichts darüber, was Ruth Berlau und Bertolt Brecht in den Dreißigern füreinander empfunden hatten, käme niemand auf die Idee, das rote Stück Fahnenstoff als das gemeinsame Heimatland ihrer Liebe in der Vitrine auszustellen. Und hätte ich nicht gelesen, was Arnold Zweig seiner alten Schulfreundin aus seinem Exil in Palästina geschrieben hatte, die Zeile, in der er sie bittet, ihm einen Teil seines Herzens aus Deutschland mitzubringen, das nicht fortgehen wolle, wäre ich nicht mitten in der leeren Galerie in Tränen ausgebrochen.

Was hat es mit Heimatländern auf sich, das uns derart das Herz zerreißt? Was ist mit meiner Amalia, deren Herzenswunsch womöglich dazu führt, dass sie aus ihrer Heimat verbannt wird? Was ist mit mir und meinem gebrochenen Herzen, das meinem Heimatland nichts bedeutet, wo es mich doch immer wieder zu sich ruft?

* * *

Es ist jetzt Nacht. Matthias und ich liegen im Bett, und ich bestehe darauf, dass er mich hält und herzt und mit mir redet. Eigentlich wollte er auf ein Konzert ins Konzerthaus gehen, aber dafür ist es jetzt zu spät. Bist du sicher, dass es nicht besser für dich wäre, jetzt bei ihr zu sein?, fragt er. Ich nicke. Ich bin sicher, dass sie auch ein bisschen Raum für sich braucht.

Das Licht der Straßenlaternen wirft goldene Ovale auf unser Federbett, und ein Luftzug trägt den Duft von Rooibostee aus der Kanne zu uns herüber, die Matthias gerade gemacht und neben unser Bett gestellt hat. Eine Weile mildert es den mulmigen metallischen Geruch der vergangenen sechsunddreißig Stunden, und ich entspanne mich ein wenig. Nachdem ich Matthias alles erzählt habe, was es über die Situation zu erzählen gibt, sage ich ihm, er solle mich niemals verlassen. Er sieht mich an und legt mir die Hände auf die Wangen.

»Wovon redest du da?«, fragt er.

»Verlass mich einfach nicht«, sage ich. »Versprich mir einfach, dass du lange für mich leben wirst.«

Er lächelt, zieht mich an sich.

»Na gut, dann pass du aber auch auf«, sagt er. »Dir ist schon klar, dass du die andere Hälfte der Abmachung bist. Vergiss das nicht.«

* * *

Am nächsten Tag habe ich den ganzen Tag lang Termine, muss mich um eine hysterische Sally kümmern, Telefonate von ihrem Büro aus erledigen. Erst um halb acht Uhr abends komme ich zurück in meine Wohnung, und Amalia ist fort. Auf dem Tisch liegt eine Nachricht, von Amalia, in der steht, sie habe einen Platz im Flieger nach Hause, es sei alles in Ordnung, danke, dass Du darüber nachgedacht hast, die Ausstellung abzusagen. Aber sie kann das Baby nicht abtreiben lassen, sie kann einfach nicht, das verstehe ich doch sicher?

Unmöglich zu sagen, was ich in genau diesem Moment und auch in den darauffolgenden Stunden verstehe oder nicht. Oder was mich zu so einer gewaltigen Beute für den Teufel macht, der schon immer drohend über unserem Leben geschwebt hatte und dessen Namen ich nicht kenne.

Dara

10.

Jakarta, Oktober 2016

Im Herzen bin ich eine Provinzlerin, und etwas an Sonntagen erinnert mich an meine Heimat auf dem Lande in Zentraljava, an entspannte Tage auf dem Markt und gemächliche Futtersuche auf dem eigenen Hof, unzählige Stunden auf dem Fußballplatz und vom Duft der Tuberosen versüßte Nächte. Das Unbehagen, von dem meine Großstadtfreunde sprechen, ist mir fremd. Aber zu spät. Es gibt einen neuen Fall, und sie brauchen mich Montag früh im Büro in Jakarta. Es war ein bedeutsamer Augenblick, denn hier bin ich, vierundzwanzig Stunden zu früh, im Nachtzug aus Solo, kurz davor, im Morgengrauen in den Bahnhof von Gambir einzufahren.

Ich hätte bis Sonntagabend in Magelang im Haus meines Bruders Rangga bleiben können, um mein Heimatwochenende vollends auszukosten. Die Vorstellung, direkt vom Bahnhof ins Büro zu gehen, deprimiert mich jedoch noch mehr, als meinen Sonntag in einem missmutigen von der Stadt verursachten Koma zu verbringen. Eine Reise einen Tag im Voraus, mehr braucht es nicht, um den Schmerz zu lindern.

Und es zahlt sich aus. Über dem undeutlichen Bild von Verkehr und Industrieabfällen auf dem letzten Abschnitt der Strecke gab es zumindest die Ahnung eines Sonnenaufgangs, die jenen ähnelte, mit denen ich aufwuchs: ein Aufschimmern konzentrierten Kupfers, bevor es sich sanft und träge zerstreute. Selbst die Stadt, wenn man in sie eingetaucht ist, stellt eine Art grüne Dystopie dar voller grüner Helme der Transportbrigade der neuen Wirtschaft. Ich deute die Welt vielleicht nicht in Farben, wie es Künstler tun oder gewisse Künstlerinnen es vorgeben, doch ich weiß genug, um diese Truppe zu lieben. Das sind unsere Handlanger und Einhörner. Mit alltäglicher Freude tragen sie die Mühen der Stadt. Sie sind meine beste Hoffnung. Es ist noch nicht alles verloren.

* * *

Wie gesagt, der Moment war bedeutsam. An jenem späten Samstagnachmittag rief die Nationale Kommission für Gewalt gegen Frauen bei Hakiki an. Hakiki rief mich an. Ich packte meine Sachen, verabschiedete mich von meinem Bruder und seiner Familie und fuhr zurück nach Jakarta. Hakiki ist die gemeinnützige Organisation, die ich vor zwanzig Jahren, auf der Höhe des Widerstands aus dem Untergrund gegen Suhartos Regime, gemeinsam mit anderen gegründet habe. Hakiki kümmert sich um alles, was Menschenrechte betrifft, vor allem die von Frauen. Wir erhalten täglich Hunderte solcher Anrufe, aber bei häuslicher Gewalt ist jeder gewöhnliche Falle außergewöhnlich. Dieser Fall also: zwei Männer, eine Frau. Berufstätige aus der Stadt, relativ gut situiert, Mitte vierzig. Die Frau kam nach Hause, erwischte ihren Mann im Bett mit ihrem Bruder. Eine besorgte Nachbarin rief bei der Kommission an. Da wird es so richtig krachen, sagte sie. Könnten Sie jemanden schicken und das verhindern? In der Besprechung am Montag sagte man mir, dass die Kommission ausdrücklich nach mir verlangt habe. »Weil du weißt, wie diese Leute ticken.«

Ich war etwa gegen Mittag vor Ort. Als ich ankam, hatte das Gemetzel bereits stattgefunden: fotografiert, abgestaubt, eingeprägt. Anstatt dass sie ihren Bruder erstach, der eine Frau und ein siebenjähriges Kind hatte, stach die Frau etwa ein Dutzend Mal auf ihren Mann ein – mit dem sie vier Kinder hatte.

Schwer, die Einzelheiten des Schauplatzes wieder loszuwerden: der Tote, der mit dem Gesicht zum Boden daliegt; ein einziger Brei aus Blut, Scherben und einer widerwärtig bräunlichen Masse. Zitternd in einer Ecke kauernd der Mann, dessen Leben verschont worden war, dem das Blut die Finger herabrann – womöglich hatte er sich für seinen Geliebten eingesetzt, und wenn ja, umso besser. Die Frau lief im Zimmer auf und ab, ihre Augen blutunterlaufen und trauernd (ja, Trauer, wir Frauen verwechseln Trauer nie mit etwas anderem). Das Messer mitten im Zimmer auf dem Boden, alle übrigen Einzelheiten des einstigen Lebens, das Ölgemälde über dem Bett, die zur Seite getretene Gebetsmatte, die gerahmten Fotos der Kinder und ihrer strahlenden Eltern, alles mit Blut besprenkelt, gezeichnet, für immer verändert.

Es dauerte eine Ewigkeit, bis ich etwas aus der Frau herausbekam. Sie stand zu sehr unter Schock, als dass sie irgendetwas von sich geben konnte, das Sinn ergab. Am späten Abend jedoch erzählte sie mir etwas, das mir vollkommen schlüssig erschien: *Natürlich musste es mein Mann sein. Ich habe ihn getötet und nicht meinen Bruder, weil er meine Blutlinie befleckt hat. Und dazu hatte er kein Recht.*

Vielleicht hatten sie gut daran getan, ausdrücklich nach mir zu verlangen. Offenbar verstehe ich tatsächlich, wie diese Leute ticken.

* * *

Am selben Abend, als ich gerade meinen Bericht über die Ereignisse schrieb, tauchte eine persönliche Nachricht in meinem Messenger auf.

Sie war von Gardin, diesem alten Kauz.

Wieder ein bedeutsamer Augenblick. Zuerst dachte ich noch, er reagiere auf einen früheren Post von mir, einen vernichtenden Kommentar über ein neues Polygamie-Gesetz, das im lokalen Parlament von Pamekasan in Madura, Ostjava, vorangebracht werden sollte. Ich hatte noch nicht einmal begonnen, alle Kommentare anzugehen. Oder dass er womöglich auf einem seiner antikommunistischen Rachefeldzüge war und sich mit der Armee zusammengetan hatte. Ich sah, dass es eine neue Kommunismus-Warnung auf der offiziellen Webseite der Armee gab. Diesmal mit einer ganzen Latte sogenannter Beweise, die aus Südsumatra stammten. »Genau wie der Teufel verändern und verwandeln sich Kommunisten, passen sich an, bestehen immer fort und durchdringen so die Gesellschaft auf allen Ebenen«, stand in dem Dokument.

Gardin ist ein harter Brocken. Mitte siebzig, launisch, eine wandelnde Sammelklage. Gott weiß, wie viele Leute er in den sozialen Netzwerken schon dafür beleidigt hat, dass sie nicht einer Meinung mit ihm waren. Aber er ist nicht der Einzige seiner Sorte. Die Stadt wimmelt von Leuten wie ihm, die einst in der politischen Szene mit Worten ein Zeichen setzten, die aber inzwischen nichts Besseres zu tun haben, als bei jedem Thema, das auf Twitter die Runde macht, aufzuspringen und ihren Müll dazu zu verzapfen.

Der Unterschied zwischen ihm und den anderen ist, dass er alles mit- und überlebt hat: vordemokratisch, demokratisch, postdemokratisch. Sicher, er ist nicht mehr zu retten, aber es ist doch eine kleine Erleichterung, dass er nach wie vor über keine tatsächliche politische Macht verfügt. Im Laufe dreier Jahrzehnte war er mal Vorsitzender hier, mal Vorstandsmitglied dort, und weder die Institutionen an sich noch seine

Amtszeiten dort fanden einen Nachhall in der Geschichte, nicht einmal in meiner entgegenkommenden Erinnerung.

Klar, er hat mich schon reichlich beschimpft. Mich allem unter der Sonne beschuldigt. Ich würde mich bei Salonbolschewisten anbiedern, nur weil ich mehr als einmal gesichtet wurde, wie ich in einem Schickimickiviertel bei irgendeinem Freund im Restaurant essen ging. Ich würde zu sanft mit Abtrünnigen umgehen, weil ich einen Artikel zur Verteidigung einer Frau verfasst hatte, die Angelina Jolie und Königin Rania von Jordanien noch vor Aischa, Frau des Propheten Mohammed, auf ihre Liste von Frauen gesetzt hatte, die sie am meisten bewunderte, und deswegen in Bandung mit einer Todes-Fatwa belegt worden war. Ich wäre eine heimliche Lesbe, dass ich keine Kinder hatte, lege doch nahe, dass meine Ehe nur vorgetäuscht war.

Noch eine Nachricht.

Was denn nun, du kranker alter Mann?

In der ersten Zeile der letzten Nachricht sehe ich das Wort Akt. Das stößt etwas in mir an. Könnte es um diese Aktskulpturen gehen? Siris Aktskulpturen? Jene gescheiterten, sinnlosen Verkörperungen des Vergangenen, die plötzlich nach ihrem Tag in der Sonne gieren, umhegt bis dahin von einer privaten Galerie in einem begüterten Teil der Stadt, einer Enklave, einem Paradies für Kunstsammler, von dem du und ich und neunundneunzig Komma fünf Prozent der Stadtbevölkerung noch nie etwas gehört haben?

Das ist der Punkt, an dem ich einfach hätte weitermachen sollen. Meinen Bericht weiterschreiben, eine Verteidigungslinie entwickeln für die Frau, die ihren Mann erstochen hat, wer auch immer ihr Anwalt sein würde. Den Genies im lokalen Parlament von Pamekasan bei den Berechnungen zur Unausgeglichenheit der Geschlechter unter die Arme greifen. Ihnen sagen, dass nur weil dreiundzwanzigtausend mehr Frauen als Männer in Pamekasan leben, daraus nicht folgt, dass mehr Männer mehr als nur eine Frau heiraten sollten. Es folgt daraus ganz einfach … Moment.

Schon wieder Gardin.

Und noch einmal.

Ich kneife die Augen zusammen, traue mich aber immer noch nicht, darauf zu klicken, will mich immer noch nicht in die Falle locken lassen. Und was, wenn ich es anklicke, es mir durchlese, aber nicht antworte? Was, wenn ich es riskiere, zu wissen und dann nicht mehr zu wissen?

Ich klicke.

* * *

Ich hab's dir ja gesagt, sagt Rumita. Ich hab dir gesagt, du sollst es nicht anklicken, denn wenn einem nicht gefällt, was man sieht, kann man es nicht mehr rückgängig machen.

Tatsächlich hat sie nichts Derartiges zu mir gesagt, weil niemand, nicht einmal ein zehnjähriges Kind mit Smartphone so etwas zu hören bekommt, denn er oder sie sollte es wissen. Doch sie ist meine ältere Schwester, und auch wenn das Alter keine Auswirkung auf gelebte und erworbene Weisheit hat, tragen manche den Respekt, den das Alter ihnen verleiht, mit Aplomb. Und sie hat sich meinen Respekt verdient, anstatt dass sie ihn lediglich bekommt, weil er ihr zusteht.

Bisweilen erweist sie sich sogar als nützlich. Außerdem ist sie im Vorstand von Hakiki. Sie hat Übung darin, zu allen Themen Brainstorming zu machen, vom Rechtsbeistand für eine misshandelte indonesische Hausangestellte im Herzen von Saudi-Arabien bis zum angemessenen Hochzeitsgeschenk für eine Kollegin, vom Aufruf für die Exhumierung der Massengräber von Kommunisten in einem ostjavanischen Dorf bis dahin, wie man ein sicheres Zuhause für ein Waisenkind auftreibt.

Rumita ist unverheiratet, hat keine Kinder, nicht einmal einen Geliebten oder ein Haustier. Das hat kuriose Auswirkungen auf sie. Es macht sie weicher und zugleich härter. Je älter sie wird, umso mehr scheint es Ersteres zu sein. Ich glaube, es kommt daher, dass sie nicht mehr denkt, irgendwer würde sich darum scheren. Die Leute machen sich zwar lustig über alte Jungfern, aber nur solange man noch nicht ganz zu einer geworden ist, sondern womöglich Gefahr läuft, eine zu werden. Wenn es dann Wirklichkeit geworden ist, wenn du eine bist, dann interessiert sich niemand mehr dafür.

Interessanterweise hat meine Schwester anscheinend ihren Frieden mit dieser Logik gemacht. Jedes Mal, wenn ich, verheiratet, aber ebenfalls ohne Kinder, ein familiäres Problem am Hals habe, das ich nicht lösen kann, ist sie für mich da. Ohne Verurteilung, ohne Schikane, lediglich mit einem gelegentlichen harmlosen *Hab ich dir doch gesagt*.

Zur Wahrheit gehört auch, dass sie sich bei einigen Annahmen über mich irren mag. Sie glaubt, ich sei klug, akademisch klug, weil ich ohne Sonne aufwuchs und unfreundlich und streitlustig war, obwohl ich es gar nicht bin (klug, meine ich). Meine gesamten Zwanziger habe ich darauf verschwendet, zu NGO-Treffen und Lerngruppen zu gehen, obwohl ich rein gar nichts studierte, gerade so meinen Bachelor schaffte, während alle meine Freundinnen ihr zweites Kind stillten; sie glaubt, ich würde mal Mitglied des Parlaments werden oder sogar Ministerin, weil ich weder koche noch nähe, aber rede wie ein Mann.

Gleichermaßen glaubt sie, Mahdi und ich hätten keine Kinder, weil unsere Ehe von Anfang an eine Zweckehe war, ein mutiges, geniales Arrangement, hauptsächlich meinerseits, mit offenen Augen unterzeichnet und besiegelt. Ich biete ihm einen sicheren Hafen, weil er zu hässlich ist, um eine Frau zu finden, er gibt mir Achtbarkeit, bleibt aber mit der Politik verheiratet. Weil Kinder ein Werk der Liebe sind, sollten sie nicht Teil eines solchen Pakts sein. (Darin steckt zumindest ein kleiner Funken Wahrheit.)

Mittlerweile versuche ich nicht mehr, diese irrtümlichen Annahmen richtigzustellen. Dass ich ihre Illusionen hinnehme, entspricht in etwa meiner abnehmenden Genialität.

Aber diesmal sage ich es ihr. Dass ich, wäre ich ein Genie, bemerkt hätte, was direkt vor meiner Nase geschah. Ich hätte etwas gespürt, als Amalia jedes Mal, wenn ich morgens in die Küche kam, meinem Blick auswich. Als sie immer dann, wenn ich seinen Namen erwähnte, kurz rot anlief. Als sie nicht an den Meetings im Büro teilnahm. Ich wäre in der Lage gewesen, eins und eins zusammenzuzählen, anstatt dort in meinem sogenannten Büro mit meinen Kameraden zu hocken und mich an sinnlosem politischen Geschwätz zu beteiligen, während sie irgendwo da draußen in einem schlüpfrigen Hotelzimmer meinen Bruder vögelte, der ihr den größten Traum eines Polygamisten versprach.

»Ich glaube, es ärgert dich am meisten, dass du es von Gardin erfahren hast«, sagt Rumita, die schnell redet und mich nicht ansieht.

»Wie, anstatt es von dir zu hören oder von einem von uns?«

Im Gegensatz zu ihr blicke ich sie standhaft an. Ihre dürre, verschrumpelte Gestalt, ihr ausgemergeltes Gesicht vor dem irgendwie lächerlichen Porzellanschrank, den sie schon seit Jahren in ihrer vollgestellten Küche stehen hat, im kränklichen versiegenden Licht an diesem trüben Nachmittag. Ein Bild, das ihr Leben zusammenfasst, seit ich sie kenne. Ein Leben voller guter Dienste und Verständnis.

Ich erinnere mich noch an sie mit elf, wie sie mittags zu meiner Mutter ins Zimmer lief, ganz guter Wille und Pflichtgefühl, und wie sie stundenlang dortblieb und erst spätnachmittags wieder herauskam, an einem Nachmittag, der diesem hier nicht unähnlich war, und ein zusammengeknautschtes

Stück weißen Stoff in den zitternden Händen hielt, das mit Blut besprenkelt war. Sie mit neunzehn, wie sie zu unseren Nachbarn eilte, die Hände inzwischen besser geformt, um tatsächlich Hilfe zu leisten, als mit elf; wie sie ein paar Stunden später zurückkam mit einigen Hinweisen auf Blut an ihr, der Blick sanft, aber weit weg, als hätte das, was sie gerade gerettet oder dem sie auf die Welt geholfen hatte, nun eine Grenze gezogen und ihr den Zutritt verwehrt: *Vielen Dank für deine Dienste, aber hier müssen sich unsere Wege nun trennen.*

»Stell deine Gefühle hintan«, sagt sie. »Jetzt weißt du es, und das war's. Das Ganze birgt eine Menge Gefahren. Du musst –«

»*Masya Allah,* Rumi – denkst du etwa, ich wüsste das nicht? Glaubst du, es geht hier um mein angekratztes Ego? Weil mein Bruder und die Frau, die ich unter meine Fittiche genommen habe, etwas miteinander haben und mich angelogen und meine Liebe und mein Vertrauen missbraucht haben?«

»Genau«, sagt Rumita, und plötzlich klingt sie hart und unbeugsam. »Bis jetzt. Er weiß genug. Er weiß genug, um nicht nur Amalia und Arif zu begraben, sondern auch dich. Und Hakiki. Und Siri gleich mit dazu.«

»Wage es ja nicht, ihren Namen vor mir auszusprechen. Es ist mir völlig egal, ob sie in der Hölle schmort.«

»Na ja, das geht aber leider nicht«, entgegnet Rumita. »Du musst ein paar Erklärungen abgeben. Sowohl von dir als auch von Hakiki, oder deine durch Hakiki. Wir haben noch Zeit, um das zu besprechen. Aber zuerst musst du mit Siri reden, sie dazu bringen, ihre Ausstellung abzusagen, zumindest bis Gras über die Sache gewachsen ist. Außerdem musst du sowohl Arif als auch Amalia zur Rede stellen und sie fragen, was sie planen.«

»Hast du den Verstand verloren? Sie haben kein Recht auf eine eigene Meinung, und auf eigene Pläne schon gar nicht.«

»Sie ist schwanger, Dara.«

Ich hasse es, dass sie mich daran erinnern muss. Aber genau das denkt sie: dass sie nur auf der Welt ist, um hinter anderen sauber zu machen. *Es braucht wahren Mut, um zu leben,* sagte meine Mutter auf ihrem Sterbebett, als sie zusah, wie Rumita sich im schwindenden Tageslicht im Zimmer zu schaffen machte.

»Na ja, sie hat doch eine Stiefmutter und eine Großmutter«, sage ich. »Werden die sich nicht um sie kümmern? Außerdem hat diese furchtbare Person, die sie Stiefmutter nennt, es doch längst verdient. Die schlechteste Mutter auf der Welt.«

Ich sehe, wie Rumita langsam den Mund öffnet und wieder schließt. Der Instinkt einer Frau, deren größtes Versagen, das glaubt sie zumindest, darin bestand, niemals Mutter geworden zu sein. Ihr muss man mit solchem Gerede über Mütter nicht kommen. Sie würde nicht zulassen, dass man eine Mutter verurteilt.

»Das hier ist das Warnsignal«, fahre ich grausam fort. »Das geschieht ihr recht. Sie kann nicht einfach … Chaos hinterlassen und abhauen, so wie sie es ihr ganzes Leben lang getan hat. Jetzt muss sie zurückkommen und ihren eigenen Mist wegmachen.«

»Amalia ist schwanger von Arif. Und das macht es zu *unserem* Problem.«

Da ist es also, kurz gesagt.

* * *

Es gibt nichts Abscheulicheres, als mit dem Feind zu verhandeln. Das weiß ich jetzt. Ich habe keine Ahnung, warum ich so lange gebraucht habe, um es zu begreifen. Warum ich so viel Zeit darauf verschwendet habe, mir zu wünschen, ich hätte Jura studiert und würde dafür bezahlt, dass ich als

Professionelle Vereinbarungen mit Gaunern treffe. Warum ich im Gegenzug so schlecht von den führenden Politikern dieser Welt gedacht habe, die per se erklärten, dass sie nicht mit Terroristen verhandelten.

Auf dem Weg zu dieser Offenbarung ist mir zumindest eines klar. Dass man mit dem Teufel nicht per Internet eine Vereinbarung treffen kann. Oder über das geschriebene Wort. Man muss sich mit ihm zusammensetzen, ihm ins Gesicht blicken. An sein besseres Ich appellieren, ihn herunterhandeln. Ich brauche keine selbst ernannte Anwältin plus Therapeutin plus Schwester vom Dienst Rumita Adjie, um mir das zu erklären.

Oder um mir zu erklären, es sei ein Leichtes, den Teufel aufzuspüren, bevor er Wind davon bekommt und flieht.

Wie sich herausstellt, ist der Teufel irgendwo im Osten, wo er eine Kampagne für irgendeinen entsetzlichen megareichen hiesigen Boss anführt, dem nachgesagt wird, er sei der Anführer eines scheinreligiösen Sexkults. Man lernt nie aus. »Dort sind Bürgermeisterwahlen«, sagte meine Kollegin mit den Insiderinformationen. »Und der Typ liegt vorn.« Ihrem Gesichtsausdruck nach zu urteilen, beneidete sie mich nicht um meine Aufgabe. »Viel Glück.«

Und dorthin sind wir jetzt auf dem Weg, Rumita und ich, gen Osten, im Namen der Beschwichtigung. Und das ist erst der Anfang.

* * *

Weil es um unsere private Schmach geht, können wir die Reise nicht aus Hakikis Rücklagen finanzieren. Und weil meine siebenundfünfzig Jahre alte Schwester kein Geld hat, finanziere ich sie ebenfalls aus eigener Tasche.

Wir kommen spät in diesem Dreckloch von Hotel an und

schlafen schlecht. Alles zerrt an meinen Nerven – das Dröhnen von die ganze Nacht andauernden Straßenarbeiten, das Tuckern des Kühlschranks, die durchgedrehte Wasserpumpe, die jedes Mal, wenn ein Gast auf unserer Etage den Hahn aufdreht, stampft, als wäre Godzilla im Anmarsch.

Wie gern würde ich mich beschweren, aber es liegt uns nicht, uns zu beschweren. Nicht, weil es eine Schwäche ist, sondern weil wir gelernt haben, uns oder unsere Fähigkeit zu funktionieren nicht vom Leben beeinflussen zu lassen. Das Leben ist nun mal hart. Überall und ständig und für jeden.

Während ich auf meinem Bett liege, versuche ich ein Experiment durchzuführen, indem ich mich an Gutes erinnere. Aber ich kann nicht. Stattdessen ertappe ich mich dabei, wie ich an Arif denke, genau wie alle Mädchen, die sich um ihn scharten, als er zehn, siebzehn, fünfundzwanzig war, genau wie seine großartige Frau Adinda, die ihn geschickt für sich beanspruchte, indem sie nicht wie alle anderen in Verzückung und aus dem Häuschen geriet, sobald sie sich in seiner Gegenwart befand, genau wie die blinde, belastete, gebrochene Amalia, die gelernt hatte, so lange mit so wenig auszukommen, bis sie sich dann von so viel Schönheit in nur einer Person überrumpeln ließ. Das ist es, was wir ertragen und was neu überdacht werden muss. Ist es etwas Gutes? Muss es das sein? Ich weiß es nicht. Ich weiß es wirklich nicht.

Nur was, wenn es aus dem Ruder läuft? Was braucht es, damit einer von ihnen zusammenbricht, das Licht nicht mehr sieht? Nach einem Messer greift und es dem Verräter in die Brust rammt, wie ich es bei der Frau am Montag erlebt habe? Wer von ihnen wäre es, die Ehefrau oder die Geliebte? Und wären wir in der Lage, ihr das zum Vorwurf zu machen?

»Wenn ich noch einmal die Pumpe höre, ich schwöre, dann …«

Rumita meint, ich sei eine alte Jungfer geworden, und das sagt sie ohne Ironie.

Gerade, als ich darüber nachdenke, um den neuesten Stand beim Fall zu bitten, vibriert mein Handy. Es ist Hana von Hakiki. Sie berichtet, dass der Rechtshilfeverein sich darum kümmert und die Frau nun eine Anwältin hat. Wir können also nichts tun, als zu beten. Aber der eigentliche Grund ihres Anrufs ist, dass sie nicht glücklich über ihre Aufgabe morgen früh ist, die darin besteht, die Leute von der Sura-Galerie dazu zu bringen, Siris Ausstellung abzublasen. Nun, sie haben keine Wahl, sage ich. Wie sie es machen, ist ihnen überlassen: eine versöhnliche Erklärung abgeben oder die verdammte Sache gleich lassen. In jedem Fall wird es den Bösewichten in Weiß die richtige Botschaft vermitteln und uns Zeit verschaffen, bis der Oberteufel besänftigt wurde. »Ich hasse es, mich mit Kunstleuten herumzuschlagen«, sagt sie.

Ich beende das Gespräch, weil für uns wichtig ist, dass sie die Dinge umschifft und nicht verkompliziert. Und weil wir niemals den Eindruck erwecken dürfen, wir würden mit der Künstlerin namens Srikandi Eilers unter einer Decke stecken, wie übereinstimmend unsere Interessen auch sein mögen, halte ich mich besser an den Schlachtplan.

Der darin besteht, Gardin dazu zu bringen, seine Drohung fallen zu lassen und dann nach Jakarta zurückzukehren, wo ich Siri schreibe (Gott schütze meine Seele) und mit ihr ausmache, was wir den Leuten sagen und nicht sagen, was sie der Presse sagen und nicht sagen sollte, was mit Amalia zu tun ist, was mit dem ungeborenen Kind zu tun ist, was zu tun ist, um sicherzustellen, dass Gardin nie, niemals einen Ton sagt. Ich sehe meine Schwester an und frage mich, wie lange es wohl dauert, bis sie die offensichtliche Angelegenheit anspricht, warum ich Siri nicht jetzt schon schreibe, wo doch die Zeit läuft.

* * *

Gardin hat sich verändert. Die Jahre haben ihn verändert. Er hatte immer etwas Weiches an sich, eine überraschende Umgänglichkeit, die man oft an übellaunigen, alternden Männern sieht. Auch einen Kummer, so alt und anhaftend und egoistisch wie ein tief sitzender Fluch; eine Erkrankung, die ihn vor langer Zeit ereilt haben musste und die die Zeit nicht heilen konnte.

Doch genau das entschärfte ihn, machte ihn weniger bedrohlich. Ich betrat jeden Raum völlig unverdrossen, egal, worüber verhandelt werden sollte, solange ich wusste, dass er unter meinen Gegnern saß. Ich hatte ihn sofort durchschaut, sogar schon in diesen frühen Zeiten, auch wenn es meinen Freunden unter den Aktivisten schwerfiel, ihn einzuordnen. Obwohl er so streitlustig war (»Angriff ist die beste Verteidigung«, sagte er stets, als hätte er selbst diese Logik erfunden), war er unheimlich unsicher. Er versteckte sich hinter einer dick aufgetragenen, eindimensionalen Karikatur seiner selbst – halb Landstreicher, halb stattlicher verdienter Staatsmann –, um seinen Mangel an Präsenz auszugleichen. Tief drinnen war er bei einundzwanzig stecken geblieben, auf ewig der ängstliche, stammelnde, halbgare, jugendliche Revoluzzer, der unbedingt eine Spur hinterlassen wollte.

Und doch rissen wir uns immer wieder zusammen, oder zumindest dachte ich das in meinen edelmütigeren Augenblicken.

Vor ein paar Jahren hörte ich, er sei krank und seine Freunde deswegen in Sorge, also fuhr ich am zweiten Tag des Fests des Fastenbrechens mit einer Schachtel aufbereitetem Napfkuchen zu ihm nach Hause. Ich hatte nicht erwartet, dort eine bescheidene, schimmelnde Existenz zwischen undichten Wasserleitungen und feuchter Luft vorzufinden. Bis auf eine blumige Kalligrafie des islamischen Glaubensbekenntnisses, gerahmt und zentral im Wohnzimmer aufgehängt, entdeckte ich keinerlei exzessive religiöse Ikonografien. Und anstatt dass er mich dem Frauenbereich übergab, klopfte er auf das Kissen neben sich und nickte mir zu.

Ein halbes Dutzend Männer saßen um den Sofatisch herum. Ich wartete darauf, dass man mich unvermittelt beleidigte, mich herablassend behandelte, wie wenn man mitten in der Nacht darauf wartet, dass das Telefon klingelt, für die entsetzliche Vorladung. Doch es trat nie ein. Gardin war die Anmut in Person, ein Softie im Herzen; er brauchte einfach nur meine Aufmerksamkeit. Und die schenkte ich ihm stets, kam, was da wolle.

* * *

Wie kann es dann sein, dass er jetzt der Teufel ist?

Wie ist er dazu geworden?

Er sieht sogar aus wie der Teufel, dieser Bart überall, fast vollkommen weiß, man kann kaum die Nase ausmachen, seine unauffälligen Vorderzähne, geschweige denn den Mund, aus dem schon so viele Abscheulichkeiten geströmt sind. Als er mich entdeckt, fletscht er kurz die Zähne.

Ohne Zweifel bin ich die Letzte, die er erwartet hätte. Wie alte Erdnussbutter breitet sich die Verärgerung auf seinem Gesicht aus. Tut mir leid, alter Mann. Meine Informantin ist eben einfach gut.

Als wir ankommen, spricht er gerade mit einer Gruppe von Arbeitern und seinem Gefolge draußen im Hof. Er erzählt ihnen, wie arm dran als Nation wir wirklich sind, die vierte auf der Weltrangliste der Einkommensungleichheiten, 27,76 Millionen Menschen unterhalb der Armutsgrenze, die Hälfte davon wohnhaft in ländlichen Gegenden genau wie hier, mehr als die Hälfte davon Frauen, und das reichste eine Prozent der Landesbevölkerung von 250 Millionen kontrolliere 49,3 Prozent unseres staatlichen Vermögens. Man kann unmöglich beurteilen, was seine Zuhörerschaft von diesen Statistiken hält. Oder von ihm. Oder im Übrigen von ihrem eigenen Betrieb, der nicht gerade ein Leitstern der Fülle ist.

Nachdem er geendet hat, sehen alle ein wenig erleichtert aus und drängen sich näher an einen Tisch, auf dem etwas zu essen bereitsteht. Eine Frau mit Kopftuch kümmert sich um das Essen. »Impfung«, flüstert Rumita. »Ich verwette mein Leben darauf, dass es eine Impfung ist. Nichts füllt denen die Taschen so sehr wie das Geld von Impfungen.« Mit ›denen‹ meint sie die berüchtigten Parteimitglieder der XPG, eine Brutstätte bestechlicher islamistischer Heuchler, die Geld anhäufen, indem sie erklären, sie würden es hassen. Mit Impfungen, nun ja, es könnte alles sein – Vogelgrippe, Schweinegrippe, alles außer üble Politikergrippe.

Ich hole zu ihm auf. Ich sehe, wie er ausscheren will, als wäre ich eine Virenkeimzelle. Aber es sind noch andere Leute da, auf keinen Fall kann er so viel Verachtung zeigen. Er ist eine Person der Öffentlichkeit. Er betreibt Wahlkampf für irgendeinen reichen Typen, da muss er einen sich sorgenden, väterlichen, gutmütigen Eindruck machen. Er muss lächeln.

Ich muss mit Ihnen reden, sage ich. Zehn Minuten, eine Viertelstunde, mehr verlange ich nicht.

Er tätschelt mir die Schulter, als wäre ich seine Tochter. Eine Tochter, die gerade unerwartet aufgetaucht ist, in liebevoller Solidarität mit ihrem teuren Herrn Papa. »*Luar biasa*. Wunderbar. Was für eine Ehre, Sie hier in unserer Mitte zu haben.«

Er spricht es mit für eine männliche Autoritätsperson typischer Übertreibung aus, *luaaaaaarr biaasa*, woraufhin seine gesamte Entourage erstrahlt wie ein Karussell in der Nacht, so erfreut sind sie über die Bestätigung seiner Anständigkeit und seiner alles in allem charakterlichen Größe. Ich lächele, ich bin solche Großtuerei gewohnt.

»Kriegerfrau«, höre ich ihn sagen, immer noch zum Gefallen seines Gefolges. Herrischer Mistkerl. Ich stelle ihm Rumita vor. Ich erwähne, dass sie meine ältere Schwester ist. Erweise uns gefälligst Respekt.

Er nimmt Blickkontakt zur Frau mit dem Essen auf, nickt in unsere Richtung. Sie folgt seiner Geste, und im nächsten Augenblick halten wir einen Berg Mittagessen in den Händen, obwohl es noch nicht mal elf Uhr ist. Wir essen mit der gesamten Crew an einem großen Laminextisch, an dem aller möglicher Unsinn erzählt wird und Floskeln ausgetauscht werden, wobei Gardin entsprechend Hof hält und alle an seinen Lippen hängen und nicken. Als sich die Leute für eine Zigarette zerstreuen, kneife ich meiner Schwester leicht in den Arm, jetzt, bringen wir es hinter uns.

Doch nein. Er will, dass wir ihn auf einer Spritztour begleiten. Gerade will ich protestieren, aber Rumita schüttelt den Kopf. Wehr dich nicht. Mach einfach mit.

In einem vollgestopften Kleinbus fahren wir zu einer Schule ohne Schüler, zu einem Kraftwerk voller durchgebrannter Glühbirnen, zu einem Krankenhaus (»Siehst du, Impfungen«, flüstert Rumita verschwörerisch) voller streunender Hunde und Katzen.

An all diesen Orten hält Gardin eine Rede über unsere hart erkämpfte Unabhängigkeit von ausländischen Imperialisten, über ein Leben voller aufrichtiger Frömmigkeit, über die korrekte religiöse Praxis, über die chinesisch-christliche Bedrohung und wie riskant und rechtswidrig es sei, dass sie die Wirtschaft in ihrer Hand haben, über die unheilvolle Gefahr ketzerischen Glaubens, über die Notwendigkeit, all sein Vertrauen in den örtlichen Bürgermeisterkandidaten der XGP Dres. Andika Prasetya M.Sc., PhD und Allah den Allmächtigen zu legen. Überall werden uns schlaffe klebrige Reiskuchen angeboten und die gleiche Marke unsolide abgefüllten Wassers, das einem jedes Mal die Hand durchnässt, wenn man versucht, den schadhaften Deckel zu öffnen. »Ich wette, ihnen gehört auch die Wasserflaschenfirma«, flüstert Rumita, die ja auf einmal Expertin für regionale Monopole und Vetternwirtschaft geworden ist.

Wir fahren weiter, und ich könnte schwören, dass wir im Kreis fahren; alles sieht gleich aus, nichts verändert sich. Gardin sitzt vorne auf dem Beifahrersitz, reißt Witze, unterhält sein Gefolge. Ich lehne mich vor und tippe ihm an die Schulter.

Wenn wir bei unserem nächsten Halt angekommen sind, sagt er.

Der nächste Halt erweist sich als Hauptsitz der örtlichen XGP. Als wir das Büro betreten, bläst uns ein Schwall warmer abgestandener Luft ins Gesicht. Der ranzige Geruch nach eingesperrten Tieren. Rumita sieht mich an, als wüsste sie, was ich denke. Faschismus und Religion sind einfach zu viel des Guten, sieh dir doch nur die Leute hier an. Es steht ihnen schmerzhaft ins Gesicht geschrieben, wie sehr es auf die Spitze getrieben wird.

Die Leute in den größeren Arbeitsnischen – die sogenannte mittlere Unternehmensführung – mögen Gardin nicht. Es ist offensichtlich, dass sie ihn nicht ausstehen können. Sie halten ihn für noch einen aufgeblasenen, herablassenden Esel aus Jakarta. Seine Sekretärin lässt uns in einem stickigen Zimmer voller Souvenirs Platz nehmen, während er mit den Angestellten Freundlichkeiten austauscht. Mir fällt auf, dass die offiziellen Fotografien des Präsidenten und des Vizepräsidenten nicht an der Wand hängen.

Als er schließlich zu uns kommt, falle ich fast von der Stuhlkante. »Sie wissen, worüber wir mit Ihnen sprechen wollen.«

»Dara, Dara.« Er seufzt und lehnt sich auf seinem Stuhl zurück wie ein verdatterter Onkel, von dem erwartet wird, dass er die Ausuferungen der Jugend toleriert. »Sie sollten wirklich an Ihren zwischenmenschlichen Fähigkeiten arbeiten.«

»Denken Sie an die Frau meines Bruders, an meinen Neffen und meine Nichte. Sie haben nichts getan, dass sie so etwas verdienen.«

»Das sollten Sie Ihrem fehlgeleiteten Bruder mal erzählen«, erwidert er. »Ich habe nicht damit angefangen. Er war das.«

»Sie müssen keine Leben zerstören. Es war ein einmaliger Ausrutscher. Sie bereuen es zutiefst. Das weiß ich.«

»Ein Mann, der einmal einen Fehler macht, macht auch wieder einen«, sagt er kühl. »Wenn nicht jetzt, dann nächsten Monat oder nächstes Jahr, dann in drei Jahren, in fünf Jahren. Aber er wird es wieder tun. Das Gleiche gilt für die Frau. Eine Frau, die sich nichts dabei denkt, die Ehe eines Mannes zu zerstören, den Kindern ihren Vater zu nehmen, wird es ebenfalls immer wieder tun. Das ist es, was das Böse ausmacht. Ist es einmal eingedrungen, nistet es sich ein. Breitet sich aus. Ergreift für immer Besitz von dieser Person.«

»Aber es steht Ihnen doch gar nicht zu, ihn zu bestrafen. Wer sind Sie denn? Nicht sein Vater oder Onkel oder Bruder. Sie sind nicht das Gesetz. Sie sind nicht sein Imam, und schon gar nicht sein Schöpfer. Und Sie können ihn auch nicht aufgrund von Mutmaßungen bestrafen, für etwas, das er vielleicht tun würde, aber noch nicht getan hat.«

»Ich bestrafe ihn für das, was er getan hat.«

»Wenn Ihr eigentliches Ziel Srikandi Eilers ist, dann legen Sie sich mit ihr an. Tun Sie, was Sie nicht lassen können, es ist mir vollkommen egal.«

Er antwortet nicht. Er sitzt einfach nur da und blickt mich finster an.

Ich fühle Panik aufsteigen.

»Schauen Sie. Ich bin sogar bereit, Ihnen dabei zu helfen. Wenn Sie ihre Arbeiten wirklich hassen, wenn Sie sie wirklich als anstößig empfinden, dann rede ich mit ihr und mit der

Galerie. Ich bringe sie dazu, es sich noch mal zu überlegen, die Ausstellung eventuell zu verschieben. Aber Sie müssen diese Fotos vernichten, sie komplett löschen.«

Habe ich mein Anliegen übertrieben dargestellt? Ich spüre, wie ich zittere; von irgendwoher kommt ein kühler Luftzug.

»Und ich will alle Abzüge.«

Es regt sich etwas an der Tür. Ein Laufbursche mit einem Tablett mit Tee und gemischten Knabbereien. Noch mehr klebrige Reiskuchen.

»Bitte …« Ich höre, wie sich mein Tonfall ändert. »Bitte geben Sie Arif noch eine Chance.«

Wir warten, bis der Laufbursche das Zimmer verlassen hat.

»Seltsam«, bemerkt unser Gastgeber schließlich. »Sie treten ja gar nicht für das Mädchen ein.«

Rumita neben mir raschelt.

»Wissen Sie, *Mas* Gardin, ich kenne Amalia.« Ihre Stimme erfüllt auf einmal den Raum. »Und sie ist äußerst liebenswert. Ungeheuer freundlich, sehr engagiert. Die Sorte Mensch, die den ganzen Firlefanz und die Gleichgültigkeit ihrer Schicht erlebt hat und gespürt hat, dass es da draußen etwas Bedeutsameres gibt, etwas, für das es sich einzustehen lohnt. Sie hat ihre Mutter verloren, als sie noch sehr klein war.«

»Das weiß ich, *Bu*, aber das bedeutet nicht …«

»Sie hat ihre Mutter verloren, als sie noch sehr klein war, und auch wenn sie das nicht von den Konsequenzen ihres Fehlverhaltens befreit, hat sie die Tatsache doch nie als Ausrede benutzt, damit man sie anders behandelte, geschweige denn für schlechtes Benehmen. Sie spricht nie über ihre Mutter. Ich habe durch Dara von ihrer Vergangenheit erfahren. Und als ihr Vater vor nicht allzu langer Zeit starb, habe ich nicht miterlebt, wie sie Trübsal blies, weinte, sich nutzlos erwies. Sie hat keinen Hang zum Selbstmitleid. Sie arbeitet genauso hart wie alle anderen, manchmal härter. Sie will der Familie ihrer Stiefmutter beweisen, dass sie es allein schaffen kann, auf eigenen Beinen stehen kann.« Sie hält kurz inne, und Gardin, das muss man ihm zugutehalten, lässt sie, redet nicht dazwischen. »Wissen Sie, so zu leben ist nicht leicht. Den anderen ständig etwas beweisen zu müssen. Wenn sie Arif ihr Herz geöffnet hat, dann muss man das vielleicht auch ihm anrechnen, dann sagt das auch etwas darüber aus, was für ein Mensch er ist. Mein Bruder ist ein guter Mann. Ich meine, Sie kennen ihn doch auch. Ich weiß, dass Sie auch Ihre Differenzen hatten, genau wie Sie und Dara hier auch. Manche Differenzen sind schwerwiegender als andere, die Medien, diese Dummköpfe, schätzen das Ausmaß Ihrer Feindseligkeit falsch ein. Aber ich weiß, dass Sie einander respektieren.«

Sie macht eine dramatische Pause. »Deswegen bitte ich Sie, opfern Sie nicht all das Gute, das wir erreicht haben, weil jemand anders einen Fehler gemacht hat. Einen *einmaligen* Fehler. Denn es war *mühevoll*, das zu erreichen. *So schwer.* Freundschaft. Gegenseitiger Respekt. Vergebung.«

Eine Pause nach jedem Begriff, in einem so absichtsvollen wie ungezwungenen wie nachdrücklichen Tonfall wie etwas, das nur aus dem Munde einer Mutter stammen kann. Dann Stille. Beinahe kann ich hören, wie Gardin der Atem stockt, und dazu seinen kompletten Gedankengang verfolgen.

Ich sehe zu, wie der Gegner versucht, sich zu sammeln. Es gefällt mir, ihn zu einem Jugendlichen zusammengestaucht zu sehen: wie er sich räuspert, stammelt, sich mit den Fingern über die Stirn streicht, obwohl es dort nichts wegzustreichen gibt. Rumita scheint ihrem Sieg auch nicht aus dem Weg gehen zu wollen. Sie sitzt einfach nur da, mutig, mustergültig, ein Profi.

Ich wusste es – ich habe schon immer gewusst, dass es in unserer Familie ein Genie gibt und dass es nicht Arif ist. Und ganz sicher nicht ich. Arif hat sich in diese Scheiße geritten, und ich war zu dumm, um es zu verhindern. Rumi allerdings – sie ist das wahre Genie. Sie erspürt jeden Fallstrick. Sie wartet ab. Sie weiß, wann man nichts sagen darf und wann man alles sagen muss.

Und jetzt lege ich mir in meinem Kopf zurecht, was alles gesagt wurde, was nicht gesagt wurde, was noch gesagt werden muss, während meine Schwester die Stellung hält, als hätte sie nie etwas anderes getan. Keine kultivierte Cleverness, keine einstudierte Rhetorik, keine Leichen im Keller, keine Schuld, die verheimlicht oder gestanden werden muss, keinen Stolz, den man ablegen oder aufpolieren muss, weil sie nicht das Geringste darüber weiß, wie man anderen wehtut. Ich hingegen, ich bin beschädigtes Gut. Ich bin zu kompromittiert von der Liebe, von Wut, und von der Tyrannei, die Wahrheit sagen zu müssen, wenn ebendiese meine eigenen Unsicherheiten herausfordert. Vielleicht sollte ich allmählich einen Gang runterschalten, es langsamer angehen lassen. Vielleicht sollte ich Rumita mehr einbeziehen. Bei Familienangelegenheiten, bei Hakiki, ach, bei allem. Sieh dir doch nur an, wie sie meinen verrückten und verbeulten Feind in einen armen ängstlichen Jungen verwandelt hat – einen armen, ängstlichen, stotternden Jungen, der sanft von seiner Mutter zurechtgewiesen wird.

Ich spüre, wie ich schwebe. Wo bin ich? Welchen Auftrag verfolge ich hier? Amalias Gesicht blitzt vor mir auf, ein gefallener Engel, dann das andere Gesicht, das meines schönen kleinen Bruders, so dumm und verzerrt vor Lust. Ich muss für ein paar Sekunden eingeschlafen sein, ein seltener Moment des Friedens, denn ich weiß immer, wo ich bin und wofür ich gerade kämpfe, selbst nach dem tiefsten Schlaf.

Und auf einmal setze ich mich auf, hellwach, und meine Schwester und Gardin stehen an der Tür. Wann ist das passiert? Sie sehen aus, als hätten sie sich gerade auf irgendeinem Empfang kennengelernt und wären dabei zu entscheiden, ob sie diese erste Begegnung verlängern sollten, tasten sich vor, scherzen, flirten.

Ich raffe mich auf, versuche, mich zu beteiligen. Doch keiner der beiden hat einen Nutzen für mich. Unglaublich, wie simpel es ist, der Schlüssel zum Herzen eines Indonesiers. Gib ihm eine Mutter, und er wird butterweich.

Gardin führt uns zur Tür. Beinahe bleibt er für einen Plausch mit einem Angestellten stehen, um uns zu beweisen, wie sehr die Leute im Büro hier ihn lieben. Doch anscheinend hat er sich neuen Anstand angeeignet: Er wird Rumita nicht warten lassen, er muss sie nicht beeindrucken.

Als wir draußen stehen, wendet er sich an mich. Das ist der Moment. Wir bewegen uns von Rumita weg, die ihrerseits unaufgefordert Richtung Kleinbus geht.

»Hören Sie«, sagt er. »Warum einigen wir uns nicht auf ein paar Dinge? Ich stelle Ihren Bruder nicht bloß, wenn Sie Siri Eilers dazu bringen, ihre Ausstellung abzusagen. Mir ist egal, wie Sie das anstellen, tun Sie es einfach. Und zwar schnell, vor Ende der Woche. Hier geht es nicht um meinen persönlichen Kreuzzug. Ich arbeite auf Anweisung. Darum geht es dem Boss. Wenn Sie wissen wollen, weshalb, weshalb eine Kunstausstellung, warum gerade diese, dann fragen Sie ihn.

Ich will auch, dass Sie und Hakiki unsere Gesetzesvorlagen in Ruhe lassen. Das sind gute Vorlagen. Wir wollen Familienwerte stärken, Indonesien wieder stark machen. Abweichende Sexualität und Pornografie sind ein ernsthaftes Problem. Das sehen Sie doch sicher selbst. Wenn wir unsere eigenen Werte nicht bewahren, wenn wir unsere Kinder nicht beschützen, wer dann? Sie sagen, wir würden den Islam für unsere eigenen engstirnigen, autoritären Absichten hinbiegen, die nicht mit der Pancasila übereinstimmen, aber fragen Sie doch mal Ihre christlichen Freunde, Ihre buddhistischen Freunde, Ihre atheistischen Freunde, nehmen die vulgäre Kunst, vulgäre Literatur, vulgäre Musik stillschweigend hin? Sehen Sie mich nicht so an. Sie wissen genau, was sie Ihnen antworten werden. Sie wollen es auch nicht bei sich zu Hause, sie wollen es nicht bei ihren Kindern auf dem Smartphone, sie wollen es nicht irgendwo im öffentlichen Raum, wenn es keine Vorwarnung gibt, dass dort so etwas zu sehen ist und ihnen die Luft zum Atmen verpestet. Es geht hier nicht um eine Bande unvernünftiger Muslime, die einem Land der Vielfalt einen einzigen Wert aufzwängen wollen, so wie Sie uns gern darstellen. Sie verspotten die schweigende Mehrheit, aber Sie wissen, dass es sie gibt.«

Wenn ich mich jemals vor meiner eigenen Vulgarität schützen muss, dann ist jetzt der Moment.

»Gardin, kauen Sie mir nicht das Ohr ab. Ich will einfach nur, dass Sie mir eine Sache schwören. Sie stellen sicher, dass diese Bilder nie ans Licht kommen. Und sobald wir Siri Eilers dazu gebracht haben, ihre dämliche Ausstellung abzusagen, übergeben Sie uns außerdem die Aufnahmen. Sie vernichten jegliche Kopie, die es davon gibt. Sie werden mit niemandem darüber sprechen. Wenn Sie schon jemandem davon erzählt haben, dann reden Sie erneut mit den Betreffenden und widerrufen, was Sie ihnen erzählt haben. Sagen Sie ihnen, Sie hätten sich verhört, Ihr Informant wäre zu dumm.«

Ich verstumme und warte.

Er sieht mich an, nickt unerwartet und geht.

Ein paar Minuten später sind wir wieder unterwegs. Einer von Gardins Angestellten fährt Rumita und mich zurück nach Surabaya. Um drei Uhr, in der seltsamen, undeutlichen Hitze, sind die Straßen wie ein Bühnenbild. Häuser halten sich im Hintergrund, die Menschen sind gedämpft, alles steht ein wenig unter Schock. Lange rauscht es an uns vorbei, ein Diorama.

Und unsere Brust ist schwerer als die Schande unserer Eltern, während wir versuchen, nicht abzuwiegen, wie sehr wir unsere Seele verraten haben.

11.

Das Mädchen ist was?

Das Mädchen ist hier, in unserem Haus, und das erfahren wir, als wir in die Auffahrt einbiegen, der Motor noch dröhnt.

»Seit wann?«

»Seit heute Nachmittag«, sagt unser Hausdiener. »Sie ist geradewegs in ihr Zimmer gegangen und hat angefangen zu packen.«

Er informiert uns ebenfalls, dass sie Pinah, der Köchin, gesagt habe, sie werde im Wohnzimmer warten, bis wir zurück seien.

»Aber sie will nichts essen«, fügt der Hausdiener hinzu. »Pinah hat sie gefragt, aber es war, als würde sie sie nicht hören.«

Das Mädchen ist im Wohnzimmer, wo es steif auf dem Sessel sitzt. Dort, wo nur formelle Gäste sitzen, niemals Vertraute. Sie hat den gleichen Koffer, den sie dabeihatte, als sie bei mir einzog. Jetzt steht er einfach nur da, reglos bis auf Weiteres. Was will sie jetzt machen?

Rumita ist augenblicklich wie aufgelöst. »Amalia«, sagt sie, streckt ihr die Arme hin. »Ach, Amalia.«

Ich kann sie nicht ansehen. Sie beide nicht. Was soll ich jetzt machen?

Ich setze mich am Rand auf das Sofa in der Mitte, ihnen

direkt gegenüber. Rumita ist auf die Knie gegangen, und ich sehe zu, wie sie die Hand des Mädchens ergreift, als würde sie sagen wollen, alles sei in Ordnung, das wird schon wieder, du wirst schon sehen. Nur dass es eben nicht in Ordnung ist, nichts wird schon wieder, und Rumitas Stimme klingt einen Hauch zu fröhlich.

»Ich vermute, Worte können jetzt auch nichts mehr ausrichten«, setzt sie an.

»Doch, doch, Worte helfen immer«, sagt Rumita einen Tick zu schnell. »Wenn es die richtigen sind.«

Mir bricht der Schweiß aus. Ich kann auch die Angst des Mädchens spüren, wie ich meine eigene Angst in meinen überspannten Nerven spüren kann. Was sollen wir jetzt machen?

»Warum sagst du uns nicht, was los ist, meine Liebe?« Sie nennt sie *nduk*, javanisch für kleines Mädchen. »Du hast dein ganzes Zimmer leer geräumt. Verlässt du uns?«

Um Gottes willen, Rumita. Natürlich verlässt sie uns. Zum Glück müssen wir sie nicht erst dazu bringen, uns zu verlassen.

Sie nickt, doch sie ist schon nicht mehr da, sie ist bereits an einem anderen Ort. Ihre Augen sagen alles. Sie kann sich nicht verstecken, wenn sie nicht fortgeht.

»Amalia«, höre ich mich sagen. »Heute ist ein schrecklicher Tag. Es waren zwei schreckliche Wochen.«

Bin ich zu rührselig?

»Ich habe keine Vorstellung davon, was du durchgemacht hast.« Ich versuche es noch einmal. »Aber dass du einfach so abgetaucht bist, hat die Dinge auch nicht besser gemacht. Zwei Wochen! Das war unverantwortlich. Rumi und ich sind die Einzigen in der Familie, die Bescheid wissen, und das wird zu deinem und unserem Besten auch so bleiben. Aber du hast uns in eine so schwierige Lage gebracht. Dass wir es von unserem Feind erfahren mussten, Amalia, und nicht von dir, deine Version der Geschichte.«

»Ich streite nichts ab. Was immer ihr über mich gehört habt, habe ich auch getan.«

»Darum geht es nicht. Du hättest dich uns eher anvertrauen sollen.«

Diesen Weg will ich gar nicht einschlagen. Ich höre mich an wie ein Elternteil, das sein Kind rügt, weil es die Schule geschwänzt oder etwas ähnlich Unbedeutendes verbrochen hat. Aber ich bin nicht ihre Mutter. Ich bleibe nicht. Sie hat mich hintergangen. Wer hintergangen wurde, bleibt nicht.

»Es tut mir leid. Mir tut alles leid.«

»Das weiß ich. Aber du hast einen ungeheuerlichen Schaden angerichtet. Wir haben dich bei uns aufgenommen, und du hast uns etwas weggenommen, etwas Kostbares. Du hast uns verletzt, und zwar zutiefst.«

Rumita starrt mich an. Normalerweise kann ich es in ihren Augen sehen, wenn ihr der Kopf wegen etwas wehtut, was ich gesagt habe.

»Du kannst nicht erwarten, dass alles so bleibt wie vorher. Ich meine, unser Pakt ist gebrochen. Unsere Freundschaft ist … ist vorbei.«

»Was wirst du wegen des Babys unternehmen?«, fragt Rumita.

Sogar das Mädchen scheint verblüfft über die Frage. Bisher schien es eher darauf vorbereitet, dem qualvolleren Thema der Vergebung entgegenzutreten und damit die vorrangige Frage zu seinem eigenen körperlichen Wohlbefinden zu opfern. Es wirkt, als hätte es sich selbst aufgegeben.

»Ich –«, setzt es an, verstummt wieder.

»Du behältst es, nehme ich an«, schaltet Rumita sich ein.

Ein erdrückendes Schweigen, dann wieder Rumita, diesmal in schärferem Tonfall: »Wir wissen ja nicht, wie es auf deiner Seite aussieht, was deine Familie angeht. Wir wissen nicht, wem du davon erzählt hast, inwiefern sie beteiligt sind, ob du ihnen überhaupt davon erzählt hast. Aber uns kannst du nicht im Dunkeln lassen. *Wir* sind deine Familie. Und hier sind wir. Wir sind nirgendwohin gegangen. Wir haben sogar –«, sie hält inne, überlegt es sich anders, »– egal. Was ich sagen will, für uns ist das hier eine Verpflichtung, und man entzieht sich einer Verpflichtung nicht einfach bei dem leisesten Anzeichen eines Problems. Und du solltest uns ausreichend vertrauen, dass du uns deine Pläne mitteilst.«

Wir? Verpflichtung? *Das leiseste Anzeichen* eines Problems? Was faselt sie da? Sie ist nicht gerade vor Freude an die Decke gesprungen, als ich Amalia vor all den Monaten bei uns aufnahm. Das Erste, was sie sagte, war, das Mädchen sehe zerbrechlich aus, und diese Art von Zerbrechlichkeit sei etwas, das sich ausbreitet und einen entkräftet: Es erstrecke sich nicht nur auf sie.

»*Ibu* weiß Bescheid. Ich bin zu ihr nach Berlin gefahren.«

Sie nennt ihre Stiefmutter stets *Ibu*. Mama ist ihrer Mutter vorbehalten, die starb, als sie selbst noch ein Kleinkind war. So steht es um die Sprache eines zerrütteten Lebens.

»Du bist nach Ber–« Selbst Rumita ist sprachlos. Wirft einen beunruhigten Blick auf den Koffer, als hätte er sich auf einmal in etwas anderes verwandelt.

* * *

Es kann nicht lange her sein, dass das Mädchen und ich unser erstes langes ungehemmtes Gespräch hatten. Ich entdeckte eine Menge.

Erstens, sie trank gern. Das hatte ich jedoch schon vorher gespürt. Seltsam, wie deutlich ich eine Eigenschaft an ihr spürte, die mir selbst nichts bedeutet. (Nicht dass ich nicht hin und wieder etwas trinke, wenn man es mir in einem angemessenen gesellschaftlichen Rahmen anbietet.)

Ich habe noch die Einzelheiten vor Augen.

Draußen, so wie ich es in Erinnerung habe, dämmerte es gerade. Die auf sechs Uhr eingestellten Laternen flackerten eine träge Sekunde und leuchteten. Nicht so hell wie in der Ersten Welt, aber es würde wohl ausreichen. In der Küche wurde es still, während Pinah und der Hausdiener beim Nachmittagsgebet waren. Auf dem Tisch stand bereits ein Imbiss. Tacos. Das war meine Taco-Zeit.

Und was trinken wir dazu? Ich durchforste den Küchenschrank.

Ich spüre, wie sie zögert.

Wein? Magst du welchen? Ich wühle weiter.

Klar. Ganz egal was.

Ich ziehe eine Flasche Rotwein hervor, ein Friedensangebot von irgendjemandem. Korkenzieher, murmele ich. Wir brauchen einen Korkenzieher. Wo ist der Korkenzieher, wenn man ihn braucht? Sie zeigt auf den dunklen Bereich auf dem oberen Regalboden, da, da ist der Korkenzieher. Und als ich gerade meine Hand danach ausstrecken will, sagt sie, hier, lass mich helfen. Und ehe ich mich versehe, öffnet sie auch schon mit erstaunlicher Leichtigkeit die Flasche.

Du kennst dich aus mit Wein.

Sie läuft rot an. So würde ich das nicht sagen, sagt sie. Ich mag ihn einfach.

Dann, nach einer kurzen Pause: Das geht gar nicht anders, wenn man eine Stiefmutter hat wie ich.

Sie bereut diesen letzten Satz, kaum hat sie ihn ausgesprochen. Sich mit Wein auskennen. Das sieht *Ibu* ähnlich. Sie ist so … kultiviert. Ich, ich trinke einfach mit.

Erneut hält sie inne. Ist aber gar nicht so schlecht, sagt sie.

Was? Zu wissen, wie man trinkt?

Ich denke mal.

Zwei Stunden später: der Imbiss verputzt und neu aufgefüllt, die Flasche leer, der Kopf leicht und locker. Zwei Kinder, die Geheimnisse austauschen, vergnügt, fröhlich, ohne

Angst vorm Dunkeln. Wie gesagt, ich entdeckte eine Menge. Ihre Schönheit, die unbeständig, wunderbar ist. Ihre Augen, so unbeständig wie ihre Schönheit, bis auf deren gleichbleibendes flüssiges Strahlen. Ihre Liebe zum Kochen, zur Fotografie, zu amerikanischer Literatur über Menschenrechte. Ihr Desinteresse an Kunst und Musik. Ihre Loyalität, die mich berührte, denn sie ist am stärksten, wenn sie jemanden beschützt, der es am wenigsten verdient. Und ich entdeckte Srikandi Eilers wie nie zuvor, denn diesmal war es durch die Augen ihrer Stieftochter.

Ich kann nicht glauben, dass sie zu ihrer Stiefmutter gelaufen ist, um Hilfe zu bekommen. Hatte sie denn nicht mich? War ich nicht das Zuhause, das sie verdiente, die eine Seele, die sie berührte, die sich nicht in etwas Grauenvolles verwandeln würde?

Man beachte, dass ich in der Vergangenheit denke.

Gegenwärtig hat sogar Rumita Mühe. Sie verlangt eine vollständige Erklärung. Das Mädchen liefert sie, und ihre Stimme bleibt ganz gleichtönend. Als sie am Ende anlangt, als sie Siri verlässt, um nach Jakarta zurückzukehren, ist die Freude, die ich verspüre, wärmend und unleugbar.

Und nicht lange anhaltend. Denn es ist immer noch so: Indem sie nach Berlin ging, zu diesem nutzlosen, jämmerlichen Ersatz für eine Stiefmutter, hat sie mich zweimal betrogen. Und was noch dazukommt, jetzt geht der Spaß auf unsere Kosten. Sie wird das Kind behalten, und es ist das Kind unseres Bruders. Wir können zu nichts raten, das nicht auf die eine oder andere Art moralisch verwerflich wäre, es gibt kein größeres oder geringeres Übel. Wir sind sogar dazu verpflichtet, sowohl dem gesunden Menschenverstand nach als auch aus einem gemeinsamen Interesse heraus, damit umzugehen.

Wir sitzen in der Falle.

Rumita wirft mir einen Blick zu – wir sind uns einig, dass

nach zwei Uhr morgens keine wichtigen Entscheidungen mehr getroffen werden.

Ich überlasse ihr die Frage, wo das Mädchen heute schläft. Nicht dass mir meine Schwester nicht leidtäte. Sie nimmt sich diesem letzten Teil der Aufgabe mit der Art sich nicht beklagender Tatkraft an, die nur Leute aus einer bestimmten Generation beherrschen. Doch ich weiß es besser. Sie tut ganz Mumm, aber sie ist es nicht. Sie stellt sich selbst wieder einmal eine Falle, diesmal, indem sie mein Gewissen ist, mein Ballast, und sie weiß, dass ich das Mädchen deshalb nicht eigenhändig vor die Tür befördere, weil ich will, dass meine Schwester heute Abend das letzte Wort hat. Und was soll ich sagen? Es tröstet mich zu wissen, dass ich dazu in der Lage bin, meine größte Wut im Zaum zu halten, um einen Akt der Liebe zu würdigen.

* * *

In dieser Nacht träume ich, dass Amalia sich in unsere Schlafzimmer schleicht und uns allesamt umbringt. Als ich an der Reihe bin, geköpft zu werden, packt sie meinen Kopf und dreht mein Gesicht zu sich.

»Verräter sind wie Serienmörder. Sie hören nach einem Mal nicht auf.«

Während sie das sagt, verwandelt sich ihr Gesicht in das von Siri.

* * *

Am nächsten Morgen wiederhole ich die Worte am Frühstückstisch. »Verräter sind wie Serienmörder. Sie hören nach einem Mal nicht auf.«

»Gut für sie«, sagt Rumita erschöpft.

»Das habe ich irgendwo gelesen, und es ist mein neues Credo.«

Sie liest nicht. Obwohl sie heute Morgen ein Buch liest, als würde ihr Leben davon abhängen. »Oh, das bezweifle ich nicht.«

»Was ist das?« Ich zeige auf das Buch. Es ist dünn, nicht mehr als hundert Seiten, einfach gedruckt, kleiner als ein gewöhnliches Taschenbuch.

»Recherche«, sagt sie. »Und du guckst zu viel fern.«

Ich nehme ihr übel, was sie damit andeuten will. Aber sie ist nie lange abfällig. Und heutzutage bin ich eine extra pflichtbewusste kleine Schwester.

Das Buch, das sie liest, ist eine scharfe und ernüchternde Anklageschrift zu Polygamie. Es ist über ein Jahrzehnt alt, verfasst von einer angesehenen Aktivistin für Frauenrechte und islamischen Gelehrten. Es ist die Sorte Buch, die man tatsächlich irgendwann liest, weil es nicht predigt, nicht einschüchtert, einen nicht mit zu viel Daten überhäuft. Es entstehen sogar Augenblicke der Stille, in denen man sich fragt: Wow, warum wusste ich das nicht?

Es ist natürlich die Art Buch, die sowohl nützlich als auch zeitgemäß ist. Ich habe es einmal gelesen, überflogen, und vielleicht sollte ich es mir nochmals ansehen, und wenn auch nur, um die Grundprinzipien wiederaufzufrischen, ein Satz unbestreitbarer Fakten, mit denen Arif sich auseinandersetzen kann. Und es ist nicht so sehr, weil wir uns nicht darüber klar sind, wie wir zu der Aussicht stehen, mit einem Mann zu leben und ihn zu dulden, von dem wir wissen, dass er seiner Frau, seinen Kindern, seiner Geliebten und seinem ungeborenen Kind täglich Verletzungen zufügt. Es geht vielmehr darum, dass man Liebe unmöglich klassifizieren kann, doch genau das müssen wir, um entscheiden zu können, wem unsere Loyalität gilt.

»Kann ich es mir mal anschauen?«, frage ich und lehne mich zu Rumita hinüber, als wir uns auf den Weg zum Auto machen.

Kampflos überlässt sie mir das Buch.

* * *

Wir sind wieder in einem Meer von Autos und Motorrädern. Ein dicker Dunstschleier hängt über der Stadt; die Menschen schwitzen, drängeln, fluchen. Das arglose Entkommen lässt sich jedoch nicht aufhalten, das Schicksal umarmt uns. Neben unserem Wagen beugt sich ein Paar auf einem Motorrad lesend und tippend über ihre Handys. Die hier herrschende Heiterkeit besänftigt mich eine Weile.

Rumita ist still. Ich bereue es, dass es mir ein wenig Freude bereitet hat, sie den ganzen Vormittag lang in solch einem erstarrten Zustand zu sehen, als hätte es bewiesen, dass sie zu schlechten Entscheidungen in der Lage ist, weil sie dem Mädchen noch eine Nacht lang Unterkunft gewährt hat, und als würde das mich auf irgendeine Weise erlösen.

Ich sehe nach draußen. Die Luft ist tot, von Abgasen zum Verstummen gebracht. Die Sonne kommt irgendwie mit, blass und gedämpft und reserviert, wie das Mädchen gestern Abend.

In einem Restaurant in einem Einkaufszentrum treffen wir uns mit Arif. Rumita fand, es sei besser, wenn wir uns auf neutralem Boden unterhalten, je lauter, umso besser. Der Plan ist lächerlich, und das sage ich ihr auch. Sie meint, wir müssten das Thema ›normalisieren‹, und der einzige Weg, das zu tun, sei, es nicht wie etwas zu behandeln, für das man sich schämen und das man geheim halten muss. Ich frage mich, wer hier wohl zu viel Nachrichten im Kabelfernsehen geschaut hat. Aber ich darf nicht riskieren, meine einzige Verbündete zu verärgern. Doch ich weiß, was hier vor sich geht. In Wahrheit hält sie mich für eine Last. Sie will Arif verhätscheln, will einen auf Mutter machen, so wie sie Gardin entwaffnet hat. Sie ist ganz Filter, wohingegen ich überhaupt keinen Filter habe.

Ich werde missmutig. Ich weiß alles über die Geißel namens Polygamie. Unsere Mutter ist durch die Hölle gegangen, um die einzige Frau unseres Vaters zu bleiben, um an der einen Würde festzuhalten, die sie an ihre Kinder weiterreichen konnte. Es gibt so viele Arten von Stolz im Leben; was sie uns gab, war eine starke und schöne Grundlage der Art Stolz, wie ich ihn für *mein* Leben brauche. Vielleicht geht es Rumita da ähnlich, vielleicht hat sie deswegen nie geheiratet.

»Du kannst unmöglich von ihr verlangen, das Kind nicht zu behalten«, sagt sie.

»Und ihn der Polygamie aussetzen?«

»Das ist nicht die einzige Option.«

»Was soll das heißen? Hast du etwa vor, ihn zu bitten, ein heimliches Doppelleben zu führen, und wir schauen einfach weg?«

»Hast du denn eine bessere Idee?«

»Du weißt schon –«, sage ich. »Kein Frieden ist solch eine Lüge wert.«

»Aber Adinda – und die Kinder …« Ihre Stimme bricht. Sie vermeidet es, ihren Namen auszusprechen, nicht, weil wir sie immer bei ihrem Kosenamen nennen, das Mädchen, sondern weil es einfach zu grob wäre, ihren Namen im gleichen Atemzug wie unsere Schwägerin zu nennen. Doch auch meine Schwester hat eine Liebe zu dem Mädchen entwickelt, und falls Liebe ein zu starkes Wort sein sollte, dann hat sie sie auf jeden Fall akzeptiert, sie als Teil des Gefüges akzeptiert. Und jetzt löst sich dieses Gefüge auf, und das kann sie nicht ertragen.

»Jede Lüge kommt irgendwann heraus«, beharre ich. »Wir sollten auf eine Täuschung nicht mit der nächsten reagieren.«

»Aber sie haben die Wahrheit nicht verdient.«

Ich nehme mich zurück. »Ich bin sicher, wir finden eine Lösung«, sage ich.

»Er war *Ibus* Kleiner«, sagt sie mit bebenden Schultern.

»Nicht doch«, sage ich, und auch ich fange an zu weinen. »Wein doch nicht.«

* * *

Wenn es ein Geheimnis gibt, weshalb Männer, die gegen etwas verstoßen haben, sogar noch besser aussehen, sage man mir es bitte.

Arif ist schon immer der Magnet unserer Familie gewesen, derjenige, den die Leute zu erblicken hofften, wenn sie zu Besuch kamen. Als ich noch klein war, gingen wir sonntags mit unserer Mutter auf den Markt, und dann kräuselte sich die Luft, die Leute waren aus dem Häuschen, was für ein Anblick. Dann schwebten und flogen gratis die Spielzeuge von den Auslagen, etwas zu essen, Geschenke. So ein hübscher Junge, gurrten sie, guckt euch nur dieses Gesicht an, diese Haut. Sie hießen uns alle, es uns anzuschauen. Sie hießen uns alle zu verstehen, was es bedeutete, mit ihm zu leben. Mit Schönheit zu leben.

Doch auch in unserer Familie war Arif stets der Liebenswerte gewesen. Derjenige, dem man alles durchgehen ließ. Er hat vielleicht nicht meine Zähigkeit oder Rumitas Entschlossenheit oder das Charisma unseres Bruders Rangga oder Eshas nüchternen Pragmatismus. Aber er hat das freundliche Wesen unseres Vaters, und als ich aufwuchs, schien ihn allein diese Tatsache auf Wolken schweben zu lassen.

Irgendwann gelang es ihm sogar, sich einen stillen Humor anzueignen, der den Leuten nicht entging, und etwas wie eine Begabung für das geschriebene Wort.

Zunächst war es mir zu viel. Als Kind bemühte ich mich sehr darum, ihn nicht zu mögen, aber was ich auch tat, um ihm gegenüber gleichgültig zu erscheinen, es funktionierte nicht. Alle wussten, was bei mir los war. Von einem rauen Ort zu stammen bedeutet bisweilen eben genau das: Es lehrt einen keine Nettigkeiten, sondern Ehrlichkeit und wie man sie bei anderen aufspürt.

Und je älter ich wurde, umso mehr Sinn ergab es – dass man nicht aufhören konnte, einen seiner Liebsten zu lieben. Wenn ich, die von vielen als völlig reizlos wahrgenommen wurde, als jemand, dem es an Herz und Seele fehlte, so eine natürliche Zuneigung zu ihm empfinden konnte, war es dann wirklich so überraschend, dass der Rest der Welt ihn derart liebte?

Doch jetzt begreife ich allmählich, worum es eigentlich geht. Seine Schönheit ist endgültig und unfehlbar; sie kommt ohne Vorbehalte daher. Seine Augen sind von einem vollendeten Hellbraun, ohne Kastanie oder Kaffee oder Ebenholz darin; seine Nase ein vollendeter Grieche, gerade mit einem eleganten Bogen, keine Stupsnase; sein Mund ein vollendeter geschwungener Bogen, der Mund einer Frau, der Traum eines jeden Bildhauers. Seit einer halben Stunde sitzen wir im Café, und seine Besonderheit verfliegt nicht. Nach der routinemäßigen Mittelmäßigkeit meiner Welt – die Menschen mit ihren aufgedunsenen Gesichtern, denen ich begegne, das aufgedunsene Gesicht, das mir jeden Morgen aus dem Spiegel entgegenblickt – fühlt es sich beinahe wie ein sündiges Frönen an.

Die lähmende Frage, die sich mir stellt: Warum kann ich in Cafés wie diesem sitzen und in einem Moment noch ganz ungerührt Psychopathen auseinandernehmen, wenn ich im nächsten Augenblick, nachdem sie gegangen sind, schon wieder herumzappele und mir Gedanken mache, was die Leute wohl von mir denken, eine Frau mittleren Alters, die allein essen geht. Mein Bruder hat so etwas nie erlebt. Er ist der

Heilige, der Auserwählte. Er wird nicht nur geliebt, er wird über alle Maßen geliebt, und jetzt kann ich erkennen, dass er womöglich nicht wusste, wie es sich anfühlt, wirklich zu lieben, zu lieben, einfach weil er es tut. Bis er dem Mädchen begegnete.

Eine Weile lang ergehen wir uns in nichtssagendem Geplänkel, das bestätigen soll, dass wir als Familie zusammengehören. Wisst ihr noch, als Arif sich einmal nachts ausgeschlossen hat und er aufs Dach geklettert und über den Hof eingestiegen ist? Wisst ihr noch, wie Dara eigenhändig einen Eindringling überwältigte, der sich als ausgebrochener Gefangener herausstellte? Wisst ihr noch, wie Rumita ein Selfie mit Shah Rukh Khan gemacht hat?

Bis er dem Mädchen begegnete. Dem Mädchen, das nicht einen Bruchteil so schön ist wie er, aber von dem man sich unmöglich entlieben kann, wenn man es einmal liebt.

Und jetzt, als unser Kaffee kommt, sagt er das gewissermaßen auch. Er sagt, er könne seine Gefühle für sie nicht ändern.

Und was empfindest du für sie?

Als er nicht antwortet, frage ich: Liebst du sie?

Und noch immer antwortet er nicht.

Wenn du sie nicht liebst, was dann?

Er hat keine Worte mehr. Etwas steigt in mir hoch. Ach, Wut, du schlechter Diplomat, wie vorhersehbar du doch bist.

Sie strömt aus mir heraus. Weißt du überhaupt, was Liebe ist? Adinda: deine Frau. Ist das nicht Liebe, was du für sie empfindest? Oder liebst du sie nicht mehr, weil du jetzt Amalia liebst? Sind deine Frau und deine Kinder dir nicht genug? Sind wir nicht genug? Willst du, dass die ganze Welt dich liebt? Geht es hier überhaupt um dich?

Er scheint verwirrt. Etwas an diesem dummen Funken Verständnislosigkeit macht mich rasend. Zwischen ihm, Rumita und mir hat es nie ein Thema gegeben, das uns peinlich gewesen wäre; wir konnten stets über alles, auch das Härteste, lachen. Uns auf die kühne Komplizenschaft verlassen, die nur uns gehörte. Außereheliche Affären sind ein vollkommen neues und unangenehmes Terrain.

Rumita starrt mich an. Ihre dunklen Pupillen suchen nach meiner Großzügigkeit. Aber sie muss nicht darum bitten. Ich weiß, wo sie sich gedanklich befindet. Sie ist der Soldat und die Realistin, und ich bin die ramponierte Romantikerin, sie wird die dringenden, notwendigen Fragen stellen, wohingegen ich in der Vergangenheit stecken geblieben bin und den größten Komplex habe. Aber diesmal ist es anders. Diesmal macht es mir Freude, meine Schwester anzufeuern und von mir selbst so schlecht zu denken. Denn es gibt keine einsamere Einsamkeit als Wut.

»Wir sind nicht hier, weil wir dich verurteilen wollen.« Ein solider Einstieg. Signalisiert Verständigungsbereitschaft, warnt aber auch. Weiter so, Rumita.

»Ich habe es verdient«, sagt er, den Blick zum Boden, der perfekte Verbrecher. »Euer Urteil.«

»Hast du sie getroffen oder mit ihr gesprochen?«

»Ja.« Kein Zögern.

»Wart ihr geschützt, als ihr gesprochen habt? Also, wart ihr …?«

»Ja.«

»Was habt ihr beiden beschlossen? Hast du es Adinda erzählt? Wenn nicht, wirst du es bald tun? Oder …?«

»Ich dachte, ihr zwei hättet das für uns beschlossen.«

Ich spüre, wie Rumitas Entschlossenheit bröckelt.

»Ich dachte, ich hätte schon genug Schaden angerichtet, als dass irgendwelche Entscheidungen das noch richten könnten«, sagt er. »Ich dachte, ihr hättet mich schon abgeschrieben. Ein hoffnungsloser Fall.«

Er ist nicht manipulativ. Er ist einfach so. Bescheiden, übertrieben höflich, hasst es, zur Last zu fallen. Wahrscheinlich gehört das dazu, wenn man gut aussieht. Er kann nicht anders. Aber Rumita zittert. Ich hätte damit rechnen sollen, mit dieser Schwäche. Ihre Schwäche für die Schwachen.

»Da hast du recht, du hast unser Urteil verdient«, sage ich. »Und wir haben deinetwegen nicht noch mehr Kummer verdient. Du wirst uns anhören, und dann wirst du tun, was wir von dir verlangen. Du wirst keine Polygamie in unser Zuhause bringen. Das Andenken unserer Mutter nicht mit Dreck beschmieren. Du wirst den Kontakt zu ihr abbrechen, du wirst vergessen, dass zwischen euch jemals etwas gewesen ist. Du wirst es mit deiner Frau und deinen Kindern kitten. Du wirst ihnen treu bleiben bis ans Ende deiner Tage.«

»Sie ist schwanger von mir«, sagt er. Sein Gesicht ist verzerrt, verstrickt. »Meint ihr ernsthaft, mein Kind soll ohne Vater aufwachsen?«

»Meinst du ernsthaft, deine Kinder sollen die Folgen deines schlechten Gewissens ausbaden, das du eigentlich gar nicht haben solltest, hättest du ihre Mutter geliebt und geehrt?«

Kurz sehe ich ein Feuer aufflackern. Doch er unterlässt es. Vielleicht ist das das Geheimnis zu seinem Erfolg mit den ausgehungerten Seelen der Frauen, bei ihm sieht Religion sanftmütig, heilsam, rein aus. Es schadet auch nichts, ein Forscher zu sein. Er macht sich rar. Zu den seltenen Anlässen, wenn er etwas in der Zeitung schreibt oder auf einem Seminar einen Vortrag hält, sind seine Worte unverdorben, begehrt, kostbar. Wenn man eben alles hat.

»Ich weiß, dass es dir das Herz brechen wird«, lenke ich ein. »Aber so ist es das Beste.«

Rumita ist entsetzt, stößt den Atem aus.

»Ich kann helfen«, sagt sie schließlich, offenbar unter Anstrengung.

Wir sehen sie beide an. Es kribbelt mir am Hals.

»Was meinst du damit?«

»Mit dem Kind, meine ich.« Sie sieht aus wie eine Maus, die gerade in eine Falle getappt ist.

»Oh«, sagt Arif.

»Dir ist aber schon klar, dass sie das Kind auf keinen Fall behalten kann«, sage ich. »Wenn du ihr helfen willst, eine ungefährliche –« Ich kann das Wort nicht aussprechen. »Das ist großartig, mach das. Im Grunde ist das nur anständig. Wir waren schließlich ihre Familie.«

Das hat es anscheinend gebraucht. Den Tiefpunkt.

»Dara«, sagt Rumita, die Augen feucht, auf einmal so gar nicht wie eine Soldatin.

»*Mbak*«, sagt Arif, auf diese seufzende, der Welt überdrüssige, und doch unleugbar herzliche Art, etwas zu unterstreichen, worin die Javaner Meister sind.

Ich starre meine Geschwister an und frage mich, wann auf dieser Reise, zu welchem Zeitpunkt dieses Drahtseil gespannt und gedehnt wurde, das uns gegeneinander ausspielt wie die Kauravas und Pandavas.

»Es tut mir leid, aber ich kann nicht zulassen, dass mein Bruder sein eigenes Kind tötet. Das geht für mich zu weit«, sagt Rumita. Sie zittert. »Polygamie ist furchtbar. Man kann es gar nicht beschreiben. Aber sein eigenes Kind zu töten, das ist noch viel, viel –«

»Ich hätte am liebsten gar nichts gesagt«, schaltet Arif sich ein, der sich zu seiner ältesten Schwester hinüberlehnt und ihr sanft und dankbar die Schulter drückt, »und ich hätte vermutlich den Mund gehalten, wenn ihr nicht – wenn es nicht hierzu gekommen wäre.«

»Hierzu? *Hierzu?* Willst du damit sagen, du hättest von meiner Einstellung *hierzu* nicht gewusst?«

»Ich will Verantwortung übernehmen. Ich will das Richtige tun. Das ist das Mindeste, was ich für sie tun kann«, sagt Arif und setzt sich aufrechter hin. »Irgendwann wirst du verstehen, wieso. Du – du denkst jetzt, du wärst mir moralisch überlegen. Aber die Zeit vergeht, und die Dinge ändern sich. Sobald sich alles gesetzt hat, wirst du die Fäulnis darin sehen.

Dann wirst du mich ansehen und denken, was für ein Monster ist das eigentlich? Jemand, der sein eigenes Kind umbringt und die Frau verlässt, die er liebt, nur damit er Frieden und Ordnung bewahren und sein Leben weiterführen kann, als wäre nichts geschehen, als hätte er niemanden betrogen. Du wirst diesen Menschen verachten, du – wo dir doch Prinzipien so sehr am Herzen liegen.«

»Manchmal mehr als Menschen«, sagt Rumita und bemüht sich wieder um ein soldatisches Auftreten.

Ich bin verletzt. Sie reduziert mich auf eine Totalitaristin, wie sie im Buche steht.

»Arif«, sage ich. »Du hast keine Ahnung, als was für eine Hölle sich dein Leben entpuppen wird, ehe du nicht drinsteckst. Und glaub mir, in einem Doppelleben gibt es keine Würde. Du wirst beiden Frauen wehtun, von deinen Kindern ganz zu schweigen. Dein schlechtes Gewissen wird dich umbringen. Es wird nicht viel von dir übrig bleiben. Anstatt, dass du Gutes tust, wirst du allen aus deinem Umfeld zur Last fallen. Wenn sie dich ansehen, werden sie nur daran denken, was du ihnen angetan hast. Du wirst dadurch nicht zu einem … einem – wie hast du es eben genannt? – *verantwortungsvollen Menschen.* Dem Mann, der *das Richtige* getan hat. Du bist dann nichts als ein Arschloch. Und als Arschloch wirst du sterben.«

»Es leugnen ist eine Sache«, sagt meine Schwester. »Sich selbst verleugnen eine andere.« Plötzlich ist sie ganz schulmeisterlich, steif und unnachgiebig.

»Hört zu, wir behalten unser Kind, und das ist auch nicht verhandelbar. Aber ich werde die Mutter unseres Kindes nicht heiraten, weil ich nicht zwei Frauen haben will. Das wäre einfach nur ungerecht. Ich werde Verantwortung übernehmen, indem ich sie voneinander trenne. Ich werde Adinda ehren, indem ich ihr den Schmerz erspare. Ich bin derjenige, der leiden wird, und zwar ich ganz allein.«

»Dein Heldenmut in Ehren, Arif, aber wie willst du deiner

Frau denn bitte den Schmerz ersparen? Sie wird dich hassen, sobald du es ihr sagst.«

Erst jetzt wird es mir klar. Er wird es ihr nicht sagen. Das war die ganze Zeit schon sein Plan. Und er setzt auf Rumitas Stärken und Schwächen, genau wie er auf mich setzt. Er weiß, dass seine beiden Schwestern ihn nie verraten würden, weil Rumita sich mit lebenslangem Schweigen abfinden wird, solange sie nicht den Rest ihres Lebens jemanden ansehen muss, der einfach so ihrer Nichte oder ihrem Neffen das Leben nahm, und weil ich nicht den Liebling meiner Mutter verraten würde.

Und so, von einem Augenblick auf den anderen, werden wir wie alle anderen. Noch eine unglückliche Familie, die es über kaltem Kaffee und nach nichts schmeckendem Kuchen ausficht.

12.

Das Mädchen. Ich gebe zu, dass ich viel zu der Angewohnheit meiner Familie beigetragen habe, sie nicht beim Namen zu nennen. Sie ist so anders als alle, die wir kennen, ihre Unkonkretheit so ausgeprägt, dass ihr Spitzname einer dieser dahergesagten Endgültigen sein musste, die keine Zugeständnisse duldeten. Sie ist das Mädchen. *Das* Mädchen. Das Mädchen, auf das es ankommt. Verallgemeinert und spezifiziert, die Goldwährung.

Jetzt allerdings, wo wir uns so sehr daran gewöhnt haben, sie nicht beim Namen zu nennen, klingt es falsch. Und sexistisch. Und kleinkariert. Was als verschlüsselte Form der Akzeptanz und Zuneigung begann, wird sich in den Ohren der unnachsichtigen Öffentlichkeit nach einem Instrument der Schmälerung anhören, und nach einem kleinlichen noch dazu.

Wir sollten jetzt lernen, ihren Namen zu sagen. Umso mehr, da wir nicht mehr eine Familie sind.

Aber für mich wird sie immer das Mädchen bleiben.

* * *

Als das Mädchen an jenem Tag in mein Büro kam, bereits vor einem Jahr, dachte ich, ich sähe ein Gespenst. Da war eine

Präsenz, ja, eine physische Präsenz, aber merkwürdig undefiniert. Übergroße Kristallaugen, die mich an- und doch an mir vorbeisahen, als würde eine Glaswand uns voneinander trennen, ihre Lippen geschwollen und bläulich, weil sie ständig darauf herumkaute, die Beine zu lang für ihren spindeldürren Oberkörper.

Ich rede auch von einer Person, deren Leben, auch wenn sie nicht direkt von Siri abstammte, stark durch ihre Stiefmutter – den Geist einer anderen Person – beeinflusst worden war. Ob es ihr nun gefiel oder nicht, es erhellt oder verdunkelt worden war, zum Guten oder Schlechten. Ich gebe es also zu. Ich war neugierig.

Als sie den Platz einnahm, den ich ihr anbot, platzte es beinahe aus mir heraus: Wie kann ich dir helfen? Ist dir gerade bewusst geworden, dass deine Stiefmutter dein Leben ruiniert hat?

* * *

Aus der Nähe betrachtet, war sie weder hübsch noch unscheinbar, weder zäh noch zerbrechlich, ihr Farbton lag irgendwo dazwischen. (So würde ihre farbenverrückte Stiefmutter es beschreiben.) Sie war wortkarg und zielstrebig, nicht, was ich erwartet hatte. Ihre Stärke schien mal naturgegeben, mal aufgesetzt; es war, als wäre sie über Nacht ins Erwachsensein geschleudert worden und als hätte sie gelernt, so zu leben, dass sie ihre Vergangenheit nicht hereinließ.

Sie hatte eine Mappe vor mich hingelegt. Ihren Lebenslauf und ein Bewerbungsschreiben. Referenzen von den üblichen Verdächtigen: zwei Menschen, die ich gut kannte, der eine eine erfahrene Menschenrechtsaktivistin und der andere eine angesehene Historikerin, und eine Allzweckperson, deren Spezialität es war, überschwängliche Zeugnisse für junge und vielversprechende Talente zu verfassen.

Der Name auf der Mappe war Amalia B. Malik. Das also war Riaz' Nachname. Malik. Ich fragte mich, wofür das B. wohl stand. In dieser Hinsicht sind wir so unnötig neugierig.

»Du willst also einen Job?«

»Ja.«

»Egal welchen?«

»Ganz egal.«

»Ganz egal haben wir nicht. Wir haben alles. Alles, was in diesem Land schiefläuft. Aber dieses Alles wird nicht mit viel bezahlt.«

»Ja.«

»Aber es wird trotzdem erwartet, dass du alles machst.«

»Dann bin ich eben überqualifiziert. Ich weiß.«

»Was genau weißt du denn?«

»Überqualifizierte Leute wollen bei einer NGO arbeiten, weil sie von ihrem Idealismus angetrieben werden. Und trotzdem nehmen sie die Überbelastung und die geringe Bezahlung hin. Ich meine, das ist das Risiko dabei.«

»Du bist also idealistisch?«

»Ich glaube schon.«

»Es wird Zeiten geben, da wird dir alles sinnlos erscheinen.«

»Ich weiß.«

»Es wird Zeiten geben, da wirst du so frustriert sein, dass du einfach nur wegwillst. Du wirst denken, dass du dein Leben darauf verschwendest, dich für andere Leute aufzuregen, dass du nichts erreichst, nichts scheint zu klappen, du regst dich immer noch auf, die anderen sind immer noch Opfer, und deine bedeutend jüngere Cousine verdient mehr als du.«

Sie zögerte, auf ihrer Stirn bildeten sich leichte Falten.

»Ich … ich bin sicher, das geht.«

»Die ausländischen NGOs bezahlen besser.« Ich nannte ein paar Namen.

»Na ja, ich finde eben gut, was *ihr* macht.« Ihr Tonfall änderte sich leicht, als würde sie auch sich selbst überzeugen wollen.

»Was genau?«

»Dass ihr euch um alles kümmert«, sagte sie einen Hauch zu eilig.

Ungeformt, biegsam, das schon. Aber es gefiel mir, dass sie keine Liste unserer Tätigkeiten aufgestellt hatte, uns nicht sagte, was ihr an uns besonders gefiel. Später mochte sich das als Versehen herausstellen, doch das Letzte, was ich in diesem Augenblick von ihr brauchen konnte, war, dass sie sich aalglatt präsentierte.

Ich sah, wie sie mir die Papiere auf dem Tisch hinschob, ihre Finger sachte auf ein bestimmtes Dokument tippten. Ihr Lebenslauf. Warum nicht jetzt. Ich nahm ihn und blätterte ihn durch.

Ein Abschluss in Psychologie von der Universitas Indonesia: gut. Örtliche Kenntnisse. Lokales Netzwerk. Schwerpunkt Sozialpsychologie und Pädagogische Psychologie. Noch besser.

Kein Master. Gut. Weniger Ansprüche. Mit beiden Beinen auf dem Boden.

Ein sechsmonatiges kulturelles und pädagogisches Austauschprogramm in San Francisco. Gut. Definitiv ein privilegierter Background. Aber nicht zu lange im Ausland, nicht lange genug, um eine Attitüde zu entwickeln.

Ich hörte ein leises Rascheln, während sie mir zusah, wie ich las, ein Versuch, ihre Besorgnis zu kaschieren.

»Ich möchte in der Beratung für Frauen arbeiten«, sagte sie unvermittelt. »Ich meine, das kann ich gut. Opfer häuslicher Gewalt, von Naturkatastrophen, Gewaltopfer allgemein. Wäre das möglich? Ich habe auch vier Semester Jura studiert. Vielleicht könnte ich da unterstützen.«

Sie wäre nicht zu mütterlich, aber auch nicht furchtbar

jung oder zu wenig mitfühlend. Sie hatte eine würdevolle Stimme – ruhig, reif, aber dabei nicht überheblich.

Sie wäre perfekt.

* * *

Einen Monat lang sah ich ihr im Büro zu, wie sie sich zurechtzufinden versuchte, reinpasste und nicht reinpasste, sich um Würde bemühte und darum, dranzubleiben, zurechtzukommen, nichts Falsches zu sagen oder zu tun, nicht einfach nur noch ein Schaf in der Herde zu sein. Ein zusätzlicher Posten auf der Gehaltsliste der Personalabteilung: niedriger als eine Führungs-, höher als eine Bürokraft, eine vollkommen neue soziale Schicht. Sie war sehr still und neigte dazu, nur etwas zu sagen, wenn man sie ansprach, und etwas an ihrer selbstbewussten Ausstrahlung schien zerbrechlich. Sie wirkte sowohl friedliebend als auch entnervt vom Bürogeschwätz, aber dass sie nicht so richtig reinpassen wollte, hatte bei ihr einen vollkommen anderen Hintergrund als bei ihrer Stiefmutter, die die Leute auf Distanz hielt, nicht weil sie nicht anders konnte, sondern gerade weil sie es konnte.

Das Mädchen hatte eine abgehackte und ein wenig unsichere Art zu telefonieren, doch wenn man genau hinhörte, wurde einem klar, dass sie ihre Arbeit ernst nahm. Ihre Fragen waren präzise und hartnäckig, als würde sie nichts ruhen lassen, bis sie zufrieden mit den Antworten war, bis sie ihrer Mühe wert waren.

Mir fiel auf, dass sie oft an ihrem Schreibtisch zu Mittag aß, verstohlen, erleichtert über wenigstens ein kleines bisschen Privatsphäre.

* * *

Im Monat darauf hielt ich Ausschau nach Widersprüchen zu diesen ersten Beobachtungen. Ich sah mir an, wie sie ihre Haare trug, sich kleidete, wie sie sich in einem Meeting hinsetzte, und wartete auf die eine abweichende Geste, die sie als Schwindlerin entlarven würde. Aber sie war ganz und gar sie selbst, wie auch ihre Stiefmutter es war und zugleich nicht war; sie war sich prüfender Blicke unbewusst, wohingegen Siri sich ihrer nur allzu bewusst war, und Amalia war wirklich so – blass, nebulös, mutig. Alles. *Das* Mädchen.

Es ließ sich nicht von der Hand weisen. Aus der absurden Abgeschiedenheit meines Büros schenkte ich Amalia B. Malik zu viel Aufmerksamkeit, und das sollte mir doch ein wenig Sorgen bereiten.

* * *

Ein paar Wochen später waren wir in einem Meeting. Alle waren angespannt, denn wir waren ersucht worden, im Namen der Dorfbauern aus Kendeng in Zentraljava, deren Lebensgrundlage von einem großen Bergbauunternehmen zerstört wurde, Druck auf die Regierung auszuüben, und zwar mit Taktgefühl. Wir standen finanziell nicht gut da, und jede Erklärung musste auf maximale Wirkung ausgerichtet sein und zum geringsten politischen Preis.

»Wir sollten uns nicht selbst zensieren«, sagte Farhad, mein Stellvertreter. »Bei diesem Kampf lohnt es sich, in die Vollen zu gehen.«

»Wir müssen mit unseren Einwänden aber trotzdem strategisch vorgehen.« Das kam von Reza, dem für Land und natürliche Ressourcen Zuständigen.

»Solange sie wissen, dass sie auf uns zählen können«, sagte Sita, deren Abteilung, Frauenrechte, am wenigsten Gelder zur Verfügung standen.

»Schneid dir mal nicht ins eigene Fleisch«, bemerkte Hana, die mich etwas säuerlich ansah.

Mit Ungewissheit zu leben war fürchterlich. Man konnte beinahe behaupten, dass wir in dieser Branche tätig und zu der Sorte Mensch geworden waren, die wir waren – starrsinnig, unbeugsam, lästig, wütend –, weil wir wieder Gewissheit in unserem Leben haben wollten.

Farhad war in Streitlaune. »Wir sollten die Verwaltung heftig zusammenstauchen. Das sollte unser Leitprinzip sein. Uns geht es nicht nur um Interessenvertretung. Wir kümmern uns auch um die gegenseitige Kontrolle. Wir lassen unserem Kandidaten nicht einfach freie Hand. Wir sagen ihm, hören Sie, Herr Präsident, wir mögen Sie, Sie sind ein guter Mensch, Sie meinen es gut, Sie sind wahrhaftig ein Mann des Volkes. Also achten Sie auf Ihr Volk. Vernachlässigen Sie nicht die Menschenrechte.«

Es ging noch eine Weile hin und her. Auf einmal sprachen alle über den neuen Gouverneur von Zentraljava und wie anfällig es ihn womöglich für Korruption machte, dass er so ein Sahneschnittchen war.

Doch ich hörte nur mit einem Ohr zu. Um ehrlich zu sein, war mir weinerlich zumute. Ich wollte etwas besprechen, das mir schon seit einiger Zeit im Kopf herumschwirrte, aber Amalia saß nicht mit im Meeting, und etwas daran beunruhigte mich.

Im staatlichen Rundfunk hörte ich vor ein paar Wochen ein einstündiges Interview eines Autors zu seinem Buch über die antikommunistischen Massaker von 1965, das er gerade veröffentlicht hatte.

Exakt vier Minuten und dreiundzwanzig Sekunden sprach er über sein Buch, und fünfundvierzig Minuten und siebenunddreißig Sekunden musste er dem unerträglichen Monolog seines Interviewpartners zuhören, woraufhin er dann im sogenannten Segment für Fragen und Antworten mit wenig Erfolg versuchte, die verletzten Fragen der Anrufer zu beantworten, die ihm ihr Herz ausschütteten: wie brutal doch die LEKRA, der kulturelle Zweig der Kommunistischen Partei, gewesen sei, wie ihre Familienmitglieder durch sie umgekommen seien. Nur eine einzige Person in der ganzen Zeit durfte eine gewissermaßen ausgleichende Frage stellen: Was, so sagen Sie es mir doch bitte, haben Sie sich dabei gedacht, über diese Ära zu schreiben? Sind Sie jetzt ein Kommunist oder nicht?

Ich war schockiert, ganz gegen meinen Willen; es war, als hätte man mir diese Frage gestellt, wie einer Angehörigen, die gebeten wird, eine Leiche zu identifizieren, und im grellen Tageslicht sah ich dann Ganjars Gesicht vor mir. Als man mich bat, seine Verbrechen aufzuzählen, fielen mir keine ein, denn er hatte niemanden umgebracht, hatte sein Land nicht verraten, es war ihm nicht einmal gelungen, etwas für seine Familie zu erkämpfen, das einer Entschädigung gleichgekommen wäre, nicht einmal die Buchstaben ET, kurz für ehemaliger politischer Gefangener, waren aus ihren Ausweisen entfernt worden. War auch er ein Kommunist, nur weil sein Vater als einer abgestempelt worden war? Konnte man eins der Bälger von Suharto fragen, ob sie sich zu Kleptokraten entwickelten, weil ihr Vater einer gewesen war?

»Ich wette, keiner der Anrufer hat das Buch gelesen«, hatte Amalia gesagt, denn sie war dabei, bei mir im Büro, und hatte das Interview mit angehört. Und sie hatte es mit solch zärtlicher Loyalität für etwas gesagt, das sie nicht einmal kannte, dass ich sie am liebsten umarmt hätte.

Auf einmal wurde mir bewusst, dass sie nicht bei uns im Meeting saß.

»Habt ihr Amalia gesehen?«, fragte ich in die Runde. Das hatte niemand. Es war schon fast elf; wo steckte sie?

Ich sah auf mein Handy, und da waren sie: ihre Nachrichten. Keine verpassten Anrufe, und das sah ihr ähnlich, denn sie war nicht der Typ, der anrief, wenn es um die eigenen Angelegenheiten ging, egal, wie dringend sie waren.

»Es tut mir leid, aber ich kann heute nicht ins Büro kommen. Mein Vater ist heute früh verstorben. Ich hoffe, es ist in Ordnung, wenn ich mir für den Tag freinehme. Oder vielleicht auch noch morgen.«

Später, als die Neuigkeit im Büro die Runde gemacht hatte, hörte ich nur heraus, wie seltsam sie war.

»Man würde doch meinen, sie hätte eine Adresse angeben können.«

»Wohin sollen wir die Blumen schicken? Wo findet die Beerdigung statt?«

»Wer war denn ihr Vater? Jemand Berühmtes?«

»Ist ihre Mutter nicht diese Künstlerin – diese schöne, aber eigenartige Künstlerin?«

* * *

Amalia machte uns die Tür auf, als würde sie sichergehen wollen, dass wir keinen falschen Eindruck bekämen. Das Haus war riesig und tadellos, die Art Anwesen, in dem es mehrere Wohnzimmer für verschiedene Anlässe gab, Möbel wie in einem Fünfsternehotel und einen Pool hinterm Haus. Amalia sah bleich und matt aus, beinahe kindlich, als hätte der Tod ihres Vaters ihr eine lebenswichtige Substanz genommen.

»Danke, dass du gekommen bist«, sagte sie.

»Danke, dass du …«, dann dachte ich, wie dumm das war, jemandem zu danken, dass man die Beerdigung des Vaters besuchen durfte.

Ich hörte, wie sie die Worte bei den übrigen Kollegen wiederholte, während sie ihnen die Wangen für mitfühlende Küsse und Tätscheleien hinhielt, und sie dann ins Haus führte, hier entlang, bitte, setzt euch, wo ihr mögt, da drüben gibt es Getränke. Als hätte sie schon ihr ganzes Leben für diesen Anlass geübt.

Es war fast Mittag, und auf einer großen weißen Tafel auf der Terrasse war angeschrieben, dass der Leichnam nach den *Zuhr*-Gebeten zur Mittagszeit zum Friedhof gefahren werden würde – eine Fahrt von maximal fünfundvierzig Minuten, selbst bei starkem Verkehr.

Sie berührte mich an der Schulter, ließ ihre Hand einen Moment lang dort liegen. Es schien ihr peinlich, dass es keinen wirklichen Gastgeber gab, keine wirkliche Hausherrin. Ich sah sie vor mir, wie sie ihr ganzes Leben lang die Hausherrin spielte, um dieses Fragezeichen zu kompensieren, so groß und vernachlässigt und alt wie eine Mutter. Ich sah sie vor mir, wie sie mit all den Müttern im Fernsehen aufwuchs und überlegte, ob sie wohl eines Tages eine werden würde, ob sie das wollte, und wenn ja, was für eine. Hier stand eine Amalia vor mir, die ganz anders war als die, die an ihrem Schreibtisch in einem kleinen Anbau neben Sitas Büro saß, souverän, aber letztendlich doch nervös. Sie war ein Geschöpf der Trauer, und an diesem Tag war sie in ihrem Element.

Weiter drinnen im Haus gelangte man in einen geräumigen Wohnbereich, der leer geräumt worden war, um Platz für den Verstorbenen zu schaffen. Es mussten schon über hundert Gäste da sein, von denen einige sich mit ihren Gebetsbüchern und Gebetsketten um Riaz' Leichnam geschart hatten.

Wir fanden Platz in einer Nische zwischen zwei Zimmern, die groß genug für uns war, und setzten uns. Wir waren zu sechst, lächerlich, wenn ich darüber nachdachte, doch wer ließ sich schon die Gelegenheit entgehen, an einem Mittwoch aus dem Büro zu entfliehen? Ich wollte Riaz nicht von Nahem sehen, auch wenn es schwierig war, das Foto von ihm in Übergröße neben seinem in ein Leichentuch gehüllten Leichnam zu ignorieren und nicht in Kummer über den Verlust eines so schönen Gesichts zu ertrinken. Eine Weile lang sah ich meinen Kollegen zu, die das kollektive Verhalten nachäfften und tief ins Gebet versunken waren. Sita war eine ziemliche Expertin für die Sure Ya-Sin, sie kannte sie in- und auswendig. Aber ich hatte keine Lust zu beten. Wie konnte man zum Tode eines Menschen beten, den man nicht kannte? Warum nicht für die Lebenden beten?

Hin und wieder tauchte Amalia in meinem Blickfeld auf, von Kopf bis Fuß in Schwarz gekleidet. Manchmal setzte sie sich und holte Luft wie ein wohlerzogenes, wütendes Kind. Möglicherweise stand sie noch unter Schock, denn sie vergoss keine Tränen, nichts wies darauf hin, dass sie es begriffen hatte. Doch was ist Trauer? Wie trauern wir? Woher sollen wir es wissen, solange es uns nicht getroffen hat?

Ich hatte sie nie gefragt, ob sie wusste, dass ihre Stiefmutter und ich einst Freundinnen gewesen waren, ich vermute, sie wusste es, doch war es mir nie wichtig genug, um nachzuhaken. Ich hatte von hier und da gehört, dass Siri sich 1999 von Riaz hatte scheiden lassen und dass sie in Europa war, von einer Stadt in die nächste zog, so versessen war sie darauf, uns glauben zu machen, sie sei tot.

Irgendwann setzte Amalia sich neben mich. Diesmal legte sie mir einen Arm um die Schultern, als würde sie meine Aufmerksamkeit dadurch von sich weglenken und wieder auf mich richten.

»Wie ist es passiert?«, fragte ich.

»Lungenkrebs«, sagte sie nüchtern. »Erbarmungslos, einer der schnelleren.«

»Das hast du mir nie erzählt«, sagte ich.

»Na ja«, sagte sie. »Man hofft ja immer auf ein Wunder.«

Jeden Augenblick konnte es Tränen geben, ich dachte schon, ich könnte es hören. Aber nein. Stattdessen lächelte sie. »Ich wurde sehr geliebt, weißt du.«

Im Augenwinkel meiner auf ewig liebeskranken Augen stach mich plötzlich etwas, und ich spürte, wie mein Herz barst. Alles war wieder da, alles, Siri, die mit der Frau im Bett lag, Siri, die mich an dem Abend in der Bar auf die Wange küsste, Siri, die mir erzählte, sie habe Riaz wegen Amalia geheiratet, weil Amalia diejenige war, die ihr zu denken gab. Siri und ihre Abwesenheit. Ihre Abwesenheit selbst an diesem Tag.

Doch heute ging es nicht um Siri und wo zur Hölle sie steckte; es ging um das Mädchen und die Tatsache, dass nun auch sein Vater es alleingelassen hatte.

* * *

Ich mochte keine Beerdigungen, aber irgendwie war ich in einem Autokonvoi gelandet, der unterwegs zum Friedhof war.

Es ärgerte mich damals, und es ärgert mich noch immer, dass ich die Frau nicht bemerkte, bis ich sie während der nicht enden wollenden Predigt des Ustad hinter Amalia in der sogenannten Familienreihe sitzen sah. Ich hatte sie nur einmal getroffen, als Siri mich vor all den Jahren zu sich nach Hause eingeladen hatte, nachdem sie von der Uni zurückgekommen war. Doch obwohl die Frau fast vollständig in Schwarz verhüllt war, die Augen hinter einer Sonnenbrille versteckt, waren ihre Wangenknochen, die Energie, die sie umgab, unverwechselbar. Es war Siris Mutter Amba.

Und erst jetzt begriff ich, warum Siri alles tat, um ihr zu entfliehen, trotz der enormen Kraft, der enormen Wucht, die sie meiner Meinung nach für immer aneinanderband.

* * *

Der Sonntag nach der Beerdigung kam fahl und zusammengesackt daher wie jeder Sonntag in dieser Stadt. Ich wachte nach neun auf, und mein Mund war ungewöhnlich trocken, als wäre das die Strafe dafür, dass ich so spät aufwachte.

Pinah war seit beinahe fünf Tagen nicht da, und das Einzige, wonach es roch, war die unbesetzte Küche mit ihren süßlichen und nicht einzuordnenden Spuren der Mahlzeiten von letzter Woche. Doch wohl oder übel gehörte diese Küche mir, und sie konnte ein bisschen Fleiß von mir vertragen.

Ich wollte mir gerade so etwas wie ein Frühstück machen, als ich meinte, das Holztor auf der Terrasse quietschen zu hören. Dann hörte ich die kleinen Schritte des Hausdieners näher kommen und sah, wie er zur Tür hereinspähte. Er sah aufgeregt aus.

»Es ist Fräulein Amalia«, sagte er, als könnte er es selbst nicht glauben.

Ich stand nur dumm da.

»Fräulein Amalia«, wiederholte er ihren Namen. »Mit einem Koffer. Sieht aus, als würde sie irgendwohin fahren.«

Als Erstes dachte ich, dass ich wohl einen Tee machen könnte. Es gab noch ein paar Reste vom Kuchen, eine ungeöffnete Tüte Maniok-Chips.

Ich wollte ins Wohnzimmer gehen, denn ich rechnete damit, sie dort auf dem Sofa sitzen zu sehen. Doch sie stand im Flur, mit ihrem Koffer, unbeholfen und erschöpft, wie ein Kind, das gerade von zu Hause weggelaufen war.

Ich ließ sie Platz nehmen. »Tief durchatmen«, sagte ich, auch wenn ich selbst kein besonders gutes Beispiel abgab. »Ich gehe jetzt zurück in die Küche und hole uns was zu trinken. Wenn ich wiederkomme, erzählst du mir alles.«

* * *

Wie sich herausstellte, war sie tatsächlich von zu Hause weggelaufen. Ihre Stiefmutter war aus London gekommen, unsere gemeinsamen Freunde hatten nicht geschwindelt. »Irgendwie bin ich froh darüber«, sagte Amalia.

Ich war etwas getroffen, aber ließ es mir nicht anmerken. »Worüber?«

»Zuerst dachte ich, es würde mir etwas ausmachen. Nach all den Jahren, meine ich. Dass ich ihren Beweggründen nicht trauen kann.«

Anscheinend hatte ich das Gesicht verzogen, denn sie beeilte sich zu erklären: »Es hat mich überrascht, dass es mir so viel bedeutet. Dass es ihr so viel bedeutet, dass sie zurückgekommen ist.«

Ich nickte nervös. *Wo liegt dann das Problem? Warum bist du hier?*

»Es ist schwer zu erklären. Sie kümmern sich in dieser Familie. Nur eben oft auf die falsche Weise.«

»Deine Stiefmutter?«

»Beide. *Ibu* und meine Großmutter«, sagte sie nachdrücklich. »Meine Stief-Großmutter. Sie kümmert sich. Da war zum Beispiel dieses eine Mal, das werde ich nie vergessen, als meine Eltern sich gestritten hatten und es hässlich wurde und *Ibu* das Haus verließ und fast eine Woche lang nicht zurückkam. Ich war verzweifelt, und meine Stief-Großmutter war einfach für mich da. Sie übernahm ganz einfach. Immer, wenn sie mit mir allein ist, dann ist sie, ich weiß auch nicht, nett und normal. Erst wenn die beiden im selben Raum sind, zeigt sich die Bestie, in beiden. Es ist, als würden sie das Schlimmste ineinander zum Vorschein bringen.«

Jetzt wurde es mir natürlich klar. Dieser eine Moment auf der Beerdigung – das ernste Gesicht, die Wangenknochen, so scharf, als könnten sie schneiden, die lichtlosen Augen. Es wäre ungerecht, alles auf die Wechseljahre und eine harte Vergangenheit zu schieben, ich wusste nichts über ihr Leben.

Das kann ich verstehen, sagte ich zu Amalia. Das kann ich verstehen.

»Aber manchmal bin ich einfach unsicher, verstehst du. Zwischen den beiden besteht eine ganze Kultur, die ich nicht verstehe. Und vielleicht auch nie verstehen werde. Vor ein paar Tagen dachte ich noch, *Ibu* sei wegen meines Vaters und meinetwegen nach Hause gekommen. Das schien ja auch passend. Als ich sie durch die Tür kommen sah, dachte ich, ja, dieser Augenblick gehört nur uns. Aber natürlich lag ich falsch. Weder ich noch mein Vater – tot oder lebendig – könnten sie jemals dazu bewegen, in ein Flugzeug zu steigen und ganz von London herzukommen. Das kann niemand außer ihrer Mutter. Und es ging nicht einmal um meinen Vater. Es ging um – ihr Ego. Nehmen wir an«, sagte sie schließlich, ihr Tonfall hatte sich verändert, »du bist achtundzwanzig, und nur weil dein Vater gestorben ist, du unverheiratet bist und deine beiden Mütter abwesend sind, sagt dir die Mutter deiner Stiefmutter, du müsstest mit ihr zusammenleben, es gebe keine andere Lösung. Keine andere Fassade, die man der Gesellschaft präsentieren könne.«

Sie klang wie eine Jugendliche, die sich einer Freundin anvertraute und nach Bestätigung für irgendeine belanglose, mädchenhafte Angelegenheit suchte. »Diese Sache mit dem Ansehen. Sie glaubt, wenn uns etwas passiert – *Ibu* oder mir –, dann würde das ein schlechtes Licht auf sie werfen. Dann wäre das ihr Versagen.«

»Die meisten Mütter sind so«, sagte ich freundlich, auch wenn es eine Lüge war. Meine Mutter war nicht so.

»Das Problem dabei ist, dass sie denkt, sie würde damit nur sich selbst bestrafen. Dass sie niemand anderem Schaden damit zufügt.«

»Aber das – leider machen Menschen das«, sagte ich. »Letztendlich enttäuschen sie einen.«

Sie dachte darüber nach.

»Aber warum machst du dir eigentlich so viele Gedanken über deine Großmutter?«, fragte ich. »Du kannst doch sicher im Haus deines Vaters bleiben, von dem ich annehme, dass es auch dein Zuhause ist.«

»Genau genommen ist es das nicht mehr. Zuerst gehörte es ihm, aber dann hat er sein gesamtes Vermögen bei einer dämlichen Investition verloren, und meine Stief-Großmutter hat *Ibu* geholfen, es ihm abzukaufen. Nachdem *Ibu* uns verlassen hat, durfte er wegen mir bleiben, was wirklich großzügig von den beiden war. Aber jetzt wird meine Großmutter alt, und sie hat bisher in einem fürchterlich kleinen Haus in einer gottverlassenen Gegend im Süden gewohnt. Wirklich das Letzte. Es ist also nur folgerichtig, dass sie in das … das große Haus zieht. Ich hätte es ihr sogar selbst angeboten, wenn sie nicht plötzlich versucht hätte, das Kommando zu übernehmen.«

»Und welche Rolle spielt deine Stiefmutter dabei? Hat sie noch ein Haus oder eine Wohnung hier in Jakarta?«

»Nein, nichts mehr. Bis auf das Haus meines Vaters, das ja eigentlich ihres ist.«

»Und wo ist sie jetzt? Wie lange bleibt sie? Muss das Testament noch geklärt werden, irgendwelche Familienvermögen oder Ähnliches? Sie und dein Vater waren schon eine Weile geschieden, oder? Was willst *du* jetzt machen?«

»Sie sind beide im Haus, streiten über alles, außer darüber, was ich will.«

»Deine Stiefmutter – sie ist aber doch deinetwegen zurückgekommen«, sagte ich. »Sie hatte Angst, ihre Mutter könnte dir womöglich das Leben schwer machen, also ist sie in den Flieger gestiegen. Sie ist hergekommen, um dich vor ihrer Mutter zu beschützen.«

»Aber will ich diese Familie überhaupt? Alle meine leiblichen Großeltern sind tot. Mein Vater war das letzte Familienmitglied, das ich hatte. Und jetzt werde ich plötzlich in diese bittere, unglückliche Nicht-Familie geworfen. Ich kenne keine andere Familie, die so belastet ist.

Immer habe ich getan, was mir gesagt wurde. In der Schule hatte ich immer gute Noten. Ich war immer fleißig, umgänglich, genügsam. Nie habe ich gegen irgendwelche Regeln verstoßen, nie habe ich um irgendwelche Extras gebeten. Während sie sich also darüber streiten, wie man mich am besten mit einem Keuschheitsgürtel in einer Vitrine ausstellen soll, Gott, lass mich irgendwo anders sein, weit weg von ihnen.«

Als sie sich schließlich vorbeugte, um die Hand nach ihrem Tee auszustrecken, bemerkte ich, wie schmal ihre Schultern geworden waren. Mir hatte sich die Kehle ein wenig zugeschnürt, und ich nahm ihre Hand.

»Mein Vater –«, sagte sie stockend. »Ich würde nicht sagen, dass er besonders stolz auf mich war. Aber er war immer anständig zu mir. Und normal, weißt du. Wie man es von jedem Elternteil denken würde. Er hat mich nie als Last empfunden. Er hat nie mein Gewissen infrage gestellt. Und er …«

Ich drückte leicht ihre Hand. Lass es raus, Mädchen, lass es raus.

»… er war der Einzige, der mich nie im Stich gelassen hat.«

Mehrere Minuten vergingen. Ich sah ihren Koffer an und dann wieder sie, sah ihr in ihre großen wässrigen Augen. »Liebes Mädchen. Wo genau willst du jetzt hin?«

Sie schien von der Frage überrascht. Dann sah ich, wie sie sich aufrichtete. »Wüsstest du vielleicht, wo ich in der Nähe vom Büro ein Zimmer mieten kann, irgendein *kos*?«

Ich sah sie an, meine Augen brannten, und mir schien, sie verstand, was ich vorschlug. So kam Amalia zu ihrer neuen Familie.

13.

Wir hatten uns in der Schule kennengelernt, damals, Mitte der Siebziger. Es war eine Privatschule, die ewig dauerte, von der Grundschule über die Mittelstufe bis hin zur Oberstufe, an deren Ende man, wenn man es denn durchgehalten hatte, womöglich das Gefühl hatte, man hätte eine Art Medaille für sein Lebenswerk verdient.

Es war wirklich schaurig. Ein Jahrzehnt lang, womöglich länger, saß man mit den gleichen Gesichtern, den gleichen Namen, den gleichen Persönlichkeiten fest. Und das fühlte sich wie ein gesamtes Leben an, denn vielen von uns erschien das Leben danach vollkommen überflüssig, wenn nicht sogar ein wenig demütigend; es konnte gar nicht größer oder besser werden.

Siri jedoch war anders. Sie war stets die seltsamste und herrlichste von uns allen, und in den fünf Jahren, die ich sie kannte, wollte ich nichts außer ihre Busenfreundin sein.

* * *

Zu jener Zeit zählte die Tirtamarta Grundschule zu den Eliteschulen, hauptsächlich, weil sie katholisch war, ihren eigenen Schulbus hatte und die Mädchen karierte Röcke trugen statt der tristen, verwaschenen roten an den öffentlichen Schulen.

Nach der Grundschule zogen die Schüler und Schülerinnen, die die entsprechenden Noten hatten, auf die andere Straßenseite an die Tirtamarta Mittelstufe, wo man sie beim Zulassungsverfahren fröhlich bevorzugte. Auch wenn wir nicht gerade ›zusammen abhingen‹, wusste ich, dass Siris Zuhause nur ein paar Haltestellen entfernt in einer grünen Wohngegend gegenüber von der geschäftigen Kreuzung lag, an der ein beliebter Vogelmarkt sich jahrelang behauptet hatte, ehe er schließlich einem Volkspark Platz machen musste. Ich wohnte nicht weit von ihrem Haus entfernt, im gleichen Viertel, allerdings in einem Haus, für das ich mich schämte, denn es stellte mich und meine Familie in einem falschen Licht dar, und ich hatte nicht die Macht, etwas daran zu ändern.

Siri war seit der ersten Klasse auf der Tirtamarta gewesen, aber da Rumita und ich erst nach Jakarta gezogen waren, als ich elf war, besuchte ich die Schule erst ab der fünften Klasse. Eigentlich wollte ich gar nicht herziehen, weil mir nichts an Jakarta gefiel. Am wenigsten mein Onkel, der Bruder meiner Mutter, in dessen übergroßem überfüllten Haus wir untergebracht wurden. Ich fand ihn link, stumpfsinnig, manchmal auch vulgär; man konnte ohne Weiteres erkennen, weshalb er unter den Jasagern und Duckmäusern um sich herum, die seine Unsicherheit brauchten und davon zehrten, so aufblühte.

Er war jedoch derjenige gewesen, der Glück gehabt hatte, so meine Mutter: Er hatte es nach Jakarta geschafft, als das noch eine Rolle spielte, einen bequemen Job ergattert, war reich geworden und hatte auch noch reich geheiratet. Sie hätte es mir auch unverblümt erzählen können: dass er korrupt wie sonst was war, sein Boss ebenfalls, und seine Frau, die die Tochter seines Bosses war, vermutlich genauso. Doch das tat meine Mutter nicht. Sie sagte lediglich, mit all diesem Geld sei es seine gottgegebene Pflicht, sich um die Brut seiner Schwester zu kümmern. Rumita sagte mir, ich solle mich nicht immer von allen so auf den Schlips getreten fühlen. »Die Leute denken doch nur, wir seien reich«, sagte sie. Das war nach unserem ersten Monat. »Aber sie wissen, dass wir es nicht sind. Und *wir* wissen, dass wir es nicht sind. Ist das nicht die Hauptsache?« Zwei Wochen später sagte sie: »Es ist gar nicht so schlecht, weißt du. Wenn man einen reichen Anschein macht.« Keine zwei Monate, und sie war bereits infiziert. Und so blieb ich auf stolze Weise nicht überzeugt.

Meine Bedenken, was Jakarta betraf, gingen jedoch noch tiefer. Bis Siri in mein Leben trat, ergab nichts an der Stadt Sinn für mich. Es ergab keinen Sinn, dass alles dreimal so viel wie in Magelang kosten musste, dass die Leute so viel Strom verschwenden mussten, und dass in manchen der unmöglichen Anwesen in meiner Nachbarschaft die Hausangestellten, von denen viele aus unserer Gegend stammten, lächerlich weiße Schürzen tragen und die Hunde ihrer Arbeitgeber ausführen mussten, obwohl sie ihnen eindeutig zu schaffen machten. Manchmal, wenn Rumita und ich spazieren gingen, fing ich ein Gespräch mit ihnen an, und während wir mit den Hunden halfen, sprachen wir oft über die unbestechliche Schönheit von Magelang. Beziehungsweise ich sprach über die unbestechliche Schönheit von Magelang, während sie mir mit einem Ohr zuhörten und auf ihrem gebraucht erstandenen Game & Watch spielten.

* * *

Jede auf ihre Weise waren Siri und ich Unfälle der Geschichte. In den ersten Monaten auf der Tirtamarta sagten mir mein Onkel und meine Tante, ich solle mich privilegiert fühlen, dass ich eine katholische Schule besuchte, weil meine Eltern nicht nur Muslime waren, sondern *arme* Muslime noch dazu, also musste ich glänzen *und* dankbar sein. Siris Glanz entsprang einem anderen Ausgangspunkt; es war das Ergebnis einer reichen muslimischen Familie, die sich die beste Bildung leisten konnte, sodass sie auf eine katholische Schule ging, auf der ihr Glanz sich entfalten konnte. Wir waren uns beide des jeweiligen Glücks bewusst, das wir hatten, und hassten es aus unterschiedlichen Gründen: Ich ärgerte mich, dass dieses Privileg, diese Identität, stets eine Leihgabe sein würde; Siri konnte es nicht ertragen, dass sie einen Hintergrund repräsentieren musste, der ihr so unangenehm war.

Meinem Interesse am Schulbus lag zweierlei zugrunde. Erstens, dass Siri mitfuhr, und zweitens, dass er oft den einen oder anderen Streuner mitnahm, zu denen auch ich gehörte. Einmal, es war ein Prüfungstag, war ich spät dran und niemand konnte mich fahren. Rumita war bereits in der Oberstufe und hatte ihre eigenen Vereinbarungen. Eins der reichen Kinder aus der Nachbarschaft hatte Mitleid mit mir und verschaffte mir einen Platz im Bus, der aussah wie ein Hulk-grüner tragbarer Toaster, dessen Motor nicht zu laufen aufhörte, wenn man ihn einmal angeworfen hatte. So saß ich auf einmal neben Siri, die hinter ihren Englischbüchern jeden im Bus verächtlich beäugte.

Sie war schon eine Nummer. Sie schien die anderen nicht besonders zu mögen; sie tolerierte sie lediglich. Ich spürte, wie sie auf ihrem Sitz hin und her rutschte, näher ans Fenster rückte, als würde sie nicht riskieren wollen, Körperkontakt mit mir aufzunehmen. Ich weiß noch, dass ich mir fast die ganze Fahrt über Sorgen machte, ob ich unangenehm roch. Ein paar Minuten später jedoch sah ich, wie sie einen verstohlenen Blick auf das Buch warf, in dem ich las. Es war eine wunderschöne Ausgabe von den Abenteuern des Bauernjungen Made und seinen Tierfreunden. Der Illustrator war mein Held, er hieß Suyudi.

»Ich liebe seine Zeichnungen«, sagte sie unvermittelt. »Er ist ein Genie. Mein Lieblingsbuch von ihm ist das mit den 101 Katzen.«

Ihre Stimme war erstaunlich tief und freundlich und entsprach nicht meiner Vorstellung von einer rotzfrechen Prinzessin.

»Oh ja, das finde ich auch großartig«, sagte ich. »Aber am allerbesten ist immer noch *Großvater und die Korallenhöhle.*«

»Nur ein Indonesier kann solche Formen und Figuren malen.«

Ich hielt inne und dachte darüber nach. Mein elf Jahre altes Herz schlug schneller.

»Ich bin Siri«, sagte sie, auch wenn sie mir nicht die Hand hinhielt.

Ich nannte ihr meinen Namen, mit einem leichten Beben, und fragte mich, ob sie wohl die einzige Siri wäre, die ich je kennen würde.

* * *

Es überraschte mich ein wenig, als ich später herausfand, dass sie Muslima war, genau wie ich. Es gab einige Muslime an der Tirtamarta, und man konnte sie immer daran erkennen, dass sie wie angewurzelt sitzen blieben, wenn das Abendmahl gefeiert wurde, und zusammenzuckten, wenn jemand *babi* und *anjing* erwähnte – Schweine und Hunde. Ich hatte angenommen, weil sie merkwürdig bläulich graue Augen und helle Haut hatte, dass Siri vielleicht eurasischer Abstammung war. In unserem Verständnis bedeutete das, jemand sah eher »westlich« aus als »östlich«, und weil sie eben »westlicher« aussah, folgte daraus, dass sie keine Muslimin war. Aber Siri – nun ja, wie gesagt, sie war anders.

Später erfuhren wir, dass ihr deutsch-amerikanischer Vater zum Islam konvertiert war, damit er ihre Mutter heiraten konnte.

Nach unserem Wortwechsel im Schulbus blieb jede hauptsächlich für sich. Weder wusste ich, warum sie sich keine Mühe gab, mich zu grüßen, noch wusste ich, wie ich auf sie zugehen sollte, um ihr Hallo zu sagen; alles klang nach verbotener Liebe. Natürlich war man in der Schule immer zwei Personen in einem Körper: Frauen in Mädchenkleidern, Geister verehrende Moscheegänger, Muslime, die das Abendmahl einnahmen, Christen, die es nicht taten, Moralapostel, die eine zerfledderte Ausgabe eines *Mills and Boon*-Romans weiterreichten, auf dessen Buchdeckel ein blondes Mädel mit wallenden Haaren in den Armen eines Fabio mit nacktem Oberkörper lag.

Siri hatte etwas an sich, das mich faszinierte und ängstigte. Immer wenn sich scheinbar ein Augenblick ergab – wir zur gleichen Zeit die Treppe hinuntergingen, in der Kantine in derselben Schlange standen –, überflutete mich eine Woge der Schüchternheit.

Zu jener Zeit war es schwer, an der Schule akzeptiert zu werden. Wenn man falsch aussah oder das Falsche trug, war man erledigt. Am Ende der sechsten Klasse landete ich zufällig in Siris Dunstkreis. Plötzlich bekamen wir die Gelegenheit, uns zu unterhalten, anstatt dass ich mit dem Schatten verschmolz, wie ich es mir angewöhnt hatte, wann immer sie im gleichen Raum war.

Plötzlich neckten wir uns täglich. Den anderen schien es nichts auszumachen, wenn sie auch ein wenig verblüfft waren, dass wir uns plötzlich so gut verstanden. Hund und Katze, sie kabbeln; keiner gewinnt, keiner verliert.

Irgendwann im zweiten Jahr auf der Mittelstufe fiel mir auf, dass sie mir immer mehr zuhörte. Vor allem wie ich über Politik redete, über die täglichen Geschichten über Korruption und Behördenkram, von deren Existenz unsere Freunde nicht die leiseste Ahnung hatten. Sie fing sogar an, die großen Fachbegriffe zu verwenden, die ich manchmal benutzte.

Sie war letztlich doch die Katze, und sie brauchte nur dann Liebe, wenn sie entschied, dass es Zeit dafür war.

Eines Tages rückte sie mit der Sprache heraus.

»Du liest tatsächlich Zeitung«, sagte sie.

»Na ja, machen das nicht alle?«

Sie sah mich spöttisch an.

»Du weißt doch, dass sie es nicht tun«, sagte sie und drehte sich um.

* * *

Ihr Interesse an Politik hatte natürlich geholfen. Doch schon in den ersten Wochen an der Schule wurde mir klar, dass sie sich am meisten für ›Kunst‹ interessierte. Vor allem die Malerei lag ihr. Ihre Leidenschaft war so enorm, man hätte meinen können, sie sei selbst aus einem Gemälde entsprungen, das Neugeborene, das zur Venus würde. Ein Blick auf ihre Zeichenblöcke offenbarte unablässige Übungen in Rot, Rottöne für alle Sorgen und Vergehen. Ich konnte nicht beurteilen, ob sie etwas taugten, nur dass sie oft eigenartig aufgeladen waren, ihnen eine Art Wahn anhaftete.

* * *

Das letzte Jahr auf der Grundschule und die drei Jahre Mittelstufe waren die schönste Zeit in meinem Leben. Während Siri in der fünften Klasse noch viel Zeit mit einer Lehrerin namens Mrs Kenny verbracht hatte, waren Siri und ich auf der Mittelstufe in fast jeder Pause zusammen. Sie schenkte mir Süßes, das sie von zu Hause mitgebracht hatte, lieh mir Bücher aus ihrer eigenen Büchersammlung aus. Wir sprangen Springseil, spielten Dakon und übten uns darin, aus Spaß politische Pamphlete zu verfassen und revolutionäre Liedchen zu komponieren.

Zu der Zeit war Siri im Bann der Weltliteratur, die sie komplett zwischen ihren Händen halten konnte. Sie zeigte mir die Romane, stibitzt aus dem Bücherregal ihrer Eltern, von zwei Frauen, die denselben Nachnamen trugen (Brontë), von ein paar französischen, russischen und deutschen Autoren (so sagte sie mir) und von einigen Verfassern, deren Namen ich später in den Comicfassungen dieser raffinierten Reihe gekürzter Weltliteratur wiedererkannte, die ich mir hin und wieder von Arif mopste. Es schadet nicht, wenn man Eltern hat, die viel lesen, sagte ich zu ihr. Was machen denn deine Eltern beruflich? Nicht dass ich es besser gewusst hätte.

* * *

Mein Vater und meine Mutter waren hagere, sonnengebräunte, nüchterne Leute, ihre Nasen platt und ihre Gesichtszüge undeutlich, und das war auch gut so. Schönheit spielte in unserer Heimatstadt keine Rolle, wenn man sich nicht auch nützlich machte. Doch genau wie bei Arif war es nicht die Tatsache, dass mein Vater eine Muhammadiyah-Schule gründete und deren erster Direktor wurde, die ihn so unerschütterlich beliebt machte. Seine Arbeit mag ihm gesellschaftlichen Respekt eingebracht haben, aber es wurde nicht als Errungenschaft angesehen, und schon gar nicht als eine bedeutende. Es war vielmehr seine Pflicht, wenn man das Vermächtnis seines verstorbenen Vaters betrachtete, der zu seiner Zeit ein bekannter religiöser Anführer gewesen war.

Nein, er war so beliebt, weil er das geschmeidige Auftreten und die routinierte Genauigkeit besaß, die seine Position von ihm verlangte. Er hatte ein umwerfendes Lächeln, und er flirtete mit jedem: Männern, Frauen, Kindern, Tieren. Er konnte gut mit jungen Leuten umgehen, hatte eine beruhigende großväterliche Art, und die setzte er als Schulleiter ein. Die Frauen, die er zu verführen versuchte, verziehen ihm diesen Verstoß, sagten, es sei Teil seines unwiderstehlichen Charmes, während die Ehemänner derlei Berichte schnell als überspitzte Übertreibung seitens ihrer Frauen abtaten, denn sicherlich demonstrierte unser gesegneter Kyai Haji uns lediglich, wie man sich allem und jedem gegenüber einfühlsam verhielt.

Auch ich liebte ihn, trotz seiner vielen Versäumnisse und trotz allem, was er verbockte. Bis auf sein Flirten versuchte er nie, jemand zu sein, der er nicht war.

Wir alle wussten, dass niemand sich auf eine Pilgerreise zu seinem Grab begeben würde, um Orientierungshilfe beten und darum, dass sein einfühlsamer Geist ihn leitete. Mein Vater war kein Denker. Er war kein Mann tiefer Überzeugungen und Neugier. Außer für die Frauen, die er zur Geliebten oder zur Frau nahm, war er nicht unvergesslich. Im Grunde genommen war er sehr gewöhnlich.

Irgendwo tief drinnen schien er das zu wissen. Aber er hatte auch die eine oder andere List angewandt. Er hatte beispielsweise gelernt, wie man Plattitüden in etwas verwandelte, was sich die ersten zwei Minuten wie hart erarbeitete Weisheiten anhörte. Er hatte gewusst, wann er nicken musste, wann unterbrechen, wann still bleiben – was eine besondere Gabe war, wenn die Leute ohnehin schon entschieden hatten, einen zu respektieren. Er hatte gelernt, nicht großspuriger aufzutreten, als ihm zustand.

Für mich war gerade die von ihm gegründete Schule ein Tribut an sein heimliches Talent. Genau wie er es schaffte, unsere Familie zusammenzuhalten, während er stillschweigend zwei weitere Frauen und Haushalte hielt, gelang es ihm, eine Schule zu errichten, deren schriftgemäßes Fundament Nahdlatul Ulama folgte, deren Politik aber äußerst Muhammadiyah war. Zwei unterschiedliche Ausrichtungen des Islam, und das unter einem Dach. Heutzutage grenzte das schon beinahe an ein Wunder.

Und selbst wenn mein Vater kein knallharter Reformist war, trug er das Herz eines Reformisten in seiner Brust. Außerdem wusste er, wo er hingehörte, wo seine Grenzen lagen. Ihm war stets bewusst, egal, über wie viel Macht er vor Ort verfügte, dass er doch nur ein Kleinstadtboss war. Und das hieß, es hatte keinen Zweck, nach den Sternen zu greifen. Er war ohnehin nicht darauf aus, die Welt zu verändern. Nur bei einem zog er eine Grenze: Solange er lebte, würde er nicht zulassen, dass die Scharia seine Schule plünderte. Dafür liebte ich ihn ganz besonders.

Und ich liebte ihn für all die köstliche Ironie, die in seinem Vermächtnis lag. Man hatte gar keine Vorstellung davon, was lustig war, bis man nicht eine Horde Schüler gesehen hatte, die den lieben langen Tag unbeholfen in ihren feinsten Schuhen herumstolperten – oder welches Schuhwerk auch immer sie hatten auftreiben können, das nicht aussah wie Gummisandalen –, und das in einem wackeligen Gebäude, das quasi auf einem riesigen Hühnerstall hockte.

Warum hast du Gummisandalen verboten?, fragte ich ihn.

Weil ich will, dass meine Schüler anständig aussehen. Wie richtige moderne Kinder, antwortete er.

Aber Gummisandalen sind am bequemsten, sagte ich.

Dann geh eben nicht zur Schule, sagte er. Geh einfach wieder auf die Reisfelder und hüte die Enten auf dem Deich.

Meine Mutter war das genaue Gegenteil meines Vaters; sie war der Grund, weshalb wir alle fünf die Schule beendeten, eine Arbeit fanden, und, zumindest bis letzte Woche, relativ gut in der Gesellschaft funktionierten. Sie war nicht nur die Hauptverdienerin, die Köchin und notwendige Zierde meines Vaters als öffentliche Persönlichkeit, sondern auch eine Zauberin. Alles, was sie anfasste, verwandelte sich in Essen auf unserem Tisch. Jahrelang, nachdem sie aufgehört hatte, Batik auf dem Markt zu verkaufen, stellte sie selbst Bratöl und süße Sojasauce her, die sie dann von Tür zu Tür verkaufte.

Natürlich war es kein hochwertiges Öl. Und die süße Sojasauce war sogar noch weniger hochwertig – weder dickflüssig noch aromatisch genug, eher wie Hustensaft.

Aber niemand ist perfekt. Liebe meidet Perfektion. Selbst jetzt, wo meine Mutter seit zehn Jahren tot ist, kaufe ich noch ihre Lieblingsmarken *minyak goreng* und *kecap manis* – die Marken, deren Niveau sie anstrebte, jedoch spektakulär daran scheiterte. Das war kein Verrat; es war das Gegenteil. Sie hätte es genauso gesehen. Es spielt keine Rolle, dass unsere Produkte nichts taugen, sagte sie einmal zu mir. Es geht darum, sie unter dem Marktwert an Leute zu verkaufen, die nur sehr wenig Geld haben und sich nicht um Qualität scheren. Für Qualität haben wir noch alle Zeit der Welt. Erst einmal muss man beliefern.

Sie lehrte uns, ein Leben voller Entbehrungen mit Stolz zu leben.

* * *

Meine Mutter mochte nichts sonderlich gern, geschweige denn, dass sie irgendetwas gern tat. Vielleicht war das auch ihre Methode, keinen Mangel zu verspüren, damit sie nicht an etwas hing, das sie womöglich doch gern mochte oder tat. Sie hegte keinen Unsinn, keine Wünsche, die ihre Mittel überschritten. Genau wie mit ihrem *minyak goreng* und *kecap manis* stellte sie jedes Jahr das her, was die Leute brauchten, und verkaufte es billig: ihren eigenen Palmzucker, ihre eigene Kokosmilch, ihr eigenes Insektenschutzmittel.

Sie hatte ganz sicher kein Mitleid nötig. Oder Dankbarkeit. Es reichte, dass sie sich selbst in eine Magierin verwandelte, als hätte sie eines Abends heimlich dafür gebetet und wäre am nächsten Morgen mit neuen Kräften aufgewacht, ohne irgendwelche Bedingungen, ohne viele Fragen. Was sie von uns brauchte, war Hilfe, ansonsten konnten wir den Mund halten.

Ich half. Und zwar indem ich ganz einfach nett und höflich war. Wenn ich einem Kunden eine Dose unserer Produkte überreichte, setzte ich mein schönstes Lächeln auf, *vielen Dank, Pak / Bu, kommen Sie bald wieder*, und erhielt mir auch dann ein wenig Humor, wenn jemand eine verletzende Bemerkung machte. Wenn ein langer Tag zu Ende gegangen war, half ich meiner Mutter manchmal dabei, ihre winzigen Füße zu massieren, und ließ ihren spielerischen Tadel über meine Schmetterlingshände über mich ergehen.

Die meiste Zeit über hielt ich jedoch den Mund. Auch dann, als ich meinen Vater dabei ertappte, wie er auf eine mir merkwürdig vorkommende Art und Weise im Haus eines unserer Nachbarn verschwand, während alle Kinder, ich eingeschlossen, in der Schule sein sollten. Seine Körpersprache war ganz verkehrt, als er zur Hintertür schlich und sich verstohlen nach rechts und links umsah. In den darauffolgenden Tagen und Wochen sah ich zu, wie meine Mutter stumm blieb, und ich wusste nicht, ob ich ihr erzählen sollte, was ich gesehen hatte. Ich sah, wie sie eines Tages das beste weiße Hemd meines Vaters nahm, das, das er freitags zum Gebet anzog, und es in aller Ruhe auf der Brust zerriss und so seinen Glauben durchstach.

Dass ich den Mund hielt, bereitete den Abenteuern meines Vaters irgendwie ein Ende. Zumindest eine Zeit lang. Er wandte sich wieder seinem Leben voller Ratschläge, Gebete und dem Essen hausgemachter Gerichte zu, während er sich in der Schule, in der Moschee, auf dem Stadtplatz bedeckt hielt – Orte, an denen er sehen und gesehen werden konnte.

Bald schon verfiel er aber wieder in sein altes Muster, und

innerhalb von zwei Jahren heiratete er seine zweite und dritte Frau. Meine Geschwister und ich trafen diese Frauen, unsere sogenannten Stiefmütter, jedoch nie, und auch ihre Kinder bekamen wir nie zu Gesicht.

Als meine Mutter meinen Vater schließlich verließ, ließ sie sich nicht von ihm scheiden. Sie verließ ganz einfach das Haus in Magelang und zog nach Jakarta. An unserem ersten Abend gemeinsam als Familie in einem bescheidenen Mietshaus in Tangerang, westlich von Jakarta gelegen, servierte sie uns die Gerichte, die sie auch zu Hause für uns gekocht hatte, zusammen mit unserem Lieblingstee aus der Gegend. Ich war gerade im zweiten Jahr der Mittelstufe, und das waren die zerbrechlichen Jahre. Ich fand es wunderbar, dass sie uns vor unserem Onkel gerettet hatte. Ich fand es wunderbar, dass sie meinem Vater das Recht auf sie verwehrt hatte, ohne jemals schlecht über ihn zu sprechen. Ich liebte es, dass ihr Schweigen sie nicht zum Opfer machte. Und wenn ich sie bisher für ihre Tapferkeit und Treue lediglich bewundert hatte, während ich meinen Vater trotz all seiner Fehler und Fehltritte liebte, liebte ich auch sie jetzt wahrhaftig – ich liebte meine Mutter wie eine neu entspringende Quelle.

* * *

Oh, sagte Siri, nachdem ich ihr die Geschichte meiner Eltern erzählt hatte. Davon kann ich auch ein Liedchen singen. Von starken Müttern, meine ich. Mütter, deren Schweigen ihnen Macht verleiht. Manchen Frauen sieht man es sofort an. Sie müssen nicht mal einen Finger rühren oder einen Ton sagen.

Aber du weißt nicht, wie das ist, so eine Mutter zu haben.

Sie lächelte. Natürlich weiß ich das, sagte sie. Ich habe gerade meine Mutter beschrieben.

Ich weiß nicht, was in mich gefahren war, und was wusste

ich denn schon, ich war erst dreizehn oder vierzehn. Doch ich glaubte wirklich, ich sei in Srikandi Eilers verliebt. In ihre Augen, ihre Stimme, ihre leicht schiefe gebieterische Nase, ihre Tänzerinnengestalt, ihre langen schmalen Finger, in ihre himmlischen Stimmungsschwankungen, ihr Kopfzerbrechen, ihr Seufzen und Lamentieren, ihren trügerisch unschuldigen Spitznamen, ihre Drachenmutter, alles, was ich von ihr wusste und nicht wusste.

* * *

Ich umwarb Siri stumm. Sie hatte keine Ahnung, wie sehr ich litt. Ich wrang meine Liebe aus, als wäre es das schon gewesen, als würde ich nie wieder etwas finden, das auch nur annähernd so kraftvoll und tief und herrlich war.

Und dann.

Am Anfang der Oberstufe verließ sie Indonesien, um in England zur Schule zu gehen. Und warum auch nicht?, argumentierte ich mit mir selbst. Ihr Englisch hatte in meinen Ohren schon immer wie das einer Muttersprachlerin geklungen. Als würde sie aus einem englischsprachigen Land stammen. Und damit versuchte ich nur zu kaschieren, wie sehr es mir wehtat.

Wir hatten den Kontakt verloren. Drei Jahre später studierte sie Kunstgeschichte an irgendeiner geisteswissenschaftlichen Fakultät in den USA. Ich fand diese hübsche kleine Tatsache heraus, als ich ihre Vita las, die einen Artikel von ihr in einer bekannten akademischen Veröffentlichung begleitete, die ich zufällig verehrte, ich machte sogar einen Abschluss in Politikwissenschaft, nur damit ich würdig war, von ihnen publiziert zu werden. Siri musste noch nicht einmal Politik studiert haben oder in Indonesien sein, um für sie über indonesische Politik zu schreiben. Natürlich war da

Neid. Vielleicht mehr als Neid. Aber sie war schon immer dazu auserkoren, Größeres und Besseres zu tun. Warum sollte es mich also überraschen?

* * *

Das nächste Mal sah ich sie 1988. Es war bei einem Untergrund-Seminar zur Islamisierung während Suhartos wachsender Alleinherrschaft. Ich war im sechsten Semester Politikwissenschaften und gehörte zu den Organisatoren des Seminars. Sie war vor Kurzem nach Jakarta zurückgekehrt und, das muss man ihr zugutehalten, hatte bemerkt, dass sie einiges aufzuholen hatte. Als ich sie unter den Teilnehmern entdeckte, wäre ich beinahe tot umgefallen. Doch mein Stolz befahl mir zu atmen und zu leben, damit ich sie begrüßen konnte.

Genau wie ich war sie zweiundzwanzig und allein. Ich war mir relativ sicher, dass sie Single war. Offensichtlich war sie zu jung und zu idealistisch, als dass jemand sie sich unter den Nagel hätte reißen können, selbst ein Ausländer. Außerdem hätte ihre bourgeoise Familie wahrscheinlich auch nichts anderes geduldet. Sie mussten ihr die hochmütige Bedeutung von Adel verpflichtet beigebracht haben, man studiert, man kommt zurück, man hilft, sein Land aufzubauen und zu verbessern. Und arme verhätschelte Prinzessin, die sie war, wollte sie *selbstverständlich* ihre Eltern ehren und allen gefallen.

Sicher, letztendlich war sie zu sehr Romantikerin, um konform zu gehen. Was sie brauchte, war Fremdbestäubung, und zwar jede Menge davon. Doch das war ein anderer Kampf. Fürs Erste würde sie versuchen, sich anzupassen, und hier war sie also und versuchte es.

So vieles wollte ich ihr sagen, aber ich brachte keinen Ton

hervor. Sie trug ein goldbraunes ärmelloses Oberteil und eine enge Jeans. Wo war die süße latente Pausbäckigkeit aus ihrer Jugend abgeblieben? Wann war sie auf einmal zu diesem geschmeidigen schillernden Wesen geworden?

Nach dem Seminar fragte ich sie, ob sie Lust auf einen Kaffee habe. Fünf Minuten später saßen wir in der Cafeteria im Erdgeschoss, zwei alte Schulfreundinnen, die sich wiedersahen. Es war erstaunlich schön.

Wir fingen an, Zeit miteinander zu verbringen. Sie hatte einen Bachelor und einen Magister in bildender Kunst in der Tasche, und das hörte man auch. Jede Menge gewundenes Multikultizeug und Kulturtheoriejargon, jede Menge intellektuelles Namedropping, jede Menge in Verben verwandelte Substantive. Sie sprach einen entsetzlichen Mix aus Indonesisch und Englisch, den ich normalerweise nicht ertragen konnte, an ihr aber irgendwie attraktiv fand. Im Grunde war sie die Art Mensch, den jeder liebend gern verabscheute, aber an ihr störte es mich nicht, dass sie immer alles übertreffen musste. Hätte sie weniger Grandioses vorzuweisen gehabt, wäre ich womöglich sogar enttäuscht gewesen.

* * *

Ein paar Monate lang trafen wir uns jeden Samstagmorgen in einem Café in Südjakarta. Sie hatte eine Stelle in einer Unternehmensberatung angefangen, was so rein gar nichts mit einem von Kunst erfüllten Leben zu tun hatte.

Warum machst du das bloß?, fragte ich sie.

Warum nicht? Niemand kann ohne Knete Kunst machen. Und das mache ich eben. Genug Geld verdienen, damit ich in zwei Jahren mein eigenes Atelier haben kann. Außerdem kann es nie schaden, sich darin zu üben, wie eine Geschäftsfrau zu denken. Ich würde nicht eine dieser Künstlerinnen sein wollen, die nicht wissen, wie sie aus ihrer eigenen harten Arbeit Geld machen können.

Wow, dachte ich. Da hast du dir aber ordentlich was zurechtgelegt. Später sollte ich jedoch herausfinden, dass sie kein Fünkchen Geschäftssinn besaß. Sie war Kunst pur. Selbst ihr Interesse an Politik war fragwürdig.

Dafür gab es natürlich eine Erklärung. Trotz der liberalen Ansichten und linken politischen Haltung ihrer Familie waren sie doch hartnäckig bürgerlich. Man muss ihnen anrechnen, dass sie nicht zu Suharto-Mitläufern wurden, als sie die Gelegenheit dazu hatten (denn das taten alle anderen). Stattdessen pflegten sie die Kunst, Kultur, die Liebe zum Lesen, und ich konnte mir nicht vorstellen, dass es Siri in ihrer Kindheit an irgendetwas gefehlt hatte. Zu Hause hatte es ausreichend liebevolle Strenge und Hingabe gegeben, denn sie war die primäre Nutznießerin gewesen. Sie deutete immer mal wieder an, ihre Mutter sei verrückt, aber ich glaubte ihr nicht.

Ihre Eltern, so wie ich es verstand, hatten das Herz am rechten Fleck; selbst wenn sie streng genommen keine Nonkonformisten waren, zogen sie Siri mit einem Speiseplan auf, der aus Widerstandsliteratur bestand, aus wichtigen Büchern, die sie nicht extra aufstöbern und schmuggeln musste, weil sie allesamt in den Regalen ihrer Eltern standen, sowie aus Unterhaltungen beim Abendessen, die bis Mitternacht andauerten. Sie hatte die Sprache ihrer Eltern angenommen, ihre Integrität, ihr Vermögen, unorthodox zu handeln. Und doch rief etwas in ihr nach Ordnung. Das kleine verlorene Mädchen, das stets nach einer festen elterlichen Hand suchte.

Zu jener Zeit lebte sie bei ihren Eltern in dem Haus, das ich schon immer gekannt hatte. Eine seltsame neue Dynamik schien sie dort einzuhüllen; plötzlich gab es alle möglichen Einschränkungen in Bezug auf das, was sie dachte, wohin sie ging, was sie sich wünschte. Sie vertraute sich mir so viel an, wie sie konnte, während wir von einer geheimen Zusammenkunft zur nächsten trieben. Alle in der Untergrundbewegung waren in der Stimmung, sich zu öffnen. So wunderbar war das, was man den gemeinsamen Feind nennt.

Eines Tages erzählte sie mir, es gebe da einen Jungen in ihrem Leben. Ich fragte mich, weshalb sie so lange gebraucht hatte, um mit der Sprache herauszurücken. Dachte sie, ich wäre eifersüchtig? Er ist unglaublich süß, sagte sie, so als könnte ich ihren Geschmack infrage stellen. Süß, aufmerksam, und insgesamt nett. Nicht die Liebe ihres Lebens, auf keinen Fall, und vermutlich auch nicht ihr letzter Liebhaber. Mir gefiel, dass sie nicht in Eile schien (denn man konnte ja nie wissen). Ich sah also keinen Anlass zur Sorge. Ich fragte nicht, ob sie ihn mir vorstellen wolle. Und sie schlug es auch nicht vor.

Die Zeit verging, und pflichtgemäß stellte ich sie ein paar Freunden vor. Nicht in der Hoffnung, dass sie sich zu einem von ihnen hingezogen fühlen würde – sie waren in erster Linie ein Haufen nicht ernstzunehmender Typen, ich hätte mich mit niemandem von ihnen selbst eingelassen. Aber ich schätze, ein Teil von mir wollte, dass Siri den Jungen in ihrem Leben vergaß, den ich nicht kannte. Sie stellte mich im Gegenzug Freunden ihrer Eltern vor, Menschen, die mir möglicherweise als Quellen dienen konnten.

Dieses Wechselspiel lief eine Weile.

Das zwischen uns war eine Balz der Außenseiter.

Doch all unserer krassen Unterschiede zum Trotz waren wir zwei Hälften eines Geistes. Zumindest glaubte ich das.

* * *

Eine Weile verstrich die Zeit wie von allein, weniger geprägt von irgendwelchen Leistungen als von Launen. Es gab eine *plesetan*-Phase, in der die Gepflogenheit, jeden populären Begriff oder Satz, jedes Akronym auf die Schippe zu nehmen, zu einem regelrechten Sport erhoben wurde, und es gab eine Manie für die Klassiker der Linken. Die Frauen der Gesellschaft versuchten, einander auszustechen, indem sie die besten religiösen Zusammenkünfte bei sich zu Hause mit dem angesagtesten, aktuellsten Ustad und dem großartigsten Essen schmissen, während ihre Ehemänner sich wie verrückt um die Mitgliedschaft in Suhartos neuer islamischer Denkfabrik rangelten. Autoren und Künstler, die von Euphemismen und dem Verbot des sinnlichen Gaumens verdorben genug waren, warfen ihre Originalität noch weiter zum Fenster hinaus, indem sie übertrieben islamische Bezüge in ihre Werke aufnahmen. Sie wurden aufgeblasen und dozierend und ermüdend.

Siri und ich waren nicht in allem einer Meinung, und nach einer Weile bemerkte ich eine gewisse Unnahbarkeit an ihr, eine Treue zu sich selbst, durch die man sie unmöglich umstimmen konnte, hatte sie sich erst einmal entschieden. Diese Eigenschaft an ihr war ebenso erstaunlich und entfremdend wie ihre Schönheit. Ich hatte deren Zeichen zu lesen gelernt. Du bist Hochglanz, ich bin matt, sagte ich gern. Du stellst dich als Ungläubige dar, während ich meinen Glauben im Stillen ausübe. Aber das ist in Ordnung, denn Harmonie wird überbewertet.

* * *

Als sie mir verkündete, sie werde den Typ heiraten, fiel ich beinahe vom Stuhl. Ich wollte wissen, warum sie es auf einmal so eilig hatte, doch sie entgegnete lediglich, sie habe eben Lust darauf. Sie erzählte mir, es gebe da auch eine Tochter – seine Tochter, ohne Mutter, noch nicht einmal zwei Jahre alt. Ist das nicht eigentlich ein Warnsignal, fragte ich, aber sie winkte sofort ab. Sie ist anders, erklärte sie, nicht die typische Prinzessin.

Sie sagte es, als würde sie sich selbst parodieren.

Also heirateten sie, und der Typ stellte sich als genauso verdammt attraktiv wie der verdammte Hrithik Roshan heraus, kein Witz. Glücklicherweise brauchte ich nicht lange, um zu begreifen, dass ich sie nicht vollends verloren hatte. Trotz der Aufmerksamkeit, die sie ihm schenkte, war sie nur so weit weg auf ihrer inneren Insel, wie man es von einer frisch Verheirateten erwarten konnte.

* * *

Noch mehr Zeit verging. Nach einem Jahr, in dem wir uns meistens in Cafés oder auf geheimen politischen Treffen gesehen hatten, lud sie mich schließlich in ihr Atelier ein. Es lag hinten im Haus und hatte einen separaten Zugang zu Hof und Teich. Es war mein erster Besuch in ihrem ehelichen Zuhause.

Ich war noch nie in einem echten Künstleratelier gewesen. Oder in einem Raum, der so kalt war. Alle meine Freunde aus der Kunstszene arbeiteten dort, wo es Platz gab: in der Garage, auf der Terrasse, an der freien Luft, wo sich ihr Schweiß und ihre Zigarettenasche mit den Blau- und Rot- und Gelbtönen ihrer Palette vermischten. Siri war offensichtlich mit diesem Zimmer verheiratet. Es war sehr kalt; als ich sie darauf aufmerksam machte, sagte sie, dass sie es liebte. Nichts verwöhnte und erdete sie mehr, als wenn sie vor ihrer Leinwand aufwachte, im Schein ihrer Lichterkette, vor ihren Pigmenten, die allesamt von der eisig kalten Luft fest geworden waren.

Als ich sagte, dass die Klimaanlage schlecht für uns sei, erwiderte sie, die Luftverschmutzung sei auch nicht besser. Sie erzählte mir, etwas an den Häusern in Jakarta mit ihren geöffneten Fenstern und der eingesperrten Hitze und ihren verräterischen Gerüchen verhindere, dass die Seele der Dinge bewahrt werde. Ich fragte, was sie mit der Seele der Dinge meinte, aber sie sprach einfach weiter. Ich bin ein Wesen des Westens, der Nordlichter und messerscharfer silbriger Nachmittage. Man braucht kalte Luft, um etwas zu erschaffen.

Ich fragte, was Riaz von ihrer Kunst halte. Ich fragte mich, ob ihr aufgefallen war, dass ich fast nie seinen Namen nannte.

Sie gefällt ihm ganz gut, glaube ich. Jedenfalls so gut, dass es kein Thema ist.

Es ging nicht nur darum, dass ich seinen Namen nicht aussprechen konnte. Er war auch der erste Riaz, den ich kannte, und etwas an dieser Tatsache veranlasste mich dazu, ihm nicht zu vertrauen. Beziehungsweise mir selbst mit ihm nicht zu trauen. Als ich Siri das erzählte, lachte sie. Das ist bei dir doch ein Reflex, sagte sie. Du nimmst allen ihre Persönlichkeit, indem du sie nicht mit Namen ansprichst. Vielleicht ist das deine Art, dich nicht zu sehr an jemanden zu hängen.

Nicht schlecht. Aber wirklich, ich kannte den Mann überhaupt nicht. Ich sprach fast nie mit ihm, außer zu den seltenen Gelegenheiten, in denen wir uns im selben Raum befanden. Er verstand mich nicht, ich verstand ihn nicht. Er stammte aus einer völlig anderen Schicht, eine Schicht, die auch als die Superreichen bekannt war. Egal, was er allen erzählte, dass er mit dem Vermögen seiner Eltern nichts zu tun hatte, dass er jeden Cent, den er besaß, selbst verdient hatte, dass er sogar eigene Ambitionen hatte und einmal zu Fuß in einer Art dickensschen Versenkung durch die ärmsten Regionen Südostasiens gereist war, ich würde ihn nie ansehen können und denken, *oh, du armer, armer Junge.* Und war er nicht auch mutig genug gewesen, Siri zu heiraten?

Erstaunlicherweise war Siri nachsichtiger in ihren Beurteilungen. Mein Mann, fing sie an, als würde sie über eine Katze sprechen, oder über ihre Lieblingsschokolade, nun ja. Was soll ich sagen? Was willst du wissen? Dass er oft blind ist und taub und sogar stumm? Aber welcher Mann ist das nicht? Mich haben schon viele Männer geliebt, klar. Aber Riaz ist der Einzige, der den Mumm hat, mich wirklich zu lieben, trotz allem, was er nicht richtig versteht. Er liebt mich sogar trotz der Niederlagen, die er durch mich erlitten hat.

Es ist immer hilfreich, langfristig zu denken. Trotzdem, ich war nicht überzeugt.

Ich bin ja nicht völlig weltfremd, sagte sie mit einem Lächeln angesichts meines Schweigens. Ich weiß, dass so ein Arrangement in einer weniger freizügigen Stadt oder in einer anderen Zeit oder einem anderen Buch nicht möglich wäre. Aber es geht im Grunde um Amalia. Du glaubst mir vielleicht nicht, aber es ist so. Sie ist diejenige, die mir zu denken gibt.

Ich sagte nichts, wartete lediglich ab.

Das heißt natürlich, dass sie auch meine Tochter ist, sagte sie beinahe flapsig.

Inzwischen hatte ich mich an ihre seltsame Art zu sprechen und zu denken gewöhnt: wie sie eine Aussage sofort mit der gleichen Überzeugung widerlegte, als müsste sie jede Seite eines Arguments mit derselben Leidenschaft darlegen, wenn sie einem Thema gerecht werden wollte. Und jetzt verbarg sie etwas vor mir. War ihr gerade klar geworden, dass die Ehe nicht dem entsprach, was man über sie erfand? War er abweisend zu ihr gewesen? Unzureichend? War er unsicher und bedürftig gewesen? Langweilte sie sich zu Tode? Oder war es ihre untadelige steife Mutter? Oder brauchte sie einfach nur, was alle Künstler zu brauchen scheinen – Raum? War das hier, was man eine *Phase* nannte?

Doch wenn es eine Phase war, dann wollte sie einfach nicht vorbeigehen. Keine nächste Phase löste sie ab. Siris Unmut wurde immer stärker. Genau wie ihre Entschlossenheit, ihn zu verbergen. Wann immer sie sich nach draußen begab, in die Öffentlichkeit, sammelte sie sich und machte Eindruck, und man konnte spüren, welche Kraft ihrem stillen Ehrgeiz zugrunde lag – wie sie präsent blieb, was für ein feines Gespür für Dynamik sie hatte, wie sie sich subtil, aber unablässig nach vorn drängte. Doch ich wusste auch noch etwas anderes über sie: wie sehr sie sich danach sehnte, zu vergessen.

* * *

Sie brachte mir bei, wie eine Dame, ein Gentleman und ein Seemann zu trinken. Natürlich bekam ich stets alles durcheinander, Martini statt Margarita, Cabernet Sauvignon statt Sauvignon Blanc. Scotch und Bourbon, noch so ein großer Schnitzer. Bier war ein weniger rätselhaftes Reich. Es gefiel ihr, dass ich es versuchte.

Ich revanchierte mich mit Essen. Essen, das sie im Grunde nie kennengelernt hatte. Billiges, zuverlässig schmackhaftes Essen, das nicht ganz *haram* war und das man nur in den tiefsten, ältesten Teilen von Chinatown fand.

Manchmal schien sie ernsthaft besorgt um mich zu sein. Hast du keine Angst, dass dich jemand sieht und dich bei den Ulama anschwärzt?

Die wären ohnehin besser tot, als dass man sie erwischt, wie sie hier in der Gegend herumspazieren. Wirklich, mach dir darüber mal keine Gedanken.

Und ich war auch nicht im Geringsten in Sorge. Ich schleppte sie zu unglaublichen chinesischen Schuppen mit der süßesten Ente und den saftigsten Muscheln mit Reisnudeln. Zu Imbissen, bei denen es am Tresen die zartesten, prallsten Tauben in Buttersauce gab. Zu einem sagenhaften Café, das morgens um elf schon schloss und vor dessen Fassade sich Verkäufer aufstellten, die Schweineinnereien feilboten, bereit, sich auf die mutlosen Kunden zu stürzen. Ich sah, dass Siri sich aus dem Fett und dem Schmutz und dem allgemeinen Gestank nicht besonders viel machte, aber es freute mich, dass sie bereitwillig aß, die Soziologie zutiefst schätzte und vor allem meine sogenannten lokalen Kenntnisse. Es schien mir, als sei dies das Einzige, was ich ihr vorausghatte, meine stolze Ortsverbundenheit.

Mir gefiel auch, wie sie mit Laserblick mitten ins Herz meiner Vorstellung sah, wie für die Aufnahmen eines Filmtrailers, und sagte: »Ich wette, du hast nicht besonders viele Freunde, die mit dir an solchen Orten essen gehen.« Mir gefiel, dass sie es versuchte.

Aber natürlich hätte keine von uns es versuchen müssen, wenn es nicht von vornherein solch ein Aufwand gewesen wäre.

Nur hatte ich völlig danebengelegen. Ich hatte sie mit allem verwöhnt, was *mir* gefehlt hätte, wäre ich in einem fremden verschneiten Land gewesen, in dem mein Herz sich nach den Freuden von heimeligen, halb schmutzigen, üppigen *kaki lima* sehnte. Nachdem ich sie Wochenende für Wochenende in die kulinarische Unterwelt der Stadt geschleift hatte, wurde mir klar, dass Siri etwas vermisste, das ich nicht kannte: die Schärfe und Starre kalter Jahreszeiten, die Anonymität von Geheimnissen, romantische Liebe. Billiger, aber *guter* Wein.

* * *

»Weißt du, was uns voneinander unterscheidet?«, fragte ich sie eines Abends, nachdem wir schon ein paar Stunden in einer schicken Bar ihrer Wahl getrunken hatten.

Sie kniff die schläfrigen Augen zusammen, als würde sie plötzlich etwas blenden. »Was?«

»Meine Weltanschauung bleibt auch dann unversehrt, wenn ich trinke, während du trinkst, damit deine Weltanschauung unversehrt bleibt.«

»Wie meinst du das?«

Wir saßen auf dem Sofa, sie beinahe in der Horizontalen, ihr Arm auf meinem.

»Ich meine, ich trinke dir zu Ehren, ohne dass es mich dumm macht oder verletzlich. Ich trinke, ohne dass ich jemals betrunken wäre.«

»Hm.«

»Ich bin neugierig auf Neues, aber ich verliere nie den Überblick.«

Ich sah sie blinzeln, als könnte sie nicht glauben, wie viel Mühe ich mir gab. Ich folgte ihrem Blick, aber auf einmal drehte sie sich um und küsste mich auf die Wange.

»Weißt du, warum ich dich beneide und dich nicht beneide?«, fragte sie plötzlich, während ich versuchte, die Fassung zurückzugewinnen. »Manchmal hast du keine Ahnung, wovon du redest, aber du bist so, ich weiß auch nicht, so verwurzelt. Und ich glaube, in mancher Hinsicht hat dich das gerettet, diese Verwurzelung.«

Ich dachte, sie würde mich noch mal auf die Wange küssen, doch nein.

Später, als ich wieder zu Hause war, konnte ich nicht einschlafen. Ich wusste beim besten Willen nicht, was meine Weltanschauung war, geschweige denn Siris.

* * *

In den Tagen darauf, in dem Bemühen, den Kuss zu vergessen, versuchte ich, mir ein paar Abstraktionen auszudenken, die uns irgendwie verbinden könnten, und kam auf einen Begriff aus zwei Wörtern: Doppelleben. Ich fand, das dürfte reichen.

Aber sie war skeptisch.

»Für mich, okay, dann ist es eben ein Doppelleben«, sagte sie achselzuckend. »Aber mir ist nicht klar, wie es auf dich zutreffen könnte. Du glaubst nicht einmal daran.«

Wir tranken wieder, diesmal in einer Kaschemme für Journalisten. Kein Kronleuchter, keine erfolgreiche Gesellschaft. Nur zu stark gesüßte Cocktails und eine fürchterliche Band mit einem fürchterlichen Sänger, der versuchte, die tiefen Töne von *Smoke Gets In Your Eyes* zu treffen. Siri war wieder zärtlich zu mir, wie beim letzten Mal. Ich fragte mich, ob Alkohol immer diese Wirkung auf sie hatte.

»Du hast recht, das tue ich nicht«, sagte ich. »Weder glaube ich an ein Doppelleben, noch strebe ich eins an. Ich bin nicht wie du. Ich will immer ganz genau wissen, wo ich bin, wer ich bin, was ich bin. Aber früher habe ich auch ein Doppelleben geführt, nur eigentlich ohne es zu wissen. Und ich glaube, na ja, ich glaube, es hat mir vielleicht geholfen, das Leben zu führen, das ich jetzt habe.«

Sie nickte an meiner Schulter. Okay, lallte sie, *erzähl.*

»Als meine Mutter noch lebte, wohnte sie draußen in Tangerang unter konservativen Muslimen«, sagte ich. »Ich habe einige Zeit bei ihr gelebt. Und weißt du, ich habe die ganze Zeit über ein Kopftuch getragen.«

Eine neue Welle der Erregung durchlief sie; ich spürte, wie ihr Kopf brummte, als sie ihn von meiner Schulter hob, roch ihren sauberen, minzigen Atem dicht an meinem Gesicht. Ich fragte mich, ob sie mir höflich auswich, indem sie sich an mir festhielt. Einem Gespräch mit mir auswich.

»Wirklich? Ich dachte, sie wäre recht liberal gewesen.«

»Schon, verglichen mit ihren Nachbarn, aber es war schwer, allein als Frau in einem bestimmten Alter in so einer Gegend zu wohnen und sich nicht anzupassen. Also trug sie ein Kopftuch. Und ich auch. Aus Respekt und um sie zu schützen. Ich trug das verdammte Ding tagein, tagaus, zu Hause und überall in einem Radius von zehn Kilometern von meinem Wohnort. Aber sobald ich weiter weg war, nahm ich es ab und wurde zu jemand anderem. Oder wurde zu mir. Eins von beidem. Worauf ich hinauswill, es gab mich zweimal.«

Ich sagte ihr, dass es für jemanden wie sie und ihre Eltern vielleicht nicht vorstellbar sei, nicht ins Einkaufszentrum oder zum Supermarkt gehen zu können, ohne jemandem über den Weg zu laufen, den man kennt.

Aber bei uns, bei meiner Mutter und mir, haben sich die beiden Welten, ihre und meine, einfach nicht gekreuzt. Meine Mutter ging fast nie in die Stadt, und zu den seltenen Gelegenheiten, an denen sie es tat, zählten die Leute, die mich kannten, nicht zu ihrem Bekanntenkreis. Sie hätte mich nicht mal erkannt, wäre sie mir auf der Straße über den Weg gelaufen, ich wäre eine Fremde für sie gewesen.

Ich zögerte, denn Siri sah nachdenklich aus und der Alkohol hatte auch auf mich seine Wirkung. Aber du, sagte ich vorsichtig, du brauchst dein Doppelleben, damit du beides haben kannst.

Wie macht mich das so anders als du?, fragte sie.

Ich ruderte ein wenig zurück. Das hier musste noch genauer überdacht werden. Wie unterschied es mich von ihr, dass ich kein Doppelleben brauchte, wenn ich doch eins geführt hatte? Seit wann war jemand davon ausgenommen, etwas zu tun, nur weil er oder sie es nicht brauchte? Wäre es nicht das Gleiche, wenn man nicht zu betrügen brauchte, es aber trotzdem tat? Nicht zu töten brauchte, aber dennoch tötete? Bedeutete das, sie hatte nicht unrecht?

Wie sich herausstellte, musste ich keine Antwort geben, weil Siri unvermittelt eingeschlafen war.

Ich betrachtete, wie ihre Brust sich hob und senkte. Ihre schlummernden Lippen, leicht geöffnet, wie ein Klischee. Ich beugte mich über ihr Gesicht. Würde ich es wagen, sie zu küssen?

»Gute Nacht«, sagte ich stattdessen.

* * *

Sie aufzuwecken und in ein Taxi nach Hause zu verfrachten war nicht allzu schwer, auch wenn ich der Hausangestellten ihren Blick übel nahm, als sie das Tor öffnete, um ihre Vorgesetzte hereinzulassen. Ich überlegte, ob ich mit hineinkommen sollte, um sicherzugehen, dass Siri auch ins Haus ging, doch dann fielen mir plötzlich Riaz und Amalia ein und all die großen Fragezeichen ihretwegen, und ich fühlte mich wie ein Eindringling. Wie immer sagte ich mir, dass ich nächstes Mal nachfragen würde: Was ist eigentlich los? Versuchst du, deine Ehe zu zerstören, oder hattest du es dir schon immer so vorgestellt? Und was ist meine Rolle in dem Ganzen?

Doch ich kam nie dazu, die Frage zu stellen. Ich hatte stets Angst vor der Antwort, vor allem was meine Rolle darin betraf.

Ich schaffte es nach Hause, versuchte, den Blick zu ignorieren, den der Mann am Nacht-*warung* vor meinem Wohnhaus mir zuwarf, und ging hinein. Keiner meiner Mitbewohner war wach, es war auch schon nach ein Uhr, und eine Weile lang stand ich einfach nur so im gemeinschaftlichen Wohnzimmer, und mir war schlecht. Ich hatte das Gefühl, etwas verraten zu haben, jemanden verraten zu haben.

Als ich mich schließlich hinlegte, widersetzte sich mir der Schlaf, als ob auch er sich verraten fühlte. Ich konnte nicht aufhören, über ihre letzte Frage nachzudenken: Was unterschied mich von Siri? Was war daran, dass sie Jakarta entflohen war und nun wieder hier lebte und wieder entfliehen wollte, anders als daran, dass ich ein Kopftuch in der Gegenwart meiner Mutter trug, ansonsten aber ein Leben ohne Kopftuch führte, bis der Tod meiner Mutter es mir ermöglichte, weiterhin kein Kopftuch zu tragen und als die Art muslimische Frau bekannt zu werden, die ich jetzt war?

Lag dem Problem etwas Umfassenderes zugrunde als gefestigte und gebrochene Wünsche? Missgönnte ich ihr die Entfernung, die in ihrer Reichweite lag, den Umfang ihrer alternativen Welt? Erkannte ich tief in mir an, dass das Doppelleben, das ich geführt hatte, die Bedingung für das Leben war, das ich gewählt hatte, ein Teil des täglichen sich Anpassens und Einfügens, wohingegen ihr Doppelleben einem Entweder-oder diente? Oder graute es mir vor dem Zeitpunkt, an dem sie es dauerhaft machen würde, das Leben, nach dem sie sich so eindeutig stärker sehnte als nach dem, das sie lebte? Der Zeitpunkt, an dem sie schließlich den Sprung wagte?

Eine Stunde verstrich, eine zweite Stunde brach an, ich wurde halb wahnsinnig. Auf einmal war es fünf, und um mich herum wurde es wach. Ich hatte zwei Mitbewohner, manchmal drei, wenn Kians kleiner Bruder zu Besuch war. Wir sprachen kaum miteinander.

Ich ging in die Küche, machte mir Kaffee. Wir hatten nahezu nichts mehr da, und dennoch war der Vorratsschrank eine Studie in gewollt bohemienhaftem Studentenwohnheimchaos. Eine halb geöffnete Packung Kekse, eine halb leer gegessene Mischung Chips und Nüsse, von denen einige auf den Tisch gefallen waren. Als ich in den Kühlschrank spähte, entdeckte ich das von unserem letzten Ausflug nach Chinatown übrig gebliebene Hühnchen. Der Geruch war tödlich. Die Blässe abstoßend. Aufgehobenes war nicht das Gleiche. Essen aufzuheben, was meine Mutter mir beigebracht hatte, als hinge unser Leben davon ab – und das tat es auch –, ließ das Essen alt und hässlich und ungenießbar werden. Siri würde es nicht essen. Ich würde es nicht essen.

Ich würde … verdammt noch mal.

Mir wurde klar, dass ich mich in sie verwandelt hatte.

* * *

Jetzt ergab alles einen Sinn, warum ich Siri, als wäre sie eine gut betuchte kosmopolitische Touristin auf der Suche nach einem authentischen urbanen Erlebnis, zum Essen mit nach Chinatown nahm und nicht an Orte, die ich kannte und über die sie nichts wusste. Städtische Slums und ganze Dörfer, die jedes Jahr in der Regenzeit von den Fluten abgeschnitten wurden. Nicht weit von ihrem Zuhause entfernt liegende Stadtteile, in denen Frauen, die sich bereits mehr schlecht als recht durchschlugen, fürchterlich in die Klemme gerieten, nur weil sie lebten, die verhaftet und aufgrund fingierter Pornografievorwürfe angeklagt wurden, weil sie nach der Sperrstunde noch draußen ertappt worden waren. Orte, die Siris Doppelleben nicht erreichte, selbst wenn sie es versuchte.

Ich brachte sie an keinen dieser Orte, von denen sie nichts wusste, weil es mir lieber war, dass sie mich als eine von Ihnen sah, als dass ich sie als eine von Uns sah.

* * *

Ich weiß nicht, weshalb, aber Politik veränderte sich, wenn sich die Kunst einmischte. Es war, als hätte man den Spieß umgedreht, und auf einmal war ich ein Fisch auf dem Trockenen. Und Siri war die Herrscherin eines völlig anderen erhabenen Reichs. Plötzlich fing sie an, von einem Gegenstand und seiner Platzierung zu sprechen, über Licht und Schatten und Asymmetrie, darüber, dass der Winkel so verdammt verkehrt war. Sie sprach von manierierter Ästhetik oder eingebetteten Botschaften, sie sprach von Arbeiten, die fertiggestellt waren und noch nicht ganz fertig und notwendigerweise unfertig.

Am betreffenden Tag redeten wir über Pancasila. Ich war gerade bei ihr im Atelier angekommen, und sie stand da, über einen Haufen Gegenstände gebeugt, die auf dem Boden lagen. Eine Handvoll rostiger Nägel, ein hochhackiger Schuh, ein Schneebesen, ein abgebrochenes Teil einer Küchenmaschine, ein Paar Gartenhandschuhe, ein durchweichtes Essstäbchen, ein Bündel alter Schlüssel, ein Küchenmesser, eine durchgebrannte Glühbirne.

»Wow«, sagte ich.

Keine Zurkenntnisnahme. Sie sah mich nicht einmal an.

Sie wirkte abgelenkt. Ich schob mich näher an die Wand, gab ihr einen Augenblick. Vielleicht gab ich mir selbst einen Augenblick.

»Ich brauche ein Motto«, sagte sie. »Sieh dir diese Gegenstände an. Was siehst du?«

»Alltägliches? Ich weiß nicht. Haushaltsgegenstände?«

»Was siehst du sonst noch? Was sagen dir diese Gegenstände?«

»Alte Haushaltsgegenstände? Gebrauchte? Weggeworfene? Secondhand?«

Sie wedelte mit der Hand, als würde sie mich anspornen, weiter nachzudenken, korrekt nachzudenken. Doch ich ließ mich nicht einschüchtern. Also sagte ich nichts und setzte mich auf den Boden. Ich war jetzt schon erschöpft.

»Schreien diese Gegenstände nicht geradezu häusliche Gewalt?«

Tun sie das? Ein Bild blitzte vor meinem inneren Auge auf: eine Frau, die vor ein paar Wochen in unser Büro gekommen und so grün und blau geschlagen war, dass sie sich kaum auf den Beinen halten konnte. Der Geruch, der sie umgeben hatte: der an Mandeln erinnernde Gestank an ihrem Hals, der Fischmief ihres eiternden Beins, der Hauch von Ammoniak. Der Geruch dieser scharf umrissenen Sphäre namens häuslicher Gewalt. Du hast eine richtige Spürnase, hatte Siri gesagt, als ich ihr davon erzählt hatte. Und vielleicht war das auch gut so. Sie war schließlich die Malerin und die Bildhauerin, diejenige, die Farben und Objekte arrangierte.

Und weil ich jetzt so schwer von Begriff war, beantwortete sie selbst ihre Frage. »Du bist so … so … unvisuell.«

Ich durfte nicht noch einen Fehltritt riskieren. Also saß ich einfach da, auf dem Boden. Meine Lippen kräuselten sich nach innen, als hätte ich eben beschlossen, mich in eine Muschel zu verwandeln.

So fing es an. Ganz unvermittelt wollte sie von mir wissen, was ich wirklich von Pancasila, unserer nationalen Ideologie hielt. Nicht als Slogan. Nicht als Politikum. Als Motto von Einheit in der Vielfalt, das immer so betont wurde, um den Frieden unter uns zu bewahren.

Für einen Moment war ich verblüfft. Das war keine Frage, die man stellte. Uns wurde in der Schule nicht beigebracht, danach zu fragen. Oder derart danach zu fragen.

Ich merkte, wie ich aufstand, aber weder auf sie noch auf die Objekte zuging. »Ich finde, es ist ein herrlicher Gedanke. Kitschig, aber herrlich. Der Gedanke, dass wir so unterschiedlich und doch vereint sind.«

Sie zeigte auf ihre Gegenstände. Sieh mal, sagte sie. Das hier sind die geschundenen, stummen Zeugen einer fehlerhaften Ehe. Die Ehe ist wie der allwissende Staat, der geschundene Körper die bürgerliche Gesellschaft. Eine Ehe, die versucht, so viel zusammenzuschustern, ist löchrig. Sie kann niemals ganz bleiben. Ich war nicht sicher, was für eine Reaktion sie von mir erwartete.

Und dann sprach sie es tatsächlich aus, dass ich doch unmöglich keine Meinung zu diesem Thema haben könne, schließlich sei ich doch von Pancasila gebrandmarkt worden. Von der Ideologie, die unter Suharto von einer Utopie in ein Instrument der Unterdrückung verwandelt worden war, die alle Kommunisten zu heidnischen Staatsfeinden erklärte.

Eine unvermittelte Wut stieg in mir auf. Wie konnte sie es wagen, mich so zu belehren, als gehörte das Thema ihr, als wäre all die Grübelei, das Ergründen, das Zollen von Tribut aus dem Kern einer Erinnerung an ihren eigenen heftigsten Schmerz entsprungen. Und hier stand sie, belehrte mich über meine Tränen, meine blutigen Tränen, meine nicht enden wollenden Tränen, meine zornigen Tränen, sie gab meinen Tränen Namen, als hätte sie sie vergossen, hätte sie ihr Brennen gespürt, wäre sie in ihrem Salz ertrunken.

Ich sah sie an, wie sie davon sprach, wie Pancasila mich verbrannt habe und wie sehr ich auf Gewalt eingestellt sein müsse, sie, deren eigener geschundener Körper ein bürgerlicher Aufschrei gegen Selbstgefälligkeit und Indifferenz war, sie, die nicht den blassesten Schimmer hatte, wie es sich anfühlte, verbrannt worden zu sein, ich zu sein. Sie sprach von ihrem liebevollen, anständigen, wenn auch ein wenig zurückhaltenden Mann, der genug Sinn und Verstand hatte, sie überwiegend in Ruhe zu lassen, als hätte sie auch nur den Hauch einer Ahnung, was wahrer Verlust bedeutete, geschweige denn die Art von Verlust, die ich verspürte, als Ganjars Vater starb.

* * *

Ganjar hätte uns beiden natürlich eine Menge Kummer ersparen können, hätte er sich nicht mit diesen sexistischen Schweinen abgegeben. Typen, die ihr linkes Leid als Abzeichen und Schutzschild einsetzten, nicht dass wir ihnen das zum Vorwurf hätten machen können, und die niemandem trauten, am allerwenigsten den Frauen aus ihren Reihen. Für sie waren ich und die anderen monströsen Feministinnen angehende Gerwani-Anhängerinnen, militante Kommunistinnen, die unsere gemeinsame Sache frühzeitig zum Erlöschen brachten. Sie hassten uns wie die Pest und sogar noch mehr als den Mainstream. Wir jagten ihnen eine Heidenangst ein. Ich kann es noch ganz deutlich sehen: Ganjar, die Liebe meines Lebens, wie er an einer Ecke vorm Regierungsgebäude kauert, nervös und in Zigarettenrauch gehüllt. Seine Kumpel, die den Krebs noch befördern, wie sie ihm sagen, er solle sich keine Sorgen machen. *Diese Schwachköpfe haben doch keine Ahnung, dass dein Vater Kommunist war. Du bist ganz oben, Genosse, ganz oben. Wir sind alle für dich da. Aber du darfst niemandem trauen. Niemandem außer uns. Nicht einmal deiner Freundin. Frauen reden. Das machen sie immer.*

Zwei Wochen bevor Ganjars Vater sich erhängte, wurde Ganjars Gesuch um einen Sitz im regionalen Repräsentantenhaus abgelehnt. Natürlich wussten die »Schwachköpfe« ganz genau, wo sein Vater die letzten zwölf Jahre verbracht hatte. Es mochten ihre eigenen Väter gewesen sein, die ihn 1969 dorthin verfrachtet hatten, ihm zugesehen hatten, wie er mit tausend anderen nach Buru segelte, ohne zu wissen, wie ihm geschah.

Natürlich wussten sie das alles, denn zwei Tage nachdem Ganjar seine Kandidatur bekannt gegeben hatte, erhielt er einen Brief von seinem Parteivorsitzenden. Darin stand, er sei für »unsauber« befunden worden, das war alles. Um ihm die Peinlichkeit zu ersparen, solle er doch besser nicht mehr ins Büro kommen, riet ihm der Brief. Es sei keine Erklärung nötig, denn es gebe keine.

Ganjar kämpfte hart dafür, dass sein Vater es nicht erfuhr, begriff aber nicht, wie sehr ihm das zu schaffen machte. All diese Strapazen. Sie trafen ihn schwer. Seine ganze Schulzeit über hatte er sich bemüht, überragend zu sein: Er wusste nicht, wie er sonst dieses eine Stück größer sein sollte, diese eine Nuance lauter sprechen sollte, den Namen aussprechen sollte, der schon immer zu schroff geklungen hatte, zu beschämend rot, selbst in seinen eigenen Ohren. Ganjar. Schlagen. Treffen. Bestrafen. *Dein Vater hat dich wohl so genannt, weil er seinen roten Samen deiner* genjer-*fressenden Mutter eingepflanzt hat. Aber schau dich doch mal an, was für ein schlappes Gemüse du geworden bist. Keine Ziege mit Selbstachtung würde überhaupt* genjer *fressen, selbst wenn es das letzte Blatt auf der Welt am Straßenrand wäre.* Er tat so, als würden ihm Beschimpfungen dieser Art nichts ausmachen, aber mir machte er nichts vor.

Seine Mutter war Atheistin. Sagte es, lebte es. Es bekümmerte sie, dass ihre Kinder nicht den Sinn darin sahen, auf eine Schule zu gehen, in der ihnen im Pancasila-Ethikunterricht beigebracht wurde, dass gottlose Menschen Verbrecher und unpatriotisch waren. Doch was sollte sie tun? *Ich bin sowieso gebrandmarkt. Dann kann ich auch dazu stehen,* sagte sie, als sie und ich uns darüber verständigt hatten, welche Rolle ich im Leben ihres Sohnes spielte.

Zuerst gefiel es ihr nicht, dass ihr Sohn überhaupt eine Freundin hatte; in der Hinsicht war sie sowohl modern als auch ein Dickschädel. Sie hatte ihn und seine beiden Schwestern allein großgezogen, war unglaublich streng gewesen, hatte ihnen beigebracht, ihren Hunger mit Stolz zu tragen.

Als Ganjar und ich uns zu verabreden begannen, machte seine Mutter sich nicht die Mühe, ihr Missfallen zu verbergen. Ständig spürte ich ihren Blick auf uns, der von mir meine äußerste Sittsamkeit verlangte und von ihm sein Leben selbst. Aber sie schlug nicht zu. Sie wartete ab, hielt sich zurück, als wollte sie sehen, wohin es führte.

Als sie sich mich schließlich vorknöpfte, um zu reden, wurde mir mit einem Mal bewusst, wie umwerfend sie gewesen sein musste, damals 1966, als Ganjars Vater so vernarrt in sie gewesen war, dass er ihr einfach seinen heidnischen Samen einpflanzen musste, zwei Jahre bevor er eingesperrt wurde, erst in ein Gefängnis in Jakarta, dann auf Nusakambangan, später auf der Geisterinsel im Osten.

Es war merkwürdig, dass sie mir keine Angst mehr machte. Ich hatte beinahe damit gerechnet, als sie mir sagte, sie sei mit mir einverstanden, damit, dass ich mit ihrem Sohn zusammen war. Du bist anders, das sehe ich. Du liebst ihn. Sonst wärst du nicht mit jemandem wie ihm zusammen.

Doch alles Begehrte geht zu Ende, sobald man es bekommen hat. Eines Tages vergaß mein Geliebter, wer ich war. Einfach so. Daran gewöhnte ich mich ebenfalls, mit der Zeit.

Ich sah ihn nie wieder und mir wurde klar, dass er in einer Welt lebte, in der er mich nicht haben wollte.

Eine Zeit lang redete ich mir ein, dass Liebe eben so funktionierte. Man hält jemanden auf Abstand, weil man ihn liebt. Die Liebe bringt den, den man liebt, in Sicherheit.

Das Gefühl hielt nicht an. Ich begann, um mich zu schlagen. Ich konnte die Lücke nicht füllen. Ich dachte, ich wäre diejenige gewesen, die ihn vertrieben hatte. Als wäre es meine Schuld gewesen, dass er nicht so bleiben konnte, wie er war.

Doch auch dieses Gefühl hielt nicht an. Mein Scharfsinn gründete nicht im Himmel, sondern auf der Erde. Alles Unlogische ließ mich kalt. Unnötiges Leiden langweilte mich. Ich war nicht auf dieser Erde, um jemandem als Sandsack zu dienen, schon gar nicht mir selbst. Ich begann, an allem Pancasila die Schuld zu geben. Pancasila hatte meinen Geliebten und seinen Vater verbrannt. Ich konnte unmöglich ahnen, dass die Linksliberalen, zu denen ich zählte, Pancasila zehn Jahre später für sich beanspruchen würden, eben weil es kitschig und herrlich und die einzige Vorstellung Indonesiens war, die Sinn ergab. Ich hatte nichts als Hass. Am Tag als Pancasila den Vater meines Geliebten zum Staatsfeind erklärte, erklärte es auch mich und meinen Geliebten zu seinem Feind.

Und so konnte ich Siri in diesem Augenblick nicht einmal ansehen. So groß und geschmeidig, ein Snob. Eine Person, die glaubte, sie erschüfe eine andere Welt, indem sie eine Bühne mit dem Weißmetallskelett einer Brücke ausstattete, mit Löchern, durch die man spähen konnte, und gelben Lampen, die die Sicht trübten, sodass man umso besser zum wiederholten Male mit sich selbst in Zwietracht kommen konnte: lieben oder nicht lieben, springen oder nicht springen, sein oder nicht sein? Einer Person, die darauf bestand, Siri genannt zu werden und niemals anders? Siri, die anscheinend nicht nur an der schummrigen Anzüglichkeit ihres Namens Gefallen hatte – *siri* – *kawin siri*, heimlich heiraten –, sondern auch jedes andere Leben leben wollen würde, nur nicht ihr eigenes.

Was noch schlimmer war, wie sollte ich es ihr erklären, ohne dabei zu klingen wie sie?

Ich hätte umgehend ihr Haus verlassen sollen, sie und ihre verdammten dummen Objekte und ihre vorgespielte gesellschaftliche Sorge und ihre grazile Liebe zur Tragödie. Aber ich tat es nicht. Zumindest nicht sofort. Stattdessen ließ ich eine Welle der Übelkeit über mich ergehen angesichts der Person, zu der ich geworden war. Niemand hatte je meine Gefühle verletzt wie sie und mich dabei so fürchterlich in Ehrfurcht versetzt – wozu genau machte mich das? Zu einem liebeskranken und sich selbst opfernden Wesen, so sicher und misstrauisch, wie nur jemand sein konnte, der angekettet war.

Doch irgendwie hielt ich noch daran fest. An ihr, an dem ganzen geisterhaften Grau, an ihrer lächerlichen Kunst. An ihrem Gesicht und diesem lächerlichen Namen, der nicht aus diesem Leben stammte. Niemand sagte mir, ich sei gewarnt worden – und offen gestanden war ich das auch nicht. Denn so etwas lernt man, ohne dass man es erwartet hätte. Dinge passieren, und es gibt nicht immer einen Grund dafür. Und die Tatsache blieb: Sie war die Künstlerin und ich die Aktivistin, sie die kühle Romantikerin und ich die romantische Kühle, wir beide unser eigener Fehler.

Ich sagte ihr, ich müsse gehen.

Sie sagte in Ordnung, und noch immer sah sie mich nicht richtig an, ihr Blick besorgt auf den Essstäbchen, die irgendwie nicht richtig lagen. Sie entgegnete, sie fahre ebenfalls bald, zu einer kleinen Ausstellung in Sydney, und sie sei eine Weile nicht da. Sie habe Glück, so sagte sie, dass sie dort überhaupt Interesse an ihr hatten.

Als ich zur Tür ging, fragte sie mich, ob sie etwas Falsches gesagt habe. Beinahe hätte ich mich wieder umgedreht. Aber dann.

Bis dann, murmelte ich hastig. Ein Schwall heißer Luft, und plötzlich waren da ich und die Stadt. Ich ging los und fühlte mich zugleich stark und geschwächt.

Und jetzt, mutige Kriegerin, zieh los und rette die Welt.

14.

Ich lag richtig damit, dass ich sie wiedersehen würde, aber erst ein Jahr später. Sie verschwand, anders kann man es nicht ausdrücken. Sie hatte das Universum angeheuert, mich fernzuhalten, und das war wahrhaftig eine Kunst.

* * *

Als ich sie wiedersah, war sie ein Star. Sozusagen. Ihre Augen waren von einem unbeschreiblichen Grünbraun, ihre Haare üppig und wallend, ihre Haut Gold getönt, als hätte der Sonnengott sie verführt.

Sie war die lebendig gewordene Bianca Jagger, und sie brachte mich zum Weinen.

* * *

Und ihre Kunst fing Feuer.

* * *

Es war keine dieser ›Happening‹-Veranstaltungen, die gerade in Mode waren, wenn jemand eine politische Botschaft hatte, aber nicht wusste, wie und wo er sie überbringen sollte. Bei denen man in seinem seit drei Tagen getragenen Hemd mit seiner Lieblingspflanze, die gerade am Eingehen war, auf die Bühne schlendern konnte und eine Stunde lang vorm Publikum sitzen und nichts sagen konnte, aber jeder wusste, dass es etwas zu bedeuten hatte. Bei denen man sein Spielzeug und sein Haushuhn und seine Unterwäsche an einem Strick oder einer Schnur aufhängen konnte, die wie eine Wäscheleine aussehen sollte, und sagen konnte, die Demokratie ist tot, ich bin tot, das Land ist tot, aber ich bin ein Künstler, hört zu, wie ich brülle.

Nein, es war nichts dergleichen. Es war ein echter Kunstort, zumindest fühlte es sich so an, mit Plakaten und allem Drum und Dran, einem Empfangskomitee und einem Stapel Kataloge und etwas zu essen und zu trinken. Ich sah keine Landschaftsbilder, keine Porträts von Männern oder Frauen, keine Tiere und Monster, die einander verschlangen, niemand, der schiss oder Scheiße aß, keine Gestalten aus Volksmärchen, ob aus einem Epos oder regional, zumindest keine, die ich kannte. Stattdessen gab es geflügelte Objekte: eine Katze, einen Computer, ein Fahrrad, deren Umrisse elektrisch beleuchtet waren in Silber und Platin, so prächtig, dass es sogar mich staunen ließ.

Später erfuhr ich, dass die Farben *Moonlight and Metal* waren. So lautete der Titel der Ausstellung.

* * *

Der betreffende Tag begann relativ unspektakulär. Um acht rief Dewi vom Frauensolidaritätsforum an. Sie hatte die jüngste Wahlanalyse vom Zentrum, und aus Respekt vor mir jagte sie hindurch, bevor ich mich langweilen konnte. Es war absurd, dass wir, nur weil wir gemeinsam in der Widerspruchsbranche tätig waren, so taten, als würde sich etwas ändern. Jedes achtjährige Schulkind, das mit Pancasila-Ethikunterricht aufgewachsen war, wusste, dass die Partei an der Spitze wiedergewänne, dass die Suharto-Dynastie bis in alle Ewigkeit erblühen würde, und dass wir NGOs und zweifelhafte politische Bündnisse uns aufs Neue an Geldgeber aus dem Ausland prostituieren müssten. Nur weil wir uns zusammentaten und die Fäuste gegen einen gemeinsamen Feind erhoben, waren wir nicht gleich »die Opposition«.

»Übrigens, gehst du heute Abend hin?«, fragte sie mich.

»Wohin?«

»Zur Ausstellungseröffnung. Sie ist doch eine Freundin von dir, oder?«

»Wer?«

»Die Frau, mit der du letztes Jahr viel zusammen warst. Deine Trinkkumpanin.«

»Meinst du etwa –«

»Die Hübsche«, sagte sie, nun bereits gelangweilt. »Na ja, ich dachte, du würdest hingehen. Ich kann nicht, aber viele von uns gehen hin. Ich besorge mir wahrscheinlich einen Katalog«, fuhr sie fort. »Sie ist anscheinend total gut.«

Ihre Begeisterung war täuschend bewundernswert.

»Weißt du was«, sagte ich eilig, weil ich spürte, dass sie gleich auflegen würde. »Wie dumm von mir. Ich glaube, ich habe die Einladung verlegt. Wo ist es doch gleich?«

Sie nannte mir die Adresse, irgendwo in Nordjakarta in der Nähe des Hafens, und ich sagte hmm, und sie sagte, ich *weiß*, und spiegelte damit, was ich dachte. Hört sich an wie dort, wo Dschinns ihre Säuglinge aussetzen.

Ich machte mir nicht die Mühe, sie zu korrigieren, denn genau das würde jeder von einem Stadtteil sagen, in dem er nie gewesen war. Und glauben Sie mir, wir waren schon überall gewesen.

* * *

»Möchten Sie einen Katalog?«, fragte das Mädchen am Empfangstresen. Sie wedelte mit einer Ausgabe vor mir herum.

»Möchte ich einen?« Ich warf einen Blick darauf. Er sah teuer aus. »Hmm. Ich komme noch mal wieder.«

»Versprochen?«

Ich zwang mich zu einem Lächeln, ging weiter.

Ich versuchte noch immer herauszufinden, an was für einem Ort ich mich befand. Eine Art Nebengebäude aus Holz und einer breiten Glasfläche umgeben von Teichen, in denen fette goldene Fische in der zunehmenden Dunkelheit leuchteten. Ein Schuppen für die Reichen, dessen Haupthaus ein wenig von der Hauptstraße entfernt in prächtiger Zurschaustellung vorteilhafter Anonymität stand. Führe die Armen und Unterdrückten nicht in Versuchung. Nur warum überraschte es mich überhaupt, dass es solche Orte tatsächlich gab?

»Und?« Das Mädchen hatte mich nicht vergessen. Mit Sicherheit war es die Nichte oder sogar die Tochter der Besitzer. Keine zwanzig, Diamantstecker in beiden Ohrläppchen. Tat das hier *gern, freiwillig, umsonst.*

Und weil ich zögerte, reichte sie mir ein Exemplar, einfach so, sagte, das mache hunderttausend Rupiah das Stück. Ich war sicher, dass sie mir meinen stummen Protest ins Gesicht geschrieben sah, doch mein Geld nahm sie trotzdem.

* * *

Der Katalog ergab nicht viel Sinn. Es gab zu viel Text, und die großen wichtigen Gedanken waren groß und fett gedruckt.

Einer lautete: »Ich bleibe in Bewegung, um alles zusammenzuhalten.« – Mark Strand

Ein anderer: »Das Schöne ist nichts als des Schrecklichen Anfang.« – Rainer Maria Rilke

Auf Seite fünfzehn am Anfang eines fünf Seiten langen Abschnitts, betitelt mit *Interview mit der Künstlerin,* war ein dunkles Foto eines Mannes abgebildet, der in einem ausgebeulten Overall, der eine Nummer zu groß für ihn war, vor einem geschlossenen Fenster stand. Sein Blick war auf das gerichtet, was auf der Handfläche seines ausgestreckten rechten Arms lag: eine tote Maus. Die Abbildung war von schlechter Qualität, und die Bildunterschrift lautete *Aktion tote Maus: Fotografie aus der Performance ›Isolation Unit‹ von Joseph Beuys und Terry Fox in Düsseldorf am 24. November 1970.* Die Wand um das Fenster war weiß mit schwarzen Flecken darauf. Die Künstlerin Srikandi Eilers hatte eine Menge über diese Arbeit zu sagen, die sie entscheidend für ihre Denkweise über Schatten nannte.

F: Warum gerade diese Arbeit? Hat es damit zu tun, dass Sie halb Deutsche sind?

A: Warum fühlt sich jemand von etwas angezogen? Wer kann das beurteilen?

F: Aber das hier unterscheidet sich so sehr von der Kunst, die Sie heute zeigen.

(An dieser Stelle fand ich heraus, dass die Interviewerin eine deutsche Doktorandin war, die zu Kunst in Indonesien forschte. Das erklärte die Qualität der Fragen.)

A: Ach, ich weiß es nicht. Ich finde dieses Foto einfach wunderbar, ich kann es mir stundenlang ansehen. Es schadet natürlich nicht, dass es Beuys ist – was für ein großartiger Künstler. Und sehen Sie sich nur das Gesicht an.

F: Was glauben Sie sehen andere auf dem Foto?

A: Na ja. Jemand, der sich dieses Foto anschaut, eine Aufnahme aus einer Performance, würde nicht wissen, dass es eine elektrische Lichtquelle gab, die von der Decke bis kurz über den Boden des Kellerraums reichte. Von dort kam der Lichtschein, der Beuys' Gesicht beleuchtete und seinen Schatten auf die Wand und das Fenster warf.

F: Es ist unglaublich.

A: Außerdem berührt mich etwas an der Vorstellung, dass man sich in einem abgeschlossenen Raum befindet, so allein und eingemauert, bis ins Mark. Und dann diese ausgestreckte Hand – Beuys, der auf das tote Objekt darin schaut. Man würde meinen, es wäre ein toter Vogel, nicht eine tote Maus. Wissen Sie? Dann guckt man auf das weiße Licht, das dahinter explodiert, das hineingeworfen wird, und dann noch auf das, was auf der anderen Seite vom Fenster liegt. Die Seele der Flucht.

F: Was glauben Sie repräsentiert die Maus sonst noch?

A: Ach, es hätte auch eine Ratte sein können, wissen Sie. Eine Ratte, ein Verräter. Knastjargon. Was auch immer es war, es ist tot. Im Gefängnis will man nicht sein.

F: Allerdings nur im Englischen und Deutschen. Dass die Ratte ein Synonym für Verräter ist.

A: Stimmt. Aber das hier ist Kunst. Es steht einem frei, seine eigene Sprache mit reinzubringen.

F: Wollen Sie ein politisches Statement gegen die Reihe von Verhaftungen in letzter Zeit machen?

A: Sehen Sie sich um. Ich gebe doch lediglich toten und lebendigen Objekten ein Paar Flügel. Machen Sie daraus, was Sie wollen.

Wie in Trance ging ich durch den Raum. In Siri verguckt zu sein war eine Sache; ich hatte stets gewusst, dass ich mir einen Abgrund würde graben müssen, und das tat ich auch. Sich aber in diese alternative Welt zu vergucken, die sie erschaffen hatte, subtil und unverfroren und unzensiert, bedeutete, sich einem ganz anderen Zauber zu unterwerfen. Ich hielt über die Besucherschar hinweg Ausschau nach dem Tableau häuslicher Gewalt, doch *nada*, das gehörte in eine andere Welt. Das war eine andere Siri, eine Siri der schlechten Kunst, eine Siri des schlechten Urteilsvermögens, ein Tiefpunkt. Ich entspannte mich und erlaubte mir zu schweben, wenn das denn der richtige Ausdruck war, zu schweben, in der Luft zu hängen, sich der Schwerkraft zu widersetzen, den Boden unter den Füßen nicht zu spüren. Die Gegenstände verschwammen und fokussierten sich im Wechsel, doch darum schien es gar nicht zu gehen.

Jemand winkte mir zu. Sie kam mir vage bekannt vor. Als ich näher kam, erkannte ich Febi, ebenfalls eine Aktivistin. Reproduktive Gesundheit und Frauenrechte. Man musste die Schubladen richtig benennen können.

»Wem gehört dieser Ort hier?«, fragte ich mit gesenkter Stimme. Ich versuchte, Febi beiseite zu ziehen.

»Irgendein Tycoon«, sagte sie geistesabwesend und zeigte dabei auf einen Mann, der aussah wie jeder Reiche, klein,

Brille, teuer aussehendes Batik-Hemd, und mit nur wenigen anderen in einer ruhigeren Ecke stand, wo er offensichtlich dem Rampenlicht entgehen wollte. Wer ist er nur? Wie ist Siri in seiner Tasche gelandet?

»Keine Spione?«

Doch Febi war bereits in Richtung einer anderen Gruppe Aktivisten davongeflattert, die neben dem Mondschein-Elefanten kauerten.

»Alle bestochen«, sagte ihr Begleiter, ein zweitklassiger Aktivist, dessen Gesicht ich von Demos kannte und der versessen darauf war, seine gewählten Überzeugungen hörbar zu machen. »Hier ist alles streng überwacht.«

Ich sah ihn an, als verstünde ich die Welt nicht, in der ich lebte.

»Meinst du private Überwachung?«

Er nickte. »Grüne Barette auf der Gehaltsliste.«

Wieso hatte ich die nicht gerochen? Wieso waren sie nicht auf mich zugeschwebt und hatten gesagt, hier, trainier deine Nase, damit du uns auch aufspüren kannst, nicht nur die verdammten Militärspione in Hörsälen und irgendwelchen Cafés.

Von überallher kamen auf einmal Leute auf mich zu. Es waren viele vertraute Gesichter darunter, aber irgendwie hatte ich sie mir nie an einem solchen Ort vorstellen können, und kurz schämte ich mich für uns alle.

Die Meinungen im Raum variierten.

Ein Graffitikünstler erklärte das Ganze zu einer schamlosen Zurschaustellung von Tuntenkunst – *banci* nannte er es, mehrmals und lautstark. Er war jedoch selbst unverfroren schwul, sodass es ihm das Recht dazu gab, und alle lachten und klopften ihm solidarisch auf die Schulter.

»Es ist einfach nicht wütend genug«, sagte Dede Jannah, die berühmteste politische Künstlerin, die ich im Raum entdeckt hatte. Ihre Kunst war sehr verbal, was bedeutete, dass sie viel darin zeterte, wie auf einer Demo. Die Titel ihrer Performances waren äußerst extrem. Da gab es ›Vergewaltigungsrepublik‹ und dessen Ableger ›Vergewaltigungsbabys‹. Es gab das sie selbst preisende ›Tabus brechen‹, ein großes grobes Werk, und sie glaubte an ›künstlerisches Im-Namen-von‹. Nahezu alle ihrer Performances wurden in halbsicheren, halböffentlichen Räumen aufgeführt, wie auf einem verlassenen Parkplatz hinter einem halbfunktionstüchtigen Gebäude, auf dem Dach eines dachlosen historischen Gebäudes in Kota, wo man sein Lager einen Monat lang aufschlagen konnte, ohne dass es jemand mitbekam.

»Nicht alles muss wütend sein.«

»Kunst sollte einen direkter ansprechen.«

»Die Flügel finde ich wunderbar. Sie sind so schön.«

»Sie will davonfliegen. Oder sie will, dass wir davonfliegen.«

»Und? Das macht es schön?«

»Wirkt ungeerdet, flatterhaft … Das sollte jetzt kein Wortspiel sein.«

»Ach, sag's doch einfach. Es ist bourgeoiser Mist.«

»Du klingst wie ein *banci.*«

»Kunst muss nichts aussagen. Manchmal reicht schon, dass es schön ist.«

»Die Zeit für Schönheit in der Kunst ist vorbei. Jede echte Kunst beißt zu. Rüttelt auf.«

»Schönheit kann einen auch aufrütteln.«

»Schönheit lügt. Hast du sie gesehen?«

»Willst du damit sagen, sie sei eine Lügnerin?«

»Kann jemand dafür sorgen, dass Dede Jannah verdammt noch mal den Mund hält?«

»Tolle Ausstellung.«

»Verdammt prätentiös.«

»Warum ist Dede Jannah überhaupt hier?«

»Hat Siri nicht einen superheißen Mann?«

»Und jemand anders finanziert sie von Kopf bis Fuß.«

»Jemand anders? Du meinst also nicht ihr Mann?«

»Ist der auch superheiß? Der, der nicht ihr verdammter Mann ist? Ist der auch da?«

Der Schmerz in meiner Brust kehrte zurück. Ich konnte Siri immer noch nicht sehen. Vielleicht wollte ein Teil von mir das auch gar nicht. Vielleicht sollte ich gehen.

Und dann passierte es. Plötzlich sah ich sie, und sie sah mich. Sie kam auf mich zu und umarmte mich, als hätten wir uns nie getrennt.

* * *

Es gingen zwei Gerüchte um. Eines war, dass sie eine Affäre gehabt und ihren Mann und ihre Stieftochter verlassen hatte. (Daher die Wohnung.) Das andere war, dass ein reicher Sammler eine ihrer Arbeiten gekauft und für die Wohnung bezahlt hatte. (Er war womöglich auch die Affäre.) Beide Gerüchte waren so köstlich schmutzig, dass niemand sich die Mühe machte, herauszufinden, welches stimmte. Aber es war über ein Jahr her, dass wir uns zuletzt gesehen hatten. In einem Jahr kann viel passieren.

Einmal sprachen wir darüber, dass sie sich ein Atelier suchen würde. Weg von zu Hause. Das war noch vor dem seltsamen Tag bei ihr, an dem Pancasila mich aufs Neue verbrannte. Selbst ich musste zustimmen, dass sie ein Atelier brauchte. Ich hatte keine Ahnung, wie gut sie als Künstlerin war oder wie gut man überhaupt als Künstler sein musste, um sich einen Ort zu verdienen, an dem man arbeiten konnte. Aber ich schätze, jeder brauchte einen Ort, an dem er arbeiten konnte, wenn er gut in dem war, was er tat.

»Es sieht folgendermaßen aus«, sagte sie. »Monatelang warst du nur eine leere Hülle, du hast nichts, und auf einmal bekommst du eine Idee und denkst, das ist es, genau so fühlt es sich an, und genau das ist die Farbe, die ich dafür habe. Und in dem Moment taucht dein Mann plötzlich auf und will etwas von dir.«

Sie hielt inne und sah mich erwartungsvoll an.

Ich wusste nicht, was ich dazu sagen sollte.

Ich hatte mir Riaz nie als die Sorte Ehemann vorgestellt, der plötzlich auftauchte und sagte, was geht. Ich sah ihn eher als den Typ Ehemann, der sein Anliegen und seinen Autoschlüssel nahm und erst mal losfuhr. Er war auch nicht die Sorte Ehemann, der seine Tochter damit behelligen würde. Er würde sie nicht noch mehr belasten wollen. Ich wusste nicht, was fünfzehnjährige Mädchen taten, und ich hatte Siris Mädchen auch nur ein- oder zweimal kurz gesehen, nie lange genug, um es wirklich kennenzulernen. Aber ich konnte mir vorstellen, wie das Mädchen mit seinem Vater zusammen zu Abend aß, nur sie beide, zu Hause oder in einem schicken Restaurant, in dem sie eine Vorspeise, Hauptspeise und Dessert bestellten und einen überteuerten Kaffee, den sie ebenso gut auch zu Hause hätten trinken können. Die Unterhaltung würde sich um das drehen, was sie mit dem fehlenden Familienmitglied verbanden.

Die Wohnung an sich war keine Überraschung. Das meine ich nicht ironisch. Geräumig für eine Wohnung im Geschäftsviertel, offen geschnitten und mit Blick auf die Skyline von Jakarta. Nicht gerade das, was ich mir unter einem Atelier vorgestellt hatte, aber was wusste ich denn schon.

Siri und ich gingen ein paar Mal zusammen aus, hatten ein paar Drinks. Allerdings gingen wir nicht in unsere üblichen Bars. In der Zeit, in der sie vor mir untergetaucht war, schien sie unzählige neue Orte entdeckt zu haben.

Und dann waren wir nicht mehr zu zweit, sondern zu dritt.

* * *

Wie ich war auch Felia eine Aktivistin, wie Siri hatte sie ihren Master in England gemacht. Entwicklungsstudien, sagte sie, als ich sie danach fragte. Sie erklärte es lang und breit in einer Mischung aus Englisch und Indonesisch. Oh, sagte ich, gibt es mittlerweile extra einen Studiengang, um die Armen aus der Dritten Welt zu studieren?

Wenn sie sich auf Englisch unterhielten, hörte ich, wie Siris Akzent und ihre Stimme sich veränderten. Ihre Augen begannen zu leuchten, magnesiumhell, und ich wusste, dass sie das bei mir nie taten. Und das würde ich auch nie zustande bringen. Ich konnte nie lange mit Siri allein sein, Felia war überall, mit im Zimmer, im Bad, nachts, am helllichten Tag, und schon bald in meinen Träumen.

Eines Tages fuhr ich zu Siris berüchtigter Wohnung unter der Anweisung, Siri abzuholen.

Siri war allein, das Biest war noch nicht da, und sie zog sich gerade eine wallende rote Bluse an, die ich noch nie an ihr gesehen hatte.

»Sieht toll aus, oder?«, sagte sie, vielleicht, weil ich stumm blieb.

»Bin mir nicht sicher, ob es wirklich dein Stil ist.« Mein Tonfall, fiel mir auf, war ausdruckslos. »Du bist ja schließlich keine reiche Dame der Gesellschaft.«

Ich bettelte geradezu darum. Ihr Blick verhärtete sich einen Moment lang. »Das sagst du nur, weil Felia sie mir geschenkt hat«, sagte sie. »Das kannst du nicht ertragen.«

»Kann sein.«

»Du bist eifersüchtig.« Sie sah mich im Spiegel an.

»Bin ich nicht«, erwiderte ich. »Ich kann bloß nicht verstehen, warum du Geschenke von allen möglichen Leuten annimmst, wenn du sie ganz offensichtlich nicht brauchst.«

Ich erwartete gar keine Antwort von ihr. Warum hatte ich herkommen sollen, um sie abzuholen? Ich wusste nicht einmal, wohin wir gingen – eine Woche zuvor hatte Siri vorgeschlagen, dass wir doch alle zusammen zu dieser Sache gehen könnten, zu der wir jetzt unterwegs waren, weil ich bei ihrem Treffen mit Felia dabei gewesen war. Ich hätte wetten können, dass sie mich ansonsten gar nicht gefragt hätte.

Ich überlegte, ob ich wieder gehen sollte, doch zu spät, das Biest war da, ich hörte unten ihre Stimme. Jetzt musste ich einfach herumstehen oder -sitzen oder mich mittreiben lassen, in meiner Kleidung, mit meinen Gedanken, während ich zusah, wie die Geschehnisse sich entfalteten. Dazu gehörte, dass ich ihnen dabei zusah, wie sie über britische Filme und Serien sprachen, von denen ich nie gehört hatte, und so taten, als wären sie diese oder jene Figur daraus. Und dass ich zusah, wie Siris Augen bei Felias Anekdoten über Bedürftige vor Emotionen flackerten, Anekdoten, die ich ihr ohne Weiteres hätte glaubwürdiger und bunter erzählen können, was ich jedoch nie tat.

Wir kamen schließlich in einem armen Slum am Stadtrand an. Laut Felia war es der reinste Trümmerhaufen gewesen, als sie fünf Jahre zuvor hergekommen war. Sie wies mit Vorliebe auf Dinge hin, lenkte unseren Blick. Ein Bordell genau dort, auf zwanzig nach drei, aber jetzt nicht mehr; nur ein einziges Gemeinschaftshaus für sanitäre Anlagen, wo jetzt der Gebetssaal steht, stellt euch das vor – da wird ein Dreck gegen den nächsten getauscht. Der Gestank – na ja, sie werden den Abwasserkanal nicht los. Es erledigen jetzt allerdings weniger Leute ihr Geschäft hier, weil es mittlerweile öffentliche Toiletten am Ende jedes Hauptwegs gibt. Und das – sie riss die leuchtenden Augen weit auf, damit wir es auch ja mitbekamen – läuft dann unter *Fortschritt*.

Irgendwann machten wir eine Pause und setzten uns auf eine Holzbank vor einem Haus, das mit Flecken von Wasserschäden überzogen war. Schönheitshungrige Kinder rannten barfuß den Weg entlang. Sie waren nicht unglücklich; nur so ließ sich erklären, weshalb sie nicht stehen blieben, um Siri anzustarren. Sie waren nicht unglücklich, selbst wenn alles um sie herum grau war und vor Schmutz starrte.

Ich sah auf und bemerkte, dass der Himmel blauschwarz war. Tatsächlich war alles hier blauschwarz, als hätte es nicht nur Prügel im wörtlichen Sinn einstecken müssen, sondern sich auch auf moralischer Ebene schikanieren lassen müssen von einer gewissen Felia Puti, PhD.

Es ist nichts Schlechtes daran, sich hin und wieder demütigen zu lassen, selbst von etwas, dem wir uns nicht unterlegen fühlen. Es war nicht nötig, die beiden daran zu erinnern, dass ich an unzähligen solcher Orte gewesen war, nicht nötig, mich meine Geschichte erzählen zu lassen. Ein Ort, der nicht dafür geeignet ist, dass Menschen dort leben, bleibt ein Ort, der nicht dafür geeignet ist, dass Menschen dort leben; daran änderte sich auch nichts, wenn wir behaupteten, dass jede frische Schicht Farbe und jedes reparierte Rohr ein Fortschritt war. Wir lebten nicht hier, wir hatten keine Ahnung, wie das überhaupt gehen sollte.

Also schluckte ich die Stunden herunter mitsamt ihrer beschämenden Fülle und zermalmenden Stille. Wenn das nötig war, um am Leben festzuhalten, dann sei es eben so, mich würde man nicht darüber klagen hören.

* * *

Die erste Kränkung begegnete mir im Laufe des Vormittags, im Büro, zwischen zwei Meetings. Es war ein Zeitungsartikel. Wie seltsam, dass die Sterne meinen Blick genau dann darauf lenkten, als sämtliche Hormone gerade verrückt gespielt hatten, denn da stand es: *Künstlerin Srikandi Ellers (sic) über die Schönheit von Pancasila.* Allein die Überschrift hätte wehtun müssen, und nicht nur aufgrund der Ironie von etwas Schönem, das in etwas Hässliches verwandelt wird.

Doch als mein Blick über das wanderte, was in erster Linie ein nichtssagendes, langatmiges und ahnungsloses Stück indonesischen Journalismus war, entdeckte ich Folgendes: »… Srikandi Ellers (sic) sagte: ›Anders als einige meiner Freunde, die dermaßen besessen sind von Slogans und Staatskunst und Volkstum, ziehe ich die Poesie vor … unser einziger Feind ist der Mangel an Freiheit … wir sind frei wie Vögel … wir haben alles selbst in der Hand.‹« Und weiter unten: »… auf die Frage, was sie von den letzten Demonstrationen halte, die zu Verhaftungen einiger Aktivisten geführt haben, sagte Srikandi Ellers (sic) spitz (*»menandaskan«* war das Verb, das benutzt wurde), sie ziehe Kunst politischem Aktivismus vor. ›Aktivisten können dogmatisch und stur sein‹, sagte sie. ›Pancasila zum Beispiel ist ein so schönes Konzept, doch heutzutage wird es als gefährlich und repressiv angesehen. Es wurde von der Politik zerstört.‹«

* * *

Andere hatten sich nicht einmal die Mühe gemacht, das Ganze zu lesen. Die meisten waren bestenfalls gleichgültig gewesen. Rumita sah mir dabei zu, wie ich jedem, den ich erwischte, den Artikel zeigte, und sagte mir dann, ich solle es nicht persönlich nehmen. Mir kam der Gedanke, dass Widerstand wie die Tropen ist: Er kühlt ab und nimmt alle sechs Monate wieder zu, doch nichts Grundlegendes daran ändert sich. Das große Herz, das ihm angeblich zugrunde liegt, bleibt klein und verbraucht und faul, zu sehr ist es an seine eigene luftige Flaute gewöhnt.

Ich hörte auf, mich mit Siri zu treffen.

* * *

Monate vergingen. Kühle Nächte wurden zu trockener Hitze. Das *Tempo*-Magazin wurde verboten. Linke Literatur wurde verboten. Dissidenten wurden hinter Gitter gebracht. Ladenbesitzer, Hausfrauen und Lehrer gingen auf die Straße. Auf einmal waren wir wieder im Geschäft. Und wir standen in Flammen.

Wir sprachen in einem Code, wir lebten von Kaffee und Zigaretten, und wir lasen alles, was verboten war.

Wir schliefen nicht mehr.

Manchmal hatte ich einfach schreckliche Sehnsucht nach ihr. Nach ihrer kapriziösen, skeptischen Stimme, danach, wie groß und aufrecht sie war, wie elegant sie den Kopf neigte. Doch ich gestattete mir keine perverse Nostalgie. Ich konnte mir nicht den leisesten Hauch von Gefühlsduselei leisten, wenn ich frei sein und etwas erreichen und weitermachen wollte.

* * *

Sicher, ein- oder zweimal interessierte sich auch ein Mann für mich. Der letzte war glatt rasiert und roch gut. Seine Gesichtszüge waren zu geordnet für meinen Geschmack, aber er war ein Che-Fan und hatte alles Wichtige gelesen. Doch als er mir offenbarte, dass er in der Buchhaltung einer internationalen Managementfirma arbeitete, nahm ich Reißaus. Ich fürchtete, dass er Dankbarkeit oder Ähnliches von mir erwartete, wenn ich zu nett zu ihm war. Dafür, dass er in mein Leben getreten war und mich vor einem bestimmten Schicksal bewahrt hatte oder so etwas in der Art.

Eines Tages fragte er mich: »Warum behandelst du mich wie einen Aussätzigen?« Ich lachte, er lachte. Wenige Tage später hakte er nach: »Fühlst du dich mir überlegen?«, und seine Lachfalten waren verschwunden. Er musste ein paar

Nachforschungen angestellt haben, und jemand hatte ihm erzählt, dass die Künstlerin namens Srikandi Eilers und ich einst dicke Freundinnen gewesen waren. Man musste kein Genie sein, um zu verstehen, was solch ein abruptes Ende einer Freundschaft der schwächeren Seite antat. Zu der ich mich machte, der schwächeren Seite, mit meinem lächerlichen Bedürfnis, es damit zu kompensieren, indem ich andere schäbig behandelte, und mit meinem noch lächerlicheren Bedürfnis, einen Verrat mit äußerster Treue zu bekämpfen.

* * *

Es ging natürlich nach hinten los. Ich brach alle Regeln. Erstens, sei nicht blind vor Liebe. Zweitens, verschaffe dir nicht gewaltsam Zutritt. Drittens, wisse, wer du bist, bevor du irgendetwas tust, was du normalerweise nicht tun würdest, falls die Dinge sich nicht zu deinen Gunsten entwickeln.

Das Merkwürdigste war, dass ich wütend war. Die Wut brachte mich dazu, es zu tun. Ich verschaffte mir Zutritt wie eine Gläubige, ging jedoch wie eine Nihilistin wieder hinaus. Zuerst ergab es für mich keinen Sinn, der Anblick von ihnen im Bett, wie sie lachten, sich berührten, so eng beieinander. Ich muss eine ganze Weile dort gestanden haben, erstarrt und dumm, bis ich begriff, was mir an dem Anblick nicht richtig vorkam – sie waren unter den Laken, und ich sah nackte Haut, nicht vollständig, aber Teile davon, und das reichte aus. Als ich mich umdrehte und die Treppe hinunterflog, war es wirklich das, ich flog. Ich spürte nicht, wie meine Füße den Boden berührten. Ich war von Zorn erfüllt, und das war ich auch jetzt noch. Davon war ich überzeugt.

Jetzt, im Rückblick, könnte ich vieles sagen. Vielleicht hatten sie nicht miteinander geschlafen, hatten einfach nur dort gelegen, so wie wir es oft taten, uns zusammen hinlegten, zurücklehnten, anstatt nebeneinander zu sitzen oder zu stehen, wirklich, es hätte so einfach sein können. *Nimm es nicht persönlich,* hätte Rumita gesagt, *auch das hat nichts mit dir zu tun.*

Doch, es hatte mit mir zu tun.

Vergeben. Zu wissen, wie man vergibt.

Doch nein. Verräter verdienen keine Vergebung. Wenn sie einen einmal betrogen haben, werden sie es wieder tun. Weißt du nicht mehr, Rumita, wir wurden nicht mit einem silbernen Löffel im Mund geboren. Jeden Tag sehen wir Missbrauch, Wut und Wahnsinn, sie stehen bei uns auf der Schwelle, hämmern an die Tür, krachen durchs Fenster. Wir blicken ihnen ins Gesicht, beschämen sie, verweisen sie in ihre Schranken. Doch Verrat schleicht sich durch die Hintertür, ist heimtückisch und amoralisch. Er ist verrottet und steckt alles in seinem Umfeld an. Er ist nicht dein Freund.

Verrat klingt nicht so, wie Siri ihn beschreiben würde: eine schwarze Rauchwolke, ein roter Fleck auf den Laken einer Jungfrau, ein Verstummen. Verrat ist ohrenbetäubend. Aber ich muss ihn nicht einmal hören oder sehen; ich rieche ihn schon aus unmöglicher Entfernung.

Also ließ ich die Wut Besitz von mir ergreifen und es sich bei mir häuslich einrichten. Ich spürte, wie sie sich in mir aufbaute, wie ein Unterschlupf, mit Pfeilern und solidem Boden.

15.

Amalias Reise mit uns, als Teil unserer Familie, kam überraschend in der Hinsicht, dass es eine glückliche Reise war, glücklich und gesund und ausgewogen, genau wie vom Arzt verordnet. Sie war weniger schüchtern geworden, ehrgeiziger, mein liebes Mädchen. Das sage ich mit schwesterlicher Zuneigung, obwohl ich alt genug bin, um ihre Mutter zu sein.

Im Büro war sie geschmeidiger geworden. Sie bewegte sich nicht mehr geduckt, als würde sie sich entschuldigen, dass sie Raum einnahm. In der Pause gesellte sie sich zu den anderen, sah ihnen beim Rauchen zu und lachte über ihre Witze. Ein Teil ihres scheuen Wesens blieb natürlich, die fünf Sekunden, in denen sie zögerte, sich ins Gleichgewicht brachte und sammelte, bevor sie der Welt entgegentrat. Ich kannte jede ihrer Eigenarten: wie sie sich über die Unterlippe leckte, wenn dort noch Spuren von etwas Süßem waren, als befürchtete sie, man würde sie dabei ertappen, wie sie sich über etwas freute; wie sie unbewusst einen Schritt zurücktrat, wenn ein Mann ihr die Hand schütteln wollte. Und doch überanstrengte sie sich nie für jemand anderen, hatte keine Angst, unbeliebt zu sein. Es war, als wäre sie glücklich dort, wo sie war: in der Ungewöhnlichkeit ihrer Gewöhnlichkeit.

Weshalb es mich vollkommen aus dem Konzept brachte, warum sie tat, was sie an jenem Tag Anfang 2016 tat. Ich war eine Niete in sozialen Netzwerken, begriff nicht ihren Sinn, musste nicht wissen, welche meiner vorlauten Ansichten oder welche nicht genehmigten Aufnahmen meiner schlaffen Gesichtszüge heute jemanden beim Frühstück Gesellschaft leisteten. Doch in diesem Fall hatte der Diskurs im Wesentlichen im Netz begonnen und spielte sich auch weiterhin dort ab. Deswegen bekam ich erst spät etwas davon mit. Und wurde von jemandem informiert, der nicht zu meinem engsten Kreis gehörte. Per gottverdammter WhatsApp-Nachricht.

Was ist los mit deinem Mädchen?
???
Stell dich nicht dumm, Schwester :-)
:-)
Ist das nicht die Tochter von Srikandi Eilers?

Vorsicht. Erst mal Zeit gewinnen. Ich öffnete Google und gab die Wörter *Amalia Srikandi Eilers kürzlich 2016* ein.

Und da war es: ein Ansturm. In meiner Panik wusste ich nicht, wie ich es aussieben, wo ich anfangen sollte.

Ich wandte mich wieder meinem WhatsApp-Fenster zu und sah, dass unter dem Namen meiner Informantin »online« stand. Schnell schickte ich ihr noch ein :-) zur Beschwichtigung. So ein Geier!

Erneut widmete ich mich meiner Suche, und nach ein paar Sekunden des Grauens fand ich den Ursprung des Chaos.

@amaliabmlk Ich kenne ein paar Wischiwaschi-Künstlerinnen, die Indonesien fernbleiben, weil sie nicht den Schneid haben, mit der echten Politik in ihrem eigenen Land klarzukommen. @sirieilers

Und natürlich drückte sie damit auf jeden erdenklichen Knopf. Gerade, als wir von Hakiki uns lautstark für künstlerische Freiheit einsetzten, weil die FKMI und ihre Lakaien so ausgehungert nach etwas zum Verbieten waren, dass sie begonnen hatten, Künstler zu attackieren.

* * *

Ich konnte mich nicht erinnern, dass ich in der letzten Zeit jemals pausenlos am Telefon gehangen hätte, zumindest nicht so. Klar, die E-Mails holten auf, genau wie meine Facebook-Nachrichten im Messenger, ein Programm, das mir anscheinend zur Verfügung stand, um damit gegen die Welt anzuwettern, das zu verwenden ich jedoch nicht vernünftig gelernt hatte. Irgendwann überfüllten siebenundsiebzig Nachrichten mit ähnlich lautendem Betreff mein Postfach. Die Anfangszeilen reichten von »*Mbak* Dara, entschuldige vielmals im Voraus, aber stimmt es, dass …?« über »Verdammte Scheiße. Zickenkrieg zwischen Mutter und Tochter?« bis zu »Geht es hier um eine Familiensaga oder um schleichende Islamisierung und die Zukunft künstlerischer Freiheit?«.

* * *

Ich rief bei meiner Kollegin Kemala an. Sie war beim Friseur und musste sich schreiend über das Getöse von mindestens einem halben Dutzend dröhnender Föhne Gehör verschaffen. Zumindest hörte es sich so an.

»Ist es schlimm?«

»Waaaas?«

»IST ES SCHLIMM?«

»AUTSCH!«

»Was?«

»Nein, nein, nicht du. Hier …« Ich hörte ein Klatschen, ihre Stimme (bellend), ein paar andere Stimmen (gedämpft), bei was für einem Friseur war sie bloß? Wie kam es, dass sie an einem Werktag morgens um Viertel vor elf überhaupt Zeit für einen Friseurtermin hatte?

»Was ist da los?«

»Nein, nein, es ist nur meine Nagelpflegerin. Sie …« – da war wieder diese Stimme, die ermahnte, offenbar war das Unglück noch nicht überstanden –, »… sie hat mich gestochen! Egal, macht nichts. Wo warst du gerade stehen geblieben?«

»Na, ich hoffe, du hast sie umgebracht, weil sie dich gestochen hat.«

»Hör zu. Was sollst du machen. Mit deinem Mädchen, meine ich. Sie darf über ihre Mutter sagen, was sie will. Es ist ein freies Land.«

Mir dämmerte, dass die Leute womöglich gar nicht wussten, dass Siri nicht Amalias leibliche Mutter war.

»Ja, aber im Moment kämpfen wir für das Recht unserer Künstler und Künstlerinnen, etwas zu erschaffen und auszustellen, ohne gleich von einem Haufen islamistischer Irrer überwacht zu werden. Und dabei geht es uns nicht darum, zwischen den Künstlern zu unterscheiden, wir entscheiden nicht, welche von ihnen, wessen Politik, wessen Ästhetik unsere Unterstützung mehr verdient hat.«

»Ach, der vernünftige Ruf der Demokratie.«

Ich ignorierte ihren Versuch, sarkastisch zu sein.

»Das legt sich wieder«, sagte sie ohne Ironie.

»Was?«

»Hör zu. Dein Mädchen. Sie ist noch jung. Offensichtlich hat sie Vaterkomplexe. Haben sie alle. Und offensichtlich hat sie auch ernsthafte Probleme mit ihrer Mutter. Sie trauert. Sie hat einen Ausraster. Aber das legt sich wieder.«

»Sie ist neunundzwanzig. Sie wird dieses Jahr noch dreißig. Meine Mutter hatte in dem Alter schon drei Kinder.«

Ich hörte ein Reißen und noch ein lautes AUTSCH.

»Ich meine, dass sie nicht mehr so jung ist, okay? Eigentlich ist sie auch gar nicht so viel in den sozialen Netzwerken unterwegs. Sie ist eine dieser introvertierten Seelen, die mit allem einfach … einfach fertig werden. Sie ist nicht der Typ für Ausraster.«

»Vielleicht will sie dich beeindrucken. Und gleichzeitig ihrer Mutter eins auswischen. *Sambil menyelam minum air*«, zitierte sie das klischeehafteste aller indonesischen Sprichwörter. Auf zwei Hochzeiten tanzen.

»So jemand ist sie nicht.«

»Ach je, du liebst das Mädchen tatsächlich, was?«

Ich spürte, wie mir die Hitze in die Wangen stieg. Wahrheit steigt immer nach oben.

»Hör zu«, fuhr sie eilig fort, »sie hat nichts gesagt, was euren Ansichten widersprechen würde. Entspann dich. Lass sie selbst damit fertig werden.«

»Aber sie spielt ihnen damit genau in die Hände. Sie benutzen ihren Tweet schon, um uns zu beschuldigen, wir würden gewisse Leute bevorzugen, oder noch schlimmer, um uns einen plötzlichen Gesinnungswandel vorzuwerfen! Und dazu zerreißen sie Siri, das arme Biest, in Stücke, weil sie nicht nur pornografische UND blasphemische Arbeiten zeige, sondern dazu auch noch unpatriotische! Dieser dämliche Tweet stärkt letztendlich die Argumentation, dass es einen strengeren Moralkodex für Kunstausübung in Indonesien geben soll.«

Da war wieder die seltsame Stille, die Föhne immer noch auf Volldampf.

»Freust du dich nicht insgeheim ein bisschen, dass Siri unter Beschuss gerät?«, fragte sie zu meiner größten Überraschung. Auf einmal hörte ich ihre Stimme ganz klar und deutlich. »Du musst das nicht beantworten. Aber, na ja, du weißt schon. Ein kleiner Denkanstoß.«

* * *

2016 war ein verrücktes und deprimierendes Jahr, und obwohl ich sicher bin, dass der Rest der Menschheit mir da ohne Weiteres zustimmen würde, geschahen die Ereignisse in einem Tempo, das selbst in meiner Welt unbekannt war. Zunächst einmal hatte ich mich nie als eine der Aktivisten gesehen, die genau das belastete, wofür sie angeblich einstanden.

Kemala sagte mir, die Leute im Büro fänden meine Prioritätensetzung zu persönlich. Ich wusste, worauf sie anspielte, doch ich fragte sie trotzdem nach irgendeiner Art von Beleg für ihre Behauptung. »Na ja«, sagte sie, »sieh dich doch mal um. Kannst du nicht sehen, dass sich alle mehr Sorgen um die neueste Vorlage machen, Alkohol zu verbieten? Inzwischen meinen dieselben Typen von der XYZ Partei, die das Gesetz durchbringen wollen, es sei aus gesundheitlichen, nicht aus religiösen Gründen«.

»Es wird nicht durchkommen«, sagte ich. »Und warum kümmern sich die Leute im Büro so sehr darum, ob Alkohol verboten wird? Sie trinken doch gar nicht.«

»Kunst ist ihnen definitiv auch egal.«

»Na ja, es wäre ihnen nicht egal, wenn etwas verboten würde, das ihnen oder ihrer Familientradition nahesteht. Was würdest du als Javanerin sagen, wenn *wayang*-Aufführungen plötzlich verboten wären, wie es die Islamisten von der Regierung fordern? Was würde Sita dazu sagen?«

Ich warf den Namen einfach so in den Raum. Sita war ein sicherer Tipp; nicht nur war sie Expertin für die Sure Ya-Sin, sie kannte auch das *Mahabharata* in- und auswendig. Sie war ein perfektes Exemplar einer Indonesierin. Hinduistischer Name, gläubige Muslimin, etwas chinesisch aussehendes Gesicht und blasser Teint, eine Schwester, die gerade mit einem Juden durchgebrannt war, konnte Rama und Ravana auseinanderhalten und war nach Manier der malaiischen Mythologie entspannt.

»Wir sprechen hier von Menschen aus dem einundzwanzigsten Jahrhundert mit Grips und angeblich gutem Urteilsvermögen, okay? Wir sprechen nicht von der Erhaltung traditioneller Kunst. Wir sprechen von Leuten wie Srikandi Eilers, die denkt, sie könne auf dem Anstandsgefühl des durchschnittlichen Indonesiers herumtrampeln, nur weil sie eine Weile im Westen gelebt und sich angeschaut hat, wie westliche Künstler bis zum Erbrechen in sich selbst schwelgen, und weil es ihr gefällt, ihre eigene kranke Sexualität zu entdecken und es auf ihre sogenannten Landsleute in einem Land zu projizieren, in dem sie nicht einmal selbst lebt. Wenn sie hier mehr Leute verärgert, dann ist das eben das Resultat. Sie kennt das Risiko. Wenn sie keine Schwierigkeiten will, dann soll sie eben niemandem auf den Schlips treten. So sehe ich das jedenfalls.«

»Na gut«, sagte ich matt.

»Für sie und für Leute wie sie blutet mir nicht das Herz, tut mir leid, das zu sagen.«

»Na gut«, sagte ich wieder. »Unterschreibst du jetzt also die Petition?«

Ich wedelte mit einem Dokument vor ihr herum.

»Wir verteilen es Montag zusammen mit der Pressemitteilung.«

Es war eine Petition gegen künstlerische Diskriminierung. Mehrere Künstlerinnen und Künstler hatten unterschrieben: kulturell relevante, schlechte, extrem schlechte. Nicht besonders viele. Eine Unterschrift für jeden Typus. Und von fast allen war mir die Kunst unbekannt.

Aber was kümmerte mich das? Die Petition war an niemand anderen adressiert als an den Präsidenten der Republik Indonesien persönlich!

* * *

Sie wich mir aus, Amalia Malik, und war ein wenig trotzig, als ich sie fragte: »Was hast du dir dabei gedacht?«

»Ich habe gar nichts gedacht«, antwortete sie knapp.

Ich ging es anders an. »Ist zwischen dir und deiner Stiefmutter etwas vorgefallen?«

»Ich habe mich auch früher schon mit ihr gestritten«, sagte sie. »Darf man das nicht? Diesmal habe ich mich einfach mehr über sie geärgert als sonst. Wir hatten eine große Diskussion darüber, wo die Grenze zwischen öffentlich und privat im Leben einer Künstlerin verläuft, und sie ließ es so klingen, als wäre sie ein ach so besonderer Mensch, als hätte sie Anspruch auf unzählige übermenschliche Betrachtungen, dass ich einfach ausgerastet bin. Hier. Schuldig im Sinne der Anklage. Können wir das jetzt abhaken?«

Ich hatte ein etwas schlechtes Gewissen, dass ich ihr das Gefühl gegeben hatte, sie schulde mir eine so ausführliche Erklärung. Aber ich hatte damit angefangen.

»Also«, sagte sie ungeduldig, als würde sie es so schnell wie möglich aus dem Weg räumen wollen. »Willst du, dass ich es widerrufe?«

War das überhaupt möglich?

»Bin nicht sicher, wie das im Twitterland geht. Wenn man dort einmal etwas gesagt hat, ist es für immer da. Man kann nichts tun, als etwas zu twittern, das sich so anhört, als hätte man das vorher Getwitterte nicht so gemeint. Als wäre es Hals über Kopf passiert. Oder schlecht formuliert. Oder ein grandioser Tippfehler. Egal, was wir machen, es wird dürftig rüberkommen. Aber ich kann es trotzdem probieren.«

Woher kam dieser Sarkasmus? Oder war die alte zweifelnde Amalia zurückgekehrt?

Da fiel es mir auf: Sie war kurz davor, in Tränen auszubrechen.

»Ach Süße. Es tut mir leid. Ich wollte nicht …«

Nur was sollte ich sonst tun? Sie war sowohl meine Angestellte als auch Teil meiner Familie. War es überhaupt möglich, diese Unterhaltung anders zu führen?

* * *

Am Nachmittag überkam mich plötzlich eine andere Sorge. Was, wenn Amalia depressiv war? Was, wenn der wütende Tweet im Grunde ein Hilferuf war? Doch an wen richtete er sich? An welche Mutter / Nicht-Mutter, Siri oder mich?

* * *

Am nächsten Morgen sah ich als Erstes den Entwurf der Pressemitteilung auf meinem Schreibtisch, die der Petition beigelegt werden sollte. Sie war hervorragend geschrieben: scharfsinnig, stichhaltig und auf den Punkt. Bei einer Pressemitteilung gibt es keine Urheberschaft, aber sie, Amalia, war die Einzige, die sie verfasst haben konnte. Sie war die Einzige von uns, ich eingeschlossen, die schreiben konnte: korrekte Grammatik, Prägnanz, Präzision, eine gewisse Eleganz.

Die Pressemitteilung wäre eigentlich Aufgabe unserer Texterin gewesen. Die hatte zwar einen Abschluss in Kommunikationswissenschaften von einer angesehenen Universität, aber ihr Satzbau und ihre Interpunktion ließen einiges zu wünschen übrig. Am liebsten wäre es mir gewesen, Amalia hätte ihre Stelle übernommen, zusammen mit dem Arbeitspensum, das ich ihr ohnehin schon aufgeladen hatte. Das wusste die Texterin. Und Amalia. Tatsächlich forderte es auf beiden Seiten gewaltige Bescheidenheit, um diesem Pakt zuzustimmen, für die eine, die Arbeit abzugeben mit all der dazugehörigen Beschämung, für die andere, die Arbeit zu übernehmen, ohne Anerkennung dafür zu bekommen.

Das also war Amalias Friedensangebot. Gegen meinen Willen spürte ich ein Kribbeln in den Augenwinkeln.

* * *

Bei einer Zusammenkunft irgendwo in einem Gebäude in Jakarta aus dem Hinterhalt von den Behörden angegriffen zu werden machte heutzutage keinen Spaß. Es war plump und kunstlos, nicht wie in den Neunzigern, als so viel von Intuition und Timing abhing. Heutzutage wurden Überfälle aus dem Hinterhalt mit minimalem Feinsinn durchgeführt, ohne jeglichen Spannungsaufbau, ohne Umgehen von Gefahren, kein Flirten, kein Blickkontakt, kein Fliehen vor mutmaßlichen Militärs in Zivil. Es gab keinen Verführungstanz mit dem Teufel, keine Jagd, kein Fang-mich-doch-wenn-du-kannst.

Nein. Sie saßen nicht mehr im Publikum, wo sie sich still und heimlich untermischten und, wenn es so weit war, zum entscheidenden Schlag ausholten. Heutzutage kündigten sie ihr Kommen mit Bannern und Rufen und Scheppern an, stürmten die Versammlungsorte und *griffen hart durch*. Was noch schlimmer war: Es waren nicht die Bösen selbst, es waren ihre Handlanger. Die Bösen trugen meist Weiß, wohingegen sie, die Behörden, nahezu immer in Uniform und oft bewaffnet auftauchten. Bei öffentlichen Demos schloss ich mit meinen Mitaktivisten häufig eine Wette darüber ab, wann genau die Unruhestifter eintreffen würden und wie viele. Derjenige, der die Wette gewann, durfte die nächste Demo planen und musste nicht für sein Mittag- beziehungsweise Abendessen zahlen.

Doch nichts hatte mich auf den Schock jenes Tages vorbereitet. Wir waren etwas spät dran, es war gegen drei Uhr nachmittags, die Überreste des Schuldigen – ein sehr, sehr ausgedehntes und üppiges Mittagessen – noch sichtbar auf der Tafel. Wir hatten gerade der Eröffnungsrede eines leidenschaftlichen Anwalts für Menschenrechte gelauscht, den wir eigens für das Ereignis ausgewählt hatten und der über neue Interventionen in der Kunst sprach. Er war der Adoptivsohn einer berühmten linken Künstlerin, und er wusste stets, wie er die Menge aufzumuntern hatte. Mir war nur vage bewusst, dass er mehr über Srikandi Eilers' bevorstehende Ausstellung sprach als über die gegenwärtige.

Wir waren etwa vierzig an der Zahl aus den unterschiedlichen Gruppierungen des breit aufgestellten linksliberalen / pro-demokratischen / pro-Menschenrechte-Bündnisses, wie wir uns gern nannten, und ein paar vereinzelte Künstlerinnen und Künstler und Mitläufer, Demonstrationsspezialisten, Gesichter, denen man ständig begegnete. Der Eigentümer des Gebäudekomplexes war ein bekannter Maler und Bildhauer, der schon immer empfänglich für unsere Anliegen gewesen war. Er stammte aus einer wohlhabenden Familie, hatte aber in den Achtzigern auch ein eigenes Vermögen mit unverfänglicher, angenehmer, dekorativer Kunst angehäuft, die nicht den Geschmack des Establishments beleidigte. Er wirkte stolz auf die Beispiele, die er anführte: sämtliche gefeierte kontroverse Kunstwerke aus Indonesien der letzten zwanzig Jahre. Genau wie der Anwalt für Menschenrechte spielte auch er auf anstehende Veranstaltungen im Kunstkalender der Stadt an, »von denen eine Sie umwerfen wird«. Mein Zuhause ist ein freier Raum, sagte er noch, falls wir es vergessen haben sollten. Das war sein berühmtes Motto.

Ein schöner Gedanke. Und auch ein ziemlich kurzlebiger, denn in genau diesem Augenblick stürmten die Männer in Weiß zu Dutzenden herein, begleitet von den Männern in Uniform, angeführt von niemand anderem als ihrem Oberhaupt, der sich im Handumdrehen ans Mikro stellte, die Veranstaltung als illegal erklärte und alle aufforderte zu gehen.

Und mir nichts, dir nichts wurde ich grob geschnappt, schwungvoll hochgehoben, buchstäblich in einen ihrer draußen wartenden Wagen geworfen und gegen meinen Willen weggefahren.

Ein paar Minuten später bemerkte ich, dass Amalia im gleichen Wagen wie ich saß, gemeinsam mit vier weiteren meiner Genossen. Ich konnte ihren Gesichtsausdruck nicht deuten. Es war eine Mischung aus Angst, Unverständnis und der jugendlichen Aufregung, gegen das Gesetz verstoßen zu haben und erwachsen genug zu sein, dafür zu bezahlen.

* * *

Ich hatte keine Ahnung, was auf dem Polizeirevier vorgefallen war, was man sie gefragt, was sie geantwortet hatte. Als wir dort ankamen, wurden wir sofort getrennt, als hätten die Polizei und ihre religiösen Herrscher für jeden von uns spezielle, auf unsere Biografien und wunden Punkte zugeschnittene Fragen vorbereitet sowie spezielle Räume bereitgestellt, in denen sie sie uns stellten.

* * *

Seit dem Tag fand ich keinen Zugang mehr zu Amalia. Es war, als hätte sie keinen Grund zu bleiben gesehen, als hätte sie in diesem neuen Leben mit mir nichts erreicht, als wäre nichts es wert, es aufrechtzuerhalten, und als könnte nichts zurückgenommen werden. Ich sah zu, wie sie still verschwand, und wurde Zeugin meiner eigenen Verzweiflung.

* * *

Am nächsten Tag, als wir allesamt erschöpft zurück im Büro waren, erzählte Sita mir, dass anscheinend eine besondere Ausstellung zu Siris Werk in Planung war, eine Art Retrospektive, die Ende des Jahres stattfinden sollte. Darin würde auch Kontroverses zu sehen sein, fügte sie hinzu.

Warum weiß ich davon nichts?, wollte ich wissen.

Unser Freund hat es in seiner Rede erwähnt.

Bei dem Teil habe ich nicht zugehört. Wo?

In einer schicken Galerie in einem Büroturm, sagte Sita. Wahrscheinlich der Hauptsitz einer Firma. Ich meine die Sponsoren. Ein Haufen Geld. Ganz zu schweigen von privaten Geldern.

Wer sind denn diese Leute?

Na ja. Ihr Galerist, ihre Kunsthändlerin, ihre Sammler. Und BMW, oder war es Audi?

Wieso begegne ich denen nie? Wie sehen sie aus?

Die sind doch von einem ganz anderen Stern. Die Welt kennen wir nicht. Außerdem ist es erst in zwei Monaten. Sie haben gerade erst angefangen, es aufzubauen. Ich habe bisher nur online Werbung gesehen.

Sie log. Oder sie hatte ihre Hausaufgaben nicht gemacht. Denn als ich aus dem Büro nach Hause fuhr, entdeckte ich das offizielle Plakat für die bevorstehende Ausstellung: *Srikandi Eilers: Man / Woman: Reconfigured,* so groß wie Hanuman, überall an den Mauern. Das Plakat selbst war offensichtlich so gestaltet, dass es niemanden vor den Kopf stieß, es waren auch bei näherem Hinsehen keine Teile der Skulpturen zu sehen, die womöglich das Zartgefühl der Muslime verletzen konnten, und alles war typisch kunstmäßig in Schwarz-Weiß gehalten. Oben links auf dem Plakat sah man sogar schemenhaft ihr Gesicht, die Künstlerin, allein in der Welt, dieses angsteinflößende und erregende Gesicht, das in Deutschland vielleicht geradezu verschlungen wurde, zu Hause aber einen unbekannten Einschlag hatte.

Ich hatte auch viele der Einzelheiten zu *Man / Woman* vergessen. Eingeschlossen, wann und wo es zuvor ausgestellt worden war. Als ich sie nach dem Warum gefragt hatte, sah sie mich mit einem Ausdruck an, der Liebe glich. Wenn du die Skulpturen siehst, wirst du es schon verstehen, sagte sie.

Ich verstand es damals nicht, und ich tat es auch heute nicht. Doch an dem Tag, als Amalia von der Polizeistation zurückkam, wusste ich, was ich sah. Es war der Ausdruck auf ihrem Gesicht, was jener Tag mit Amalia gemacht hatte. Was sie begonnen hatte, was *wir* begonnen hatten, war zu etwas Größerem geworden – etwas, das am Ende ihr Leben und auch Siris verschlang. Es hatte etwas mit *Man / Woman* zu tun, was nicht mehr nur den Kampf für künstlerische Freiheit symbolisierte. Und ich hatte es womöglich unabsichtlich herbeigeführt.

Aber ich behielt meine Sorgen für mich und vertraute mich keiner Menschenseele an.

Sicher wurde im Büro geredet. Eine der Kolleginnen war über ein paar an Amalia adressierte Hassmails gestolpert, als Amalia einen Termin außerhalb hatte und sich auszuloggen vergessen hatte.

Dann gab es da noch die Massen-Hassmails, die an der Tagesordnung waren und niemanden von uns überraschten. Der Konsens war, dass Amalia in irgendwelchen persönlichen Schwierigkeiten steckte, und es sah ihr ganz ähnlich, stoisch zu bleiben.

Im besten Fall versuchte ich, ihr Schweigen als eine Art Anlage in einen Treuhandfonds zu sehen, tief und echt und von unschätzbarem Wert, der erst im geeigneten Augenblick ausgegeben wurde, und nur das Leben konnte uns mitteilen, wann dieser Augenblick gekommen wäre.

* * *

Jakarta, 11. November 2016

Siri,
wie Du Dir vorstellen kannst, fühlt sich das hier seltsam an. Ich fasse mich also kurz. Ich weiß, dass Du inzwischen über alles im Bilde bist. Amalia kam gestern vorbei, um ihre Sachen abzuholen. Ich habe noch nicht mit Rumita gesprochen, aber ich bin sicher, dass sie Dein Mädchen nicht im Stich lässt. Ein paar von uns lieben sie tatsächlich.
Falls Du Dir Sorgen machst, ich würde Dir eine Standpauke halten – das musst Du nicht. Ich maße mir nicht an, Dir vorzuschreiben, was Du mit Amalia anstellen sollst. Sie ist kein Kind mehr. Sie kann mit ihrem Leben machen, was sie will. Sie hat mir noch nicht gesagt, was aus ihrer Stelle werden soll, ob sie zurückkommt. Wir zahlen nicht besonders viel, aber es ist ein anständiges Gehalt, und es hält sie auf Trab. Und ich glaube, es ist auch sinnstiftend für sie. Man wird es ihr allerdings bald ansehen, und das müssen wir berücksichtigen. Ich hoffe, sie kann mit Dir darüber sprechen. Wenn ich es richtig verstehe, will sie das Kind behalten. Auch das ist ihr gutes Recht. Aber darum kümmern wir uns, wenn es so weit ist.
Jetzt gerade stecke ich in der Klemme. Wie Du weißt, bin ich meiner Familie verpflichtet. Es ist das reinste Durcheinander. Weswegen ich jetzt lieber so wenig wie möglich von mir gebe. In derlei Umständen scheint es mir so wenig Platz für die Familie zu geben, die man sich irgendwann selbst ausgesucht hat. Wenn ich wüsste, weshalb das so ist, würde ich Dir wohl jetzt nicht schreiben.
Was ich aber möchte, und sagen muss, ist Folgendes: Du MUSST die Ausstellung absagen. Ich weiß nicht, für wie lange, das ist Deine Domäne. Aber Du musst dem hier ein Ende bereiten.
Ich habe mein Bestes gegeben mit Gardin. Sicher hat Amalia Dir von ihm erzählt. Unser Verhältnis ist kom-

pliziert, aber manchmal kann er einen überraschen. Nicht dass ich darauf wetten würde. Er hat die Fotos noch. Alles, und ich meine egal was, ein politischer Wechsel, eine Sinnesänderung, weil er sauer ist – er ist narzisstisch, impulsiv und davon besessen, beliebt zu sein, und obendrein wird er älter, na, ich muss Dir nicht erzählen, wer sein Vorbild ist –, und er kann ganz spontan unsere Übereinkunft brechen und die Bilder veröffentlichen. Wir müssen davon ausgehen, dass wir ihn für den Rest seines Lebens und den Rest unseres Lebens bei Laune halten müssen. Außerdem traue ich den Leuten in seinem Umfeld nicht. Wir müssen also auch davon ausgehen, dass er nicht der Einzige ist, der die Aufnahmen gesehen hat. Das Szenario sieht wirklich nicht gut aus. Wir haben vereinbart, dass Du Deine Ausstellung absagst und er keinen Mucks mehr macht. Zumindest gewinnen wir damit Zeit, bis das Kind geboren wurde und in Sicherheit ist. Damit will ich nicht sagen, dass es danach einfacher wird; vielleicht wird es sogar noch komplizierter. Aber Amalia hat eben diese kritische Entscheidung getroffen. Wir können nichts daran ändern. Ich wünschte, es gäbe eine nettere Art, das zu sagen, ich wünschte, es gäbe einen anderen Weg, aber wir müssen so gut es geht dabei helfen, diesen Vorgang zu beschützen. Sie ist zurzeit ein leicht verwundbares Ziel – sie ist überall in den Nachrichten, sie wird sogar in der Klatschpresse zitiert. So ein Skandal könnte sie vernichten. Ganz zu schweigen von meiner Seite der Familie. Meiner unbeteiligten Schwägerin und ihren Kindern.

Wir haben uns fast ein ganzes Leben nicht gesehen. Ich will auch nichts über Dich und das, woran Du glaubst, mutmaßen. Wir können so viel wir wollen über Bürgerrechte, Meinungsfreiheit, Widerstand gegen Terror und Intoleranz diskutieren, selbst wenn das bedeutet, dass unsere persönliche Sicherheit in Gefahr gerät. So waren wir auf jeden Fall mal. Wir waren diejenigen, die Extremisten aller Schattierungen

konfrontierten, damit sie sich bloß nicht ein Herz fassten und mutiger wurden. Wir waren diejenigen, die ihr Leben für ein höheres Ideal riskierten, und zwar Freiheit an sich. Aber jetzt gibt es ein höheres Ideal als Dein Recht, Kunst zu erschaffen und auszustellen, so wie Du es für richtig hältst. Es geht darum, diese unschuldigen Kinder nicht eines Vaters zu berauben, eine Frau nicht ihres Ehemanns, ein ungeborenes Kind nicht einer würdigen Zukunft.
Da ist noch etwas. Ich habe erst heute erfahren, dass Amalia vor meinem Haus von einer Horde Schlägertypen belästigt wurde, als sie nach einer Veranstaltung nach der Arbeit nach Hause kam. Das geschah direkt bevor sie nach Berlin floh. Es passierte irgendwann nachts, und wie Du weißt, hätte es weit schlimmer kommen können. Niemand kann einschätzen, ob es mit unserer Kampagne zusammenhing, ob sie angegriffen wurde, weil sie zu Hakiki gehört und bei mir wohnt, oder ob es Gardins Männer waren oder Leute, die in seinem Namen zu diesem, na ja, etwas spezifischeren Thema handelten. Ich will es gar nicht herausfinden.
Der einzige Schutz, auf den Amalia hoffen kann, muss von Dir geboten werden. Gib das Prestigeprojekt auf. Bleib woanders erfolgreich. Du brauchst kein Comeback, nur damit Du Dich brüsten kannst: Internationaler Kunst-Superstar kehrt mit knallharter umstrittener Ausstellung nach Hause zurück. Spar Dir derlei Vergnügen für später auf, wenn die Zeiten sich geändert haben. Weißt Du noch, dass wir uns damals gefragt haben, ob wir unser Leben nur zur Selbstverwirklichung leben sollten? Und Du hast geantwortet, zu einem gewissen Grad. Wenn es noch eine letzte Sache gibt, um die ich Dich bitten kann, lass es das hier sein.

Dara

* * *

Es ist vier Uhr nachmittags. Bei ihr also zehn Uhr morgens. Ich sehe mir meinen Entwurf noch einmal an und klicke auf senden. *Zisch.* Und die Welt totenstill.

Nicht lange. Mein Handy klingelt. Es ist Rumi. Als bekäme sie diese Tiefpunkte instinktiv mit.

»Warst du schon in der Sura-Galerie?«, fragt sie ohne Vorrede.

»Nein. Aber ich habe Siri gerade eine Mail geschrieben.«

»Fahr sofort hin. Du kannst nicht warten, bis diese dumme Frau antwortet.«

»Wir haben Hana schon hingeschickt.«

»Kannst du dir ernsthaft vorstellen, wie Hana mit dem Direktor spricht? Und zwar so, wie man darüber sprechen muss, verhandeln muss, es beenden muss?«

Ich habe Hana kurz vorm Mittag getroffen, und sie sah nicht gut aus. Tatsächlich sah sie bei meinem Anblick gequält aus. Also fragte ich sie nicht direkt, wie es lief. Aus Pflichtgefühl murmelte sie aber: »Ich hatte zehn Minuten mit ihm. Herr Septa Liem. Er war nicht ganz bei der Sache. Höflich, aber nicht ganz bei der Sache.«

»Wie meinst du das?«

»Er hat mir gar nicht richtig zugehört. Er hat zwar die ganze Zeit genickt, mich dabei aber nicht angesehen. Es war, als hätte eine Fensterscheibe zwischen uns gestanden und er sah hindurch, aber nicht mich an. Er hat an mir vorbei oder auf etwas hinter mir geschaut. Ich habe ihm gesagt, dass manche von uns, sogar die Tochter der Künstlerin, persönlich in Gefahr sind. Dass wir seit mittlerweile über einer Woche von Trollen gehetzt und ohne Ende beschimpft werden und dass wir die Angelegenheit an den Presserat herantragen könnten, sodass einige dieser Webseiten als Hoax erklärt würden, damit das Informationsministerium sie mit einem Haufen anderem Müll sperrt. Doch sperrt man eine, tauchen tausend neue auf.«

Schnell fragte ich sie, ob er ihr irgendetwas Konkretes

mitgeteilt habe – wird er ein Treffen mit seinem Management-Team und dem Vorstand einberufen, wird er oder hat er bereits Kontakt mit der Künstlerin und ihrer Kunsthändlerin und all ihren Beratern und Sponsoren aufgenommen, wird er mit der Polizei sprechen, wird er eine offizielle Entschuldigung aufsetzen, eine Erklärung, dass er es bereue, um Himmels willen, wird er zumindest irgendetwas in Betracht ziehen. Hana sah jedoch aus, als würde sie sich jeden Moment übergeben, also fasste ich es als ein Nein auf.

All das erzähle ich Rumi, doch anstatt dass sie sich einen Augenblick Zeit nimmt, um ganz in Ruhe das sich zusammenbrauende Unheil zu erfassen, schreit sie: »Hat sie ihm wenigstens gesagt, dass die Gefahr immer größer wird, je länger die Galerie es aufschiebt? Hat diese Idiotin ihm gesagt, dass die Zeit läuft?«

Plötzlich fällt mir etwas ein. »Wo ist eigentlich Amalia? Gewährst du ihr immer noch Unterschlupf?«

»Versuch nicht, mich abzulenken«, blafft sie. »Fahr sofort zur Galerie. Ich kann dich dort in … knapp zwei Stunden treffen. Wenn ich mich jetzt beeile.«

Flüchtig verärgert mich die Andeutung, ich könne nichts allein bewerkstelligen, aber was soll ich tun. In der Hinsicht muss man sich für Familien oft schämen. Dafür, wozu man sie braucht.

* * *

Es ist keine Kunstgalerie. Es sind zwei komplette Etagen eines Wolkenkratzers aus Glas und Stahl an einer der Durchgangsstraßen der Stadt, in einer Welt aus silbergrauen Aufzügen und »Auto des Jahres«-Prunkstücken in der Lobby, Einrichtung wie in einem Fünfsternehotel und merkwürdige Statuen in Übergröße, die Empfangsdamen mit zu viel Make-up, die neben unterforderten Wachleuten sitzen, die einen nach dem Ausweis fragen und durch die Schranke surren.

Ich bin früh dran. Rumita schickt mir eine Nachricht, dass sie in zwanzig Minuten da ist. Ich spaziere in der Lobby umher, wo ich an der Wand neben der *Musalla* und den Toiletten noch ein paar der kleineren Plakate für Siris Ausstellung entdecke. Termine in gewaltigen Bürogebäuden sind dazu gedacht, dass man sich klein und unbedeutend vorkommt. Es sei denn, man kauft eine Firma oder das ganze Gebäude. Oder bringt einen Mann mit Geld und einem Ruf, der auf dem Spiel steht, dazu, sein prestigeträchtigstes Kunstprojekt abzublasen.

Ich beschließe, zu Starbucks zu gehen. Dieser außerordentliche Gleichmacher. Diese außerordentliche demokratische Maschinerie. Ich bestelle einen Cappuccino und bemühe mich, nicht zu enttäuscht von dem zu sein, was aus mir geworden ist. Wofür kämpfe ich eigentlich heutzutage? Ich kann der Globalisierung nicht einmal in ihrer abgedroschensten Form widerstehen.

Ich nehme eine Postkarte in die Hand, starre die selbstbewusste, typisch deutsche Schriftart auf grellem Weiß an, die sanften Schwarz- und feierlichen Grautöne, die Umrisse des stolzen spitzen Kinns ihres absichtlich verschwommen dargestellten Gesichts in der Ecke – ja, genau dort, auf den nicht abgeräumten Tischen da, zwischen den halb gegessenen Sandwiches und abgestandenen Lattes. Es ist, als hielte man eine Glasscherbe ans Licht, entdeckte jedoch an den Kanten keine Aufrauung, nichts Blankes.

Eine Viertelstunde später kommt meine Schwester herein. Sie geht mit untypisch großen und harten und zielstrebigen Schritten auf mich zu, bleibt stehen und sieht mich an.

Sie könnte doch zumindest einen Kaffee trinken, oder?

»Was guckst du so? Komm.«

* * *

Es heißt, in keiner anderen Stadt könne man sowohl den Leuten zufällig begegnen, die man treffen möchte, als auch denen, denen man lieber aus dem Weg gehen würde. Niemand verabredet sich mit einem Freund, nicht, wenn man befreundet bleiben will. Immer heißt es *kapan-kapan,* bis dann, das wunderbare vertrauensselige *besok,* denn morgen ist auch noch ein Tag (und man kann sich auch immer noch am Tag selbst verabreden; das wird geradezu von einem erwartet). Tägliche Willkür ist antreibender Motor und Religion. Man muss darauf vertrauen, dass einem stets Leute begegnen werden.

Und genau das passiert in diesem Augenblick, in diesem Raum, in dieser Stadt. Wir begegnen uns.

* * *

Sie hat sich kein bisschen verändert, aber wie immer auf den ersten Blick versetzt es mir einen Stich, werde ich daran erinnert, dass sie jeden Augenblick fortgehen kann.

Zuvor hatte ich jedoch nichts geahnt. Wir warteten im geräumigen Empfangszimmer vor dem Büro des Direktors und starrten die die Wände schmückende Kunst an. Ich erkannte einige Arbeiten von Siri. Eine zeigte drei langgliedrige, jedoch beinlose Gestalten, die über eine karge Landschaft krochen: geisterhafte Bäume, deren Stämme wie welkende Pfosten aussahen, unter einem nebelverhangenen Himmel; sich im Hintergrund sammelnde Wolken. Ich verstand nicht recht, was es damit auf sich hatte; wer waren diese Menschen, wo wollten sie hin?

»Findest du ihre Kunst politisch?«

»Na ja«, sagte Rumita. Sie musste tatsächlich innehalten und darüber nachdenken. »Schwierig.«

»Wieso?«

»Na ja, sieh dir doch zum Beispiel das da an«, sagte sie und zeigte auf die Gestalten. »Sie bewegen sich nicht in die gleiche Richtung. Sie scheinen einander nicht einmal zu kennen. Und trotzdem versetzt es einen in eine Stimmung. Bekommt man ein ominöses Gefühl. Dass etwas Schlimmes bevorsteht oder schon geschehen ist.«

Ich ging auf das Gemälde zu und sah mir die Gestalten genauer an. Erst jetzt erkannte ich, dass es allesamt Frauen waren, obwohl alle drei kurze Haare hatten, beinahe einen Bürstenschnitt.

»Ich finde, es ist politisch«, sagte Rumita.

»Na ja, er kennt sich jedenfalls mit Kunst aus«, sagte ich und zeigte auf ein weichgezeichnetes Porträt des Direktors an der Wand. »Obwohl er ein Geschäftsmann ist. Ich schätze, wenn man Geld hat, dann fällt einem die Kunst in den Schoß und bettelt darum, verwaltet zu werden.«

Wie Schulmädchen kicherten wir darüber, als das Haustelefon klingelte und die Sekretärin, die keine vier Meter von uns entfernt saß, auf einmal aufstand. »Ja, Herr Liem«, sagte sie und blickte dabei ernst und finster drein. Wir sahen ihr nach, wie sie ins Büro ihres Vorgesetzten ging und die Tür hinter sich schloss. Eine Minute später kam sie wieder heraus, gefolgt von ihrem Vorgesetzten und einer Frau.

Dann gaben sich natürlich alle unbeholfen Mühe. Der Mann vom Porträt, der auf uns zugeht, uns die Hände schüttelt, uns seinem sich verabschiedenden Gast vorstellt. Rumita, die sie nie zuvor getroffen hatte und die vom Boss dem ›besonderen Gast aus Berlin‹ vorgestellt wird, Rumita, die ein paar Schritte nach vorn macht und Siris mechanisch ausgestreckte Hand ergreift, als hätte sie schon den ganzen Tag gewusst, dass es hierzu kommen würde. So viele Höflichkeiten, die sich wie von allein entfalten.

Septa Liem ist über fünfzig, groß, hat ein glattes Gesicht, wirkt etwas nervös. Und er ist offensichtlich nicht glücklich über Siri.

Ihm gilt meine Sorge jedoch nicht. Ich spüre, wie Siri einen winzigen Augenblick lang stutzt, als sie mich sieht, denn selbst sie hätte das hier nicht voraussehen können. Alles andere an ihr kann ich nicht beurteilen. Ich kann nicht beurteilen, ob sie älter geworden ist. Ob sie stärker, schwächer, größer, dünner geworden ist. Möglicherweise dünner: ihre Gliedmaßen schlanker und länger, ihr Gesicht nicht mehr so weich. Ich kann nicht umhin, an ihre Mutter zu denken, Amba, die Frau mit dem unmöglichen Namen, die hoheitsvoll trauernde Gestalt in einer Ecke im Haus ihres verstorbenen Schwiegersohns. Und dennoch sieht Siri genauso aus wie bei unserer ersten und unserer letzten Begegnung. Es heißt doch, so liebe man seinen langjährigen Partner. *Für mich wirst du immer jung sein.*

Ich bin präsent. Ich bin wachsam. Aber nur gerade so. Meine Schwester hält die Show am Laufen. Ich kann sehen, wie sie förmlich über sich hinauswächst. Alle drei haben sich in eine Diskussion vertieft. Offensichtlich sind noch Fragen offen. Vage höre ich, wie Siri etwas darüber plappert, dass sie aussteigen will, dass sie aussteigen *muss*, es sei etwas Persönliches, sie habe mit ihren deutschen Förderern gesprochen, mit ihrer amerikanischen Kunsthändlerin, ihren indonesischen Sammlern, mit jedem auf der verdammten Welt, der etwas bedeutet, und wissen Sie was, ich werde Größe zeigen, ich nehme alle Schuld auf mich. Seien Sie versichert, Herr Liem, dass Sie und Ihre Geldgeber auf die eine oder andere Art entschädigt werden. Meine Kunsthändlerin – meine *Agentin* – wird sich bei Ihnen melden. Sie ist sehr gut und überaus gründlich. Sie wird sicherstellen, dass nichts schiefläuft.

Aber Rumita – sie lässt sich nicht ausstechen. »Sicher«, sagt sie. »Hakiki steht für all die offensichtlichen Anliegen. Und wir stellen uns auf die Seite eines jeden, dessen Rechte mit Füßen getreten werden. Nur was können wir tun, wenn die betreffende Künstlerin aussteigen will? Wenn sie entschieden hat, dass die Ausstellung der Mühe nicht wert ist?«

Wir sind wie ein dickes, fettes, sich selbst vergrößerndes Wohnheim für die gesamte Menschheit. Bei jeder Irren wie dieser bauen wir noch ein Stück an, werden selbst immer breiter vor bedingungsloser Liebe.

»In der Zwischenzeit können Sie sich natürlich darauf verlassen, dass wir uns weiterhin für diese Anliegen einsetzen, Herr Liem«, redet meine Schwester weiter auf ihn ein. »Aber ich glaube, bei allem Respekt, dass wir hier so weit fertig sind.«

Siri macht einen Satz nach vorn und steht plötzlich im Bild. Ich mache einen Schritt zurück. Ich bin nicht sicher, weshalb. Die Leute vom Power Workshop nennen das die Körpersprache eines Traumaopfers, nicht anders als bei misshandelten Katzen oder Hunden, die wegrennen und sich verstecken, sobald es an der Tür klingelt.

Seltsam, aber ich erkenne ihren Geruch nicht wieder. Sie hatte immer herrlich gerochen: tief, eindringlich, wie ein Haus, in dem man, sobald man es betritt, ganze Welten in der Luft erschnuppern kann. Doch Siri hat so viele Welten bewohnt, und von keiner davon war ich ein Teil. Ich versuche, sie nicht anzusehen.

Es gelingt mir nicht. Und es würde sich auch nicht gehören, denn anscheinend haben die drei ihr Gerede beendet. Jetzt wenden sie sich mit dem Gerede an mich; sie wollen, dass ich etwas unternehme, zumindest auf ihr Gerede reagiere. Septa Liem sieht mich sogar mit so etwas wie Erwartung in seinem Blick an, oder versucht er es als letzten Ausweg mit Verzweiflung?

Rumita scheint es bemerkt zu haben. Zum Glück habe ich meine Schwester. Sie ist die Vertreterin meiner Mutter, die Hüterin ihrer Ordnung. Ich bete an ihrem Schrein. Gegenwärtig sagt sie: »Nun denn, da wir nicht mehr viel hinzuzufügen haben, könnten wir, na ja … Herr Liem, es war mir eine Freude …«, während sie mir und Siri bedeutet, zum Aufzug zu gehen.

»Warten Sie«, sagt Septa Liem und nimmt mich am Arm. »Sie sind doch Hakiki. Der Boss. Sie kennen das Spiel. Ich meine, bei Ihnen geht es doch genau darum. Hätten Sie nicht das Gefühl, Sie würden sich selbst und wofür Sie sich einsetzen verraten, wenn Sie sich nicht wehren? Tun Sie nicht genau deswegen das, was Sie tun? Sich für die Freiheit einsetzen, für die Opfer von Intoleranz aussprechen? Würden Sie nicht eher sterben, als diesen Verrätern ihren Willen zu lassen?«

Sicher, Herr Liem, wir schwimmen gegen den Strom, und das werden wir auch weiter tun; und was wir tun, ist enorm. Es wird immer Verräter, Fanatiker, Vergewaltiger, Freiheitsmörder geben, und wir werden immer da sein, um die Fahne zu hissen, sie zu entlarven, ihnen ins Gesicht zu schlagen und sie in die finstersten Löcher dieser Erde zu werfen und dort verrotten zu lassen.

»Sie haben doch gesehen, was bei 411 passiert ist«, redet er weiter. »Das ist noch nicht mal eine Woche her. Sie können sich vorstellen, wie das abläuft. Zehntausende Menschen dort draußen auf der Straße, die nach Ahoks Blut lechzen. Zehntausende!«

Und immer wird es Zehntausende solcher Blutsauger geben, und wir werden die Erde bis ans Ende aller Zeit nach ihnen absuchen …

»… und sie werden ihn noch weiter herunterziehen, sobald es um den Gouverneursposten geht, wenn diese Schlägertypen es sich mit dem anderen Kandidaten gemütlich machen …«

Und könnte das daran liegen, dass der Gouverneur nur nach seiner eigenen Pfeife tanzt, wir aber in Jakarta sind, wo man unmöglich nicht mit den anderen pfeifen kann?

»… Sie können mir doch nicht erzählen, dass Sie das einfach zulassen, hier, in der letzten Bastion des moderaten Islam auf der Welt, in diesem großen Quell der Vielfalt, direkt vor Ihrer Nase?«

Er trägt ein so feines Hemd, dass es mir das Herz verbrüht, und sein Duft hängt so schwer in der Luft wie die Essenz einer Blüte. Mit seiner Arroganz hat er mich umgebracht und mit seinem Feingefühl meine Wunden gelindert. Ich hatte nicht erwartet, dass er die 411-Karte ausspielen würde, aber wie kann er das nicht tun. Er ist chinesischen Ursprungs, vor seinem Namen steht das F. X., er gehört zum oberen einen Prozent des Landes. Er sieht, wie der amtierende Gouverneur von Jakarta, der ebenfalls chinesischen Ursprungs ist, vors Gericht geschleift wird, weil er auf dem Koran herumgetrampelt hat, er sieht, wie die Hauptstadt über Nacht weiß wird, und er sieht, wie ihr im Abseits eine ineffektive Regierung an die Füße gefesselt wird. Natürlich hat er Angst. Natürlich will er sein Vermögen und seine Investitionen schützen.

Aber er ist in erster Linie Geschäftsmann. Und kein besonders konventioneller noch dazu. Also sieht er natürlich eine Gelegenheit. Entweder er fügt sich und verkrümelt sich in den Hintergrund, oder er macht ein Statement mit großem Knall. Und weil er die richtige Hure dafür aufgetrieben hat, eine internationale Hure, die sich als Spätzunder für die Sache einbringt, beschließt er, alles auf eine Karte zu setzen. Er ist dermaßen eingebildet, dass er nicht einmal riechen kann, wie sehr er nach dem Geld stinkt, das er in petto hat, um die Schlägertypen fernzuhalten.

Aber ich bin schließlich nicht hier, um seine Motive zu beurteilen. Ob es ein kalkulierter Schachzug fürs Geschäft ist, oder ob er in gutem Glauben handelt. Ich bin hier, um …

Ich sehe ihn an. »Mir persönlich, Herr Liem, wäre nichts lieber, als diese Mistkerle am Boden zu sehen.«

Beinahe kann ich hören, wie Rumita, die schon bei den

Aufzügen steht, leise flucht. Ihr fallen fast die Augen aus dem Kopf.

»Warum kämpfen Sie dann nicht mit uns?«

»Weil ich nicht an die Kunst glaube«, sage ich. Möglicherweise ein bisschen zu großspurig. »Ich finde sie unaufrichtig.«

Danach ist alles noch verschwommener. Irgendwo am Rand meines Blickfelds sehe ich, wie Septa Liems Sekretärin um uns herumflattert und uns zurück ins Büro zu treiben versucht. Die Gerüche sind plötzlich klarer: Etwas in Siris Brust fällt, Angst liegt in ihrem Atem. In Rumitas liegt Wut, wie ein Klotz, der aus dem tiefsten Inneren empor gehustet wurde: Du hast so wenig Selbstbeherrschung, du bist wie ein … ein … verdammtes Kind.

* * *

Jetzt stehen wir zu dritt in der Lobby, wieder dort, wo ich mit meinem Starbucks-Selbsthass begann. Rumita ist unfassbar wütend auf mich. Aber wenn sie sich auch über Siri ärgert und sich ein wenig an ihr stört, kann sie es nicht zeigen. Nicht jetzt, wo wir erreicht haben, was wir wollten.

Und nicht, solange wir hier zusammen festsitzen, während wir auf das verdammte Auto warten.

Das Auto fährt vor. Ich beobachte Siri genau, jede kleinste Bewegung. »Danke«, sagt meine Schwester und nickt Siri zu, schaut ihr dabei jedoch nicht in die Augen. »Es muss schwer gewesen sein. Aber es war natürlich richtig so.«

Natürlich hatte ich Fantasien. Doch niemals diese: Rumita, Siri und ich, in dieser Situation, in diesem Leben oder dem nächsten. Ich hatte immer geglaubt, der einzig angemessene Fall für uns wäre eine Einführung, keine Versöhnung; wir sollten am Anfang beginnen, keine Restaurierungspläne durchgehen.

Ich hatte es mir so vorgestellt, dass meine Schwester und meine beste Freundin sich vom ersten Moment an wie ungeahnte Seelenverwandte verstanden hätten, dass es zwischen ihnen nichts als eine fließende, ungehinderte Verbindung gegeben hätte. Sie hätten sich heftig geliebt und verteidigt. Sie hätten sich gegen mich verbündet oder mich umgebracht, denn drei ist eine zu viel, und ich bin immer die Schwachstelle.

Doch diese Zeiten fordern Gewalt, und mir schnürt sich die Brust zu, als ich zusehe, wie Siri die dürftige, aber notwendige Geste meiner Schwester erwidert. Ich sehe zu, wie sich ihr ganzer Körper streckt, eine ägyptische Katze, die aufgefordert wird, ihrem edlen Stammbaum gerecht zu werden. Sie kann meiner Schwester gegenüber nicht unhöflich sein; so viel ist klar. Es ist nicht der richtige Zeitpunkt, und ich bin diejenige, die die Grenze überschritten hat.

»Es war gut, Sie kennenzulernen«, sagt sie steif. Dann sehen wir stumm zu, wie meine gute Schwester abfährt.

Jetzt sind wir beide allein zusammen, ohne den blassesten Schimmer, was wir sagen oder tun sollen.

»Du dachtest, ich hätte mit Felia geschlafen, oder?«, sagt sie plötzlich.

Das war also nötig gewesen, damit ich sie wieder ansehe.

Siri

16.

BERLIN, NOVEMBER 2016

Es gibt Probleme, und es gibt Sally O'Malley.

Nina fühlt sich verpflichtet, mich an diese unantastbare Tatsache zu erinnern, was an sich schon ein Problem darstellt. Am Tag nachdem ich entdeckt hatte, dass Amalia nach Jakarta zurückgeflogen war, um die Sache selbst in die Hand zu nehmen, rief ich Nina an, um ihr mitzuteilen, dass ich auf jeden Fall die Ausstellung absagen müsse – »es geht nicht anders.«

»Dafür bringt SOM dich um.«

»Okay, ja. Sie würde mich auch für viel weniger umbringen«, sagte ich. »Aber das ist momentan meine geringste Sorge.«

Panisch stürmte ich in meiner Wohnung umher und versuchte, einen Koffer zu packen. Ich hatte noch keine Pläne, und all das hier passierte, kurz bevor mein Mietvertrag auslief. Ich musste mich entscheiden, ob ich ihn für einen Monat oder für mehrere Monate verlängern wollte, ob ich eine neue Wohnung suchen sollte, oder, gütiger Gott, bei Matthias einziehen wollte. Eine Entscheidung, die man nicht treffen will, weil eine Krise einen dazu zwingt.

Jedenfalls mussten Koffer gepackt werden, egal, wohin sie reisten. Ich sagte Nina, ich müsse auflegen. »Ich fühle mich vollkommen herzlos«, sagte ich. »Du weißt, dass ich dich lieb habe. Aber ich muss mich um ein paar Dinge kümmern.«

Um zehn vor zehn am Morgen klingelt es an der Tür. Just in dem Moment, als ich ein Taxi rufen und meine drei Koffer zu Matthias bringen will. Und was mache ich? Ich mache das, was man eben so macht: drücke auf die Gegensprechanlage, ohne nachzudenken, und sage: »Ja?«

Es ist Nina.

»Können wir das vielleicht vertagen?«, murmele ich, aber keine Minute später steht sie schon vor der Wohnungstür.

»Weißt du«, sagt sie, als sie hereinkommt, »ich hab so viele Interviews für dich arrangiert. Sie sind schon ganz begeistert. Du hast so hart dafür gearbeitet.«

»Es tut mir leid, dass die harte Arbeit, die du in mich reingesteckt hast, einfach so den Bach runtergeht«, sage ich. »Ich weiß, dass man so was nicht noch mal … neu aufzieht. Es ist jetzt oder nie. Und das … tut weh.«

»Du musst dich mit SOM zusammensetzen, weißt du«, sagt sie streng. »Es wird nicht schön, aber du musst es machen.«

Auch um ihretwillen.

»Und was willst du überhaupt ohne Kunsthändlerin hier machen?«

Sagt sie mir etwas, das ich noch nicht weiß? Will Sally mich abservieren?

»Weißt du, dass sie schon ihren Flug nach Jakarta gebucht hat?«, fragt Nina. »Ein Ticket nach Bali hat sie auch.«

»Nina. Ich weiß, dass es mit mir nicht leicht ist«, sage ich mit einem Seufzen. »Aber ich bin auch nicht unmöglich. Ich führe mich nicht wie eine beschissene Diva auf wie Tatiana. Und ich bin auch ganz sicher nicht wie Hans Dieter Becker. Ich bin eine ganz vertretbare Person. Und deswegen ist meine Karriere auch ganz vertretbar. Meine Ausstellungen sind nicht gerade Kunstveranstaltungen des Jahres, und das Leben der Leute wird sich auch nicht entscheidend ändern, nur weil sie auf einer meiner Ausstellungen waren oder sie verpasst haben. Es geht für sie nicht um Leben und Tod, ob sie nun die weiblichen Ungetüme mit Penis und die männlichen Ungetüme mit Vagina gesehen haben oder nicht. Ich finde ja auch, dass es schön für mich und meine Kunsthändler und meine Galeristen und meine Förderer wäre, würden so viele Besucher wie möglich kommen und sich die Ungetüme anschauen, weil das bedeuten würde, dass das ganze Geld, das sie in mich investiert haben, sich auch lohnen würde. Es würde bedeuten, dass ich ein kostbares Gut bin. Dass ich Erfolg habe. Nicht unbedingt, dass ich gut bin. Aber dass ich Erfolg habe.

Aber weißt du, wen die Absage wirklich betreffen wird? Mich. Denn wenn das hier alles vorbei ist, werde ich nicht einmal mehr erleben, was es bedeutet, erfolgreich zu sein. *Richtig* erfolgreich, meine ich. Und ich werde auch nicht eines Tages durch dieses Prisma vermeintlichen Erfolgs herausfinden, ob ich wirklich so gut bin, wie man mich darstellt, wie es der Erfolg einem manchmal ermöglicht.«

Ich halte inne, denn Nina sieht einen Moment lang so aus, als würde sie in Ohnmacht fallen.

»Aber du hast deine Entscheidung getroffen«, sagt sie trotzig. »Jede ästhetische Entscheidung ist auch eine moralische und eine politische. Warum hast du diese Ungetüme erschaffen, wenn du jetzt nicht für sie einstehen kannst? Warum hast du genug an sie geglaubt, um sie machen zu können, und hast jetzt nicht den Mumm, sie zu zeigen, wenn du endlich die Gelegenheit dazu hast?«

Natürlich hat sie recht. Das ist das Wunder, das ich beinahe jeden Tag vollbringe, jedes Mal, wenn ich die Tür hinter mir schließe, nachdem ich meinen Namen auf eine Leinwand gesetzt habe oder zugucke, wie die Bildunterschrift erscheint. Ich lasse los und nehme hin, was auch immer dadurch losgetreten wird. Jetzt versuche ich wacker, nicht an den Grundriss zu denken, den Sally mir vor mehreren Wochen geschickt hat, und daran, dass ich sofort vor mir sehen konnte, wie meine großen verunstalteten Babys dort in dem Raum zum Leben erwachen. Natürlich gibt es nichts Überheblicheres, als zu sagen, man könne es spüren, wenn man sich nicht mal im Raum selbst befindet, die Werke nicht vor Ort erlebt. Viele Kunstwerke verlieren ihre Aura, sobald man sie in einem Raum aufstellt. Es ist, als könnten sie nur in einer bestimmten Umgebung herausstechen, als fehlte ihnen eine bestimmte ihnen innewohnende Kraft. Doch manchmal weiß man einfach, dass sie an einem Ort bestehen können, in einem Raum, den man nicht einmal kennt.

Aber Nina ist noch nicht fertig. »Warum erlaubst du diesen Grobianen, dir zu sagen, was Kunst ist und was nicht? Du hast immer an *Man / Woman* geglaubt. Du hast mehr an sie geglaubt als an alles andere, woran du glaubst. Du hast mich sogar gebeten, sie SOM damals bei dem ersten Mal aufzuzwingen, als du noch gar nicht bei ihr warst.«

Betreten stehen wir vorm Umi Dahlan.

Ich frage mich, ob Umi wohl jemals dieses Problem hatte, dass sie sich übernommen hatte und sah, wie ihr eigener Ehrgeiz zerfetzt wurde und zerfaserte, kaum war die entscheidende Phase gekommen. Zum x-ten Mal sehe ich ihre würdevollen Rot- und Blau- und Grüntöne an. Ihre Geduld, ihre Demut, unbeirrt vom leisesten Hauch Kommerz. Das passiert jedes Mal: Ich sehe Umi an, und immer wieder lande ich auf der tückischen Grenze zwischen Empfindung und Empfindsamkeit. Wie erlangt etwas Größe?

Ich sage Nina, dass ich meine Koffer zu Matthias bringen und vielleicht nach Jakarta fliegen muss. Vorher werde ich aber auf jeden Fall die Schlüssel zur Wohnung für sie nachmachen lassen, falls ich ihre Hilfe brauche, um meine Arbeiten herauszuholen oder zu lagern. Ich sage ihr ebenfalls, dass ich Matthias nicht damit belasten will, weil er genug zu tun hat.

Wie kann ich ihr beibringen, dass ich nicht weiß, wie lange ich wegbleiben werde, dass ich vielleicht nicht zurückkomme? Und dass ich einem Mann, mit dem ich noch keine gemeinsame Zukunft habe, nicht mein Erspartes, mein ganzes Leben anvertrauen werde.

* * *

Matthias begrüßt mich an der Tür. Er hat sich in letzter Minute für heute freigenommen, was unter den Umständen das Schönste und Tröstendste ist, was ein Geliebter tun kann. Er umarmt mich auf etwas rührselige, eheliche Weise, und ich gebe mich dem gern hin.

Die Koffer sehen irgendwie grässlich aus – ja, wieder die Koffer –, wie sie hier im ordentlichen und aufgeräumten Flur stehen. Sie sind ziemlich hässlich. In ihrer Gegenwart fühle ich mich immer ungeschliffen und undeutsch, eine Kombination, die nicht oft vorkommt. Sally winkt diese Koffergefühle immer als unwichtig ab, sogar als leicht trivial. »Ihr Leute seid lustig«, würde sie sagen, womit sie »nicht amerikanisch« meinen würde. »Ihr entschuldigt euch für alles. Wir entschuldigen uns für nichts.«

»Glaubst du, Glücklichsein ist nur eine große Lüge?«, frage ich Matthias.

»Wie bitte?«, fragt er.

»Nichts.« Ich schüttele den Kopf, lächele tapfer und lasse mich von ihm mit seinem Feierabend-lass-mich-Gin-Tonic-für-uns-machen-Blick in die Küche führen. Diesmal handelt er nicht aus Gewohnheit. Es ist noch nicht einmal mittags. Aber genau das tut er. Er macht uns Gin Tonic.

Zuerst lässt er Eiswürfel in die Gläser fallen, dann spritzt er – unsere Sorte Twist – den Saft von zwei Zitronenscheiben auf die Eiswürfel. Anschließend gießt er zwei gute Sekunden lang den Gin darüber, gefolgt von Tonic Water, gekühlt, frisch geöffnet, direkt aus dem Kühlschrank. Noch ein Spritzer Zitronensaft dazu – wie ich das zusätzliche Zischen liebe, die schlichte Schönheit –, und ich sehe zu, wie er noch eine ordentliche Scheibe hineinfallen lässt für die Finesse.

Wir sehen zu, wie die Zitrone sich auf die Bläschen legt, gleich einer Goldmünze auf einer eisigen Oberfläche. Dann nehmen wir die Gläser mit ins Wohnzimmer, wo wir uns in der Ecke auf das L-förmige Sofa setzen und uns ungefähr gegenübersitzen wie zwei Elternteile, die die Angelegenheiten ihrer Kinder besprechen müssen.

Er will wissen, ob Amalia an einem sicheren Ort sei. Bei meiner Mutter, zum Beispiel.

Ist sie an einem sicheren Ort? Möchte ich, dass sie bei meiner Mutter ist? Möchte ich, dass sie bei Dara, der Verräterin, ist? Möchte ich, dass sie sich irgendwo in einem unbekannten Teil der Stadt allein durchschlagen muss, nur weil ich finde, überall außer bei den beiden sei es sicher? Was ist ein sicherer Ort? Wie sieht er aus? Ähnelt er diesem hier – mit dem Kronleuchter, dem Dekanter, dem edlen Portwein und dem ältesten Scotch still bereitgestellt auf dem Tischchen neben dem Klavier und mit der vorwinterlichen Glut von gestern Abend noch im Kamin?

»Möchtest du, dass sie bei deiner Mutter ist? Solltest du nicht … deinen Stolz herunterschlucken und es herausfinden?«

Auf diese Frage bin ich nicht vorbereitet. Er versteht, ändert seine Herangehensweise.

»Hast du einen Flug gebucht?«

»Ja. Er kostet mich ein Vermögen, aber es kann eben nicht warten«, sage ich. »Nächsten Dienstagabend, am achten. Dann bin ich Mittwochnachmittag da.«

»Wenn die Wahlen in den USA sind.«

Anders als ich interessiert Matthias sich nicht besonders für amerikanische Politik, dennoch sage ich ihm, dass ich wünschte, wir könnten es zusammen ansehen und feiern. Er fragt mich, ob ich mit Sally gesprochen habe, die ihm offenbar heute Morgen eine E-Mail geschickt hat, in der sie ihn fragte, ob er etwas wisse.

Er lächelt, während er es mir erzählt, als wäre es etwas, das er in seinem Alter noch hin und wieder bei anderen zu tolerieren lernen müsste. »Du kannst dir den Aufruhr ja vorstellen. Wären wir besser befreundet, hätte sie mich mit all den höflichen Floskeln verschont.« Er hat ihr geantwortet, ich würde mich bald bei ihr melden.

Ich verspreche ihm, das zu tun, mich mit Sally zusammensetzen, meine ich.

Wirst du ihr alles erzählen?, fragt er.

Ich antwortete nicht sofort, und er weiß, das kann ich in der entstehenden Stille spüren, dass ich es ihr nicht erzähle. Weil ich nicht kann.

Und da sitzen wir und nippen an unseren Drinks, zwei Elternteile, die sich unterhalten, und nichts ist geklärt.

* * *

Sally O'Malley ist so wütend auf mich, man könnte meinen, ich hätte jemanden umgebracht, den sie liebt. Rückblickend lässt sich wohl sagen, dass ich ein paar Fehler gemacht habe. Und das sage ich ganz ohne Ironie.

Statt sie anzurufen, schrieb ich ihr eine E-Mail, um einen Termin zu vereinbaren. Fehler Nummer eins. Ich hätte ihr natürlich einfach eine WhatsApp schicken können oder das Telefon abheben. Aber das Letzte, was ich will, ist mich in eine Chat-Situation hineinwerfen zu lassen, und das weiß

Sally. Folglich ist sie doppelt sauer. Weil jeder sich in einer Chat-Situation mit Sally O'Malley befinden will.

Fehler Nummer zwei: Ich habe eine Woche lang ihre Anrufe nicht angenommen.

Fehler Nummer drei: Bei alldem habe ich keinen einzigen Gedanken an sie verschwendet und daran, welche HÖLLENQUALEN sie durchstehen musste, da sie es ALLEN in der Kunstszene, die daran interessiert waren – Betonung auf der Vergangenheitsform –, mir eine Chance zu geben, erklären musste.

Und jetzt ist mein gegenwärtiger Versuch, mich bei ihr zu entschuldigen, einfach nur *arm, arm, arm.*

Wir sitzen bei einem Japaner in Mitte. Es sieht aus wie in einer Mensa, ohne nennenswertes Dekor. Aber es gibt hier unvorstellbar perfektes Sushi: Farbe, Glanz, Konsistenz, Würzung, Temperatur, alles. Kurz überlege ich, ob ich, in vergnügter schwesterlicher Verbundenheit, sagen soll, dass es genau die Art Restaurant ist, in die Sally geht – wenn es nicht allerwenigstens eine annehmbare Kombination aus ALLEM bietet, Essen, Ambiente, Service, Sauberkeit, dann soll es mal lieber ums Essen gehen. Aber ich habe nicht die Gelegenheit, das zu sagen. Sie sagt gerade etwas.

»Fangen wir mit der ersten Mail an, die du mir geschrieben hast«, sagt sie. »Und zwar: *Weißt du was, Sally, mir ist etwas dazwischengekommen. Eine Familienkrise. Ich kann es nicht erklären. Ich muss die Ausstellung absagen. Es tut mir unendlich leid.*«

Ich lege das eigentlich wunderhübsche Stück Lachssushi, glänzend und so kunstvoll geschneidert wie ein edler Anzug, zurück auf den Teller. »Hör zu …«

»Nein. Ich bin noch nicht fertig.« Während sie das sagt, hält sie wieder ihre schmale Hand hoch, auf diese sonderbare Sally-O'Malley-Art, und droht mit der Kralle ihres Zeigefingers, als wäre ich eine Fünfjährige. »Dann schreibst du:

Die Krise ist ziemlich groß, so groß, dass sie meine Familie ruinieren könnte, und das kann ich nur abwenden, wenn du die Ausstellung absagst.«

»Okay, dann war ich eben ein bisschen vage und ausweichend. Es tut mir wirklich leid, Sally. Was soll ich sonst noch sagen. Ich war in Panik. Und ich hatte noch keine Einzelheiten, die ich dir hätte weitergeben können. Die habe ich auch immer noch nicht.«

»Du warst nicht ein bisschen vage und ausweichend. Du bist verdammt noch mal untergetaucht. Das ist was verdammt anderes. Warum kannst du mir nicht sagen, was los ist? Nichts von dem, was du sagst, ergibt Sinn.«

»Ich kann nicht.«

Ich sehe sie an, wie sie dort sitzt und den Mund nicht mehr zubekommt, so unausstehlich verhalte ich mich.

»Wie bitte?«

»Ich kann nicht.«

Wir starren uns an. Für den Bruchteil einer schlimmen Sekunde könnte ich schwören, dass sie überlegt, ob sie mir mit ihren Stäbchen die Augen ausstechen soll.

»Und jetzt reden wir über die Ethik deiner Absage.«

Mein wunderhübsches Sushi beginnt, vor meinen Augen zu verschwimmen.

Soll ich es ihr sagen? Soll ich ihr alles sagen? Warum können die Leute nicht einfach akzeptieren, dass eben Fürchterliches passiert und dass es manchmal so fürchterlich ist, dass es fürchterliche Entscheidungen von einem verlangt, es fürchterliche Konsequenzen für andere nach sich zieht, sich aber einfach nicht vermeiden lässt?

Eine Weile sitzen wir hilflos da. Und dann, weil es nicht in unseren Büchern steht, weder in ihrem noch in meinem, und es keinen Präzedenzfall gibt, keine Weisheit, die uns leiten könnte, sagt sie: Es ist deine Entscheidung. Aber wenn du es mir erzählst, kann ich dich vielleicht noch retten. Und anstatt dass ich zutiefst beleidigt oder zu Tränen gerührt dankbar bin, sage ich lediglich: Gib mir noch etwas Zeit. Lass mich erst nach Hause fahren.

* * *

Zurück in Tegel, zurück am sicherlich hässlichsten Flughafen der Ersten Welt.

Ich habe ein Buch von Matthias mit Heines Lyrik dabei. Gestern Abend verbrachten wir hauptsächlich damit, Schumanns Heine-Lieder zu hören, und Matthias erzählte mir fast eine Stunde lang aus Heines Leben – von seiner von Frankreich beeinflussten Kindheit in Düsseldorf in einer Familie assimilierter Juden, seiner sein ganzes Leben andauernden Liebe zum rheinländischen Brauchtum, seinen radikalen liberalen Ansichten und seiner Kritik am deutschen Chauvinismus sowie seine im Übrigen äußerst produktiven Jahre im Exil in Paris. Von seinen Schriften, die so brillant waren, dass er bei Weitem einer der besten politischen Köpfe des neunzehnten Jahrhunderts war. Ich hatte Heine noch nie gelesen, nicht einmal, als mein Vater mich sanft auf seine Gedichte aufmerksam machte, die er so klar und unschuldig fand wie ein Kind. Und jetzt bin ich das Kind, das ein anderes liest.

Nicht ohne Ironie erzählte ich Matthias, dass indonesische Aktivisten keine Ahnung hatten, wer Heine war, doch dass sie ihn stets hervorholen mussten, wenn sie mit Zensur zu kämpfen hatten, besonders, wenn damit gedroht wurde, Bücher zu verbrennen. *»Dort wo man Bücher verbrennt, verbrennt man auch am Ende Menschen.«* Ich sagte ihm, die meisten von uns hätten nicht gewusst, dass die Zeile aus *Almansor* stammte, Heines früher Tragödie, und dass es um die Verbrennung des Korans in Granada ging. Sie – wir, denn es war sicherlich kein auf Aktivisten beschränktes Problem – zitierten es auswendig gelernt, ohne sich die Mühe zu machen, etwas über den Urheber herauszufinden.

Und da vorne ist eine lange Schlange.

Aus irgendeinem Grund gibt es nur einen Menschen auf der Welt, den ich anrufen möchte, selbst wenn ich seit über einem Jahr nicht mit ihm gesprochen habe.

Er nimmt ab.

»Siri?«

»Anthony.«

Und einfach so breche ich in Tränen aus.

»Was ist los, mein Schatz? Alles in Ordnung?«

Es heißt, unterschiedliche Sprachen brächten unterschiedliche Seiten an einem zum Vorschein, machten einen sanfter, schärfer, klüger, trauriger, kleiner, größer, prägnanter, systematischer, aggressiver. Genauso verhält es sich natürlich auch bei Akzenten. Bei Anthony fühle ich mich immer eloquenter, strukturierter in meinen Gedanken.

»Ach mein Schatz. Es ist so viel passiert.«

»Wo bist du und wo fährst du hin?«

Ich erzähle ihm alles – so viel ich kann, bis ich vorne am Turkish Airlines Abfertigungsschalter angekommen bin. Und ich weiß nicht, weshalb. Zum Teil hatte es deswegen nicht mit uns geklappt, weil er verheiratet war, als wir uns kennenlernten, es auch noch ist, und es vielleicht auch bis ans Ende seiner Tage bleiben wird. Doch hatte er entschieden, getrennt von seiner Frau zu leben, die wiederum eigene Gründe hatte, weswegen sie in Beirut bleiben wollte; und erst in diesem Jahr wird seine Tochter, die nach meiner Rechnung gerade siebzehn geworden ist, in die Nähe ihres Vaters ziehen und in Schottland zur Uni gehen.

Nichts davon macht ihn zu einem besonders geeigneten Vater, die Sorte Mensch, auf die man sich stützen würde, wenn man Erkenntnisse der alltäglichen, banalen Art von

Eltern braucht. Dennoch trägt er einen Glauben an die Unantastbarkeit von Familie und Elternschaft in sich, weshalb ich erstaunlich leicht mit ihm darüber sprechen kann, wie abgekapselt ich mich in meiner Familie manchmal fühle. Über Amalia. Über meine Mutter. Über mein unabhängiges Leben. Über die Opfer, die kulturelle Waisen wie wir manchmal für das Leben des Verstands erbringen müssen. Und deswegen hatte ich mit ihm anders als mit Javier oder Matthias über mein Verhältnis zu meiner Vergangenheit und meiner Familie gesprochen. Mit Anthony sprach ich darüber auf ruhige, unsentimentale Weise, wie eine Kriegerin, die kurz vor dem Aufbruch zum Kampf steht, und weil sie Kriegerin ist, fragt sie nicht warum, sondern wie. Sie stellt nicht die Unvermeidbarkeit infrage, sie braucht ganz einfach eine Strategie. Und etwas, das sich wie Kameradschaft anfühlt.

Was das betrifft, hatte Anthony Ghazi, der anglolibanesische Intellektuelle und Autor, mein klarer, leidender, unerträglicher, geliebter Freund und ehemaliger Bettgefährte, immer etwas an sich, das meinen Wirklichkeiten aufgeschlossener gegenüberstand als Javier, der trotz seines kosmopolitischen Hintergrunds, obwohl er sich frei zwischen den Städten und Kontinenten bewegt, keine Kinder will und auch keine plant. Und auch Matthias, dieses Wunder, Matthias, der sich mir in seiner unvergleichlichen Gelassenheit als Zuhause angeboten hat, dem nichts im Leben fehlt außer ich, war doch nie verheiratet, nie Vater. Er ist noch nie in meinem Teil der Welt gewesen, kennt ihre Kontraste und Widersprüche nicht, ob groß oder klein, Land oder Wasser, rot oder blau, und alle Töne dazwischen. Die echten Menschen, die zu jeder Geschichte gehören.

Anthony ist nicht die Liebe meines Lebens, aber er hat meine zweifache Andersartigkeit verstanden wie kein anderer meiner Geliebten. Vielleicht bitte ich ihn um seinen Segen. Vielleicht verabschiede ich mich. Vielleicht möchte ich, dass er die Fackel am Brennen hält, sollte ich es nicht zurück ins Basiscamp schaffen.

»Du bist nicht die Liebe meines Lebens«, sage ich zu ihm, als ich der Frau am Schalter meinen Pass und mein Ticket reiche. »Das weißt du doch, oder?«

»Das weiß ich.«

»Aber ich gehöre dir.«

»Ja, das tust du«, entgegnet er, ohne zu zögern, und wahrscheinlich meint er es auch so. »Pass auf dich auf, mein Schatz. Und halte mich auf dem Laufenden, wie es bei dir weitergeht.«

Und das werde ich vermutlich nicht tun, denn es entspricht uns nicht, uns zusammenzutun, aus zwei eins zu machen. Und außerdem ist da jetzt Matthias, mit dem ich zusammen sein kann. Es ist in Ordnung, dass Anthony für mich da ist, wenn es wirklich etwas bedeutet, einmal im Jahr. Denn für mich ist das schon eine große Sache.

* * *

Jakarta, 9. November 2017

Ein Stück die Landstraße runter wurde eine arme Limousine von einem Lkw zu Schrott gefahren, was den Verkehr bis zur Jalan Sudirman lahmgelegt hat. Alles steht still.

Keiner der drei Mitfahrer habe überlebt, heißt es im Radio. Wie sich herausstellt, handelt es sich bei der Limousine um ein Taxi, und der Fahrer hinterlässt eine Frau und zwei kleine Söhne. Mein eigener Taxifahrer ist ergriffen und will reden. Ich will auch reden. Wissen Sie, was der Welt in den letzten paar Stunden widerfahren ist? Wissen Sie, was das bedeutet?

Aber natürlich gewinnt der Taxifahrer. Er muss an seine eigene Frau denken, seine zwei kleinen Söhne. Es geht hier um Essen, Unterkunft, das nackte Überleben. Wenn man stirbt, wer versorgt dann die Familie? Kommt für die Schule der Kinder auf? Hält die Frau bei Laune? Es ist ihm völlig einerlei, wer in zwei Monaten im Oval Office sitzen und die Welt ins Verderben führen wird. Es ist ihm völlig einerlei, ob die Zensur wieder eingeführt wird, ob deine Kunst Kunst ist. Es ist ihm völlig einerlei, ob nun dieser Wohnblock oder jener, dieser oder jener *Dim-Sum*-Tempel floriert oder eingeht, ob Gentrifizierung überhaupt der richtige Begriff für etwas ist, das Millionen Menschen womöglich niemals miterleben. Und sicherlich wird er seiner Religion nicht sagen, sie solle sich da raushalten.

Ich sehe aus dem Fenster und übe mich im Pausieren. Vor allem, wenn einem ohnehin nichts anderes übrig bleibt, als zu pausieren. Ich sehe mir die Reklametafeln an, die gleichgültige Vegetation am Straßenrand, die Verkäufer, die zu faul sind, als dass sie sich aus ihrem Schlummer am Fahrbahnrand erheben und uns Wasser in Flaschen, gebratenen Tofu, Miniaturflugzeuge anbieten.

Ich schicke eine WhatsApp an Putri, in der ich ihr sage, ich sei vor einer Stunde gelandet und inzwischen im Taxi, was gar nichts heißt, vor allem nicht in dieser Stadt, solange man noch adw ist – auf dem Weg. Ein paar Sekunden nachdem ich die Nachricht abgeschickt habe, will ich gerade tippen, dass ich mich später melde. Zu spät. Sie ruft an.

Sie klingt nervös und als würde sie sich entschuldigen, gerade so, als wäre sie verantwortlich für meine missliche Lage. Sie ist sogar so nervös, dass ich sie nicht dazu bringen kann, Englisch zu reden, damit ich ihr auch auf Englisch antworten kann, wenn auch nur, um den Taxifahrer davon abzuhalten, zuzuhören und mich als armes reiches Gör abzustempeln, dem mal gehörig die Leviten gelesen werden müssten. Sie kann nicht mal anständig Indonesisch sprechen.

Mittlerweile gibt es also Gerede über ein Gesetz, und sie fuchteln drohend damit in meine Richtung. Verstanden. Aber welches ist es denn? Das Anti-Pornografie-Gesetz? Oder das Blasphemie-Gesetz? Bin ich auf die Ebene des Gouverneurs von Jakarta erhoben worden? Bin ich inzwischen wirklich so bedeutend? Wie schlimm ist es?

Putri kann mir keine klare Antwort geben. Erst ist es nicht das Blasphemie-Gesetz, dann ist es *möglicherweise* das Blasphemie-Gesetz, und dann *ist* es das Blasphemie-Gesetz. Aber man hat uns noch nicht offiziell verklagt. Es sei nur Gerede, und ach, seufzt sie, ich prüfe das und melde mich dann noch mal bei dir.

Nachdem ich aufgelegt habe, sehe ich wieder aus dem Fenster, auf die sich langsam bewegenden Autos, den langen Betonstreifen. Wie oft habe ich das hier schon erlebt, dass ich innerlich sterbe auf der Fahrt vom Flughafen in die Stadt, zurück zu meinem fremden und verblassten Geburtsort, nur der Bezeichnung nach mein Zuhause, eine Verantwortung und kein Recht, und immer habe ich das gleiche Gefühl: ein unglaublicher Mangel an Liebe, der fürchterliche Knoten im Bauch, die Erwartung des Ansturms immer schlimmer, als der Angriff dann tatsächlich ausfällt. Das gleiche Bemühen um ein klangliches Gefühl, eine bestimmte Farbe, irgendetwas.

Andererseits ist Jakarta auch ein eigentümlicher Ort: von außen betrachtet, die Stadt der Monumente, doch das wahre Denkmal, das wahre Herz der Stadt ist die fünfzehn Kilometer lange Achse, die alle wichtigen Einzelteile miteinander verbindet, von Sunda Kelapa, dem alten Hafen, und Chinatown über die Hauptverkehrsstraßen Thamrin und Sudirman bis hin zum Vorort Kebayoran Baru, wo ich aufwuchs. Die Vororte und Satellitenstädte weiter südlich – das sind alles relativ junge städtebauliche Entwicklungen, die dieser Achse entwachsen sind, wo es ganz natürlich in sich verflüchtigendes Grün übergeht.

* * *

Ich muss eine Weile eingedöst sein. Der Verkehr ist flüssiger geworden, wie ein aufreißender Himmel, und plötzlich sind wir auf der Jalan Sudirman. Ich sehe die Pizza-Man-Statue umgeben von der Baustelle für die neue MRT-Strecke, und auf einmal bin ich wieder das fünfjährige Kind auf dem Beifahrersitz, das seinen Vater anhimmelt, während er die mittlerweile banalen vier Kilometer vom Nationalmonument nach Hause fährt, seine weißen Haare verfilzt und verstaubt, seine Art stillvergnügt, abgesehen von seinen einsamen und verlorenen Augen, die ruhigen deutschen Hände fest am Lenkrad, der sicherste Fahrer der Welt. Wie er sich auf bestimmten Abschnitten der Fahrt blind stellte als Ausweitung des Spiels, das er und ich zu Hause spielten und in dem wir versuchten, uns an die Farben der Gegenstände zu erinnern.

Wenn die Welcome-Statue am Thamrin-Kreisverkehr schiefer und olivgrün mit einer Spur Eisblau war, dann ist der Pizza Man vom lüsternsten Ruß. Das Innere seiner Mundhöhle das Blutrot eines Ehebrechers, seine herausgestreckte Zunge bernsteinfarben. Der gesamte Straßenzug der Jalan Sudirman ist Granit, Glas, Basilikum. Der Vorort meiner Kindheit: gebrochen weiß, Farn, mit Honig gesüßter Zitronentee. Die Straße, in der ich aufwuchs: Erde, rostrot, Moos.

Nur dass ich nicht dorthin fahre, denn diesmal geht es noch südlicher.

Einer Eingebung folgend, bitte ich den Fahrer, zu meiner alten Straße zu fahren.

Als meine Mutter mir einige Wochen nach *Bapaks* Tod – er starb im Juni 2006 – mitteilte, sie überlege, das Haus zu verkaufen und in ein kleineres weiter im Süden zu ziehen, sagte ich ihr, sie könne tun, was sie wolle. Wie sich herausstellte, fuhr sie natürlich nach Buru, um sich von ihrem anderen Mann zu verabschieden. Als ich im Herbst nach Hause kam, keine vier Monate später, nur um mit der Geschichte überfallen zu werden, wie ich auf diese Welt gekommen war, wohnte sie noch immer im selben Haus. Sie fragte mich wieder, mehrmals, nach meiner Meinung zu ihren Plänen umzuziehen, doch zu dem Zeitpunkt war sie für mich schon so gut wie gestorben.

Und da steht es also, das Haus, in dem ich aufwuchs, im Besitz einer anderen Familie, mit der Sonne im Rücken. Die Fassade ist noch so, wie ich sie zum letzten Mal sah: der zwei Meter hohe Zaun, sodass man den Garten nicht einsehen kann, die Fenstertüren aus Holz vor der weißen Wand. Das Licht bröckelt.

Ich nehme mir vor, meine Mutter zu fragen, ob ich ein paar der Bücher meines Vaters behalten kann, die gebundenen Heine-Werke, die er hatte, die Ausgabe der Kleist-Novelle, von der Matthias mir erzählt hat und von der ich weiß, dass *Bapak* sie auf seinem Regal mit den Lieblingen stehen hatte.

* * *

Der einzige Vorort von Jakarta, in dem sich die Farben nicht verändert haben, ist der, zu dem ich jetzt fahre, und zwar wo ich mit Amalia und Riaz gelebt hatte und wo nunmehr meine Mutter lebt, nachdem das Experiment mit den Rändern der Stadt sich als unklug erwiesen hat. Das hier war die aufgeputzte Zufluchtsstätte der Neureichen, bevor nach den Ausschweifungen der Achtziger Hiawatha, Athene und römische Centurio in den Gärten und auf den Straßen auftauchten, um der Masse den Wert der Kunst und multikultureller Verständigung beizubringen.

Flieder, Teerose, Lachs.

Nicht meine Farben. Nicht die meines Vaters. Und sicher nicht die meiner Mutter.

* * *

Sie ist alt geworden.

Manchmal sagt sie etwas sehr Eigenes, ein javanisches Wort, einen deutschen Namen oder eine englische Wendung, und dann halte ich Ausschau nach dem alten Tick, nach dem besonderen Tonfall, wie sie es ausspricht, und zweifelsohne ist es noch da. Diese Eigenart, dass alles so vollkommen, so uneingeschränkt gültig ist. Und jetzt, als sie mir erzählt, dass sie Amalia in ein hübsches Hotelzimmer gesteckt hat, nur damit sie irgendwo allein sein kann, bevor ich daherkomme, *um die Dinge zu regeln, einfach damit wir alle unseren Raum haben,* ist sie immer noch eine Klasse ganz für sich.

Doch etwas an ihr ist in sich zusammengesunken, erschlafft. Etwas an ihrer weltläufigen Unerschütterlichkeit, ihrer Überlegenheit mir gegenüber, wirkt nun nur noch … alt.

Ist es die Beleuchtung? Vielleicht liegt es daran. Die unpersönlichen Halogenleuchten an der Decke, auf die Riaz irgendwann im zweiten Jahr unserer Ehe im gesamten Haus bestanden hatte, als er auf einmal Geschäftspartner nach Hause einlud, für die ein Abendessen veranstaltet werden sollte, trotz der gemeinsamen Freunde, die wir nicht hatten.

Er fand, es ließe das Haus hochmodern aussehen, die Eigentümer reich und stilvoll, wohingegen ich fand, es ließ die Menschen hart oder grimmig oder fahl erscheinen, die Umrisse entweder übertrieben oder verwaschen, je nach Platzierung und Blickwinkel. Jedenfalls ist es kein leichtes Unterfangen, all diese Kostspieligkeit nun wieder abzubauen. Sie entspricht nicht der Ästhetik meiner Mutter. Es passt nicht zu ihr, nicht zu uns. Selbst die Einrichtung, trotz ein paar Möbelstücken hier und da, die ich aus unserem ehemaligen Haus wiedererkenne, passt nicht.

Sie lebt noch nicht allzu lange hier. Riaz starb schließlich erst letzten Oktober, und auch wenn sie ihm schon Monate vorher aus seinen finanziellen Schwierigkeiten geholfen hatte, wodurch das Haus zu ihrem wurde, war sie doch erst Ende letzten Jahres eingezogen. Trotzdem. Das ist jetzt fast ein Jahr her, und das Haus bleibt in ihrer Gegenwart eisern unverändert. Es riecht nicht einmal nach ihr. Es ist, als wäre sie ein Hotelgast, der länger bleibt als erwartet. Es ist, als würde sie sich weigern, sich einzufügen, weil es von vornherein nicht ihr Zuhause war. Oder vielleicht ist sie auch einfach müde, hat aufgegeben.

Der einzige Ort, der ihre Spuren trägt, ist das kaum benutzte Gästezimmer, das sie zu ihrem Arbeitszimmer umfunktioniert hat. Dort steht ein Schlafsofa, und es sieht so aus, als zöge sie es vor, dort zu schlafen, umgeben von ihren Büchern, ihren eigenen Erinnerungen, anstatt im großen Schlafzimmer, in dem Riaz und ich früher schliefen.

Auf ihrem Schreibtisch stehen drei gerahmte Fotos. Wir drei, sie, mein Vater und ich, als ich etwa zehn war, im Wohnzimmer unseres alten Hauses; sie und mein Vater, irgendwann in den Achtzigern, ein ungestellter Schnappschuss bei einem Abendessen bei Freunden (*Bapak*, der lachend alle Zähne zeigt, die Augen funkeln, seine Arme um sie gelegt; sie mit angespanntem Lächeln, eine reservierte Person, die man bloßstellt); eine Nahaufnahme von mir mit fünf, im Garten mit meinem neuen Fahrrad. Wenn es einen Funken Stolz auf das gibt, was seitdem aus mir geworden ist, dann ist das hier nicht der richtige Ort, um danach zu suchen.

Also nein. Es liegt nicht an der Beleuchtung, nicht an der Einrichtung. Nicht einmal an der Tatsache, dass sie inzwischen zweiundsiebzig ist. Es liegt an dem, was sie, genau wie ich, in der Beleuchtung, der Einrichtung, den toten, einsamen Räumen sieht: Amalia.

* * *

Ich weiß nicht, wie lange wir zusammensaßen und nahezu stumm weinten. Die zwei Erwachsenen, die noch übrig sind, nachdem das Kind das Haus verlassen hat.

* * *

Ich hatte nie gedacht, dass sie jemand ist, der trinkt, um etwas zu klären. Das bin normalerweise ich.

Doch jetzt sehe ich ihr dabei zu, wie sie eine Flasche Bordeaux aufmacht. Ein La Conseillante von 2004, ein sehr guter Jahrgang.

Ich sage ihr, sie habe da einen Schatz gehortet. Einen eigentümlichen Treffer.

Den habe ich schon seit Jahren, erklärt sie mir, aber ich hatte nie jemanden, mit dem ich ihn trinken konnte.

Bu, setze ich an.

Ach, du musst nichts sagen, unterbricht sie mich, ich weiß, dass du dich mit Wein ausgesprochen gut auskennst. Und jetzt ertränken wir gemeinsam unseren Kummer.

* * *

Abgesehen von unserer eigenen Geschichte, gibt es genug, worüber wir bekümmert sein können. Da wäre einmal, was gerade in den Staaten passiert ist, und die Galgenmusik um uns herum. Der Massenprotest vom 11. November gegen unseren Gouverneur ist noch nicht einmal eine Woche her, die betäubenden Rufe danach, ihn aufzuhängen. Jenes Ereignis, das auch als 411 bekannt ist.

Ich habe gelernt, dass es sinnlos ist, sich zu fragen, warum die Leute so dumm sind. Die Leute lieben Tragödien. Wenn es keine gibt, dann denken sie sich eine aus. Grundlegende

Psychologie. Benenn die Krankheit, und plötzlich hast du sie. Meine Mutter sagt mir, dass ich als Ersatz für all das als *kafir* in aller Munde sei. Ich wurde nicht nur für krank erklärt, vielmehr bin ich selbst die Krankheit.

»Tja, Bu, ich bin schließlich mittlerweile fünfzig. Eine Abtrünnige zu sein ist da nicht so schlimm. Ich hätte eine Serienmörderin werden können, eine blutrünstige Alte, die sich die Kleinen schnappt. Noch schlimmer, ich hätte ein totaler Niemand werden können. Außerdem sollte ich doch inzwischen irgendetwas erreicht haben, das meinem Alter würdig ist.«

Zu meiner Überraschung lacht sie. Hebt ihr Glas. Wir stoßen an.

»Wir wissen, wie es ausgehen wird, oder?« Ich nehme einen kräftigen Schluck. Er ist seidig und erfüllt mich bis zur Brust mit seinem Duft. Er fühlt sich an wie ein zu verschwenderischer Kontrapunkt zu all dem, was hier passiert.

»Wir wissen nicht immer, wie etwas ausgeht«, sagt sie jetzt verdrießlicher. »Manchmal kommen Menschen dazwischen, weißt du. So wie mit *Bapak*. Er kam, als ich gerade Rettung brauchte. Aber dann wurde er zu so viel mehr. Wir beide haben ihm alles bedeutet.«

Sie hatte mir natürlich in jenem Jahr, als der Herbst mich verriet, alle Gründe genannt, aus denen sie mit *Bapak* zusammengekommen war und nicht mit der Liebe ihres Lebens. Warum sie die Suche nach Bhisma aufgegeben hatte, nachdem sie versehentlich getrennt worden waren, welcher Irrsinn sie veranlasst hatte zu glauben, er habe heimlich geplant, sie wegen einer anderen Frau zu verlassen, die er auf irgendeiner Veranstaltung kennengelernt hatte. Eine Frau, die zufälligerweise größer, schöner und eloquenter war als sie. So ein Prinz konnte er dann doch wohl nicht gewesen sein.

Es ist merkwürdig, aber manchmal gestehe ich ihr diese Eifersucht zu. Manchmal würde ich mich am liebsten übergeben, aber manchmal verstehe ich es nur zu gut. Was bringt eine Person dazu, so etwas zu tun? Was bringt sie dazu, alles, wofür sie gearbeitet hat, aufzugeben, genau dann, wenn sie es erreicht hat, und das aufgrund eines abstrakten Gefühls in letzter Minute? Denn in dem Moment, wo sie es tut, kann sie doch nicht wirklich wissen, dass ein Mensch dazwischenkommen wird.

»Brauchtest du ihn denn wirklich?«, frage ich. »Brauchtest du *Bapak*? Hättest du es nicht riskieren können, mich allein großzuziehen?«

»Das hätte ich schon«, sagt sie zögernd.

»Schließlich hätte mein leiblicher Vater doch zurückkommen können.«

»Ich wusste aber, dass er nicht zurückkommen würde«, sagt sie. »Außerdem macht man keine Pläne auf Grundlage seiner Herzenswünsche, wenn man ein Kind in sich trägt.«

»Du hättest so tun können, als hätte dein Mann dich verlassen. Hätte dich geschwängert und wäre verschwunden. Das passiert doch ständig. Niemand hätte wissen müssen, wie es zwischen dir und deinem Verlobten Salwa ausgegangen ist, wenn das deine größte Sorge war.«

Seltsam, dass ich nichts fühle, als ich den Namen sage, die Situation klar darlege, als wäre es selbstverständlich, ein Geheimnis, in das ich schon immer eingeweiht gewesen war.

»Damals verlobte man sich nicht einfach und heiratete hinter dem Rücken der Eltern. Wir reden hier von den Sechzigern«, sagt sie. »Da gab es auch noch die zeitliche Abfolge zu erklären.«

Natürlich, es geht immer um zeitliche Abfolgen.

Scham verwässert alles so fürchterlich.

Der Wein ist fast alle. Ich bin überrascht, dass wir nicht in Streit geraten sind. Ich habe mehrere SMS von Matthias, der fragt, wie es läuft, wann er am besten anrufen kann.

»Erzähl mir von deinem Leben in Berlin. Wie gut hast du dich eingelebt?«

Sie will das Wichtige also aufschieben – was wir mit Amalia machen sollen, wer was anbietet, wer was aufgibt, wann wir mit allen sprechen, mit denen gesprochen werden muss.

Ich gehe bereitwillig darauf ein, zum Teil, weil ich keine Ahnung habe, wo ich anfangen soll, geschweige denn, was ich tun soll, und zum Teil, weil mir mein Leben fehlt – mein Leben in Berlin. Mir fehlen die Musik und der Mann, das Licht und die Vögel vor meinem Fenster, die Zukunft, die mir vorenthalten bleibt.

Vieles lasse ich jedoch aus. Aus irgendeinem Grund spiele ich herunter, wie ernst es zwischen Matthias und mir ist. Vor allem will ich es nicht verhexen, wo gerade so viel in der Schwebe ist. Außerdem liegt eine seltsame Würde darin, mich angesichts meiner Vorgeschichte nicht zu noch einem Mann in meinem Leben zu bekennen. Und ich erzähle auch nicht, dass Matthias die gleichen Bücher liest wie *Bapak*. Nicht, weil sie es nicht befürworten würde, sondern genau weil sie das täte – wenngleich ein Hauch Sorge es einfärben würde, oder vielleicht Bedauern, weil ich so womöglich auf Gelegenheiten zur Unbändigkeit verzichte. Ich erzähle auch nicht viel von Sally, denn meine Mutter hat etwas gegen grobe, lebhafte Frauen eines gewissen Alters. Teils Angst, teils Neid, wer weiß so etwas schon.

Sie fragt mich, ob ich genügend Geld zum Leben verdiene. Ich erwidere, dass niemand das tut.

»Ich hatte natürlich nicht wenig Geld vom Verkauf von Jalan Suren.« Sie meint unser altes Haus in Kebayoran Baru. »Das war immer mein Plan. Dass ich ein bisschen durchatmen kann, wenn ich alt bin. Mit ein bisschen weniger Platz vielleicht, aber ohne Geldsorgen. Aber dann steckte der arme Riaz so fürchterlich in der Klemme, und auch wenn Amalia schon erwachsen war und ihr eigenes Geld verdienen konnte, wohnte sie noch bei ihm. Und das konnte ich einfach nicht zulassen, weißt du.«

Ich weiß. Beziehungsweise *jetzt* weiß ich es. Meine Mutter will mich von meinem Versagen, das Richtige für meine Stieftochter zu tun – das mutterlose Kind zu retten –, reinwaschen. Und jetzt das vaterlose –

Der Wein steigt mir zu Kopf. Nach all dieser Zeit muss sie immer noch größer sein als ich, die moralische Oberhand behalten und gleichzeitig die epische Heldin sein. Weiß sie denn nicht, dass Amalia sie manchmal nicht ausstehen kann, so wie ich sie nicht ausstehen kann?

»Und jetzt, wo Riaz –«

»Du solltest genießen, was noch von deinem Geld übrig ist. Ich weiß, dass es nicht mehr viel ist, nachdem du Riaz aus der Patsche geholfen hast. Dieser Mistkerl Arif – er sollte sich etwas ausdenken. Ich denke mir etwas aus. Es liegt nicht in deiner Verantwortung.«

»Ich glaube, zumindest für das erste Jahr habe ich genug für sie, sodass sie sich ausschließlich um das Kind kümmern kann und sich keine Sorgen um die Arbeit machen muss. Sie kann hier wohnen. Es ist ihr Haus.«

»Schon, aber du bist eingezogen, und deswegen ist sie ausgezogen. Es ist nicht mehr ihr Haus. Es ist dein Haus.«

Das mochte etwas unfreundlich geklungen haben.

»Aber sie braucht mich doch jetzt«, sagt sie unermüdlich. »Damit ich ihr mit dem Kind helfe. Das schafft sie doch unmöglich allein.«

Menschenskind. Hat sie mir überhaupt zugehört? Den ganzen Abend haben wir das Thema umschifft, und jetzt endlich sind wir so weit und es geht ans Eingemachte.

»Du kannst mich ruhig für unfeministisch halten«, sage ich. »Das ist mir ganz egal. Ich will nämlich, dass Arif seinen Beitrag leistet. Nicht weil ich glaube, dass Frauen von Männern abhängig sein sollten. Aber ich glaube eben auch nicht, dass Frauen alle Folgen tragen müssen, während die Männer ungeschoren davonkommen, inklusive unversehrtem guten

Ruf, Würde, Familienbeständigkeit. Ich meine, es geht um *uns*, es passiert *uns*, und wir lassen es zu.«

Meine Mutter bleibt still.

»Ich will, dass der Feigling seiner Familie die Wahrheit sagt, dass er zugibt, was er getan hat.«

»Und was dann? Dass er sich scheiden lässt, seine Kinder verlässt, Amalia heiratet?«

Eine boshafte Frage. Wir schweigen, und dann ringen wir beide nach Atem, und ein gemeinsamer Seufzer ertönt.

»Ich meine, sag jetzt nicht, dass er sie nicht liebt.«

Und jetzt fühle ich nichts mehr als tiefste Beschämung. Im einen Augenblick kämpfe ich mit aller Macht darum, eine Frau gegen den Rest der Welt zu sein, behaupte, wer brauche schon Männer – scheiß auf sie alle, selbst wenn ich die meiste Zeit zittere vor Angst zu versagen –, und im nächsten Augenblick weiß ich mit deutlichster Gewissheit, selbst wenn ich als dieses ungebundenste aller Wesen Erfolg hätte, dass ein Leben, das nicht im Dienste von jemand anderem steht, überhaupt kein Leben ist.

Plötzlich fühlt sich die Hitze drückend an.

»Du hast wieder eine deiner Hitzewallungen«, sagt meine Mutter.

Sie steht auf, verschwindet in der Speisekammer und kommt mit der nächsten Flasche Wein zurück. Diesmal ein Italiener, ein Brunello di Montalcino von 2008. Wann hat sie damit angefangen, diese Jahrgangsweine zu horten? *Gibt es da etwas, was du mir verschweigst?*

Ich bleibe wachsam, ob auch keine Sentimentalität durchsickert, doch der Wein ist einfach überlegen. Er bringt jeglichen Gedanken und jegliche Absicht und jegliches Argument in mir zum Verstummen, was um Mitternacht ohnehin nur noch rein hypothetisch scheint, denn hier bin ich schließlich: fünfzig und allein und in mich zusammengesackt am Esstisch meiner Mutter, und schlafe tief und fest.

Und zum ersten Mal versucht meine Mutter nicht, mich ins Bett zu bringen, mich zu ordnen, mich in Ordnung zu bringen. Sie lässt mich einfach sein, und zwar so, wie ich verdammt noch mal meine, dass ich es verdient habe.

17.

Da sage ich mir also nun: Es ist nicht vollkommen abwegig, dass ich Dara im Büro des Galeristen über den Weg laufe. In Jakarta ist es nicht vollkommen abwegig, *jedem überall* über den Weg zu laufen. Tatsächlich macht man in Jakarta genau das. Darum heißt es auch so oft: Wenn du nicht gesehen werden willst, dann geh erst gar nicht aus dem Haus. Bleib zu Hause. Geh nicht einmal für einen Augenblick raus, nicht einmal, um dein Auto umzuparken, weil die Auffahrt gefegt werden muss. Oder um im *warung* an der Ecke ein Päckchen Instantnudeln zu kaufen.

Es ist eine Weile her. Vierzehn Jahre. Ich werde nicht so tun, als hätte sie mir schlaflose Nächte bereitet, als hätte ich überhaupt einen Gedanken an sie verschwendet. Ich bin nicht einmal ganz sicher, was für eine Freundschaft wir damals eigentlich hatten – war sie meine beste Freundin, war sie überhaupt eine enge Freundin? Eine Zeit lang hatte ich sogar etwas Angst vor ihr, weil sie solch eine Ehrfurcht vor mir zu haben schien. Ich hatte nie so recht gewusst, was ich davon halten sollte, ob ihre Bewunderung etwas war, worüber ich mir Sorgen machen sollte.

Ich habe immer gedacht, sie sei zäher als ich. Sie hatte das, was man Glaubwürdigkeit nannte, was mir gefiel, weil das natürlich genau das war, was ich auch gern gehabt hätte. Manchmal beeindruckte sie mich regelrecht. Sie konnte mit solcher Gewissheit und Kompetenz mit Leuten reden. Man sah zu ihr auf. Es lag nicht so sehr an der Beherrschung eines bestimmten sozialen oder beruflichen Bereichs. Es war nicht einmal Mumm. Sie war einfach sicher in ihrem Element, jemand, der genau wusste, wo er sich hinsetzen und was er sagen sollte, wenn er einen Raum betrat, und nie viel darüber nachdenken musste.

Und dennoch war sie ein anderer Mensch, wenn sie mit mir zusammen war. Da gab es das kleine Mädchen, das sein Glück kaum fassen konnte, da gab es die verzweifelte und misstrauische Geliebte, da gab es die paranoide Lokalpatriotin – stets die Außenseiterin. Und so klar wie Mailuft, wie der deutsche Dichter es ausdrücken mochte.

Und da stehen wir nun, nach vierzehn Jahren, in denen ich es fertiggebracht habe, meine Würde zu behalten, und das Erste, was ich anspreche, ist die elende Angelegenheit mit Felia. Die eine Sache, die ich vor Dara nie rechtfertigen musste. Was ist nur los mit mir? Sie ist nicht meine Mutter, Tochter, Schwester, Geliebte, beste Freundin. Zu der Zeit war sie nicht einmal eine besonders gute Freundin. Doch als ich sie kennenlernte, bevor ich damals nach England ging, gefiel mir etwas an der Vorstellung von ›Gegensätze ziehen sich an‹. Es klang kalt. Aber ehrlich. Und wir *waren* eng miteinander, das muss ich zugeben. Doch was gab ihr das Recht, so viele Jahre später in mein Zimmer zu stürmen, selbst wenn die Tür angelehnt war? Was gab ihr das Recht, sich durch das, was ich tat, oder von dem sie glaubte, dass ich es tat, beleidigt zu fühlen?

Und was hat es auf einmal, vierzehn Jahre später, mit dieser offenen Streitlust auf sich?

Etwas steigt in mir auf. »Und gib's zu, du hast Amalia bei dir aufgenommen, weil du mich bestrafen wolltest«, höre ich mich sagen, wie eine verschmähte Geliebte.

* * *

Wir landen in einem Café in Senopati, irgendwo in der Nähe meines alten Elternhauses. Es ist schon beinahe halb acht. Ich habe ganz und gar keine Lust, zu Abend zu essen, aber ich verlange dennoch nach der Karte. Als sie kommt, macht Dara sich nicht einmal die Mühe, einen Blick hineinzuwerfen, sagt einfach nur ›Matcha Latte‹ zur Kellnerin. Erneut steigt Verärgerung wegen ihrer fehlenden Manieren in mir auf.

»Du weißt, dass du das Richtige getan hast«, sagt sie, ohne ein Blatt vor den Mund zu nehmen. »Das hat meine Schwester dir schon gesagt. Da werde ich also nicht näher drauf eingehen. Ich will über meine Familie reden.«

Und dann, als wäre es ihr gerade erst wieder eingefallen: »Hast du meine Mail bekommen?«

Einen Augenblick blitzt die alte Dara wieder auf, das streberhafte ärmliche Mädchen, das das Gefühl hat, egal, was passiert ist, egal, wie viel Zeit vergangen ist, es habe Anspruch auf meine tief empfundene, größtmögliche Aufmerksamkeit.

»Ja.«

»Okay.« Ein Hauch Enttäuschung angesichts meiner offensichtlich mangelnden Begeisterung schwingt mit. »Dann weißt du also, dass es von unserer Seite nicht an Zuneigung zu Amalia mangelt. Mich beunruhigt dagegen, wie wenig Sorgen wir uns um Adinda machen, meine Schwägerin. Die Kinder sind erst sieben und dreizehn, um Himmels willen. Wir denken ja, jeder verdient es, die Wahrheit zu kennen. Aber das kommt nur, weil wir egoistisch sind.«

Meisterhaft. Dieser Wechsel zum Wir, als wäre sie im gleichen eigenwilligen Lager wie ich, als wären wir Waffenschwestern.

»Du redest, als würde ich so denken.«

»Ich weiß doch, dass du so denkst«, sagt sie, offensichtlich im Angriffsmodus. »Du denkst, nur weil du Künstlerin bist, bist du ständig der Wahrheit auf der Spur, auf bedeutsamer Verfolgungsjagd. Aber weil du nicht jeden Tag dazu kommst zu sagen, wie es aussieht, so wie wir das tun, machst du das Einzige, was du machen kannst. Du verwandelst die Wahrheit in Kunst.«

»Sag mir doch einfach, was du an meiner Kunst unaufrichtig findest.«

»Du verherrlichst sie, du glaubst sogar, du würdest sie überhöhen, du bewegst Leute dazu, sie zu fördern, du glaubst, du bringst die Leute dazu, etwas zu sehen, was sie vorher nicht gesehen haben. Dass Frauen einen Penis haben und Männer eine Vagina. Dass Leute die Dualität nicht erkennen. Dass sie etwas fühlen, aber etwas anderes tun. Dass sie das hier wollen, dann wieder nicht. Dass sie X lieben und Y vögeln.«

»Falls du es vergessen haben solltest, ich habe dafür gesorgt, dass die Ausstellung abgesagt wurde.«

»Aber gib zu, du konntest es kaum ertragen. Die Geringschätzung ist so verankert in dir. Es ist ein Angriff auf alles, wofür du stehst, deinen Mist vom armen reichen Mädchen. Alles dreht sich immer nur um deine Werte, dein Empfinden, dein Gefühl, man hätte dir Unrecht getan.«

»Ich muss nicht hierbleiben und mich von dir angiften lassen. Aber lass mich eines sagen. Ich wende mich an Adinda und sage ihr ins Gesicht, was los ist, weil ihr Feigling von einem Ehemann – *dein* Feigling von einem Bruder – es nicht tut.«

Plötzlich fehlen ihr die Worte.

»Amalia ist meine Tochter. Ich will, dass sie respektiert wird.«

»Ach, erspar mir das«, sagt Dara. Ich will ihr einfach mein Lime Bitters ins Gesicht schütten; wie kann sie es wagen, mir so herablassend gegenüberzutreten, wenn sie nur wenige Minuten zuvor ihr kleines, gedemütigtes Ich herausgekehrt hat, eine Naturgewalt, die in ihre Schranken verwiesen worden war.

»Du bist nicht ihre Mutter.«

»Bist *du* das denn?«

»Ich bin es vielleicht nicht«, sagt sie schließlich, »aber anders als du bin ich nicht von ihr enttäuscht, weil sie nichts von mir an sich hat.«

Eine kranke Minute lang sitzen wir nur da und starren einander wütend an wie zwei Frauen in einer amerikanischen Sitcom, eine verzerrte Wiederholung meiner Episode mit Sally kaum eine Woche zuvor. Und mit Amalia davor, in meiner Küche in Berlin, als sie anfing, ihre verletzenden Anschuldigungen abzufeuern. Wird mein Leben sich von jetzt an so abspielen? Szenen von schwesterlicher Verbundenheit, Melodrama und Zerrüttung?

»Also gut.« Ihr Ton hat sich leicht geändert. Offenbar hat mein Schweigen sie erschüttert. »Haben sie die Ausstellung abgesagt? Haben sie gesagt, wann sie sie absagen? Sie haben uns ihr Wort gegeben.«

Ich nehme mein Handy.

»Haben sie es verkündet?«, fragt sie und tut es mir gleich. »Ich habe mich noch nicht bei meinen Kollegen erkundigt. Ich frag direkt mal nach.«

Ich sehe zu, wie sie eine Nachricht an jemanden tippt. Ihre Hände zittern.

Plötzlich packt auch mich die Angst. Wir haben nichts auf Papier. Nicht einmal eine Vereinbarung per E-Mail. Wir haben nur Septa Liems Wort. Aber es ist noch nicht einmal drei Stunden her, dass wir sein Büro verlassen haben. Er muss ein Meeting einberufen. Sich für eine Strategie entscheiden. Die Presse informieren.

Ich sage Dara, dass ich Herrn Liem, noch bevor ich mich mit ihm getroffen habe, eine formelle E-Mail mit der Bitte geschickt hatte, die Ausstellung abzusagen. Es macht eigentlich nichts, dass er nicht geantwortet hat, denn ich habe es schriftlich. Meine schriftliche Bitte macht es offiziell. Wenn das Tier, das Amalia droht, Beweise will, können wir ihm die E-Mail zeigen.

»Aber es nützt nichts ohne eine Antwort von Herrn Liem«, sagt sie. »Warum schreibst du ihm nicht noch mal, jetzt, im gleichen Thread, drängst auf eine Antwort, bringst ihn dazu zu schreiben, *ja, sehr geehrte Frau Eilers, ich verstehe, sehen Sie das Ganze als abgesagt an,* und ich schicke dann seine Antwort an Gardin.«

»Sollte ich eine Presseerklärung herausgeben?«

»Du kannst ja eine zusammen mit der Galerie herausgeben, dann ist es doppelt offiziell.«

»Das wird dauern.«

»Hast du eine Seite in den sozialen Medien? Wenn ja, poste etwas dazu und es spricht sich herum. WhatsApp-Gruppen sind auch nützlich. Die breiten sich schneller aus als ein Lauffeuer.«

Ich bin da nicht so sicher. Ich begreife die Logik dahinter nicht, so viel Lärm wie möglich machen zu müssen, wenn man eigentlich darauf abzielt, sich zu verstecken. Aber ich kann verstehen, dass es womöglich keinen anderen Weg gibt. Vielleicht ist es sowohl Symptom als auch Ursache, dass ich so streng auf meine Privatsphäre bestehe, es regelrecht kultiviert habe, vor allem im vergangenen Jahr. Vielleicht stimmt es, dass ich zu deutsch geworden bin.

Widerstrebend willige ich ein.

»Heute Abend?«

»Ja, heute Abend.« Doch vorher muss ich noch Sally und Nina eine E-Mail schreiben und ihnen mitteilen, dass ich mich offiziell äußern werde. Im Leben ist es wichtig, niemals die richtige Abfolge aus den Augen zu verlieren.

Eine Weile lang lassen wir uns von unseren Spielzeugen kapern. Dara bereitwilliger als ich.

»Du weißt schon, dass wir alles abstreiten werden.«

»Was abstreiten?«

»Wenn noch ein Fünkchen Anstand in Gardin steckt, dann wird er mich nicht sofort verraten. Aber bei solchen Angelegenheiten weiß man nie. Das ist wie mit den Meinungsforschern, die am Wahltag immer falschliegen. Wenn das Problem sich auflöst, ist alles gut, dann haben wir ein bisschen Raum. Aber wenn irgendwer aus der Bewegung, eine andere Aktivistengruppe, beschließt, es zu einem Politikum zu machen, es aufzublasen, es so darzustellen, dass es um die Rückkehr der Zensur geht und dass wir der Selbstzensur nicht nachgeben dürfen, dann haben wir ein Problem. Aber nehmen wir mal an, es läuft. Du sagst etwas, die Galerie sagt etwas, wir von Hakiki sagen etwas, Gardin ist beschwichtigt, dann sagt auf einmal ein nach Aufmerksamkeit heischender Klugscheißer etwas, und die Medien greifen es auf, das Ganze wird wieder aufgeblasen, nur diesmal noch größer. Gardin wird von seinen Leuten aufgehetzt, er fühlt sich unter Druck gesetzt, er gibt den ganzen Dreck raus, den er über Arif hat, was dann? Wir streiten natürlich ab.«

Etwas daran, dass sie nur Arif erwähnt, ärgert mich. Als würde es nur sein Leben betreffen, wenn die Kacke am Dampfen ist.

»Und wir können uns nicht um Amalia kümmern. Das versteht sich von selbst. Wir müssen uns vollständig von ihr distanzieren.«

Ich kann nicht glauben, was ich da höre.

»Bist du wirklich so herzlos?«, will ich wissen. »Wie kannst du dich von ihr distanzieren? Amalia hat bei dir gewohnt. Sie ist eine ganze Weile Teil deiner Familie gewesen, sie hat für dich gearbeitet, und sie hat sogar all deine beruflichen Angelegenheiten zu ihren persönlichen gemacht. Überall auf Facebook gibt es Fotos von deiner ganzen Sippschaft.«

»Gibt es nicht. Sie wurden gelöscht. Ich habe Arif gebeten, alles zu löschen.«

»Aber nicht von der Seite deiner Schwägerin. Oder den

Seiten ihrer Kinder. Und Gott weiß, wer sonst noch markiert wurde«, sage ich ungläubig. »Hör zu, ich weiß, dass du keinen Plan hast. Und du weißt, dass ich weiß, dass du keinen Plan hast.«

»Wir streiten ab.«

»Sicher, streitet ab, so viel ihr wollt. Aber letztendlich wird sie es wissen. Die Ehefrau weiß es immer.«

»Du kennst sie nicht.«

»Du kennst auch mein Verhältnis zu Amalia nicht. Hör also auf so zu reden, als würdest du das tun.«

Sie runzelt die Stirn.

»Außerdem muss ich mich mit Arif treffen. Nur er und ich.«

»Das ist keine gute Idee.«

»Er ist kein Kind mehr.«

»Tut mir leid«, sagt Dara mit der gleichen Streitlust, die ich vorhin schon nach dem Meeting mit Septa Liem an ihr bemerkt habe. »Aber hier sind die Regeln. Wenn du Arif etwas zu sagen hast, dann sagst du es mir. Ich weiß, dass du mir nicht glaubst, aber ich kann dir versichern, dass er sehr leidet.«

»Es geht mir nicht darum, dass er leiden soll. Es geht darum, dass er Verantwortung übernimmt. Siehst du nicht den Unterschied?«

»So wie du es mit Amalia gemacht hast?«

Wie würde es aussehen, wenn man jemandem im Café eine Ohrfeige verpasst, für jedermann sichtbar? In meinem Alter, in ihrem Alter? Ich atme tief durch.

Meine gebratenen Nudeln werden gebracht. Dara sieht überrascht aus, als hätte sie erwartet, dass ich etwas Ausgefalleneres bestellen würde, und ein vager Ausdruck der Überlegenheit legt sich auf ihr Gesicht. Ich schenke ihr keine Beachtung und fange an zu essen.

»Bleibst du länger?«, fragt Dara mich schließlich. »Oder

besteht die Möglichkeit, dass du Amalia mit nach Berlin nimmst?«

Darum geht es also. Sie will, dass ich meine gefallene Stieftochter und ihr ungeborenes uneheliches Kind mitnehme, wie ein Dieb in der Nacht. Sie will, dass wir ihre Schmach verinnerlichen und es in die Hand nehmen, zu verschwinden. Keine schlechte Idee eigentlich; es wäre die eleganteste Lösung – sauber, still, wie ein Traum. Aber es wäre unmöglich, ein erwachsenes Familienmitglied mit nach Berlin zu nehmen, um dort ein neues Leben zu beginnen, wenn ich selbst kein Geld verdiene. Es sei denn, es wäre Geld vorhanden.

Aber nehmen wir mal an, es gäbe welches. Nehmen wir an, es gäbe Geld. Ein Zuhause. Matthias.

Ich denke an Matthias und die Rolle, die einzunehmen er sich gezwungen fühlen würde. Nicht ganz Vater, nicht ganz Freund, nicht ganz älterer Bruder. Etwas dazwischen, aber ich bin nicht sicher, was. Ich denke an Amalia, die ihn in einem unbedachten Augenblick ansieht, seinen Morast und seine Krater und seinen Sumpf einer gründlichen Prüfung unterzieht, seine formelle Art, seinen leicht modrigen Geruch, und dabei an ihren eigenen Vater denkt, so wunderbar, unbescholten und alterslos. Ich denke daran, wie sie mich ansieht und überlegt, wie beschämend es doch ist, dass ich mich selbst als Künstlerin, als Intellektuelle, nicht wertschätze ohne die Bestätigung aus akademischen weißen männlichen Kreisen. Das wäre keine korrekte Interpretation der Lage, gelinde gesagt, denn mein Selbstwertgefühl ist nicht von Matthias abhängig, und meine Zukunft schon gar nicht. Aber darauf wird es hinauslaufen. Ich denke daran, wie jeder von uns einen Weg finden muss, er selbst zu sein und nicht er selbst.

Eine Welle der Niedergeschlagenheit überflutet mich. So spät in meinem Leben sollte ich solche Gedanken nicht haben. Und vor allem sollte ich sie Dara nicht preisgeben.

»Ich will mit Arif sprechen.«

»Es tut mir leid, aber das geht nicht«, sagt sie, immer noch kompromisslos und trotzig. »Er wird sich korrekt verhalten, okay? Er wird Unterhalt zahlen, falls es das ist, worum du dir Sorgen machst. Dafür sorge ich. Aber es würde helfen, wenn sie … wenn sie aus dem Weg wäre. Zumindest eine Zeit lang. Bis es sich wieder gelegt hat.«

Man kann das natürlich wirklich nicht netter ausdrücken – es wäre das Beste für alle, wenn Amalia aus dem Weg wäre, und das gilt sogar für mich. Ich hole sie und das Kind aus Jakarta; ich kann dort sein, wo ich sein möchte, das tun, was ich am liebsten tue, und mit dem Menschen zusammen sein, mit dem ich zusammen sein will; mit etwas Glück kann ich Sally dazu bewegen, mich wieder zu lieben; Ordnung, Status und Konformität werden wiederhergestellt sein, alles wird gut auf der Welt.

Aber so nah kann ich Dara nicht an mich heranlassen. Ich kann ihr nicht mein Leben zeigen und was daraus geworden ist, meine Probleme mit ihr besprechen.

Dann sage ich anscheinend, wie du meinst. Aber wenn dein Bruder Manns genug wäre, dann würde er auf mich zukommen. Wenn er auch nur ein Fünkchen Ehrgefühl hat, dann wird er nicht damit leben können, sich nicht zu entschuldigen und nicht vor mir höchstpersönlich anzuerkennen, was ich geopfert habe, um ihm den Arsch zu retten.

Und dann, bevor Dara die Möglichkeit hat zu reagieren, sage ich anscheinend, während nur noch wenige Nudeln auf meinem Teller übrig sind, dass es mir nicht darum geht, ein Statement abzugeben, wenn ich Kunst mache. Es ist für mich ein Mittel zum Sehen. Oft überrascht mich, was ich sehe. Oft verstehe ich es überhaupt nicht. Schamlos zitiere ich Giacometti, aber es ist mir egal. Weil es ihr egal ist.

Mein Teller ist leer. Ich frage nach der Rechnung und bezahle alles zusammen.

Schreib mir, sage ich auf Deutsch zu Dara, als ich aufstehe. Finde eben heraus, was es verdammt noch mal bedeutet.

* * *

Ich schlafe schlecht, obwohl ich mich schon früh mit meiner üblichen halben Schlaftablette außer Gefecht gesetzt habe. Irgendwann kurz vor dem Morgengrauen spähe ich einer Giacometti-Skulptur ins Auge: ein so ausgehöhltes Auge, dass es wirkt wie ein Loch. Ich schreie und bin augenblicklich wach. Bald gleite ich jedoch wieder in den Schlaf. Ich sehe meinen anderen Vater, den, der verschwand und starb, seine Augen sind rotgerändert, grünlich, der Traum eines Künstlers. Mit einem Ruck wache ich auf, schlummere wieder ein, nur um mich Sally gegenüber wiederzufinden, die mich mit Beckett bombardiert: »Immer versucht. Immer gescheitert. Einerlei. Wieder versuchen. Wieder scheitern. Besser scheitern.«

* * *

Es ist beinahe zehn, als ich endgültig aufwache. Ich bin in unserem alten Schlafzimmer – dem von Riaz und mir – und liege in dem Bett, das früher unser Ehebett war. Ich bin nicht sicher, ob sich jemand die Mühe gemacht hat, die Matratze zu wechseln, nachdem ich ging, und ich will es auch nicht überprüfen.

Alles an dem Zimmer fühlt sich falsch an. Was die anderen als meine Vergangenheit sehen, gehört überhaupt nicht zu mir, und selbst die kleinen Details, die noch davon übrig sind – die schweren Vorhänge, die besser in einen Salon im viktorianischen England gepasst hätten; die olivgrüne Wandtäfelung wie im Arbeitszimmer eines Gelehrten, an der das

Bild eines weißen Oberschicht-Gentleman zu Pferde und mit Jagdgewehr hängt, neben ihm ein Greyhound; ein Kunstdruck eines Cézanne-Stilllebens; ein ausgeblichenes Lontar, ein Palmblattmanuskript mit alter Kawi-Schrift –, sie alle fühlen sich an wie die Kleidungsstücke einer Person, die eine andere Mode trug und andere Ziele hatte, zusammengeschustert, um den Eindruck guten Geschmacks und guter Herkunft zu vermitteln: ein wahres Paradies für Narren. Es bietet sich geradezu zur Parodie an – und sagt rein gar nichts über mich aus. Und auch nicht über Riaz, mit dem ich unzählige Male hier geschlafen habe, den ich geliebt habe.

Ich nehme mein Handy, um nach Sallys Antwort zu schauen. Ich kann meine Ankündigung in den sozialen Netzwerken nicht weiter aufschieben. Wenn sie nicht geantwortet haben sollte, muss ich einfach so etwas posten. Mein Magen vollführt einen heftigen Satz.

Ich setze mich auf. Reiß dich zusammen, Siri Eilers.

Tu, was du tun musst.

Und fang mit den E-Mails an, bei denen du keinen Herzinfarkt bekommst.

Es sind mehrere Nachrichten in meinem Postfach. Zum Beispiel von Lily: Sie fragt, ob wir uns nächstes Wochenende im Tiergarten treffen könnten, damit ihr Baby einen vernünftigen Winterspaziergang in der behaglichen Wärme seines Kinderwagens machen kann, während wir uns über die Flüchtlingskrise unterhalten. *Und man merkt einfach,* schreibt sie mit Nachdruck, *dass Merkel den Druck zu spüren bekommt. Gerade habe ich gehört, dass wir vorhaben, kürzlich eingetroffene Asylbewerber schon im März 2017 nach Griechenland zurückzuschicken. Wie entsetzlich ist das denn.*

Lily hatte sich über volunteer-planner.org als Freiwillige gemeldet, und schon bald half sie im Rathaus Wilmersdorf dabei, Spenden zu sortieren, zu übersetzen, Essen auszuteilen und Geflüchtete mit Anwohnern zusammenzubringen, die bereit waren, sie bei sich aufzunehmen. Es juckt ihr in den Fingern, wieder zu arbeiten, nicht zuletzt deshalb weil ihre Nachbarn auf der gleichen Etage die AfD wählen und damit auch noch hausieren gehen. Sie wollen Immigranten aufspüren und sie aus dem Land werfen, weil sie nicht hergehörten. Das ist zunehmend der Ton und die Sprache, die sie verwenden. *Ich ertrag das nicht*, schreibt sie. *Es ist, als könnte jeden Augenblick eine Bombe in die Luft gehen. Man spürt die Kraft, wie es immer mehr anwächst. Wie ein Tumor. Die ganze Zeit sage ich mir, dass man in so einer Welt nicht leben und ein Kind großziehen kann. Ich meine, das geht doch gar nicht.*

Ich antworte: *Entschuldige, ich hatte keine Zeit, es Dir zu sagen, aber es gab einen Notfall in meiner Familie, und ich musste vor ein paar Tagen zurück nach Jakarta fliegen. Es ist furchtbar, was Du schreibst. Aber ich weiß, dass Du es schaffst. Melde mich wieder. Halt die Ohren steif!*

Andreas indes meint, ich müsse den Hühnchensalat bei einem Chinesen namens Hotspot probieren, dort sei es *so authentisch*, und *das Geheimnis liegt in der Sauce*, schreibt er begeistert. Ich mag Andreas – an ihn wende ich mich, wenn es um asiatisches Essen geht, und er ist immer für neue Abenteuer zu haben.

Machen wir!!!, schreibe ich zurück. *Sobald ich aus Jakarta zurück bin. Freu mich!!!*

Dann habe ich noch eine lange E-Mail voller Neuigkeiten von Adriana, meiner deutsch-italienischen Freundin von einer der Galerien. Sie hat gerade mehrere extrem angesagte Künstler für das Gallery Weekend nächstes Frühjahr gesichert und freut sich ziemlich übertrieben über eine gewisse albanische Klang- und Videokünstlerin, deren Installation sie ausstellen wird. *Was sie mit Glas und Musik anstellt, das haut mich um. Wenn das Centre Pompidou ihre Arbeit nicht für seine Sammlung kauft, dann weiß ich auch nicht, wer sonst. Aber erst mal haben WIR sie! Juchhu!*

Adriana ist toll, aber sie versorgt mich immer mit Neuigkeiten über den fantastischen Erfolg anderer, wenn ich gerade nicht in bester Stimmung bin, was meine eigene Karriere betrifft. Manchmal frage ich mich, ob sie es absichtlich macht, nur um meine Reaktion zu sehen. Vielleicht ist das ihre Art, ihre Macht über Künstler auszuüben.

Juchhu!, schreibe ich zurück mit jeder Menge Küsschen dazu.

Ich scrolle in meinem Postfach nach unten. Ich will fast aufstehen und zur Toilette gehen, als zwei neue Mails eingehen. Sally. *Und* Septa Liem. Aus verschiedenen Städten und Kontinenten, und beide beschließen, dass genau jetzt der Zeitpunkt ist, an dem sie auf »senden« klicken und mich in mein Schicksal schicken. Schlechte Neuigkeiten kommen immer im Doppelpack. Und das war's mit meinem Magen. Und meiner Brust.

Ich klicke als Erstes auf Septa Liems Mail. Wie viel schlimmer kann sie schon sein als Sallys Nachricht?

Sie ist auf Englisch verfasst, gut geschrieben, und sie ist lang.

Liebe Ms Eilers,
Vielen Dank für Ihre E-Mail und für Ihren Besuch gestern im Büro. Ich respektiere Ihre Entscheidung, auch wenn ich natürlich nicht versäumen möchte, Ihnen zu sagen, wie sehr ich es bedauere und wünschte, es könnte anders sein.
Was Sie mir erzählt haben, kann ich nur sehr schwer dem Vorstand erklären, weil alle hier sehr begeistert waren. Besonders jetzt, wo Ahok so massiv angegriffen wird, der solch gute Arbeit geleistet hat, indem er die Kanäle, die Stadtslums, die Altstadtbezirke hat aufräumen lassen. Wir wissen alle, was hier vor sich geht, was dahintersteckt.
Es ist die bösartige Politisierung seines Volkes und seiner Religion durch Menschen, die die Geschichte nicht res-

pektieren. Durch Menschen, die Indonesiens wundervolle Vielfalt nicht erkennen, die andere dazu bewegt, unser Land zu besuchen, wiederzukommen, und sich darin zu verlieben. Durch Menschen, die Leute wie Sie und mich hassen, weil wir etwas sehen, das sie nicht sehen.
Ich sehe oder lese keine Nachrichten mehr, Ms Eilers. Es steckt so viel Hass darin. Und nicht nur auf uns, sondern wie Sie wissen auch auf andere Minderheiten.
Ihre Kunst ist elementar und mutig. Sie ist schonungslos, ein unnachgiebiger und offener Blick auf uns selbst. Sie zeigt, dass wir gar nicht das sind, was wir zu sein glauben; zumindest habe ich sie so interpretiert.
Ich will gar nicht vorgeben, es sei die Art Kunst, die ich bei mir zu Hause aufstellen würde. Zuallererst wüsste ich nicht, wo, und ich will nicht, dass meine Kinder das Gefühl haben, sie könnten ihre Freunde nicht zu sich nach Hause einladen. Ich will mich auch nicht auf die Heuchelei einlassen, die Kunstwerke wegzuräumen oder abzudecken, wenn ich Freunde zu Besuch habe oder Geschäftspartner oder Kunden, die zurückhaltender in ihrem Zartgefühl sind. Doch ich bewundere Ihre Skulpturen sehr. Mir gefällt es, wie ich mich fühle, wenn ich sie betrachte. Besonders gefällt mir die jüngere Frau, die mit dem Mund wie eine rote klaffende Wunde. Ich finde, sie hat Mumm.
Ich glaube, ich muss nicht wiederholen, was für eine großartige Gelegenheit das hier hätte sein können. Dass es womöglich die einzige Chance gewesen wäre, sich zur Wehr zu setzen, auch wenn die Kosten für die Durchführung ohne Weiteres so gigantisch hätten sein können wie die Absage. Die FKMI und ihresgleichen hätten auf der Eröffnung womöglich die Polizei mitgebracht, und das hätte uns gezwungen, die Ausstellung zu schließen. Wir hätten genauso viel Geld verloren, und ebenso viele Förderer wären enttäuscht und empört gewesen. Aber es hätte einen Aufschrei in den

Medien gegeben. Es hätte internationale Aufmerksamkeit gegeben. Wir hätten die Chance gehabt, die Debatte zu positionieren und ihr einen neuen Rahmen zu geben, weil wir nicht aufgegeben hätten, ehe wir dazu gezwungen wurden. Darin liegt der Unterschied, liebe Ms Eilers, und der ist entscheidend. Wir hätten gewonnen.

Ich kann nicht weiterlesen. Mir ist schlecht.

Ich sehe nach, ob er jemanden cc gesetzt hat, aber das ist nicht der Fall. Entweder war es ein echtes Versehen, oder er will auf mich zugehen. In letzter Minute an meine Gefühle appellieren. Er ist anders, das ist wohl wahr. Und das überrascht mich. Aber jetzt ist nicht die Zeit, um sentimental zu werden.

Ich tippe, ganz schnell:

Lieber Mr Liem,
Haben Sie vielen Dank für Ihre prompte Antwort und Ihre Offenheit. Ich kann Ihnen nicht einmal ansatzweise sagen, was ich Ihnen gern als Antwort auf Ihre starke und bewegende Nachricht sagen möchte, aber bitte nehmen Sie nochmals meinen Dank dafür an, dass Sie so verständnisvoll waren und mich auf so vielfältige Weise unterstützt haben. Sollten wir jemals eine Möglichkeit finden, erneut zusammenzuarbeiten, kann ich nur hoffen, dass Sie mir die Chance geben, uns alle mit Stolz zu erfüllen.

Hochachtungsvoll
Siri Eilers

Tut mir leid, Septa Liem. Vielleicht im nächsten Leben.

Und jetzt … SOM.

Sollte ich ihre Mail lieber auf meinem Laptop öffnen? Sollte ich erst einmal aufstehen und diese gewaltige Herausforderung wie jeder normale Mensch in Angriff nehmen? Nachdem ich mir das Gesicht gewaschen, die Zähne geputzt, meinen ersten Kaffee getrunken und womöglich sogar ein richtiges Frühstück gegessen habe?

Ich beschließe, genau das zu tun. Ein normaler Mensch zu sein. Außerdem erfordert das Posten einer persönlichen Bekanntgabe darüber, dass man seine eigene Ausstellung absagt, ohne zu erklären, weshalb, und das auf einem Medium, das man nicht ausstehen kann, einen langen, geraden Rücken.

* * *

Ich sehe auf die Wanduhr. Es ist beinahe elf. Amalia. Wann kommt sie zurück? Möglicherweise heute. Vielleicht ist sie jetzt schon da. Wenn sie bis heute Abend nicht da ist, muss ich sie suchen gehen, in welches Hotel auch immer meine Mutter sie geschleust hat, nur um mir zu zeigen, dass sie es kann.

* * *

Da ist er also. Der Moment der Wahrheit.

Siri,
Ich werde ganz offen sein. Genießt Du das hier eigentlich heimlich? In den letzten Wochen hast Du mir keinerlei Gelegenheit gegeben, etwas mit Dir zu besprechen – Du bist einfach losgezogen und hast es getan –, warum sollte es jetzt also anders ablaufen?
Halb so wild, dass mir Sammler und Kritiker aus Singapur und Bangkok zugesagt hatten, zur Eröffnung zu kommen.

Halb so wild, was ich jetzt mit den Skulpturen anfangen soll, dass ich sie irgendwo lagern muss. Es war so ein Aufwand, sie überhaupt ins Land zu bekommen, dass ich den Gedanken nicht ertragen kann, sie wieder herauszuschaffen. Halb so wild, dass ich Deinen Experten vor Ort, die mir allesamt versicherten, es sei das Risiko wert, die Zeiten hätten sich geändert, eine Beratungsgebühr gezahlt habe. Halb so wild, dass wir in unseren Verträgen mit den Förderern Entschädigungsklauseln stehen haben. Halb so wild, dass ich eine zum Himmel schreiend hohe Summe auf den Tisch legen musste und weiterhin muss! Es ist, als hättest Du mich so unbedingt ruinieren wollen, dass es keine Rolle spielte, ob Du Septa Liems Mails an mich weiterleitest oder nicht. Oder mich darüber informierst, dass Du eine persönliche Erklärung abgibst, bevor Du es dann tust. Ich meine, Du machst es ohnehin einfach so.
Da ist es lustig, dass ich gerade ein langes Mittagessen mit Deiner Botschafterin in Berlin hatte und sie mir erzählte, sie sei nicht überrascht. Du seist unerträglich in der Hinsicht, sagte sie. Wenn Du in Berlin bist, würdest Du Deine eigene Botschaft wie die Pest meiden. Machst Du jetzt etwa das Gleiche? Bist Du eines Morgens aufgewacht und hast gedacht, so, was soll ich heute mal mit meinem Leben anstellen? Oh! Wo ich ja alle Brücken zu meinem Land schon abgebrochen habe, wie wäre es da, wenn ich die Brücken zu meiner Kunst abbreche? Schauen wir mal, ob das auch Spaß macht.
Ich meine, willst Du etwa Deinen verrückten kranken Spaß haben, und ich soll dafür leiden?
Hattest Du irgendeine Vorstellung davon, dass ich mitten in den Verhandlungen mit Sheila Jameson steckte, damit sie Dich nächstes Jahr auf dem Gallery Weekend ausstellt? Hattest Du irgendeine Vorstellung von allem, was ich mit Dir vorgehabt hatte, damit Du zu einem Superstar wirst?

Egal. Mach Du nur weiter mit Deinem Leben. Ist mir egal, was Du postest, was Du sagst. Es ist Dein Leben. Erstick Deine eigene Flamme. Verbrenne, bevor Du überhaupt in Flammen stehst.

Sally

Absurderweise sagt sie noch nicht das, worauf ich warte – dass ich von jetzt an auf mich gestellt bin. Sie hat keine Kündigung unseres Vertrags angehängt.

* * *

»Alles in Ordnung?«

Es ist meine Mutter. Sie kommt ins Esszimmer, wo ich sitze und auf meinen Laptop starre. Irgendwie sieht sie sehr schön aus im Vormittagslicht, kein Make-up, die Haut frisch und klar.

Ich erzähle ihr ein wenig darüber, was heute so los ist, lasse dabei den Tonfall von Sallys E-Mail weg, und über die Mühen, die ich damit habe, eine persönliche Erklärung auf meiner Facebookseite zu posten.

»Amalia kommt vielleicht morgen nach Hause«, sagt sie. »Aber lass uns drauf achten, dass wir nicht noch mehr unnötigen Druck auf sie ausüben. Bis es ihr wirklich wieder gut geht, meine ich.«

In Ordnung, Mutter, wenn es dir Freude bereitet: das Gefühl, sie besser zu kennen als ich.

»Ich mache mir immer noch Sorgen um sie«, sage ich, anstatt sie darauf hinzuweisen.

»Ich weiß.«

Wenn du mir nur sagen würdest, wo sie ist.

»Aber wie gesagt, ich habe das Gefühl, sie kommt morgen

nach Hause«, fährt sie fort, und sie klingt erleichtert, dass ich nicht aggressiv reagiere, dass ich so gnädig bin und ihr das Parkett überlasse. »Vielleicht sogar schon früher, würde ich tippen.«

Ich kann nicht fassen, dass meine Mutter in der Angelegenheit nichts zu sagen hat, bezahlt sie nicht schließlich für das Hotel? Aber ich sage nichts. Ich lasse sie herumwerkeln und höre zu, wie ihre Sätze immer länger werden, während ihr Vertrauen in meine Friedfertigkeit wächst. Es überrascht mich, dass mich ihre Gegenwart nicht stört, dass ich sie genauer gesagt willkommen heiße.

* * *

Sehr traurig euch mitzuteilen, dass meine bevorstehende Ausstellung Man / Woman: Reconfigured in der Sura-Galerie abgesagt wurde. Mehr dazu, sobald ich ein Update habe.

* * *

Wonach ich mich natürlich auslogge. Ich werde mir ganz bestimmt nicht ansehen, wie alle möglichen Fragen und abfällige Bemerkungen und unechte Mitleidsbekundungen hereinströmen.

Plötzlich taucht Daras Name in meinem Posteingang auf. Kein Betreff. In der Hinsicht ist sie schon komisch: stets auf der Hut, als würde eine leere Betreffzeile irgendwie die Überwachung abschwächen.

Siri,
ich habe heute etwas über Dich erfahren, das mich umge-

hauen hat. Und das ausgerechnet von Gardin. Könnten wir uns bitte treffen, wenn auch nur für eine halbe Stunde?

Dara

Und einfach so, ohne ein wenig abzuwarten, damit es nicht zu erpicht aussieht, tippe ich: *Ich kann Dich in ein oder zwei Stunden treffen, wenn Du willst.*

Und dann wieder sie, sie hat schon gewartet: *Okay. Wo?*

Klar. Ich darf aussuchen, weil sie sich mit mir treffen will, weil sie diejenige ist, die mich darum bittet.

18.

Es gibt Momente, die einem zu den seltsamsten Zeitpunkten wieder in den Sinn kommen, ohne jeglichen Anlass, und einer dieser Momente ist der sonnige Nachmittag Ende Juni in einem Straßencafé auf dem Walter-Benjamin-Platz. Sie suchen mich noch immer heim, diese Erinnerungen an das aus dem Boden schießende Wasser, an das kleine Mädchen und seinen Vater, dem ich, wie ich wusste, nie wieder begegnen würde.

* * *

Ich bin nicht sicher, warum ich Dara diese Begebenheit erzähle, so eine persönliche Geschichte, nachdem sie mir berichtet hat, was Gardin ihr in einer kleinlichen Mail geschrieben hatte: nämlich dass er von meiner dunklen Vergangenheit wusste, dass mein echter Vater ein kommunistisches Arschloch gewesen war und dass, wenn es nach Gardin und seiner politischen Partei ginge, er ein Gesetz verabschieden würde, das die Nachkommen aller Kommunisten, deren Nachkommen und wiederum deren Nachkommen bis in alle Ewigkeit liquidierte.

Es ärgert mich, dass ich, mein Leben, die Summe aller meiner Teile, in Daras Augen wie auf einen Schlag wiederhergestellt bin, weil sie jetzt weiß, welchen Lenden ich meine Existenz auf dieser Welt zu verdanken habe. Dass sie diesem Ich vergibt: der leiblichen Tochter eines ehemaligen politischen Gefangenen, der von einer autoritären Regierung jahrelang auf eine abgelegene Insel verbannt worden war. Was spielte es da für eine Rolle, dass er nicht einmal Kommunist gewesen war, dass er sogar so seine Probleme mit Kommunisten hatte, dass er mich nie zu Gesicht bekommen, geschweige denn sich um mich gekümmert hatte. Sie vergibt nicht mir, der Künstlerin, oder mir, der schwierigen Tochter einer schwierigen Mutter, nicht mir, der Mutter einer jungen Frau, die Dara geliebt und unter ihre Fittiche genommen hatte. Und vor allem nicht mir, ihrer ehemals besten Freundin.

Sie versteht es natürlich: warum ich ihr die Geschichte vom Vater und seiner Tochter bei den Wasserpielen erzähle. Dass dahintersteckt, wie ich die darauffolgenden vier Monate in der Hoffnung durch Berlin lief, ihn wiederzusehen, den Vater, sein Gesicht, weil es auf seltsame Weise dem Gesicht des Mannes in meinem Traum und auf dem verblichenen Schnappschuss aus dem Tagebuch meiner Mutter ähnelte. Was wäre persönlicher gewesen, als mit ihr diese traurigste aller Geschichten zu teilen: die Geschichte davon, den Menschen, dem man nie begegnet ist, zu kennen und doch nicht zu kennen, zu vermissen und doch nicht zu vermissen?

* * *

Es ist sechs, als wir schließlich auf die Uhr schauen. Sechs Stunden haben wir geredet, und jetzt ist es geschafft, wir wissen voneinander, haben das Unbenannte benannt.

Sie hat eine neue Sanftheit an sich. Kein Nachgeben, lediglich etwas weichere Kanten; es lässt sie freundlicher, mütterlicher wirken. Ich weiß, dass es nichts mit einem Mann zu tun hat. Ich frage sie nach Mahdi, dem Mann, mit dem sie verheiratet ist – was macht er noch mal? Er arbeitet bei einer Bank, oder? Oder ist er Geschäftsmann?

Geschäftsmann, sagt sie. Sie klingt wegwerfend. ›Geschäftsmann‹ im Sinne von allem oder nichts oder beidem. Im Geschäft mit irgendwas.

»Du und er – wie geht es euch beiden?«

Sie zuckt die Achseln. »Manchmal muss man einfach tun, was man tun muss.«

»Liebst du ihn?«

Wieder zuckt sie die Achseln und sieht mich halb fragend an: *Warum fragst du mich das?*

Aber natürlich. Nicht nur die Liebe regiert die Welt.

Etwas verändert sich in ihr, und auf einmal erzählt sie mir, dass sie im Grunde nicht zusammenleben, sie und Mahdi. Er sei meistens in Bandung bei seiner Familie – sie sagt es so gleichgültig, als gehörte sie nicht dazu –, und sie treffen sich nur zu wichtigen gesellschaftlichen oder familiären Anlässen. Manchmal ist er auch längere Zeit in Jakarta, wenn es mehrere solcher Anlässe in kurzer Folge gibt. Vor Eid al-Fitr kommt er normalerweise drei Wochen nach Hause, weil sie, genau wie der Rest der Stadt, in der Zeit keine Haushaltshilfe hat.

»Und dir macht es nichts aus, dass die anderen das wissen?« (Denn das tun sie immer.)

»Nein«, sagt sie. »Gar nichts.«

»Wirklich?«

»Und ihm auch nicht.«

»Warum macht ihr dann weiter? Ich meine, warum braucht ihr die Ehe überhaupt?«

Sie sieht mich so an wie eben. Aber dann überlegt sie es sich anders und beschließt, es mir zu erklären. »Nicht jeder kann sich das erlauben, was du machst«, sagt sie. »Alles aufgeben, von vorn anfangen, zulassen, dass einem die wichtigen Dinge irgendwie einfach so passieren. Die meisten von uns brauchen eine Struktur. Ich zumindest.«

Jetzt kann ich die beiden vor mir sehen, er und sie, wie sie zusammen auf einer Feier eintreffen, sie, die mit viel Aufhebens begrüßt wird, er, der ein Stück hinter ihr stehen bleibt, stumm, etwas abseits. Ich kann sie vor mir auf vorhochzeitlichen Familientreffen sehen, wie sie sich auf Termine und die Art von Zeremonie einigen, auf das Farbkonzept und die Wahl der religiösen Redner, darauf, wem welche Rede überlassen wird gemäß der Stellung innerhalb der Familie, wer offiziell die Familie repräsentieren soll. Wie sie zustimmend nickt, wenn jemand etwas zu ihm sagt, wie er zustimmend nickt, wenn jemand etwas zu ihr sagt.

Ich kann sie vor mir sehen, wie sie nach ihrem ersten Abend zusammen nach langer Zeit nach Hause kommen und wie sie sich nach ein wenig obligatorischem Fernsehen miteinander zu unterhalten beginnen wie Fremde. Wie war deine Woche? Wie geht es der und der? Wie läuft es bei der Arbeit? Und dann der unmerkliche Übergang von solcherlei Fragen zu einem kollegialeren Gespräch darüber, wie viel Geld man hierfür und dafür überweisen solle, wann diese oder jene Zahlung fällig sei.

Mahdi: nicht ganz Partner, nicht ganz Freund, ganz und gar kein Geliebter. Aber ein Ehemann.

Ich kann es alles vor mir sehen, und trotzdem schaffe ich es nicht, Dara zu bemitleiden. Alle haben wir unglückliche Entscheidungen im Leben getroffen, um glücklich zu werden. Manchmal sind wir nur einfach nie glücklich. Nicht dass sie eine von ihnen wäre (den Unglücklichen).

»Vermisst du Riaz manchmal?«, will Dara wissen.

»Ja«, sage ich. »Vor allem jetzt, seit er …«

»Hast du dich jemals nicht mehr an ihn erinnert?«

»Nicht andauernd. Aber jetzt ist es anders. Jetzt denke ich ständig an ihn.«

»Was glaubst du, hätte er getan?«

»Ehrlich gesagt, habe ich keine Ahnung«, sage ich. »Er war

nicht gerade ein Macher, weißt du. Keine großen Entscheidungen, keine Pläne, keine praktischen Lösungen. Aber er hätte alles für Amalia getan. Berge versetzt. Zuallererst hätte er deinen Bruder aufgespürt und ihn ordentlich vermöbelt.«

Wir lachen. Es scheint uns beiden danach besser zu gehen.

»Du hättest mir vertrauen können, weißt du«, sagt sie nach einer Weile. »Bei dem, was du mit vierzig erfahren hast. Zumindest hättest du mir ersparen können, mich derart zum Narren zu machen. Zu denken, du wärst jemand anders, der meinen Schmerz auf keinen Fall nachempfinden könnte.«

»Du hast dich nicht schlimmer verhalten als ich. Ich wusste seit einer Weile, wie sehr es dir wehtat, und trotzdem habe ich mir nicht mehr Mühe gegeben. Und es stimmt auch. Ich wusste nicht, dass ich meinen Vater verloren hatte, weil ich gar nicht wusste, dass es ihn gegeben hatte. Ich habe ihn nicht geliebt und dann verloren.«

Sie wirkt etwas nervös.

»Trotzdem«, sagt sie. »Es muss dich verändert haben.«

Hat es das? Ich bin nicht sicher. Meine Kindheit liegt schon so weit zurück, dass ich mir unmöglich vorstellen kann, wie es hätte verlaufen können. Selbst meine Traumwelt hat angefangen, die Fiktion zu lieben, und hat die Familienüberlieferungen nicht über das eine Bild hinaus verraten: das von meinem Vater Bhisma, der in einer Blutlache liegt, sein Gesicht auch meins, Mann und Frau. Srikandi.

»Warum hat Gardin das Thema angesprochen?«, frage ich. »Es ist nicht Amalias Angelegenheit, sondern meine.«

Dara macht sich Sorgen. Ich kann es in ihren Augen sehen. »Er ist – na ja, er gehört zu denen, die einem zeigen müssen, dass sie etwas wissen. Dass sie etwas gegen einen in der Hand haben.«

»Aber warum bringt er das Thema jetzt zur Sprache? Wie kommt er auf die Idee, dass es mich überhaupt berührt, geschweige denn verletzen könnte? Glaubt er wirklich, ich würde mich dafür schämen – dass ich unehelich gezeugt wurde? Und dass mein leiblicher Vater ein politischer Gefangener war?«

»Man kann nicht wissen, auf wen oder was in einem Kampf wie diesem eigentlich abgezielt wird. Ideologie kennt keine Individuen. Sie kann nicht zwischen dir, deiner Mutter und Amalia hinsichtlich der Art und Weise, wie jede von euch trauert und mit Erinnerungen umgeht, unterscheiden. Deine Mutter, zum Beispiel. Vielleicht findet sie, öffentliche Anerkennung sei nicht die einzige Art, Liebe und Respekt zu zeigen. Sie muss deinen Vater nicht preisgeben, um zu wissen, dass ihre Liebe echt ist.« Dara meint damit, dass wir vielleicht nicht das eigentliche Ziel waren, wir aber trotzdem daran zu tragen haben, und gegen meinen Willen bewegt mich das. Gerade will ich ihr das mitteilen, als sie unvermittelt anfängt, über Glaube und Religion zu sprechen, darüber, wie sie auch das Bedürfnis nach Schweigen nähren. Ihr Beharren auf dem Thema wächst proportional zu meinem schwindenden Interesse. Schon bald höre ich nicht mehr zu. Mein Nichtgehör, was diese beiden Themen betrifft, war schon immer unerschütterlich. Sollte meine Mutter in irgendeiner Form ihre Meinung geändert haben, soll sie es mir doch ins Gesicht sagen.

Und sowieso. Meint Dara etwa, ich müsse darüber belehrt werden? Wie meine Mutter denkt und dass ich sie womöglich falsch einschätze?

Wir lassen den Augenblick sacken, und jetzt bin ich kurz davor, sie erneut zu fragen, ob ich Arif treffen kann.

Stattdessen piept mein Handy. Es ist meine Mutter. *Amalia ist zu Hause*, schreibt sie. Etwas in ihrem Tonfall weist ganz deutlich darauf hin, wo dieses zu Hause ist.

* * *

Sie sitzt da, als wäre sie aus den Schützengräben aufgestiegen, angeschlagen, aber nicht besiegt, ihr Farbton dunkelblau. Der Koffer, der mit ihr nach Berlin gereist ist, steht in einer Ecke im ehemaligen Esszimmer ihres Vaters wie ein Freund vom Schlachtfeld. Meine Mutter sitzt bei ihr, ein Musterbeispiel großmütterlicher Besorgnis. Es ist offensichtlich, dass sie viel geredet haben, aber seien wir jetzt nicht dünnhäutig.

Ich versuche, nicht nach Beweisen ihrer Veränderung Ausschau zu halten; ein gewölbter Bauch, ein rosiger Teint, ein leerer Blick, der angeblich ebenfalls ein Anzeichen bevorstehender Mutterschaft sei. Aber es genügt, dass ich es weiß, denn Mütter sind nicht dafür bekannt, dass sie diese Symptome intuitiv in ihren Sprösslingen erkennen. (Meine Tante Ambika war diejenige, die vor mehreren Jahren die Schwangerschaft meiner Cousine bemerkte, nicht ihre Mutter Ambalika. Auf gewisse Weise bin ich auch eine Tante für Amalia.)

Sie sieht furchtbar aus. Ihre Haare sind schlaff und schmutzig, geradezu als hätte sie sich nicht mehr die Mühe gemacht, sie zu waschen, seitdem sie untergetaucht ist. Ich habe die Worte schon auf der Zunge: Warum kannst du nicht –

»Amalia.«

Nicht ich richte als Erste das Wort an sie, sondern Dara. Sie bestand darauf mitzukommen, als ich ihr von der Nachricht meiner Mutter erzählte. Gott weiß, weshalb ich es zugelassen habe. Auf ihrem Gesicht liegt ein merkwürdiger Ausdruck, als sie so dasteht und Amalia anschaut. Sie trägt etwas Lippenstift, fällt mir auf, ein leicht pfirsichfarbener Ton, und etwas an der Art, wie sie sich kleiden, ähnelt sich.

»Amalia.« Sie sagt es noch einmal, und ich spüre, wie mein Mädchen zerfällt.

»*Mbak* Dara«, sagt sie, und ihre Stimme klingt ganz seltsam. Dann blickt sie mich an. »*Ibu*.«

Ich gehe auf sie zu, mache es ihr leichter. Wir umarmen

uns. Sie riecht nach getrockneten Tränen und scheußlichen Träumen. Irgendwann muss ich ihr sagen, dass sie sich mindestens alle zwei Tage die Haare waschen muss; es geht nicht, dass eine Mutter nicht mütterlich riecht: nach Seife, nach süßer Milch, nach Hoffnung.

Aber Tränen hat sie keine für mich. Wir knüpfen nicht da an, wo wir aufgehört haben, kein Wort der Entschuldigung dafür, dass sie vor mir weggelaufen ist, kein Wort über unsere gemeinsame Vergangenheit.

Ich sehe zu, wie mein Mädchen und Dara sich umarmen. Da wird es mir klar: Auch sie haben eine gemeinsame Vergangenheit.

* * *

Er ist auf mich zugekommen, um mit mir zu reden, wie jeder Mann mit Selbstachtung es tun würde. Er ist viel kleiner, als ich angenommen hatte. Oder vielleicht ist er auch unter der Last der letzten Monate geschrumpft. Er sieht Dara ganz und gar nicht ähnlich. Er hat etwas Elegantes an sich, eine angenehme Zurückhaltung.

»Sie müssen mich für einen Feigling halten.«

»Na ja, jetzt sind Sie ja hier«, sage ich kühl. »Also raus damit. Was wollen Sie bezüglich meiner Tochter unternehmen?«

Es ist halb neun Uhr abends, und er ist in meinem Haus. Er hat mir am Nachmittag eine SMS geschrieben, um ein Treffen gebeten. Es war, als hätte er es eigentlich nicht vorgehabt, aber dann hatte ihn plötzlich das schlechte Gewissen gepackt.

»Ich sorge dafür, dass ich jeden Monat Geld überweise. Für das Kind. Aber eine Wohnung kann ich mir nicht leisten, zumindest im Moment nicht.«

»Sie werden es Ihrer Frau nicht beichten?«

»Meine Frau, Adinda … sie ist eine großartige Mutter. Und eine großartige Ehefrau.« Er zittert. »Sie hat immer zu mir gestanden. Auch als ich monatelang nichts verdiente, als ich zu viel auf Reisen war, als die Leute alle möglichen Gerüchte über mich in die Welt setzten. Deswegen kann ich sie auch nicht verlassen. Und auch meine Kinder nicht.«

Ich kann ihn sehen. Ich kann alles sehen: seinen Schmerz, seine Scham, seine Wut, seine Langeweile angesichts der Monotonie seines nicht herausragenden, aber doch komfortablen Lebens, seine Abscheu gegenüber der ganzen Dummheit, Heuchelei und dem Mangel an Humor in seinem Umfeld, seine Verzweiflung. Dass er darauf beharrt, die Ehefrau, die er betrogen hat, beim Namen zu nennen: ein Loyalitätsbeweis.

»Wenn mein ungeborenes Kind aufwächst, ohne mich zu kennen, besteht zumindest die Chance, den Verlust und Schmerz zu lindern, den meine ersten beiden Kinder erleiden würden, sollten sie mich verlieren. Ich weiß, es ist furchtbar, so etwas zu sagen, und Sie halten mich sicher für hartherzig. Aber wir, Sie und ich, wir müssen keine Freunde werden.«

»Ich habe auch keinerlei Absicht, Ihre Freundin zu sein«, erwidere ich. Eigentlich will ich ihm sagen, dass ich ihn in alle Ewigkeit verfluche, doch das kann ich dem Vater meines Enkelkinds nicht sagen. Ich kann es nicht sagen, weil ich auf dem Gedenken meines leiblichen Vaters herumtrampeln würde.

Ich suche sein Gesicht nach irgendeinem Zug ab, den Amalia womöglich übersehen hat. Nach etwas Gefährlichem. Einer Schwäche. Dann fällt mir ein, dass Amalia ihm in trauter Zweisamkeit womöglich von meiner Vergangenheit erzählt hat, in einem Moment, den sie für genau das gehalten hatte, den magischen Wendepunkt, mit dem sie nicht gerechnet hatte, den Mann, mit dem sie nicht gerechnet hatte; wenn man das Gefühl hat, man könne seinem Geliebten seine tödlichsten Geheimnisse anvertrauen. Ehrlich gesagt, bin ich sicher, dass sie das getan hat.

Er scheint nicht gehen zu wollen. Und aus irgendeinem Grund bitte ich ihn auch nicht darum. Wir bleiben eine Weile so zusammen sitzen. Unbeholfen, aber neugierig aufeinander. Es scheint unschuldig genug: Ich frage ihn, ob er politisch abgesichert ist. Ein bewährter Eisbrecher. Er fängt an, mir von den Texten zu erzählen, die er verfasst hat. Von dem, wogegen er jeden Tag kämpft. Ich merke, dass ich ihm zuhöre.

Er hat etwas Sanftes, aber Inbrünstiges an sich, und seine Stimme ist viel tiefer, als sein kindlich gutes Aussehen vermuten ließe. Ich frage nach seinem Verhältnis zu Gardin, und ob der Teil der Troll-Brigade sei. Besteht die Gefahr, dass es eskaliert?

»Es ist kompliziert«, sagt er. Ich nehme an, das heißt ja.

»Gibt es noch mehr Kontroverses, für das er Sie drankriegen könnte?«

»Schon, aber man kann es wirklich nicht voraussagen. Er ist besessen vom Anti-Pornografie-Gesetz. Versucht schon lange, Homosexualität für illegal erklären zu lassen, mit einem Strafmaß von zehn Jahren Gefängnis, und Geldbußen für Ehebrecher und LGBT-Straftäter einzuführen. Alles, was ich womöglich gesagt habe, um ihm in Bezug auf eines dieser Themen zu widersprechen, kann er gegen mich verwenden.«

»Aber mit Polygamie hat er kein Problem, richtig?«

»Das ist es ja eben«, sagt er vorsichtig. »Sagen wir mal, er ist nicht dagegen.«

Eine Weile sitzen wir einfach nur da an meinem Esstisch, als wäre es das Natürlichste auf der Welt. Er sitzt dort, wo Amalia früher immer hockte und sich über ihren Teller oder ihren Kaffee beugte. Amalia, in deren Bauch der Samen wächst, den er dort gepflanzt hat, der Samen, der nicht anders kann, als der Sonne entgegen zu wachsen, ganz egal, wodurch er genährt wird. Wieder spüre ich die Wut in mir aufbrodeln.

»Glauben Sie mir, mit diesem Doppelleben werden Sie verrotten«, sage ich. »Es liegt keine Würde darin. Irgendwann werden Sie daran zerbrechen, und dann kommt das Geheimnis heraus.«

»Kann Bu Amba sie eine Weile bei sich aufnehmen? Es sind noch sieben Monate und zwei Wochen. Vielleicht schaffe ich es, ein Dach über dem Kopf für sie zu finden, kurz bevor das Kind da ist. Irgendwo etwas abgelegener, wo sie ungestört ist.«

»Sie hören mir nicht zu«, sage ich gereizt. »Das mit dem Doppelleben. Wenn Ihr täglich Brot Täuschung ist. Das überleben Sie nicht.«

»Bitte. Kann Ihre Mutter sie eine Weile bei sich aufnehmen?«

* * *

Haben wir denn überhaupt eine Wahl?

Und so ist die Angelegenheit geklärt, Amalia wird hier bei meiner Mutter wohnen, im Haus, das irgendwann ihr gehören wird, und sie wird weiter zur Arbeit gehen, bis man ihr ansieht, dass sie schwanger ist. Sobald sie das Gefühl hat, ihre Kollegen würden Verdacht schöpfen, wird sie Dara einen offiziellen Brief schreiben, in dem sie darum bittet, halbtags von zu Hause aus arbeiten zu dürfen, und Dara wird es bewilligen und sich eine Geschichte für die Kollegen im Büro ausdenken. Meine Mutter und ich haben die Haushaltshilfen zur Geheimhaltung verpflichtet, sie sollen mit niemandem darüber reden, nicht einmal mit ihrer Familie. Uns ist klar, dass das nutzlos ist, aber wir bestehen dennoch darauf.

Es ist nicht leicht einzuschätzen, was man mit Amalia machen oder zu ihr sagen soll. Wenn sie von der Arbeit kommt, verschwindet sie stundenlang in ihrem Zimmer, und beim

Abendessen spricht sie nur wenig. An den meisten Abenden unter der Woche schickt Dara einen Bericht über Amalia aus dem Büro, was man sich dort erzählt, was nicht. Auch was an der Gardin-Front passiert, muss ich kontrollieren, so verhasst es mir auch ist.

* * *

Die Sura-Galerie hat tatsächlich eine Pressemeldung ausgegeben, und eine Zeit lang ist es brutal. Etwa eine Woche lang ist das Netz voll von alten und neuen Aufnahmen der Skulpturen, furchtbar beleuchtet, in plumper Gestalt. Es gibt nichts Vergleichbares, irgendwo dort draußen an unbekannten Orten vulgäre Objekte frei herumschweben zu sehen. Vor allem, wenn man diese vulgären Objekte eigenhändig erschaffen hat und sie nicht leugnen kann.

Auf gewisse Weise tut es gut, Dara als Puffer zu haben. Jemanden, der all die schmutzige und schwierige Arbeit erledigt und nach visuellen Schocks sucht, sie sozusagen für mich abfedert. Es ist nicht schlimm, dass Daras Aufspüren und ihre Berichte nichts an der Angelegenheit an sich ändern. Aber was sie da tut! Ich weiß nicht, wie sie das macht, dass sie jeden Tag so viel Hässliches sieht und damit arbeitet und trotzdem noch die Energie aufbringt, sich um andere zu kümmern. Wie sie durchs Leben geht und nur Aufgaben sieht, keine Probleme. So in sich ruht, sich so dermaßen sicher ist, dass es keine Herausforderung gibt, die nicht von Menschenhand zu bewältigen wäre. Doch wir tun, was wir tun, und wir werden darin immer besser.

Heute wirkt meine Stieftochter noch verdrießlicher als sonst. Wie kann es angehen, dass sie sich nicht an unsere Gesellschaft gewöhnt, sich nicht sicherer fühlt in dem Wissen, dass wir da sind? Sogar ich habe gelernt, dieses Gefühl zu schätzen: dass jemand für einen da ist. Das erzählte ich Matthias, als er mich zum x-ten Mal fragte, ob ich in Ordnung sei, ob mein länger dauernder Aufenthalt in Jakarta bedeute, etwas Drastischeres gehe vor. Natürlich hätte ich nach Berlin zurückfliegen können. Mein Leben dort wieder aufnehmen, mich mit Sally versöhnen, und wenn dieser Weg nun versperrt sein sollte, mir eine andere Kunsthändlerin suchen können, während meine Arbeiten und mein Name noch da draußen in der Stadt kursierten. Ich hätte etwas von dem retten können, das ich angefangen hatte, dann nach Jakarta zurückkehren und die letzten Wochen vor der Geburt mit Amalia verbringen können. Doch ich weiche dem Thema beharrlich aus. Und jedes Mal, wenn er mich fragt, wann ich mein Flugticket buche, sage ich: Nächste Woche. Sobald ich sicher bin, dass es ihr auch wirklich gut geht.

Nur dass ich eben nie sicher bin. Noch schlimmer, ich bin sicher, dass es ihr *nicht* gut geht. Und uns geht es auch nicht gut. Ich bleibe also dran: sehe ihr still zu, gehe behutsam vor. Manchmal glaube ich, dass ich es verstehe. Es gibt nichts Herrlicheres, als seinen Hunger gestillt zu bekommen, vor allem, wenn die Erwartung im Spiel ist, man es geplant hat, es einen tröstet zu wissen, dass es da ist, wenn wir es wollen. Aber ich vermute, Menschen sind kein Essen. Und in Amalias Fall sind wir zu viele – ich und meine Mutter –, und wir sind nicht einmal das, worauf sie eigentlich Hunger hat.

Das Problem ist nur, dass ich Matthias diese Schulden nicht erklären kann. Denn wenn es sich um Schulden handelt, warum zahle ich sie dann erst jetzt? Nachdem ich mich jahrelang nicht darum gekümmert habe. Manchmal höre ich die Frage in seiner Stimme, auch wenn er sie nie stellt.

Irgendwann versuche ich, ihm dabei zu helfen, sie zu stellen. Du fragst dich doch, warum ich so viel für sie mache. Ob ich mich nicht um mein eigenes Leben kümmern sollte. Und wie üblich beendet er, was ich über mich selbst nicht aussprechen kann. Es geht hier um dich und sie. Vielleicht auch um deine Mutter. Das musst du nicht erklären. Und er sagt es so vertrauensvoll, dass ich mich erneut fragen muss, nach welchem Teil unseres verlorenen Vaters wir in unserem Leben angeblich suchen, nach dem Teil, den wir geliebt und verloren haben, oder nach dem Teil, den wir nie kannten und der uns schon immer vorenthalten gewesen war.

* * *

Wenn es regnet, dann schüttet es. Denn wer sitzt im gleichen Flieger von Berlin nach Jakarta, als wären sie, von mir unbemerkt, füreinander geschaffen, wenn nicht Matthias Lenze und Sally O'Malley. Leichte Unterschiede bestehen – vor allem im Stil. Er fliegt Economy, sie erste Klasse; er sagt mir, dass er kommt, sie nicht. Er quartiert sich in einem netten, komfortablen und angemessen teuren Hotel ein, obwohl meine Mutter ihm (etwas widerwillig) anbietet, bei uns zu wohnen; sie in einem sündhaft teuren Boutique-Hotel in der Stadt, wonach sie nach Yogyakarta weiterreisen und sich von der Szene umhauen lassen wird und anschließend nach Bali für ein paar Übernachtungen in der Villa eines reichen Kunstsammlers.

»Erstens«, sagt sie, als ich sie in ihrer Suite besuche, »habe ich dich nicht fallen gelassen, wie du siehst. Aber glaub ja nicht, dass es einfach für mich ist. Gerade hast du nämlich einfach nur Glück, dass ich einen neuen Plan für dich habe. Und ich mache nicht immer neue Pläne.«

Sie trägt durchschimmernd weißen Seidenchiffon und Sandalen, eine Inszenierung, die die fröhliche Parodie ihrer selbst vervollständigt. Champagner, Eis, nicht aus den Tropen stammende Beeren.

»Ich bin hier, um mit deinen Förderern zu sprechen. Und

mit Herrn Liem. Ich muss einen neuen Deal mit ihm aushandeln, ihm etwas von meinen anderen Klienten anbieten. Ich glaube, dass es einfacher wird, weil er auch Sammler ist. Vielleicht verliebt er sich in ein paar von ihnen, und vielleicht kann ich ihm etwas verkaufen. So kann ich dann eine Beziehung zu ihm aufbauen. Dasselbe gilt für die anderen.«

Sie spürt, dass ich kurz davor bin, mich bei ihr zu entschuldigen, und hält die Hände hoch, wie immer, weist mich an, ihr zuzuhören. Ich spüre, wie mich etwas packt, eine seltsame, altbekannte Freude, denn offensichtlich habe ich sie auch vermisst.

»Ich möchte dir eine neue Ausstellung vermitteln. Am liebsten in Yogyakarta oder Bali. Oder beides. Muss nichts Großes sein – aber konzentriert und selbstbewusst. Mein Ziel ist es, deine Förderer dazu zu bewegen, bei dir zu bleiben, egal, in welchem Maßstab wir in den nächsten paar Monaten bis zu einem Jahr arbeiten, okay? Was ich damit meine, ich will sie an Bord haben bis zum nächsten großen Projekt, in das sie ihre Zähne schlagen können. Und damit das passiert, möchte ich, dass du Folgendes machst oder zumindest darüber nachdenkst. Ich will, dass du nächstes Jahr am Dialogue for Peace teilnimmst, der großen jährlichen Veranstaltung der UNO in New York. Sie werden etwas zu historischem Gedächtnis wollen, zu verlorenen Leben und gestohlenem Vermächtnis. Aber vorher machen wir noch ein paar kleine Ausstellungen, probieren es aus. Lass uns also neue Arbeiten überlegen. Sachen, die du von hier aus oder in Berlin machen kannst. Was am besten funktioniert.«

Es muss mir ins Gesicht geschrieben stehen, wie fassungslos und überrascht ich bin. Wie meine Lage mich plötzlich schmerzt, das ganze Durcheinander.

»Du musst es mir nicht sagen.« Ihr Blick ist sanft. »Wie auch immer, denk drüber nach. Ich habe heute Abend ein Dinner.«

Ich muss so verdrießlich ausgesehen haben, dass ich einen kranken Augenblick lang Mitleid auf ihrem Gesicht aufblitzen sehe.

»Vielleicht können wir zwei uns übermorgen treffen, wenn du darüber nachgedacht hast.«

Sie streckt ihre Arme zu mir aus, eine Geste, die ich nicht überinterpretieren will. Ich kann es mir nicht leisten, mir Sorgen über diese neue Distanz zwischen uns zu machen, darüber, wie sich unsere Nähe verändert hat. »Musst du jetzt nicht deinen Mann treffen? Ich wäre fast tot umgefallen, als ich ihn am Flughafen in Istanbul gesehen habe; wir standen in derselben Schlange am Gate. Ich habe zu ihm gesagt, dass ihr wohl füreinander bestimmt seid.«

Ich erwidere ihre Geste und umarme sie lange, offensichtlich zu lange, denn ich spüre, wie sie sich löst. »Das wird schon«, sagt sie heiter. »Dafür sorge ich. Und du hast einen guten Mann. Behalt ihn. Und jetzt ab mit dir.«

* * *

Es ist eine Weile her, und mir war der Gedanke nicht einmal gekommen, dass wir womöglich Sex haben würden. Die Erinnerung schien mir so fern, oder etwas, das nicht aus meinem eigenen Leben stammte, und als ich ihn im Hotelzimmer sah, wie einen Mann, dem ich gerade für eine erste Verabredung zugesagt hatte, kam eine neue Schüchternheit zwischen uns auf.

Ich hatte einen kleinen Koffer dabei, weil ich natürlich beabsichtigt hatte, die ganze Woche, die er in Jakarta bleiben wollte, bei ihm zu wohnen, oder zumindest so lange, bis ich ihn überreden konnte, bei uns zu Hause zu übernachten. Aber er war so darauf bedacht, nicht unsere kulturellen Grenzen zu überschreiten, so höflich in seiner Unsicherheit, dass er ebenso gut Javaner hätte sein können. Heutzutage, wo meine Mutter so ein Wunderding der Neuentdeckung ist, weiß ich nicht, ob sie ihn deswegen wohl gemocht hätte. Wie auch immer. Mein Koffer fühlte sich dumm an, und weil es eben Matthias war, wusste er das und sagte: »Oh Liebling.«

Beim Klang seiner Stimme war es um mich geschehen. Ich eilte auf ihn zu, er breitete die Arme aus, und ich ließ mich hineinsinken. Wir hatten vor, zum Essen auszugehen, es erschien mir fast kriminell, ihn an seinem ersten Tag hier nicht von dem Besten, was meine Stadt an Küche zu bieten hatte, kosten zu lassen, doch ein paar Sekunden bevor ich in sein Zimmer trat, dachte ich noch bei mir, nein, nein, wir sollten etwas bestellen. Aber weil etwas an unserer Umarmung sich so keusch anfühlte, beruhigend, aber keusch, wie eine hübsch aufgebaute, aber stets in ihren Spuren verlaufende Modelleisenbahn, sagte ich zu ihm, nachdem er mich flüchtig auf den Mund geküsst hatte wie ein Muttervogel, Liebster, lass uns erst etwas essen. Danach haben wir die ganze Nacht und morgen den ganzen Tag, um alles nachzuholen.

Auf dem Weg ins Restaurant versuchte ich, nicht an all das zu denken, was mich nervös machte. Warum er nicht so roch wie sonst, hatte die Stadtluft seinen Geruch weggewischt, bekam sie ihm nicht gut? Warum unser Kuss so unsicher gewesen war und ein bisschen schief. Warum er ein wenig älter und erschöpfter aussah als sonst, warum seine Haare auf einmal so rußig und gealtert wirkten vor der von Smog erfüllten Kulisse.

Ich sah ihm zu, wie er sich umschaute, der weiße männliche Tourist in der Stadt der exotischen Freundin, die Flut grün-bejackter GO-JEK- und GRAB-Fahrer betrachtete, die auf ihren Motorrädern an der Ampel standen, während ihre Kunden, oder ihre Beifahrer, auf ihren Handys herumtippten.

Ich wollte den Stau erklären, doch mir fiel ein, dass ich das nicht musste, denn im mühelos dahinfließenden Berlin hatte ich Matthias oft davon erzählt. »Es ist ja wirklich so schlimm, wie du erzählt hast«, sagte er auf Deutsch, und auf einmal kehrte etwas von unserem alten Wir zurück und etwas fiel von mir ab. Ich legte ihm den Kopf an die Brust, um diese Nähe zu bewahren, während unser Uber-Wagen im Schneckentempo zum Restaurant kroch. Matthias hielt meinen Kopf, ohne mir die Haare zu verwuscheln.

* * *

Später liegen wir nackt auf dem Bett. Ich bin nicht sicher, wie wir hier gelandet sind – welche Etappen wir durchlaufen haben. Sein Schwanz ist weich, nicht ganz schlaff, aber weich, orientierungslos. Er ist dunkelrosa, groß, irgendwie etwas fremd. Matthias hat sich rasiert, sorgfältig, süß, seinen Bauch, seinen Hintern, seinen Hodensack – ein dilettantisches, aber gründliches Bemühen, als hätte er sich Zeit gelassen, als hätte er viel darüber nachgedacht, weil er wusste, dass wir hier landen würden.

Und doch liegt er hier, unsicher, wie gelähmt, als hätte er vergessen, wie es geht. Als hätte er die Bewegungen vergessen. »Ich bin ein bisschen aus der Übung«, sagt er, nicht im Scherz. Ich beuge mich über ihn und bedecke seinen Mund mit Küssen, sachte, solidarisch, bis ich spüre, wie meine Zunge sich einen Weg hineinbahnt. Sein Atem riecht anders, stärker, vielleicht sind es die Hitze und die Gewürze, die ich noch nicht an ihm gerochen habe. Ein Hauch seines vorherigen Dufts ist darunter, Schokolade, Seife, hin und wieder sogar die eigentümliche Geruchlosigkeit. Ich fahre mit meiner Zunge über seine Unterlippe, sein Kinn.

»Siri«, höre ich ihn sagen. »Siri.«

Ich küsse seine Brust, nehme eine Brustwarze in den Mund, sauge daran, spiele mit meiner Zunge daran, während ich seine andere Brustwarze zwischen Daumen und Zeigefinger drücke, daran zupfe und sie massiere. Meine Schenkel sind fest an ihn gepresst, und ich spüre, wie er reagiert, wie sein Schwanz härter wird. Immer noch lasse ich ihn nichts tun.

Ich küsse ihn am Bauch, am Bauchnabel. Ich nehme seinen Schwanz, halte ihn sanft in der Hand, während ich ihm zärtlich, damit ich ihm nicht wehtue, die Eier lecke. Aber als meine Zunge weiter nach unten fährt, bis zu dem zarten kleinen Muskelknötchen direkt unter seinen Hoden, direkt vor seinem After, höre ich auf. Ich kann nicht weitermachen. Es ist, als würde man mitten im Satz innehalten, um sich an einen Begriff zu erinnern, ein mentaler Aussetzer. Ich starre die Stelle an, doch ich erkenne sie nicht wieder, es ist nicht die Stelle, die ich kenne, und was ich gerade im Begriff zu tun war, hingebungsvoll mit der Zunge darüber und dann die runzlige Rosenknospenspalte entlangzufahren, dann zurück zur rosagrauen geschwollenen Stelle, um ihn aufzuschlecken, einzuatmen, in Nässe zu tauchen und all das, was ich nicht aussprechen kann, das mache ich doch gar nicht mit ihm, das mache ich mit Javier …

Von Panik überkommen, widme ich mich wieder seinem Schwanz, lecke und liebkose dort weiter. Süß sauge ich an ihm, energisch, *a tempo*, wie ein Musikstück.

Matthias stöhnt, verliert die Kontrolle, zuckt lange.

Ich bin in Tränen aufgelöst, und er hält mich im Arm, während ich schluchze, und auch noch die ganze Nacht.

19.

Es ist ein seltener Anblick. Sechzig Stühle ordentlich aufgereiht mittig im Raum. Zwei Drittel von ihnen besetzt. An den weißen Wänden drei Dutzend Gemälde. In einer Ecke des Raums eine einzelne Installation.

Hinter dem Rednerpult steht eine Frau.

»Dreißig Millionen. Dreißigeinhalb Millionen. Einunddreißig Millionen.« Sie hält inne. »Der Bieter am Telefon bei einunddreißig Millionen.«

Sie wartet ab. Der Raum atmet mit ihr.

»Zweiunddreißig Millionen. Zweiunddreißigeinhalb Millionen vom Herrn in der Mitte.« Sie lächelt. »Dreiunddreißig Millionen. Vierunddreißig Millionen. Vielen Dank, meine Dame.«

Sie nickt der Frau in der mittleren Reihe zu. Lächelt. Dann sieht sie den jungen Mann vorm Computer an, der Zahlen eingibt, wartet auf ein Zeichen. Der Raum hält den Atem an. Ihre Dynamik hat beinahe etwas Metronomisches, ihre Brust, die sich hebt und senkt.

Sie drückt den Rücken durch, eine rasche, katzenhafte Bewegung. Ihre Stimme verändert sich von funkelnd zu verführerisch, während sie die Phantomkäufer im Raum betrachtet.

»Fünfunddreißig Millionen. Ich habe hier fünfunddreißig. Ja, die Dame in der ersten Reihe.«

Die besagte Frau, winzig und flink, murmelt etwas in ihr

Telefon, als existierte nichts außer ihr selbst und dem Bieter am Ende der Leitung.

Die Frau am Pult fängt ihn auf – den kurzen, verstohlenen Blick. Sie reckt sich nochmals. »Und es geht an …«, ihre Stimme klingt nun runder, voller, »… fünfunddreißig … höre ich sechsunddreißig?«

Sie nickt der erhobenen Hand einer Frau ganz hinten zu. »Sechsunddreißig Millionen, die Dame?«

Die Frau mit dem Telefon hebt die Hand.

»Achtunddreißig Millionen. Zum ersten … zum zweiten … und verkauft … Achtunddreißig Millionen für die Dame in der ersten Reihe.« Und mit erstaunlicher Kraft für eine so zierliche Person schlägt sie den Auktionshammer.

Das verkaufte Gemälde hing bisher im Arbeitszimmer eines berühmten Musikers – ein zurückhaltendes, schlichtes Stillleben eines alten Meisters. Die Auktion findet in einem Kunstzentrum statt, und zwar zur Unterstützung eines Wohltätigkeitsverbandes für Offenheit und Vielfalt. Beinahe ein Drittel der Besucher machen die Angestellten und deren Freunde aus. Im Raum herrscht jede Menge Wohlwollen, Engagement für ein Anliegen. Die Leute mit Geld wollen helfen. Und sie bieten. Gespielt schüchtern sitzen sie vorne und in der Mitte und tun so, als würden sie nicht gesehen werden wollen.

Die Auktionatorin ist Seniorpartnerin des Auktionshauses – und Mitglied der Gemeinschaft, die den Wohltätigkeitsverband bildet. Das hier ist Teil ihres Beitrags. Eine nette Geste. Eine Kunstauktion wird üblicherweise nicht von einer Frau geleitet. Im Grunde fast nie. Sie steht symbolisch für das Anliegen. Sie ist das Anliegen. Wenn sie nicht wäre, wäre ich nicht hergekommen. Die meisten Künstler würden eher sterben, als sich auf einer Kunstauktion ertappen zu lassen.

Unter den Stücken befinden sich ein paar Schätze. Nicht alle stammen aus privaten Sammlungen. Ich sehe zu, wie die

Auktionatorin das nächste ankündigt, die Installation einer aufstrebenden Künstlerin: drei Ansammlungen kugelförmiger Mobiles, jeweils ein Dutzend, aus vermessingtem Metall, die als Drahtgebilde von der Decke hängen. Die Auktionatorin eröffnet das Gebot bei hundert Millionen Rupiah, und mein Herz macht einen Satz. Ich sehe mich um und entdecke den strammen Galeristen der Künstlerin unter den Gästen. Er lächelt selig. Die Auktionatorin lächelt selig. Augenblicklich wittere ich einen Deal. Irgendwo im Raum muss es einen Käufer geben, und er oder sie wird der Auktionatorin nach der Pfeife tanzen. Ich entspanne mich ein wenig. Das hier ist natürlich der beschämendste Teil des ganzen Theaters – und der Preis, den es einbringt, macht die Kunst nicht weniger wunderbar. Aber man würde sich gern den Anblick ersparen, wie jemand anders in Verlegenheit kommt. Und man will nicht sehen, wie die Arbeit von jemand anderem gekauft wird, wenn man genau weiß, wie es sich anfühlt, die Künstlerin zu sein, die vom Markt abgewiesen wird.

Eine Stunde später, als Matthias und ich in der Lobby auf unseren Uber warten, ruft jemand meinen Namen. Es ist die Auktionatorin. Ich stelle sie Matthias vor, der »*Selamat Malam*« auf eine Weise sagt, dass ich vor Stolz erröte. Sie fragt mich, wie ich zurechtkomme, und lässt Standardbemerkungen ab: Diese Leute sind Mistkerle, ich kann sie auch auf den Tod nicht ausstehen. Ich gratuliere ihr dazu, beinahe achtzig Prozent der Auktionsstücke verkauft zu haben. Es ist wunderbar, sagt sie. Ich muss den Verkäufern, deren Stücke ich nicht verkaufen konnte, nicht einmal eine Summe garantieren. Alle tun das aus reiner Großzügigkeit. Es ist schön zu sehen, dass Kunst so *nützlich* sein kann.

Unser Wagen trifft vor ihrem ein. Als wir gerade einsteigen wollen, sagt sie noch: »Wenn Sie überlegen, ob Sie ein Riesengeschäft machen sollen, dann ist jetzt die Zeit dafür, wissen Sie. Wo noch aller Augen auf Ihnen sind.«

Ich lächle.

»Sicher«, sage ich, während ich spüre, wie Matthias mich sanft ins Auto schiebt.

* * *

Ein Teil von mir muss es geahnt haben, obwohl ich meine Resistenz gegen jegliche Großzügigkeit im Wesen meiner Mutter doch so sorgsam verfeinert habe: dass sie an Matthias Gefallen fände, dass sie womöglich sogar gute Freunde würden.

Nachdem er endlich zugestimmt hat, die letzten drei Nächte bei uns zu Hause zu übernachten – drei Nächte, die zu anderthalb Wochen werden –, hat meine Mutter begonnen, ihn in *Bapaks* Arbeitszimmer zu führen, wo Matthias freudig aufschreit, wenn er dieses oder jenes Buch entdeckt, es aus dem Regal zieht und sie es sich ansehen wie einen gemeinsamen Familienstammbaum.

Manchmal lässt sie ihn kurz vor dem Abendessen in der Küche Platz nehmen und ihr dabei zusehen, wie sie das Werk unserer Haushaltshilfe vollendet, während er ihr lauscht, wie sie die Zutaten erklärt, und zwar auf seine zutiefst respektvolle deutsche Art – mit wissenschaftlicher Geduld und Präzision. Wir drei – manchmal auch vier, wenn Amalia beschließt, uns mit ihrer Gegenwart zu beehren – fangen an, lange Gespräche am Tisch zu führen, ein Ritual, das ich über das jahrelange Reisen und Singledasein vergessen hatte. Etwas daran verändert meine Mutter und auch, wie ich sie sehe und mich an sie erinnere. Beides, als wäre es zum ersten Mal.

* * *

In der Vergangenheit war ich oft nicht in der Lage, mich an das Gesicht meiner Mutter zu erinnern. Wenn mich eine Freundin fragte, wie sieht deine Mutter aus? Siehst du ihr oder deinem Vater ähnlicher?, hatte ich stets nur eine große dunkle Leere vor Augen. Manchmal blau, manchmal schwarz, eher ein Gemütszustand als ein Gesicht. Als Teenager passierte mir das oft, und auch noch mit Mitte zwanzig, als ich noch nicht komplett von zu Hause ausgezogen war, beziehungsweise als mein Fortgehen, wie zum Beispiel auf die Uni, unweigerlich auch ein Rückflugticket bedeutete, niemals lediglich einen Hinflug. Was wiederum bedeutete, dass meine Mutter noch nicht für mich verloren war, und ich auch nicht für sie.

Trotz des lebenslangen Hinweises, den Isas Gemälde mir gab, konnte es den Signalen meiner Mutter nicht das Wasser reichen, denn sie war die bessere Mythenschafferin. Das ist kaum eine Überraschung; sie war dafür geboren. Wenn sie behauptete, Blau sei ihre Farbe, glaubte das jeder, ich eingeschlossen. All die Jahre über, in denen ich aufwuchs und unzählige Versionen eines Vaters, einer Mutter, eines Kindes, der Sonne, des Hauses, des Baums und der gigantischen Blume malte und von der Schule mit nach Hause brachte, um mich damit zu brüsten, glaubte ich es. Meine Mutter brachte den armen Isa sogar dazu, sein Gemälde *Die blaue Witwe* zu nennen, nach dem Titel ihrer Tagebücher, obwohl es bei all den Rot- und Grüntönen eindeutig war, dass er sie nicht so sah. Am wichtigsten aber war natürlich, dass sie selbst glaubte, sie entspreche der Farbe Blau.

Das Studium englischer und amerikanischer Lyrik an der Universität von Yogyakarta hatte meiner Mutter offensichtlich beigebracht, die Farbe Blau auf angelsächsische Weise zu interpretieren: als Gleichmut und Haltung, Verlust und Trauer. Womöglich hatte es auch einen Schatten auf die andere Gefühlsskala, ihre angeborene Palette, geworfen: das sagenhafte Smaragdgrün, von dem es heißt, es leuchte hinter nebelverhangenen Bergen hervor, das dunkelste Indigo am Horizont, das man angeblich nur zu ausgesuchter Stunde erhaschen kann, das eigentümliche Cyan, dem nachgesagt wird, gewisse Männer und Frauen der Mythologie würden es ausstrahlen.

Blau hatte uns also vom Weg abkommen lassen. Erst als ich zwanzig war und auf der Kunsthochschule, lernte ich, dass es vollkommen in Ordnung war, eine Person mit einer Farbe zu identifizieren. Und wenn man das Werk eines berühmten Künstlers oder einer Künstlerin mit ›irgendwie blau‹ oder ›irgendwie schwarz‹ bezeichnete, ging es nicht darum, die Schattierung zu treffen, sondern darum, die Wirkung zu würdigen.

Matthias' Gegenwart bringt in meiner Mutter jedoch nicht einfach nur ihre eigene Präsenz, sondern auch die Erinnerungen zum Vorschein.

* * *

Wir sitzen wieder am Esstisch, und Matthias und meine Mutter unterhalten sich über irgendetwas Profanes, ich höre nicht einmal genau hin. Doch wie ich meine Mutter so ansehe, erinnert es mich plötzlich an eine andere Begebenheit, als sie so verwandelt wirkte wie jetzt. Eine Zeit, in der sie ein paar Monate lang eine andere war. Soweit ich mich erinnere, muss ich fast dreizehn gewesen sein, es war das Jahr 1978. Es fing noch vor Isas Besuch an (der, wie ich jetzt weiß, ein Mitglied der linken Künstlergemeinschaft Bumi Tarung gewesen war).

Sie bewegte sich beschwingter. Ihre Haut schimmerte leuchtender. Sie hörte viel Radio, las viel Zeitung, sah fern, als würde sie auf längst überfällige Nachrichten warten. Sie bekam auch eine eigentümliche Sinnlichkeit, die mein Interesse als angehende Künstlerin weckte: Einmal ertappte ich sie dabei, wie sie sich selbst im Spiegel betrachtete, sich mit der Hand über das Dekolleté strich, ihr Gesicht gerötet, wie ich es noch nie gesehen hatte. Jetzt ist mir klar, dass sie den gleichen Ausdruck trug, als sie sich bemühte, den Blick von Sudjojonos Akten abzuwenden.

Jetzt fällt mir auch wieder ein, wie ich zu jener seltsamen Zeit heimlich nach einem äußerlichen Anzeichen an *Bapak* suchte. Ein verstohlener Blick, ein stolzes Lächeln, das öffentliche Zurschaustellen von Zuneigung, irgendein Zeichen, das mir zeigte, ob auch er von diesem unerwarteten Aufblühen profitierte. Oder, noch besser, der Auslöser dafür war. Für dieses Etwas, das ich noch nicht benennen konnte, aber das meine Mutter so unbeschwert, so hübsch, so frei machte. Doch *Bapak* ließ nichts durchblicken. Es war, als wäre die Verwandlung meiner Mutter ganz und gar ihre Sache und hätte nichts mit ihm zu tun.

Später erfuhr ich, dass 1978 das Jahr war, in dem das Suhartoregime beschloss, die Strafkolonie auf Buru aufzulösen. Heute ist mir klar, weshalb es so auffiel, wie glücklich meine Mutter war, und zwar nicht nur, weil es so untypisch für sie war. Denn außer ihr freute sich niemand. Zumindest sah es für mich so aus nach allem, was ich in *Kompas* und *Sinar Harapan* las und in der Nachbarschaft aufschnappte. Im Satay-House, in unserer Straße, beim hiesigen Barbier meines Vaters, auf dem Tennisplatz nebenan, wo sich viele Militärleute trafen, um Dampf abzulassen. Ich wusste schon immer, dass es Geheimnisse in dem Haus gab, in dem ich aufwuchs, Dinge, die still und leise wuchsen oder starben. Doch die Politik war immer lebendig, das Grundnahrungsmittel der Gespräche beim Abendessen. Mehr noch als Musik oder Lyrik, die stets ihr zutiefst persönliches Gewicht hatten. Doch jetzt kehrt er zurück, dieser Augenblick. Meine Mutter, wie sie von der Zeitung aufsieht und sagt: »Endlich!«, und zwar mit solcher Freude und Erleichterung, wie ich es noch nie an ihr gesehen hatte. Und *Bapak*, der dazu nickt, als wüsste er es, als wüsste er, wer befreit worden war und was dieser Augenblick womöglich für uns alle bedeutete, beschlösse sie, sich ebenfalls zu befreien.

Wie ich jetzt weiß, tat sie das nicht. Sie verließ uns nicht. Trotz seiner neu gewonnenen Freiheit kehrte Bhisma nicht zu ihr zurück, und sie hatte keine Ahnung, weshalb nicht. Selbst wenn sie uns von sich aus verlassen hätte, sie hätte nicht gewusst, wo sie ihn finden sollte. Während das Land seinen langsamen Abstieg in den Tod begann – zuerst das scharfe Vorgehen gegen die Studentenbewegung, gefolgt vom Verbot von Campuspolitik –, starb auch etwas in meiner Mutter. Die Wolke kehrte zurück, und ich sah ihr Gesicht nur noch verschwommen. Und jetzt weiß ich auch, wieso.

Aber ich bin so nachgiebig geworden, was ist los mit mir? Es ist, als stünde ich unter Drogen oder träumte – und wieder: Ist es die Beleuchtung? Da ist Matthias, der irgendetwas sagt, und meine Mutter, die wieder kichert. Ihr Gesicht ist so offen und ernsthaft, als würde sie sich dazu bringen wollen, sich kopfüber in das aufregende Unbekannte zu stürzen.

Plötzlich wird mir klar, was ich vor all den Jahren in meiner Mutter sah. Etwas Argloses; das war es. Die gleiche kindliche Verletzlichkeit, die ich auch an Amalia hatte aufblitzen sehen, als sie mit der gleichen fatalen Hingabe unabsichtlich ihre Zerrüttung zu mir nach Berlin brachte.

* * *

Jetzt ist es etwa zehn Uhr abends, und was für ein Anblick: meine partnerlose Mutter, mein deutscher Partner, mein vaterloses Ich und meine vaterlose partnerlose schwangere Stieftochter am Esstisch meiner Mutter. Und noch dazu sind wir alle ruhig und unverzagt, offen dafür, zu geben und zu nehmen.

Meine Mutter hat ihre Tagebücher dabei, sie liegen auf dem Tisch neben ihr. Es gibt zwei Bände, eigentlich blau, mittlerweile aber modrig und geschwärzt von Schimmel. Sie nimmt drei Fotografien heraus, von denen die ersten beiden aussehen, als wären sie von einer speziellen Kamera aufgenommen, die Hintergründe hervorhob und Gesichter verschleierte.

Auf der ersten sieht man meine Mutter mit einem großen unverschämt gut aussehenden Mann in einem mit Gemälden vollgestellten Zimmer. Sie stehen vor dem Bildnis eines älteren weißhaarigen Mannes, der auf einem Diwan liegt. Er ist mit einem dünnen Batiktuch zugedeckt, und eine Hand ruht zufrieden auf seiner Brust, während er die andere erhoben hält, als würde er eine imaginäre Zigarette genießen. Eine makellose junge Frau Anfang zwanzig in einer sattgrünen *Kebaya* sitzt neben ihm am äußersten Bettrand, ihr Gesicht und ihre Haltung abgewendet, als wäre sie leicht angewidert.

Etwas an dieser Aufnahme deutet an, dass meine Mutter, selbst gerade mal zwanzig und mädchenhaft schüchtern, zugleich aufgeregt und peinlich berührt angesichts des Gemäldes war, angesichts der Tatsache, dass sie davor posierte und dass sie überhaupt auf dem Foto war, und zwar mit einem Mann, der ganz offensichtlich nicht ihr Verlobter war. Denn der gut aussehende Mann neben ihr war kein anderer als Bhisma, ganz der charmante Spitzbube, der er eben war. Ich kann nahezu spüren, wie hin- und hergerissen meine Mutter sich fühlt: zwischen dem Verlangen, näher an ihn zu rücken, und dem Wunsch, sich in den Schatten zu verkriechen.

Die zweite Aufnahme zeigt Bhisma mit einem Mitgefangenen auf Buru, wo sie vor einer Freilichtbühne posieren, er lächerlich viel größer als sein Freund. Auf der Rückseite der verblichenen Fotografie steht gekritzelt: *Seia Sekata, Z.H.*

»Zulfikar«, sagt meine Mutter mit einem traurigen Gluckern. »Zulfikar Hamsa. Sein bester Freund.«

Auf dem dritten Foto ist wieder Bhisma zu sehen: eine teuer wirkende Nahaufnahme, im Studio aufgenommen. Auf seinem Gesicht liegen eine Ruhe und Vornehmheit, die zu fein abgestimmt sind, als wäre er in einem früheren Leben daran gewöhnt gewesen, von Malern der niederländischen Renaissance porträtiert zu werden. Wenn meine Mutter beabsichtigt, uns zu zeigen, wie sehr ich ihm ähnlich sehe, dann, ja, dann ist es zu viel. Ich spüre Matthias' Hand auf meinem Bein.

Meine Mutter erklärt, dass das erste Foto an ihrem – ihrem und Bhismas – zweiten Tag in Bumi Tarung aufgenommen wurde, der Künstlergemeinschaft, zu der Bhisma sie bei ihrem Wiedersehen in Yogyakarta brachte, nachdem sie im Krankenhaus von Kediri, wo sie sich Ende September 1965 kennenlernten, bittersüß Abschied voneinander genommen hatten. Einer der Maler, oder war es der Hausdiener, hatte das Foto mit der Taschenkamera von jemand anderem gemacht; seinen Namen hatte sie nicht herausgefunden. Als Isa vor all den Jahren zu uns nach Hause kam, hatte er die Aufnahme mitgebracht und sie meiner Mutter gegeben.

»Von wem ist das Gemälde?«, fragt Amalia. Die ganze Zeit über ist sie still gewesen, hat nur etwas gesagt, wenn wir sie angesprochen haben.

»Oh, das ist *Tuan Tanah Kawin Muda* von Djoko Pekik. Sein berühmtestes Bild von 1964«, sagt meine Mutter. »Der Titel ist Slang für: Alter Bock heiratet junge Braut, in diesem Fall ein reicher Landbesitzer – *Tuan Tanah.* Djoko Pekik ist der bekannteste unter den kommunistischen Künstlern.

Er war nicht in Yogyakarta, als wir zu Besuch kamen«, fährt meine Mutter fort. »Während er unterwegs war, wurde eine seiner Skulpturen in Jakarta von Rechten abgerissen.«

Auf Amalias Gesicht liegt ein seltsamer Ausdruck.

»Es ist sehr keusch für eine Satire«, sagt sie plötzlich.

Die darauf folgende Stille ist beinahe vorwurfsvoll. Ich spüre ein Kribbeln in meinem Arm.

»Das hätte ich sein können.« Erneut ihre Stimme, ein merkwürdiges neues Gewicht, das die Stille durchbricht. »Wisst ihr? In seinen Klauen, auf ein Objekt reduziert, oder ein Spielzeug, hirntot mit fünfunddreißig.«

Ich weiß nicht, was in sie gefahren ist, aber natürlich projiziert sie es in die Zukunft. Sie ist noch nicht einmal dreißig, und Arif ist auch nicht gerade ein tyrannischer alter Mann – in der Tat sprudelt er mit seinen achtundvierzig vor zu viel Jugend. Und sie sind sicherlich nicht aufgrund so einer Art von Machtspiel in dieses Dilemma geraten.

Ich schüttele meinen Arm, um das daran hochkriechende Gefühl loszuwerden. Die Bewegung bringt mir irgendwie meine mir fehlende Farbpalette vor Augen, mein Berlin. Ganz unvermittelt sehne ich mich nach der Einsamkeit in meinem Atelier, dem Ausblick auf die Straßenecke, dem klaren silbrigen Licht, dem zum Ende geführten Pinsel und dem friedvollen Gefühl danach. Ich höre, wie meine Mutter in einer Mischung aus Kameradschaft und Bemutterung sagt: »Red doch bitte nicht so. In so einer Beziehung wirst du niemals enden, selbst wenn du es versuchst.«

Normalerweise würde mich ihr Tonfall stören und dass sie für mich das Wort ergreift. Aber diesmal wummert mir eine Art Klarheit durch den Schädel.

Erneut sehe ich mir das Gemälde auf dem Foto an, die junge Frau, die den Tod ihrer Freude betrauert, ihre vergeudete Jugend. Sie hat sich abgefunden; ihre Verachtung findet keine Ausdrucksmöglichkeit. Ich betrachte meinen Vater Bhisma vor dem Bilderrahmen, groß, vital und irgendwie selig, und dann meine Mutter, ganz gerührt, sorgenvoll, bedürftig. Das Gesicht einer kürzlich Entjungferten. Nie und nimmer könnte meine Mutter die Frau auf dem Gemälde im Hintergrund sein, solange sie mit Bhisma zusammenblieb, denn er würde sie niemals langweilen, es gäbe stets etwas Neues zu entdecken, und alles, was das Leben danach noch zu bieten hätte, würde daneben verblassen. Er war ihr unsterbliches Lied. Das sehe ich jetzt.

Meine Mutter weicht meiner Frage nicht aus. Damit habe ich nicht gerechnet, mit ihrem direkten Blick. Dieser neuen Energie in ihr. Es ist, als hätte ich ihr endlich das vollständige, längst überfällige Mandat erteilt, von Anfang an zu erzählen.

Und sie erzählt es rückhaltlos. Oft wirkt sie währenddessen erstaunt, als würde die Vergangenheit neue Klarheit erlangen, weil sie so verspätet davon berichtet. Wenn Matthias sich etwas auf seinem Stuhl windet, dann bemerkt sie es nicht.

Sie erzählt uns von ihrer ersten Begegnung, sie eine resolute Provinzlerin, er ein Weltmann. Der kitschige Teil mit dem Banyanbaum und dem weißen Licht, das Bhisma umgab. Das Katz-und-Maus-Spiel, auf das er bestand, nachdem sie hin und weg von ihm war. Ihre leidenschaftliche erste Nacht und die glühenden Nächte, die darauf folgten. Wie sie sich wenige Tage, bevor sie für immer auseinandergerissen wurden, in Yogyakarta wiedertrafen. Wie er von ihr Besitz ergriffen und sie erfüllt hatte, im wahrsten Sinne des Wortes.

Amalia schluchzt. Ihre zuvor so kühne und eindringliche Stimme wird jetzt in den Falten ihrer Papierserviette erstickt. »Das ist die traurigste und schönste Geschichte, die ich je gehört habe«, sagt sie, und ihr eigenes Gesicht ist tränenverschmiert.

* * *

Matthias hat viel Freude an der Musik meines Landes gefunden, und wenn er gekonnt hätte, wäre er noch länger geblieben, lange genug, um einige der Rhythmen, Melodien und Harmonien, die ihn so ergriffen hatten, in sein Bewusstsein sickern zu lassen, bevor er wieder abreiste; in Berlin hätte er sich an sein Klavier gesetzt und instinktiv gewusst, wie er sie erzeugen konnte, die neuen Klänge in seinem Kopf.

Ich finde es wunderbar, dass er mich vor der schrofferen, zügelloseren Seite seines kreativen Ichs abschirmt. Auch wenn er nicht so viel komponiert, wie er spielt und unterrichtet, erschafft er doch hin und wieder eigene Stücke. Und auch wenn das bei ihm nicht mit dem gleichen Druck verbunden ist wie bei professionellen Komponisten – die unmöglichen Forderungen in Auftrag gegebener Stücke, die gnadenlosen Abgabetermine, die nicht kommen wollende Inspiration –, weiß ich doch, dass er die gleiche Angst verspürt. Oft sehe ich zu, wie er sich im Schlaf hin und her wälzt, wenn sich ein halbes Summen auf seinen unregelmäßigen Atem legt und sich mit ihm hebt und senkt. Dann sind seine Finger kalt und manchmal zu Fäusten geballt, selbst wenn wir unter der Decke liegen und es draußen heiß ist.

An seinem letzten Abend massierte ich ihm die kalten Hände und sagte ihm, ich wisse, wie es sich anfühlt, etwas erschaffen zu müssen, und zwar auf eine bestimmte Weise – und es nicht zu können. Ich sagte ihm ebenfalls, ich werde schauen, ob ich ein paar Wochen zu ihm nach Berlin kommen könne. Vielleicht in einem Monat. Aber viel, das verstand sich von selbst, hänge von Amalias Schwangerschaft ab.

Am Abend, nachdem er abgereist war, saßen wir nur noch zu dritt am Tisch. Wir stocherten in unserem Essen herum und bemühten uns nicht um eine Unterhaltung. Die Stille fühlte sich an wie eine Klage.

* * *

Das Gemälde des reichen Landbesitzers und seiner jungen Angetrauten lässt mich nicht wieder los. Etwas an seinem Gesicht, die komische Lüsternheit, erinnert mich an ein anderes Bild. Nur kann ich mich nicht erinnern, wo ich es gesehen habe.

Eines Morgens fällt es mir wieder ein. Und am Nachmittag sehe ich es mir bereits an, dort im vertrauten Saal der Nationalgalerie. Es ist die Karikatur eines korrupten Politikers. Er hat Glupschaugen und einen grellen, aufgeplusterten Kreuzbiss. Aber sein Gesichtsausdruck ist der gleiche selbstgefällige blutsaugende Ausdruck, wie ihn der Künstler vor siebenunddreißig Jahren patentierte. Es ist das lüsterne Gesicht des Landbesitzers. Das Wiedererkennen ist kollektiv. Anders als beim letzten Mal befinde ich mich nun in der doch eher komischen Situation, mit meiner Mutter und meiner Stieftochter hier zu sein, und alle drei biegen wir uns vor Lachen vor einem Gemälde.

Erneut ist auch eine Horde Schulkinder im Saal. Sie drängen sich vor ebendieses Gemälde und hören ihrer Kunstlehrerin zu. Ich kann den boshaften Genuss in ihrer Stimme hören, als sie über die Augen und den Mund spricht. Die Art überzogene Geschmacklosigkeiten, die junge Leute so gern hören, und zwar derart detailliert, dass es schon an Parodie grenzt.

Gegen meinen Willen warte ich darauf, auf den einen Fitzel Information, den man sowohl zu hören erwartet und gleichzeitig nicht damit rechnet. Nämlich dass der Maler, Djoko Pekik, eine zentrale Figur des linken Kulturinstituts des Volkes war. Dass er während des Durchgreifens gegen die Kommunisten Mitte der Sechziger ins Gefängnis kam, allerdings kommen und gehen durfte, wie es ihm beliebte, solange er sich regelmäßig blicken ließ. Dass es ihm durch einen glorreichen Glücksfall gelungen war, sein Schicksal lange genug zu wenden, um die Früchte seiner Arbeit zu ernten. Dass es eben nicht nur einen Weg gab, auf dem man Glück oder Pech haben konnte.

Doch nichts davon kommt. Nicht einmal ein Hinweis darauf, dass er als der Eine-Milliarde-Rupiah-Maler bekannt wurde, oder darauf, wie gigantisch sein Anwesen war. Nur dass seine Kunst der Wahnsinn war, dass er schonungslos nach der Wahrheit gesucht hatte. Junge Leute hören gern solche Geschichten, vor allem von einer Lehrerin, einer Autoritätsperson. Vom Tellerwäscher zum Millionär auf die menschlichste, verdienteste Art. Einzelheiten eines großen Vermögens würden es in etwas anderes verwandeln – etwas Abscheuliches. Eine Weile betrachte ich die Gruppe, gebannt vom Nachglühen der Weisheit.

Auf dem Weg nach draußen holt meine Mutter mich ein. Sie schiebt ihre Hand unter meinen Arm, was sie fast nie tut. Sie wirkt sprachlos vor Ergriffenheit. Ich weiß, Bu, ich weiß, sage ich zu ihr. Es kann sein, dass meine Stimme ein wenig zittert, als ich ihren Arm nehme.

* * *

Unterdessen bekommen die Tropen Sally O'Malley offensichtlich gut. Als wir uns am Tag nach ihrer Bali-Sause treffen, ist sie braun gebrannt und unbeschwert und untypischerweise gefügig. Wir sitzen im Esszimmer meiner Mutter, ein Ort, der sich wie auf Kommando von einem Kriegszimmer in eine Stätte der Wahrheit und Versöhnung verwandelt hat. Es war mein Vorschlag, uns hier zu treffen, weil ich ihr die zwei Sadalis zeigen will, die Riaz' Eltern nicht zurückhaben wollten, nachdem er verstarb.

Sally ist ausgesprochen gut drauf.

Wir haben etwa die Hälfte des ausgezeichneten Weins geleert, und Sally schwärmt noch immer von Bali: die Strandpartys, das Essen, die Cocktails, die Männer, das blaue Meer, das in Wellen gegen die schaumigen Klippen schlägt, die sie von ihrer Hotelterrasse aus sehen kann, wo sie tausendfünfhundert Dollar die Nacht zahlt. Sie hat noch nichts von ihrem Ausflug nach Yogyakarta erzählt, wo sie Künstler und Galeristen treffen wollte. Sollte ich mir Sorgen machen? Ist das ihre von hier inspirierte Art, sich zu verabschieden?

»Also«, sagt sie und schlägt mit der Faust auf den Tisch. »Ich habe Neuigkeiten.«

Endlich. Aber sie sagt nicht gute Neuigkeiten.

»Erzähl.«

»Zwei Aufträge. Sie werfen uns nicht gerade ihr Geld hinterher, aber was soll's, zwei ist gut. Damit fangen wir an, okay? Wie auch immer. Kannst du dich noch an die Kunstreihe der UNO erinnern, von der ich dir erzählt habe? Darauf sollten wir uns konzentrieren. Das Thema ist groß, stark. Dazu können wir eine Menge Arbeiten machen.«

»Aber ich habe noch nichts.«

»Nein, nein. Ich will nicht, dass du es übereilst. Das muss wirklich in deinem eigenen Tempo passieren. Bitte. Ich würde nie jemanden zum Thema historisches Gedächtnis drängen, schon gar nicht dich.«

Ich frage mich, ob sie es die ganze Zeit über gewusst hat. Mein anderer Vater. Die unvollendeten Porträts.

»Wer sind denn die Förderer? Wie hast du das hinbekommen?«

»Alles reiner Zufall, Schätzchen. Wie das eben bei diesen Dingen so läuft. Ein australisches Ehepaar. Sie haben eine tolle Galerie auf Bali.«

»Dann sind sie also mit der ersten Ausstellung in Brisbane vertraut. *Man / Woman* meine ich.«

»Nein, das kann man so nicht sagen«, erwidert sie. »Sie sind ganz neu dabei. Jedenfalls ist er ehemaliger Investmentbanker und sie Selfmade-Künstlerin mit einem Talent, die abgefahrensten Partys zu schmeißen. Die Galerie hat klein angefangen, als Anhängsel eines riesigen Resorts, das sie vor etwa fünf Jahren dort hochgezogen haben, ein Komplex aus Hotel Restaurant Bar Club Boutique Laden Unterhaltung. Niemand ging je in die Galerie. Dann kam irgend so ein internationales Ass, ein Protegé von Richter oder so was in der Art, und auf einmal, peng, ist es die angesagteste Galerie der Stadt.«

»Wie haben sie dann von mir erfahren?«

»Sie ist der totale Facebookjunkie. Hat sich über dich informiert. Es war ein leichtes Geschäft.«

Einen Moment lang wird mir ganz anders. Seitdem ich meine Erklärung abgegeben habe, werde ich von allen Seiten angegriffen. Von den liberalen Medien, von anderen Künstlern und Künstlerinnen, von Aktivisten, selbst von Konservativen, die sich durch nichts besänftigen lassen wollen. Man bleibt standhaft und wird attackiert. Man macht einen Rückzieher und wird immer noch attackiert. Aber ich bemühe mich, das große Ganze im Blick zu behalten. Man muss schon jemand ganz Besonderes sein, um zugleich lesbisch, Kommunistin, bürgerlich, konservativ, feige, Heuchlerin, eine den Islam verachtende Pseudokünstlerin und Mitläuferin der westlichen Mächte zu sein. Dass niemandem auffällt, was für ein Witz das ist, zeigt nur, dass die Gesellschaft es nicht fertigbringt, sich weiterzuentwickeln. Von allem, was man mir vorwirft, trifft mich am meisten, dass ich angeblich schon bei dem geringsten Druck meine einwandfreien liberalen Referenzen an den Nagel gehängt hätte und zur Rechten übergelaufen sei. Es kränkt mich so sehr, dass ich es beinahe vorziehen würde, wenn man meine Kunst ganz kategorisch ablehnt. Aber diese Sorgen teile ich nicht mit Sally. Mir war bewusst, dass es so kommen würde. Außerdem haben Gardin und seine Leute keinen Mucks von sich gegeben, und nur das sollte gerade von Bedeutung für mich sein. Zwischendurch fühlt sich das Opfer gar nicht so gewaltig an. Das bereitet mir ebenfalls Sorgen. Es fühlt sich zu einfach an. Was Sally betrifft, kann es nicht schaden, sie in dem Glauben zu lassen, sie habe mein Durchhaltevermögen unterschätzt. Außerdem ist das Problem zu sehr hier verortet, und sie kann mir nur helfen, indem sie mir neue Märkte eröffnet.

Und jetzt, wo sie etwas für mich aufgetan hat, läuft mir ein Schauer über den Rücken.

»Dann finden sie also die Kontroverse spannend.«

Sally reagiert nicht sofort.

»Ich bin das *Enfant terrible* der zeitgenössischen indonesischen Kunstszene.«

Sie schenkt uns den restlichen Wein ein. »Ja und noch mal ja. Und darauf lass uns anstoßen.«

Ein paar Minuten später gehe ich mit ihr nach oben, um ihr die Sadalis zu zeigen. Mir fällt auf, dass sie nichts zum Haus gesagt hat, mich nicht gefragt hat, wie ich an einem Ort leben konnte, an dem ich so wenig Spuren hinterlassen habe.

Lange bewundern wir die beiden Gemälde, als plötzlich eine Stimme hinter uns ertönt. »Wundervoll, nicht wahr?«

Wir drehen uns um. Es ist meine Mutter. Sie steht am Ende des Flurs auf dem Treppenabsatz.

»Er hatte auch eine religiöse Phase«, fährt meine Mutter in aller Seelenruhe fort, als hätte es einen Pakt zwischen uns gegeben: *Und genau dann trittst du auf.* »Manchmal mindert das die allgemeine Kraft seiner Kunst, so wie Frömmigkeit das oft macht. Riaz – das ist Siris verstorbener Exmann – hatte Glück, dass seine Eltern eng mit Sadali befreundet waren, als er noch am Anfang seiner Karriere stand, als er noch jung und hungrig war. So kamen sie zu diesen frühen Werken. Es waren seine Hochzeitsgeschenke an sie.«

Da liegt etwas in Sallys Blick, wie sie dort steht, völlig eingenommen von meiner Mutter. Die Erfahrung hat mich gelehrt, dass Sally O'Malley niemanden ansieht oder ihm zuhört, und schon gar nicht so, außer etwas fasziniert sie. Plötzlich ist es, als wäre ich gar nicht mehr da. Sally bleibt schließlich zum Abendessen. Den ganzen Abend sehe ich zu, wie sie und meine Mutter sich prächtig verstehen, staune, wie viele Themen sie ansprechen und mit welcher Inbrunst.

Wenn es heißt, man lerne nie aus, sind wir nicht immer darauf vorbereitet, wie viel genau.

* * *

Es war eins von Berlins grenzenlosen Wundern, dass die Stadt noch genauso war, wie ich sie verlassen hatte; kein Stein lag auf einem anderen, keine Farbe war fortgewischt oder von einer anderen ersetzt worden.

Ich kehrte an einem Sonntagmorgen zurück, zwei Monate nach Matthias' und Sallys Besuch in Jakarta. Die Läden waren geschlossen, die Straßen verlassen, die Menschen zu träge, um nach dem Schnee, der am Vorabend außergewöhnlicherweise gefallen war, aufzuwachen. Es war die beste Zeit, um irgendwelche Anzeichen von Untreue aufzuspüren, doch ich fand keine.

Matthias hatte mich über einige der Veränderungen informiert. Der viel besungene Pierre-Boulez-Saal war endlich eröffnet worden und erfüllte sein akustisches Versprechen. Ein bedeutender Künstler war gestorben, und die Stadt hatte ihn mit einer überaus bewegenden Trauerfeier geehrt. Eines unserer Lieblingslokale auf der Bleibtreustraße hatte rätselhafterweise dichtgemacht trotz langer Jahre lebhaften Betriebs, und ein kleiner Junge wäre beinahe im Lietzensee ertrunken, als er auf dünnem Eis Schlittschuh gelaufen war.

Die Gedächtniskirche hatte erneut einstecken müssen. Das Leuchtfeuer dafür, wie man lernen konnte, mit der Erinnerung an zerstörerische Gewalt und deren Möglichkeit zu leben. Einer von Matthias' Freunden war dort gewesen, als der Lkw auf den Platz raste.

Ich erzählte meinem besorgten, sensiblen, Proust'schen

Freund, dass auch in Jakarta viele unfassbare Dinge geschehen waren. Unter der Oberfläche hatte sich nichts verändert; mit unserer pluralistischen Seele war alles in Ordnung. Doch es half unserem Gouverneur nicht, den zweiten Wahlgang zu gewinnen. Ich kann lediglich sagen, dass es einige wirklich schlechte Menschen in meinem Land gibt.

Aber erinnerst du dich denn gar nicht an mich? Mein Blick ist gefügig, geübt, töricht.

Und so nahmen meine Augen immer noch das auf, was ich sehen wollte. Bis auf eine Stuckarbeit in Matthias' Innenhof, die neu in Beige gestrichen worden war, so hell wie der Sommer, als wir an dem ersten kalten Aprilmorgen daran vorbeigingen, war alles so, als wäre ich nicht weg gewesen.

Aber natürlich reden wir auch nicht wirklich von der Vergangenheit. Ich nahm alle Ereignisse genau so wahr, wie sie geschahen. Die Tatsache eingeschlossen, dass die neun Gesichter Bhismas noch immer sehr roh waren, als ich sie mir wieder ansah, selbst unter dem freundlicheren, nachsichtigeren Licht. Die Tatsache eingeschlossen, dass wir, Nina und ich, SOM nicht davon abhalten konnten, meine unvollendeten Arbeiten anzusehen, ehe ich die Zeit gehabt hatte, sie zu schleifen.

Und jetzt ruft sie mich wieder an.

»Hab sie gesehen! Sie brauchen noch Arbeit, aber da ist definitiv schon etwas da. Und es ist das Beste, was du hast. Also arbeite dran. Den Rest kriegen wir schon hin. Was für einen Hintergrund hat er?«

»Er … er war politischer Gefangener.«

»Lebt er noch?«

»Na ja, er … es gibt ihn nicht mehr.« Bleib dran. Reiß dich zusammen. »Buru – das ist eine Insel in Ostindonesien. 1965. Er stand während des Suhartoregimes als Kommunist unter Verdacht.«

»Wurde er dort umgebracht?«

»Er … nun ja, ja. Dort wurde er umgebracht. Aber nicht

damals. Die Kolonie wurde Ende der Siebziger aufgelöst, aber aus irgendeinem Grund hatte er beschlossen, zu bleiben. Hat die Insel nie verlassen. Er war fast dreißig Jahre ein freier Mensch.«

»War er mit dir verwandt?«

Ich antworte nicht sofort.

»Tut mir leid. Aber ich muss fragen.«

»Ja.«

Jetzt ist es an ihr, durcheinander zu klingen, als hätte sie kein Ja erwartet und was das bedeutete. »Dann wart ihr also verwandt?«

»Ja. Die Antwort lautet Ja. Er war …«

»Keine Sorge. Wir sprechen wieder.« Sie hört sich an, als wäre sie gerade aus dem Zug gestiegen und jetzt in einem geschäftigen Bahnhof. »Hör zu, ich bin gerade an der Friedrichstraße ausgestiegen. Hab ein Meeting in einer Viertelstunde. Lass uns bald zusammensetzen. Morgen, wenn du Zeit hast. Muss Schluss machen.«

Sie legt noch nicht auf. Ich höre noch ihren Nachsatz. »Übrigens, dieses Gesicht. Ich liebe das Gesicht.« Sie hält inne. »Die Art Gesicht, die Leben verändert.«

* * *

Wie arbeitet man an so einem Gesicht? Wie lebt man mit solch einer gewaltsamen Vergangenheit, einem ruinierten Leben, den Ruinen seines Lebens? Angenommen, man will es nicht beseitigen, konserviert man es dann in verklärter Form? Verehrt man es, hebt man es auf ein Podest? Rekonstruiert man es, und wenn ja, wie? Welchen Teil ersetzt man? Welcher bleibt wie vorher, welcher wird noch älter gemacht, welcher ganz neu?

Ich bin mit Lily an der Gedächtniskirche. Ausnahmsweise

konnte sie ihren kleinen Sohn zu Hause bei ihrem Mann lassen. Sie erzählt mir, dass sie endlich aus der verhassten Wohnung in eine viel vernünftigere gezogen sind. Allerdings hat der Umzug ihrer harten, gewissenhaften Art anscheinend nicht die Schärfe genommen, ihrer allgemeinen Enttäuschung über die Menschheit.

Es ist wieder mal ein kalter, regnerischer Tag. Wir stehen irgendwo zwischen dem Hohlen Zahn und dem als Lippenstift bekannten modernen Glockenturm. Die Welt der Spitznamen hat eine ganz eigene Logik, wie das Objekt zum Namen wird, der Name zum Objekt, wie das Wort zum Gemälde wird, und wie das Gemälde aus jeglicher Entfernung Gestalt annimmt, bei jedem Wetter, auf einen zweiten oder dritten Blick.

Mein Herz ist schwer. Lily scheint es zu spüren. Sie nimmt einen Schluck Wodka aus dem Flachmann, den wir uns teilen, und seufzt.

»Den Ort hier kann man fast gar nicht an einem glücklichen, sonnigen Tag besuchen, weißt du«, sagt sie.

»Ich weiß.«

»Ich meine, das wäre falsch.«

Wir suchen uns einen Platz zum Hinsetzen.

»Weißt du eigentlich, dass die Ruine hier gar nicht so erhalten geblieben wäre, wenn es nicht der Wille der Menschen gewesen wäre?«

»Ach ja?«

»Der Architekt, der 1957 den Wettbewerb für den Kirchenaufbau gewonnen hatte, wollte eigentlich alles abreißen. Aber die Berliner haben darauf beharrt, dass die Ruinen gegen das Vergessen mit integriert würden. Es gab einen öffentlichen Aufschrei, eine schnelle Entscheidung, und weder der Stadt noch dem Architekten blieb etwas anderes übrig, als einzuwilligen. Und hier steht sie also.«

»Ja«, sage ich.

»Die Macht des Volkes.«

»Absolut«, sage ich. Mir ist nicht nach reden.

Wir gehen zur Puderdose, dem anderen Teil der modernen Kirche, und bleiben vor der erhöhten Plattform stehen. In dem gedämpften Licht mutet das Gebäude nicht wie sonst übernatürlich an. Mir wird auf einmal schwindelig. Gib mal, sage ich und zeige auf den Wodka. Lily hält mir den Flachmann hin; ich nehme einen kräftigen Schluck.

Sie erzählt mir von einigen der Familien, um die sie sich im Zentrum für Geflüchtete kümmert, vor allem von einem kleinen syrischen Mädchen, das sehr krank ist und dem sie vorliest. Sie erzählt von ihrem eigenen Leben mit ihrem Sohn und ihrem Mann, davon, wie es in der Ehe in erster Linie darum geht, die Fiktion zu bewahren.

»Wenn die Fiktion zwischen zwei Menschen zerbricht, dann war's das, dann ist da nur noch das Leben«, sagt sie, was ich etwas seltsam finde, wo ich doch niemanden kenne, der praktischer veranlagt und mehr vom Leben gesteuert ist als sie. Ich denke an Amalia und ihren runder werdenden Bauch und daran, dass sie mich bald bei sich braucht. Ich denke an meine Mutter und daran, dass der Gedanke an sie, die Erinnerung an ihr Gesicht, meinen Puls nicht mehr beschleunigt. Ich denke an die Fiktion, die sie mit beiden Männern gelebt hat, die sie liebten; wie sie den einen liebte, aber nicht mit ihm lebte, mit dem anderen lebte, aber ihn nicht ganz liebte. Ich denke an die Fiktion, die das Suhartoregime um die Geschichte errichtet und uns eingetrichtert hat. Es juckt mir in den Fingern, in mein Atelier zurückzukehren, das zu beenden, was ich angefangen habe.

Später am Abend, in der ersten, aus der dann drei Nächte in Folge in meinem Atelier werden, sitze ich vor einem von Bhismas Gesichtern und kann nicht aufhören, an die Puderdose und ihre Buntglasfenster zu denken. Das Rubin, Smaragd und Gelb, das zwischen dem Blau der Kathedrale von Chartres glitzert. Das Blau, dessen Schöpfer behauptete, es stamme von zerstampften Saphiren, und der die Frechheit besaß, es der Diözese in Rechnung zu stellen. Irgendwo habe ich gelesen, dass die moderne Wissenschaft es zwar nicht zu reproduzieren vermag, aber zumindest festgestellt wurde, dass kein Saphir für die Erschaffung verwendet worden war.

Aber die Betrügereien der Kunstgeschichte interessieren mich nicht. Mich interessiert, dass das Buntglas sowohl von innen als auch von außen genau gleich aussieht, sodass man meinen könnte, im Gebäude gebe es keine Wände.

Der Schlüssel liegt natürlich im Licht. Das weiß ich jetzt mit Sicherheit.

* * *

Aber das Licht ist ganz verkehrt. Der April ist immer noch ein Gefangener des Winters. Die Dunkelheit scheint aus der Erde, aus allen Himmelsrichtungen aufzusteigen. Sie führt ein Regenregime ein, manchmal bis zum Grad eines tropischen Gusses: hart, durchnässend, unnachgiebig. Und den Wind, der genauso grausam ist, wie er die Wolken auseinandertreibt und Vögel und Farben verjagt.

Nina bemerkt, dass meine Grautöne schlapp werden, meine Rottöne zu einem kränklichen Kastanienbraun oxidieren. Das steht ihm nicht, sagt sie, schon ganz die Besitzerin.

Jeden Tag bin ich im Atelier, immer eine lange Zeit am Stück. Das Opfer ist nicht ausschließlich von mir selbst erzeugt. Diejenigen, die es mir ermöglichen, sind hart, und ihre gelegentlichen Zugeständnisse, hin und wieder ein Nachlassen, sehe ich nicht als Zeichen ihrer eigenen schwindenden Disziplin. Sie wollen etwas von mir, und es ist meine Aufgabe, es ihnen zu liefern.

»Was immer nötig ist«, sagt Sally, als ich sie irgendwann anrufe, weil ich jammern muss.

»Was immer nötig ist«, sagt Nina, als ich bei ihr weiter jammere. Sie hofft immer noch, dass eins von Bhismas Gesichtern in der Galerie ihrer Chefin landen kann.

An den Abenden, an denen ich nicht im Atelier bin, treffen Matthias und ich uns manchmal zum Essen im neapolitanischen Familienbetrieb um die Ecke mit seinem bezaubernden Trompetenmuschel-Thema oder beim hiesigen Taiwanesen mit seinen kräftigenden Wintersuppen. Er trifft sich sogar um zehn noch mit mir, für eine oder zwei Stunden im französischen Bistro um die Ecke, wenn ich eine Pause und jemanden zum Reden brauche.

Wir sitzen auf den roten Lederbänken, auf die die Stammgäste flüchten und wo sie sich gleichzeitig finden wollen. Martin bringt uns unser bayerisches Lieblingsbier oder unseren spätabendlichen Brandy, ohne dass wir darum bitten müssen. Natalie kommt mit Brot und Olivenöl, selbst wenn sie weiß, dass wir nichts zu essen bestellen. Hin und wieder kommt Julio, der peruanische Inhaber, mit einem Getränk in der Hand auf ein Schwätzchen mit uns vorbei. Wenn es ein Fußballspiel gibt, sagt er, was er immer sagt, dass es zumindest eine Oase des Friedens im Viertel geben muss. Und ich wiederhole, was ich immer sage, dass in meinem Teil der Welt das Leben für Fußball stillsteht. Gegen Mitternacht, wenn die Gäste weniger und wir Teil der Familie werden, stoßen wir unter dem gütigen Blick Jules Vernes, dem Schutzheiligen des Bistros, auf unsere Gesundheit an. Manchmal gibt es zu viel Schnaps aufs Haus, und dann vergessen wir die Zeit. Aber wir sind stolz auf uns, denn niemand ist betrunken.

Wenn ich in meine Wohnung zurückkehre, nachdem Matthias mich zum Abschied geküsst hat, wird mir klar, dass Bhismas Gesicht mir doch nicht so verloren scheint.

* * *

Der Mai kommt, aber mit Vorbehalt. Wenn das Licht da ist, das man in den Wolken gesucht hat, fühlt es sich wie ein unverdientes Geschenk an. In manchen dunklen Nächten experimentiere ich mit Schwarz. Ich durchwache die Nacht, zünde eine Kerze an, stelle sie neben eins der Gesichter. Ich sehe zu, wie sie blau und gelb flackert, Schatten an die Wand wirft. Manchmal stelle ich mir vor, wie ich ihre blasse Spiegelung auf den Bäumen auf der anderen Straßenseite sehe.

Der Doktor in *Nachtgewächs* lag richtig, als er sagte, der Baum der Nacht sei am schwersten zu erklettern, ließe sich kaum bezwingen.

20.

Jakarta, Ende 2017

Vier Minuten und eine Sekunde: vier Mütter und ein Kind, vier Mütter für ein Kind. Dunkelheit legt sich.

Vier Minuten und eine Sekunde. Es ist lang, und es ist kurz.

Und jetzt kommt es: Du hörst ein Ratschen, ein Streichholz, das angerissen wird. Das Licht kehrt zurück, Glühwürmchen in der Dunkelheit.

Der Raum ist nicht ganz leer, nicht ganz so, wie moderne Stilschöpfer es sich ausmalen; die Flammen leuchten nicht synchron auf, sondern nacheinander, eine geschlagene Sekunde nach der anderen. Aber es sind definitiv Leuchtkäfer, Blitze ihrer eigenen Hitze – und sie sind außerordentlich großzügig. Sie lodern auf und kräuseln sich, und du bist nicht sicher, was du da siehst: Wassertropfen im Licht oder Lichtkleckse im Wasser. Bisweilen sind die Flammen wie auf Steinen schimmerndes Wasser, und die Steine werden zu einem doppelten Spiegel, sprachlos angesichts ihrer eigenen Spiegelung.

Mein Blick ist voreingenommen, von Wunschdenken geprägt. Und doch bin ich verzaubert. Es scheint, als würde Bhisma – seine vielen Gesichter – ins Licht treten, als würde er von seiner eigenen komplexen Musik erneut zum Leben erweckt. Und ich meine nicht nur die hervorstechendsten der ihn umgebenden Rätsel: die Fakten seiner Inhaftierung, das Gewicht seiner unerzählten Geschichten. Ich meine die Macht, die er über andere hat, wie die Fäden aus dem Gewebe eines Magiers. Seinen Gesichtsausdruck, dem man hilflos folgt wie einer todtraurigen Melodie.

Ich weiß, dass ich meine Hand im Spiel hatte, das gebe ich zu. Aber ich versuche nicht, zu vermitteln oder eine Leere zu füllen. Das Dunkel ist Teil des Lichts, wie das Licht Teil des Dunkels ist; der Übergang von einem zum anderen ist eine unablässige Spiegelung des Betrachters, ein beständiger Strom, ein wechselseitiger Spiegel. Es erfordert eingehende Betrachtung.

Genau wie meine Familie. Sie sind heute Abend alle um mich versammelt, und es verbindet sie, wie mir scheint, eine Mischung aus herrlichem Unverständnis. Ich weiß nicht, was ich von ihnen halten soll. Schon das Wort Familie fühlt sich noch fremd auf meinen Lippen an. Es ist zu viel, um es zu erfassen, und gleichzeitig zu wenig – obwohl die meisten Menschen niemanden außer sich selbst haben, auf den sie sich verlassen können.

Da sind wir also: jeder von uns entschlossen, mutig. Amalia, eine Mutter, und ihr Neugeborenes, das sie an die Brust geschmiegt trägt, schlafend, ein friedliches Mädchen. Matthias, ruhig und zufrieden im Schatten, wie ein erfahrener Pilot, der sich nun lieber unter den Baum stellt. Er und Dara, beide selbstsicher, beide langsam darin, sich zu erklären, scheinen eine Übereinkunft getroffen zu haben; der Partner und die beste Freundin, die geduldigen Angehörigen, meine Bollwerke.

Meine größte Sorge ist jedoch meiner Mutter vorbehalten, die ein wenig abgelenkt aussieht. Ein ums andere Mal stützt sie sich auf meinen Arm, hält bei einem überraschenden Anblick inne, staunt darüber, wie neugierig alle sind. Die Presse, die Wahrheitssuchenden, die Freiheitskämpfer, der Wohlstand, alle meine Mäzene und ihre mageren, pilatesstraffen Ehefrauen bilden eine enge Gruppe, trinken Wein, sprechen Englisch, und Sally O'Malley und ihre weit ausholenden Gesten halten Hof.

Meine Mutter hat nicht viel zu dem gesagt, was ich aus der Erinnerung an die Liebe ihres Lebens gemacht habe. Ich weiß, dass es nicht aufgrund fehlender Wertschätzung ist: Fast nie war ich mir ihrer Motive so sicher, oder dem Fehlen dieser Motive. Als wir Anfang der Woche die Ausstellung aufbauten, hatte sie zwei der Gemälde kommentiert, eines, auf dem sein Gesicht zum Teil böse zugerichtet ist, wie von Motten zerfressen, und eins, auf dem sein Schädel einer Maske Ensors in der Uniform eines Soldaten gleicht. Es ist schön, sagte meine Mutter, ihn weniger idealisiert dargestellt zu sehen.

Mir scheint es, als hätte meine Mutter ihre Leidenschaft für Auseinandersetzungen verloren. Es gefällt mir, dass sie es mir nicht schwer gemacht hat in den letzten Wochen, obwohl ich mir in diesem Augenblick nahezu wünschte, sie täte es.

Als wir auf Matthias zusteuern, spüre ich ihre Erleichterung. Und dann wird es mir mit einem Mal klar. Auch wenn sie das Kind eines als Kommunist Verdächtigten unterm Herzen trug, die Erde nährte, die er bepflanzt hatte, und es an die Sonne brachte, hat sie doch das Gefühl, nicht zum Land zu gehören. Und das hat sie auch nie. Sie hat eine andere Heimat gewählt, einen anderen Stamm, und ich ergreife fast ein ganzes Leben zu spät Partei für sie. Mein Mitgefühl ist nicht mehr zu viel nütze, jetzt wo ich verstanden habe, dass wir gar nicht so verschieden sind.

Eine Journalistin fasst sich ein Herz und bittet um ein Interview. Sie ist Mitte dreißig, etwas reserviert, aber selbstbewusst, trägt ein Kopftuch. Sie gibt mir ihre Visitenkarte, und ich sehe, dass sie Leiterin des Kulturressorts eines der angesehenen liberalen Verlagshäuser ist. Ich habe sie vorher auf der Pressekonferenz gesehen, wie sie Notizen machte, ausdruckslos kritisch dreinblickte. Dankbar für die Gelegenheit, diesem angespannten Haufen zu entgehen und trotzdem Herrscherin über mein Reich zu bleiben, packe ich sie am Arm und zerre sie geradezu in eine Ecke. Langsam, sagt sie, sachte, *Mbak*. Sachte.

Sie hat ein Exemplar der Pressemitteilung dabei, aber ich erwarte nicht, dass sie auch nur eine einzige Zeile daraus gelesen hat. Wie üblich bin ich bereit, meine Erwartungen herunterzuschrauben und die ganze gute Arbeit für die wohlmeinende Journalistin selbst zu erledigen. Aber ich kann ein klein wenig Ehrgeiz auf ihrer gerunzelten Stirn entdecken, und auch in ihren anfänglichen Fragen, von denen manche gar nicht mal dumm sind: Wer sind Ihre Lieblingskünstler, wer hat Sie inspiriert? Wie kamen Sie zu dem Entschluss, in Berlin zu leben? Was gibt es dort? Ist es für eine Künstlerin besser, im Westen zu arbeiten? Und von denen manche Gültigkeit hätten, wären sie nicht bereits in der Pressemitteilung beantwortet worden: Warum vier Minuten und eine Sekunde? Was ist der besondere Vorzug von Kerzen? Was bedeutet Ihnen dieser Mann? Warum wollen Sie seine Geschichte erzählen?

Irgendwann sind meine Hoffnungen derart hoch, dass ich mich, als sie mir die Standard Nicht-Frage stellt, die indonesische Journalisten nie verlernen werden – »Erzählen Sie uns doch bitte etwas über Ihren künstlerischen Prozess« –, zurückhalten muss, ihr nicht eine äußerst strenge Standpauke zu halten.

Andererseits.

»Kannten Sie viele politische Gefangene?«

Ich verneine. Das ist keine Voraussetzung, um die Geschichte von einem von ihnen erzählen zu wollen, möchte ich noch hinzufügen, lasse es aber.

»Mit den Gesichtern – sind Sie da auf Nummer sicher gegangen? War das Ihre Strategie des Erinnerns? Indem Sie dem Opfer von Ungerechtigkeit die letzte Ehre erweisen, ohne die Massaker und die Strafkolonie niederzubrüllen?«

Kluges Mädchen. Einerseits ja, andererseits nein.

»In Anbetracht Ihrer letzten gescheiterten Ausstellung: Fordern Sie absichtlich Ärger heraus? Geht es hier um eine Art Rache? Man kann nicht umhin, das Gefühl zu bekommen, dass Sie sich eines polarisierenden Themas nach dem anderen annehmen, nur um zu sehen, ob Sie es können.«

Ich bin verärgert, weil ich mir wünsche, sie würde sich einfach an meine Erwartungen an sie halten, nicht nur, dass sie die leicht klügeren, über dem Durchschnitt liegenden Fragen stellt, sondern auch die leeren Durchschnittsfragen. Aber was kann ich schon erwarten? Die Pressekonferenz war knallhart, ganz wie erwartet, eine Mischung aus langatmigem Sarkasmus und schierer Militanz – und letztendlich ging es doch nur um Legitimität und Aufrichtigkeit. Irgendein Typ von einem Online-Pressekanal sagte es sogar geradeheraus: Sehnen Sie sich so sehr nach Aufmerksamkeit?

Ich sehe die Frau an, ihr Diktiergerät, das sie mir hinhält. Sie hat etwas Ernsthaftes an sich, etwas, das ich nicht ignorieren kann. Manchmal erschwert Bescheidenheit die Dinge. Manchmal verdirbt Abwehrhaltung die Intention.

Ich seufze. Hören Sie, sage ich, wie wäre es, wenn wir das Interview vertagen und uns irgendwann Ende der Woche treffen? Überraschenderweise willigt sie ein. Ihr Abgabetermin, so sagt sie, sei erst in der Woche darauf.

»Übrigens«, sage ich, »gibt es da dieses deutsche Wort, Einfühlung. Nicht allzu gebräuchlich heutzutage, aber es bedeutet so etwas wie eine Zärtlichkeit gegenüber der Welt. Man kann es wohl auch Empathie nennen. Im Gedicht eines polnischen Lyrikers gibt es einen Vers, der mir unglaublich gut gefällt. ›Wundert euch nicht, daß wir die Welt nicht beschreiben können/ wir nennen die Dinge nur zärtlich bei ihrem Namen.‹«

Erneut überrascht sie mich, indem sie den Begriff aufschreibt, mich bittet, ihn zu buchstabieren. Und mich nach dem Namen des Dichters fragt. »Oh, ich kann sie sehen«, sagt sie. »Die Zärtlichkeit. Sie gehen sehr zärtlich mit diesem Mann um, *Mbak.*«

Als ich zu meiner Mutter zurückkehre, spricht sie mit Dara und einem Grüppchen von Menschen, und sie sieht entspannt aus. Ich werde vorgestellt, denn einige unter ihnen sind zu schüchtern, um mich als Erste anzusprechen, oder sie wissen nicht, wie.

Nach einer Weile tut der Wein seine Wirkung, löst mich. Der Raum wird kleiner, freundlicher. Die Leichtigkeit ist jedoch nicht selbstverständlich. Manche Universen halten noch an ihren Rändern fest, fasziniert von den anderen, jedoch unabänderlich sie selbst. Dara zum Beispiel hält an ihren fest – und Sally an ihren. Ich gehe ein bisschen umher, entferne mich aber nicht weit von meiner Mutter.

* * *

Zwei Gestalten bahnen sich einen Weg zu uns. Eine etwa sechzigjährige Frau und eine ältere – schätzungsweise ihre Mutter – im Rollstuhl. Die Menge teilt sich, es gibt Getue. Manche beugen sich herunter, um zu helfen, begrüßen sie, erleichtern ihnen den Weg.

Sie sind unverkennbar nicht meinetwegen hier; sie wollen zu meiner Mutter. Die jüngere schüttelt uns beiden die Hand, doch die ältere ergreift die Hände meiner Mutter und lässt sie nicht mehr los. Meine Mutter beugt sich zu ihr und ist schnell auf den Knien; sie weiß, wie man das Zeichen deuten muss.

»Sie kennen mich nicht, oder?«, fragt die ältere Frau, den Blick unverwandt auf meine Mutter gerichtet. Etwas in ihren Augen scheint der Erinnerung zu gehören, einer Welt, die schlechter sein mag als die gegenwärtige, nach der sie sich aber dennoch sehnt.

»Ich bin Zulfikars Witwe«, sagt sie.

Meine Mutter braucht eine Weile, um zu verstehen, was gesagt wird, doch dann sehe ich ihn, den Schatten eines kostbaren Etwas, das zurückgegeben wird. Zulfikar Hamsa, der Mann, der meine Mutter auf ihrer Reise nach Buru vor elf Jahren begleitete. Der Mann, der Bhismas bester Freund gewesen war.

Meiner Mutter stehen die Tränen in den Augen; sie zittert. Sie nimmt die alte Frau in die Arme, und dann weinen sie gemeinsam.

Später erzählt mir die Tochter, Zulfikar sei vor zwei Wochen an Zirrhose gestorben. »Im Großen und Ganzen«, erklärt sie, »kann man wohl sagen, dass er lange gelebt hat. Natürlich hat er zu viel getrunken. Aber in den letzten paar Jahren ist etwas mit ihm passiert. Etwas, das ihn auf eine Art gebrochen hat, wie es Buru und die darauffolgenden drei Jahrzehnte nicht vermocht hatten. Es war, als hätte er einen Weg gefunden, der seine Seele vollkommen ins Dunkel tauchte. Weil das Licht nicht mehr da war, und er wollte nicht ohne leben.

Auf seinem Nachttisch hatte er ein Foto von den beiden stehen, von sich und ihm.« Sie deutet mit einem Nicken auf die Porträts. »Das war lange das einzige Bild dort. Erst vor ein paar Jahren, als meine Tochter seinen ersten Urenkel bekam, stellte er auch Fotos von uns auf – ließ er sozusagen seine eigene Familie mit herein. Wir haben ihm das aber nie übel genommen.«

Sie hält inne. Sie will, dass ich das begreife. Dass sie ihn verstanden haben, und dass dieses Verständnis oftmals wesentlich ist.

* * *

Vor sieben Monaten, als ich das letzte Mal in Berlin war, hätte ich keinesfalls vorausahnen können, wo ich jetzt sein würde, wer bei mir sein würde und wer nicht, was klappen würde und was nicht. Und von allem, was mir misslang, ärgerte mich am meisten mein Unvermögen, den Verlust des Lichts in meinem Atelier vorauszusehen. Des Lichts von innen.

Nicht dass ich mich nicht bemüht hätte. Zu der Zeit, nachdem ich ein Jahr lang gelernt hatte, eins mit dem Raum zu sein, dachte ich, ich hätte wissen müssen, wie man abwartet. Aber je mehr ich es versuchte, umso mehr Farben wirkten falsch und stümperhaft. Nichts strömte von innen heraus, brachte etwas aus sich selbst hervor. Für jeden Tag, den ich in Unschlüssigkeit erstarrt vergeudete, nach einer List rang, *für jeden Tag, an dem ich nicht arbeitete,* versuchte ich eine neue Regel zu befolgen: mich in Bewegung zu halten. Ja, das ist schon wieder Mark Strand, aber was das angeht, trifft niemand es besser: *Ich bleibe in Bewegung, um alles zusammenzuhalten.*

Ich ging also zum Landwehrkanal, um Rosa Luxemburg zu betrachten. »Sie war seine Heldin. Sie und Brecht«, sagte meine Mutter. »Immer, wenn er in der Stadt war, verbrachte er viel Zeit dort.« Natürlich mochte sie sich das auch eingebildet haben, genau wie die anderen Einzelheiten seiner Jahre in Europa. Schließlich hatten sie nicht besonders viel Zeit in Kediri gehabt, der kleinen Stadt in Java, wo sie sich vor zweiundfünfzig Jahren trafen; nicht besonders viel Zeit für Geschichten jedenfalls, wenn es denn stimmte (und ich bin sicher, dass es stimmte), dass der Sex so überwältigend gewesen war. Aber ich fand es gut, dass meine Mutter stets in der dritten Person Singular oder mit seinem Namen von ihm sprach und ihm nicht das zuschrieb, was nur *Bapak* für mich sein konnte. Ich fand es gut, dass sie das respektierte.

Ich spazierte also den Landwehrkanal entlang, grau und stoisch, wie er war, und kam dann an der Brücke wieder an, an der ich begonnen hatte, in der Nähe des Bauhaus-Archivs. Ich stand dann länger im Wind, als ich gedacht hätte, gewillt, mich in den Wogen des Wassers zu verlieren, wie einst meine deutsche Freundin Luisa Dahl Tausende Kilometer entfernt am Brantas. Vor meinem inneren Auge wechselten die Bilder sich in rascher Folge ab: Rosa, Ophelia, die im Roten Fluss in Java treibenden kopflosen Torsos. Manchmal sah ich ihn dort stehen, wo ich stand, düster und grübelnd und aus keinem ersichtlichen Grund dem Untergang geweiht, bis auf dass dies hier das Privileg der Schönheit war.

Ich fuhr auch an den Wannsee. Durchquerte karges Waldgelände, fand einen Platz zum Sitzen, wo Kleist seiner Geliebten und dann sich selbst das Leben genommen hatte, und wartete ab, dass die Dunkelheit sich sanft herabsenkte. Etwas an der Vorstellung zweier in einem Pakt zum Selbstmord vereinter Liebender hatte mich schon immer angesprochen. Es bereitete mir keinerlei Mühe, ihn, Bhisma, als den romantischen Part ihrer Liebesgeschichte zu sehen, auch wenn die Tagebücher meiner Mutter mit ihrem hysterisch angehauchten Ton das Gegenteil nahelegten. Und es gefiel mir, dass auch er es für nötig befunden hatte (auch hier: wenn man denn meiner Mutter Glauben schenken konnte), sich den Schauplatz selbst anzusehen, als sich lediglich von der Vorstellung ergreifen zu lassen. Dass er das Licht bei seinem Besuch – diese weiche, fatalistische Dämmerung – für richtig befunden hatte.

Natürlich war mir klar, dass mein falsches Urteil etwas mit der sich vertiefenden Beziehung zu meiner Mutter und meiner Tochter zu tun hatte. Und mir war auch klar, dass das die größte Fehleinschätzung von allen war.

Es gab natürlich auch die einfacheren Formen der Prokrastination, die sich als Bewältigungsstrategien verkleideten. Einmal vereinbarte ich in einer Woche vier unmittelbar aufeinanderfolgende Treffen: Abendessen bei Lily, längst überfällig; eine Verabredung mit Luisa Dahl auf einer Ausstellungseröffnung in der Akademie der Künste, gefolgt von einem ausgedehnten Abend mit zu viel Wodka; nicht einen, sondern zwei Restaurantbesuche mit Andreas. Der Eifer, mit dem ich diese Treffen vereinbarte, als würde ich mich verabschieden, entging niemandem. Ebenso wenig wie mein schwindendes Interesse daran, über meine Arbeit zu sprechen oder über die Arbeit, der ich nicht nachging, und dass ich regelmäßig irgendwelche Angelegenheiten von zu Hause erwähnte – eine Nachricht meiner Mutter, ein Telefonat am Vorabend mit Amalia.

»Du scheinst deine Familie sehr zu vermissen«, sagte Lily, als sie mir noch mehr Suppe schöpfte.

* * *

Ende Mai reservierte Matthias einen Tisch für uns bei einem winzigen romantischen Franzosen neben dem Irish Pub in meinem Viertel. Als er mich vor dem Ganzen Platz nehmen hieß – der erlesene Wein, die Rose, das Kerzenlicht, der Tisch am Fenster, der Herr des Hauses stets zu Diensten –, befürchtete ich schon, er würde mir einen Antrag machen.

Stattdessen fragte er mich, was ich mit meiner Wohnung vorhatte, was ich für uns vorhatte, jetzt, wo für eine Weile

Jakarta angesagt war. Jetzt, wo schon bald Juli war und es ein Neugeborenes in meinem Leben geben würde.

Dann erzählte er mir, dass ich, obwohl wir noch zwei Wohnungen in Berlin hatten, meinen Geruch in seiner hinterlassen hatte, einen Geruch, den er gern einatmete und nicht zu vergessen beabsichtigte. Der Bergamottduft meiner Tränen, die mädchenhafte Mischung aus Grapefruit und Litschi im Badezimmer. Die durchdringende Seeluft, wenn er die Schublade mit meiner Unterwäsche aufzog. Der Geschmack von dir in meinem Gin Tonic, sagte er mit einem Lächeln, dieser Apfelduft, den du immer durchsickern lässt, wenn du die Limette zerdrückst.

Dann wühlte er in seiner braunen Kalbsledertasche und holte ein Notizbuch hervor. Er zeigte mir eine Seite, auf die er eine Tabelle gezeichnet hatte. Die Zeilen waren mit den Monaten von Juli bis Dezember beschriftet. Die Spalten mit »Berlin« und »Jakarta«. Es gab auch eine Seite mit einer Prioritätenliste, darunter »Kunst / Arbeit« und »Amalia«. Unglaublich, wie deutlich sie mir die Linien meines eigenen Lebens veranschaulichten, wo sie hinführten oder auch nicht.

Ich lehnte mich zu ihm vor – eine Gewohnheit, die nicht immer Antworten mit sich brachte. »Ich weiß nicht, was ich sagen soll.«

»Ich mache dir keinen Heiratsantrag«, sagte er, als hätte er damit gerechnet, dass ich nichts würde sagen können. »Dafür habe ich einen zu gesunden Menschenverstand. Du wirst zwei von allem brauchen, zwei Wohnungen, zwei Städte, zwei Familien, um daraus eins zu machen. Du wirst das eine brauchen, um dem anderen zu entkommen, gewissermaßen. Und um zurückzukehren, wenn die Suche vorbei ist. Bis es wieder von vorne anfängt, und so weiter. Aber genau das biete ich dir an, verstehst du? Ich suche nach einem gesunden Weg, wie ich Teil deines Lebens sein kann. Vor dem du weglaufen und zu dem du zurückkehren kannst. Ich glaube, das ist der einzige Weg, und es ist nicht einmal besonders schwierig. Ich habe meine Hausaufgaben gemacht. Der Prozess, der Papierkram – das ist relativ einfach, wenn du es willst.«

In einem Triumph von Timing kam der Herr des Hauses zu uns an den Tisch, um uns Wein nachzuschenken. Ich sah zu, wie er und Matthias einen Moment miteinander scherzten, und ich fand es schwer vorstellbar, dass sie sich nicht schon vorher kannten. Er war freundlich und taktvoll – die Sorte Mensch, um die Matthias sich bemüht hätte. Der Wein war herrlich, ein dunkler und üppiger Bordeaux. Matthias hatte es so minutiös geplant, bis hin zu den Pausen, von denen er wusste, dass sie entstehen würden und die gefüllt und aufgefüllt werden wollten.

Ich hatte keine wirkliche Vorstellung davon, was es bedeutete, in einer Lebensgemeinschaft verbunden zu sein. Eigentlich dachte ich, das wäre von vornherein unsere Verbindung gewesen, eine Verbindung, die schon unsere Eltern und auch ihre Eltern zuvor gewollt hätten, hätte es keinen Grund gegeben, Gott in die weltlichen Angelegenheiten des Menschen einzubinden. Aber warum waren wir hier? Warum waren wir nicht im Bett und steckten das hier – ja, selbst das, was wir bereits auslebten – ohne große Mühe in unserer glückseligen Vereinigung weg? Warum, bei all unserer erklärten Verbundenheit, der Tatsache, dass wir von Anfang an so gut wie verheiratet gewesen waren, uns nie anstrengen mussten außer zwischen den Laken, hatte er das Gefühl, er brauche dieses aufwendige Zeremoniell?

»Können wir nicht zumindest ein paar Dinge planen?«, fragte er erneut, sich meines stillen Protests nur allzu bewusst. Ich lächelte schwach, und wir stießen nochmals an, so wie wir es jedes Mal taten, wenn eine bedeutende Frage zu unserer Beziehung gestellt wurde, auf die wir nicht sofort eine Antwort wussten.

Und auf die oftmals schamlos die Gedanken an Javier wiederkehrten.

In den ersten paar Monaten unserer Beziehung sagte Javier mir nie, dass er mich liebte. Er fand, das sei zu meinem Vorteil. Einmal, als wir uns betrunken stritten, sagte er mir, er würde sich niemals wieder demütigen lassen, indem er sich verliebte. Mein ganzes Leben, sagte er, habe ich genau das getan, mich erst dann gezügelt, als es zu spät war. Und die Frauen, mit denen ich zusammen war, haben mir jedes Mal das Herz gebrochen.

Damit meinte er natürlich, dass ich womöglich geliebt worden wäre, womöglich die eine große Liebe hätte sein können. Und ich lernte, mit Taten zu leben und nicht mit Worten.

Doch hier saß der Mann, der mich offensichtlich liebte, der nie den Fuß falsch aufsetzte, der mir ein Zuhause bot, egal, wo ich war. Er wusste, was ihn erwartete: dass ich mit meinen Leinwänden zurück nach Jakarta fliegen, an *Untold* weiterarbeiten, Amalia beistehen und meinen Teil dazu beitragen würde, dass ihr Sohn oder ihre Tochter die bestmögliche Kindheit erlebte, erfüllt von Lernen und Würde, natürlichem Licht, frischen Blumen, einer geschäftigen Küche und bedeutender Musik. Berlin würde warten müssen, und es gab viele Formen des Wartens. Aber er hatte die Worte ausgesprochen, denn sie gehörten zu den Taten.

Etwas überkam mich. Ich nahm seine Hand, hielt sie fest. Er hatte abgenommen. Sein Gesicht war schmaler, länger geworden. Nie hatte ich ihn so geliebt wie in diesem Augenblick. Er hätte nicht leiden müssen; er musste sich nicht wie Javier demütigen lassen, indem er sich verliebte. Er musste nur fragen, und das hatte er getan. Auch das hatte ich falsch eingeschätzt, sein Fragen und mein Zögern, genau wie bei meiner unter Tränen und mit Schuldgefühlen hervorgebrachten Frage: »Kann ich darüber nachdenken?«, und es schnürte mir die Luft ab, weil ich gar nicht ahnte, dass es unausweichlich war.

Als ich im Juni nach Jakarta zurückflog, gab ich ihm meine Antwort. Ich sprach die Worte aus.

* * *

Es ist ein wenig absurd, diese Tage als ruhige Tage zu bezeichnen, denn von außen betrachtet könnte nichts der Wahrheit weniger entsprechen. Maya ist jetzt beinahe ein Jahr alt und ziemlich weit für ihr Alter: Vor zwei Wochen machte sie ihre ersten Schritte, fast am selben Tag, an dem sie ihr erstes Wort sprach, das sich verdächtig nach ›Mama‹ anhörte. Genau wie ich wurde sie im August geboren, ein Kind des Spätsommers, auch wenn ihre Farbgebung ihren Hang zum Herbst verrät. Gerechtigkeit ist eine seltsame Angelegenheit, so wie sie sich für jemanden entscheidet, wann derjenige sie erfährt und in welcher Form. Wie sie oft in Paaren auftritt.

Matthias hat gerade aus Berlin angerufen. Er hat die offiziellen Dokumente erhalten, die belegen, dass wir einander nunmehr gesetzlich verpflichtet sind. Wir haben uns der Herausforderung gestellt. Wir haben es geschafft: Formulare ausgefüllt, mit Anwälten gesprochen, uns in die Schlange gestellt. Wir haben uns für ein Wir ausgesprochen, Details über unser Leben offenbart. Jetzt haben wir ausreichend Zustimmung angesammelt, um als Einheit durchs Leben zu gehen.

Ich bin seit Juni nicht mehr in Berlin gewesen, ich weiß nicht, wie es sein wird, in sein Reich zurückzukommen, nach Prenzlauer Berg und nicht nach Charlottenburg, nachdem ich mein Atelier aufgegeben, meinen eigenen Raum verloren habe.

Aber das soll keine Beschwerde sein. Ich verliere die unbestreitbare Tatsache dieses neuen Arrangements nicht aus den Augen: Ich lebe nicht an einem, sondern an mehreren Orten – Matthias' Wohnung in Berlin, die jetzt auch meine ist, und der neue Flügel im Haus meiner Mutter in Jakarta, den ich allmählich in ein Atelier umwandle. Zu gegebener Zeit, so sagt Sally, kann sie mir eventuell helfen, ein Atelier in Berlin zu ergattern. Ich führe ein glamouröses Leben, darüber bin ich mir im Klaren.

Außerdem ist es wunderbar, mein Berlin durch Matthias' Augen neu zu erleben. Er hat mir erzählt, dass er gestern Abend, als er sein Fahrrad die Sybelstraße entlangschob, nachdem die Kette unerklärlicherweise gerissen war, einen neuen Stolperstein auf dem Bürgersteig entdeckt hat. Aber es war kalt, sagt er, ich hätte dich nicht vor die Tür bekommen, nicht einmal für ein Guinness um die Ecke. Ich weiß, dass er mich lächeln hört. Er weiß, dass es in meiner Stadt nicht üblich ist, zu Fuß unterwegs zu sein; zumindest nicht so wie in Europa – die Liebe dazu, meine ich, nicht nur die Notwendigkeit. Er wird sich jetzt nicht über mich lustig machen.

»Verlass mich nicht«, sage ich unvermittelt.

»Dummes Ding«, erwidert er lachend. »Das kann ich doch jetzt nicht mehr, selbst wenn ich es versuchen würde.«

»Wenn man dich so hört, könnte man meinen, du seist glücklich.« Ich höre eine Stimme hinter mir. Es ist Dara. Sie stellt den Kinderwagen ab, in dem Maya zufrieden schläft.

»Nicht glücklicher als zu vielen Anlässen in den letzten zwanzig Jahren.« Ich bereue sofort, dass ich mich so abweisend und leicht undankbar anhöre.

»Oh, das glaub ich dir gern!«, sagt sie ohne eine Spur von Verärgerung. »Das musst du mir nicht erzählen. Aber ich meine auch nur, dass es schön ist. Du kannst dich glücklich schätzen. Ihr beide.«

Das eigentliche Wunder ist natürlich, dass ich *sie* in dem Vierteljahrhundert, das ich sie schon kenne, noch nie so glücklich gesehen habe und dass ich das Gefühl habe – nein, dass ich weiß, ich war daran beteiligt. Und gleichzeitig zu wissen, dass das Leben für sie in der Zeit, in der wir getrennt waren, nicht einfacher geworden ist. Entgegen der Sage der engagierten berufstätigen Frau mittleren Alters, die mit ihrer Arbeit verheiratet ist und kein anderes Leben führen wollen würde, ist die Freude, die ich in Daras Augen sehe, wann immer sie Maya anblickt oder sie eine Weile halten darf, etwas, das man oft nicht einordnen kann, weil es so echt und so wunderschön ist.

* * *

Ich weiß es, weil genau das geschah, als Adinda Adjie, Arifs Frau, vor sechs Monaten zu mir kam.

Jemanden leibhaftig vor sich zu sehen, jemanden, der bislang nichts als ein Name gewesen war, nur im Geheimen und in schuldbewusster Komplizenschaft ausgesprochen, macht etwas mit dem Gefühl für die Wirklichkeit. Es hilft nichts, sich an seine Selbsttäuschungen zu klammern, denn sie würden nur betonen, wie vornehm sie ist und wie verdorben man selbst.

Aber da saßen wir nun, von Angesicht zu Angesicht eines Sonntagmorgens im Wohnzimmer meiner Mutter und meiner Stieftochter.

Sie erzählte nicht, wie sie und ihr Mann sich ineinander verliebten, wie die Geburt ihres ersten Kindes ihre Liebe festigte. Sie erzählte nicht, wie sie ihm mit den Recherchen für all seine Aufsätze und Vorträge half, wie er ihr und ihrer Tochter erlaubte, ohne Kopftuch aus dem Haus zu gehen.

Stattdessen erzählte sie, dass sie ein halbes Jahr lang als Therapeutin für junge Süchtige in einer Entzugsklinik gearbeitet hatte. Die Kinder dort ließen sich in drei Kategorien einteilen, sagte sie. Die erste waren Kinder aus polygamen Verhältnissen: ungeformte Seelen, die zusahen, wie ihre Mütter immerzu auf die Männer warteten, die die Kinder ihre Väter nennen mussten und die nur nach Hause kamen, bis sie genug hatten, und oft nicht über Nacht blieben. Die zweite waren außereheliche Kinder ohne Vater, die auf ihre Mutter angewiesen aufwuchsen, ihr gegenüber aber leisen Groll hegten, und deren Angst davor, verlassen zu werden, sie daran hinderte, feste Beziehungen einzugehen. Die dritte waren Kinder, die die Untreue ihres Vaters entdeckt hatten und Tag für Tag mit diesem Doppelspiel lebten aus Angst, ihrer Mutter davon zu erzählen. Und die Frauen – die Frauen alterten schnell. Ihre Haut war ausgetrocknet, schlaff, und sie hatten ihre Sprache verloren. Sie stotterten und brachen mitten im Satz ab, sie vergaßen, wie etwas hieß. Es spielte keine Rolle, welche der Frauen sie waren, welches Unrecht ihnen zugefügt worden war. Sie trugen alle den gleichen Gesichtsausdruck.

Ich will nicht eine dieser Frauen sein, verstehen Sie, sagte sie. Ich will nicht, dass meine Kinder zu einem dieser Kinder werden. Also habe ich Arif gebeten, unser Haus zu verlassen. Er wird weiterhin für die Kinder sorgen – für ihr Wohlergehen, ihre Schulbildung. Aber er wird nie wieder mit mir und den Kindern zusammenleben.

Ich tue das nicht, damit er frei sein und mit Ihrer Tochter zusammen sein kann, sagte sie, und ich hoffe, sie wird es nicht als Freigebigkeit meinerseits ansehen. Oder noch schlimmer, als Vergebung. Denn ich werde ihr niemals vergeben. Aber ich glaube daran, dass Würde das höchste Gut ist, das wir unseren Kindern weitergeben können. Sie nicht auch?

* * *

Und trotzdem gelingt es uns nicht immer.

An manchen Tagen nahm Amalia, müde, wütend und immer noch verliebt, ihr Handy und schickte Arif eine Nachricht, weil sie ihn brauchte, weil sie wollte, dass er die Liebe, die täglichen Frustrationen, den süßen, seifigen Duft des kleinen Menschenkinds mit ihr teilte, das sie in die Welt gesetzt hatten.

An manchen Tagen verloren wir die Geduld mit ihr, sagten Dinge, die wir bereuten. Aber die Solidarität reicht weit, das Gefühl geteilten Schicksals mit der Person, der man Unrecht getan hat. Nichts anderes gibt einem vergleichbar viel Kraft. Amalia wird stärker; Maya ist im Großen und Ganzen ein glückliches Kind. Und niemand ist erleichterter als die Schwester des fehlgeleiteten Mannes, auf deren Diskretion, um die Wahrheit zu verschleiern, am meisten gezählt worden war – eine Frau, die nicht an Wunder glaubt. Meine beste Freundin.

* * *

Meine Mutter und ich stehen auf der Terrasse und legen eine Pause von der Besprechung ein. Ein dankbares Herz heißt Wunder willkommen, sagt meine Mutter, und unsere Blicke treffen sich.

Heutzutage hat sie schlichte Anmut und Liebreiz an sich. Etwas aus Blütenstaub und Seide, keine gefallene Blüte. Vielleicht ist es auch schon von jeher da, und ich habe es nur nicht gesehen. Manchmal hilft auch das Licht nach: In den Pausen und den Momenten der Stille zwischen den Geschehnissen, in ihren zerstreuten und fließenden Bewegungen fängt es sie ein und vergrößert sie.

Sogar ihre Dankbarkeit ist jetzt, im Licht des frühen Nachmittags, nuancierter. Hinter uns im klimatisierten Besprechungsraum brüten die Teammitglieder noch immer über dem Design. Bisher scheint das Unterfangen für ein Denkmal für die Opfer von 1965 von Grund auf solide, vom Designteam bis hin zu den politischen Befürwortern und finanziellen Unterstützern. Wir wurden in den Ausschuss eingeladen, um Feedback zu geben.

Der Architekt ist begabt und bescheiden und durch und durch modern, keine leicht aufzufindende Kombination in dieser Stadt. Man erkennt diese Eigenschaften am Entwurf für das Denkmal. »Ich mag ihn«, sagt meine Mutter. »Und er ist so groß.«

Aber ich kenne diesen Blick. Trotz ihrer Begeisterung ist sie klug genug, um einer Sache nicht über den Weg zu trauen, die zu gut ist, um wahr zu sein. Sie glaubt zwar an die Vorstellung, dass es Wunder gibt, verlässt sich aber nicht auf sie. Es könnte Jahre dauern. Es könnte nie Wirklichkeit werden. Sie könnte nicht mehr da sein, um es zu erleben. Und sie hat sich damit abgefunden. Aber wir sind sicher, dass wir in nicht allzu ferner Zukunft zusammen nach Buru fahren werden; ich sehe es bereits, wenn ich träume, mein Zeichenblock aufgeschlagen am Fuße eines Baums, die Brise, wie sie die Farben meiner Mutter auf die Seiten weht. Den Arm um ihre Taille gelegt, bedeute ich ihr, in den Besprechungsraum zurückzugehen. »Ach *Bu*«, sage ich, »lass uns jetzt nicht düster sein. Manchmal ist alles genau so, wie es sein sollte.«

* * *

Ich bin wieder am Flughafen von Jakarta und sitze am Fenster vorm Gate. Während ich meinen Blick über das braune Gras und die Flugzeuge auf dem Rollfeld schweifen lasse, höre ich, wie mein Name gerufen wird. Ich drehe mich zu der Stimme um und sehe eine Frau mit zwei Kindern neben mir sitzen, einem Mädchen und einem Jungen. Es ist Adinda Adjie.

Sie trägt etwas Kamelhaarfarbenes und strahlt geradezu. Sie erzählt mir, sie flögen nach Amsterdam, um dort ihren neuen niederländischen Freund zu treffen, der zum ersten Mal die Kinder sehen wird. Ich erzähle ihr, dass ich in Schiphol einen Anschlussflug nach Berlin nehme; aber dass wir im gleichen Flieger sitzen. Ich sage ihr auch, dass ich mich für sie freue und dass sie fantastisch aussieht. Sie zögert, bevor sie mich fragt, wo mein Zuhause sei, Jakarta oder Berlin oder irgendeine andere Stadt, es sei immer so schwer, das zu durchschauen. Ich lache, sie lacht, und weil ich zu sehr daran gewöhnt bin, von mir selbst als zu Hause und ohne ein Zuhause zu denken, vergesse ich schlicht zu antworten.

Eine Viertelstunde später, als durch die Lautsprecher zum Einsteigen aufgefordert wird, gehe ich mit ihnen zusammen zum Gate, über die Gangway und in die Maschine.

Irgendwann während des Flugs fällt mir auf, dass ich noch immer zu Hause und ohne ein Zuhause bin; jetzt sind es lediglich zwei anstelle von einem, und das muss doch etwas zählen. Denn jetzt kann ich meine Mutter und meine beiden Väter ganz deutlich vor mir sehen, in all ihren Schattierungen, in allen Intensitäten der Welt.

Danksagung

Wie immer konnte auch dieser Roman nur entstehen, weil mir liebe Freunde zur Seite standen, insbesondere Patricia Holland Moritz, Diethelm Kaiser, Hans von Trotha, Saskia Schaeffer, Alés Steger, Amanda Michalopoulou, Luisa Zielinski, Marten Hahn, Lenah Susianty, Jochen Buchsteiner, Christian Zaschke, Aamer Hussein, Marco Stahlhut, Sadiah Boonstra, Panuksmi Hardjowirogo, Linawati Sidarto, Anthony Lane, Margaret Cohen, Willemijn Lamp, Chris Keulemans, Wim Manuhutu, Katrin Figge, Natalia Figge, Shara McCallum und Lovis Ostenrik.

Mein besonderer Dank für das Geschenk von Zeit und Raum gilt Florian Höllerer und Jürgen Jakob Becker vom Literarischen Colloquium Berlin sowie D.W. Gibson vom Ledig House in Ghent, New York. Tedjabayu Sudjojono dafür, dass er mir seine privaten Erinnerungen an seine Mutter Mia Bustam und seinen Vater S. Sudjojono anvertraute. Amalia Wirjono dafür, dass sie mich mit der zeitgenössischen Kunstwelt vertraut machte. Biantoro Santoso und Syakieb Sungkar dafür, dass sie mir den Kunstmarkt und wie es in einer Galerie zugeht nahebrachten. Amir Sidharta für seine unschätzbaren Kenntnisse zu Zensur in der Kunst und den Werken Sudjojonos. Teguh Ostenrik für unsere Gespräche über die Jahre hinweg.

Unendlich dankbar bin ich meiner Lektorin Kristine Kress dafür, dass sie an mich glaubte. Meiner Übersetzerin Corinna Rodewald für ihre harte Arbeit und bemerkenswerte Geduld. Mein Dank geht auch an folgende Freunde für ihre besondere Autorenpflege und Hilfe dabei, den Roman zu verbessern: David van Reybrouck dafür, dass er mir in Brüssel einen Ort zum Schreiben bot. Lies Marcoes dafür, dass sie mir ihre bemerkenswerte Lebensgeschichte erzählte, die zur Inspiration für einen Teil von Daras Kindheit wurde. Kathrin Sohns, Irene Jansen, Andrea Pollmeier und Tânía Sanko für das Lesen und Kommentieren der ersten Fassung. Paul Ingendaay für seine nährenden Einblicke in Literatur und historisches Gedächtnis.

Victoria Radford dafür, dass sie von Anfang bis Ende die beste Freundin des Romans war und mich emporgehoben hat.